2024年短篇小说年选

ZUIMACAO

醉马草

孟繁华——编选

山东文艺出版社

图书在版编目（CIP）数据

醉马草：2024年短篇小说年选 / 孟繁华编选 .
济南：山东文艺出版社，2025. 1. -- ISBN 978-7
-5329-7287-6

Ⅰ . I247.7

中国国家版本馆 CIP 数据核字第 2024XM2700 号

醉马草
ZUIMACAO
孟繁华　编选

主管单位	山东出版传媒股份有限公司
出版发行	山东文艺出版社
社　　址	山东省济南市英雄山路 189 号
邮　　编	250002
网　　址	www.sdwypress.com
读者服务	0531-82098776（总编室）
	0531-82098775（市场营销部）
电子邮箱	sdwy@sdpress.com.cn
印　　刷	山东临沂新华印刷物流集团有限责任公司
开　　本	710 毫米 ×1000 毫米　1/16
印　　张	28.75
字　　数	440 千
版　　次	2025 年 1 月第 1 版
印　　次	2025 年 1 月第 1 次印刷
书　　号	ISBN 978-7-5329-7287-6
定　　价	79.00 元

版权专有，侵权必究。如有图书质量问题，请与出版社联系调换。

序：在生活的深处发现文学
——评2024年的几部短篇小说

孟繁华

2024年的短篇年选，选了牛健哲的《耳朵还有什么用》和孙睿的《四轮学区房》。这是两篇具有本土性质的"先锋小说"。这个说法，我在《文艺争鸣》发表的一篇文章《本土"先锋文学"的崛起——当下小说创作的一个方面》中，有详细的表述，这里不赘述。需要说明的是，近年来的小说，想象力和虚构能力正在遭遇考验。这使我想起了20世纪80年代的先锋文学。尽管一个时代有一个时代的文学，但当年英姿勃发的先锋文学，给我们的文学展示了光辉的未来。同时我发现，在2024年的小说创作中，源于本土生活——而不是观念的先锋文学正在崛起，于是我有意识地选了几篇。这也意在表明，文学的潜流正在发生一些微妙的变化，我们应该看到这些变化。

多年来，牛健哲笔耕不辍，虽然没有"暴得大名"，但文学界的朋友都知道，牛健哲是一个坚忍不拔的作家，他对外部的名声并不在意，只是做自己喜欢的事。我读过他的一些小说，我认为他是一个特立独行的作家，他对文学的理解以及他关注的小说方向、对小说形式的选择和认知，都不同凡响。他的《耳朵还有什么用》，是一篇极具后现代意味的小说。小说中的妻子白若是一位老师，也是一位作家，写完长篇小说《软骨》不久就去世了。小说没有交代白若的死因，叙述者也没有沉浸在妻子死去的悲痛中。小说集中在《软骨》的阅读和争夺中。妻弟小白在姐姐死后性格变得乖戾，并坚持要回小说《软骨》。这时一个不速之客突然闯入——一个带着酒气的女性莫名其妙地闯入了与她没有任何关系的男主人公的房间，她自视甚高，夸耀自己对阅读小说有高超的能力：

她在从头阅读，这引起了我一种诡异的感觉，像是熟知她所读内容的优越感，又像是因为什么东西过度暴露给她而产生的不适感。总之我与这部书稿之间的私密关系，第一次遭到了破坏。更过分的是，她咂咂嘴，读出声来。我立即假意用拳头撑着腮帮，同时用拇指按下右耳耳屏，减小入耳的音量。至于左耳，我只能转头让它背离声源。我不可能告饶似的用两只手捂住两只耳朵，这事关一个主人的尊严。即便这样，开头两段叙写还是断断续续地钻进了我的耳孔。我听到了一对闺密游历一片山林的情形，听到了一段路上无数旁逸斜出的树枝、那个明晃晃的太阳、山下若隐若现的一泊小湖，还有她们的疲劳干渴。

这个诡异的举止，使阅读变得恍惚起来。这个陌生的女子与白若有怎样的关系？那暧昧或若隐若现的神情，使白若之死引发了读者诸多想象。然后是一对没有任何关系的男女共处一室，说着完全不相干的、没有任何逻辑的话语。当女人背对着窗户阅读时，那条被命名为"耳朵"的狗，从高楼天台摔了下去。女人不知道发生了什么，居然提出了不可思议的要求，要男主人搂着她,在没有窗帘的窗前和她做出亲昵的动作。楼下并没有狗的尸体,一缕血迹伸向远方。他返回居室时发现:"犹如受了指示,我看了一眼窗外,正对面的窗子里竟真亮着灯,果然有人站在窗口,直直地望过来。那条胖狗在灯光里现了身,堆坐在窗台上自证其胖,眼睛重新睁大了。"更不可思议的是,男人居然像"履行契约一样",他"摆出了亲吻的架势","用嘴捕捉到了她朝上的右耳,并且衔了起来"。这当然只是一个表演。

因此,与其说《耳朵还有什么用》是在讲述一个故事,毋宁说是在讲述对生活的一种体悟和感受。小说通篇一直在"荒唐"中进行,这里没有逻辑关系,没有因果关系,人物也只是不同的工具符号,用叙事学的概念说,就是"能指"。但小说的"所指"就是生活的荒诞。如果对生活有切实的体会,会发现荒诞就是生活的本质。小说要表达的,就是生活中不可能的事。但是,就是这不可能的事,比"反映论"的真实更加令人感到惊悚,原来生活是这样的。小说中的"耳朵",不止是对一条狗的命名,更重要的是,人已经失去了相互倾听的意愿,每个人都在独语,话语之间没有交集,即便形式上是"交流",实际上仍然是各行其是。牛健哲在荒诞中发现了生活中我们不曾发现或感知的,他就成了生活的发现者和小说的创造者。

孙睿是80后风头正劲的作家。他的小说总是在看似平淡无奇的叙述中,集聚巨大的能量,这种能量在等待时机,在恰逢其时又出其不意的时候轰然爆发甚至炸裂。于是,那些看似无关紧要的叙述,此时则像闪光的碎片一样飞上了天空,金光闪闪。如果在夜晚,它照亮了整个星空;如果是白天,那就是羊群一样的云朵。总之那是一些赏心悦目的令人惊奇又希望看到的事物。

《四轮学区房》,起始于讲述者米乐和他老婆坐在胡同口的一家麻辣烫店里吃饭。他们"好久没有面对面坐下,像谈恋爱时那样吃顿饭了"。他们看了一下午房,实在是走累了。"九月份孩子就要上小学了,还有一个多月。目前孩子跟着他俩住在回龙观,幼儿园也是在这边上的,他们家楼下。米乐老婆觉得,幼儿园在哪儿上无所谓,就当上着玩,小学不能再凑合,必须去城里。""必须到城里去读小学",这不是米乐老婆的口号,这是她不可撼动的信念。于是他们必须在学校附近找到一套"学区房"。"学区房",是一个时代巨大的符号和诱惑,它意味着一种无比的优越甚至财富,意味着孩子可以接受更好的教育和艳羡的目光。当然,那也是一种未做宣告的"意识形态",这"意识形态"一直隐藏在社会的最深处,它从未出现又无处不在,它有一只"看不见的手",这只"看不见的手"魔法无边,只差将"学区房"送向云端。

米乐老婆不是北京人,米乐才是北京的城里人,小时候米乐就在西城长大。他老婆是大学毕业留了京,进了给解决户口的单位,单位在东城,于是不仅成为北京人,还成为拥有东城区户口的人,只不过是集体户。"后来两人认识、结婚,也在回龙观买了房——为了离米乐父母近点,更因为这里的房价还能接受——老婆仍把户口留在单位。一开始米乐以为老婆嫌麻烦,懒得挪,直到几年后生了娃,给孩子上户口的时候,才弄明白老婆的良苦用心:孩子户口不在昌平上,上东城的,跟她一起,落集体户,将来是东城学籍,可以上东城的学校。"米乐在家里很"佛系",一直是老婆主事,因此老婆的强势一结婚就奠定了基础,而且一览无余毫不掩饰。但"佛系"的米乐只是不喜欢争执或强势而已。在"学区房"问题上,他们多次讨论无果。无论买多大的房子,哪怕是五十平方米,要填进去的钱也是他们难以或不愿承受的。他们"连看了六套房子,连将将满意的都没有"。他们计算的认真,无论怎样评价都不过分。特别是米乐的老婆,她太精于算计了。米乐也在想办法,他有一个"奇异"的想法——

今天看完房子,也可以说在看房过程中,甚至说在第一套老破小看到一半的时候,"时机到了"的想法就开始在米乐脑子里闪现。他想,与其在"砖窝"里睡觉,还不如在"铁桶"里睡,反正都是个小。不就是为了离学校近吗,把房车停学校门口,没有比这更近的睡觉的地方了,相当于给小平房装上了轱辘。每天放学先开着房车接孩子回家,小学特别是低年级,三点多就放学,这时候路上不堵,四十多分钟就能到家——这个通勤时长对于北京的学生族和上班族来说已经算比较理想了。

就是要说服老婆买一辆"四轮学区房"——一辆房车。这是一个可以获得"创意奖"的想法，不管它是否靠谱，仅就小说提供的情境而言，不能说米乐的想法没有合理性。如果按照生活的逻辑来说，买房车做"学区房"不啻天方夜谭，那种像吉卜赛人一样居无定所的漂泊生活，不管北京人还是外地人，无论如何是不能接受的。但是作为小说的整体构思，"四轮学区房"太有想象力了，它既有喜剧性更有荒诞性——是什么力量把人逼到了这等地步？米乐终于实现了自己的想法，他买了一辆房车。在试用过程中，他还和老婆体验了夫妻生活。米乐貌似对诸多事情无所谓，其实很有原则，他是在用内力控制着生活，以防沾染、滑离、坠落。比如这辆房车，就是他不甘卷入过度内耗生活的证明。

有趣的是，儿子上学后，儿子妈就没怎么出现，只有米乐开着房车接送儿子。这倒不是把儿子妈写丢了，而是在为"做乐队的Sting妈"的出现，或者说为小说后来的情节做铺垫。米乐和Sting妈的接触是循序渐进的，是从发现学校伙食卫生有问题开始，他们的孩子一起在房车里吃饭。Sting妈不是那种张扬的"异端"，她喜欢做乐队，生活也不求奢华，只要过得去就可以。她只做自己喜欢的事情，她快乐又真实。接触了Sting妈之后，"米乐发现他和老婆想事情经常想不到一块儿去了。一个纯粹的人——也就是Sting妈妈——哪怕不被尊重，至少不该被排挤，米乐是这么想的。他有点理解不了现在的世界和现在的老婆，老婆后面的那些话，已让他听不进去"。这个转变预示了米乐和老婆婚姻面临的某种危险。特别是国庆长假，Sting妈的乐队在河北某城参加音乐节，邀请米乐带孩子来玩，说她也会带Sting去，音乐节在湿地公园，可以野营。米乐答应了。孩子在那里获得了无与伦比的快乐，米乐在组委会工作者采访Sting妈时终于解开了自己的心锁——

  小姑娘追问："那您说是为什么呀？"Sting妈说："当年觉得干这个没希望，挣不到什么钱，只能解散，后来该结婚的结婚，该生娃的有了娃，班也上了，折腾一圈发现还是干这个好，不用看人脸色，自己喜欢什么样的音乐就做什么，也不用讨好任何人。""现在靠乐队能养家吗？"小姑娘又问。乐队的人听到这个问题都笑了，Sting 妈说："那就看过什么日子了，别什么都想买就过得去。"小姑娘最后举着话筒问道："说来说去还是因为发自内心喜欢音乐喽？""对，"Sting 妈说，"离不开。"说得真切自然，平静之下蕴含着不被万物改变的力量。

是什么力量改变了米乐，改变了他对老婆的看法，改变了他自己的选择？当然是自由。米乐内心实在压抑得太久了，于是那辆"四轮房车"也成了米乐作为男人的"自己的一间屋"。

按说米乐老婆没有错，她按照自己的生活轨迹和理想设计生活、照顾儿子的未来，她有什么错呢？米乐对她不厌其烦的事无巨细的讲述，一方面塑造了她的性格，她过的就是"后新写实"的生活，她就是池莉《烦恼人生》中的印家厚。她的生活轨迹不需要什么诗意，她只需要生活在世俗世界中，希望孩子也能够像她一样按照她的轨迹走下去；她没有个人的精神空间，她不了解精神世界是多么重要。米乐与老婆最大的不同，就在于米乐对自由的强烈渴求，他们没有生活在同一个频道里，这就为米乐的"出走"集聚了足够的势能。到最后我们甚至感到，米乐不出走都不行了。米乐在 Sting 妈的感召下，从"后新写实"境遇迅速跨越到"摇滚"世界，他要有驾驶房车可以随时"去远方"的自由。米乐已经想清楚了，但米乐老婆却未必能够想清楚，因为她确实也没什么错。人性的全部丰富性和复杂性，魅力就在于它的不可穷尽。

今年也选了娜仁高娃的《醉马草》。娜仁高娃是近年来在草原崛起的青年小说家，她获了2024年的"骏马奖"。《醉马草》是一篇只有五千多字的短篇小说，仅从篇幅看，我对这篇小说就有好感。现在的小说越写越长，不止长篇，中、短篇也越写越长。《醉马草》写一个盲人小女孩，她要讲一个"将军"的故事。这个"将军"是一只羊。她断断续续地一直讲到小镇上她的母亲家。她母亲应该是第二次结婚，还生了孩子。他们一家形式上也欢迎"姥爷"和他的盲人外孙女的到来，但这个外孙女显然没有得到应有的欢迎或重视，她满心期待"弟弟"以及其他人能喜欢她的故事，但她要讲的那个"将军"的故事一直没有机会讲完。她的被忽视，姥爷都看在眼里。姥爷不能容忍外孙女——一个眼盲的小孩子的尊严被漠视。原本要在女婿家住一夜的姥爷,突然决定回去。他是为自己心爱的外孙女回去的。半路上他又折了回来,他是为了外孙女折回来的。他要买一些油漆和刷子等物品,因为外孙女的神秘小屋的油漆脱落了。姥爷对外孙女的耐心和亲近、弟弟的被关注和外孙女的被忽视等,形成了鲜明的对比。小说没有剑拔弩张的情节,没有审判般的怒气和对立的场景,一切都在无声中演进。但小说的内在紧张让我们似乎听到了一场不期而至的疾风暴雨:还有什么比尊严,尤其是盲女的尊严受到冒犯更不能容忍的。盲女的母亲一定很爱自己的女儿,可她并不知道女儿的心思,不知道女儿真的需要什么。那不是不那么诚恳的夸赞和蛋糕所能换取的。正是这个原因,让姥爷对亲家以及女婿顿时丧失了应有的热情。娜仁高娃对小说技法有了新的理解和认知。她一直关注生活的幽微处,那些习焉不察的幽微处,就是最能表现人性况味之处,不敏感的普通人甚至来不及体味便稍纵即逝。但对于作家来说,这恰恰是他们要寻找的东西。这些难以言说的感受,只有被作家表达出来我们才会恍然大悟。我读过娜仁高娃的一些小说,比如《醉阳》《七角羊》《瀑布》等,表面看,她的小说云淡风轻处乱不惊,但她是在小说的弦外之音上下足了功夫,因此她的小说有一股巨大的内在力量。她创作的小说数量并不巨大,但已经发表的作品足以证明,她是一个特别值得期许的青年作家。

　　杨小凡的《黎明》,是生活皱褶里的故事。保安"左科长"在学校或检查或值班,老樊是门卫,看着各色人等在学校出出进进。这都没什么新鲜的,都是程式化的工作,或者说是每个人的"本职工作",没有小说的价值,也没有文学价值。但是,生活是被发现的,如何在这程式化或这波澜不惊的生活中发现值得讲述的人物和故事,就是作家的本事了。其实,小说中的主要人物或"核心人物",既不是保安"左科长",也不是门卫老樊,而是一个叫"老冯"的人。老冯是保洁公司的一个保洁员,名不见经传。他出现在小说里,是"左科长"追忆出来的——"那个永远扣着最上端衣扣、背微驼、白脸灰发的老冯。"

　　老冯曾来学校找校长,报告校长有学生要自杀。门卫老樊问他是怎么知道的，老冯说"在对面公园里的独钓亭有学生写的字"。老樊认为老冯是神经病，把他轰走了。老冯在自己"管辖"打扫的工段发现了情况：独钓亭的四根白柱子上被人写满了字，内容五花八门。老冯的发现就是杨小凡的发现，那些字就是世相世风，就是芸芸众生。老冯一边清洗擦拭，同时也想着制止。于是他在纸板上写了："请勿乱写，抓住罚款！"他没有想到的是，就在他牌子旁边的亭柱上，有人写下一行黑字："你以为你是谁？有权罚款吗？"这是有人故意作对了。老冯自我化解了对立关系。一天早上，他看见了柱子上一行工工整整的字："都别逼我。新年过后，我就从此入海！"老冯判断这应该是个高个子男孩。他突发奇想要劝劝男孩，就写了一行"正面引导"的文字。一周之后，老冯突然看到了同样的字体写下的："白云、星星、月亮，人世间还有什么可留恋的呢！"震惊的老冯缓过神后用手机拍了下来，这才有了与学校门卫老樊交集的一幕。

在老冯的心里，文字是有力量的，人写字的时候一笔一画就把心思写在里面，或诉说，或祈求，或愤恨，或诅咒。老冯的这个认知，不仅是通过他的观察，更重要的是他感同身受。他的胸膛上有铜钱大小的"冯地主"三个字。老冯自述："我出身地主家庭，在我六岁的时候，村里比我大三岁的冯来革领着一群孩子，用钢笔给我刺的！"这三个字，在他心头压了一辈子。这是命名的力量，本质上就是语言的力量。去年冬天老冯落水去世了。至于怎样落的水，不得而知。但老左想，老冯半夜落水，一定是与那个在亭柱上写字的人有关。他肯定是担心，那个人会夜里从独钓亭跳河，每天都在暗处守着。老冯死了，但老冯还活着，还有年轻人在送花，并且是跪着。

杨小凡写的是他一贯关注的小人物。他的小说当然也来自生活，但在我看来，杨小凡并不是在简单地描摹生活，他是在发现和勘探生活，特别是对人的生存状态的描摹和呈现。生存与生活不同：生活应该是一种自然的或理想的状态，生活是一种享受，是祥和幸福，是河边看柳草原看云。生存就不一样了。生存也是一种状态，但是一种不得已的状态——它紧张、疲惫、惊慌、算计、没有安全感……这是杨小凡小说中人物的常见或基本的生存状态或心理体验。小凡是一个现实主义的作家，他的写作立场注定了他对现实生活的积极介入。他发现并勘探生活深处的隐秘，对复杂的现实毫不留情地实施着他的"外科手术"。他貌似不大在意小说形式或技法的探寻而直奔主题，一如文坛的行者武松，在小说中他建构了自己的"快活林"，当然我们也见识了他的十八般武艺。但事实不止这样。《黎明》有一个隐结构，这个结构在表面的"左科长"、老樊和老冯的关系框架之外，是老冯和那些不曾谋面的、在独钓亭的柱子上刻下不同文字的那些人的关系。而这个关系是小说要处理的主要关系。如果是这样的话，那么，杨小凡的《黎明》就是一大发现。他的发现提示我们，今天生活的全部复杂性，不仅仅体现在各种一览无余的表面关系上，那些没有浮出水面的各种关系可能更深刻地表达着今天生活的特殊性和时代性。由此可见，短篇小说创作的探索性仍然没有穷尽，它仍然有无限的可能性。

目 录

序：在生活的深处发现文学
　　——评2024年的几部短篇小说 / 孟繁华
　　　　　　　　………… 001

那块地 / 邓一光………… 001
飞鸟与地下 / 班宇………… 022
叶子 / 张惠雯………… 040
映山红 / 昇愚………… 055
桥上的《第二圆舞曲》/ 潘向黎………… 075
四轮学区房 / 孙睿………… 093
不知 / 储福金………… 121
晚夏 / 凡一平………… 139
小宴 / 宋小词………… 161
野鹿，野鹿 / 海勒根那………… 180

家有鹦鹉 / 王祥夫…………193

百万现钞 / 荆歌…………206

大任 / 津子围…………223

紫晶洞 / 徐则臣…………234

醉马草 / 娜仁高娃…………244

耳朵还有什么用 / 牛健哲…………255

金童玉女 / 吴君…………269

度假 / 钱玉贵…………281

彩鲫 / 了一容…………304

春江水很暖 / 林那北…………320

走马灯 / 海飞…………334

跟少女费赟一起奔跑 / 陈昌平…………355

与谁分享 / 老藤…………377

陪孕 / 夏鲁平…………390

黎明 / 杨小凡…………405

替身 / 潘灵…………421

邓一光

那块地

您是怎么找到我的？怎么会想起打听那块地？还有谁记得它？

怎么说呢，要是没有它，我也许能得到更多，因为不断获得变成别的什么人，我说不好，您懂我的意思吧？可我现在得到了我想要的，哦，这么说不对，那块地让我变成了我自己。

这座城市一直在卖地，三十七年了，它卖掉了多少？人们在那些卖出的土地上盖起住宅、商圈、学校、医院和公园，孩子们在那儿出生、长大、接受教育、学会打领带、去写字楼上班并且恋爱，老人们在那儿度过晚年，然后前往另一个世界。还有车站、码头和机场，人们兴致勃勃地拖着行李箱离开家，去远方的什么地方干点什么，有的回来了，有的再也没回来。三十七年了，人们记得经历过的很多事情，可再也没有人提到那块地，它改变了城市命运，却被人们遗忘了。

您说得对，是时候说说它的事情了。

知道南斯拉夫婴儿马特伊·加斯帕尔吗？他是全球第五十亿个人，出生于1987年7月11日。他出生那天，我从华南理工大学会计系毕业，到蛇口工业区劳动服务公司报到，那年我二十三岁。

我要报到的单位是招商银行，对，上个世纪国内第一家企业银行。他们去学校考察了我的情况，亲切地询问我对账务处理、资金管理和风险管理的看法，然后告诉我，我将从这家银行开始，踏上前途光明的人生。我说前途没说错，我一上班就能拿到239块钱月薪，35块钱奖金，15块外汇券的边防津贴，比隔壁市的市长薪水还高。招商银行的人走了以后，我立刻打电话把这件事情告诉了妈妈。她二十七岁守寡，独自把我养大，供我上了大学。她在电话里又哭又笑，说："儿子你要珍惜，别让领导失望啊。"

我到蛇口报到时银行正在筹备开业，非常忙，工业区劳动服务公司接待我的女办事员让我先休息，等银行方面忙过这几天再给我办理派遣通知书。

"第一次来蛇口吧？"办事员热情地把户籍登记介绍信和特区边境证递给我，"你现在是蛇口人了，不如利用这点时间去逛逛，你会为这片火热的土地骄傲的。"

办事员梳着一对神气的羊角辫，目光清澈，脸上洋溢着亲切的微笑，我没法不相信她。我向她借了辆自行车，神清气爽地出门去逛蛇口。10.85平方千米的大蛇口，刚刚完成了开天辟地的伟大壮举，正蓄势待发地闯出海岬，一统江海，作为新蛇口人，我确实为它骄傲。我咣当咣当蹬着车逛了两天蛇口，觉得不过瘾，又咣当咣当骑着车去参观建设中的深圳。一路上，我经过无数开膛剖肚的农田和齐根炸塌的荒岭，我冲工地上那些忙碌的青年们招手，朝他们喊："喂——我来啦！"要知道，我们隔壁的深圳，还有北京的中关村、上海的漕河泾，是我大蛇口带出的三个兄弟，他们正鼓足干劲地追赶大哥，这让我在坑坑洼洼的路上躲避来往的泥头车时，虽然屁股颠得生疼，仍然挺直了胸膛，为我是一名蛇口人而由衷地自豪。

我去了罗湖的老东门，底气十足地花光了大学四年积攒下的最后一笔钱，为妈妈买了件的确良衬衣，为自己买了块卡西欧电子手表。然后我去了青少年活动中心的"大家乐"，挤在打工仔中抢麦，唱了一首张国荣的《不羁的风》。你听过这首歌吗？"从前如不羁的风不爱生根，我说我最害怕誓盟，若为我痴心便定会伤心，我永是个暂时情人"。我本来还想唱张学友的《遥远的她》和苏芮的《谁可相依》，可惜被后面的人推下了台。

那天我逛累了，蹲在罗湖桥东边的小食摊前吃濑粉。我看一眼腕上崭新的电子表，再看一眼戴着凉帽、纱巾遮住半张脸的女摊主煮捞捞面。她煮好面，麻利地从冰桶里抓了一把事先切好的螺肉、章鱼须、鱼子和蟹柳，撒上海草和嫩玉米，淋上一勺绿芥末红椒粒黄蚝油调制的三色酱，热气腾腾地递给客人。

客人刚从香港过来，是位四十岁左右的中年人，饱满的鼻头泛着红光，穿一身白色西装，脚蹬三接头皮鞋，大概担心酱料溅上衣服，用手绢兜住了领口。

我吃完粉，用最后一点零钱买了单，打算离开。正在吃捞捞面的港客叫住我。

"靓仔，租你半日单车，街头睇风景，租唔租呀？"见我一头雾水，港客改成港普又说了一遍，意思是他想租我的自行车，让我载他去街上看风景。

我被港客嘴角涂鸦似的酱料逗得发笑。我是谁？蛇口人。我在等待入职，一身力气没处用，应该跟他学几句搞笑白话，日后用来打趣银行的同事：

"打劫！全部举起双手！男嘅企左边，女嘅企右边，变态嘅企中间，话紧你呀，仲诈呆睇靓女！"

还等什么，上车吧，亲爱的同胞。

我就这样认识了香港人刘天就。我当时不知道他是谁。我载着他在刚铺好的宽阔马路上行驶，路过很多新盖成的大楼，还有正在盖着的大楼。刘同胞搂着我的腰，局促不安地扭动屁股，他的某种焦虑通过僵硬的手指传递给了我。

"同胞，往前坐，您会舒服一点。"我为他的不安感到抱歉，热情地给他打气，希望他像我爱蛇口一样爱上深圳，"您看到深圳人的狠劲儿了，对吧？他们三天盖一层楼，完全疯了，我担心这样下去，全世界的钢筋水泥都会被他们用光。"

"你讲咩？"他躲避开扑面而来的建筑粉尘，控制住鼻息问我。

"您不觉得很值得吗？"我哈哈大笑，脚下蹬得飞快，"您这趟看风景，绝对会不虚此行！"

骑了差不多六七公里，我们来到刘同胞指定的地方。那是罗湖区布心路旁一大片荒地，长满老鼠簕和蚌壳蕨，一些尖嘴小鹛鹛和黑眉苇莺在灌木丛中起起落落，快乐地追逐着昆虫。稍远处，能看到一大片墨蓝的湖泊，凉风从那里习习吹来。我知道深圳有山有海，没想到还有这么大的湖泊，这可是意外收获。

那天刘同胞在那块荒地上待了差不多两小时，他焦虑地在荒草中走来走去，转着方向到处看，嘴里念念有词，好像在和那块地讨论着什么。他们之间有分歧，他不同意那块地的看法，但又没法说服对方，有点恼火。我呢，我不关心他为何要来这儿看风景，对到处爬动的麝駒和赤链蛇也不上心，我跑到湖泊边，脱了鞋，和湖水好好亲热了一番，就差没下湖游上一圈了。

等我回到那块荒地的时候，刘同胞已经平静下来，只是衬衣领口多了一圈汗渍，我也没觉得这样有什么不好。我去路边推自行车，问他可以走了吗。天色不早了，我得赶回蛇口，我开始想念我的大蛇口了。

"钟意呢块地呀？"他问我，意思是我是否喜欢这块地。

"看上去挺不错。"我随口说。

"肯定？"他盯着我的眼睛，咽了口唾沫，"呢对我好紧要。"

"好吧。"他说这事对他很重要，我当然不会扫他的兴，让他对蛇口人产生轻率的印象，"这里生长着茂盛的植物，还有那么多活泼的动物，人们会爱死这里。"我慎重地说，"我是说，我爱蛇口，也爱深圳，爱这里的一切。"

刘同胞松了口气，请我送他去不远处的竹园宾馆。那是深圳第一家外资宾馆，我当时并不知道他就是那家宾馆的老板，但是，好吧，有什么关系，我们出发。

现在我可以正式向您介绍刘同胞了。他是香港一家集团公司的董事长，还是香港一家报社的社长，说起来，他是最早到内地投资的香港商人，人们怎么说，第一个吃螃蟹，他就是这样的人。那会儿香港牌照的车不能过境，他把他的日产公爵停在边境那边，深圳的合资伙伴派车在口岸接他。那天他背着合作伙伴去看那块地，为了躲开接他的人，在口岸小食摊上吃了碗捞捞面，顺便雇了我和我的自行车。

我一路顺畅地把刘同胞载到竹园宾馆，那儿已经有几位深圳合作者在等他了。他们没有接到他，不知道他去了哪儿，正焦急不安。现在我要说到重点了：在那些官员身后，站着一大群宾馆的女服务员，她们穿着整齐的翠竹绿套装，涂着艳丽的口红，脸上堆满笑容，双手端握在小腹前，让人觉得她们是一些永远不会成熟的桃子。对，我要说的就是这个，她们是重点。

合作者们迎上来，领头的是位又高又黑的骆先生，后来我才知道，他是深房公司的骆经理，他的故事一会儿我再说。宾馆经理笑眯眯地抢着向刘同胞汇报，按骆经理指示，宾馆完全接受刘总的建议，现在每天都换床上用品，卫生间喷香水，服务员上班时间一律涂口红，不笑的员工炒鱿鱼，经过考核，只有一位服务员被炒掉，不是她不愿意笑，而是笑起来大家觉得哪里出了问题。

刘同胞没有理会宾馆经理，而是客气地叫住准备离开的我。我对他开玩笑说，车是借蛇口劳动服务公司的，我不会给蛇口人民脸上抹黑，他不用付费了。刘同胞并没有掏出钱夹，而是请我重复一下路上对他说的话，口气慎重到让人觉得有什么重大事情要发生。可是，我在路上没少说话，我表达了太多对美好生活的由衷感叹，不知道他问的是哪一句。

"你话，全世界嘅红毛泥同钢骨好快会畀深圳人用晒。你仲话，我绝对会不虚此行。"刘同胞目光发亮地提醒我。

"这个呀，那还用说……"我举起手，打算好好鼓励鼓励刘同胞，让他对这座正在一往无前地拔起的城市充满信心，我当时就想这么做。可是，我举起来的手僵在半空中，要说的话兀自消失掉，目光直勾勾地看出去——我看见了她。

哦，我命运中的姑娘！她站在那些涂着艳丽口红但永远也成熟不了的桃子……不，女服务员当中，抿着嘴甜甜微笑着看着我，她是那么可爱，那么出众。我们来的时候她肯定不在那儿，不然我早就看到她了。刘同胞在我耳边说着什么，我一个字也没听见，目光呆呆地看着她，以至于她身边所有人都消失不见了，我的眼睛里只有她！

好了，您现在知道了，这就是我第一次见到心上人的情景。不，想也别想，我找不到任何语言形容她，我可不做我做不到的事情。我只能告诉您，她叫卓二娣，家里是竹子苗圃场的养苗户，全家都是农村户口。她和阿爸押地进了竹园宾馆当服务员，阿妈照顾一家人的生活，姐姐大娣跟亲戚去了香港，妹妹三娣四娣五娣在读书，五姊妹一个赛一个美貌。三十多年了，我去过她家几百次，但现在让我在大街上认出其他几姊妹，等于让我辨别谁是荷花，谁是睡莲，非出丑不可。

说回那天吧。那天我像中了魔，一口气蹬了三十公里，骑车从罗湖赶回蛇口，满头大汗冲进蛇口劳动服务公司，敲醒值夜班的办事员，请她找出我的派遣通知书。是的，我没有去招商银行报到，在三十多年后成为这家全球企业二百强的商业银行光芒四射的总会计师，而是在办事员百思不解的目光中带着我的档案兴冲冲离开劳动服务公司。我要由衷地感谢招商银行严谨而忙乱的筹备工作，没有让我在报到的第一天入职，而是给了我几天假；我还要赞美港牌车不许驶过界桥的限制入境政策和那碗有着神奇酱料的捞捞面。总之，我要赞美那天遇到的所有神奇事情！

接下来的事？您别急，我会慢慢说到它们。第二天早上八点半，我出现在竹园宾馆，站在饮早茶的刘同胞，不，刘先生面前，向他提出了我的请求。当然喽，您知道，我这样做有充分的理由，我希望刘先生把昨天打算支付给我的自行车——白话叫单车——的车资支付给我。不是机械使用费，车不是我私人的，是我载他兜风的人力费。他不需要掏半个子儿，我是说，他完全可以把我替他服务的人力折算成竹园宾馆的一份工作。

刘先生有点吃惊，举起的筷子停留在萝卜糕和红米肠之间，好像在验证它俩的身份。不过他很快从我不断投向往来女服务员的眼神中猜测出发生了什么。

"佢係边个？"他呷了一口滚烫的乌龙茶，斜着眼睛朝餐厅里莲步移动的女服务员们的方向看了一眼，回头问我。

"我很快就会知道。"我说的是实话，那会儿我还不知道心上人的姓名，她也不知道她已经是我的心上人了，但我可以告诉刘先生别的，"我的学习能力很强，如果员工入职条件有白话这一条，我发誓十天学会它。"

"你学乜嘢专业？"刘先生向匆匆赶来的宾馆经理示意，让那个紧张的家伙别过来。

"会计。"我说，"十天以后，我会用白话为宾馆审查账目，编制对账单，控制资产负债表，结清相应款项，制作财务报表，并且提供详尽的财务分析报告，您会看到的。"

"酒店有会计啦，深圳方面安排嘅，呢件事我唔理得。"他遗憾地表示。

"好吧。"我懂，他是宾馆老板，可他是在深圳的地盘上做生意，要考虑合作方对人事安排的强烈控制愿望，我不会让他为难，"我可以不当会计，别的工作总有吧？礼宾员、接待员、话务员、传菜员、酒水员、大堂吧服务员、总台服务员、商务中心服务员，什么工作都行，我不挑。"

刘先生的目光在我身上睃来睃去，给我的感觉是他捡着个便宜，又不相信真有这种好事。他让我坐在他身边，回头示意服务员——不是我的心上人——给我添副餐具。

"你呢个人好醒目嘅，我几钟意。"他往我面前的碟子里布了一只诱惑的虾饺、一只丰饶的叉烧包、一只殷实的烧卖、一只心满意足的蛋挞，骨瓷碟里顷刻堆积如山，"我有个皮鞋厂，你去果度返工，周末唔休假，畀我写技术说明书，去海关跑报价。"

"工厂离这儿多远？"我不在乎皮鞋厂还是草鞋厂，不在乎加班和星期天跑海关报价，我在学校门门功课成绩都是A，一半是自修熬出来的。我只想知道将要去的那个流放地是不是和竹园宾馆隔着大半个中国。

"人工呢，底薪120块，做得好加两成花红。"他有点犹豫，判断这份薪水会不会吓跑我。

"皮鞋厂离这里多远？"他干吗说薪水？虽然他给的比我刚辞掉的工作薪水少了一半，但就算他一分钱不给我，只要每天能见到心上人，我也干。

"两站路。"刘先生说。

"我干！"我说。我被自己的坚决感动得热泪盈眶，但心还是疼了一下，为蛇口。别怪我对它不忠诚，现在我是深圳人了，我的深圳啊，我保证对你忠诚无贰，一生一世不变心！

卓二娣？那还用说，我们相爱了。我向卓二娣表白是在一周以后，那天我有二十分钟属于自己的时间。哦，我的心上人，她是那么的温柔，那么的善解人意，她第一眼就看出我对她是绝对投入和认真的。为了我辞去银行工作来做又硬又臭的皮鞋这件事，她感动得大哭了一场，这一哭就哭了三十多年。

"你真係傻，你係傻瓜。"这是她对我说的第一句话，也是她三十多年来对我始终如一的评价。

"点解唔早啲同我讲？"接下来她埋怨我，她说这话时急得直跺脚。

这可难住我了。我确实应该早点向她表白，可这是我能抓住的最早时机。我被皮鞋厂入职手续给缠住了，厂长说我是厂里第一个大学生，要好好欣赏我，具体讲就是让我在每个工位上工作一天，让师傅们盘问我一大堆他们感兴趣的问题，满足他们对我的好奇心，以此激发全厂员工爱厂如家的自豪。等我几乎陷入脱水状态，抽身而出，赶往竹园宾馆来找卓二娣时，地球已经自转整整七圈了。

好吧，既然心上人提出了这个要求，我必须满足她。现在，让我把地球倒推回七圈，推到我第一眼看见她的时候：

"你话，全世界嘅红毛泥同钢骨好快会畀深圳人用晒。你仲话，我绝对不虚此行？"刘同胞，不，刘先生目光发亮地提醒我。

"这个呀，那还用说……"我的目光越过刘先生，心无旁骛地投向服务员队列，毫不犹豫地把刘先生扒拉到一边，大步朝服务员队列走去，走到我的心上人面前，直勾勾看着她的眼睛，大声对她说：

"卓二娣，我爱你！"

您是对的，我说的确实是我的幻想，现实可不会那样。卓二娣当天就把我向她表白的事情告诉了她的阿爸阿妈。我想您猜到了，他们坚决反对他们的女儿和我好，理由是，客家人和丢失掉耕读传家文化的外地佬——北佬、捞佬，随便叫什么——不可能成为一家人。我赶去卓家，当面向两位长辈解释，我是正直勤劳的青年，出生在正直勤劳的家庭，我的父亲因工伤去世，我小学到大学得了三十一份奖状。我爱卓二娣，我会一辈子对卓二娣好。但我说什么也没用，他们就是不同意，卓二娣的阿妈还给我唱了一首客家歌谣，用客家人祖祖辈辈的经验证明她女儿如果嫁给了我，日后会遭遇什么样的悲惨下场：

嫁汉莫嫁外地汉，好比鱼子出深潭。
上潭又怕鸬鹚打，下潭又怕网罟拦。

唔，意思是，客家人不能嫁给外地佬，卓二娣嫁给我肯定会受欺负，想回娘家也回不去了。说实话，我确实有不少毛病，我走在路上爱观察人们的表情，喜欢读一些销量不足千册的冷门书，高兴的时候会把指关节掰得咔咔作响，捅了娄子会脸红心慌很长时间，但他们认定我会欺负他们的宝贝女儿，可就太冤枉我了。我扭头看卓二娣的阿爸，想知道他是不是也这么想。竹园宾馆老实的花工坐在一旁，只知道一声接一声地叹气，我能怎么办？

那是一段难熬的日子。我在皮鞋厂从学徒干起，粘胶、上底、打包，那是厂里最苦最累的活，厂里坚持认为大学生最适合干这样的活。我每天干十四五个小时的活，挨师傅很多骂，工友们知道我来皮鞋厂上班是为了追一个客家女，他们嘲笑我疯了。您要知道，我不是现在那些靠着父母信用卡扫货或靠不住父母就自己割肾换游戏皮肤的小年轻，我不怕干活，我觉得好日子是干出来的，爱的路径同样如此。我难过的是，卓家不让我和卓二娣见面，我只能等夜里十点下班后，从肺里咳出二两苯类物质，蹬上自行车去卓家，离着老远看紧闭的大门里露出一线灯光，然后被卓家的大黑狗撵得四处逃窜，有一次它咬伤了我的腿，我不得不去医院打了狂犬疫苗。我的苦命的爱情哪！

事情拖到冬天，我快撑不住了，十分绝望。有一天我妈打来电话，我告诉了她我和卓二娣的事。她过了好一会儿才说："儿子，我和你爸只在一起生活了七百八十二天，他离开我快九千天了，知道我怎么想？如果有下辈子，我还选择和他一起生活，哪怕只有七百八十二天。"那天和妈妈通完电话，卓二娣突然约我见面，说要和我说一件重要的事，特别叮嘱不能在皮鞋厂和竹园宾馆见，她不想让任何人看见我们。我想到布心路边那个湖泊，我已经知道它叫东湖，那是我有过开心经历的地方，我约她在东湖边见。

夜里一下班，我连工装都没换，就骑上自行车拼命赶往东湖边。我的心上人已经在那儿等着我了，月光下的她美得让我喘不过气来。可她一点也不开心，很焦急，担心阿爸阿妈找来，见到我的第一时间就告诉我，她不想再拖累我了，我们结束吧。

"我冇话畀你知，招商银行开业时我偷偷去睇咗，我从来都冇见过咁高级嘅银行。"她眼泪汪汪，匆匆忙忙地说，"我打探咗，佢哋仲要你，发展银行都要你啲嘅嘅人，你离开我去过你嘅好日子啦，唔好畀我耽误咗你。"她说这些话的时候目光和口气同样坚定，而且不给我任何机会挽回，说完那番话，她头也不回地跑掉了。

您肯定能理解我的心情。我的爱情还没有开始就结束了，我沮丧到极点，绝望得要命，害怕自己一时冲动跳进湖泊，连累了湖水，于是离开湖畔，不知不觉走到那块荒地上。对，就是刘先生让我带他来看过的那块荒地。我和刘先生一样在荒地上走来走去，脚下不断被植物绊住，跌倒在草棵中，再爬起来，也不知道上次见到的那些动物，它们是否高兴我来打扰它们。我心想，我该怎么办？我该怎么办？我根本回答不了这个问题，可谁能回答我？我那么想着的时候，有个声音出现了：

"你问什么怎么办？"

那不是我的声音，但确实有人在说话。我心里咯噔一下，站下来四下看，四周黑漆漆的一片，什么人也没有。

"喂，谁在那儿？"我大声问。

"是我，我在你脚下。"那个声音又出现了，这次我听清了，声音来自我脚下，是那块荒地，它在说话！

"你问怎么办，你想问什么？"它——那块荒地——说。

好吧好吧，别用这种眼光看着我，我不在乎您怎么想，换了我我也不信。那天晚上天气和平时没有什么不同，没有台风，也没有地震和海啸，四周黑漆漆的，一块看上去极其平常长满荒草的土地，它在我脚下和我说话，事情就是这样。

唔，让我想想当时的情况。我先是站着和那块地说话，有时候我不明白它在说什么，会走动一下，让脑子转转。接着我蹲下来，避开偶尔掠过的夜风，好听清它在说什么。然后我趴下了，那样我就不用侧着耳朵分辨它的话，会轻松很多。必须说，趴着可不是什么好主意，虽然节气已经过了小雪，亚热带的南海边仍然有许多活跃的昆虫，它们亲切地往我脸上扑，我猜它们很希望我一直保持那样的姿势。

我和那块地，我们聊了很长时间。我告诉它我是谁，遇到了什么，告诉它我的心上人离开了我，我很难过，不，我伤心欲绝，不知道该怎么办。我不是问别人，我在这座城市没有一个亲人，没有谁可问，我是在问我自己。不，我不知道答案，我根本解决不了这件事。

"她叫卓二娣，对吗？真是个好名字。"那块地欣赏地叹了口气说。这话从它嘴里说出来让我有些感动，我不记得自己是不是哽咽了一下。

"她并没有做错什么。她做错什么了？"那块地很快理清头绪，接下来它的口气很肯定，好像它是这件事情的主宰——可能还不止如此，在我俩之间，它的地位比我高，只是有些事情它不想告诉我，比如，它能决定的事情比我想象的要多。

"唔，这件事什么也不算，你应该乐观一些，积极面对生活，对吧？"它说那句话时，一只老鼠从它头上探头探脑地跑过去，这个场景简直就是个嘲讽。

"你的意思是，生活在你肚子上狠狠踢了一脚，这什么也不算。"我吐掉一只热情地往我嘴里钻的昆虫，嘲笑地反问它，"你爬起来，让它再把你摁在地上痛揍一顿，这算乐观和积极吗？"

"你怎么啦？"那块地有些吃惊，它明显生气了，"我以为你站在我这边，会听我的，不然你深更半夜来我这儿干吗？"

"我今天在两个地方看到同一片树叶，我不知道它怎么穿过半个城市，靠不忠贞的风可做不到。"我恼火地把一只在我脸上练倒立的乌桕大蚕蛾抓下来，丢进草棵，不忿地对那块地说，"我没想上你这儿来，我是没地方去。好吧,就算我趴在这儿听你胡说八道了半天,那也不是我的本意,我现在就可以离开。"

"告诉我,你俩,我是说,你和她的分歧在哪儿?"那块地没有那么小心眼,听上去它很冷静。

"你胡说什么,我俩一丢丢分歧都没有,我们怎么可能有分歧?"我抢白它,然后告诉它"外地"和"本地"的意思,解释什么叫社会偏见,它怎么演变成愚昧和歧视。我特别提到 group attribution error 这个概念,意思是群体归因错误,这种偏见要求成员绝对满足群体的决定,而个体愿望什么也不是,我告诉它那就是我遇到的分歧。"传统这件事情可不那么简单,它就像遗传病,人们对它一点都不了解,但它却在决定人们的一生。"我这么说的时候心里在滴血。

也许我说得太多了,有段时间那块地一声不吭,像是睡着了。四周传来螽斯和噪鹛的叫声,它们在冬天的夜晚显得非常有耐心。然后那块地开口了。

"你只说传统什么的,难道你从来没有梦想?"那块地说。而且,是的,我现在对您说的每一个字都是真实的,它还吹了一声口哨,听上去在讽刺我的泄气情绪。

接着它开始长篇大论,告诉我什么是梦想。按那块地的意思,梦想就是人们没有却想拥有的东西,你相信它,它才存在,很多时候你必须坚持到最后一秒钟,梦想才会变成现实。我觉得那块地完全在胡扯,就像它长满荒草的脑袋或者身体,这个我不太清楚,我说不好它和其他的土地有没有脑袋和身体一说,但它上面那些精力充沛的荒草和昆虫可不代表什么值得拥有的梦想。

"我确实有梦想,我倒是想坚持,可有什么用,人家是鱼,我是鸬鹚和渔网,我们属于两个世界。"我刻薄地学着它的口气说,"你也一样,你不过是一块荒芜的土地,根本不懂水里发生的残酷事情,不懂鸬鹚和渔网是什么关系,你能有什么梦想?"

"喂,你错了。"那块地口气笃定地告诉我,"你以为只有人类才有社会、阶级和生产资料吗?我们土地也有。我们还有亲族,这个你没想到吧？"它唠唠叨叨给我说了土地资源和人类为它们划分的十五个等级，以及土地的使用方式，诸如耕地、园地、林地、牧地、居民点、工矿用地、交通用地等等。它看出我根本不想听，放弃了对我的劝导："好吧，告诉我，她可爱吗？"它的口气有点犹豫，感觉它并不相信我之前的话，我在那里面夸大了什么，"我是说，你的心上人，她是个好姑娘，对吗？"

"如果她不可爱，那可爱这个词根本不该出现！"我差点哭出声来，然后从潮湿和昆虫乱动的荒草中爬起来，离开那块地。我不想在那里浪费时间了，那并不能给我带来任何出路。

"喂，别那么没出息！"那块地在我身后喊道。我已经跳过一片水洼，站到结实的混凝土路上了，它的声音远远落在我身后。"你刚才问你该怎么办，好，看在卓二娣的面子上，我现在就告诉你……"

我坐在黑漆漆的马路上，脱下鞋子用力敲打湿泥，不再搭理那块地。它在我身后一个劲地说着什么，好像说了"十一天以后""深圳会堂""跟着刘天就"什么的，我一个字也不想听，穿上湿漉漉的鞋子，站起来离开了那里。

我不知道是怎么熬过和心上人分手的漫长日子的。后悔？不，我根本来不及想这件事，我只想见到她，哪怕远远地看她一眼，可惜没有那个机会。我倒是因为走神，在砂磨起绒工序和刷胶环节上干砸了两件活，被师傅骂得狗血淋头，挺后悔。要知道，我不是从十来岁学徒干起的，脑子里已经塞满了利润、成本和借贷记账法这些东西，师傅带我不容易。

不记得过了多久，有一天，刘先生来皮鞋厂视察生意，在厂长陪同下从我工位前走过，又返回来，问我加班累不累，有没有什么心得。他夸奖我，说我技术说明书写得不错，海关报价也没出过差错，指示厂长给我发30块钱奖金。他说下午他要去深圳会堂办事，要我晚上去他那儿，他向我交代新的市场拓展计划说明书内容。刘先生离开后，过了几分钟，我把一双上完胶水的皮鞋放回工作台上，脑子里突然跳出那块地说过的几个词，"十一天以后""深圳会堂""跟着刘天就"。我看了看手腕上的卡西欧电子表，算了算时间，现在就是"十一天以后"。

您知道一个打工仔上班时间请假有多难，那差不多等于在光天化日下当着全厂员工把厂长杀死。我坚持那么做，条件是厂长不用发给我那30块奖金。接下来的情况就没有那么复杂了，我换上平时穿的便装，蹬着自行车去了深圳会堂。

我在一排轿车中锁好自行车，两位西装革履的男子匆匆从一辆桑塔纳上下来，向会堂跑去。我跟上了他俩。一高一矮两位工作人员在接待处接待了两位西装男。西装男对工作人员说他们是中航工贸公司代表。矮个子工作人员把一块写着44号的牌子交给西装男，请他们进去，又回头看我。我不知道该怎么介绍自己，老老实实说我是某某皮鞋厂的。矮个子工作人员犯疑地看高个子工作人员，高个子工作人员小声说："里面快开始了，最后一个竞拍席位让他拿走。"矮个子工作人员把45号牌子塞进我手里，和高个子工作人员一溜烟钻进会堂。我不知道牌子是用来做什么的，又不好意思把它丢掉，于是拿着它跟在他们身后走进会堂。

会堂里人头攒动，我在最后两排找到一个位置。我看见了刘先生，他坐在观众席前排靠左，穿着那套白色西装，打着红色领带，旁边坐着深房公司骆经理，俩人交头接耳说着什么。我看见人们的目光都往前几排中间投去，后来知道那几排坐着国家体改委主任、中国人民银行行长、17个内地城市市长、28位香港企业界大佬和经济学者，还有几十家中外媒体的记者。

接下来我知道我在什么地方了。我坐在一场拍卖会现场，拍卖师是深圳市规划国土局局长，他欢迎人们参加新中国内地第一次土地使用权拍卖会，然后介绍本场唯一竞拍品的情况。是的，您猜对了，是那块土地，就像它承诺过的，它出现了。它的名字，不，它的编号是H409-4，面积8588平方米，折合12.882亩——本市2996205亩土地中的一块，竞拍底价200万人民币，5万起加价，买主承担在它之上建设商品房的义务。

我朝刘先生的方向看去，心想，哈，现在我知道您那天雇我和我的单车逛深圳，您要看什么风景了。H409-4，那就是它的名字，刘先生要看的就是它。我还想，他应该承认，我那天说深圳人有股狠劲儿，说他会不虚此行，我没说错。

拍卖开始了。竞拍者很踊跃，有人大声喊出数字，有人高高举起应价牌，有人不喊叫也不举牌，只是不动声色地向拍卖师竖起手指表示跟竞。拍卖师抄下数字牌号，大声念出它们。一旁两名书记员紧张地抄着单子，观察竞价牌号。我？我就是个走错寺庙的扫地僧，傻瓜一般坐在后面，心里只有一个念头，谁想要我手里那块应价牌，他们最好早点把它拿走，免得我在那里丢人现眼。

竞价很快从200万涨到390万，价格已经超出人们的心理预期，多数竞拍者选择了停拍，场上只剩下两家竞拍者，会堂里出奇安静。工行房地产公司代表举牌400万。拍卖师报出数额，目光投向深房公司代表方向，就差说，我理解你，这边势在必得，你在抓狂，要不要再加点？我看见刘先生和骆经理紧张地耳语。骆经理满脸是血，不，涨满了血，他举起牌子直接给到了420万。接下来两家拼杀了几个回合，骆经理居然喊到485万。工行两位代表小声交流了几句，向拍卖师示意他们到此为止。

我像傻瓜似的坐在那儿，心里充满困惑。H409-4，它不过是块亿万年没人光顾的荒地，除了草棻昆虫和老鼠什么也没有，就因为人们想拿它做点他们想做的事情，居然卖出这么高的价，它飞黄腾达了，以后再不用半夜和人说小话，被人践踏，看人的脸色了。我想，然后呢？然后H409-4，它会成为人们的收留地，让人们把自己和心爱者搬到它之上拔地而起的楼房中，建立起一个个温馨的家，它那天夜里对我说的梦想，指的就是这个。它是怎么做到的？它要我坚持到最后一秒，可我怎么能坚持一生？我毕竟不像它，能活亿万年！我想不通，脑子一阵阵发热。我听见拍卖师询问有没有新的跟竞价。我看见拍卖师举起了手中的拍卖槌。有人猛击了一下我的腹肌，我像中了魔，被一股力量推动着，跳起来，高高地举起了手中的应价牌。"500万！"我听见一个声音从我嗓子眼里冲出来，在会堂里回荡。是的，您没听错，500万，那个数字是我叫出来的，还能是谁？

拍卖师把询问的目光远远投向我。刘先生和骆经理回头吃惊地看着站在会堂后面的我。全场的人们都兴奋地回过头来看我，他们不明白我是谁，打哪儿钻出来的，身后藏着哪位蓝鲸级别的大佬。书记员快速在单子上记下我的应价牌号，小跑着朝我走来。我委屈得要命，不知道自己为什么要那样做，那样做有什么意义。可我豁出去了。我心里只有一个想法，我想和美丽的卓二娣谈情说爱,我想牵着她的手,轻声细语地告诉她,亲爱的,我们一起坚持,做忠贞不贰的深圳人。为了这个,就算人们把我摁在地上来回磨蹭,蹭出满脸血花我也在所不辞。

您别急,我会说到后面的事。事情很快结束了。我不能说见人杀人见魔杀魔是深圳精神,可深房公司的骆经理确实杀疯了,他死死地盯着我,手中的应价牌再也没有放下去。让我脸皮脱落的暴力事件并没有发生,竞价在 525 万终止,那把香港测量师协会从英国定制回来送给特区政府的拍卖槌高高举起,重重落下,深房公司 11 号应价牌获得了那块地的使用权。惊天动地的掌声和照相机的闪光都和我没关系。记者们从记者席冲向骆经理和刘先生,把我撞倒在地上,应价牌滑进座位下不见了。

我从地上爬起来,不知道自己是怎么离开会堂的,那以后又做了什么。我在街上茫无目的地逛了几个小时,当天晚上,卓二娣在罗湖桥头找到我的时候,我正缩在一堆建筑垃圾旁泪流满面,哭得像个孩子。卓二娣一直在找我,见到我时她也哭了,紧紧抱着我不松手。

"好人,"我泪流满面地对心上人说,"我辜负咗你纯洁嘅爱情,我不配同你相爱,你畀我离开你啦。"是的,是的,我就是那么说的,我兑现了我的承诺,我已经学会了白话,我用它含血割断了我对她的感情。

"唔好咁讲,唔准你咁讲!"卓二娣捂住我的嘴,不让我说下去,她的手指像杨柳枝一样温柔,抚慰着我鲜血淋漓的心,"我爱你,傻嘅,我爱你,我不会同你分手!"

"一阵差佬会车我去食皇家饭,我以后再都见你唔到啦。"我掰开卓二娣的手,催促她赶快离开。警察肯定接到报警了,他们现在正气急败坏地满大街找我,我不能让他们把卓二娣当同案犯一块儿带走,如果他们那样做,我会和他们拼了。

"我知你做咗乜嘢,"卓二娣像滑过水面的白鹭,展开两臂重新抱住我,说什么也不松开了。她不让我说话,让我听她说:"刘先生返嚟已经讲咗,佢好嬲,佢话你係个茂尼,差啲坏咗佢好事,累佢多出咗几十万。"

是的,是的,那个结果确实是我造成的,好心的刘先生给了我工作,帮助我来到心上人身边,我却忘恩负义搅他的局,害他多出了几十万块钱，差点让到手的鸭子飞了。可是，可是，接下来，我听到了世界上最动人的话。

"哦，从来冇人咁对过我，你点解去做自己做唔到嘅事，"卓二娣抱着我放声大哭，然后她大声说出她非凡的决定，"你係我命中贵人，我要嫁界你呀，边个都唔可以帮我做决定，你唔娶我，我就去死！"

现在您明白我遇到了什么事情吧？我的心上人，她说从来没有人为她在众目睽睽之下高高举起胳膊，向世界宣布要去做一件自己根本做不到的事情，而我做了。我是她的命中贵人，她不管别人怎么说，一定要嫁给我！

说什么笑话？她当然不会死，我怎么会让她为我去死，那我成什么人了？那天警察并没有出现，那块地创造了525万的超高竞价，消息传遍海内外，它证明特区人走出了一条光辉道路，政府狂喜还来不及，怎么会派警察抓我，惹出一些不必要的麻烦？

接下来命运再次眷顾了我。拍卖会结束几天后，我刚接班，和工友们守着车间里的电视，看中国首家股份制商业银行召开股东大会的新闻。工友们不知道我曾经和这条新闻有关，我本来应该穿着崭新的西装出现在这条新闻的现场，可我现在却成了一名皮鞋厂的学徒工，和他们一起在这儿用力咳出肺里的苯物质。我正感慨地那么想着，刘先生打电话到厂里，让我去一趟竹园宾馆。

我赶到宾馆时，刘先生正在喝早茶。他请我坐在他身边，这次他没有让服务员为我添加餐具，但也没有责骂我，让我赔偿他在竞拍现场遭受的损失，他说他知道我爱上的姑娘是谁了，知道了我俩的故事。他喝了一口浓酽的工夫茶，皱着眉头啧啧嘴，摊开手说："怎么办？没有人能看着这种事情不出手。"他说等明年东晓花园——H409-4号地，您还记得它的名字吗？在它之上建成的小区叫东晓花园——竣工后，他会给我安排一套67平方米两居室的指标，那是排队都拿不到的待遇。他用热湿巾揩了揩手，从西装内袋里摸出宏碁牌掌上计算器，替我算了笔账。

"千六文尺，差唔多到11万人民币。我知你係会计出身，我冇睇唔起你嘅意思，你攞唔出咁多钱。"他为难地说。

刘先生坦率地告诉我，他遇到了难处：他在特区的公司是合资，特区方面控制了关键部门人员，现在他需要一个只对他负责的会计。他告诉我，如果我和他签一份协议，承担下他深圳公司全部做账、商业票据承兑和贴现业务，他就借给我11万房款，借款从我的薪酬中扣除，直到我完全还完欠款。

协议？我当然签了。按照我的薪酬收入加上累年的涨薪幅度，在扣除基本生活费之后，我将为刘先生做三十二年马仔，但这并没有阻止我。宾馆经理拿着刚刚打印出来油墨未干的协议过来，我就一把抓过协议，在上面狠狠摁下了手印。哦，我忘了说这件事情的关键点：为了支持土地商品化置换，特区政府为商品房出台了政策，每套房按面积配给一到三个城市户口指标。现在您明白了？我签了这份协议，卓二娣就不再是农村户口——不再是深潭里的鱼，她和我一样是岸上的鸬鹚，可以张开翅膀飞，想上岸就上岸，想下潭就下潭。要是这还不够，她是鸬鹚了，有尖尖的嘴，她还可以啄我，我会忍着疼让她啄，她啄得再疼我也不叫一声。那首古老的歌谣，见它的鬼，它什么也没预测出来，再没有什么可以对我和心上人的姻缘说三道四了。

我在皮鞋厂干了一年，在GSB-2臂式机前下过料，在810高头针车前车过帮，在平板硫化机前做过大底，节假日我从不休息，加班做商业票据承兑和贴现业务，同时跑海关，写技术说明书。我还利用每天四到五小时睡眠时间为厂长完成了五百多页老牌鞋业Silvano Lattanzi（朗丹泽）、MEPHISTO（马飞什图）和John Lobb（约翰罗布）工艺流程文件的翻译。这份工作在我签署的协议之外，是我心甘情愿翻译出来，作为我对刘先生的歉意赠送给厂里的。那真是忙碌而又充满希望的一年。

第二年，东晓花园如期落成，刘先生兑现了承诺，我拿到了那套房子的钥匙和户籍指标。我连看都没有看房子一眼，就把它转手卖给了一位回乡发展的港商，但户籍指标我留下了。在结清了欠刘先生的债务之后，我带着卖房多出的两万多块钱离开了皮鞋厂，而我的心上人头一天就辞去了竹园宾馆服务员的工作。这是我俩商量后做出的决定。我愿意为她卖身，她不许我那么做，我当然听她的话，不过我们有充足的理由创办自己的第一家企业，一家有两个深圳户口业主的企业，您说对吧？

H409-4号地？我当然没忘记它。老实说，它是一块好地，它非常不简单。它被竞拍后的第二个月我去了一趟东湖边，我想应该去看看它。我担心它认不出我，仍然选择晚上去的。可我找不到它了。不，不，它还在，但已经变了样，就像我说的，人们对钢筋水泥充满了热爱，H409-4号地已经变成了一片建筑工地，刺眼的灯光架起来，打桩机在震耳欲聋地咣当咣当打桩，汽车川流不息运来大量钢筋水泥，那些到处爬动的麋鼩和赤链蛇消失得无影无踪，没来得及跑掉的被车轮碾进泥土中，惨不忍睹。我在工地上站了一会儿，不断换地方，躲避来往的车辆，和它打招呼。我说你还在吗？我说我来看你。可它没回答，好像，怎么说呢，它睡着了，或者它不见了，消失了。我这么说当然不对，它在那儿，不过它不再是普通的H409-4号地，它把自己混大了，大到惊人——那场拍卖会四个月后，它促成了国家宪法关于土地内容的修改；五年后，特区全部农村土地被征为国有；十四年后，全市土地有形交易市场建立；十七年后，这座城市成为内地第一个没有农村的城市；十八年后，这座城市以挂牌方式出让所有产业用地。正如我向刘先生形容的那样，深圳人有股子狠劲儿，他们源源不断南下，发狠地建设这座城市，他们确实不虚此行，可人们应该想想，这一切都是打哪儿开始的？

　　您问现在它再拍卖会怎么样？这么说吧，起拍价保守估计5亿左右。可那有什么关系？H409-4号地不会再回到一块荒地上去，人们也一样。人们离开广袤无垠的原始森林，学会直立行走，使用火和保存火，制造工具，建立起社会组织，他们再也没有回到过原始森林，让裸露的身体披上毛发，重新学会爬行，这就是我从H409-4号地那儿学到的东西。

　　我和心上人创办第一家企业不久，刘先生的深圳公司资金断流，宣布破产。我去看望刘先生。我不知道能帮他什么忙。他让我送他回香港，他不想和他的合作者见面。我去竹园宾馆接他，骑着自行车送他去罗湖桥。一路上他一句话都不说，只是紧紧地拽着座架，他的伤心透过手指传递给了我。我想对他说点什么，别忘了，我在他的皮鞋厂做了一年学徒工，同时在一年时间里帮他记账，承担他深圳公司全部商业票据承兑和贴现业务，我知道他池子里养的那些鳒、鲳、鲅、鲷，知道他在哪条鱼上卡了刺，但我怕他难过，忍住了没说。我看着他摇晃着身子走向海关，他还穿着那套身白色西装，不过它有些发皱，看上去没有那么精神。我猜他不会再回来了。

送走刘先生，我找到一家准备参加刘先生深圳公司竞拍的内地公司，请他们看一份足足有312页的财务报告。我告诉他们，如果接受我的条件，签订一份由我承包经营的合同，他们想要拿到的两家标的物将在半年内解决亏损，十个月内打开市场，获得回报。顺便说一句，如果我是经营者而不是业余会计师，那些长达数百页的建议就不会被刘先生随手丢在早茶桌上了。

几天后，我和那家内地公司进入谈判阶段，又过了一些日子，他们签下了那份合同。

我后来的生活？您让我想想。我后面的事情您肯定做过调查，上个世纪八九十年代，像我一样来到这片热土开始生活的人千千万万，命运对有的人不薄，对有的人可不怎么样。我是幸运的，我的生活和您听到的类似故事没有什么两样，我就不说了。

如果没有遇到卓二娣，我的命运会怎么样？哈，您算问着了，我想过这件事情，不止一次想过。我是个资质平平的人，不算有才华，如果入职招商银行，大学时的雄心会逐渐磨平，也许在兢兢业业工作几十年后，我会成为它五家境外分行和三家境外代表处中某个机构的负责人，或者低一点，成为它一千八百家分支机构的负责人。今年该按照规定办理退休手续，回家和老伴——当然不是心上人——为儿女的事情赌气和吵架，然后后悔不迭地打电话叫救护车把心脏病突发的那个送进医院抢救，除了这个我想不到还有什么结果。对了，忘了说，我前面提到的那些机构负责人，他们当中有些人没有正常退休，您能想到这会儿他们待在哪儿，想到他们的亲人有多煎熬，那里面可没有我，我好好地待在自己的生活里，没人来打搅。

是的，命运让我遇到了卓二娣。在遇到她之后，我明白了一件事：我，还有其他人，我们并不生来如此，这世界上有我一块地，它是否属于我，取决于我能不能找到它，在找到它之后我会在那上面种点什么。卓二娣就是那个让我这么做的人。她让我找到了属于我的那块地，我没有在那上面种某些植物，而是种出另一些植物，让尖嘴的鹧鹩和黑眉的苇莺继续在那上面起起落落，快乐地追逐，这结果可大不一样。三十七年过去，我和卓二娣经历过太多难熬的困境——1990年她生双胞胎儿子时难产，2007年全球金融危机时我们资金链断掉，2019年我家老二在科伦坡连环炸弹袭击中失联四天，2022年我妈妈去世……每次遇到这种事，卓二娣都会坐到我身边，把她的手放在我的手中，让我握住。是的，她让我握住它，就像握住我们的希望，别松开。天空不总是阳光灿烂，可我们挺过来了，没有被命运击倒。每天早上起来，我的第一个念头就是，哦，她的手在我手心里，没有从我手心里滑落，我是世上最幸福的人，我该知足。您琢磨琢磨，我说的是不是这个理？

我现在患有多数老年人常患的疾病，有两次差点走掉。可您知道吗，我没有那么难过，我想和圣裘德医院的海莉·艾阿塞诺一样，带着假肢和骨癌细胞去太空转一圈。这事我背着卓二娣偷偷准备一阵子了，我的律师正在和Blue Origin（蓝色起源）、Virgin Galactic（维珍银河）和SpaceX（太空探索）公司讨论我的太空旅行计划，他会替我把事情办好。只有这件事能让我松开卓二娣的手——只是三天，超过三天可不行。我会在前往太空的路途中想着我的心上人，会在那个奇妙的世界里悄悄对她说一句话，只对她说。您肯定猜出了我要说什么。

是的，是的，是的，我在说属于我的那块地，我想要的它全都给了我，您拿什么来我都不换，这就是我现在的想法。

原载《花城》2024年第1期

班宇

飞鸟与地下

愚人之链

  十五天前，小柳从上海回来，我掐着手指头算日子，心情比较纠结，既怕她找我，又怕她不找。张一天跟我提过，小柳也许要离。我听后有点紧张，问他，有苗头了？他说，多少有一些，最近没见她带孩子，老婆婆负责接送，吭哧吭哧，对孩子连踢带卷，很不优雅，观者闻风丧胆。我说，未见得是感情问题，许是身体有恙。张一天说，我看不像，你认识她老婆婆吗？我说，我上哪儿认识去，又不是我妈。他说，挺有气质，将近一米八，一百六十斤开外，烫了大波浪，爱抹红嘴唇儿。以前是体育老师，南关区教师运动会铅球纪录保持者，后来改教物理，原理类似，都在琢磨重力、磁力、浮力、万有引力，跟你的研究范围也接近。我说，我的？他说，对，这么多年来，你首先是不自量力，其次是无能为力。我说，电话挂了吧。张一天说，情况就这么个情况，你看着办。据我所知，她马上到长春，保不齐能去找你。我说，具体哪天？届时我肯定不在。张一天说，可别装了你，多少年来就是个惦记，纯属回天乏力。

  张一天跟小柳在上海住同一小区，前后楼，隔人工湖相望，日常来往密切。楼盘隶属奉贤区，住户以东北人为主，邻里关系和睦融洽，夏季常在室外进行烧烤活动，小炉子一架，酒精块生炭，三五好友，推杯换盏，烟熏火燎之际，旁边不锈钢盆里的丹东黄蚬子一张一翕，像是也要插上几句，个性开明。房子几年前买的时候两万五一平方米，现在两万三千五，不涨反降，逆势而为。张一天的那套是租的，主要是离单位近，二十分钟骑行路程，环保又健康。他每日精神头十足，心明眼亮，总在观察小柳一家的生活动向，不时向我汇报。小柳在此安家，买了小区最大的户型，建筑面积八十九平方米，三室两厅，户型方正，南北通透，实用与享受兼得，且带一个U形厨房，具备更大的操作台空间。张一天跟我说这些时，我很不解，问道，要这么大的操作台干吗呢？她也不会做饭。张一天说，她不做，不代表没人给她做。我说，谁？她老公？不是脑出血了吗？张一天说，她小时候有她爸，之前有老公，现在有老婆婆，长大了有儿子做，一辈子吃喝不愁，要什么有什么，想什么来什么，你还不了解她吗？你对她一生连绵而壮阔的故事连这点预判都没有吗？你不知道她无论如何以身涉险最终都能立于不败之地并保持迷人的微笑吗？我想了想，说，不是不知道，话赶着话，唠到这儿了。张一天说，都多余了，朋友。

　　的确如此，在小柳的生命进程中，我早已明确自身的位置——有我不多，没我也不少。或者说，任何人在她身上都无法印证自己的存在，就是这么虚无，就是这么迷离，抵达她的旅程如同穿过烈日与荒地，不见影子的方位，亦无四季的植被。高中毕业时，我对小柳展开疯狂追求，不仅忍饥挨饿，为其办理"黄钻会员"，也通过外挂的使用让她在游戏里一时风光无两，备受敬仰。当然，后因被官方发现导致永久封号。我还在午夜时分发过六十多首代表爱意的流行歌曲。不过这些均未能溶解她的心灵，很遗憾，我们的关系始终没有更进一步。再后来，她对我说在大学里谈了男友，面庞白皙，烫着波浪式的金色长发，如一位在暗舱里偷渡而来的水手后代，父母曾于全世界漂泊游荡，不过他说的却是东北话。男友的母亲会做新加坡肉骨茶，她去吃过一次，当即折服，彻头彻尾地爱上了南洋滋味，感受到了一种健脾祛湿的效果，身心通畅，灵魂进而丰沛起来。我听了极其自卑，别说是吃，这三个字的搭配我都简直闻所未闻，根本无从想象。如今他们分开许久，我却依然保持着惊诧，不知为何一顿排骨米饭能令其几度沉沦，将故土与故人轻易地抛在脑后。这一点我百思不得其解。

当然，也不要紧，这些年里，我不理解的事情还有很多，所以没那么在意。比如说，小柳结婚的前一年，我差点也结了婚，双方父母已见过面，日子选好，饭店订金也交了，甚至开始在刚装修好的新房里生活。我在阳台上种了许多少见的植物，比如西伯利亚远志、露珠草和青楷槭，高低错落，郁郁葱葱，如同微缩的山林；还养了一缸金鱼，没怎么喂过食，里面的小鱼却越来越多，灵活游动，一切欣欣向荣。一个晴朗的下午，我在沙发上看电影，未婚妻从卧室里走了出来，红着眼睛说，她要走了，很抱歉，有那么一个人，她根本忘不了，这么多年了，就是没办法忘记，试了许多次，怎么也不行。我愣了一会儿，请她继续说下去，她没多想，滔滔不绝地讲了起来，说那人是她初中时的化学老师，大她十岁，当年刚毕业。她化学不好，总是记不住分子式，搞不清楚反应方程，他就一遍遍地教，想尽办法，不厌其烦。她毕业后，对方也不教书了，回到学校深造，改做科研，如今博士毕业，在北京工作，自己建了个实验室，专接国外项目，收入可观，前途无限。但这也不重要。重要的是，数年以来，他们一直有邮件往来，前后几百封信，体量庞大，涉及天文、地理、历法、健康卫生等多方面内容，或可以说，这些是二人多年以来存在于世的不灭证据。他们总在彼此倾诉，从未间断，不止于情感，不止于人生，他知道她的每一步是如何走过来的，万念俱灰时，正是那些信件让她活了下来。她也只在面对他时，才有信任，才觉得轻松、自在，才觉得自己是在真实地、确凿地活着。与此同时，她也能明白他的一切选择，好的与不好的，背叛时的痛苦、遗弃时的孤独。当然，他更理解她，还为她的婚姻送上过祝福，不过她是拒绝的，她不需要任何人的祝福。她想，她的一生也就这样了，只能如此，也不过如此了。但，此刻她发现，已经没办法从一场精疲力竭、绵延不休的幻梦里摆脱出来了，必将深眠于此，既然这样，就不能再拖一个人进去，那等同于实施一桩罪行。我想了想，说，能让我看看你们的通信吗，这么多年，你们在说些什么呢？她说，不重要。我问，你们见过几次？她说，十二年没见了。我说，哦，十二年。我们认识几年了？她说，五年。我说，哦，五年了。

她坐在垫子上，矮我一截，垂着脑袋，没化妆，皮肤毫无光泽。讲完后，她又哭了起来，说道，我们就这样吧。对不起，我们就这样吧。我说，你的意思是要分开？她说，我配不上你的感情，抱歉。我说，你要去找他吗？她说，明早的车票，我无法再忍受一分一秒了。我说，为什么啊？为什么忽然做出这样的决定？她说，我今天早上醒过来，读到他的最后一封信，向我告别。他写了很多很多，我却一个字也不认识了，躺在床上只是哭，一直到现在，完全停不下来，脑子里只有一句话，为什么我的生活如此糟糕，我没有任何一个对得起的人，包括我自己，为什么我的生活如此糟糕啊。我的生活看似平静，但我知道，我无可救药了，不过是在扮演着另一个人，一个连我自己都不认识的人。我说，不至于的，一时情绪而已，你冷静冷静，好好想一想。她说，我不想了，想不明白，就这样吧。我哭得那么厉害，那么长的时间，你肯定听见了。刚才我想，如果你走过来，抱一抱我，我们抱上一会儿，兴许我能好一点，但你也没。我不怪你，不是你的问题，我知道你不想。我们就这样吧。

电视上放的是一部韩国电影，讲述的是1999年的故事，与回忆有关，一位站在荒地上的中年男性对着高架桥上摇摇欲坠的火车大喊不止。待她说完后，喝醉了的人们在户外唱起歌来，七扭八歪地搂在一起，音箱放在河边的石头上，溪水在桥下流过，歌声与水声此起彼伏。恍惚之间，我觉得我也身在其中。我想我本应愤怒，如蒙受欺骗，或是深深绝望，歇斯底里，可我只是很困，极为疲惫。我侧身蜷进沙发，一点精神也没有了，闭上眼睛，双手抱在胸前，就这么睡了一整夜。第二天醒来时，她已经走了，房间空空荡荡。我看了半天缸里的金鱼，给我妈打了个电话，讲了这件事情。我妈听后很平静，跟我说，哦，知道了。我说，你不生气吗？我妈说，我为什么要生气？我说，你不去讨个说法？她说，跟我有什么关系，走的又不是你爸。你自己的事儿，自己看着办，别来找我，我可不管。我说，行。我妈又补了一句，该。我问，什么？她说，我说你活该，你根本也不爱她啊。

过了很久，我才发现，她对一切早有预计，从搬过来的第一天开始，就很注意，不让自己在我这里留下任何的痕迹。有段时间，我疯了似的寻找她存在过的证据，哪怕是一根头发、一丝气息也好，以证明自己的生活并非虚度。最后，我只在书架后面发现了一张小小的唱片，满是灰尘与划痕，播放起来断断续续。我怎么也想不起来它到底是谁的，从何而来，而那些曲目听来又是如此陌生，我只能将之视作一种密码，或许可以从中得到点什么启示。我反复听了很多遍，唱片名字是《Memphis Underground》，孟菲斯地下，取自录音室的名字，内页照片上那些堆叠起来的音响也如茂密的丛林，光与声音在此交错。唱片发行于1969年，共有五首歌，最好听的一首是《Hold on, I'm Coming（坚持住，我来了）》，但接下来的另一首我听得最多，叫作《Chain of Fools（愚人之链）》，编曲极其丰富，有颤音琴也有长笛，不知为何，听到后半段总会有点心碎。我查了它的源头，最早由一位女歌手演唱，讲述的是自己跟男友相爱五年，却一直蒙受欺骗，对于真相一无所知。别人告诉她要离开，她却怎么也走不掉，只因对方的爱太强烈而她又太过软弱，任凭一条愚人之链将其牢牢拴住。曲子差不多有十分钟，段落分明，叙事感强烈，笛声犹如一条小鱼，于雾气缭绕的白夜里游弋。在小柳婚前，我给她发过一次，她回我说，听了半宿，天亮了，我出发了。

新月城

我给张一天转去一篇分析当前经济形势的文章，半天后，张一天问我，小柳还没联系你呢？我说，没。张一天问，她回去多少天了？我说，我哪知道，谁记着这事儿。他怂恿我说，不行你联系她一下呢？别控制，不要给你的人生设限，二婚也有追求幸福的权利。我说，上次我也没领证啊。张一天说，那我搞错了，我告诉她你离了，对不住。我一下子有点惭愧，百感交集，打了一堆省略号。张一天说，她咋想的我是不知道，你咋想的，我还能不知道吗？自己的事儿，自己看着办，别来找我，我可不管。这话跟我妈说的一点不差。我放下手机，内心沮丧。对于小柳，我的感受颇为复杂：一方面绝不是想要借此缅怀青春，认为当年有过暧昧时刻，对方在余生里势必难以忘怀，那简直是一种令人作呕的自大；另一方面，当然也不是想跟她发展出一段什么关系来，即便我再愚昧、固执、迟钝，对于物是人非一词也有过深刻体会，更何况那对小柳也是极大的冒犯与不恭。我一直在想，为什么我对她总是怀着非同寻常的眷恋呢？想来想去，觉得或许与早年发生的一件事情有关。

我从未跟她提过，我想她也不记得。约二十年前，我跟小柳曾做过邻居，住在同一个家属院里，不过她住一号楼，我在二号楼。小柳她爸叫柳承德，跟我爸在一个单位上班。她爸是工人，工作勤恳，有点技术，加上爱琢磨，1994年被派到乌克兰施工，穿行于科尔孙—舍甫琴柯夫斯基区的茫茫夜色与泥泞道路之间。中间携带火腿回来过年，颇为风光，特意锯了一小块给我家送来，说随便尝一尝，外国风味，一般人吃不好，是个心意。我爸目睹柳承德扛着整只火腿招摇过市，对其体积有过盘算，掂量过后，认为送给我家的份额足以体现其重视程度，便盛情邀他来家里做客。当时我爸刚刚升任车间调度，可谓如日中天，前途一片光明，多少有点飘，走路脚不沾地，总会产生一些不恰当的错觉。大年二十八晚上，柳承德领着女儿前来赴约，那是我跟小柳第一次正式接触，之前虽住得近，却没什么联系，打个照面也不说话。柳承德跟我爸在外屋喝酒，开始时很羞涩，相互试探，但两人都没什么量，六点开始喝的，七点半已经满嘴胡话。我爸在对车间的未来发展进行全盘规划，低声与柳承德诉说自己的愿景：造一台楼房那么大的变压器，满足南关区全体居民的用电需求，你在家用洗衣机，她看电视节目，孩子打开台灯读书学习，一点问题没有，在同一片天空之下。柳承德比较严谨，皱着眉头问，这几样同时进行，现在有什么问题？我爸说，还是有隐患，规模不够，无法矫正输送电能的电压，也就不能避免电力系统中的电压波动、电压谐波等致命故障。柳承德说，我看未必，规模大小不重要，主要还是调节模块是否有效，未来社会电力的核心任务，在于提高电能使用效率和改善电力质量。电，好比是水，有的足够纯净，有的有杂质，家用电器好比是人，喝了不干净的水，早晚要生病，所以说，保卫电的质量，就是保护我们的健康，捍卫共同的未来。我爸说，你是领导我是领导？柳承德说，你是，你是。我爸说，错了，我们都不是。厂长说了，我们单位没有领导，只有互敬互爱的一家人。你切记，你有困难我来扛，我住隔壁我姓王。柳承德说，王哥，还是你有水平，敬你一杯。我爸说，柳兄，你有洞见，能举一反三，我看往后你还有步儿。

小柳猫着腰钻进我屋，穿了件通红的小棉袄，小臂箍着两只油亮的花套袖，整体有些耀目，像是个点着了的灯笼。她不跟我讲话，我也不跟她说。她先是站着，看着我，后来站不住了，一屁股坐到地板革上，问我在干吗。我说，下棋。她说，自己跟自己下啊？多没意思。我说，有意思，看着好像是自己在玩，其实有四个人，甲乙丙丁，或者说，中国队日本队英国队美国队，规则我自己定的，跟你说不明白。她说，现在谁领先？我能代表中国队吗？我说，不能，你不会玩。她说，瞧不起谁呢，中国第一，美国第二，英国第三，日本第四，我早看出来了。我心里一惊，几个颜色的棋子，我一直在心里计数，从没说出来过，她怎么知道的呢？我故作镇静，说道，不对，你别干扰我。看会儿动画片不行吗，我把电视给你打开，辽宁教育台正在放《神探加杰特》呢，穿风衣拿放大镜探案，每天两集，惊心动魄，比较过瘾，也有教育意义。或者看看《黄金一刻》，快乐问答，马上大年初一了，初一的月亮你知道叫什么吗？叫新月，跟太阳同升同落，站在地球上看不见月亮，都是知识，你多学一学。小柳说，我妈不让我看电视，她跟我说，傻子才看电视，越看越傻，我家电视就摆在那里，从来没开过，只有我爸回来时才看一会儿，我挺害怕变傻的。我说，胡说八道，我奶天天看电视，我妈说她比猴儿都精。小柳说，可能因为你奶属猴。你属啥？我说，我属虎。她说，我也是，你几月份的？我说，四月。小柳说，我六月的，你比我大，我得叫你一声小哥，小哥好。我听她这么一说，心里有点热乎，态度也就变了，问她，你吃饱没？我还有一盒蛋卷，想吃的话，我给你拿出来，咱俩分一分。她说，小哥，我不吃，你留着。小哥，你喜欢魔术不？我给你变一个。我说，电视上见过，美国大峡谷，万丈深渊，一个人拿把雨伞走在钢丝上，大风呼呼地吹，他在上面连吃带住一个礼拜，睡觉也没掉下去过，心里有数，我很佩服。她说，小哥，那叫杂技，我给你演个厉害的，你保准没见过。

说完，她站起身来，把板凳搬到窗边，蹬了上去，撕开窗缝的胶条，又用手敲几下，把窗户顶开。一阵冷风灌进来，我打了个冷战，哆嗦几下，赶忙去把门关严，我爸在外面瞄了我一眼，没说话。转过头来，我看见她半跪在窗台上，就有点急，小声说道，你下来，下来啊，多危险。玻璃上的冰花缓缓褪去，她没理我，一手扶着窗框，另一只手掐着放在嘴前，朝向黑夜打了个口哨，声音不大，却相当清晰、圆润。然后又是三下，总共四次，音调、长度各不相同，最后一声十分响亮，像是一道闪电呈U形滑过，下降之后又上升，也如在对谁讲话。第一句是，你好啊。最后一句是，我在等你啊。半晌，一颗魔术弹熄灭在空中，月亮弯成一道铜褐色的弧线，细而坚韧。她把脑袋向外再伸出一些，我担心她掉下去，一把从后面擒住她的双腿。小柳穿着一条褐色的棉裤，面料发滑，据说也是乌克兰带回来的，比我们的棉花弹性好，也更保暖，抱着感觉软软的，有点惬意。她撑着阳台，向前探身，我用力往后拽，她回过脑袋，跟我说，小哥，没事儿，你别拉着我呀，它该找不到我了。此时，光线隐去，一只鸟不知从什么地方飞了出来，速度极快，堪比刚射出来的箭矢，以残月为弓，直直向下。它尖尖地叫了一声，像是对逝去的哨声报以回应。鸟比我平时见过的要小，虹膜发棕，翅膀和尾巴为褐色，覆羽有辉光，如锡铁所制，刚上紧了发条。它飞过我们的头顶，消失在下方，接着又返回来，向上冲击，往复几次，忽然闯入窗内，直奔我们而来。我吓了一跳，连忙闪开。它在屋内绕了一圈，最后轻轻地落在日光灯上，眼目鲜艳，望向我，偶尔啄着湿润的颈部，室内光线摇晃不停。我惊出一身冷汗，看看小柳，她已被我拽到地面，我俩靠在暖气片上坐着。她喘着粗气，满怀期待的神情，抬起脑袋，慢慢递出一只手来，张开手掌，朝着那只鸟儿点了点头。小鸟如同会意，振开翅膀，嗖的一下跃至近前，以洁白的羽缘拂过她的指尖，先是左侧，接着右侧，偏着脑袋，反反复复，像一位妈妈抚摸着她那快要长大的孩子，满是不舍与爱意。之后小鸟跳到窗台上，啄了几下玻璃，发出咚咚咚的声响，半转过身来，朝着我们眨了眨眼睛，一跃飞出窗口，消失在无尽的黑夜里。此时，有人在对面放了一挂鞭，竹竿从窗口伸到外面，垂落在地，引信点燃，万响争相出动，半扇楼被映得比白天更亮，从下往上，爆炸声愈发迫近。小柳哇的一声哭了出来。

坚持住，我来了

婚前的房子只我一人住，我总是将它收拾得一尘不染，如在迎接谁的光临，或者等待一个人的回归，其实谁也没有来过。金鱼都死掉了，只剩一缸清水，我也养着，每隔几天一换。阳台上的那些植物长势很好，叶片葱郁、饱满，没有一点枯败的迹象。浇水时，我必须挪动几株，才能对每一盆都有所照应，很像在玩"华容道"，我扮演的是曹操，来回移动兵阵，以求顺利突围。那盆巨大的梅笠草如同关羽，一夫当关，不可逾越，每次我都会为自己设计难题，通过不同的解法来实现逃脱，有些耗神。考虑到通常情况下也没有什么特别要紧的事情，待在阳台上反而是一种享受。

我在心里默念此次的移动次序时，电话在屋里响了起来，我犹豫了一下，没有接，继续摆脱封锁。半小时后，我全身而退，长舒一口气，拿起手机，发现是张一天的电话。我拨回去，他问我在哪里，我说在家呢，刚才在浇花，等我拍几张给你。张一天说，别拍了，不愿意看。跟你说个事儿，小柳不在长春了，走了。我说，哦，这样，好吧。他说，失落吗？我说，有点儿，不多。张一天说，你再装？我说，也不至于，好容易回来一趟，人来人往，见不上正常，都能理解。张一天说，得了吧，别人不了解你，我还不了解吗？我没说话。张一天顿了顿，说道，小柳刚给我打电话了，聊了一个来小时，问我你在哪里，在做什么。我说，你怎么说的？你俩怎么那么多的话？张一天说，我说我哪知道，你想知道自己去问呗。我说，什么意思？张一天说，我把你地址给她了，她要去找你，可能快到了。我说，太突然了吧。张一天说，谁让你不接电话的。

挂掉电话后，为了平复心绪，我连忙把家从里到外收拾了一遍，之后抽着烟等她。临近午夜，我本以为小柳不会再来了，她忽然打来电话，跟我说就在门外。我深吸几口气，故作镇定地开了门。小柳站在走廊里，瞪大了眼睛，歪着头看我，也不说话。我对她说，欢迎来访。她默默进了屋子，脱掉鞋子，斜着摆在一旁，坐在门口的凳子上，看了看室内，跟我说，奇了怪了。我说，什么？她说，我怎么感觉你早就知道我会来啊。我说，是，张一天给我打电话了。小柳说，不是这意思，我是觉得，你好像等了我很长时间啊，许多许多年，此处原封不动。我说，做梦吧你。小柳说，果然啊。我说，你到底想说什么？小柳说，果然跟我的预测一致，见不到你吧，不怎么想，见到了吧，也不觉得多么亲。我说，是吧，那你过来图啥呢？小柳想了一会儿，说，可能还是想看看你吧，我也不知道。我说，大可不必。

小柳噘起嘴来，满脸的怨愤，没几秒钟，又转了脸色，亢奋地对我说道，我跟你讲个事情，刚去上海时，我在一家影楼上班，专门给孩子拍照的，我给摄影师当助理。有天来了这么一个小男孩，可能住在附近，家长送过来就走了，说是拍完再接回去。小男孩四五岁吧，名字叫辰辰，或者程程，没听清。他穿着一件卡其色格纹风衣，戴个圆圆的灰色礼帽，手里拿着一柄放大镜，长得很机灵，像是一位明察秋毫的侦探，表情比较冷漠，不爱说话，也不大愿意被拍摄。我一下子就想到你了，感觉你们有点像。我说，你来找我，就是为了说这个？她说，不全是，反正那天摄影师命令我把他逗笑嘛，我想了很多办法，开始举着一只氢气球，上面画着一只傻乎乎的卡通狗，我不时松手，任其飞高，在狭小的空间里跑来跑去，假装抓不到。他无动于衷，压根儿没怎么看我。接着我把小黄鸭泳帽套在头上，匍匐在地，四肢乱摆，脑袋上下起伏，大口喘着气，假装奋力游泳，以至于自己真的有些缺氧。他看了看我，伸出一只脚来，踢了踢我的胳膊，说道，这是陆地。我说，你着急要走吗？不如先进屋，喝口水再讲。她说，真像你啊。你记得吗，毕业那年，我没考好，特别正经地跟你说，想从楼上跳下去，当一只鸟儿，乘风飞走，还在你家里比画了一次，你跟我说，这是陆地，注意重力。太冷漠了，这么说着我又有点记恨你了。

我想了一会儿，没记起来这一幕，问她，后来呢？小柳说，你说你还是他？算了，一回事儿。我拿了个摇铃背歌谣，他也不听，烦得很，反正怎么也逗不笑他。那阵子我遇上点事情，情绪本来就不好，把道具丢在一旁，自己跑出去哭了。外面正下着雨，路人行色匆匆，有人穿着羽绒服，有人穿短袖，我就想，这到底是哪里啊？现在又是什么季节啊？真的不明白，我生活里的一切我都无法理解了。没过多久，小男孩也出来了，许是想透口气，挨着我站，我赶忙擦去眼泪，俯身问道，你就这么不想笑吗？他没说话，看了看我，举起了放大镜，直直地摆在眼前。就这么一个动作，让我记起来了一部没看过的动画片，我当时就想，天哪，我得回来见见你。

小柳说有点饿，我去厨房煮面，她在我的屋子里来回蹿动，毫不见外，每隔一会儿就拿过来一件东西，问我这是什么，做什么用的，有什么来历。这时，我忽然发现，对于很多事情我都记不清了，想了很长时间，也无法确切告知，上升的水汽覆住我的思维，万物朦胧一片。小柳很兴奋，像一只追逐火圈的羚羊，跳着走路。我说，半夜了，小点儿声。她假装低头赔罪，一步一步撤至茶几边上，又栽倒在沙发里，望着我的那一缸清水。

她吃饭时，我问她明天是否要回上海。她擦了擦嘴，对我说，可以回，也可以不回。我说，我建议你回去，全家都在等你。小柳说，等我干啥？我说，等你啥也不干，就跟过去的日子一样。小柳说，我就这么差劲儿吗？我说，实际情况，你就说是不是吧。小柳说，是。我说，那还说啥。小柳说，我来找你，有两件事儿，第一件刚才进屋时说完了。我说，小男孩长得像我？小柳说，对，我想了好几年，生怕忘了，我得来告诉你。我问，第二件是？小柳说，我有我妈的消息了。我皱紧眉头，问道，你妈不是在桂林路管委会上班吗，张一天他爸卖烤淀粉肠的摊位还是你妈帮忙租下来的。小柳说，放屁，那是我姨，我爸后找的。我说，抱歉，对你的家庭构成不是十分了解。

小柳说，很小的时候，我妈就走了，快三十年了，我都记不得她的样子了。我说，肯定好看，不然生不出你来。小柳说，从进门到现在，你总算说了句人话。我说，我这人有一点不好，撒谎冒虚汗，不信你现在摸摸我后脊梁。小柳说，你怎么还是那么招人烦。我说，到底什么消息呢？小柳说，之前我爸跟我说过一点点，我没放心上，人都走了多少年了。前阵子在上海，小区业主聚会，我遇见一位阿姨，二道白河的，以前在科学研究院上班，退休后过来的。儿媳妇要生了，她来伺候一段时间，但俩人老闹矛盾。跟我认识后，她一生气就来找我聊天，我俩有时候还喝上一口，喝得高兴了，她就跟我讲讲以前在山上的事儿，主要是那些植物，她什么都认识。我看你养了不少花，金露梅听过吗？长在岳桦林边缘，叶子能入药，还有茅莓，开起花来特艳，穿个花裙子似的，有活血散瘀之功效。我说，你挑重点说。小柳说，有一回，我把我爸说的事情讲给了这位阿姨，她听后想了半天，跟我说，柳啊，我在山里走了几十年，住过多少个夜晚，见过的植物不计其数，看过的鸟儿也什么都有，有百灵也有云雀。其中有一种鸟儿最有意思，每年春天来到山里，成群结队，夏季鼎盛时，栖息在村舍屋顶、屋檐和房前屋后的湿地上，九十月份时迁走，比较规律。但是，每年都会有那么几只，回到山里后，就再也不走了，十一月份还在低空飞着，翅膀冷得发硬，一边飞一边叫，声音虚弱。实际上，它们在山上是无法过冬的，找不到吃的，也没地方藏，漫山遍野都是大雪，到了最后，只能钻到树洞里去。听伐木工人说，冬日去地下森林里采伐时，总会在洞里发现这种鸟，每个洞里只有那么一只，这种鸟儿见到一个地方被占，就继续寻找下一个，绝不结伙。可是，山上实在太冷了，这些鸟在洞里也冻僵了，直挺挺地伸开爪子，眼膜上结着一层薄冰，工人有时看着死状可怜，就把它们焐在手里，带回家去。在室内暖和几日后，忽然有一天，鸟儿又活了过来，宛若新生，尖尖地叫着，灵巧而迅捷，迫不及待地飞出窗外，如闪电一般擦水而过。你妈妈的事情我不懂，但就有这么一种鸟儿，在山里与山外，在一年的四季里，各有姿态，甚至分不清它是死了还是活着，或者说，活过来的还是不是原来的那一只，谁都不知道。我说，没听懂。小柳说，我也是。这不是关键。我说，你妈妈跟这种鸟儿有什么关系？小柳说，还不知道，我想去看一看，冬天就要来了。这是我来找你的第二件事情，陪我去一趟山里吧，就现在。我说，去不了，你吃完了吧，我要休息了。

小柳接着说，我知道所有泉水的来源，记得全部的山林，地图我都背下来了。在上海时，我一遍一遍地看，平面图看出来立体效果，所有的直线与曲线，高与低的颜色，那些草木、洞穴、苔原、瀑布，我比谁都熟悉，它们也是我的家人。我说，没懂，我们去了到底要做什么？找那种鸟儿？她说，是，也不是。我错过了很多个冬天。我爸也走了，就剩我一个人了，你知道我为什么来找你，我来之前你就知道。有那么件事情，只有你和我经历过，我们打开了一个现实，从那时开始，一切走到了现在。你跟我一样，什么都记得，什么也忘不掉。毕业时，你给我的留言还有印象吗？你跟我说，上升的路和下降的路是同一条路，就这么出发吧，我们总会在同一条道路上。在此之前，我绕去过很远的地方，匆匆前进，无视风景的暗示，其实是为了回避，为了不与之对抗，可这没什么用，夜晚照亮过我们的眼睛。现在我回来了，同一条道路上，希望你也在。

你们会遇见我吗

小柳坐在我的身旁，我驾车驶过乌云，路上无光，车灯辐射的距离有限，我们如在漫游，很难确认方位。音响接连放了许多首老歌，小柳都会唱，每当我觉得她要睡着了的时候，她就会张开嘴来，哼上那么两句，有时唱完了会笑，有时则很委屈，像是马上就会哭出来了。我想到许多年前的一个夜晚，那时她在我家里，我们即将分别，奔赴不同的城市。小柳说，你不能忘了我吧，我的话还没讲完呢。我说，那你快说。小柳说，不是现在，在未来，我跟你还有很多的话没说呢。那天的黎明也如今日，人们想要拼命拖住这个失落的夜晚，使之长于任何的时间，可清晨终将到来，最初的光落在一滴露水上，之后是另一滴，满地的闪烁与晶莹。加速，再加速，如同不息的演奏，经过月光、岸与峡谷，我把车开到山下，摇下窗户，凉风将黑夜彻底吹散。小柳前一秒还在梦里，现在已经醒了过来，晃晃脑袋，开门下车，舒展身躯后，立即警觉起来，脊背微弓，眼目发亮，如野兽归巢。她对这里无比熟稔，不需辨识，引领着我，沿溪流走去，从清晨直至正午，岳桦林在不远处庄严地望着我们。

穿过风口与瀑布，向下的道路如约而至，出现在我们面前。那是一望无尽的森林，生长在断陷谷地之中，数万年前，火山喷发，山口断裂切割，地表塌陷重塑，进而形成，谷壁悬垂，古树错落有致。

入口的小径旁斜放一辆破旧的自行车，后座驮着个泡沫箱，无人值守。我看向四周，除我和小柳外，一个人都没有，此处已非游览区。自行车是飞鸽牌的，主梁生锈，挡泥板短了一截。当年我妈也有一辆，后来丢了，那天她哭着回的家。整个晚上，她坐在厨房里，不开灯，一直念叨，就放在商店门口了，也锁上了，怎么就没了呢？前后不到十分钟，买瓶胶水的工夫。胶水是我要的，第二天上课要用，软塌塌的塑料瓶装，不小心就挤满一手，很难洗去，干了后才能弄掉，像一层层透明的新皮，怎么也蜕不干净。到后来，我妈换了一句——我锁车了吗？你说，我锁了吗？真记不清了，老了啊，我老了。我爸听不下去了，一瘸一拐地从屋里走出来，耷拉着眼睛，打了我妈一巴掌，我妈这才闭嘴。那是我第一次看见我爸动手，打完之后，他又慢慢挪了回去，躺在床上，拧开收音机，里面全是杂音，什么也听不清楚。

我跟小柳说，我不怪我爸，我妈也不记恨，那时他刚办了残疾证，还不太能接受。小柳问，你爸怎么回事？我说，没怎么，厂里搞改制，工人聚众闹事——其实也不算，就是搬个小板凳静坐，不开工也不动弹，安安静静，遍布灰尘，像一株株将死的植物。他反而急了，拎着大喇叭爬上吊车顶，对着大家喊话，劝大家冷静，不要意气用事，目前的这种行为属于破坏生产，留个案底犯不上，务必放心，厂里一定会给个说法。其实他心里明白，哪有什么说法，无非缓兵之计。喊到一半，有人偷着晃了几下车杆，他一个栽歪，从上面摔了下来，好在不太高，底下有线圈拦着，只落了个残疾，不然不好说了。他倒在地上，半天没人管，喇叭还握在手里。他想说点什么，拨动几次，里面传出来一段悦耳的音乐：我的情也真，我的爱也真，月亮代表我的心……多少年了，我喝完酒跟朋友去唱歌，但凡有人点了这首，我听后立刻上头，一步也走不动，就是个吐，根本止不住。小柳说，我想起来另外一首，对我也有类似效果，以前你发给我的，里面有句歌词写得好：是谁出的题这么的难，到处全都是正确答案。我老在琢磨，是谁呢？你说说，谁呢？

我翻遍裤兜，掏出全部的硬币，丢入自行车筐，从泡沫箱里取出两个雪糕，一个递给小柳，另一个自己吃。我们向着深处走去。林间栈道狭窄，两侧树木密集，不时拦住去路，我们辨不清方向，只感到一直朝下，指示牌越来越稀疏，没多久，就见不到了。小柳走在前面，我跟在身后，雪糕吃完了，她叼着棍儿转过头来，跟我说，我记得你爸。我说，是吧。她说，你都忘了。我没说话。小柳说，小时候我连你家都去过，玻璃柜里摆着一只狮子狗，手掌大小，毛茸茸的，还会眨眼睛，睫毛弯弯的，特长，没错吧，你未必记得了。我说，我也老了。小柳说，我妈就是那天走的，我永远也忘不了。春节前几天，我爸要领我去你家吃饭，说厂里领导接待。我妈给我换了好几身衣服，穿了脱脱了穿，那天暖气烧得特别好，我热得一脑袋汗。临出门时，我妈还给我化了妆，用口红在脑门儿上点了个红点。我说，庄重。小柳说，我问我妈，你不去吗？我妈说不去，她还有事儿。我说，妈，我要是想你了咋办，能回来吗？我妈说，想我了，你就打个口哨，还记得吗，我教过你，楼前楼后的，我听见你的口哨，知道你待得没意思了，我就去把你接回来。我说，你妈会吹口哨？她说，吹得特好，不管什么歌儿，她听一遍就能吹出来，可聪明了，学什么都快。我说，你得以遗传。小柳说，我可比不了，一辈子赶不上。我爸带着我去了你家，没过多久，俩人就喝多了，听不明白在说些什么。我去屋里找你玩，你也不跟我说话，我想看会儿电视，你不让，硬说费电。我家没电视，我特别想看一会儿动画片。我说，哦，原来是这么回事儿。

小柳说，那天我待得实在没意思，就在你家窗户上用手指头画画，玻璃上结了一层霜，按上去有点凉。我先是画了一个太阳，边上有几朵好看的云，太阳底下是棵大树，还有座小房子，上面竖着一个烟囱，一朵朵地往外吐着烟雾，跟云彩融为一体。然后我又画了一只大眼睛的小鸟，在云雾里飞行。我说，我一点印象也没有了。小柳说，你看我画得高兴，自己不乐意，爬上窗台，硬是把窗户打开了，没过一会儿，我画的画就消失了，玻璃也花了，结上了一层厚厚的霜。我看着我的画，气得不得了，哭了半天，再也不想跟你玩了。我说，对不起。小柳说，当时我很想我妈，想回家，记起来临走时我妈的话，朝着外面吹了好几声口哨，我心想，等我妈来了，我跟她告你一状。可惜，等了半天，我妈也没来。忽然，我听见了一声哨响，屋里飞进来了一只鸟，天哪，跟我画的一模一样。那只鸟是我想象出来的,根本不知道居然有一模一样的。我看了半天,也不哭了,有点害怕,就往你身上偎,这时候你表现还行,挡在我前面,不让它靠近。我说,大是大非面前,一贯立场坚定。

小柳说,那只鸟先是落在日光灯上,又落到地上,绕着我们俩来回跳,好像要跟我们说点什么。过了好一会儿,我也不怕了,伸出一只手来,它就飞到我的掌心里,轻轻啄着,它的嘴很尖,嘴角的绒毛又很软,我感觉很痒,忍不住笑了起来,想往回缩。我说,小柳,还往前面走吗?过了好几个岔口,我已经记不清我们的来路了。她说,可我就这么捧着那只鸟,它在我手里,不飞也不叫,偶尔展开翅膀,遮住我的手掌,又迅速合拢,昂头望着我,眼睛一闪一闪的。我跟它玩了好半天,直到外面放了一挂鞭,它好像被惊到了,从我的手里飞开,落在窗台上,看着对面的那座楼,我家就住在那边。

我说,我的手机没信号了,时间也不对,老在变,你知道我们此刻在哪里吗?小柳说,你听我说完啊,我还有很多话没跟你说呢。那只鸟停在那里,看了看窗外,又扭头望向我们,眨了眨眼,一副依依不舍的样子。我知道,它这是要走了,真没办法啊,我还没玩够呢。它向着窗户跳了几步,又看了看我,这时候,我发现,它的脚踝上系着一个红色的圆环。不知为什么,我一下子就失控了,疯了似的,大叫着扑了上去,根本不管外面有多冷,也不管那漆黑的一片到底是什么,就想抓住那只鸟。我只顾着往上冲,胳膊都伸到窗户外面了,使劲扑腾,你从后面一把拽住,死死抱着我的腿,我边哭边喊,可怎么都没用,没人听得见,鞭炮声响了很久。折腾了好一会儿,你把我拉回地上,一手锁严窗户,另一只手一直拉着我,不敢放开。我像丢了魂似的,不知怎么回去的。从那天起,我再也没见过我妈,我不问,我爸也不说,后来那么多年,就是我们两人一起过的。我爸去世之前,跟我说了件事情,说当年他没去乌克兰,也不是没去,去了没几天就回来了。他们跟当地人发生冲突,有过械斗,打得头破血流,不敢往上报告,偷着溜走,从基辅辗转回到国内。他们一行好几个人,怕被厂里处分,没敢直接回来,在南方待了好几个月,餐风露宿,后来扛不住了,有的去广东找亲戚,有的换了个身份打工。他没地方去,在码头干了几天活儿，春节前夕，实在想家，忍不住跑了回来。临走时，在车站买了一串红色的手链，十几块钱吧，不贵，还买了一条火腿，硬得跟石头似的，没法吃，只能用来掩护。我妈很喜欢那条手链，那几天一直戴着，一秒也没摘下来过。我当时看见那只鸟脚踝上的红色圆环，就以为是我妈，来看我最后一眼，就飞走了，再也不回来，像夜晚的一颗星星，越来越黯淡，流着泪放弃了我。

我问，你妈去哪儿了呢？小柳说，当天回去后，我不知道睡了多久，反正醒来时，我爸妈都没在，我奶在我身边，给我的新棉裤又絮了一层，说是摸着薄，不压身，怕不暖和。我奶陪着我过完了整个春节，直至开学，我爸才回来，也不跟我说话，问什么都不说。所以，我爸去世的前几天，我问他，到底是怎么一回事。他跟我说，当时回来后，他把发生的事情都跟我妈说了，我妈没说什么，让我爸陪她回一趟老家。她住在这山里，自己当年一步一步走出来的，很多年没回去了，有点想念。那时的火车开得慢，赶上春节，他们站了十几个小时才到。一下车，我妈仿佛重新活了过来，如鱼儿入水，鸟儿回到树林，无比自在。我妈在那边没什么亲人了，有一天他们去林中扫墓，我妈哭了半天，我爸去旁边抽烟，看了半天山间缭绕的云雾，着了迷，眼睛松不开，等再回来时，我妈已经不见了。我爸自己一个人找了两天，山上山下，除了松鼠、野鹿和山雀，什么也没找到，只好一个人回来了。我说，所以，你来这里，是想再找一找她？小柳说，不，没这意思，就想看一看。我爸最后说的是，他当年去乌克兰时，本来没想回来。他跟厂里的一位女同事关系很好，对方是坐办公室的，定生产计划，也懂会计。两人小时候就认识，也谈过恋爱，后来分了，家庭原因吧，我爸成分不好。两人都申请到了出国名额，私下也已定好，去了之后有机会就跑，准备一直待在那边，两个人在一起过日子，怎么也活得下去。厂子不行了，回来也是死路一条。这点当时谁都知道，普天之下，只有你爸不这么认为，给了个领导当，真当成一回事儿了。没承想，刚去没多久，就出了那么个事儿，我爸连夜跑的，没来得及通知那女的，其实他也有点反悔，想到我，想到我妈，总归有点不舍吧。对方应该很失望。这么多年，他也写过几封信，没寄出去，就锁在家里。她没再回来，后来说是入了教，嫁了一个华裔工人，祖上过去那边的，运河士兵出身，参与过白海—波罗的海开凿工程，死后一家人都埋在河床上。我找了很久，如今她也不在了，被葬在岸上，水声潺潺，在彼处长眠。

小柳说，这些事情，我妈知道的比我爸以为的要多。我爸压在心里半辈子，跟谁都不讲，等于只听过死亡的序曲，不懂得复活的规律，如一只冻僵的鸟儿。我俩加起来，就是一队走失的鸟群，没人把我们捧回家里。我妈飞得那么伤心、那么远，以一种真切的距离来确认存在的答案。我想，有时走入山里，步入林间，不是为了迎接消失，而是承纳一种比命运更长久的事实。小柳说完后，我想了很久，想问些什么，还没说出口，就被数棵巨大的云杉封住了去路。那些云杉的枝叶向着四面辐射，形成巨大的弧形，将我们围在其中。灰色的树皮如干枯的鳞片一般开裂，无数鸣虫蛰居其间，发出晦涩的叫声。树下有几座石碑，字迹难辨，向着同侧倒伏，风从一个方向不断吹来。我说，小柳，这是她消失的地方吗？小柳抬头看了看，我顺着她的目光望去，远处是连绵的群山，顶端泛白，中部为褐色，那是无边无际的冻土地带，禾草、地衣与苔藓构成了全部的色彩。小柳不说话，转到我身侧，轻轻拉住了我的手。那一刻，我感觉到了时间、未知与爱，非常具体地来到我的面前，从未想过，它们竟是同一种物质，那么宽容，那么柔软，与飞鸟、树和群山以均等的速率向前流动。周围并不昏暗，尚存一点点虚弱的日光，如果说有什么时候接近于永恒，也一定不会是现在，此刻我们位于漫长的河畔，如同废石，如同暗藻，过去与未来的水影在此绵延。我唯一能确定的是，夜晚即将降临，昔日的声声呼唤安眠于清水似的岁月，一切陷入长久的寂静，而这一次，飞鸟不会忘记我们，星星也从未放弃我们。

原载《长江文艺》2024 年第 1 期

叶子

叶子从未告诉我她的真名。我第一次遇到她的时候，她告诉我就叫她"叶子"好了。我想，也许她姓叶，也许她的名里有"叶"这个字。此后，我知道了很多关于她的事，但她再没有提起过自己的名字。她有她的小狡猾，而我有我的信条：一个人不想让你知道的东西，就不要去打听。

我现在想，我可能再也不会接触到叶子那样的人。不是说她这个人有多么特别，而是她生活的那个世界和我的世界不太可能再有交集。和叶子的相识，是在二十多年前，是在我生活中的某个特殊时期：已经大学毕业，但还没有工作，单身，大部分时间在游逛中度过，期待着有天能写出一篇好小说……

我大学毕业那年，世界迈进新世纪，人们称之为"千禧年"。毕业后，我的同学几乎都选择留在新加坡先把工作找好，再"衣锦还乡"。而我想的是趁这个难得的空当，先回国游玩两三个月。三个月后，我从广州乘坐飞机要返回新加坡，换登机牌时才发现护照丢了。重新办理护照，重新申请入境签证……我索性又在国内待了将近半年。等我终于回到新加坡时，我的同学们全都已经入职了。有两个女同学刚好要搬到武吉巴督一带，我和她俩合租了一栋三卧室的组屋。我身上有一点儿钱，是父母让我带回来找工作这段时间用的。那是 2000 年，对他们来说，这已经不是一笔小数目，但按照六比一的外汇比率，只能换几千新币。我想，我最好在三个月内找到一份工作，不然，生活就吃紧了。但我的性格是做什么都懒散而缓慢，所以，除了每天读读小说、隔很久才投出去一份简历，我并没有为找工作而操心。每天早上，当我自然醒来时，房子里已经空空荡荡，两个室友都去上班了。我喜欢站在客厅的落地窗前面，看一会儿下面那条被近午的阳光照得闪闪发亮的小街。这时候的街道很安静，行人寥寥，只有一辆辆车驶过，偶尔会有老人、小孩儿或家庭主妇模样的人从某栋楼下面闪出来，跨过街道，又隐没在街边大树浓绿的阴影里。我感觉生活就是这样寂寞，又空茫茫不知所向，而唯一清楚的是，我并不想当个上班族……再看会儿书，就到中午了。我会走进厨房煮一碗面，或者趿拉着拖鞋走去附近组屋底下的咖啡店吃点什么：炒河粉、海南鸡饭，或是潮州粥加三样小菜……

就是在这段无所事事的日子里，有天中午，我在六楼等电梯下楼时，一个年轻女人从七楼的楼梯下来。新加坡的老式组屋并非每层都有电梯，我们这栋就只有三、六、九层有电梯。年轻女人留着男孩儿式的利落短发，但身材很丰满，衬衫式上衣绷紧的扣子使胸部更显得突出。我注意到她下楼时还哼着歌，步履很轻快。她看到我，哼着的歌停了，冲我笑笑，笑得很灿烂，我也对她笑了下。我们一起坐电梯时都没说话，仿佛不好意思打破这个密闭空间里的安静。但下楼出了电梯，她问我是不是中国来的，我说是。她开心地拍了下手，说："我也是中国来的啊。"我想，她肯定是刚来不久的，才会有这种"认亲"的兴奋。至于我们这种在这里生活了好几年的人，已经不在乎多一个乡亲了。

她说想去买点儿大米、面包、油盐酱醋什么的，问我附近哪里可以买到。我说我刚好也要往那边去，可以带她走过去。我带她去了咖啡店旁边的那个杂货店。那个店很小、很拥挤，货架高得直抵天花板，货品堆放毫无章法，东西却应有尽有。我把她领到店门口，要走的时候，她又叫住我，问可不可以交换一下电话号码，说她刚搬来这边，什么都不了解，今天遇到我真是谢天谢地。她先告诉我她的号码，我存的时候，她说："就叫我叶子吧。"

接下来几天，我不时收到她的短信，询问去哪里吃饭、去最近的地铁站怎么走这一类的问题。反正我很闲，就一一回复。我后来知道，在我们遇见的前一天，叶子才搬进这栋楼里，她来到新加坡也不过几周。她在我们这栋楼的七楼租了个两室一厅的小单元。叶子是福清人。在老一辈新加坡人里，福清人名声不好，说是福清的男人来了爱进帮会，女人爱做皮肉生意，这当然都是下南洋时代的旧事。叶子说她二十六岁，但可能因为她体态丰满，看起来更成熟些。她很爱笑，一开口说话，人就是笑的，那双很灵动的大眼睛有点儿调皮、有点儿挑衅地斜睨着你。叶子不算特别漂亮，但她的神情、姿态里有种风情，这风情并不妖娆，顶多算是可爱地卖弄风情吧。尽管我是个女孩儿，也觉得这很让人喜欢。可直觉告诉我，叶子和我们是不一样的人。她不是来读书的，也没有工作，却一个人租下整个单元；她不会英语，接到小姐妹的电话时说的是福建话；从她的谈吐言行能看出，她并不是受过很多教育、钱多得花不完的富家女……

熟了以后，叶子不时在我面前提起一位白先生。我渐渐明白，这位白先生算是她的"资助人"。有一天，我乘电梯到一楼，电梯门打开，等在外面的是叶子和一个男人。叶子正亲热地挽着那个男人，而他看起来至少有五十岁了。在一个二十出头的人眼里，五十岁的男人几乎就是老人了。叶子看到我，脸一下子红了。但她的尴尬迅速掠过，开始热情地给我俩介绍彼此。白先生虽然年长，长得还算端正，是那种温和有礼的新加坡男人。他说经常听叶子提起我，感谢我一直照顾叶子，帮了她很多忙。我说也没有帮上什么忙啊……突然撞见他们，窘的反倒是我。我说我要去买东西，就匆忙逃走了。这次"偶遇"让我之前的猜疑都有了答案。明白了叶子的"真实身份"，我并没有特别惊讶，因为在我的预感里，这样的"信号"其实已经隐隐约约地出现过。

晚上，叶子给我打电话，说白先生狠狠夸了我一通。我有点儿莫名其妙，说他夸我什么呢。叶子说，白先生看人很准的，一看到我就说我是很正派的女孩儿。我对这种人的夸赞不知该作何回答。叶子完全没察觉到我尴尬的沉默,又说白先生嘱咐她以后要多和我在一起玩儿,不要去和那些同乡小姐妹混……她的同乡小姐妹我一个也没见过,只知道她们经常用福建话聊电话。这么说,白先生也认识她的姐妹们。

　　过了段时间,叶子说她朋友在东海岸租了个度假屋,邀我一起去玩儿。除了我和叶子,去度假屋的还有两男三女。两个男人是新加坡本地人,三个女的则都是叶子的同乡。其中一对男女是夫妻。叶子私下告诉我说,男的家里开了好几家连锁鞋店,很有钱。这对夫妇倒没什么年龄差距,但男的粗音大嗓,举止像个小贩儿。另一个男人是男店主的朋友,他穿着夏威夷衫和短裤,举止不算鲁莽,却带着明显的傲慢和轻浮。

　　两个男人在院子里做烧烤,两个女孩儿嘻嘻哈哈地在一旁当帮手。她俩的妆很浓,粉底尤其白而厚。两人都穿黑色连衣裙,显得脸越发白,嘴唇越发红艳。

　　后来,我和叶子也到院子里去,想看看是否还有什么需要帮忙的。男店主问叶子:"你朋友也是中国来的?"

　　我回答:"是啊。"但心想这人真没有礼貌,他可以直接问我啊。

　　"来做工?"他又问。

　　我还在犹豫是否回答他的问题,叶子却替我回答了:"我朋友是大学生,读的是你们这里的名牌大学呢。"

　　我心里生气她说这些炫耀的傻话。

　　"读的哪一间大学?"这时,穿夏威夷衫的男人抬起头问。他的腔调、他脸上的表情都表露出怀疑,仿佛他要验证一下我的"真伪"。

　　"国大。"我冷冷地说。

　　"国大哪个学院?"他追问,用的是英语。

　　他的口气让我不想理睬他,可我知道如果我不回答,他会认为自己成功地辨出了冒牌货。

　　"商业管理学院。"我也用英语回答他。

　　他听了一笑,说:"噢,真的大学生嘛。"

其他人都跟着笑，好像这是件极其可笑的事。

我后悔跟叶子来这里了。我觉得这个夜晚肯定没什么乐趣，只会有难堪。

度假屋的围墙很矮，越过那道矮墙，大海就在眼前，海边棕榈树阔大的叶片在海风里翻飞，像巨人的乱发。但院子里很嘈杂，男店主忙着烤肉，咋咋呼呼地要这要那，最后热得把上衣也脱了，赤膊上阵。他朋友一边慢条斯理地配合他干活儿，一边不时对身边的两个女人开些不三不四的玩笑，惹得两个人不时笑弯了腰。我和叶子又回到屋里，店主太太正在准备配烧烤吃的拌菜和水果，叶子过去帮忙。我也想去帮着做点儿什么，但她们叫我到沙发上歇着。"你不会干活儿，也用不着那么多人。"叶子对我说。我成了个多余的人，独自坐在沙发上看电视里的本地娱乐节目。她俩一边干活儿，一边交谈，店主太太不时压低声音，其实我根本听不懂她俩说的家乡话。

吃晚饭时，店主太太对我还算客气。我想，她毕竟年长一点儿，懂得人情世故。其他几个人则显然把我当成一个"外人"。那两个双胞胎似的女子更是从头到尾没有和我说话，只是偶尔用那种窥探、打量人的眼光赤裸裸地斜视过来。只有叶子，不停地劝我吃，还往我盘子里放烤鸡翅、烤牛肉、烤蘑菇……一个女孩儿说好久都没见到叶子了，约她出来玩儿也约不到。另一个女孩儿酸酸地说："叶子已经攀上高枝儿了，不稀罕咱老朋友了。"店主太太笑着说："人家白先生是个正经人，哪还会放叶子晚上出来到外面喝酒瞎混。"女孩儿哼了一声，说："正经人？我看也是假正经吧，谁还不知道谁什么样儿。"其他人都大笑，叶子也讪讪地跟着笑。

桌上的空啤酒瓶子越来越多，场面也越来越混乱。两个男人荤话不断，惹得两个女孩儿不时动手打他们，叶子也笑得前仰后合。最后，一个女孩儿干脆坐到店主朋友的腿上去了。叶子和男店主频频碰杯，她那双大眼睛更灵动流转，惯常的斜睨多了层妩媚和暧昧。喝着喝着，男店主突然指着叶子的胸口大叫："哇，你这么胖啊，扣子都被你撑爆了！"我看了一眼，叶子胸口的一粒纽扣果然不知道什么时候开了。叶子一边扣着扣子，一边笑着拿起一叠餐巾纸团成一团，狠狠朝他砸过去。男店主接住纸团，用它瞄准叶子的胸口，又朝她扔过来……店主太太带着司空见惯的神情，只是发笑、摇头。我想，如果我不在这儿，他们想必会玩儿得更疯。

喝过酒，麻将摆上桌。两个男人、叶子和一个女孩儿上了牌桌，店主太太和另一个女孩儿各坐在两个男人身后观战。我耐着性子看了一会儿，对叶子说我想去外面走走。叶子说和我一起去，我说我想一个人走走，叫她留下来继续玩儿。看得出来，她并不想离开牌桌。

出了院子就是滨海便道，将近午夜，便道上几乎没有行人了。我在附近的海边找个地方坐下，涨潮的海水一波波漫上沙岸，拍打着岸边几块孤零零的礁石。潮水涌来时猛烈，退去时却很轻柔，似乎还拖着一丝叹息般的尾音。在经历了那样一场混乱和喧嚣以后，这份安静甚至有些不真实。每个人都是一个孤岛，我想到，不同的人群也是一个个孤岛，就像我的同学、叶子的朋友，大家都在各自的岛上，彼此隔绝，不相往来。即使有人像我这样偶尔越界，可迥异的生活经历所造成的心理隔膜却是越不过去的。

回去的路上，我碰到出来找我的叶子。她喊道："你去哪儿了？我在这条路上走了两三个来回了，急死啦，担心你被人拐走了。"

我说我就在海边某个地方坐着。

她挽住我的胳膊，说："你被他们吵死了吧？唉，他们就是这样啦，别在意。"

我说没在意，就是和他们没多少话可说，想出来走走。我问叶子她那两个小姐妹是做什么的。

叶子迟疑了一下，说她俩刚来不久，还在卡拉OK工作。

这倒符合我对她俩职业的不怎么友好的猜测。

快走进院子时，叶子神秘兮兮地向我透露说店主朋友家是做海鲜批发生意的，她笑着低声问我："看没看出来？她俩今后肯定会抢起来。"

我说："抢什么？"

"抢那个男的啊，他还没结婚呢，钻石王老五一个。"

不知为什么，这些话突然激起我强烈的反感，我没好气地说："就那么一个人，有什么好抢的？好吧，你们一说起来，都是男人、男人……"

叶子愣了下，随后说："那怎么办呢？她们也要留下来啊，靠自己在这里不可能留下来的。"

"为什么非要留下来？"我反问。

"留下来挣钱啊，还能为什么？"叶子的声调突然高起来，好像惊诧我连这个都不知道，"谁来这儿不是为了多挣点儿钱？你靠念书，我们靠什么？靠男人呗。女人反正总要找个男人的，找个没用还只想占你便宜的，不如找个能帮到自己的。"

她把话说得这么直白，我竟无言以对了。

夜里，我俩睡一个房间，两张单人床。熄了灯，躺在黑暗中，两人都没有多少睡意。叶子给我讲她未来的人生打算，说她最想开家服装厂，她喜欢做服装，她觉得如果有一家店或是一个厂，她能经营好，她现在只是没有本钱。她又讲起自己的经历，对我说，她也不是一开始就想着靠男人吃饭，她干过很多活儿，在玩具厂、电子配件厂当过女工，在餐馆当过服务员……

"你以为你想老老实实干活儿就可以老老实实干活儿？"她问。

我没说话，因为我真的不懂那种生活。我知道她会继续说下去。

她讲到在一家餐馆打工时，老板总是时不时过来摸她一把。她不情愿，老板就刁难她，给她派宰鱼、剁肉这种最累最脏的活儿。大冬天，她待在厨房后院儿好几个小时，一盆盆地用冷水刷海带……她说她的手冻裂了好多口子，泡进水里就像受刑，那个滋味她现在想起来还心寒。

"他还想着法子扣我的工钱，你想不到有多黑。"她说。

"那就赶紧换工作。"我说。

"唉，说得那么容易，你不懂啦，哪里都差不多。"

最后，她总结似的大声说："怪谁呢？吃了不少苦，也被人骗过……都怪自己以前不爱学习，后悔也来不及。我就想，何苦呢？我不熬了，我也要过好日子，我长得又不差！"

"不是不差，是很漂亮。"我觉得话题沉重了，想逗她笑。

她果然笑了。

接触过叶子的小姐妹后，我理解了为什么白先生不喜欢她和同乡小姐妹们来往，也理解了为什么叶子有时会口无遮拦。譬如，她看到一个好看的男人，甚至会说出"真想睡一下他"这种话。她已经习惯了这种说话方式。我能感觉到她努力显得和那些人不一样，包括她的发型、装扮、行为举止……但语言上的改变恐怕远比形象上的改变更难。

记得有一次，我俩坐地铁去市中心。一个三四十岁的女人中途上了车，她穿了一条料子特别薄的、贴身的吊带裙，慵懒地倚靠在车门旁边的扶栏上。叶子不时盯着人家打量，突然，她趴在我耳朵上说："这个女的肯定刚和人上过床。"看到我一脸惊愕，她以为我不相信她，把声音压得更低补充说："你注意看她的眼圈，青紫，一看就是纵欲过度，还有她站的姿势，腿发软……哎呀，反正我一眼就看得出来。"说完，她捂住嘴，忍不住嘻嘻笑起来。

还有一次，我们正在咖啡馆吃饭，她说她想到一个考验白先生的方法。我问她是什么方法，她看着我，坏笑起来。笑完，她说她想到的办法就是先让我和白先生混熟，譬如三个人一起吃吃饭、一起出去玩儿，然后让我去勾引白先生，看他是否会上钩，说这个验证方法绝对准。

"简直有病，想出这种馊主意！"我气恼地说。

她嘟哝道："就当是演戏嘛，又不用来真的，这么生气干什么。"

"让你的小姐妹们去演吧！"我说。

谁知她睁大眼睛，认真地给我解释起来："她们肯定不行，白先生还会不知道她们干哪一行的？老手们都不喜欢这样的，他们喜欢清纯女类型的……"

"闭嘴，闭嘴啦！"

"好啦好啦，我闭嘴。"叶子见我动气了，就嬉皮笑脸地凑上来搂住我。

但这些都不算什么，就连度假屋那次也算不上多么糟糕的经历。只有一次，我几乎动了和她绝交的念头。那次，她让我陪她去芽笼取护照，芽笼是新加坡的红灯区，一个鱼龙混杂的法外之地。我问她为什么要去芽笼取护照，护照不是应该去大使馆取吗？她告诉我说，她要取的是多米尼加护照，是她从黑市上高价买来的。我不禁想到，她也许是偷渡来的。我说我不想去，但叶子一直恳求，让我这次一定要帮她，说她身上带着很多现金，一个人实在不敢去。我和她一起上了出租车，叶子告诉司机地址以后，司机就开始用异样的眼光打量我们。这种异样的眼光我懂得是什么意思：我们要去芽笼，我们是两个说普通话的年轻中国女人……

二十多分钟后，我们在一条僻静小巷里下了车，眼前是一家没有名字，只有数字号码的旅馆。在新加坡，只有老红灯区和芽笼才有这种旅馆。叶子说那个人就住在这条街上，他叫我们在这里下车等。我想，好吧，看看我到了什么境地，马上要和帮派分子打交道了……叶子在旅馆门外给联络人打电话时，从巷子里经过的几个男人肆无忌惮地打量我们，有的男人甚至站住盯着看，目光、猥琐的笑让人浑身发毛，让人的每个毛孔都顿时充满耻辱感。我突然明白，这种赤裸裸、脏兮兮、油腻腻的目光，就是嫖客的目光。除了摆出冰冷厌恶的表情，仰起头不看他们，我想不出还有什么办法让他们知道，我不是他们想象的那种女人。

叶子终于打完电话，似乎也注意到了那种猥亵的气氛。她说："走吧，我们到里面等，那人马上就来。"我们走到旅馆里去，发现里面根本没有大堂，只有一个漆成白色的柜台，柜台对面放着两张单人沙发。柜台后面是个五大三粗的男人，穿紧身白背心，一条手臂上有文身。他手里摆弄着一叠房卡，像在玩儿扑克牌，看到我们直接问："哪个房间？"叶子说："我们等人的。"男人狐疑地看看我们，又低下头玩儿他的卡。过了一会儿，一对男女从电梯里出来，男的看起来五十多岁，大腹便便，女的涂着烟熏眼妆，嘴唇鲜红，穿着半透的黑纱裙，虽然打扮成熟，但从她的脸仍然能看出她很年轻，也许还不到二十岁。女人亲热地挽着男人，问他去哪儿吃饭，她一开口说话，我们就听出是中国口音。

等了大约七八分钟，叶子要见的人终于来了。那人瘦得像个瘾君子，他和前台的男人热络地打过招呼，就过来和叶子说话。我们转移到沙发后面靠里的一个角落。叶子接暗号般低声、急促地说着，男人的应答冰冷而简单。他俩说的是福建话。叶子看起来很紧张，脸都涨红了。我也很紧张，因为我担心男人会突然做出什么侵犯叶子的事，我还担心会不会有警察冲进来，把我们所有人当场抓住……那男人给了叶子一个信封。她急切地从里面拿出一本护照，迅速翻开瞅了一眼，又立即放回去。她把信封塞进包里时，我注意到她的手在发抖。这双抖动的手又从提包的一个夹袋里拿出一叠用皮筋扎好的钞票，递给那个男人。男人当着我们的面数了两遍，收好钱马上离开了。我们来到外面等出租车的时候，又经历了路过的男人们饱含着性意味的打量。叶子说："你可千万别回看他们，你要一看他们，他们就过来问价钱了。"

回去的路上，我冷着脸一言不发。我想，如果不是被叶子连累，我一辈子也不会遭受这种屈辱性的误解。回到自己的住处，看见两个同学在厨房里做晚饭的那一刹那，我仿佛走出一条漫长、黑暗、污秽的隧道，又重见了光明。我从未感到我们这个简单的居所如此干净明朗，生活是如此平静单纯。接下来的好几天，我都避免和叶子见面。

有时候，我也会想是否不该和叶子这样的女孩儿走得太近，可另一种生活的秘密又吸引着我，使我想接近她，想看得更清楚一些。我怀疑自己是不是因为生活过于平静无聊，以至于滋长了某种低级趣味。转而又安慰自己说，作为未来的小说家，我应该对任何一种生活、任何一种人都保持好奇心，去观察并试着了解它。但或许这些都不重要，叶子并不仅仅是我的观察对象，或许使我没有疏远叶子的真正原因是她热情的性格，她那种仿佛来自一个异类世界的活力，有时过于赤裸、粗野，令人不适，但也猛烈、新鲜、刺激。她冲口而出的那些放肆大胆的话，她给我讲的那些经历、人和事，是我永远不会从我的"正经"朋友那里听到的。当然，还有她对我的宽宏大度的亲密。她永远为我考虑，从不生气，甚至当我气急败坏地用英语对她喊"闭嘴，闭嘴"时，她也嬉皮笑脸地应对。后来，她还学着我用英语说"闭嘴，闭嘴"，于是，"闭嘴"从一个粗暴的指令变成了一句嬉闹的玩笑话……

叶子也好客，常邀请我去她那里吃晚饭（因为白先生会在午餐时间来）。我发现她用从宜家买来的简单家具和饰品，把自己的小窝布置得很舒适温馨。如果不去想这是她接待白先生的地方，我也许会更喜欢待在她的小窝里。

她什么活儿也不让我干，一个人在厨房里做菜，哼着歌，灵活而快乐。我想，她本来是个爱生活也会生活的女人呢。

叶子爱数落我整天 T 恤短裤，打扮得没有女人味儿。

我鄙夷地说我才不稀罕女人味儿呢。

她说："你跟女人有仇啊？你本来就是个女人。"

她经常拿出新买的衣服、鞋子，逼迫我试穿。我被她缠磨得心烦，只好穿上。然后，她就会走到一段距离之外围着我转，以行家似的目光从不同角度打量，最后一边点头一边笃定地告诉我："你真的就适合穿这种衣服。"

我说我偏就不喜欢这种衣服。

叶子摇头叹息："你还不了解你自己，不知道自己适合什么。"

她说这些话的时候，比任何时候都显得自信笃定。

但她试图改变我的着装风格的努力也酿成了一次事故。当时，我在厨房里靠着料理台站着，一边看她烧菜，一边和她聊天。她仿佛一时兴起，脱下手腕上的一个玉镯子，非要我戴上。"我最不喜欢这些叮叮咣咣的累赘东西。"我说。她说你就先戴上看看嘛，这是上好的缅甸玉。我说我对玉一点儿不懂也不喜欢，但她拽过我的手硬给我套到腕子上。随后，她让我端详这玉的成色多纯净剔透，感觉它的质地多么温润柔滑，并满意地说："女孩子还是戴些首饰好看，你看看你，马上变淑女了。"我表示不屑。她完全不理会我的态度，继续评价："你如果穿条长裙，就更搭了。"

我继续一边看她做饭一边和她闲聊，聊着聊着，忘记了自己手上还戴了个脆弱的东西。不记得是在说什么话题的时候，我兴奋地一挥手，随即听到一声脆响，我俩都惊呆了。我猛然意识到我手腕上戴着叶子的玉镯，而那响声是玉镯碰到大理石台面发出的声音。叶子也意识到发生了什么，拉起我的手赶紧去检查她的镯子——我俩同时看到一条裂纹。我把手镯脱下来，又查看了一番：它没有裂开，但有了一条明显的裂痕。

叶子看起来有些沮丧，她一定是心疼得不得了，又不好责怪我。

而我也生气，主要气自己毛手毛脚。我说："说了不要让我戴，你非给我戴上，碰坏了吧？"

叶子噘起嘴，有点儿幽怨地看着我说："我不怪你，你还抱怨我？"

"你多少钱买的？"过了一会儿，我问她。

"你还想赔我？"叶子笑了，"我才不要你赔呢，你一个穷学生也赔不起。"

"你先告诉我多少钱，说不定我赔得起。"我说。

"一分钱也没花，别人送的。"

"白先生送的？"

"嗯。"

我也不知说什么好。

"好啦好啦，"叶子亲热地推我一把，"怎么可能要你赔？！又没有断，还可以戴呀。"她说着，仿佛为了安慰我，又把镯子戴回到手腕上，继续做她的菜。

但叶子毕竟是叶子，吃饭时，她还是忍不住告诉我这镯子的价钱，说折合人民币要一万多。她极力强调说她告诉我绝不是让我内疚，只是让我知道这东西不是便宜货。

"白先生不会送我便宜货。"她强调。

此后，她再也没有提起过这件事，我也再没有看到过她戴这个有裂痕的镯子。

我一直以为叶子的目标是留下来，但结果出乎意料。

我记得那天接近傍晚的时候，我正打算到厨房里做点儿吃的，突然接到叶子的电话，要我去附近购物中心里的一家中餐馆。我问她怎么不早说，我都要做饭了，懒得出去。叶子坚持说就今晚，让我一定要去，她请客。

"发什么神经？"我问。

"你快来，来了就知道。"她兴冲冲地说完，就把电话挂了。

我俩刚在餐馆里坐定，她就双目炯炯地看着我说："我现在有很多钱。"

"你不是一直都有钱？"我习惯性地调侃她。

"现在是很多，很多！"她强调说，一双大眼睛盯着我，逼迫我严肃对待她刚才的话。我这时候才发觉，她整个人看起来很不一样，不仅是她的眼睛，仿佛那张脸都在发光。

服务生来了，叶子开始点菜。她点了我们平常不会吃的一些菜，接着又叫侍者拿酒单过来，叫了一瓶红酒。

吃饭时，她告诉我她从白先生那里拿到了二十万。

"新币还是人民币？"我问。

她嗔怪地狠狠白了我一眼，说："当然是新币。拿二十万人民币，我回去干什么？"

虽然猜到了，我还是很惊讶。当时，和我同住的学计算机的女同学，一个月的薪水大约是两千多新币，也就是说，叶子的这笔钱，是她们工作五六年的纯收入。而兑换成人民币，她有一百二十万，在2000年，这算是一大笔钱。

接着，她向我透露她的下一步计划：在福清的高档住宅小区买一个单元，剩下的钱投资开个小服装厂，她最理想的工作就是做服装……直到这时候，我才明白了她的计划并不是在新加坡定居，而是挣一笔钱回国。

我迟疑了半天，还是忍不住问："你和白先生呢？就……结束了？"

她盯着我看了一会儿，突然笑起来，说难道我就把她当成一个女骗子，钱到手了就把人甩了？

我说："以为你要卷款潜逃呢。"其实我心里有更严重的怀疑，就是她是否通过某些手段拿到了这笔钱。在我脑海里闪过一些混乱的电影镜头：偷拍到的奸情罪证、录像带、照片、敲诈信，电话里某个人说，如果不在几小时内把款打进某账户，照片就会送到他老婆手里……

叶子的解释远没有这么戏剧性。她说，他俩的关系已经确定了，所以白先生才会心甘情愿给她这笔钱。

我问她"关系已经确定"是什么意思，很明显，她指的不可能是结婚。

叶子叫道："你就是死脑筋书呆子啦，这种事儿一点儿都不懂。"她喊出一个词，又问我，"这样说你明白了？"

我赶紧示意她声音小点儿。

她捂着嘴笑，说："我就喜欢看你大惊小怪的样子。"

叶子对我讲起白先生和她的"长远计划"，说白先生已经和家人说过了，他打算去福建投资做些项目，这样，他以后就可以名正言顺地过去长住。

"如果你一回去就把他甩了呢？"我笑着问。

"你以为白先生是好骗的？他可是老狐狸，他见过的人比你看过的书都多。"叶子总是能找到奇特的对比。

临走前的那天晚上，叶子把她带不走的一些东西都给我搬过来：一张躺椅，两个藤编收纳筐，一个木雕花瓶，几把仿真绢花，还有一套两人用的餐具，几个红酒杯……

"我才不要留给房东，"她对我说，"那个女人很势利，想着法子扣我点儿押金。"

"最后呢？扣了吗？"

"扣了两百多，给她扣呗，懒得和她纠缠。"

我让她到我房间里坐一会儿。她进去，一副惊喜的样子，说："我还是第一次到你的房间呢。"

我心里涌起一阵愧疚。我真的从没有邀请叶子来过我住的地方，也从来没有把这个"秘密"的朋友介绍给我的室友们。

叶子告诉我，她订了明天下午的机票飞广州。

我觉得有必要问一句："需要去送你吗？"

"白先生要去的。"她说。

"就知道。"我说。

坐了一会儿，叶子建议我们再去楼下走走。

我说好啊。

我们就走到我俩常常一起去吃饭、喝啤酒的那个组屋咖啡店。到了那儿，一人要了一杯炭烧咖啡，再走回来。路上，叶子对我说，这四个多月里，她最大的两个成就是认识了白先生，和认识了我这个朋友。

"还会经常回来吗？"我问她。

"应该没什么机会回来了。"她坦白地说。

叶子走之前给了我一个国内的电话号码，但我从未打过那个号码。当然，她回国以后，也没有再打过我的新加坡手机。我们这几个月的友情，存在时很充沛,断得也很干脆。无论有意还是无意,和叶子的接触是我生活里的一段秘密。她的来历,她在这里做过什么,我和她一起又经历过什么……这些我从未对任何人提起。我知道,我的其他朋友不可能去理解她。除非你和那样一个活生生的人交往过,看见过她的一颦一笑,听到过她说的那些话和说话时的腔调,你才可能了解一点点,但也只是那么一点点。我猜不到叶子的现状。或许,她开了她的服装厂,早已经是一个成功的女企业家,生活富裕满足……但有时候我并没有那么乐观。我想,很有可能,她仍像我第一次遇见她时那样,身处异地,只身闯荡,赌徒般孤注一掷,想从生活那里扳回一局。

原载《小说月报·原创版》2024年第2期

畀愚

映山红

多年前，一场台风在夜里吹倒了半面旧墙。于是，流言又开始在小镇蔓延。

旧墙有一人多高，上面爬满了藤蔓，顶端还长着些不知名的茅草，隔在学校与校办工厂之间。人们都把它当成一面照壁，孤零零的，就像镇东头那株孤零零的歪脖子老树，除了整天在风中凌乱，谁也不知道它矗立了多少年，更没有人想到要去推倒它。好在风雨无情，墙被刮倒的第二天，就有人发现了埋在下面的那些瓮。

风雨过后的天空洁净、透澈，宛若少女的眼眸。

那些瓮有大有小，在土里经过半夜雨水的浸润，有的呈现出了原本的色泽。我想，当时在场的每个人心里想的都跟钱财有关，所以他们的脸色看上去既紧张，又兴奋，但谁也不敢自作主张。最后，这些人把目光落到了校长脸上。

校长显然刚从镇上赶来，头上冒着热汗。他摘下眼镜，撩起衣襟擦掉镜片上的雾气后，重新戴上，伸长脖子又看了眼，才朝着厂长用力地一点头。

厂长一开始就有点急切,抓过锤子就是一下子。瓮应声而碎,竟然是满满一瓮的石灰,早已结成了瓮的形状。大家都很失望。厂长不甘心,起手又是一锤下去,那坨石灰碎裂开来,里面还有东西——用布包着,看上去很脏,黑不溜秋的。

很快,在场的那些人眼睛就直了。他们断定那是具婴儿的干尸,四肢盘缩着,就像在母亲的胎盘里,又像只被风干的猴崽子。

众人后来掘地三尺,在那面墙下整整挖出了十七口瓮。同时,那也是十七具婴孩的骨骸。只是,有的因为年代久远与透水,已经跟泥土跟石灰融为一体。

我在很多地方都说过这个小镇的小,但麻雀虽小,五脏俱全。那里不光有客栈、码头、医院、学校、邮局,还曾有过教堂与寺庙,黑压压地挤在一块儿,远远望去,在山林脚下,就像老天爷拉的一坨屎,无声无息,却又热气腾腾。

那所学校地处小镇边沿,正对着苕溪,河的对岸长满了芦苇,更远处是层峦叠嶂的天目山。原先,这里是座尼姑庵,高耸的门头下挂了块粗重的匾额,上面镌刻着四个大字——印月精舍。据说,在最鼎盛时期,寮房里曾住了二三十个尼姑,天南海北的都有。女人多的地方,闲言碎语也多,都是有关男欢女爱的。也正因此,有人还信誓旦旦地说听到过婴儿的啼哭,就在那些夜深人静的时候,隔着那道斑驳的围墙。

这就好解释那十七个瓮里的枯骸了。传闻在许多时候就是真相。

只是央如从来不说。自从印月庵的门头被拆除,她就知道她当尼姑的生涯到头了,与之相关的一切也将成为记忆。

既然是记忆,那就是用来埋藏在心里的。

央如个子不高,白白净净的,长着一双像猫一样滚圆的眼睛,看什么都是一脸专注的样子。她穿着袈裟时不像个尼姑,脱了袈裟更不像是我们镇上的女人。小镇的人们对此有个一致的看法——小尼姑只要留起头发,扎上辫子,再穿件双排扣的列宁装,你说她是临安县城里下来的女干部都有人信。

所以她一还俗，头发还没长到耳朵根，保媒拉纤的人就已接踵而至。说来也怪，那些人介绍的男方都挺有来头的，不是乡镇大院里的干部，就是退伍下来的志愿军老兵、合作社的会计，最不济的那个也是邮局里的邮递员。但他们都有一个共同的特征，都是死过一回老婆的，有的还拖儿带女。

央如那时二十刚出头，当然不会去给人当后妈。她用那双滚圆的眼睛一眨不眨地看着介绍人，等到对方说完，再也没话可交代的了，才开口说她在师父跟前起过誓的，这辈子都不会嫁人。

你师父早死了。这回的介绍人是居民小组长，一向作风泼辣。她说，好端端的一个大姑娘，怎么可以让个死人耽搁了？

央如只好又说她一出娘胎就是个尼姑，谁娶尼姑是要触霉头的。

那是封建迷信。小组长又一扬手，说，新社会早不兴这一套了。

央如不好再说什么，皱起嘴角笑了笑，把两只手拢进衣袖里，低眉顺眼地站着，活脱脱一副小尼姑的模样。

居民小组长后来就有点不管三七二十一了，抓着央如的一只手腕就往外拖，一边说，你跟人去见一面又怎么了？见一面又不会掉二两肉。

央如的脸一下涨得通红，不吭声，犟在那里。

居民小组长只得松开手，可没走几步，还是忍不住回过身来。她看央如的眼神里充满了痛心与惋惜，如同眼看着一块好端端的肉将要烂在锅里。

说到底，女人不嫁大多是因为她们心里有人了，当过尼姑的女人也不例外——那个在央如心里像是长了根的男人是央真。

央真离开时正值晚秋，大门外是满天的飞絮。风把它们从河对岸的芦苇梢吹散，飞上半空，飘飘荡荡，像极了冬天的雪花。那天，央如就站在刺眼的阳光里，心头始终默念着央真留在她耳边的那句话——我日夜都会想着你的，我去去就会回来的。

这是央如死都不会告诉别人的秘密。

事实上，印月庵里隐藏的秘密远不止这些，只是随着一代代尼姑的圆寂被带进坟墓。早在央如出生前，偌大的庵堂就已没有了往日的盛况。战争几乎是在一夜间让小镇变得衰败，过往的军队不光洗劫商铺与民舍，连寺庙也不放过，就像风卷残云，又像蝗虫掠过麦田。战争在消耗男人的同时，也消耗女人。到后来，偌大的庵堂里，只剩下了老师太与她的跛脚徒弟。

老师太是过来人，她把什么都看在眼里，只是不说，也不问。有时候，师傅看着徒弟的眼神，就像在回望当年的自己。

那晚下了腊月里的第一场雪，悄无声息的。老师太盘坐在蒲团上，就像被冻僵了。她终于听到了徒弟屋子里传来的声音。有了第一声，就有了第二声，凄厉而又沉闷。

徒弟用被子的一角死死地捂住嘴巴，但捂不住的是从两条腿之间淌出来的羊水。老师太什么也不说，放下手里那盏煤油灯，转身去烧了半盆热水回来，费了很大劲才从徒弟的两腿间取出一个男婴。

孩子初降人间的啼哭，在雪夜里听上去就像只垂死的野猫在叫唤。

第二天，大雪初霁后的阳光格外刺眼，照在脸上却感觉不到半点的温度。老师太抱着一个瓮进到屋里时，徒弟已经跪在床上。她眼巴巴地望着老师太，说，你是大慈大悲的观世音菩萨。

孽是你造的。老师太把那个瓮放到床边，垂下眼，又说，规矩你也见过。

徒弟一把抓住她的衣襟，说，你就发发慈悲吧。

老师太愣了半晌，低下头去，一根一根地掰开那五个手指后，头也不回地往外走去。

那让我还俗。徒弟忽然一嗓子，对着那个背影说，我带他要饭去。

老师太充耳不闻，直到两只脚都跨过了门槛，才稍稍停了停，但仍然紧闭着那两片干瘪的嘴唇，望了眼墙外白茫茫的山林。她只是回身轻轻地掩上了那扇门。

阻止母子俩去要饭的人是尚未出世的央如。

这天到了傍晚，航船送来一对男女，他们衣着体面，风尘仆仆。尤其是那个女人，脸藏在一条围巾里，大着肚子，身上裹了件男式的人字呢大衣，虽然站着，却像随时就要倒下。

男人把女人扶进椅子里之后，才摘下头戴的皮帽，彬彬有礼地说他太太在路上受了风寒，想在宝刹借住几天。

老师太又看了眼女人，说镇子里头有旅社，还有专门替人接生的产婆。

男人没有理会，从怀里摸出几块大洋，放在桌子上。见老师太无动于衷，他笑了笑，解下腕表，放在了大洋旁边。

老师太是个见过世面的人。以前，天目山里那些土匪绑的肉票，也曾寄放在庵里过。她只是没见过这么白净与斯文的绑匪，心想大概是杭州城里下来的拆白党吧，就索性垂下双手站到一旁。

这一回，男人没有笑，他想了想，从衣服内袋里掏出一支小手枪，也搁到了桌子上，说他们夫妻俩走得太匆忙，没带太多盘缠，但他很快就会回来接人的。说着，他朝着老师太双手合十，恭恭敬敬地弯下腰，说，有劳师太了。

老师太这才如梦方醒，赶忙合十、还礼。

临走时，男人拉起女人的手，说，别担心，一切都会好起来的。

可是，女人在两天后死于难产。老师太从没这么慌张过，张着一双血手跑出印月庵想去叫人，等到回来女人已经咽气——她拼尽最后一口气生下女儿，却连抬起眼皮看一眼的力气都没了。

老师太是在装殓时发现的，女人的上身几乎没有一块好肉。她的前胸与后背除了结痂的鞭痕，还有烙铁烫过后留下的伤疤。

多年不曾流泪的老师太忽然间眼睛湿润了，很久才喃喃地念出一声阿弥陀佛。这天晚上，她不饮不食，盘坐在长明灯下，一遍又一遍地默诵《地藏菩萨本愿经》。

两个孩子的名字都是老师太取的，一个叫央真，一个叫央如，只有名，没有姓。这本来就是尼姑的法号。看着他们一天天地长大，尤其是每次给他们剃光头发，老师太忍了好几年，最终没能忍住。她就像是在哀求，对徒弟说，送人吧，天目山这么大，好人家有的是。

跷脚徒弟不是没有想过，她是舍不得。她用一种无望的眼神望着师父，说，我是割不下这块心头肉。

哪有什么心头肉？老师太说，出家人的心头只有菩萨。

徒弟低下头去，想了会儿，说，没了香火，还要菩萨来干什么？

你说什么？

徒弟抬起头来，直视着师父，说，我十月怀胎，我奶大了他们两个，我跟你不一样。

老师太一下被噎在了那里。有时候，庵堂的门关起来，里面就是一个家。有时候，他们更像是一家四口的三代人。

那年的春天一直在下雨，断断续续的，只要闭上眼睛就能听到无数竹笋破土而出的声音，它们伴随着墙外的天目山日夜疯长。只是，一年里的春荒也在这时如期而至。印月庵里已经余粮不多，师徒俩很多时候只能去山上挖笋，吃不完，就拿到镇上去卖。卖不掉，到了傍晚重新背回来，连夜把它们剥开、煮熟、撒上盐，晾在屋檐下。

这天，老师太盘腿打坐午觉后，便开始督促两个孩子背诵《心经》。她看着那个男人从角门进来，头戴斗笠，身上披着一件陈旧的蓑衣。

这里是内院。老师太慌忙起身，站到窗口，说，施主，请止步。

男人并没有止步，而是摘下斗笠，扬起一张胡子拉碴的脸，上前叫了声师太，说他是受人之托前来接人的。

老师太一脸的错愕，又把他上下打量了一遍，觉得应该是山里的猎户，又像是在苕溪河里跑船的。

胡子拉碴的男人犹豫了一下，从褡裢里摸出两卷法币，见老师太并没有伸手要接的意思，就小心翼翼地放到窗台上，低眉顺眼地说，一点心意，不成敬意。

老师太忽然冒出一句，这里是尼姑庵，不是典当行。

男人并不介意，探头望了眼屋里那两个正看着他的孩子，伸进怀里掏出一支小手枪，说，你一定见过这东西，我就不多说了。

老师太当然认得这支小手枪。许多事情就像发生在昨天。

男人显然不是个有耐心的人。他催促老师太，说天色不早了，他还要带着那娘儿俩赶路呢。

这时，徒弟从镇上回来了，一手拿着伞，一手提着大半篮子的竹笋，一瘸一拐地穿过角门。

老师太抓过窗台上的一卷法币，转身从门里出来，拦在她跟前，让她再去趟镇上，把往日里欠的那些债都还了，剩下来的钱买盐。说完，她催促了一句，赶紧去，别等人家打烊了。

很快，天上的雨点又淅淅沥沥落下来。老师太站在廊檐下跟男人说了会儿话后，叹了口气，拿过一把油布伞，接着又说那坟就在外头的半山腰，也不知道碑上该刻什么字，就索性没立。她让人去山里找了株金钱松，种在了边上。

男人并没有要跟她前往的意思，仰脸看了眼天色，又望了望墙外的青山，说这次就不去了，下回再来好好地祭拜。

老师太点了点头，放下伞，去屋里拉着央真的手出来，交到男人的手里，张了张嘴，没有出声。她只是一把拉住了随后追出来的央如，直挺挺地站着，喃喃地吟诵起来，一切有为法，如梦幻泡影，如露亦如电……

女孩张嘴想要叫的，小嘴却被那只嶙峋的手一把捂住。一老一小就这么看着男人把孩子裹进蓑衣离开，她们的耳朵里尽是淅淅沥沥的雨声。

事情出在跷脚徒弟回来后，没见着儿子她就明白了。后来，她一屁股瘫坐在佛堂里，白花花的盐撒了一地。她以为是师父把她的儿子给卖了，仰起脸，对着菩萨念念叨叨地说，我早该料到了，她没那么好心的，我早该料得到的……

老师太摇摇晃晃，朝她跪下去的心都有。她扶着一根柱子，说，是个孩子就会长大，这一天天的，总得有个头。说着，她也仰起脸，眯起昏花的眼睛，如同是在对着宝座上的菩萨说，你知道的，庵堂里面怎么可以有男人呢？

跷脚徒弟像是一下子清醒了。她用一种古怪的姿势爬起来，站着摇了摇头，半天才说，她早就该还俗的，她早就不该留在这里的。

说完，她抓下头上那顶裹头，往方砖地上一丢，歪着光秃秃的脑袋，一瘸一拐地出了印月庵。

她念念叨叨地要去找回她的儿子，从此再无音讯。

这些都看在了小女孩的眼里，也记进了她心里。央如钻在供桌的围幔里面，睁着一双滚圆的眼睛，乌溜溜的，就像是只受到惊吓的野猫躲在黑暗里。

可是两天后，央真回来了，湿漉漉的，像只离群的泥猴。他孤零零地站在印月庵的台阶上，一把一把地抹着鼻涕与眼泪。老师太站在门内，半天才合起双手，对着对岸的青山念出了一声阿弥陀佛。

又过了两天，她天不亮就带着央真去了镇上，敲了很久才敲开了裁缝老纪的铺子，把孩子往他面前一推，说，我给你找了个儿子。

老纪睡眼惺忪，说，我连老婆都没有，要儿子干什么？

你就结了这个善缘吧。老师太无力地说，这是我欠你的。

央真回身拉住她的大褂，说，我不给他当儿子，我要当尼姑。

听话。老师太把手按在那个小光头上，说，给他当儿子有肉吃。

这是央真平生第一次知道，这世上还有种可以吃的东西叫作肉。

你把他养大，他替你送终，你们两不相欠。老师太抬头看了眼老纪那张灰黄的脸，马上又垂下去，说，这样，我们也算两清了。

那个胡子拉碴的男人再次来到印月庵时，身上穿的是件中山装。央如一眼就认出了这张脸。在一名解放军的陪同下，他拄着一根拐杖，默默地在佛堂里站了会儿，忽然问，你师父是哪年走的？

央如低着头，说，解放的第二年。

男人想了想，那年他正随部队前往湘西剿匪，在此之前也是一直在打仗，从长江的北面，打到长江的南岸。更久以前，他在杭州坐牢，在日本人的陆军监狱里，直到抗战胜利。

我们见过的。他看着央如，伸手在腰下的位置比画了一下，说，那年，你们两个才这么高。

央如怎么会忘记呢？那天他头戴斗笠，身上披着一件蓑衣。那天的雨淅淅沥沥一直下到半夜。她只是茫然地睁着眼睛，有点失措地摇了摇头，但她知道，男人这回又要来带走央真了，顺便把山上那座没有墓碑的坟也一起迁走。

老师太在正式给央如受戒的当天，带着她去了那座坟前，在那里点了香，化了很多纸钱，念了很久的《地藏菩萨本愿经》。此后每年到了清明与腊月，师徒俩都会去那棵金钱松旁上坟，除了念经，老师太从不多说半句话。几年后，她瘫痪在床，每个夜里都被噩梦缠身，到了白天就痴痴呆呆的，有时连央如的名字都要想上老半天，可每年她都记着日子，到了清明与腊月都会提醒央如——该去山上上坟了。

男人也听说了，小尼姑每年都会两次上山去祭奠，有点感慨，也有点感激。他用力地一点头，说，这也是为革命做贡献。说完，他看着央如，又说，还俗吧，你还有大好的青春，应该投入社会主义的建设中去。

央如低下头去，抿紧了嘴唇。她在心里轻轻地说，你要把我的男人带走了，我还俗干什么？

那时的央真早已改名，跟了养父的姓，叫纪开来，成了山上农业合作社里最年轻的社员。男人抱着他离开的那天，他们冒雨渡过苕溪，天黑前进了天目山。那是男人来的方向，只要翻过山，就会有人来接应，护送他们俩到达皖南的根据地，让孩子回到父亲的怀抱。

第二天雨停了，山林里的水汽像雾又像云，男人一脚踩进了猎户为野猪准备的捕兽夹里。央真从没见过那么多的血，他拔脚就想跑。男人一把抓住他，掏出褡裢里的干粮塞进他怀里，指着迷雾的深处，让他穿过这片山林，再翻过那道山梁，就会有人带他去找父亲。男人说，你一定要记住，你的父亲名叫陈家彦。

央真从不知道父亲是什么，从小到大就没有人在他耳边提过父亲这两个字。他吓得哇地哭了。他挣开男人的手，一边哭，一边连滚带爬地往回跑。他要回家。他的家就在印月庵里，这是他唯一知道的地方。他记得来时的路。

那一年，央真刚满五岁还不到三个月，在迷雾缭绕的山林里跑了会儿就迷路了。镇上的巡山队发现他时，他已经在一株树底下睡着，怀里抱着一小包干粮，嘴角挂着口水。接着，他们又找到那个男人，从他身上搜出了那支小手枪。

这些事都是央真后来告诉央如的。那时，他已经姓纪，但央如还是喜欢叫他央真。她每次去镇上，路过那家裁缝铺，都会站在街对面，远远地看一眼里面的小学徒。他曾经跟自己一起背诵《心经》，一起穿着破旧法衣改成的小大裮，还在一张床上盘腿打坐。央如每次想到这些都觉得恍惚得要命，就觉得自己好像是看着他一点点长大的，几乎都能看到他将来成了裁缝铺里的少掌柜。

央真也总会找借口来庵里，一会儿说是替老裁缝来上灯油的，一会儿说是来探望老师太。有一次，他看着央如往供桌上的长明灯里添香油，冷不丁叹了口气，说他真想回来当尼姑。

哪有男人当尼姑的？央如心里想笑，转念就像被什么堵住了，赶紧扭头望向大门外，就见天还是蓝色的天，云还是白色的云，青山绿水都在大太阳底下，明晃晃的，真真切切的，却又一下变得那么虚幻。她在心底长长地发出一声叹息，低下头，说，那你往后别来了。

白天不来了。央真点了点头，说，我晚上来。

央如的心一下就跳进了嗓子眼里。

老师太去世的那晚，央如做完晚课就回到自己的屋里，掩上门，熄了灯，和衣躺在床上。等待从来都是一种煎熬，有时还能变成一种说不上来的懊恼。快到半夜时，外面起风了。许多只有山林里才有的声音，一下子近在耳边，一会儿轻，一会儿响，一会儿长，一会儿短，让人心烦意乱，让人焦躁不安。她索性裹着被子在床头打坐，可那颗心仍像在风里吹着，在那里飘忽不定、摇摇欲坠。

央真已经不是第一次失约了，央如也不是第一次失望。

第二天一早，央如端着脸盆去伺候师父洗漱，发现老师太整个人都已僵硬。她在床上半睁着眼睛，张大了嘴巴，一只手朝上伸着，张开着五根手指，像是看到了什么，想要用力去抓住它。

央如没有叫，也没有喊，连半点慌张都没有。她自己都觉得奇怪，呆呆地站了会儿后，放下手里的脸盆，跟往常一样，拧干汗巾，给师父擦完脸后再擦手。她想把那只伸着的手放进被子里，但那只手掌如同树上长出来的树枝。于是，她就用双手捧住它，把自己的脸凑过去，紧紧地贴在上面。

就在不久前，老师太曾用这只干枯的手摸着她的脸颊，毫无来由地说了句，苦海无边，回头是岸。

央如的脸当时就红了，像是一下子被人扒光了那样。她知道，印月庵里发生的每件事都逃不过师父的眼睛与耳朵，哪怕是在至深至暗的夜里。

后来，老师太盯着她看了会儿，又说，要是哪天我死了，你要想好怎么办。

央如愣了愣，在心里说她还有央真。

老师太像是听到了，无力地呼出一口气，又把那八个字喃喃地念了一遍——苦海无边，回头是岸。

央如后来才知道，裁缝老纪那晚也死了，一点预兆都没有。临睡前，他把傍晚喝剩的半壶老酒热了热，喝完后见炉子里的那几块炭上还有点火头，就夹进了熨斗里。他要把案板上那条旗袍再熨一遍，那是人家女儿出嫁时要穿的喜服。

老纪是一头栽在熨斗上猝死的。等养子闻着味道出来，他那半张脸已经被烙煳。

央真再也成不了裁缝。葬礼之后，他来向央如道别，他要去天目山上种茶叶了，这是镇里安排给他的工作。人们都劝慰他，说一个人了，就更加需要自力更生。

你还有我。央如张嘴想说的，可她说不出口，只能张着嘴，看着他。央真伸手去拉她，却被推开。央如转身走到屋外，抬头望着挂在夜空的半轮月亮，说，种茶叶，挺好的。

以后我再来就要翻过两座山。央真还是拉住了她，从后面，用胸膛贴住她的脊背。

央如不动，说，那就别来了。

两座山算什么！央真说着，手就有点不老实了。

央如还是不动，仰着脸，望着那半轮月亮。她木然地说，她在看着呢。

央真一愣，马上就明白她说的是谁了，不由松开手，一屁股坐在石阶上。等他再抬起头来时，那张脸上尽是月光与泪水。

第二天，央真离开的时候天还没有亮。央如从枕头底下摸出一块手表，一声不响地塞进他手里。这是她从老师太的遗物里找出来的，上了发条后居然还能嘀嘀嗒嗒地走。

央真顺势将她揽进怀里，问了句多年来一直想问而未问的话——我被那人抱走的那次，你心里在想什么？

央如身体有点僵硬，把下巴搁在他肩头，说，哪次？

小的时候。央真说，我们一起在这里的时候。

什么也没想。央如说，我知道你会回来。

央真笑了，在她耳边说，就那么两座山，阻隔不了我们的。

春天的时候，印月庵后面的小院里开满了映山红。那都是央真从天目山里挖过来的，每次来都背着一株，在离开前把它们种下去。他对央如说他住的那个山坡上，到处开着这样火红的花。他说，我真想带你去看看，它们在太阳底下，就像燃烧的火。

我见过的。央如看着他的眼睛，好像那里面就有。

那不一样。央真还沉浸在那个山坡上，说，那种满山遍野的红是不一样的。

央如说，一样的。

央真这才有点领会到她的眼神，忙说，是的，是一样的。

不过，央如还是去了，在一个晨光熹微的早上出发，带着干粮，沿着天目山那些古老的山道，快到傍晚才找到那个山坡。那些火红的花朵无边无际，在夕阳里真的像火一样，把整个山坡都点燃了。央如从未见过这么浓烈与炽热的景色，但她忽然驻足不前了。她忽然害怕撞见央真，身为一个尼姑，她比谁都知道什么叫害怕，直到那个男人再次把央真带走。

那天，整天都在刮风。风把苕溪河对岸的芦絮吹过来，就像在下一场大雪。听到轮机的轰鸣声，央如再也待不下去了。她是跑着冲出印月庵的，只是那艘从镇上驶来的火轮已经远去，拖着两排雪白的浪花，在阳光下拍打着河滩。

她的男人要去北京了。他那素未谋面的父亲在那里等着他们父子团聚。

临别那晚，央如哭了，用力地在央真肩膀上留下了一排牙印后，她又笑了，说她会在整个后院都种满映山红的。

可是，这种红得像火的花朵只在春天开放，到了夏天就会长出绿色的叶子，到了秋天它们照样会凋零与枯萎。

央真说了，他说他去去就会回来的。

可是，他没有。

央如并不在乎，也不想思念。她照常会进山里去寻找与挖掘映山红，再把它们背回印月庵，一株又一株，直到整个后院都栽满了这种火红的花树。她的足迹已经遍布了整座天目山。

可惜，那个院子很快就被推倒了，那里不久将建起一所学校。看着那些花树被一株株地移走，一天夜里，央如在睡梦中忽然惊醒。她想了很久才发觉，那些被连根拔起的其实就是她自己。

她只是没想到，在青海的祁连山里也会开满了这种火一样的花朵。那是无数青年支援边疆的一个目的地，他们先坐船，接着是汽车与火车。他们穿过大半个中国来到这里，最后搭乘马车进山。

又翻过一个山坳，央如惊呆了。七月的天空里竟然飘起了雪花，就像风吹过苕溪河对岸的芦苇滩。她在马车上睁大了眼睛。她更吃惊的是那些开遍山野的映山红，仍然像燃烧的火，又好像只在梦中才见过——它们的每一片花瓣上都挂着洁白的雪。

原来，春天的花朵也会在盛夏的冰雪里绽放。

央如真的是惊呆了。

迎着风，迎着雪，她一下就热泪盈眶了。

邵彬是个戴眼镜的上海人，刚到农场那会儿，他被分配在队部当文书，不久就主动要求下到马场，当了名饲养员，甘愿夜里起来几次给马槽里添草料。他要的就是每天都跟央如在一起，同进同出，一起吃，一起喝，一起在茅草棚里铡秸秆、拌饲料。

这个又瘦又高的年轻人乖巧而执着，时不时地会从口袋里摸出一颗冠生园的话梅糖来。可是，央如不稀罕，每次都是摇头，有时连话都懒得跟他讲。终于在一天黄昏，在祁连山凛冽的寒风里，邵彬说了句自己都很吃惊的话——哪怕你是团结峰上的冰川，也会有融化的那一天。

央如却一点都不惊讶，只是平静地望了眼远处，扭头去了食堂。那一刻，她觉得自己就是座千年不化的冰川。这就是她想要的，在这个天高云淡的地方，每天累到连胡思乱想的力气都不剩半点。

第二年，农场给知青们重新调整工作，央如被派去跟着一位配种能手学习科学繁殖，就是给那些成排的母马进行人工授精。那是她第一次见到发情的公马，从卡车上冲下来，宛如一头脱困的巨兽，鬃毛飞扬，拳头大的鼻孔里喷着如火的气息，四个蹄子踩到哪儿，哪儿的大地都在震颤。

她吓得当场就双手合十，念出了一句阿弥陀佛，随即一把捂住嘴巴，发现邵彬正在出神地望着她。

更难堪的是钻到公马胯下。这是一名配种员首先要做的工作，而且是在众目睽睽之下。央如的一边是小母马漂亮的屁股，另一边，巨大的种马正昂头嘶吼着。她抱着一具尾端装着个保温瓶的橡胶筒，钻在那个被叫作马床的木架子里，只听见配种能手在外面说，先对准，对准了，插进去，对，用力，使劲。

然后是一前一后的推拉，抱着那具带保温瓶的橡胶筒，她觉得自己整个人都成了那匹母马的器官。

晚上，央如吃不下，也坐不住。她浑身沾满雄性动物才有的那种气味，却连个洗澡的地方都找不到。她只能蜷缩在草料堆里，抱紧了自己。高原的夜里从未如此宁静，没有风，也没有野狼在远处嚎叫，月亮与星辰近得几乎触手可及。她又贸然地想起了往昔，想起了月光照在印月庵的院子里。

邵彬带着半张青稞饼找来了，什么话都没说，只是蹲在她跟前，把饼递给她。央如摇了摇头，闭上眼睛，才发现眼眶里尽是冰凉的泪水。她起身想走，邵彬开口了，说他知道镇上有家公共澡堂，马车都准备好了，天一亮他们就去。

央如一把捂住脸，忍不住哭出了声。这是她第二次当着一个男人的面哭泣。

到什么山，砍什么柴。邵彬说，慢慢都会习惯的。

央如点了点头，终于开口，说，你走吧。

邵彬有点犹豫，推了推眼镜，留下那半张青稞饼后，从大衣袋里摸出半瓶青稞酒，才起身离开。走出很远后，他又回头看了眼，那些草垛在月光里就像层层叠叠的山峦。

那一夜，上海小伙也没有回营房，而是坐在草垛的阴影里，远远地守护着他心头的女人，看着她后来一口一口地吃光那半张饼，又一口一口地喝光了那半瓶酒。这是央如平生第一次喝酒，那种火辣辣的味道经咽喉穿过身体，最后都从她眼睛里涌了出来。

女儿出生那天，祁连山里下了三天三夜的大雪停了，天空中只有一只鹰在孤独地滑翔。为了铭记高原上的这场雪，还有他们的青春岁月，父亲给女儿取名为雪青。

看着产床上的妻子，邵彬重申道，为了女儿的将来，我们要设法回城。

事实上，早在他们恋爱时，农场里已有不少对知青成为夫妻，立志要永远幸福地生活在这片高原上，但邵彬从来不这么想。新婚之夜，他已经把什么都规划好了。他对央如说，等我们有了孩子，就送她回上海去念幼稚园。

这是第一步。他连生儿生女都替央如想好了。他还说他们上海的家在新闸路上，楼下开着一家糖果店，那里的街上路灯彻夜不熄。

央如却什么都不想。她接纳一个人，就是为了忘记另一个。

女儿五岁那年，果然被送回上海。那也是央如第一次去那个在糖果店楼上的婆家。

邵彬的父亲早逝，给他留下了一个哥哥与一个妹妹。哥哥也已成婚，曾经的一家五口就住在这间铺着木地板的屋子里，现在一下子成了七口人。白天，那屋子是客厅、餐厅、书房、厨房兼起坐间，到了晚上，抱出柜子里的被褥往地板上一铺，这里就成了间集体宿舍，而且还是男女混居的那种。

阿拉上海人屋里都这个样子的。婆婆温和而随意，还说等到将来老三嫁了人，老大就能给她添个孙子了。

原来，她从没把老二这一家三口计算在内，但央如根本不在意这些。她只是失眠，晚上在被子里紧贴着女儿，连身都不敢翻。邵彬一直看在眼里，于是提议去趟天目山下的那个小镇，一起去看看那个央如出生与长大的地方，反正也就一两天的路程。

央如愣了愣，随即一摇头，说有什么好去的，她在那里又没有亲人，什么都没有了。

返回祁连山那天，祖母抱着孙女送到了楼下。雪青睁着一双乌溜溜的眼睛，不哭也不闹，只是看着她的父母。央如一下就想起了自己五岁时的那个雨天，不由得一阵心酸。她一把挽起丈夫的胳膊，对女儿说，乖，爸妈不在，你要听奶奶的话。

女儿似懂非懂，仍然睁大那双乌溜溜的眼睛，嘴里含着一颗话梅糖。

此后漫长的日子里，央如有时会在梦中再见到这双乌溜溜的眼睛。她只是做梦也没想到，邵彬会死得那么突然，那么悲惨。

映山红又像火一样点燃山野的时候，无数野花在祁连山的草原上日夜绽放，马匹发情的季节同时也到了。那几百匹军马是忽然冲破畜栏的，就像决堤的洪流席卷大地，等到声音远去，尘埃落定，邵彬已经被踩踏得血肉模糊。

当时，他正拿着烧红的烙铁在给一匹母马烙编号，连一句话都没有留下。

但他用死亡为妻子取得了一个回城的名额。

央如抱着骨灰盒回到上海的那天骄阳似火，糖果店二楼的那个房间里却像结了冰，每个人都在滋滋地冒着冷汗。后来，婆婆总算吐出一句话来，说，坐吧，别站着了。

雪青呢？央如也总算吐出三个字来。

然而，没有人吱声。女儿那天是去参加"发展体育运动，增强人民体质"的活动，横渡了黄浦江。孩子在游泳方面很有天赋，长得也像她的父亲，又高又瘦，十五岁已经像个大姑娘了。

央如在那间集体宿舍般的房间里勉强住了两天，跟女儿说的话却没几句。主要是女儿不理她，连看她一眼都是那么不耐烦。女儿的眼睛里只有祖母，还有姑妈与婶娘，就是没有她这个当母亲的。

离开糖果店二楼那晚，央如从新闸路一直走到黄浦江边，在江堤上呆坐到天亮。她想起了印月庵门前的那条苕溪，也想起了坐火车路过的长江。她把这半辈子里所见过的山川与河流都回忆了一遍，才拍拍屁股起身离开。

天目山的秋天五彩斑斓，风从苕溪对岸吹来，裹挟着漫天的芦絮，又像到了下雪的季节。那个时候，央如在镇上的街道工厂里纺石棉，就是把成捆的石棉纱混合、梳理、分条，再捻成更细的石棉纱，整天戴着帽子与口罩，只露着两只眼睛。后来，这家工厂撤销了，她只好跟着大家又去了镇外头的窑厂，剪短了头发，日夜像个男人那样在河滩练泥与拉坯。

多年之后，女儿倒是来看过她一次，挽着个同样高高瘦瘦的外国男人，在天目山里转悠了三天，临走时才说她要结婚了。

央如睁大眼睛看看女儿，又看看那个叫皮诺的外国人，问，哪天？

女儿说，什么哪天？

央如说，你们婚期定在哪天？

女儿没说。她只说到时候会把照片寄来的。

那就是女儿连婚礼都没打算让她参加。央如张了好一会儿的嘴，最终硬生生地把话咽回了肚子里。

女儿这时才说他们会在北帕默斯顿结婚，她谁也不会请，根本没这个打算。

央如说，那个，北帕……默斯顿在哪儿？

女儿说，新西兰。

央如又说，那新西兰是哪儿？

女儿没有回答。她忽然伸手碰了碰央如的头发，忽然叫了声妈。

一下子，央如有种泪水要夺眶而出的感觉。

你一个人要照顾好自己。女儿想了想，又说，你干吗不找个人呢？相互也有个照应。

央如的眼神在转瞬间结成了冰。她说，我不用谁来照应。

女儿瞥了她一眼，挽起高高瘦瘦的新西兰未婚夫走了，沿着苕溪的河滩。

当天夜里起风了，吹得整个山林都在哗哗作响。央如在灯下端坐着，看着镜子里那个两鬓已经有点斑白的女人，竟然想起了自己的新婚之夜。那晚同样刮着大风，在马厩旁的那间矮屋里，她死活都要关灯。她在黑暗中抱紧了那具干瘦的躯体，生怕一松手就会被风吹走。

那一晚，其实有个人成了驱不走的鬼魂，他像风一样在央如心里无孔不入。

事实上，央真一到北京就开始给央如写信了。到后来几乎是隔天就写一封，说他又改名字了，这次是跟他真正的父亲姓陈，叫继军，但他仍然是央如心里头的那个"小尼姑"央真，而且永远都不会改变。他还专门说起了央如给他的那块表——他的亲生父亲，那位久经沙场的老革命，一见到手表就哭得像个孩子，整个晚上都在回忆。可是，他不能马上回来，他要去新疆入伍了，成为一名光荣的解放军战士。这是他做梦都没想到的，如果错过这次征兵，他就得再等上一年。

央真到了天山脚下才开始胡思乱想、惴惴不安，接着就是伤心与绝望，但他仍然没有一天停止过想念。他的情书仍然跋山涉水，穿越大半个中国寄到天目山脚下，只是央如从来没有收到过，一封都没有。那些信被送到小镇的邮局，有的还来不及盖戳就已落入邮递员的背包，当晚被撕成碎片，丢进苕溪湍急的水流里。

那位丧妻多年的邮递员沉默寡言，整天穿着绿色的制服、背着挎包走街串巷。他是央如那些爱慕者中的一个，却把长久的念想变成了无言的恨。

只是，谁也阻挡不了一个男人的步伐。

年轻的解放军终于还是不远万里地来了。这是央真第一次探亲，他绝不相信爱情的结局会是无声无息、有去无回。当他双脚站上印月庵的台阶，看着在操场上做广播体操的学生，他才相信所有的担心与疑虑都会成真——忘记一个人有时只需要一转身。

然而，熄灭的火焰总会在某天夜里重燃。等到第二次探亲时，央真踏上了前往祁连山的寻疑之路。他要亲口问一问，还要亲耳听到央如的答复。

那天的高原上下着冰冷的雨。央真搭乘一辆拖拉机赶到农场时正开午饭，他一眼就在众多人里看见了央如，手里拿着饭盒，跟个男人合披着一件雨衣跑向食堂。到了门口，她抬手用衣袖擦了擦男人脸颊上的雨滴，还说了句什么。

那个男人又高又瘦，戴着眼镜。他看见了央真，雨衣张在头顶跑过来，等看清雨衣里那身军装后，更加热情了，说，同志，你找谁？

找谁？央真出神地看着他，摇了摇头，说，我路过。

说完，他仍有点控制不住，不由得伸手一拍对方淋湿的肩膀，就像在拍他自己。

央真终于相信，自己早已成了人家生命里的过客。

印月庵被重建落成的那天，小镇请来了一位特殊的嘉宾。等到典礼结束，宾客散尽，他并没有离开，而是独自穿过佛堂，在后院的一张石凳上笔直地坐了很久。

戍边几十年，央真一直驻守在天山脚下，连父亲去世都没回北京。他曾有过一段短暂的婚史，留下了一双儿女，直到退伍的那天才突然发现，在这世界上竟然没有他自己的一个家。于是，央真把落户地选择在了天目山下的这个小镇。这是他出生与成长的地方，这里的每一片月光、每一缕风都曾让他魂牵梦绕。

于是，印月庵的后院里就多了个"关工委"的实践点。每逢周末，镇上的孩子们会在这里学习书法与绘画。有时，严谨而矍铄的陈老师会把他们拉进天目山，给他们讲天山上终年不化的积雪，传授他们野外生存与急救的技能。有时，他还会去看一眼那片记忆里的山林。那一年，他刚满五岁还不到三个月。那天的山林里到处迷雾缭绕。

央如也是在迷雾缭绕的一个清晨下山的。她最终没能忍住，独自翻山越岭，走了很长的路才走进印月庵，发现新庵堂内外的陈设跟她记忆里的一模一样，但又完全不同。很快，她又发现了，只有山门外那几级台阶才是她记忆里的台阶。后来，她穿过佛堂走进后边的院子，一眼就看到满院种着的映山红，虽然现在长满了油绿的叶子，但火红的花却瞬间在她眼里开满枝头——它们在太阳底下，真的就像燃烧的火。

央如呆立在那里，好一会儿才回过神来。

后院的许多地方挂着孩子们的书画习作。如今，她曾住过的那间屋子成了一间小画室，锁着门，透过窗玻璃可以看到里面放着一张画桌，上面铺着毡布，搁着文房四宝。屋子的角落里还支着一张小床，四壁挂满了字画，署名都是继军。

她想，现在大概是个叫继军的人住在这里。

此后的央如再也没有去过印月庵。她当天就回了天目山上，回到当年央真种茶的那个山坡。女儿雪青回国承包这片茶园已经有几年了，带着她又高又瘦的新西兰丈夫，在那里养了很多走地鸡与山羊。每到春天，山下采茶的人就来了。他们摘走一茬又一茬，直到映山红开满山坡，夏天就近在眼前了。

说来也怪，央如现在变得越来越容易想起当年，想起见到这片火红的山坡就止步不前的那个傍晚。有时候，她呆坐在屋檐下，呆望着一个方向，一坐就是大半天。只是她永远不会知道，错过的人终有一天会相遇。

其实，我们早就知道，男人的一下子，有时就是女人的一辈子。我们还知道，男人又何尝不是？

原载《人民文学》2024 年第 2 期

潘向黎

桥上的《第二圆舞曲》

烟点着之后，他看到了那个女人。那是一个四十岁左右的女人，米色风衣，脸庞秀气，一头波纹细致的短发，含蓄的淡妆，虽然眼睛下面有淡淡的黑眼圈，还是比这个年纪的大多数女人显得雅致。

女人早就在桥上的石条长凳上坐着，所以其实是女人先看见他的，看着他心不在焉地走过来，坐下，拿出香烟，点上。他抽的是南京炫赫门。

抽了几口，他听到那边的女人对他说："借个火。"他把头转过去，扯了一下嘴角表示同意，想把打火机抛过去，但看了看桥板中间的缝隙，还是站起来，走了几步，直接递给了她。

女人抽的是细支的 ESSE。女人点烟的动作很娴熟，点着后把打火机还给他，说谢谢，然后说："抽南京炫赫门，你不是南京人吧？"男人说："你这是韩国薄荷烟，我看你也不是韩国人。"女人笑了，盯了他一眼，说："你是演员吧？"

男人黑漆漆的浓眉一抬："你怎么知道？"

很简单。正是戏剧节的时候，整个乌镇都泡在了戏剧的氛围里，石桥、码头、广场、坊市、巷陌，到处都在演戏。这几天在乌镇遇到人，要么是观众，要么是演员。眼前这个人，约莫三十岁的样子，一副好身材，脸上有非同寻常的灵气，眼角与嘴唇透露着一种感性的脆弱。女作家觉得，他不是观众，他是演员。

"气息，你的气息像演员。"见小伙子没有做出肯定的回答，女人补了一句。

小伙子噗地吐了一口烟："算是吧。你呢，干什么的？"

"我是作家。"

"哦，作家。讲故事的人。"

她笑了。

他们两个相隔三四米坐着，但看的是两个方向，女作家看看河流来的方向，男演员看着河流去的方向。

"这座桥很有意思。"女作家说。

"我觉得江南水乡小镇都差不多。不过，这样坐着同一条石凳，看着完全反方向的风景，让我想起一个成语：同床异梦。"男演员说完，又解释道，"哦，我不是那个意思。"女作家说："当然。"两个人笑了起来。

女作家笑完了，说："所谓的朋友、家人，经常也是这样，表面上站在同一个立场，似乎有着同一个判断的根基，但其实各自看的是不一样的方向，根本说不到一起去。"

男演员说："有点儿意思。"

女作家说："你是北京人？北京人经常说这句话，认可里透着几分见多识广的傲慢。"

男演员说："我要是北京人倒好了。"

他们坐的石凳子，在这座桥的中间，顺着桥的走向把桥一分为二。因为这条石头长凳的存在，熙熙攘攘的行人上了桥以后，自然就被分成两股人流。而桥中间的石凳,似乎把整座桥变成了一个带风景的客厅,虽然主人不出现,但是主人的心意随时都在:请坐请坐,看看风景……

现在,黄昏像一个漫不经心的贵妇人,正提着雍容华贵的裙摆姗姗而来。桥上没有行人,大片的天空,大片的水,只有两个坐在同一条石凳上抽烟的人。两个陌生人,一个脸向着水流过来的方向,一个脸朝着水流去的方向。这里的水绿沉沉的。

女作家似乎有聊天的兴致:"这次你演什么?"

男演员将两腿伸直,朝着天空吐出一口烟,然后说:"不演。这次没机会上台。"

女作家说:"你是B角?"

男演员说:"不是。你知道青赛吗?就是戏剧节的青年竞演,专门给还没有出头的年轻人机会的。我报名了,交作品了,没入围。没入围就没机会上台,所以这次,我是来当观众的。"

"报名的有多少人?能上台演的有多少?"

"听说是573份作品,评委会选出18份,进入初赛。然后选出6份作品,进入决赛。"

女作家说:"百分之三,很难。"

男演员说:"就两个可能:要么我菜,要么我衰。说不定我又菜又衰。"他说完,似乎要起身离开。

"这个青赛是自由发挥还是命题作文?"女作家问。

"一半一半,每年创办戏剧节的三个大佬——黄磊、赖声川、孟京辉都会提出三个元素,然后参赛者就用这三个元素进行舞台创作,各自发挥,时间不超过半小时。今年的元素命题是火车票、世界名画和马。我自编自导自演,还有两个搭档。我也觉得我们不够好,可能到不了决赛,但没想到根本没入围。他们两个气得不来了,我还是自费来了,来看看。"

女作家说:"这个比赛有年龄限制吗?明年你还能再参加吗?"

"年龄限制……我不确定明年还想不想参加。今天下午看了人家的演出,突然觉得人家都很有才华,真的。而且好多人比我年轻。本来我想,要是到三十岁还不行,我就算了,可没想到这三年,什么都乱了,所以我觉得这三年应该不算，我应该再给自己三年机会。可是，又……"

女作家说："这感觉难受。被悬空荡着，飞不起来，又脚不着地。"

"嗯，差不多是这个感觉。"男演员似乎不想走了，重新坐安稳，说，"当作家，有意思吗？"

女作家说："有意思，但是也不容易。一会儿有读者，一会儿没有；一会儿有钱，一会儿没有；一会儿有自信，一会儿没有。"

男演员上半身微微向后仰，看了她一眼，点点头，说："人哪，要怎么才能活得好呢？就是有意思，有自信，还有钱。"女作家笑了，说："你我这样的行业，还是可能的，不过，要红。"

男演员说："你红了吗？我读国内的文学少，但我知道你不是莫言。"女作家笑了起来："我不是莫言，就像我不是韩国人。"男演员也笑了，他一笑，整张脸云破月来般显出俊朗，但光线马上又消失了，他说："不过你肯定脑子好。这几年，我脑子好像迟钝了，一个问题翻来覆去想，想不明白，比如：我到底行不行？今天我第一次想，要不，就承认不行，放弃吧，嗯，放弃。"

寂静。看水。水是绿色的，挺干净，但是也远非清澈见底。

女作家说："我突然想到巴黎有个左岸，可是，一条河流是怎么分左岸和右岸的？"男演员说："你是作家，连这都不知道？背朝着山站，然后左手边就是左岸，右手边就是右岸。"女作家说："这里哪儿有山呢？"男演员说："不是你眼睛里非看到山不可，水来的方向就是山的方向，所以背朝着水来的方向站，像这样，"他站起来，"这就是背朝着山站，左手边的就是左岸，右手边的就是右岸。"女作家说："对，所有的河流都是从山上发源的，水来的方向就是山的方向，你解释得很好。"男演员笑了："不是我解释的，是我在一本书上看来的。是一本意大利的书，写给小孩子看的，作者叫罗伯托·普密尼，因为这个作家也参与剧场演出，所以我记住了他的名字。"女作家说："哦，多才多艺。他那本书叫什么？"男演员说："书名叫《马提与祖父》。马提是一个小男孩的名字。我就是因为这本书，记住了怎么区分河的两岸。"女作家说："嗯，你有读书的习惯，真好。"男演员说："好什么？"女作家说："写书的人就希望天下像你这样喜欢读书的人越多越好。"

男演员说:"唉,还是你们的职业好啊,写什么,什么时候写,怎么写,都自己说了算,一个人可以全部搞定。不像我们,没有人给平台,没有人给机会,就什么也创作不了。"女作家说:"我们也不完全自己说了算,当然你们更不是。我觉得演员这个行业,是'一将功成万骨枯',一旦出名,就是光芒万丈,胜者通吃,那些没有出名的实在太难了。"男演员说:"是啊。"女作家又说:"不过我也没资格同情你们,你们都是厉害角色,敢选这一行,广东人有句话叫:'吃得咸鱼挨得渴。'"男演员说:"你好像不怎么看得起我们?"女作家说:"不敢不敢,谁敢看不起演员?不知道什么时候就成明星了,出门要戴口罩和大墨镜。"男演员笑了:"家里日夜拉窗帘,面对记者采访都要说标准答案。"

两个人朝着不同方向,一起叹了一口气,沉默了。

这个时候,暮色突然降临了。仔细一看,暮色并不浓,只是桥身周围和桥底的景观灯亮了起来,桥板的缝隙里也射出了灯光,这一亮反衬得夜色明确了。

男演员说:"我给你讲个故事吧,也许你可以写到小说里。"

女作家说:"好,今天我想听。"

"有一个人,他从小学开始就喜欢演戏。也不知道为什么,他的家族没有人演过戏。他的父母,都是很普通的人,就希望他能好好地读一个正规的大学,有一份稳定的工作。父母希望他的人生安稳,对,他们觉得最重要的是安稳。然后这个人,初中的时候就开始在学校里学着演话剧。后来到高中,他想去参加艺考,但是父母反对,不给钱让他去上培训班,他没有办法,就考了一个他根本不想去的二本大学,学的是他一点兴趣都没有的理工科。大学四年,他是靠演话剧撑下来的。他是学校话剧团的台柱子,主演过好几个剧,在课余时间排练,在学校艺术节上演,演出很成功。可怕的是,他迷上了在台上的感觉。有大量的光线集中在他身上,有无数闪亮的目光集中在他身上,他一举手一投足都搅动起别人心里的山呼海啸,他大喊一声世界尽头的山谷都会传来回响,甚至,他站在那里,没有一句台词,但能感觉到万里之外的大雨倾盆……太神奇了,太过瘾了。

"毕业以后，他开始在各种和演出有关的场合里打工，他没机会演哪怕一个龙套，就是纯打工。这没什么不好，所有的打工，都是在为实现梦想做准备。然后有个导演指点他到乌镇戏剧节青赛上试一下，他和两个朋友排了一个作品，结果那一年戏剧节停办。后面两年，一年他凑不齐团队，一年没有地方排练。好不容易到了今年，他终于自导自演了一个戏，报了名，却没有入围。这时，这个笨蛋发现，毕业十年了，他没有一份正式的工作，也没有真正站在舞台上，一次都没有。他第一次认真怀疑自己。对自己，对演戏这件事，对世界，他可能都理解错了。但是没有人能告诉他，错了没有，错在哪里。更没有人能告诉他，对的路在哪里。三十五岁之前，如果不回到常规的谋生道路，眼看后半生没有保障。如果回到常规的路上，能不能顺畅地走下去？即使能，又怎么处置心里对舞台的渴望？凌迟处死吗？不能实现的理想会不会像一堆碎玻璃，把人割得遍体鳞伤？不管怎么选，他都特别害怕。你觉得这个人是不是特别失败，特别可笑？"

女作家说："我觉得这个人不容易，非常不容易，特别不容易。"

男演员说："不容易这三个字，只有当一个人混出了头才可以说。如果没混出头，说他不容易，就是说他是个窝囊废。"

女作家说："这样说我不同意，不公平。"

"公平？"男演员苦笑了。

女作家把烟在随身带的金属迷你烟灰盒里灭掉，沉默了一会儿，说："你讲了一个故事，我也讲一个吧。"男演员说："好，这样公平。"

女作家说："我有一个朋友，她在头疼一件事，就是她好像要参加一个不想参加的同学聚会。过去她是不参加同学聚会的，二十年里，她从来不参加。别人以为她是已经有了点名气，搭架子，善良一点的同学觉得是因为她忙得昏天黑地，其实都不是。原因很无趣，是因为她在大学时代的男朋友和她分手的时候，把她给吓着了，她不想再见到他。"

男演员说："能给点细节吗？"

女作家说："他骂这个女孩子，他还把他们两个人一起养的一只校园流浪猫给弄死了。那只猫，叫小海盗。他为了泄愤，把小海盗给害死了。"

"哦,过分了。"男演员第一次用同情的眼光看着女作家。

"没事,除了不能参加同学聚会这一个软肋,她的生活一切正常。她靠自己过得还不错,她不参加同学聚会,也从来不在乎大家说什么。这一次是他们大学毕业二十周年,很多同学从全国各地过来,还有从国外回来的人,其中有一个是她大学同寝室的闺密,从加拿大回来。这闺密一定要她参加这次聚会,否则聚会结束这个闺密从乌镇到上海,也不和她见面,就直飞加拿大。而且闺密还替她打听到那个前任的行踪,说那个人正好出国,所以肯定不会来。于是她就破例来了。结果,她一到乌镇,就在微信群里看到有人在嚷嚷特大号外,说原来不能来的某某某也来了。那个前任,居然出国日程有变,又自己开着车就来了。所以,我这个朋友现在很后悔,后悔不该打破自己的惯例,不该相信那个闺密的假情报。一把年纪,把自己置于这样的境地,莫名尴尬,进退两难。"

男演员说:"也就两条路。一条就是去,就好像人群中没有那个人,当他透明的。第二条就是不去了。他可以本来说不来,结果临时又来了,你也可以本来说来,结果临时又不来了呀。"

这个时候男演员已经直接说"你"了,女作家意识到了,也不去无谓地遮掩,而是接着说:"听说那个男人刚第二次结婚,娶了一个比他小十八岁的女孩子,这次把新婚小娇妻带来了。"

"关你什么事?你介意?"

"我不介意这件事情,但是不喜欢被拿来对比。我四十二岁,而且,我是单身。虽然我过得很好,但是被人对比,会不舒服,这个心理成本,我不想付,付了简直像白痴一样。"

男演员想了一想,说:"这一点确实不太公平。女人四十二岁和男人四十二岁,完全不一样。四十二岁是一个男人一生中最好的时候——如果他混得不错的话。"

女作家说:"就是。"

"好像确实没有胜算,走为上策。"男演员说。

"可是我刚才已经在群里报到了,同学们都知道我到了,然后我才知道这个坏消息,这时候要是走了,傻子也知道为什么,那我就是公开认输。我凭什么要认输？我不犯法不欠钱，我对自己挺满意，我为什么要灰头土脸地临阵脱逃？可是，这时候不走，就要勉强自己去面对一个不想面对的人，和一个注定开心不了的局面。唉，想想我，行走江湖几十年，一直觉得能把自己保护得挺好，怎么就千防万防没防住，会让自己遇上这么个局面呢？你说有两条路，可不管怎么选，都会心里不舒服，这……简直是立于必败之地。"

男演员说："感情的事情真麻烦。我已经拿定主意，要等自己达到想要的高度，才会考虑感情。要不然自己没活明白，自己都不喜欢自己，怎么去喜欢别人？我有时候想，我这辈子很难结婚，除非有一天，我对自己特别满意，然后又遇到一个特别喜欢的人。"

女作家说："很多人都在不适合结婚的状态，就匆匆忙忙或者麻木不仁地结了婚，结完以后才明白自己是什么人，对方是什么人。更可怕的是，发现了自己要的生活，和对方要的完全不是一回事。然后甲方看乙方不顺眼，乙方看甲方也不顺眼，然后搞得鸡飞狗跳，一地鸡毛。"

男演员笑了："甲方，乙方，还真是，婚姻是一份契约。人人见到我，都劝我早点结婚，你是唯一一个说不应该随便结婚的。"

女作家说："因为我是陌生人呀，我不用对你负责，我当然敢随便说了。"

"很多话，也许就是对陌生人才会说，才能说。因为那是真话。但是对熟悉的人说了就要负责任，对陌生人，事不关己，再刺耳也可以随便扔过去几句真理。"

女作家说："不过，你也不要以为只要事业成功了，就能过得顺心，人生没有那么简单的。像我这样，事业上算有点眉目了，但是怎么样呢？你看我，在很多人眼里，不照样是个嫁不掉的中年大妈吗？面对老同学，到底也还是会有一点压力。"

"你也不用太敏感，你的同学里肯定也有目前单身的，很可能事业还不如你。"

女作家说："可是他们不用面对一个讨厌的前任，也不用让全体老同学来见证这场尴尬啊。你不要误会哦，我不是对他还放不下，我对他是避如蛇蝎。只是，本来不想打的这场战争，现在突然被迫应战，而且感觉自己资源不足，一点胜算都没有，就……心里堵得慌。"

男演员说："如果这个时候有个镇得住场子的男朋友和你一起去就好了。哪怕这个男朋友，你们只来往了几星期也好，帮你应付过去，就好了。"

女作家笑了起来："照你的思路，我何不干脆花钱雇一个人？可惜也来不及了。再说了，这个其实是演戏呀，难度很大的，不是随便找一个人就可以演好的。"

男演员把脸转过来，淡淡地说："有个演员就坐在这里。"

女作家说："你是专业的，我雇不起。"

"我不是专业的，所以不要钱。今天下午刚看完我的那些竞争对手演的戏，觉得自己可能确实不行，可是我也不甘心，因为我没有机会让评委看看我的戏。现在我可以陪你去，就演你的男朋友，完全即兴演一场。请你和你的同学们当评委，看看我到底行不行。"

女作家顿了两秒钟，说："好像是个好主意。反正整个乌镇都在演戏看戏，我们就来一场即兴表演。如果你演砸了，我们就哈哈大笑，把真相说出来，然后一起离开，另找地方喝酒。"

男演员说："不一定会演砸，说不定还有神来之笔。"

女作家说："好，如果演得好，我也请你喝酒。"

男演员说："不用，我不和女人单独吃饭喝酒，牵扯不起。"

女作家说："好，不牵扯，纯粹合作一把。"

"给我提供一些你的背景。"

"我1981年出生，父母是上海人。我生在南京，然后回上海读小学，一直在上海读完本科，2003年毕业的。"

"确认一下，这些都是你本科段的同学，对吗？"

"对。"

他们站起来，男演员跨过石凳，和女作家站在同一侧，打量了一下，说："一米六六？"女作家说："对，怎么啦？"男演员说："我才一米七八，如果真的演对手戏，你太高了一点，不能穿高跟鞋。"女作家说："我从来不穿高跟鞋。再说，一会儿我们是坐着的。"

男演员说："有点兴奋。本来在桥上专心心情不好，突然就有机会演一场了，而且可能决定我的未来。"

女作家说："现在的人，遇到挫折，怎么可以专心心情不好？怎么能默默忍受命运暴虐的毒箭？当然要挺身反抗人世无涯的苦难了！"

男演员说："别背莎士比亚了，没时间了。我们太陌生了，得想点办法放松下来，进入角色。"

女作家说："怎么放松？一起做套瑜伽？一起跳一支华尔兹？"

"为什么是华尔兹？"

"因为我只会跳华尔兹。街舞什么的，我都不会。"女作家说着，在手机的网易云音乐里选了一下，"我喜欢这个，肖斯塔科维奇的《第二圆舞曲》。"

男演员做了一个邀舞的姿势，女作家把手机放在石凳上，腾出手伸过去。虽说是平坦的桥面，但依然不适合跳舞，两个人找到了一小块平整的桥面，非常克制地小幅度移动了起来。但音乐的幅度很大，感情浓度饱和，回旋着，荡涤五脏六腑。

"《第二圆舞曲》，真好听。"男演员说。

"现在是 A 部反复，弦乐全部加入，灵魂都飘起来了。"女作家说。

"这曲子前面有点忧伤，到这里好像爆发出力量，开始振作了。我喜欢这一段。"

跳完了，女作家说："热身好了，情绪松开了。"

男演员说："对，我们的肢体隔阂消除了。"

女作家看着手机上的共享定位，两个人往聚会的餐厅走。走了一会儿，男演员说："我还需要一点必杀技，请告诉我一个秘密。"

女作家惊疑地反问："身体上的秘密？胎记什么的？""不，日常生活的，或者工作习惯上的，只要是独特的秘密。"女作家想了想，说："我有个小习惯，每次写东西之前，我会把一个叫间隔号的符号放在页面最上面，需要的时候，随时去复制下来。你不知道间隔符？就是奥黛丽·赫本、爱新觉罗·溥仪，名和姓中间的那个实心圆点，放在居中的地方。"

"键盘上没有吗?""有,但特别小,而且位置偏下,不好看,我不接受。我是在'符号'选项里专门找到这个符号,放在每篇文章的开头,需要的时候,随时用。比如你刚才说的那个意大利作家,叫什么来着?哦,罗伯托·普密尼,输入'罗伯托'之后,就来这么一个特别俊俏的间隔号,又大又圆,完全居中,再输入'普密尼',就成了完美的'罗伯托·普密尼'。"男演员说:"这样做了以后,你感觉到了什么?"女作家说:"觉得心里顺畅,接下来也会写得顺。很奇怪吧?"男演员说:"可能是心理暗示。"女作家说:"这个算秘密吧,我从来没和人家说过。"男演员说:"很好。"

又过了一座桥,就到了聚会的地点。不知道是谁选的这家餐厅,最大的包间也只能坐下二十个人,所有人不得不分两个包间坐下。他们被安排在那个大的包间。正如女作家所料,那个她不想见的前任就在这张桌子上。果然,大部分人都是想看戏的。

从加拿大回来的闺密迎过来,尖叫一声"侬只死人",热烈拥抱了女作家,然后看了一眼男演员,用一种愉快认可的表情说:"这趟一鸣惊人了,居然带男朋友来了喏。男朋友卖相灵得来,怪不得要带出来。"

女作家笑了笑说:"不是男朋友,就临时找了个保镖。"这个开场白很好,避实就虚,似非而是,男演员在心里暗暗喝彩。

大家都笑了起来:"好好,你是作家,你随便编,这是你的特长。"

男演员心里想,对,特长。她会编,我会演,我们是有特长的人。今天晚上的这场戏,正式开始了。他决定不给女作家挂衣服、拉椅子,戏不要过,恰到其分是最好的。尤其是一开始,不要满,先找对感觉,慢慢拉上去。如果他们是相处了一段时间的男女朋友,就要在亲近里面加入松弛,而不是刚建立关系的各种殷勤。

女作家跟所有的人寒暄着,男演员则开始寻找那个前任。这个时候,他看到了对面一个中年男人,那个中年男人的脸上的表情,让他瞬间明白,这就是他今天表演的另一个重要评委。这个评委会特别苛刻,而自己没有现成的剧本,没有排练过,连搭档都刚认识。不过没关系,他有冲动,只要有机会,他就愿意演。

和大多数同学聚会一样,开头大家都会以互相恭维来掩饰内心的震惊。有人对女作家说:"二十年没见了,你真的一点都没变,简直就像进了冰箱一样,保鲜程度一流。"女作家笑着说:"这种话要么不说,要说就要说一辈子,让我一直高兴下去。"闺密说:"对呀,对呀,你们这帮男人,都是有始无终的。"男演员看到那个前任的脸上掠过一丝尴尬,然后也笑了。这时候他已经听清楚了,这个男人姓万,有几个人叫他万总。男演员在心里叫他万前任。

万前任的小娇妻没有出现。有同学以那种起哄式的亲热口气说:"听说你那个新婚小娇妻是颜值天花板啊,怎么没有带来?"万前任说:"不至于,不至于。"同学追问:"啥叫不至于?没有那么漂亮吗?还是不至于这么离不开?"万前任说:"是不至于到要带来的地步。"大家的目光都微妙地转向女作家,女作家不作声,嘴角噙一抹若有若无的笑意。这个时候有人说:"这种情况,一般是女孩子懂事,不跟来了,给男人一点空间。"万前任马上说:"是的是的,她不来,我比较自在。嗯,确实是这样,比较懂事。"其他人哄堂大笑,说:"太肉麻了,太肉麻了,哪有这样夸自己太太的!"万前任也笑了,表情松弛了一些。

菜陆续上来,大家开始吃了。男演员坐在女作家右手边,左手边的男同学非常起劲地给她布菜,乌镇酱鸭、笋尖、白水鱼……女作家抵挡得辛苦,只好没话找话说:"那边的那个豆腐,怎么是灰白两种颜色的?"男同学说:"那个叫太极豆腐。"也给女作家舀过来,"一黑一白,带点汤汁,来,趁热吃。"

男演员笑了,女作家问:"你笑什么?""没什么,就是每次听到趁热吃,都觉得这句话才是国粹。"

这一桌久别重逢的人开始敬酒,每次女作家站起来,男演员都要陪她站,总是被她按住:"你吃你的。"华尔兹没白跳,她的手放在他肩膀上很自然。

万前任走过来的时候,她没有按,也不知道是全力迎敌顾不上,还是就想让他陪着站起来,总之男演员就站起来了。万前任说:"好久不见。"女作家举杯碰了一下,代替说话。万前任对男演员说:"还没请教,您是做什么工作的?"男演员说:"我在学演戏。"万前任似乎恍然大悟:"哦哦，怪不得，怪不得。"男演员心想，确实不讨人喜欢，说话阴阳怪气。这时候另一个女同学发问："你们是姐弟恋吧？看帅哥比我们小不少。"闺密出来帮忙："现在的人，谈不谈恋爱是问题，年龄不是问题。"大家问男演员："是这样吗？"男演员说："说真的，我没想过这个问题。"这句话四两拨千斤，留了无限余地，女作家心中暗暗叫好。

坐下以后，他给女作家夹了一块比较瘦的红烧肉，放在她碟子里，说："你最近有点累，接下来别再喝了。"这个动作和这句话，显出了亲热，还有对女作家近况的了解。女作家像一个被温柔管束的女孩子那样，半喜半嗔地看了他一眼，他也接住了她的眼神。感觉对了。

酒过两巡，都有了点醉意，有人借酒盘问女作家："你是怎么和这位男朋友认识的？演员，长这么帅，又比你小，你搞得定吗？"女作家说："哎呀，他是演员倒是真的，不过他不是男朋友，就是刚认识。"她说完，自己笑了起来，因为这几句话是实话，但是放在这个场合里，绝对会被听成假话，就会导致大家得出错误的结论，而那个错误的结论是她和这个男演员希望大家得出的。

"刚认识，他就陪你来？"男演员不急不忙地说："同学聚会常常像过堂，我怎么能让她一个人来，对吧？"大家惊叹道："哇，忠心耿耿啊。"也有人说："同学聚会经常会旧情复燃，你是不是怕她遇到什么人，旧情复燃，所以一定要跟来？"闺密说："你喝多了吧？旧情复燃个头啊。"女作家根本不屑于回答，笑盈盈地对男演员说："帮我倒点茶。"男演员起身倒茶，顺便给所有人都倒了一圈。两个女同学仰头看他，一个说："这么帅，看着真舒服。"另一个说："身材真好，肩膀宽，腹部一点赘肉都没有。"男同学们说："你们不能这样吧？公开见色起意，让我们这些老男人情何以堪。"闺密说："我警告你们，帅哥有主了，你们只能看，不能动手哦。"

有人问男演员："你怎么爱上我们作家的？"男演员说："不知道。感情的事情，谁能说清楚。"别人又说："觉得她顺眼？光顺眼也不够吧？"男演员说："那是当然，男女之间，顺眼只是开始。能不能一直走下去，要看顺不顺心。"别人说："哦，那我们作家能让你顺心吗？"男演员说：

"我们两个之间，是要看我能不能让她顺心。"万前任这个时候忍不住了，插了一句："你们是姐弟恋，为什么还是你需要让她顺心呢？"男演员说："是这样的，她如果顺心，我就是她男朋友。若是不太顺心，我就会是她的经纪人、她的保镖、她的司机。再不顺心，她就随时会说其实不认识我。"女作家惊讶地转过头看了他两眼，这几句台词，非常好，好得出乎意料。大家说："噢哟不得了，你这么有地位的！这么年轻貌美的一个帅哥，被你吃得这么死。"女作家说："没有啊，没有，我对他没有什么要求的。"男演员说："最可怕的是没有要求，我想努力都没有方向。"大家哈哈大笑起来，女作家忍不住笑着看了他一眼，像一个女人看一个取悦自己的男人那样。很多年没有这种舒畅的感觉了。上一次是什么时候呢？是哪一个男朋友呢？好像是一个律师。想不起来了。自己到底有没有被人取悦过？也想不起来了。

酒席过半，进入觥筹交错和各种起哄的阶段。两个人的这出戏居然很顺畅，他们看上去完全是一对恋爱中的男女，而且是在感情不错、有了默契但还没有疲沓的那个阶段。万前任观察了很久，这时候终于对女作家说："写作很辛苦吧，你的黑眼圈都出来了。"女作家心想，你滚开。但是面上笑着说："干什么不辛苦？好在是自己喜欢的事情。"男演员闲闲地对大家说："她主要是太完美主义，连一个标点符号都要完美。"大家惊讶地说："现在都是电脑打字了，标点符号不是一模一样的吗，还有什么完美不完美呢？"

男演员笑着说："怎么一样呢？比如那个间隔符，她从来不用键盘打出来的那个，嫌它太小，位置又偏下。她都是事先专门找出那个实心圆点，放在每篇小说的开头，需要的时候，就去复制一下。她说，这个专门准备的间隔符，又大又圆，而且正正好好在中间，是俊俏的分隔符。"

这下子所有人，包括闺密都相信了，这是一对亲密无间的情侣。万前任站起来，他的脸红着，显得比一开始自然了，但个子却似乎矮了一些，他说："不说了，我，我敬你们两个一杯。"男演员说："我敬大哥吧，她不能再喝了。"于是女作家端茶，两个男人端酒，三个人碰了一杯。万前任对男演员说："你不知道，当年，她可真是，特别好，非常好。"女作家心想，这是挑衅了？大家暧昧地笑了起来，说："当年她怎么个好法？"这是拱火了。万前任说："好看，单纯。"女作家似笑非笑地放下了茶杯，她觉得男演员不可能找出合适的台词来应付，却听男演员说："她现在成熟了，一点都不单纯，但是现在的她，最好。"女作家说："我都这把年纪了，怎么可能现在最好？"男演员说："你没听说过这句话吗？'不是我在最好的时候遇到你，而是遇到你以后，开始了我最好的时候。'"女作家想，这也太像台词了，太生硬了，你应该生活化一点。大家笑了，有人说："自从徐志摩死了以后，我们没听过这么肉麻的情话。"也有人说："真是会说话，难怪能把女作家骗到手。她可不好骗的。"男演员笑了，他朗声说："成年人，哪里用得上一个骗字？谁都没可能骗谁。我只是自然而然走到她面前，自然而然地看到她，她也自然而然地看到我。"别人又说："一眼就看上了吗？"男演员说："没有。只是借个火，点个烟，随便聊聊，结果就聊得很投缘。然后聊啊聊啊，就聊到这里来了。"

大家哄堂大笑，说："这不还是一见钟情吗？这是来气我们的吗？过分，太过分了！"女作家看着男演员，觉得他这几句台词好极了，像是不由自主地说心里话，而且他的表情也很到位，他的脸上再次云破月来般有了光彩，他的身姿格外挺拔，比在桥上时似乎高了几厘米。

真有意思。他自编自导自演，没有剧本，没有排练，完全是即兴的。他扮演了一个痴情男友的角色，而他面前的所有观众，都被他骗过了。这个男人当演员，怎么会没饭吃？

隔壁包间的同学们来敬酒了。他们已经听说了一些女作家和男朋友的新鲜八卦，这个时候自然又把火力对准了他们。"哎，男演员可是高危职业啊，随时随地都有粉丝来投怀送抱。"男演员说："我不红，所以没有什么粉丝。""哎哟，总归整天遇到美女，让我们作家怎么放心呢？"男演员说："在我们这个行业里面，美貌不是稀缺资源，谈得来才是。"女作家这个时候心里动了一下，觉得他说的可能是真的。不，他说的不是真的，但是，这台词让人听了心里一热。这个男人不简单，自己可能小看了这个男人。

别人说："那么你们两个就知心话聊不完吗？"男演员看了看女作

家，说："不好意思，我们目前还有很多话没聊。"别人又说："说得这么高雅？男人跟女人之间太高雅也不是好事。"男演员说："多谢提醒。她确实高雅，但是有我在，我会帮她经常从俗的。"这话说到边缘了，女作家吓了一跳，赶紧转移话题说："哎，大家酒也喝得差不多了，下一瓶不要开了好吗？今天也差不多了。"别人就说："你们一会儿还有两个人的节目，是吗？"女作家说："他还有点工作要谈。"男演员就说："看你方便好了，也不一定要今天见的。"女作家说："就今天去嘛。我陪你去，你们聊起专业来，有些话在旁边听听也蛮有意思的。"男演员含着笑意看了她一眼，那个眼神，别人看起来是满满的恩爱，女作家看出来是：这个处理好。

这时候已经是聚会后半程，很多人都醉了，有的人傻笑个不停，有的人用筷子拄着下巴发呆，有的人莫名其妙地捉对厮杀——两个人头顶着头大声说着重复的话。他们两个人就起身，喧闹之中对着众人用手势和笑容告了别，就离开了。

再次走在老街上，店铺都关门了，石板路显得宽阔，整个古镇显得疏旷和湿冷。女作家竖起了风衣的领子，男演员用手臂揽住了她的肩膀，说："这样会暖和一点。"女作家笑了："如果有人跟踪我们，会发现我们很恩爱。"男演员回头看了一眼，说："已经没有观众了。"就把手从女作家肩上移开了。

女作家说："你演得真好，毫无破绽。而且你的反应、情绪、台词的掌控、对生活的理解，都很棒。"

"真的吗？"

"真的。要不是要配戏，我刚才都想为你鼓掌。"

男演员说："谢谢评委。"

不知不觉，他们再次回到那座桥上，他们知道，他们必须再回到这座桥上，然后在这座桥上各自走出这场戏。桥上空无一人，只有风。

女作家说："谢谢你。"

男演员说："谢谢你。"

"走了。"

"走了。"

女作家说:"拥抱一下?"

"拥抱一下。"

他们深深地拥抱了,像两个久别重逢却又要分开的亲人。

"真好。"女作家说。

"拥抱其实很重要。"

"演戏,你一定行的,别放弃。"

"你应该再谈恋爱,不然可惜了,这么好一个女人。"

"我要是真的谈恋爱,你又会说,可惜了,这么好一个作家。"

"真正的恋爱,其实很多人都不配,但是你配。"

"不用担心我。你自己一定要坚持,听见没有?"

"一定。说不定哪天我会演大戏。"

"你会的。"

"要是获奖了,我会在领奖的时候感谢你的。"

"嗯,感谢一位在乌镇邂逅的不知姓名的女作家,挺别致。"

"我得出名,不然你没法知道。"

"其实,我不太喜欢'生存还是毁灭,这是个问题'这句,我更喜欢这一段——"女作家的声音因为距离男演员前胸处薄羽绒服太近,显得有点模糊,但是发出之后却直接敲击并渗进男人的胸膛,"你是否也这样认为,生命的内容不是别的,而是那股有一天打动了我们的内心和灵魂,之后永远燃烧到死的激情?不管在其间发生了什么?如果我们经历了这个,或许我们就没有白活?"

"是你写的?"男演员的声音有点奇怪。

"不是我,是一个匈牙利作家,他叫马洛伊·山多尔。"

"你觉得,我没有白活吗?"

"当然。"

一阵突如其来的啜泣突然从男演员的身体深处爆发了出来,这种物理性质的颤动马上波及了女作家,她甚至来不及完全感知这一瞬间的情绪,眼泪就流了下来。

他们就那样拥抱着，不再说话。在轻微的啜泣彻底平息了以后，他们再用力抱了一下，就放开了彼此，朝着桥的两头，头也不回地走开了。这两个人从桥的两头下了桥，接着又在河的两岸向不同方向走去，身影很快消失了。

　　夜色中，流水声隐约升起。总是这样，流水说不清到来和离去，总是这样，浪花和浪花之间，说不清相聚和分别。而桥站在那里，以人的短暂一生不可能实现的某种恒定，悠然地站在水上，在某个小镇，或者，在时间之外。

原载《十月》2024 年第 3 期

孙 睿

四轮学区房

一

好久没有面对面坐下,像谈恋爱时那样吃顿饭了。现在米乐和他老婆坐在胡同口的一间麻辣烫店里,辣气和香料味儿格外冲,一个个香辣分子仿佛正在空中跃动。老婆顾不得衣服粘上它们味道将久久不散,一屁股坐到桌前。看了一下午房,累得不行,腿都觉得走粗了,也饿得前胸贴了后背,两人就赶上什么吃口什么。

狭长的桌子——其实并不长,多说四五米;当中间儿掏空,塞进去一溜长方形不锈钢锅,相互隔着钢板,做成两排,煮着穿好的串儿,五花八门,竹签冲外,伸手即取。店名叫"脏摊麻辣烫"。现在的生意都往接地气上靠,明明有顶,还叫摊儿,好像越这么叫,越接近人的本来面目,吃的人越多。旁边还有家"马扎烧烤",没一把椅子,透过玻璃窗只能看到马扎和小地桌,人也快坐满了,窝着肚子撅着腰,侃侃而谈。

麻辣烫店开在胡同口,傍晚以前做旁边学校中学生和逛胡同游客的生意,现在已经晚上九点多,米乐和他媳妇各守一锅,把边儿坐着。桌子的另一头,围着三个五十多岁的老爷们儿,两个套着跨栏背心,一个赤膊,估摸就住这胡同附近，串儿没吃几个，啤酒瓶摆了一桌。一排拢共四个座位，不想离得太近，米乐和老婆坐了这边，离他们尽量远。

锅里小火轻煮，空调吹出冷气，雾化的风肉眼可见。米乐老婆一言不发地吃着，面前摆着吃完的签子，长短不一——长签三块一串，短签两块。不说话是因为太累了，午饭后两人来这边看房，东跑西颠，看了六套，快看吐了。

九月份孩子就要上小学了，还有一个多月。目前孩子跟着他俩住在回龙观，幼儿园也是在这边上的，他们家楼下。米乐老婆觉得，幼儿园在哪儿上无所谓，就当上着玩，小学不能再凑合，必须去城里。回龙观属于昌平，挨着朝阳和海淀，算不上远郊，但比起二环里的东城西城，叫城外也不为过，这边都快到六环了。什么时代的人都想当"城里人"，过腻城里日子往城外搬的那种另说。家长更是希望自己的娃能做个"城里孩子"，恰好米乐老婆和孩子的户口在城里，进城上学成了这个家庭的不二之选。

当然米乐也有别的想法，他不认为孩子去城里上学就高枕无忧。他敢这么认为是有充分依据的，他从小学到高中都是在西城区上的，也不是班里所有人都考上大学了，甚至有后来进了工读学校的，前途如何，更靠孩子自己。同样他也不觉得留在昌平上学就输在了起跑线上，他的大学同学里，有一个就是昌平考上来的，学号一号，因为入校分数最高，后来年年拿奖学金，还保了研。但米乐不愿跟老婆掰扯这些，他的不做主性格，让老婆成了当家的人。

说起来，其实他老婆连原汁原味的北京人都算不上，米乐才是北京的城里人。小时候米乐就在西城长大，家住西四胡同，后来那片平房拆了，父母买了回龙观的房，米乐就跟着搬了家，户口也迁到昌平，成了"城外人"。而他老婆，大学毕业留了京，幸运地进了给解决户口的单位，单位在东城，于是不仅成为北京人，还成为拥有东城区户口的人，只不过是集体户。后来两人认识、结婚，也在回龙观买了房——为了离米乐父母近点，更因为这里的房价还能接受，但老婆仍把户口留在单位。一开始米乐以为老婆嫌麻烦，懒得挪，直到几年后生了娃，给孩子上户口的时候，才弄明白老婆的良苦用心：孩子户口不在昌平上，上东城的，跟她一起，落集体户,将来是东城学籍,可以上东城的学校。大家普遍认为北京的好学校都在东西城和海淀,所以这三个区的学籍格外珍贵,没有的心向往之,想辙往里钻,有学籍的则沾沾自喜不形于色。还有个插曲:备孕期间,老婆让米乐把他名下那套回龙观的房子卖掉,她研究过政策,必须父母双方都没有北京房产,孩子才能落集体户。就这么着,米乐把自己名下的那套房子卖了,租了两年房子,等到孩子在集体户里有了自己的户口页,米乐和老婆才又在他父母的那个小区买了套二手房。房价每年都在涨,为了孩子的户口,搭进去两人多年的积蓄,只因为米乐老婆认为当个"城里人"洋气。

老婆七年前布好局,事态按预期发展着,上礼拜小学录取通知书下来了。儿子成了一名北京东城区的小学生,不出意外,日后九年的教育都将在东城展开。从回龙观到这所小学,二十公里出头,还有一段高速。不走高速的话,有三十三个红绿灯,早晚高峰开车少说要一个半小时,再遇上一起交通事故,时间就没谱了——若事故双方都是送孩子的家长,倒是能麻利儿解决。走高速能避开些红绿灯,但也快不到哪儿去,仍有十四个红绿灯立在那儿,且进出高速口的时间不稳定,赶上没装 ETC 的车或手机忘带了无法扫码付费身上也无现金的车主,这条车道何时能通车就看他什么时候能变出过路费了……特殊情况暂且放置一旁,按八点到校计算,六点二十就必须出家门了,除去洗漱吃饭时间,不到六点就得起床,大人还要伺候孩子穿衣吃饭,只能起得更早。于是问题来了:住在昌平的儿童和家长,每日该如何不这么辛劳地去东城上学?

现在米乐老婆乏得说不出话,逮着什么吃什么,就是为解决这一难题所累。她盘算着卖了回龙观的房,在学校旁边买一套,到时再把自己和孩子的户口从集体户里迁出来,落户东城,一劳永逸;米乐乐意的话,户口也能从他父母的本上挪过来,四十岁了,也该"独立"出来了。然而想法很美好,现实被低估。同样新旧的房子,东城一平方米的价格差不多是昌平的三倍。现在米乐一家三口住的是一百二十平方米的小三居,换成东城同档次的房子,包括税费里里外外的钱都加上,要添八百万。知难而退,老婆降低预期,不行就住老破小,窄点儿也认了,孩子的教育胜于一切。

看了两套不到八十平方米的两居，一算差价，仍要添三百万。钱是一方面，关键是卖了自己住得顺心又舒服的房子，在陌生的地方买个不那么如意的房子，是不是风险有些大？没有哪个普通家庭能在买房卖房上像打麻将出牌那般随意，即便是在北京，也尤其是在北京。

房产市场突然低迷，房价走向扑朔迷离，成交周期变长，房子也不是说卖就能卖成的，肯花钱倒是容易买到，但很可能刚买到手就贬值。如此一来，换房的想法搁浅了。保险一些的做法是把自家房租出去，在学校旁边租套房。今天看的这些出租房，有中介联系的，也有老婆在闲鱼上找到的业主直租。看房用眼睛看，身体和情感也难免投入其中：幻想未来至少六年带着孩子生活在这里，三具肉身在何处安放（卧室是否舒适），三张嘴能否被满足（餐厅是否会让人对食物产生热爱），三个灵魂栖居于此可否相安无事（特别是几年后还要迎来儿子的叛逆期）……六套看下来，身心俱疲。

小店墙边的货柜摆着各种饮料，老婆偏偏拿了一罐红牛，拉开就喝。以前她从不碰这玩意儿，认为所谓的提神就是杀鸡取卵，把体内残存的能量榨取出来。那么，现在她是要把仅剩的一丝力气逼出来然后还要干点儿什么吗？米乐猜不出老婆接下来还想干什么——再看一套房？或是仅仅为了有力气回家？还是不甘回家后就这样一无所获地睡去，夜深人静的时候还要展开人生思考？

眼前的事实，让米乐确信了一件事情：这是八年里他和老婆第一次吃麻辣烫。以前她特爱吃这口儿，自打有了孩子，两人吃东西就不怎么考虑自己了，只吃适合孩子吃的东西。孩子现在六岁半，加上备孕和怀孕的时间，八年里两人渐渐没了"自己"。

此刻老婆两眼直愣愣地盯着锅里，嘴里机械地嚼着，一手握着红牛，一手攥着空签子，显然脑子里在琢磨着什么。这神态让米乐感到陌生。老婆从小聪慧灵敏，在学习、考试、就业、升职的道路上，向来无需大动干戈便攻城拔寨，不说硕果累累，至少是一帆风顺。如今被卡住了，不是主观世界被难住的卡，是那种物质世界的卡——老婆想的可能是：自己的家庭为什么突然卡在底层中产向高阶中产进军的路上？

在不添钱的情况下，回龙观的房租只能在东城区租个六十平方米的老破小。客厅小得转不过身，家里那台七十五寸电视搬过来都放不下——米乐和老婆都喜欢周末在家看个电影。为了让电视有地儿放，也得租个面积大的房子，那就只能添钱。添多少合适？无限制地添，好房子有的是，再大的电视也能搁进去，但这不是米乐家能过的日子。老婆虽说事业顺利，挣的也有限，在出版社上班，不是什么大社，做爆款书的概率也低，年薪远没到过日子可以不算计。米乐至今自由职业，做平面设计，收入取决于活儿多活儿少。曾经红火过，这两年客户流失了不少，不知道好好的一家家公司怎么就做不下去了。米乐的活儿也随之减少，世界越来越新，他越来越老，在发展新客户上缺乏手段，已经由只喝单一麦芽改为调和威士忌也喝了。

老婆定了一个标准：在保证生活品质的前提下，房租尽可能地少添。尽可能地少，也会有一个范围，所以连看了六套房子，连将将满意的都没有。首先就是感觉小，房子住惯了宽敞的，再换紧凑的就难了。米乐老婆以前没觉得三口人住五十多平方米有多挤，甚至还觉得敞亮，她自己家当初就是一套五十多平方米的房子，她还有一个自己的房间，让很多同学羡慕，但，那是二十多年前。现在她和米乐看了一套九十平方米的两居都觉得窄，就这还要每月添四千多，若想租一套和回龙观的家一样大小的房子，少说要补八千块，超标了。也正应了那句话：一分钱一分货。越活越觉得这句话准，世界就是这么构成的。

六套里有一处令米乐夫妇印象深刻，房本面积三十多平方米，号称能住五口人，两间十余平方米的平房打通了，增加了挑高，做成复式，下面的三十多平方米隔出厨房、卫生间和客厅，客厅只留一条过道能站直身子，其余空间留给楼上复式，从餐桌旁和沙发上起身都得猫腰。房主说，人多数时候在客厅里是坐着的，这么设计是合理利用顶部空间。楼上的复式部分，拆分成两间半，老两口一间，中年夫妇一间，半间留给上中学的孙子住。现在孙子考上大学，可以住校了，一家人没有必要挤在这里，准备往城外搬。看房的时候，米乐老婆盘算如果是自己家搬过来，先不说人能不能耍得开，就是家具都摆不下。这家的柜子有个特点，基本都是直通房顶，尽可能多地盛放东西，没有所谓的柜顶。经过楼梯的时候，米乐老婆不知道自己碰了哪里，一扇木板弹出来。原来这片看似楼梯支撑物的木板也是柜门，楼梯下面的空间从高到低依次被用作大衣柜、短衣柜、袜子柜和杂物柜，房间里见不到一立方厘米的浪费。连柜门上都没有把手，门是磁吸的，按下去则弹开，再按进去就吸上，刚才就是米乐老婆不小心顶到了柜门。房主人笑着介绍说，面儿上什么都不露，省地儿。笑中透着说不上是得意还是无奈。这一刻，米乐老婆体会到住城外的好了。

但米乐知道，对老婆来说，东城学籍是更好的东西。现在终于等来这一刻——媳妇累了也烦了的时刻——他可以把存在心中许久的那个想法说出来了。

"倒是还有个方案……"米乐不知为何话一出口感到一阵心虚。

"什么方案？"老婆翻起不抱希望的眼睛。

"弄辆房车。"

"现在卡在房子上，你还想着弄什么车！"老婆似乎觉得米乐把握不住重点，随后马上意识到房车是可以住人的，转而说，"弄了以后呢？"

二

大学毕业离校那天，米乐想，以后可他妈不用再考试了。这么一想，步伐都轻盈了。现在四十岁，竟遭遇了哈姆雷特的困境：孩子的小学到底是去东城上，还是留在昌平？这道题没有补考，选错了就……就怎样米乐并不知道，也没有人能告诉他。

做这同一道题，米乐和老婆的解题思路不一样。不同于老婆在跨城考察中寻求解决方案，米乐是先有方案，然后为这个方案在现实生活中找到有力支撑。方案就是他跟老婆所说的"弄辆房车"，直觉告诉他可以这样做。

米乐现在和父母住同一个小区，隔着几栋楼，平时互相都有个照应。孩子上幼儿园，当米乐和老婆顾不上接送的时候，他父母可以代劳。老两口把孩子接回来，还能给孩子弄口饭，米乐他俩晚点儿回家也没什么，孩子睡爷爷奶奶那儿也行，第二天老两口再给送去幼儿园。父母眼瞅着奔七十了，不是今天这个头晕，就是明天那个胸闷，住得近，米乐能照顾到，去医院检查他开车接送也方便。米乐不想打破现状，觉得孩子小学在家附近上也没什么，父母依然可以帮着接送。但老婆的底线是，别的怎么都行，学必须去东城上。因为她就是这么长大的，然后从一个四线城市考到北京，当初她妈不输孟母，为了她上学，也曾三迁。

让孩子住在学校旁边，已是大势所趋，在这个"规定动作"下，米乐就想到了房车。他一直就想弄辆房车，可以开到哪儿玩到哪儿，需要工作了——他的工作有台笔记本电脑就能完成——车里就能干，有卡座和桌子，不比咖啡厅差，窗外还有风景。可以说，是孩子上学的新问题，正好撞上他的旧心愿。

今天看完房子，也可以说在看房过程中，甚至说在第一套老破小看到一半的时候，"时机到了"的想法就开始在米乐脑子里闪现。他想，与其在"砖窝"里睡觉，还不如在"铁桶"里睡，反正都是个小。不就是为了离学校近吗，把房车停学校门口，没有比这更近的睡觉的地方了，相当于给小平房装上了轱辘。每天放学先开着房车接孩子回家，小学特别是低年级，三点多就放学，这时候路上不堵，四十多分钟就能到家——这个通勤时长对于北京的学生族和上班族来说已经算比较理想了。不搬家还有一个好处，墙上画的儿子从会站立到现在的身高记录也能延续下去——真要是把这房子租出去，记录停了，怪可惜的。在家写完作业吃完饭，玩够了，该睡觉的时候，就让孩子往房车上一躺，米乐把车开到学校门口——晚上不堵车，四十分钟用不了就能开到。孩子瓷瓷实实睡一晚上，米乐早起给孩子做饭，车上有电磁炉和冰箱。孩子妈愿意陪睡陪吃也行，车里三张床，足够睡下，比那复式平房的卧室更让人有想躺在枕头上的愿望。

如果搬来东城，米乐不忍心只搬自己的小家，而把父母留在回龙观。这样一来，不仅开销翻倍，父母也得挤老破小。现在老两口住着百十平方米的两居室，在一层，不用爬楼，关键是窗前还有个小院子。院子算公共面积里的，因为搬来得早，那时候物业管得不严，老爷子在落地窗前开了个门，直通院子，方便打理草木，省了物业的事儿，院子慢慢也就算自己的了。进入四月，院里的那株树仿佛懂得感恩，不用催就按时开花，白中泛粉，围住树冠密密一团，阳光下尽情盛放。引来蜜蜂，路人也在树前拍照，老爷子坐在窗前泡茶，得意地看着外面。开窗时，如果有风吹来，花瓣会飘进窗里——三四月还不必关窗纱。米乐爸会特意让花瓣就那么散落在窗前的茶几和藤椅背上，放那么几天，等花瓣蔫瘪后再扫走。花期一个月，落光后小绿果就冒出来，一周后能看出是杏。到了五月中，杏的个头儿大了，坠弯枝条，有人摘着吃。米乐爸爸看到会拦下，让他们捡掉在地上的吃，这种杏熟透了，不酸。自打搬进这套房子，米乐家就没在吃杏上花过钱。等杏的热乎气儿过了，轮到杏树旁的那些灌木展示，开出一大朵一大朵的花，红彤彤不免艳俗，但绽放的热情还是让人忍不住问问这是什么花。很多时候米乐爸故意站在院子里，等着回答：月季。真要搬了家，在北京二环里找到一处窗前有杏树的房子就难了。

　　以上是米乐给"弄辆房车"找到的理论支持。

　　但老婆听完米乐的计划后，第一反应就是不靠谱，这也是她的直觉。完全在米乐预料中，她这些年——有了孩子后——活得越来越保守。米乐当然也理解，这种保守从某个角度说，是母爱所致，本质是出于对孩子安全的考虑。但米乐这么做——如果房车计划能实施——也不是说就没有父爱了。这恰恰是米乐要传递的父爱，让孩子从小知道，不要被生活中那些貌似坚固的东西困死，如果甘于受困，只会让那些东西越来越坚固。老婆的保守从另一个角度看，跟对房车的不了解也有关系。

　　米乐从技术角度给老婆普及了房车的知识，告诉她车里面床的尺寸，如何取暖、洗澡、做饭，以及一些先行者已经在房车里过上怎样的日子。说着打开手机，找出几条短视频，让老婆看人家怎么在车上过日子，有游荡在城市中的，也有开到荒郊野地一住就是个把月的。

　　老婆敏锐觉察到蹊跷："你不是为了孩子上学，你准备了半天，是你自己想弄辆房车玩吧？"

　　米乐承认他是爱看那几个房车播主的视频，正是因为平时关注着，关键时候就用上了："人家成年累月在车里生活，咱们就是让孩子睡个觉、吃个早饭而已，这比换房简单多了，风险也小。"

老婆随之问了几个她能想到的技术问题,包括车得多少钱、车牌好不好上、冬天睡觉怎么办,以及米乐能确保每天晚上和早上都像他说的那样守着房车吗……都是基础问题,米乐张口就答,新房车从十几万到上百万的都有,开了两三年的二手房车是新车的六到七折,他觉得买辆二手的就行,甲醛味儿散干净了,孩子睡在里面踏实。车牌可以用家里这辆车的,把现在这辆 ix35 卖掉,开了八年了,孩子都长大了,就算没有上学这事儿,也该换辆大点儿的车。冬天则还在家里睡,可以提早一个小时出门,让孩子在车上洗漱吃早饭,赶在早高峰之前赶到学校。最后米乐保证道:"既然我提出这个方案,我肯定不会缺席。"

"万一呢,万一你有事儿,或者出差不在北京怎么办?"老婆就像一位象棋大师,考虑的不光是眼前这步,还有很多步。

"你也可以开,练练就行,C 本以上都能开。"米乐不是留后手,是鼓励老婆,他觉得这是一次机会——把老婆从盲目内卷的势头里拽出来,让她除了惦记"孩子不能输在起跑线上",心里也装些别的事情进去,比如想想能开着房车去哪儿过个周末。

他早就对老婆的一些做法不认同了。孩子刚进入幼儿园小班,就被老婆送去轮滑和识字班,因为别的孩子都报了,不是报这个班就是报那个班,于是他们的孩子也不能在家傻玩了,搞得大人孩子都没了周末。和老婆相比,米乐比较佛系,他觉得怎么都行,他就是这么一路长大的——走一步说一步,没有先明确目标然后为之做各种努力。大学毕业后他一直自由职业,说不清是性格导致就业,还是就业方式塑造性格,总之就这么过来了。从毕业第一年能养活自己,到后来买了房、结了婚,老能接些活儿,也就没想过找个稳定工作的事儿。他和老婆就是接活儿认识的,那时候她刚毕业做实习编辑,需要找封面设计,没资源,就在网站上转,看到米乐的设计稿,给他留言。当时米乐已经做了三四年自由设计师,接了她的活儿。一来二去,两人见了面,谈起恋爱,常一起吃着麻辣烫聊图稿的完善方案,后来确立了关系。从一开始她就是甲方,所以最终意见都是她拿,慢慢地,这种模式渗透到生活中:蜜月旅行去哪儿,空调买几级能耗的,晚上吃什么……米乐觉得这样挺好,不用做预设,直接去体会将遇到的惊喜就行了。在要孩子的事情上也是如此，老婆张罗，米乐配合。后来的卖房、给孩子落户，总设计师都是老婆。但设计来设计去，她现在有点儿像参加场地自行车赛的运动员，进了赛道，不管不顾，一圈圈猛蹬，从场外看，仿佛深陷黑洞，也像驴拉磨。

"我不开，那么大一玩意儿，摆弄不了。"老婆依然沉浸在低头猛蹬中，"万一撞了，耽误孩子上学——你这么说了，你就得保证接送。"

"我保证！"

老婆看着米乐，似乎不太相信。

米乐颇为正式地说："咱们不能再一条道走到黑了，一直卷下去，没出路，越活越累。"

"你想说什么？"老婆没听出这话跟保证每天接送孩子有什么关系。

"有辆房车能让神经放松一下。"米乐又取了一瓶啤酒，打开给老婆倒了一杯，"学会让自己放松，享受一下生活。"

"一点儿不享受，开房车只能让我更紧张。"老婆的红牛已经喝完，似乎有了力气，没拒绝啤酒，端起喝了一口，回归主题，"先说你怎么保证接送孩子。"

老婆走过的人生轨迹是：在老家当地学生中成为优秀的，考到北京；在北京的这些同学里又成为优秀的，留在北京；然后优秀地顺产下一个男孩，又要把优秀的基因传给孩子——能不能传递到不一定，至少传递的愿望是强烈的。她也曾短暂地享受过生活，那是和米乐热恋的时候，生活中尚未出现日后的这些困扰。那时候她编辑过一本古镇游的图书，囊括了国内各省的古镇，米乐做的封面。两人曾说要把书里的那些地方都去一遍，也确实去了几个，随后就结了婚有了娃，不知不觉被生活捆住手脚。

米乐通过个人境遇和周遭同龄人的现状，知道没有哪个中年人会幸免于此。浸泡在泥潭中，挣扎并不是有效的自救方式，只会越陷越深。或许靠边站，不往中间挤，下沉得还能慢点儿。他愈发体会到"边缘"的重要性。只想着往中间站，将永远无法获得自由。自由是一种能善待自己的能力，按自己的节奏来，不被外界带着走。米乐现在也越来越感到自由被夺走，每次来了设计任务，得先像推销员那样给自己鼓劲儿，然后才有勇气打开电脑，用咖啡和威士忌续命，任太阳和月亮在窗前轮番升起落下，然后交出设计稿，等待下一个任务来临，如此反复。当然为人父母后，都是这样活着，但人是需要阳光、空气和大自然的。

如果有了房车，米乐可以送完孩子，把车开到一个自己愿意待下去的地方，泡杯茶，用另一种心情开始工作，在城市里远离城市。所以他对每天接送孩子的保证不是忍辱负重，而是对新生活的渴求。米乐如此告诉老婆。

老婆考虑的已不止好几步，是十好几步，问以后上中学怎么办，还睡车里？米乐说那是六年后的事情，现在的人连六天以后的事情都无法把握，用不着想那么远，没准儿三年后教育政策就变了。这几年生育政策已经发生重大变化，而且六年后房价指不定什么情况，摸着石头过河吧……老婆又有担忧，说要都这样，一家一辆房车上学，学校门口停得下吗？这个问题米乐不是没想过，他现在自信地告诉老婆：想想咱们家得下多大的决心，才能用房车当学区房，而且我又不用上班，有时间这么干，别的家长里有这条件的少吧——真要是不得不参与竞争，得扬长避短，不是一起同频内卷。

两人很久没有这么聊过了，也或许是因为难得有了两人独处享用的一顿饭——还是曾经最热爱、现今久违的食物——近半年压在老婆心头的烦闷消散了许多，她又起身拿了一瓶啤酒。

米乐也聊得浑身清爽，觉得老婆似乎已被说动，同时不忘肯定老婆："不是每个住得远的孩子都有一个能让他们拥有城里户口的妈，放心吧，学校门口不会遍地是房车的。"

后来两人打车回的家。原因有二：一是累得不想多走一步；二是现在九点半了，正好可以考察一下这个时段从回龙观到这里的路还堵不堵，以后这个时间，就是儿子躺在房车里，从家出发的时间。

北二环路边的写字楼，依然灯火通明，从窗口还能看到有人在里面活动。夜色中，这些楼体黑黢黢的，仿佛泥潭被竖立起来，还隔出一个个格子，像鸡蛋盒装鸡蛋一样，装下一个个人。坐在出租车的后排，米乐揽住老婆的肩，老婆顺势将头靠在他的肩上，两人很久没有这样过了。

脸颊感受着老婆的发丝，米乐觉得今天自己又进行了一次提案——关于房车的提案。他依然记得，十几年前，给老婆——那时候连女朋友还不是——的封面设计稿第三次提案成功后，两人一起吃了顿饭，饭后也是这样把老婆送回家的。

三

在正式"弄辆房车"前，米乐先租了一辆，拉着老婆孩子出去玩了一趟。这是老婆的主意，她需要获得足够的安全感，才能认可这个方案——如果这趟出行令她不满意，米乐想，难道她还有别的备选方案而不是完善房车方案的不足之处吗——她做事习惯手拿把掐。

米乐照着日后想买的那种车型租了一辆：驾驶室头顶有一张床，车尾放置着一套上下铺，下铺宽一米三，上铺八十，卡座和茶桌那里放平也可以变成一张儿童床，俩大人一个孩子睡这车上绰绰有余。大人睡觉挑床，孩子不挑，进了房车，来不及脱鞋，就挨个儿床上打起滚，还问："以后可以永远不回家睡觉了吧？"

房车加柴油，自重也大，提速有顿挫感。米乐开了几公里后意识到这个问题，便不像开自己家车那样狠踩油门了，缓缓给油后平稳了许多，及时遮掩了这个可能会被老婆挑出来的瑕疵——车开在路上忽悠忽悠的，孩子能睡安稳吗？米乐想象得到老婆可能会这样说。

因为是体验车为主，米乐也没有把车开到太远的地方，游山玩水不是此趟出行的主要目的。三口人在六环外的河边停下车，米乐支上车侧身的阳光棚，架好折叠椅和户外餐桌，摆出水和吃的，弄成室外小客厅。先给老婆营造出舒适惬意的感觉，这是第一步。

房车不远处就是贯穿京津的一条河道，有人在河边钓鱼，河对岸停了几辆私家车——都是天津的牌照，看样子过了河就属于天津——大人孩子正在烤炉边生火，青烟冒出来，引得孩子们一阵欢呼。米乐也不甘示弱，拉出房车的燃气灶，拧开自带的油瓶，取出洗切好的半成品菜，准备给儿子和老婆炒俩菜——两人此刻已拿着捞鱼的笊篱到了北京这边的河边。饿不着，还能吃得比在家里好，是米乐的第二步。

吃完饭，米乐又为老婆展示了如何在车上用水——把碗刷了。然后自己在地上画出三个车位，练习了揉库倒库，将来在二环里并不宽敞的街道上他得频繁做这两件事情。老婆最关心的还是睡觉——休息得好坏，直接关系到孩子未来的身高乃至择偶。所以当晚米乐把车开到了儿子的学校门口，停在空车位上，老婆要实地考察此处是否适合睡觉。

当有车辆经过、老婆觉得噪声有点儿大的时候，孩子已经睡着，发出微弱的鼾声。米乐关掉车内照明灯，只留下氛围灯，和老婆面对面坐进卡座，仿佛置身小酒吧。米乐取出备好的威士忌，倒了两杯，放进冰块。

"怎么样？"一杯递给老婆，米乐觉得孩子上学的事儿就算搞定了。

"你确定晚上就睡这儿了吗，喝了酒可不能开车。"老婆仍不踏实。

米乐冲着孩子正在睡觉的床铺——驾驶座头顶的那张床配有安全防护，人不会睡着睡着掉下来——一甩头说："能睡着，已经说明一切，不需要挪窝了。"

说完，米乐起身，拉上那张床的遮帘，孩子隔在里面，车里顿时变成米乐和老婆的二人世界。

夜色深沉，晚风轻柔。威士忌的颜色跟焦糖色的环境光融为一体，冰块在杯里一点点消融，恰到好处地没有音乐——如果放着背景音乐，反而会提醒老婆此刻还有孩子在车里睡着觉。两人仿佛回到热恋，生活中的那些烦恼消失了。

喝到第二杯，米乐把老婆抱到床上。她没想到他依然抱得动她。

米乐欲要亲热，老婆拦下："外面还过车呢！"

"它过它的，帘都拉上了。"米乐又喝了一口酒。

"万一有城管呢？"

"城管不管这个。"米乐拧亮床灯，关掉环境灯。

"那也不行！"

"怎么不行了？"

"不安全。"老婆及时坐起来，"再弄出个老二，我可崩溃了！"

"我带了。"米乐取出早已备好的东西。

第二天一早,孩子刚睁眼,老婆就问睡得怎么样,有没有感觉到经过的车声。孩子说梦到超级飞侠带他去火星执行任务了,今晚还想在这儿睡,在火星上没玩够。米乐征求老婆意见,房车要不要多租一天,进一步体验,老婆说不用,也就这样了,没必要再多花一天租金。

随后,米乐快马加鞭卖了自己家的那辆车,在开学前接手了一位已放弃追求"诗和远方"的自媒体播主——此人曾靠着这辆车走遍新疆当过网红——精心改造过因而用起来更人性化的房车。老婆是文科女,除了最后把握价格,在米乐谈好价格的基础上又砍下两千块之外,也没怎么在选车的事情上过多参与。

车开到家后,老婆用酒精喷壶给车内边边角角都喷了一遍。儿子迫不及待要到车上睡觉,并在睡着前已将床铺的围板粘满了贴画。"四轮学区房"的生活就这么开始了。

四

开学后的前两周,升级为小学生的家长,米乐没怎么感觉到身份的变化,除去接送占用了一些时间。不过也乐在其中,把孩子送进学校后,房车就成了他的世界,可以满怀激情地——他真的感觉到一种冲动——待在里面做无论什么事情,连带着也会对工作重新产生热情。之前无论在家还是去咖啡馆工作,都让他厌倦,中年人更需要保鲜。

白天米乐会把车开到愿意驻足的地方,通常是城外。哪怕是早高峰,出城方向也不堵,用不了一个小时,一个有树有河看不到高楼大厦的世界就会出现在眼前。然后泡杯咖啡,靠在卡座上——虽然没有家里的沙发大,却能给人注入活力,仿佛充电桩——开始这一天属于自己的生活。坐久了可以下车去河边打水漂,顺便把肩膀也活动了。有一次他甚至做了一套广播体操——他有轻微的肾结石,大夫让他多喝水多蹦。一切在城里看来不合时宜、想象不到的事情,在这里都可以发生,包括他倾心已久的钓鱼活动——几年前置办的装备,终于派上用场,运气好的时候,午饭问题能靠着大自然的恩赐得以解决。

生活的节奏重新回到自己手里。享受了莫大的自由，也让米乐在下午三点接孩子的时候，是笑逐颜开的。

九月中旬是北京最好的季节，天空柔媚，风轻云静。这天米乐刚完成一稿设计，准备钓会儿鱼，找到一片潮湿的土地，用树杈挖起蚯蚓，手机响了，连响两下。米乐站起身，掏出手机看。老婆叮嘱过他，听到手机响能看就第一时间看——刚入学的孩子还不习惯学校的要求，容易出事儿。

米乐点开手机，果然是班级群的消息。教语文的班主任先发了一张十几个同学站在黑板前的合影，后发的是一段文字，解释合影内容：以上孩子在拼音声母默写中全部写对，希望再接再厉！米乐看到有自己儿子，挺满足，儿子也争气，没有在他妈那儿给开着房车上学的生活留下话柄。米乐想，要不要发个伸大拇指或庆祝的表情，继而觉得不妥，班里三十五个孩子，有一半多没在合影上，不能在别的家长面前太嘚瑟，自己偷着乐乐就得了，便没发。

挖到蚯蚓，挂上鱼钩，竿往河里一甩，米乐心情欢畅，坐在河边等鱼咬钩。这时候班级的微信群又响了，米乐很想知道别的家长会做何反应，急忙点开。映入眼帘的并不是一个简单的表情，也不是类似"真棒"这种无关痛痒的话，是段只读一遍并不能完全体会其中用意的文字——米乐读了三遍。意思并不复杂，只是米乐又读了两遍，才确信是他第一遍读出的那个意思。他没想到，有人敢这么直截了当地和老师说话。

这段话的大意是：不应该公布做题全对的孩子合影，某种程度上等于变相在给孩子排名。教委说了，不应该公布学生的成绩和排名，尤其小学生。一年级开学才三周，这么做不太合适。

群里每位家长都给自己的微信名做了标注，不是这个妈妈，就是那个爸爸，说话的这位是个妈。米乐点开这位妈妈的头像——不像有些妈妈用孩子照片或个人游山玩水的照片做头像，她的头像暗昧不清，放大后依然是看不真著的一团东西，朋友圈也不可见。

米乐相信，很多家长正和他一样，等着看老师如何回复。虽然全对的孩子里有自己儿子，米乐仍觉得这位家长说得在理，甚至认为班里有位敢于呼吁的家长是这个班的幸运。

直到米乐收拾了鱼竿，准备开车去接孩子了，群里也没有班主任的回复。其他家长也没有发言的，这种事情，站哪边说都有点儿拱火的意思。米乐猜群里人多嘴杂，老师应该是跟那位家长私信沟通了。

在米乐往城里开的时候，手机响了，正好红灯，他赶紧点开看。班主任在群里回复了。她说刚才在给别的班上课，抱歉回复晚了，发合影没有别的意思，就是想让家长们了解孩子在学校的情况，督促孩子从入学初始就养成当天学习内容当天消化的习惯。这次默写拼音有同学一个也没写出来，应该及时让孩子知道小学和幼儿园不一样了。有很多孩子上过幼小衔接，对学习已经有了准备，但仍有孩子不明白上学的目的——进了校园不是来玩的。今天的合影远谈不上排名，也不是优劣对比，以后到了三年级功课量上来了，不用排名，学习差异自然会显现出来。

米乐知道，关心着群里对话的家长已越来越多，虽然没有一个人说话。没过多久，那位妈妈又回复了，说更希望老师发一些孩子在学校运动、吃饭、上课的照片。老师也很快回，会发的。

这时候米乐也开到学校门口，准备接孩子了。他记住了这位妈妈孩子的姓名，把儿子接上车后，让儿子指给他看，叫那名字的孩子是哪个。儿子对着学校围墙外杂乱的人群看了半天，说没找到。米乐把今天的合影给儿子看，儿子挨个儿叫出人名，没有那个孩子。往家开的路上，米乐问这同学在学校表现怎么样，儿子说跟他不熟，两人座位不在一个方向。

在父母那儿吃晚饭的时候，老婆在饭桌上表扬了儿子，把默写全对的合影找出来给爷爷奶奶看。老两口看完异口同声夸："好孙子！"老婆说，台上一分钟台下十年功，抓紧吃饭，吃完刷两套十以内加法题。

第二天，米乐又在群里看到数学题全对的合影，儿子仍在里面，想必老婆也会看到。他把这张照片和昨天的照片做了对比，有十一个孩子昨天也出现了，另几张是新面孔。后来群里一直没有人说话，米乐想，也许那个孩子今天也在合影里，所以妈妈看到照片没有反对，或者知道说了没用，扭转不了老师的意愿，索性闭嘴。

隔天，晚上吃饭的时候，老婆问儿子："是不是班主任向你们承认错误了？"儿子说他也不知道。老婆问："老师说话时你认真听了吗？"儿子说认真听了。老婆说那老师说什么了，儿子说老师说了太多，想不起来。米乐问老婆学校里怎么了，老婆说班里后来建了一个纯家长群，老师不在里面。有家长听孩子回家学舌，说老师主动承认了错误，再问承认了什么错误，孩子又学不到位，所以群里就动员所有家长都问问自己的孩子，看有没有能说清楚这事儿的。说罢，老婆把米乐拉到群里，让他"时刻准备着"。准备什么？米乐一头雾水，老婆说，跟班里同步就是准备着。

进群后，米乐查看了群成员。那个熟悉的却看不清是什么的头像安静地显示在列表中，不知道为什么，米乐看到后有种心安的感觉。然后又在群里看有没有这个名字男生的父亲，没有找到，之前在班级群里他也没有看到这孩子父亲的微信。大概是男性不愿意过多参与育儿的事情，就像自己也是刚刚加入这个家长群，米乐这样想。

后来都很晚了，一位女生的母亲在家长群里说，孩子睡觉前告诉他，班主任今天在课堂上向大家保证，以后不给大家拍合影了——老师承认的可能就是这个错误。过后家长们纷纷发言，找孩子确认老师是否说过这话，均得到肯定答复。有人说，难得遇到这么开通的老师，能主动向孩子承认错误。米乐想，肯定也有失落的家长，真不发照片了，就不知道自己孩子还是不是班里前十名了，比如他的老婆。但他没有问老婆是不是这样想的。

后来几天，果然没再看到班级群里出现满分孩子的合影。饭菜却又出了问题。

先是傍晚的时候，一位妈妈在家长群里说，自己家孩子说今天某同学的菜里出现了蛐蛐。她"艾特"了那位同学的妈妈，请她问问孩子是不是有这么回事儿。没等当事人妈妈回复，别的妈妈就证实了这件事儿，她们的孩子也都看到那位同学的餐盘里出现了蛐蛐。群里一下炸锅了，虽然蛐蛐出现在某一个人的餐盘里，但饭菜都是用大保温桶装盛的，这意味着大家的饭菜里都沾染了蛐蛐。其中一位爸爸分析——也可以说是火上浇油——蛐蛐都在石头缝里、草窠里，躲着人，能进到厨房的，只能是蟑螂。一时间，屏幕上出现不同妈妈发出的呕吐表情。

众人揭竿而起，各种对于学校饭菜的抱怨发在了群里。有人说孩子的餐盘上出现过饭嘎巴儿，卫生不过关。有人说看着那些饭菜就难吃——老师会把每日饭菜拍照发到班级群——米饭暗沉，肉的颜色也浑浊，肯定是冷冻很久的。有人接话：是的，孩子说肉都嚼不动。另有一位妈妈说，有一次孩子跟她说，午餐吃的是蜗牛，她也没多想，还觉得伙食标准挺高。现在想想，肯定是菜没洗干净才出现蜗牛的。马上就有妈妈问，那孩子把蜗牛吃了吗？

这时候，那个头像不清的妈妈说话了，问退伙行吗，并"艾特"了群主。群主也是位妈妈，兼职班级家委会，算是家长们和学校沟通的代表，她说先私信跟班主任沟通一下。

在家委会妈妈和老师沟通的当儿，蟑螂当事人的家长在群里回话了，已问过孩子，确有此事。孩子发现异物后，举手报告了班主任，班主任走过来，将异物取出，随口说了个"蛐蛐，给你换一份"，便将餐盘端走，又端来一份新的。有家长问，真的是端来一份新的吗，还是端走又端回来了？马上有家长说，这有什么区别，蟑螂和菜出自同一个保温桶。随后又有家长说，同事的孩子在别的年级，刚才问了下，那个年级的饭菜里也屡屡出现异物。于是群里达成共识：饭菜问题由来已久。

家委会妈妈发来和班主任沟通的结果，班主任说这个问题各个班级都向学校反映过，但老师的权限有限，无法插手餐饮管理。今天发生的事情，她会向学校汇报，其实老师们吃的也是这些饭菜，早想彻底改进。班主任同意不想在学校吃午饭的同学退伙，家长中午十二点把孩子接走，一点半前把孩子送回学校就行。米乐看到这里，问老婆接不接，午饭他可以提前备好，带孩子在房车上吃——虽然这样会耽误他去郊区钓鱼。老婆犹豫着，不知道接走合不合适。这时候，头像不清的妈妈先在群里说话了。我接。她说。

随后班委会妈妈做了一个接龙，让接孩子的家长报名，她会把名单转给班主任，明天学校会安排老师把这些孩子送到学校门口，由家长带走吃午饭。看到有五位家长参与了接龙后，米乐老婆也报了名。做出这个决定后，孩子爷爷赶紧又熘了个肝尖，炖了锅牛肉胡萝卜——特意做到八成熟，放凉后装进餐盒。明天中午米乐在房车上用电磁炉再稍作加工，孩子的午饭就有了。

五

一位男老师带着二十几个高矮不一的孩子走出校门，二十几位横跨老中青的家长领走了自己家孩子。米乐把儿子接上车问："不都是你们班的吧？"儿子说就八个是他们班的，还有别的年级的。

米乐打开刚刚热好的炖牛肉和熘肝尖，现蒸的米饭给儿子盛了一碗，爷儿俩坐在卡座里面对面吃起来。吃了几口，儿子说没有学校的饭好吃，明天还想在学校吃。小孩的好吃跟大人的好吃标准不一样，米乐也没反驳儿子，只是让他明天中午接着出来，爷爷会给他做更好吃的东西。对米乐来说，退伙是一种行动，是行动就要行动得彻底，直到学校更换午餐供应商——目前提供午饭的是一家食品公司，从家长们收集到的信息看，这家公司从原料到食品卫生、从烹饪到餐具洗刷，处处糊弄事，堪称恶劣，已不是需要改进的问题，必须彻底解除合作。

吃到一半，儿子指着窗外的前方说："那是我们同学。"米乐扭头望去，马路斜对面停了一辆吉普车，后备箱盖扬起，一个小男孩正坐在折叠座椅上，用后备箱靠近右尾灯的一边儿当餐桌。左尾灯那边儿坐着一个女的，估计是孩子的妈妈，戴着墨镜，头靠在车体上，晒着太阳。米乐问那同学叫什么，儿子说出名字，米乐听了心中像被火光闪了一下，正是他打听过的那个名字。

那个孩子刚好吃完饭，妈妈从保温杯里倒水给他喝，然后收好折叠椅，后备箱盖一扣，领着孩子过了马路。把孩子送进校门，妈妈又回到吉普车后，掀开后备箱，站着把孩子没吃完的饭菜吃了，然后驾车离去，是辆老款吉普。那个妈妈全程戴着墨镜，米乐猜不出她长什么样。

儿子也吃饱了，老婆嘱咐过米乐，吃完就送孩子回学校，不要在车里逗留太久，尽量合群，别弄得跟和学校作对似的。送完儿子，米乐回到车里发了会儿呆，不到三个小时后又要接孩子了，他没有时间开着车再去别的地方。儿子的"退伙"拴住了他，不过他也心甘情愿，为了"行动"而牺牲部分自我，是理所应当的。

第二天米乐把儿子接到车上后，看到男老师还带着昨天那孩子站在校门口，墨镜妈妈没来接他。天色暗沉，风也大了，说话就要下雨，米乐让儿子把那孩子叫到车里来。男孩上了车，米乐给他拿来碗筷，叫他和儿子一起吃。小孩也不见外，加上确实饿了，拿起就吃。俩孩子还不太熟，各吃各的，米乐撮合两人认识，想让儿子在学校多交朋友，跟所有人打成一片才好。米乐问小孩叫什么，小孩报出名字，儿子说爸爸你不是知道他的名字吗，米乐赶紧接上话，说我问的是小名。男孩又说出小名，叫Sting。儿子笑了，说："你叫死拧吗？"Sting说："英文，Sting，不是死拧。"米乐问这名字谁起的，Sting说我妈。米乐问你妈妈是做什么工作的，Sting说她是唱歌的，有乐队。米乐知道美国有个著名摇滚歌手就叫Sting，接着问Sting那你爸爸是做什么的，Sting说我爸工作忙，住在别的地方。米乐大概清楚为什么群里没有孩子爸爸了。

雨点淅淅沥沥落下，打在房车顶上。昨天那辆吉普车这时候才开到学校门口，墨镜妈妈下车找孩子，米乐打开防蚊虫拉门，孩子探出身子喊："妈。"

墨镜女把吉普车开上马路牙子，停在房车旁。米乐跟她打招呼，说俩孩子一个班的，怕孩子等不到她着急，就把孩子带到车上了。墨镜女摘下墨镜——一笑眼角已能看出鱼尾纹，脸上没有这个年龄的女性过多人为干预的那种湿肿——赶忙致谢，见孩子已经吃上了，更是不好意思。米乐说现成的粗茶淡饭，别让孩子饿着，两人搭伙更有食欲。妈妈赶紧去吉普车里取来保温桶，摊开摆在桌上，让俩孩子一起吃。分体保温餐盒里分别盛着鸡蛋西红柿和牛肉炒芹菜，米乐能看出这是一位不擅厨艺或对吃没什么讲究的妈妈。Sting扫了一眼餐盒说："我妈老做鸡蛋西红柿。"他妈说："你老点我才老做的。"米乐儿子率先扣了一勺，说好吃。Sting说："没有你家的菜好吃。"米乐儿子又扣了一勺说："你家的才好吃。"

米乐主动介绍了为什么会开着一辆房车出现在这里，以免Sting妈妈觉得奇怪，或认为他们一家子为孩子上个小学劳师动众。Sting妈听完说："都不容易，全为了孩子。"米乐问她："昨天在吉普车后面吃饭的是Sting吧？"Sting妈说："对。"米乐问："你们住得远吗？"Sting妈说："开车单程十五分钟，没必要把时间浪费在路上，现在天气也不冷，就让Sting先这么吃着，早点儿吃完还能回教室趴桌上睡一会儿。"米乐说："以后来我车上吃吧，反正我们天天在这儿，慢慢天也冷了。"Sting妈说不用麻烦，米乐说不麻烦，俩孩子一起吃还能有个伴儿。Sting妈说那饭我做，我那儿用火比你在车上方便。米乐没有拒绝。

米乐也不好意思袖手旁观真让Sting妈做饭，所以第二天餐桌上特别丰富，已经摆不下了。Sting妈做了三个菜一个汤，不输学校的标准。米乐也备了两个菜，俩孩子都吃不完。米乐儿子和Sting吃完，两位大人将他们送进校门，然后回车打扫各自孩子的剩饭。Sting妈做的是牛排、蒜蓉粉丝蒸白菜，还有盛了半只鸭子的老鸭汤，里面煮了萝卜，用心了。米乐吃着想，真要是这么客气下去，做饭也该内卷了。他夹了一块切好的牛排说："做这个挺费事儿吧？"Sting妈说："用空气炸锅做的，肉放锅里，喷点儿油，扣好盖儿就行了。"又说，其实她不怎么会做饭，从网上现学的。以前都是姥姥姥爷给孩子做，现在上了学，儿子跟她住，她才把做饭一事纳入日常。Sting妈问米乐是做什么的，可以每天以这样的方式等儿子，挺带劲的。米乐说做设计，书、海报、产品徽标、包装盒，都做，现在不能挑活儿了。Sting妈说："我是做乐队的，尤其生了孩子，有演出就去，也不挑活儿。"说完笑了。

米乐问了乐队的名字，Sting妈说比较小众，报出名字米乐果然没听过。Sting妈说做得不好，一直默默无闻，说完又自嘲地笑了。典型的北京女人。随着各自孩子的剩饭见了底儿，两人的闲聊也结束了，客气告别。

晚上爷爷又做了好几个菜，米乐儿子没怎么吃，说中午吃顶了。爷爷很骄傲，说我做的饭有那么好吃吗。中午饭都是爷爷准备，米乐只负责最后一道工序——将八成熟变成彻底熟。孙子回答爷爷没那么好吃，是Sting妈做饭好吃，吃得他下午上课直打嗝。米乐老婆听到，问米乐怎么吃起别人家的饭了，米乐简单说了经过，还说，弄孩子都不容易，车上有地儿，互相方便一下。老婆立马说:"她家的饭卫不卫生呀?"米乐说:"肯定卫生,人家自己孩子也吃。"老婆又问:"那孩子叫什么呀?"开学不足一个月,家长和家长、家长对班里,尚都不是很熟。儿子说:"叫Sting。"老婆拿起手机,在群里翻这名字的家长,似乎要找到照片相相面,方决定能否继续搭伙。米乐知道老婆找不到,就让儿子告诉妈妈Sting的大名。儿子话音未落,妈妈就跟被点着了似的:"那孩子的妈呀!"

"他妈怎么了?"儿子不理解自己妈妈的反应。

"他妈做饭好吃!"米乐赶紧接过话,给老婆递眼色,示意打住,他知道老婆怎么想的。

话题被终止,但事情在老婆那儿远没结束。就剩他们俩的时候,老婆说不愿意让儿子跟那孩子接触太多,怕受影响。他妈在群里直接质疑老师,还去学校找校长给老师告状,所以班主任才会在班里向学生承认错误。这么对老师,老师肯定对她孩子没好印象,老跟那孩子在一起,咱孩子也没好果子吃。米乐听到很多闻所未闻的信息,问:"找校长这事儿是哪儿听来的?"老婆说:"学校那么一个小地方,还能有不透风的墙?"米乐觉得既然老师承认了错误,说明这孩子的妈没做错。老婆说话不是这么说,对错另说,关键是她这做法太"鲁"。米乐对这事儿的理解不是"鲁",是纯粹,Sting妈是搞摇滚的,直截了当,说出了很多人想说不敢说的心声。这样的人理应受到呵护,现在却成了大伙"对面的人"。从老婆接下来的话里,米乐听出来,老婆和另几个妈妈似乎达成统一战线,认为Sting妈在拉着全班躺平,她们不接受自己的孩子这样,正商议对策力争让这个班的孩子跟上全国六岁半儿童的节奏。作为这个"不躺平"组织的人,米乐老婆认为不宜跟Sting妈走得太近。

米乐发现他和老婆想事情经常想不到一块儿去了。一个纯粹的人——也就是Sting妈妈——哪怕不被尊重,至少不该被排挤,米乐是这么想的。他有点理解不了现在的世界和现在的老婆,老婆后面的那些话,已让他听不进去。

直到老婆说了一句话,把米乐拉回到正在进行的对话中:"你要是不好意思谢客,就让儿子继续回学校吃饭,她也不可能还让她孩子去你车上吃吧？"

米乐没想到老婆能为此牺牲孩子的"食品安全"，更对老婆在"行动"上如此不彻底和是非观的错乱而扼腕。他觉得不能再佛系下去，该摆出态度了，说："不怕儿子下回从学校的饭里吃出个灶马？"

"灶马是什么？"老婆小时候只知道书本和教室。

"以前北京的公共厕所里全是这玩意儿！"米乐说完，起身去叫儿子。该出发去学校门口睡觉了。

米乐打开一听啤酒，踏踏实实喝了一口，仰靠在房车的卡座里，一条腿搭到对面座椅上。这是他最舒服的姿势。其实也不是姿势有多舒服，是爱一个人这么待着。

车外有蛐蛐叫，二环里都快没有老北京人了，竟然还有蛐蛐。儿子正在米乐身后的床上睡着觉，车里三张床，儿子想睡哪张看心情，米乐就睡儿子挑剩的那两张之一。到了这个岁数，米乐貌似对诸多事情已无所谓，其实很有原则，在用内力控制着生活，以防沾染、滑离、坠落。比如这辆房车，就是不甘卷入过度内耗生活的证明。

现在米乐调出 Sting 妈妈的歌，接上耳机，喝着酒听起来。刚才开来的路上，儿子睡前突然唱起歌，吐字不是很清，米乐听了一个大概，好像唱的是 1、2、3、4、5、6、7……do、re、mi、fa、sol、la、si 什么的。米乐问儿子是音乐课教的吗，儿子说不是，跟 Sting 学的，他妈会写歌。现在儿子睡着了，米乐还记得 Sting 妈妈乐队的名字，在音乐平台搜到这个乐队。成员四人，Sting 妈是主唱兼词曲创作，另外三位男性负责吉他贝斯鼓，有三千多粉丝——知名乐队的粉丝都好几十万，去过欧洲巡演，拿过两个独立音乐的奖，成立快十年了。米乐一算，组队的时候 Sting 还没出生。乐队到现在还没有出名，却还能搞下去，说明 Sting 妈靠这个也能养活自己，也说明她是真喜欢干这个。

乐队的作品大多曲调晦暗，歌词是英文的，音乐氛围伤惋迷蒙，适合晚上听，也和她的头像挺搭。米乐以己度人，猜可能到了他这个年龄，无论男女，都生活在迷离扑朔的日子里，因此从头到脚都跟通俗明朗无缘。

听到一首像把人按进水里的歌，沉闷压抑，米乐不仅不觉得难听，还感觉情绪恰到好处。突然吉他亮音响起，犹如一只手伸进水里，把溺水的人拉出水面，世界豁然开朗。

听到这儿，米乐有些坐不住了，感觉有种东西被唤醒，他来到车外，需要将这种东西释放，或在夜空下继续任它生长。随着乐曲的进行，鼓的韵律清晰起来，有种整装待发的感觉，米乐竟然跟着做起开合跳——平时他也常跳，心态和心率都不想过早衰老。

跳了不知道多少个，乐曲结束，米乐停下来，踱步深呼吸，平复心跳。他往前走了十几步，又往回返，下一首歌已经开始。一转身，看到一个人推着自行车站在房车旁。米乐走近，看清是谁，吓了一跳，Sting的妈妈。米乐摘掉耳机，说："是你呀，太黑没看清。"Sting妈说："刚才喊了你两声，你戴着耳机没听见，听什么呢？"米乐说："你们乐队的歌。"说完拔掉耳机，手机里果然传出她再熟悉不过的曲调。然后他解释说："孩子睡前唱了你们的歌，Sting教的，我就正好找你们乐队的歌听听。"

米乐意识到Sting妈这个时候出现在这里很意外，问她来这儿有事儿吗，Sting妈说她刚好排练结束，骑车回家，看到米乐在锻炼，就停下打个招呼。米乐说："你们的音乐挺讲究的，耐听。"Sting妈笑了，没有客气地走个形式表示感谢。两人谁也没说话，乐曲在夜色中放着，闪烁的路灯好像打在舞台上的灯光。

米乐正琢磨说点儿什么，Sting妈突然说，过几天国庆长假，乐队在河北某城参加音乐节，邀请米乐带孩子来玩，她也会带Sting去。音乐节在湿地公园，可以野营。米乐应诺。

六

老婆说不用订她的票，不想跟Sting家走太近，以免日后麻烦。孩子想去，米乐就开着房车带儿子去了。

Sting跟着妈妈前一天就到了办音乐节的城市，组织者怕国庆假期路上拥堵，便提早把参演的乐队接来。大型音乐节都不让露营，也不让带水进场，这个音乐节规模小，乐队名气都不大，为了吸引更多人来看，取消了这些限制。演出当天，组委会给每支乐队的休息处搭起一个天幕，架好折叠桌椅，摆上吃的，场面工作做足，让乐手们发朋友圈，宣传音乐节，吸引更多乐队日后来此演出。

米乐是演出当天下午带儿子赶到的，找到了Sting妈妈所发照片上的紫色天幕。一路上，看到乐迷们五颜六色的头发、千姿百态的衣服，儿子跟米乐说，这些人"泰裤辣"（太酷啦）——这是他上学后学到的一个流行词。米乐说："你长大了也可以这样。"

儿子和Sting会师，还有一些乐队的朋友也带来了孩子，小朋友们在草地上玩起"木头人"。大人们似乎刚吃完饭，桌面上摆着组委会派发的盒饭，已经吃空，还没收拾。Sting妈介绍米乐和大家认识，吉他手递来一听啤酒，米乐打开，跟手里有酒的人都碰了一下。

天气已经不热，有人把椅子搬到天幕外面，找阳光晒。米乐用啤酒和在场的人打完招呼后，也搬椅子找了片阳光，从这里能看到舞蹈，离演出还有一会儿。

大人们慵懒地窝在沙滩椅里，说着无关紧要的话；孩子们在不远处玩耍，对游戏中的犯规者明察秋毫。如果几日后这些人不需要上班上学，生活简直无可挑剔。

一阵不小的风刮过，吹翻桌上的空餐盒，盒盖儿被卷走。Sting妈起身去捡，没等弯腰，塑料盖儿又被刮走几米，吹到孩子们脚下。一个孩子看Sting妈奔盒盖儿而来，他俯身去捡，刚伸手，盖儿又往前蹿了蹿。于是孩子们争前恐后去捡那盖儿，风似乎有意和他们做游戏，又卷起盖儿向前。孩子们的兴致更高了，像一群蜜蜂追讨敌人而去。终于，一个大点儿的孩子捡到了——或者说抢到了。Sting妈撑着营地的黑色大塑料垃圾袋来接，拿着盖儿的孩子扣篮一样将斩获物投入袋中，扬扬得意，仿佛球场上的MVP（最有价值球员），其他孩子有些沮丧，吵着说再玩一次。Sting妈说："那咱们一起去捡垃圾，把地球上的垃圾都捡干净。"

当儿子告诉米乐他要去捡垃圾的时候，米乐一开始没听懂，但儿子已经跑走，去追大部队。米乐就拿着那听啤酒，在后面跟着，看到Sting妈拖着大号黑色塑料袋，像个丐帮帮主，指挥着五六个孩子，把出现在草地上的垃圾一一捡起，汇总到她的袋子里。

这也太摇滚了吧？还是哗众取宠？米乐拿不准，保持着距离，跟在后面。

孩子们为了收获更多战利品，开始创造垃圾。儿子跑来，管米乐要啤酒罐，米乐一口喝完，孩子喜悦地拿过罐子去上缴。有孩子走到露营人面前，问吃了一半的食物要不要扔掉，被问者微笑着摇摇头。好在只带了一个黑色袋子，很快就装满了。Sting妈把袋子放到垃圾回收处，带孩子们去浇花的水龙头下洗了手，然后回到营地。

组委会的工作者正举着小摄像机采访乐队其他成员，见主唱回来了，镜头冲向Sting妈。采访者是个小姑娘，问："刚才听乐手说，乐队解散过几年，前年又重组了，都是出于怎样的考虑？"Sting妈看向三位男乐手，反问道："怎么说的？"采访的小姑娘说："他们说听您召唤，他们就回来了。"Sting妈笑了，说："你听他们瞎掰呢，当年解散也不是我召唤的，还是散了。"小姑娘追问："那您说是为什么呀？"Sting妈说："当年觉得干这个没希望，挣不到什么钱，只能解散。后来该结婚的结婚，该生娃的有了娃，班也上了，折腾一圈发现还是干这个好，不用看人脸色，自己喜欢什么样的音乐就做什么，也不用讨好任何人。""现在靠乐队能养家吗？"小姑娘又问。乐队的人听到这个问题都笑了，Sting妈说："那就看过什么日子了，别什么都想买就过得去。"小姑娘最后举着话筒问道："说来说去还是因为发自内心喜欢音乐喽？""对，"Sting妈说，"离不开。"说得真切自然，平静之下蕴含着不被万物改变的力量。米乐由此感觉到刚才的捡垃圾之举也并非标新立异，是她就想那么做。

这时候几十米外的舞台上传来一声吉他的失真，演出即将开始。观众席已聚集了千把人，前排的乐迷舞动着几杆大旗，乐队主唱说着感谢音乐节和乐迷的话来暖场，鼓手在关键时刻配以独奏，气氛逐渐被点燃。采访团队去拍摄演出现场。Sting妈乐队的乐手们拿出乐器，开始热身——就是热手热嘴——Sting妈咿呀嘿吼地开着嗓子。他们第四个出场。

随后Sting妈和吉他手合到一起，一个演奏一个唱。这时正好是第二支乐队上场的时间，舞台上没了动静，米乐能听到 Sting 妈唱的就是那天晚上儿子在房车里唱的歌："1、2、3、4、5、6、7……do、re、mi、fa、sol、la、si……" Sting 和儿子跑过去，跟着他妈一起唱起来。唱着唱着，Sting 妈灵机一动，添了两句词。新词在两个孩子的演唱下，出现一种美妙的效果，米乐听到心中也为之一动。旋律朗朗上口，另外几个孩子也加入进来，Sting 妈闭了嘴，现场成了童声合唱团。

这时候来了组委会的人，让乐队去候场。Sting 妈征求乐手们意见："要不然让孩子们也上场？"鼓手说："靠谱！" Sting 妈让孩子们去问各自家长让不让上，儿子跑来问米乐，米乐说，只要你愿意，当然行。

乐队的四个大人先上了场，第一首歌是展示乐队风格的英文歌。第二首歌换成中文的，唱至一半，Sting 妈冲后台一招手，孩子们上场了。她带领着唱了几句，随后就将麦克风冲向孩子们。乐队降低了器乐演奏成分，只留下贝斯铺着节奏，孩子们的声音被突出，唱出："1、2、3、4、5、6、7，不是你在班里考第几；1、2、3、4、5、6、7，它们是 do、re、mi、fa、sol、la、si……"听出米乐一身鸡皮疙瘩。在这种声音下，空气也变得没了污染物，观众发出和之前不一样的欢呼声。

Sting 妈举着手机，站在 Sting 身旁，拍摄着这一幕。米乐也从台后呼哧带喘跑到观众区，挤不进去，就在最后一排，正面拍摄这个场面。

孩子们反复唱着那句歌词，乐迷们也跟着唱起来。乐队索性停止任何演奏，成了孩子的清唱，现场数千人挥舞着手，跟着孩子们一起唱。

这时候，米乐的手机响了一声，是微信，他没理会，继续拍摄。

随后不到一分钟，老婆电话进来，米乐没接，拍摄没停。响了十多声后断了，马上又打过来，孩子已唱完，鞠躬谢幕离场，米乐接了电话。

"你疯了吧！"老婆开口喷火。

"怎么了？"米乐以为家里出了什么事儿。

"你看看群里！赶紧给我把孩子拽下来！"老婆的声音盖过现场巨型音箱发出的声音，直扑耳膜。

米乐在房车里连住十天了。平时他只是晚上陪孩子睡在学校门口，周末和孩子还是会躺到家中的床上,现在他已经第十一天睡在车里了。那天他在儿子班级群里看到Sting妈发的视频,是她从台上拍的孩子们唱歌,只拍了Sting和其他孩子,有意避开了米乐儿子。老师也在这个群里,显然,Sting妈想让老师和部分家长看到这一幕。米乐老婆看完后有种直觉:自己儿子也在台上,于是炸了。加上视频确实不小心扫到另一个孩子的胸口以下,露出有限的衣服,这让米乐老婆确认了那就是自己的儿子,所以像被点着了一样,给米乐打去电话。

米乐那天也被点着了。孩子们的童声如天籁,直往心里钻,辅以歌词,听得他热泪盈眶。加上现场数千人的合唱,让米乐觉得"这样才是对的",然而老婆的电话在这个时候不合时宜地来了。不知道触碰到米乐的哪根神经,或者说击穿了他的底线,更真切的那个米乐从缝儿里冒了出来,选择拒绝错误的声音——比如老婆说出的那些话。他要让刚刚正确的事情变得更对,于是就把自己从正面拍的那条视频也发到了老师所在的班级群。视频中,儿子和Sting与另几个孩子,坦荡地站在台上,唱着"1、2、3、4、5、6、7,不是你在班里考第几……它们是do、re、mi、fa、sol、la、si……"台下上千双手跟着他俩的节奏挥舞着。

然后米乐的电话和微信就被老婆打爆了,让他赶紧撤回视频。米乐没有撤,手机那头的老婆表现出比台下乐迷更疯狂的激情。

接下来,米乐就没再回家睡过觉。如果没有孩子,他会开着这辆车,去一个什么地方,过上那么一段时间。但现在他做不到,因为有了孩子,他还要接送。他能做的,就是在车里先凑合一段时间;也幸好有了这辆车,让他在这样一种时刻里,能有个地方一个人待着,可以把前前后后的事情好好想一想了。

原载《北京文学》2024 年第 3 期

不知

一

　　方源与袁方相识在 20 世纪 80 年代末。那时他们年轻,那时他们都是围棋爱好者,那时中国围棋正在攀顶时期。

　　他们在一次区围棋比赛的报名处见面。他们在同区的围棋界,多少有点名气。报了名后两人在旁边找一空处坐下来,对局一盘。围棋赛报名处有的是围棋,但也多有围棋的棋手。他们那一盘下得不尽兴,下棋需要静,四边围着人,还有人忍不住会插一句嘴,他们没待下完便起身了,并约了第二天见面的所在。

　　棋没有下好,但他们成了好友,而且成了以后几十年的好友。

　　那时他们都在读大学,校园生活还算平静。他们在一起经常谈的是围棋,当然也会谈到女性。那时的社会风气还不怎么开放,但经济热潮已在底层涌动。他们对一个个围棋的定式进行研究,摆出一个个手筋,寻着一个个棋谱。也许将来会觉得那些复盘是无意义的,围棋圈以外的人确实觉得毫无意义,但他们却津津有味。讨论棋局的变化时,方源口若悬河,袁方只偶尔插一句嘴，方源便不由分说地盖了他的话："你这样下，我就那样走。你在这边落子，我只要扳一手，二线多长一子就亏了，你知不知道？这里还留了一打吃，你知不知道……"

"不知。"袁方应了一句。

方源睁圆了眼看袁方。方源睁眼时，显得无辜且无奈。他看到袁方也睁眼看着他，眼光并不在棋盘上。他说的袁方肯定知道，就算不知道，凭袁方的棋力一听便清楚了。且方源知道袁方懂的定式比自己多，此时似乎只是老老实实听自己说着习惯的口头禅，回应自己"知不知道"的说法。本来是一本道的走法，袁方岂会不知？显得谦虚，似乎真不懂，却又显得是逗弄自己。他们的关系近了，近到了可以互相逗弄，不会生气。

以后遇到棋外的事，也都是方源一边说着事，一边问着"你知不知道"，而袁方都会应一句"不知"。意思都由方源自己理解，或是逗弄，或是老实承认。可是袁方那神态，不知道的人看了，会以为他真不知。

方源有点恼怒，他恼怒自己总会问出那一句习惯的口头禅：你知不知道？他有时把这一句话当作一种过渡语，并没有问语的意思。方源也恼怒袁方的回答：不知。明明他应该是知道的；也许他真的不知，但他的回答，太简单了。那只是方源许多话中的一句，而袁方像是习惯的应答不知，显得在嘲讽方源似的，但偏偏方源知道袁方从来就没有嘲讽的意味。袁方本是个认真的人，说不知应该就是不知。

方源知道的东西很多，而他也知道袁方比自己懂得的多。但袁方总不显山不露水地回答：不知。那意思合着事物本来的厚味，又含着世事深深的不可知的积层。

方源后来想起来，他们年轻的时候，确实不知的多。似乎袁方早清楚这一点。慢慢方源明白了，袁方知道的比自己多得多。他们俩都喜欢看书。方源喜欢看的是文学书，主要是小说。而袁方对天文地理、阴阳五行、易经八卦、中外历史，都有涉猎。方源说起哪方面，袁方虽不会接口展开，但他所应的一两句话，都不仅仅是了解，而是深得三昧。

那是一段美好的、缔结了深厚友谊的年轻岁月。

二

有一段时间，方源和袁方几乎每天都见面。大学毕业了，他们都有了自己的工作单位。那时的大学生还不是很多，算是社会骄子。方源进入了一家文化单位，一家与他的爱好有关系的事业单位。袁方进了行政单位，按后来的说法，袁方的工作是稳定的"铁饭碗"。但袁方并无喜色。方源为他高兴，认为他是机关干部。方源对袁方说："你知不知道，你将来可能成为大人物，是县处级、厅局级，还是省部级？抑或要去中央的……"

袁方一本正经地应道："不知。"

这么过了两年，袁方来找方源的次数少了。方源原以为袁方在单位里忙，可明明听他说过，他那个部门是一杯清茶一张报纸，除了迎接领导的视察，或是接待外地来的同行，没什么大事的。有一段时间，两人见了面，袁方说的却是经济，论点是社会上流行的话题：经济应该是社会发展的根本。

方源觉得袁方有些异样。他们都接受过古典文化的熏陶，在他们早年的生活中，也经历过社会对资本主义的批判。方源不知袁方如何会突然对商业感兴趣，还逐渐变得热衷，开口闭口都是经济理论，并上升到了一定高度。方源原也不屑与他争论，认定资本的每个毛孔都是血污。不想袁方搬出一堆理论来为资本开脱，指社会无法跳过经济基础的阶段，若跳过头了，还会被拉回来重走一遍。过去，袁方常常是静静地听着方源说理，就算方源说起一个某阶段耳熟能详的理论，他还会应上一句：不知。而今方源看到了一个满是热情又不退不舍的袁方。

一个飘雪的春天，袁方来找方源，进门，边抖掉身上的雪花，边告诉方源，说他想下海，辞掉了工作。

方源大惊，仿佛看着朋友跳进了不知前途的火海中，直问："你是准备还是已经辞职了？"

"已经。"

"你知道不知道下海意味着什么？"

"不知。"袁方应了一句，神情上却是玩笑似的。

袁方虽然应了这么一句，但还是说到了社会理论，这一次他是预测，并带着结论。他说今后几十年的中国社会，主要靠经济发展，改变落后经济会是主旋律。

"以后不光是我，还有你，还有整个社会，都会'下海'，不情愿下海的，也会被经济之海卷入。谁也躲不了。"

方源顺着袁方的眼光看窗外。窗外的屋檐、树木、草丛都发了白，开始还能看见剪影的树枝，慢慢也积了雪，微微下垂。

出于对朋友的关心，方源忍不住对袁方做了调查，很快他知道了袁方的决定是受了一个女人的影响。那是一个做生意的女人，应该说是一个年轻姑娘。姑娘名叫农眉。

方源找到农眉。他还是第一次这么勇敢大方地与一个姑娘相约对话。他发现这位农眉眉并不浓，但是大眼。

方源还发现这个农眉到底是经商的，比自己还能说，且爽朗。先是以为他是来谈生意的，说姐姐我肯定会给你一个好价钱的，你需要什么？

方源不明白她怎么就认为比自己要大，那个年代对女人的称呼不像后来那么丰富。方源也弄不清袁方怎么会喜欢这样的女人，也许袁方喜欢和自己一样话多的人吧。

方源告诉农眉，袁方是个知识面很宽的人，他什么都懂，他还懂经营。

方源知道袁方是迷上了农眉，他下海的原因在于这个姑娘。他想对姑娘夸耀袁方，以增加袁方在她心里的分量。

"他懂经营？他懂个屁！"

方源后来见了袁方的面，把农眉这句评论他经营之道的话，告诉了袁方，然后又添了一句，她是爽朗地笑着说的。

袁方并没有因为方源去找农眉而不快，也许他认为好朋友去见一下他的女友，只是想掌掌眼。袁方也没有因为农眉的这一句笑骂而恼怒。也许他能想象到她笑骂时的神态。男人恋爱之时对女人粗俗的言语不以为忤，反而会认为是亲近的表现吧。

袁方辞了职,"下海"了。那时机关干部下海还是新鲜事,是会被人议论的,是要有勇气的。袁方很快便和农眉在一起做生意,也在一起生活。做了生意的袁方并没有一下子展示他的理想,起先谈论的经营之道和管理之道离现实很远,他们需要一个打拼的过程。他们没有多少资金,袁方在机关工作几年的工资结余,在农眉看来少得可怜。

袁方很忙,也就没有时间再来与方源对弈。方源去找过他,只见他坐在一个小门面店里,正闲着。方源丢了两本大商人的传记给他,袁方摇摇头说:"哪里有时间看书啊。"

方源想袁方应该还在新婚时期,怎么会有这种百无聊赖的感觉。他后来认识到那只是自己的感觉,总认为袁方是不顺的,没什么好做的生意。其实,袁方两口子做生意的趋势线一直是上升的。最早的时候他们还摆过地摊,是那种晚上才摆出来卖货的摊子。

生意是一笔笔做,钱是一毛钱一块钱地赚。袁方原来的经营之道,在农眉看来确实只是懂个屁。她男人是个知识分子,坐在那里,她看了就欢喜。做生意还得靠她来,她到南方去,拖几个大蛇皮袋的货,挤火车硬座回来。没有座时,便在车厢连接处堆几个货袋坐着。一件货赚三五块就是好生意了。她哪里知道,也许根本不想去知道她男人心里的志向。

有一段时间,方源没见着袁方,这奇怪,也不奇怪,因为袁方忙生意嘛。袁方与农眉结婚两年多了,先是开了个铺面,后来有一天告诉方源,他已经经营起商店,并请方源去店里参观。不过,这两年中,做生意的人渐渐多了起来,到处有谈生意的,马路上走着一个个腋下夹着小皮革包的经理。听说有一个阶段,大的经济形势不好,许多小厂做不下去,关了出货门店。

后来有一天,方源要找袁方,原因是他谈了一个姑娘,已到婚娶之时了。袁方原来住在机关分的一间单元房,离开了几年,自然不可能再住了。方源去了袁方与农眉结婚时的婚房,在那房子没见到人,便找去他们的店铺。但见到方源,农眉神情不像原来那样爽朗,想是做生意不易。听方源问起袁方,农眉淡淡地说了一句,她和袁方已离婚。那口气像是生意做不成，便不想多话。不过，她还是把袁方的住址写下来，递给了方源，自去忙店里的事了。

方源心里不忿：他和农眉也算认识，竟冷淡如斯。当然，这合她的心性。他们过去关系系于袁方，她既与袁方离了，与袁方的朋友便没什么关系了。再说，以前她也没与方源有什么来往。

方源找到袁方的住处，那是一间公寓房。敲了一大会儿门，才见到出来开门的袁方。只见他满面胡须，脸似乎也没洗。见了面，袁方没有与方源说什么话，回身坐到书桌前去，盯着桌上的一台电脑看，电脑上面是一些红红绿绿的曲线与数字。方源看了一会儿才看明白，那是股票的曲线图。那时候股票才上市不久，一般人不去碰的，而用电脑炒股更是新鲜的事。只见袁方全神贯注地对着电脑，脸上神态看不出来什么反应，仿佛沉入很深。方源理解袁方的表现，想他离了婚，只把精力放进股市中。半晌袁方的手指在鼠标上动了几下，想是做了一笔交易。他依然面对电脑，似乎对其他所有的事充耳不闻，延续着做生意的习惯，不惊不恐，无喜无嗔。

方源陪他坐着看那曲线图，也看不出什么好坏来。他本来就对做生意没什么感觉，只是不便开口，一来不想打扰袁方，二来他是来告诉袁方自己将要结婚的事，偏偏袁方离了婚，这事又如何说得出口。

一直到下午三点股市歇了，袁方关了电脑，才转身面向方源。两人对看了一会儿，袁方起身，说等等，便到卫生间去。方源仔细地看了屋里，发现椅子和床铺上都摊着衣物，想是他离了婚，没心思顾及自己的生活。方源原来常去袁方住的宿舍，小单室收拾得干干净净的。袁方素来对生活很讲究的。

清洁完了的袁方回转来说："我还没吃午饭呢，你来，正好招待你一下。"他从抽屉里拿了些钱，便带方源出门，到路口一家有些人气的饭店里。坐在一个靠窗的位置，袁方伸手要来菜单，递给方源。看起来他经常在这里吃饭。方源一直是自己做饭，节约开支，还是约会初期才与女人进了几次饭店，而今一旦定下婚期，便与女方一起在小家中做饭了。

菜上来，袁方又要了一点酒，动筷之后，两人才说到了正事。听到方源要结婚，袁方立刻从口袋里掏出一叠钱来，抽出几张交饭钱，剩下的都丢到方源面前，说是贺礼。恐怕有一千多元。那手势那气派，并不让方源高兴。不过方源不与他计较，当初袁方结婚时，方源只给了几百元钱，具体也记不得了。那年月几百元不少了，当然不能和眼前的钱相比。他们都没计较，一是朋友情深，二是他们身份不同，袁方到底是做生意的，钱上面宽裕。且袁方很快就说："我今天一天股票上赚的不少于这个数。"

刚开市的股票，好多人都说赚了。袁方本来就做生意，又懂文化，下棋精于计算，正是股市上坡时期，个股经常一根直线向上蹿。

方源介绍自己的女友叫梁新梅，也在事业单位工作。说到结婚事，也就脱不掉离婚事。袁方倒也没说出农眉的错处来，只是说性格不合，还有她太注重现实。她现在店里做的生意，忙出忙进，依然只是小钱。

"我在股市里赚了多少，你知不知道……"袁方竟用了方源的口头禅，"十万！我正想捧着这些钱到她那儿去，拍在她的头上。"

那时候，虽然万元户不算了不起了，但十万也实在不算小数目。十万拍在她头上，虽然袁方没提名字，方源也知道指的是农眉。到底是在一起生活过的，会想着用那么多钱去拍一个女人。

方源心思绕在这么多钱上："你可以把赚的十万元抽出来，剩下来的继续炒，以后不管是赚还是亏，反正十万是到手了，永远也丢不掉了。"

"你真不懂，股市里本大就赚得多。放眼国家工业在发展，现在的股不会亏只会赚。我还嫌本少呢，要多买几只次新股，会赚多少啊。"

下午五点多的时间，窗外正有夕阳的光亮，映在袁方的脸上。说着钱的袁方，并无激动之色，反而显出有点冷静过头的苍白。

再见袁方，是他第一次出现在方源的新家中。此时他脸上做过修饰，干干净净，无商人模样，反而像学术机构出来的，一套灰色西装整整齐齐。方源的妻子梁新梅是第一次看到袁方，眼中闪出一点光来："这就是袁方吗？"她显出难得的热情，平时她不喜欢家中来客。

两人坐下来后，方源一时不知说什么好，过去他们说话很随便的。"现在股票……"方源开口了，但没有说下去。社会上正传说股票在深跌期，持续时间相当长，让人始料不及。先前上升期似乎只要买了股票就等着涨，涨无尽期。如今下跌期，跌到了地板价，用股市的话来说，地板下面还有地狱。

袁方说："股票不能做啦。"他摇摇头。

大家都清楚这一跌跌得厉害，几乎所有进入股市的人，都亏了本钱。要是能按不在股市的方源早先的建议，在股票最热潮时，把赚到的钱拿出来，剩下的股票再怎么亏也已经是赚了的。迷在股市里懂行的人，却没有局外不懂的人清醒，究竟谁知谁不知呢？

袁方那时全身心地投入，这一轮亏得肯定多，把赚回来的都亏进去了，或许还不止，连同离婚分到的财产都亏进去了。这可不是简单的一点钱，也许是全部的财产。

袁方伸出的右手腕朝上抬了一下，意思是不谈了，倒也爽快。到底他在商界经营时间长了，做生意便是有赚就有亏。

方源笑看着袁方。袁方说："下盘棋吧，我已经有好几年没好好下一盘棋了。"

"是啊，还是手谈的好。"

两个棋友进入了棋中。袁方似乎比以往更静得下来，且经过了商界的热炼，棋力见长；抑或方源新婚期间，精力消磨在筹备和旅行，还有布置新房和操办其他各种事宜上，棋力见退了。

梁新梅原不喜欢家中来人，主要是不喜欢做家务。她喜欢布置但不喜欢收拾，布置是买一些东西来装饰，而收拾是琐碎的家务。但这天她在小厨房里忙了好久，还殷勤地请袁方入座吃晚饭，上菜上酒。方源很满意妻子的表现，毕竟袁方给了大额贺礼，补一顿喜酒是必须的。再说，妻子的贤惠模样，在朋友跟前是很给他面子的。

袁方离开后，梁新梅却还谈着他，显然对他有特别的感觉。她不住地说："难怪你老提到袁方袁方的，竟不知你们这一对方方圆圆的关系……你其实比人家差太多了。看人家那气度，哪像丢了十来万的人……十来万啊，人家就这么手腕晃一晃，就过去了，啧啧，哪像有的人小里小气的。人家坐得稳走得直，清清爽爽……"

方源原视袁方为自己人，他还是第一次听人赞扬袁方，听着听着，心里有了一点不知是什么味儿的感觉。

这么过了几年，方源生活刻板，有了孩子，一心只在家里，单位反正是那个样子，人生还是那么过。妻子依然添了不满，家庭嘛，时间长了，浪漫色彩也就淡了，初识时的一些美好感觉总也磨平了。

方源有时会去袁方那里下棋聊天。袁方独自一人生活，不过他的家换了两处，房子越换越大。家里还是那些简单的家具，似乎只为搬迁方便。说是换汤不换药，可这新房子是贵的，不懂他哪来的钱。袁方笑说，他并没有多少钱，只是靠贷款投资，到换下一处时，原来的房子又值钱了，卖了加些贷款换新房。

方源说："这样的话，多贷些钱，多买一些房子，不就大赚了吗？"

袁方说："理是这个理，可是和当初股市一样，本钱大，才转得过来。有人会这么转，但我现在不再是做生意的人，没心思在钱上转，人活一世，心不在此，费那个事做什么。"他伸出的右手腕朝上抬了一下，像是不在意那很多钱。

方源能听懂袁方说的理，他不是随口说的，是实践着的。现实是他没什么本钱，就换了两次房。不过他并非靠倒卖房赚钱，再大的房子他也只有住着的一套。方源也是棋手，算得过来，不免一时兴奋，说："你知不知道，这可是致富大门道。"

袁方摇摇头："不知。"

袁方说不知了，方源不再说下去。回家后当闲话说给梁新梅听，妻子听了便说："能贷款换大房子好啊，你不是总喊少一间书房吗？"

有一刻方源确实动了换房的念头。但新房换在哪儿？新开发的房子有点远，孩子本来是就近上学，换了房子要转学吧，那边的学校离得远不远？教学好不好？原来熟悉的老师和同学分开了，孩子舍不舍得？算起来老房子虽小，但生活方便。如要去贷款，怎么贷？如要把住的房子卖掉，怎么卖？买了大房子，每月要还贷款，平添许多的烦恼，不像正经过日子的。要是还不了贷款又该怎么办？他不是做生意的人，不懂经济的变化，像当初袁方做股票，开始赚了的，后来不就亏了？虽然袁方说过，股市有跌也会有涨，他的股票亏了的本，后来又慢慢涨回了。但谁又知这一跌一涨，又要多长时间。

只是动念想想，做不了事的。一切耽搁下来，日后几十年都后悔当初没有贷款买新房。梁新梅少不了会说到，袁方曾经指了那么一条好路，你就是笨，没跟着走一走。

三

又过了一段时间，这一天，方源去找袁方下棋。袁方摆下棋盘棋盒，拈了颗棋子，没往盘上放，却与方源说道："你搞文学，也搞文化工作，听没听过眼下网上的歌？有的歌真是唱得好听。"

方源并不喜欢网上的流行歌曲，但毕竟是做文化管理工作的，也听过一些，便和袁方扯了一通，说："下里巴人的歌任何时代总是有的，你知不知道……"

袁方说："不知。"

袁方说的"不知"带有反讽。不过方源从事的文化工作，眼光集中在高雅的经典文学，自以为师法乎上，得乎其中；师法乎下，无所可得。

袁方继续说话，他说经济发展到一定时期，人们对文化的需求也多了。网上的歌从歌词到曲调，都是底层群众喜闻乐见的，这是文化的社会性，是你们这些从事文化工作的人要关注的。流行文化是文化的基础，合乎百姓的爱好与心声，是最需要关注的。

方源发现袁方的说话带着激动，平素他不争不辩，一旦激动起来，理论一套一套，不容别人反驳。方源反思自己的工作，原来的宣传是：文化搭台经济唱戏，现在转变为经济搭台文化唱戏。社会重视文化普及，然后再有提高和发展，这些合着袁方的说法。不过，袁方的激动情态，让方源隐约感应到曾经有过的记忆。

隔了没几天，方源在单位接到袁方的电话，说见上一面。方源下了班便去他家，见袁方正对着电脑，屏幕上写着了几行字，像是一首词。

词名是：《不知》。

不知几时出谷清音，泉泉婉转莺鸣啼，
不知几时明眸星辉，脉脉秋波在梦里，
不知几时妩媚气息，层层弥漫香滋味。
不知几时温婉软玉，颤颤悠悠魂摇曳，
不知几时缠绵心思，念念相伴天地飞，
不知你乘东风去了，花好月圆又几时？

袁方手指点点："你说说你说说，这个写得怎么样？"

袁方难得这么真诚地请教。

"写得倒是顺畅轻盈的。"方源如此评价，又笑说，"你真写这么俗的歌词吗？"

袁方晃了一下手腕，不再去看电脑，像是话不投机不必再说。"我们还是下棋吧。"

方源也开始听网上的流行歌曲，多少是受了袁方的影响，再有就是他工作的性质，上面也有指示要关注基层特别是网络上的流行文化。有一天，他在办公室值班时，听到了一个网络女歌手唱的一首新歌，听下去后，发现她唱的就是《不知》，是那天袁方在电脑上写成的歌词，似乎中间有所修改。

改的地方，也许是为了合音韵。

这是一档采访节目，唱完歌，采访者提到了这首《不知》，说知道是女歌手的男友写的词，称他们是珠联璧合。

"你们真会挖内情。"女歌手应得有点矫情，也是那种文艺腔。

方源听了，不知是惊还是喜。没想到袁方居然有了女朋友。上次离婚后，他一直没有找女人。方源的妻子梁新梅给他介绍过几个女友，其中也有商场女老板，但袁方没见便摇了头。原以为他是一朝被蛇咬，十年怕井绳，不想再接触女人，没想到，他是跳到了文艺界，找了个时尚女歌手。这个时期的网络女歌手，出道时大都是年轻的女孩。没想到四十出头的袁方，找的是这么年轻的歌手。

以前给他介绍的都是三十出头的女人，难怪他听了不搭腔。再想想，袁方文化层次高，且经济方面算是一把好手，住大房子有积蓄，外表显出初入中年的男人韵味，找年轻姑娘自然不成问题。

方源不去与袁方核实。乘工作之便，他找到那个叫苗苗的歌手，看她年龄将近三十，但打扮显得十分年轻，声如其人。她唱歌的嗓音糯糯的，举动带着一点修饰了的柔弱，与农眉相较是另一种风格。也许这段时间接受采访多了，有点拿腔拿调。唯一与农眉的相近处，便是也有一双大眼。

"你就是方源啊，听说是我们管理部门的干部呢……"苗苗凑近身子，带着一点脂粉之香。她又轻声说："袁方说了，办事只请几位好友聚聚，不扩大影响。你是懂的，我们这一行要流量，一听是成了家的，粉丝数肯定会骤减。"

他们要结婚了。方源想这是必须的，毕竟人到中年了，有个家总是好的。于是方源便以知根知底的好友口气，说到了袁方的许多长处，特别是他具备古今中外的文化知识。又说到她唱的那首《不知》，说是清词丽句，当然她唱得也好，确实是珠联璧合。

"你听了采访我的那次……"苗苗温柔地露齿一笑，随后又摇摇头说，"他还是太有文化了，有人评论说，不够通俗，有的地方不上不下。"

"还不俗啊？"方源差点要叫了。到底他们之间的事，自己不知的多。方源能想到的是，她知不知道袁方的内涵？她能理解真正的袁方吗？

方源后来找到袁方，告诉了他见苗苗的事。袁方自然问到了他对苗苗的看法。方源也自然谈了她的年轻美貌、江南味的软糯声音，还有那一双大眼睛。

方源也谈到她对歌词的看法。他想让袁方清楚他们之间的文化层次差异。这并非挑事，作为真正的朋友，重要的地方还是该说清的。方源还说到，也许他们以后生活在一起，苗苗慢慢受袁方影响，会提高文化层次的。

袁方却点头说："知道知道，我的词还是脱不了那点雅气，习惯的影响……我知道，其实要写得真正通俗是很不易的，大俗才能大雅嘛。"

方源听袁方说到最后一句，好像是拿着腔吐出的，想来他多少受到苗苗的影响。

有两三年的时间，苗苗有点走红。当红女艺人的私生活不可能不被暴露，袁方作为一个词作家，也作为一个音乐人，被人挖出来。只是袁方似乎不喜欢交际，也许是不喜欢跟在一个女歌手后面露脸。便传出网络流言，说他一个中年男人，自觉配不上当红女歌手。社会上的各种比赛评选，苗苗都是很投入的，但袁方很少参加。有一次，袁方去参加苗苗的比赛演出，因为此次推广新歌活动要求词作者参加。袁方没想到方源也到场了，是作为文化单位的干部参加的。方源关注着袁方的活动，自然也关注到苗苗。

在一个新建的剧场，方源看到了胡子长长的袁方。艺术界多有留着胡子留着长发的男人。方源起初没在意，袁方在上一次婚姻结束后，也曾有过留须的表现。方源看到袁方时，见他落在人后，苗苗在前面寒暄，他离着一截距离。偶有人问到苗苗："你珠联璧合的男人呢？"苗苗扭头来找，他才走上前去，应上两句便又退后。退转身时看到方源，便很快地走到方源身边来。两人没来得及说话，袁方又被人提到，也就拉着方源前往。正说话的是一个音乐评论人，他用开玩笑的口气评论着袁方的外表，说哪有只留胡子不留头发的。此人正留着发，长发扎了个把，像个环似的靠在脑后。他大喇喇地说着袁方："还是脱不了知识分子那点薄面，俗不到家。要是像他一样留了发，卷个卷，束一束，也许作的歌词就更能被人接受了。"

袁方听了，只是笑了一笑。方源突然插嘴说："不管俗还是雅，艺术创作在于独特。创作者守着一点本体，也是一种独特。"

方源忍不住说了这么一句，周围人收了笑看着他，像看着一个异样的人。苗苗赶忙介绍，说方源是袁方在文化机关的朋友。那个评论人张了张嘴，没说下去，神色似乎是在说：官场人啊……也有犯不着得罪的意思。

方源为袁方着想，却有说不出的滋味。他好像是在坚持一种东西，但也好像不合时宜。

人们都醉了，你为什么不也喝上一杯？

其实喝上一杯也是合不了群的，你只有心甘情愿真的醉了才能混迹其中。

方源又想到袁方的层次比这些人要高得多，却在这个场合中被嘲，不免为他难受。其实回头想想，他们亦是真实地认为，不能尽得俗众的叫好，便是因为多了迂腐的知识。可能还会认为是才气不够的原因吧。

后来方源发现袁方不再出现在这种公开场合，也很少看到袁方的新歌词了。苗苗还继续出来唱，唱的是更年轻作者的流行歌词。到底是袁方不愿改变，还是江郎才尽？俗文化总在流行中，各领风骚三五载。袁方不出现，方源也就没了兴趣。他本来就没觉得那些流行歌有什么意思。不过，他那一次看到留胡子的袁方，便隐约有种似曾相识的感觉，此后的情景只是印证着那点预感。

四

再见袁方的时候，他脸上刮得干干净净的，身上也显得干干净净，穿着一身牛仔装，紧身裤子特显帅气的身材，比他年轻的时候多了一点男子的气势和魅力。这证明他再一次从离婚的阴影中走了出来。在方源看来，袁方经历两次离婚，已经不在意了。是啊，人要是离过一次婚，第二次离婚就简单了，熟门熟路了嘛。方源往深里想，人生的第一段婚姻是有基础的，第二次便只是重复而已。

有一段可以佐证的情景：几年后，方源在一家连锁的饮食店遇上农眉，她已经是这家连锁店的老板。她确实是老板而不是经理，经理只是一家店的负责人，并非法人。只有董事长才是老板，才是财富所有者，而经理也只是被聘用的打工者。

农眉免了方源的单，方源有点不好意思。以前他对农眉的感觉并不是很好，那是知识分子对商人的一种自然隔阂。农眉和方源谈到了袁方，听起来她对袁方还有着感情。她说她是听了袁方的意见，把眼光放开，才有了后来的成就，而当初却认为他是眼高手低。农眉显得富态了，毕竟是老板，还不算是小老板，穿着也不俗，不是穿金戴银的模样，完全不像一个摆摊出身的富婆了。特别是她说话间叹息了一声，那无由的叹息声，含着人生的沧桑感。方源没有告诉她袁方第二次离婚的事，他不想让自己的朋友在前妻那儿跌了份。

只有梁新梅对袁方的赞誉没变。她说男人经历几场婚姻是正常的，越发显现了他的男子气。其实在此时的社会中，离婚并没有什么稀罕的了。

方源跟着妻子，用鼓励袁方的口气说："你还是一个钻石王老五。你能经商还能写歌，文商皆通。"

袁方说："我还是跟不上时代潮流。在年轻人眼里，我已是旧文化的老夫子，衰败的气息渗透在血液中，无可更改了。"

方源弄不清袁方是感叹文化还是感叹年龄了。袁方虽从不自信地夸口，但也从不服输，是个自省力强的人。也许岁月的流逝感，还是刻进了他的内心深处。

下棋时，他们谈及现在围棋国手都是小年轻，似乎年过三十的高段棋手便会被划到不活跃的圈里了。文艺界常说文无第一，文艺无定论，谁都可以认为自己的作品是最好的。但围棋是有标准的，是公平的，输就是输了，水平不够，不服气再下还是输。围棋界是属于年轻人的世界，世界冠军都是年轻人，似乎是越年轻越好，能力越强。那被称为"石佛"的李昌镐，论耐心，论毅力，论计算，论判断，论天才，论经验他全都有，独享世界围棋首席多少年，但年长了，开始落败了，落败渐渐多了，都是输给比他年轻的棋手。

这么又过了许多年。又是一个金秋时节，一个星期日，袁方肩挎一只书市的布袋，到方源家中来。方源正对着一盘国手与人工智能对局的棋看。袁方没有对他面前的棋局感兴趣，以前对这种盘面特殊的棋局，袁方看到会立刻有兴趣参与复盘。

"秋光真好，你又何必陷在这无生命的棋局中？时间是无形的资本，它无形地存在，又无形地消失。"

"你在说些什么？什么时间，什么存在？"

"你不知道了吧。听说过海德格尔吗？"

"你什么时候对哲学感兴趣了？这个年龄了，还有意思吗？西方新潮思想，古代神秘思想，多了这么多的思想，还是要一天天过。"

"向死而生啊。"

方源看着袁方很精神的样子，意识到一点什么。只是此时，他意识到的是眼前的棋，是与人工智能对弈的棋。

"你知不知道阿尔法狗？你知不知道阿尔法元？"

"不知。"

方源清楚地知道作为一个棋手，袁方不可能不知阿尔法狗，那是战胜了世界围棋冠军的人工智能。就在人类于围棋上被攻陷的那一刻，围棋的棋手们对人类的棋力都感到可悲。

"你怕是真不知道阿尔法元吧？开始的阿尔法狗，是设计者把所有人类下的精彩棋谱输入到计算机里，阿尔法狗的成长，算起来是人类棋手经验的结晶。但接下去，设计者不再给人工智能输入任何人类的棋谱，只是令其从空白开始，按照围棋规则，自我对弈。被称之为阿尔法元的人工智能，便在自我对弈中，自我学习，自我成长。到最后，迅速成长起来的阿尔法元，打败了世界上所有的世界冠军，也打败了接受过人类经验的阿尔法狗，棋力差距越拉越大。你知不知道这说明了什么？"

"不知。"

"人类几千年的围棋经验是毫无意义的！我们过去下棋接受的许多道理都被阿尔法元打破了，比如开局的星位，是不该点进三三的，但阿尔法元它就点了。它还在人类棋手认为不该走的地方走了，可你对它却毫无办法……"

方源说得悲愤："我们从小学棋的经验在它面前都没意义了，也许都是错的。你知不知道这说明什么？"

"不知。"

方源只顾自己说，并不在意袁方的口气是不是带有嘲讽。

"你知不知道，这让我想到，应该不光是棋，我们从小接受的所有的经验，也许都是错的，也许都是无意义的，只不过对面没有出现一个类似阿尔法元的参照物。更如你说的什么哲学理论，也都是源于人的智力、人的经历、人的基因，周而复始地自以为知道。其实人类最大的智慧，便是根本不知，不知，不知……"

袁方看着方源，好像第一次看到这位相交几十年的朋友如此激愤。

袁方说:"经验存在吗?如同时间存在吗?没有什么失去,就没有过去;没有什么出现,就没有未来;没有什么存在,就没有现在。正因为不知,所以才要走过去,才要走进去,才要走下去,无所顾忌地走下去。"

方源知道袁方在变化,又是重复式的变化,就算知道,也只能看着他走下去。

社会很快变化,世界很快变化。袁方变回到以前充实的生活。他说他真的不知,因为不知才充满年轻求知的眼光。方源认为袁方接受了很多文化的熏陶,但还是一个世俗的人。经过了两次婚姻的磨难,他的心境应该是消极的。方源告诉袁方:"你知不知道,现在社会上离婚已经不稀奇了,男女的情感不用看得太重。"

袁方说不知。袁方说不知的时候,眼神中不再有嘲讽,而是一种随口的无奈应答。

其实这只是方源的感觉。在年近花甲时,袁方正燃起热情:他将要与一个女子结婚。

方源希望去见一见这位女子。方源感觉袁方有变化,便隐约意识到对哲学理论满是兴趣的袁方,隐藏着一点什么。直到袁方准备结婚了,方源对他的结婚对象几无所知,能确定的只有对方是一个年轻的姑娘。

袁方却说:"省省吧,每一次你去见了我的对象,回来都没有什么好话。"

方源有点闷住,心里想:我是没说太多好话,但你后来的结果,不就证明我当初泼的冷水是对的吗?

同时方源感觉到心里凉凉的,不知袁方又会投进什么前途不明的荒野中。

然而,方源还是想着要支持袁方。他应该有自己的生活,人生的黄昏时节,有一个归宿是值得庆幸的。

再说,现在年届花甲的人不再被列入老年,是可以把握新生活的。也就是说,是能经得起再折腾的。但每一次折腾是不是会增添一层人生的痛苦?也许袁方会认为,每一次折腾其实就是人生精华的一次表现。

子非鱼,安知鱼之乐。

这一次，梁新梅看着袁方忙碌的背影，撇一下嘴说："男人就是这个样子，都可以做爷爷的人了，还不管不顾地追在年轻女人的屁股后面。"

袁方动用了他的熟人与朋友的关系，为新生活做准备，房子与车子都要新的，还有对年轻人来说都辛苦繁杂的婚礼。他带着热情与期待扎进程式中，似要给女方一个完全有保障的承诺。他见到方源就说："你有什么关系可以帮到我？"

方源想告诉袁方，这个时代结婚并不是什么稀罕的事，不管对方是什么样的女人，他实在不需要为她去翻看那么多的哲学理论书，去记那么多的哲学家的名字与名言。也许他是借此来与对方交谈，并以此来诱惑对方吧。

方源知道袁方一旦要钻研什么，都会冷静地达到一个较高层次。但那些哲学理论有意思吗？不是说，"人类一思考，上帝就发笑"吗？

笑吧笑吧，让人们都笑，和他们一起笑，其实是一种最好玩的事。

一切按流行的来。婚礼前的日子，是很热闹的。方源在为袁方悬着心，他会走进怎样的一个情景中？不知年龄差距会给今后的生活带来多少烦恼，单单一老一少挽手走到婚礼的台上，承受着主持人流行的"幽默"，会是怎样的状态？但袁方听不进劝，似乎不住地说着我知道。我知道啊我知道，我都知道，人生的快乐就在知道中。他就这么唱着。

这其实只是方源的自我感觉，因为袁方正忙于结婚事宜，似乎要把前两次冷清的婚礼补回来。就在结婚前一日，他用微信给方源发来了结婚照。照片上，袁方露出一脸懵懂的像是什么也不知的年轻男子的笑。姑娘却显出不同于年龄的老成，她戴一副宽边黑框眼镜，厚厚的镜片后面是一双大大的眼睛。她头戴一顶博士帽，背景是她毕业的典礼台。也许是拍毕业照的同时拍的结婚照。

方源觉得自己也像是个什么都不知的人，但他还是清楚地知道，这个时代的女博士并不稀罕。

原载《钟山》2024年第2期

凡一平

晚　夏

毕业四十年的同学会是覃丘克提出来的。

2023年夏末某日的夜晚，沉寂多时的"中文七九级一班"群忽然出现信息，或者说有了声响：

"毕业四十年了，我们去北京看望姚老师吧。"

平实、直白的信息，像一条出洞即被冻僵的小虫，横躺在群里，或许有人关注，但久久无人响应。群里所有的同学对覃丘克的提议毫无回应。仿佛所有人的心态都归于平淡，甚至冷漠，毕竟，都是过六十岁的人了，老态龙钟，心如止水。也仿佛覃丘克人微言轻，毕业前在班里成绩最差，其他表现也不怎么样，毕业后一直当个普通的中学教师，直到退休，坑都不挪一个。因而他的提议没有号召力，更没有权威可言。

覃丘克不甘心，过了一个星期，他在群里再次发出信息：

"姚老师现在在康养院里，八十八岁了，我们再不去看望她，也许就再也见不到了。"

这条信息像一块不大不小的石头扔进水里，同学群终于起了波澜——

蓝先栋率先表态："覃丘克的提议恰当、及时，我赞成。"

蓝先栋是当年的副班长，进社会后官至某海关副关长，他的附和有相当的分量，同学们接二连三表态了——

苏幼儿："我报名。"

覃兰红："我报名。"

罗芳："我报名。"

陈映新："我报名。"

覃丘克见状迅速搞了个报名接龙，一下子，报名的同学便有了十个。

十个或许太少，已报名的陈朝营慷慨表态：

"同学会的全部费用，我来奉献！"

陈朝营是上市公司的董事长，他的表态仿佛一艘游轮驶向犹豫不决的同学，很快又收获了十五名同学上船。

然而，陈朝营的慷慨遭到了向舟的批驳和嘲讽：

"人生而平等，同学也是。学生去看望老师，是心甘情愿的感恩，不需要陈大董事长的施舍，至少我个人不用。"

向舟是东江大学文学院的教授，颇有名望，他的发言让群里一阵沉默，报名接龙也戛然而止。

最终，蓝先栋出来圆场：

"朝营董事长的大方难能可贵，向舟大教授的纯正值得称道，这样吧，需要资助的同学私信朝营。总之，看望老师的同学，多多益善。利用毕业四十年的机会去看望老师，既享同学情，又报老师恩，两全其美，何乐不为？既然是覃丘克发出的提议，建议就由他来负责组织这次活动吧，行使班长职权。"

群里相继出现点赞、害羞、撇嘴、讪笑、鼓掌各种表情，像百花竞放的花园，缭乱而悦目。

覃丘克回复："我们班的班长已经不在人世了，那我就当仁不让，自告奋勇当一回班长吧。"

群里再次相继出现点赞、害羞、撇嘴、讪笑、鼓掌各种表情，只不过这次看上去，像是一串斑斓的项链，纠结而明晰。

正午的南宁火车站在太阳的炙烤下像个新出炉的面包，热气腾腾。覃丘克带着自己的妻子、孙子，快步走向火车站，再小心翼翼地走进火车站。之所以快步，是生怕赶不上火车；之所以小心，是担心被贼惦记或被骗子搭讪。二十分钟前，他们刚刚从汽车站下车，而火车还有三十多分钟就要开了。他们是从都安瑶族自治县县城坐汽车来的南宁，因为顽皮贪睡的孙子的耽误，坐的是预计能赶上火车的最后的班车。

K22客运列车蓄势待发，它绿油油的，像禾苗地里躺着的一条长虫，等着食物的到来。覃丘克一家三口仿佛是长虫最后的食物，在被吸纳和吞没后，火车开动了。它缓缓地驶离火车站，在铁道上前行，速度越来越快，但最快不超过时速六十公里。这样的绿皮客运列车在中国大地已经十分稀少了，但仍有不少的旅客钟爱它，或不得不乘坐它。而覃丘克仿佛两者兼有。他这辈子只坐绿皮火车，没坐过动车和高铁。动车、高铁快，绿皮火车慢，这他是知道的。他更知道的是，动车、高铁车票贵，而绿皮火车便宜。从南宁到北京，高铁的车票是一千零三十五元，而绿皮火车车票仅有二百六十八元，每张票是七百六十七元的差价，那么三张票便是两千三百零一元的差价。而且高铁虽快，十小时到达，但没有睡觉的地方。绿皮火车虽慢，三十四小时到达，车上却有卧铺，时间长一些有什么关系呢？又不是没有时间。多坐二十四个小时，而少花了两千三百元钱，等于睡一觉，挣了两千三百元，何乐而不为？这么一盘算，覃丘克选择了坐绿皮火车。他比预定到达北京报到的时间提前两天出发，到达北京后，离报到的时间还早着呢，这样他便有足够的时间接应每一个到北京报到的同学。

绿皮火车继续北上。

覃丘克一家三口已经安置好。他们此时安妥地坐在列车的下铺，吃喝着自带的食品。靠窗的位子坐的是十一岁的孙子，边吃东西边好奇地东张西望，观察着车里车外陌生的景物和人物。中间坐的是覃丘克的妻子，难得的休闲竟让她无所适从、手足无措。靠近走道坐的便是覃丘克，他气定神闲，跷着二郎腿，一副见多识广、胸有成竹的样子。事实上，他也是现有家人中走得最远、见的世面最多的人，尽管这也是他第一次去北京。他憧憬北京已经不是一年两年，而是几十年了。一个堂堂的高中语文老师，所教的学生仅考上清华北大的就有五十七名，自己竟然没有去过北京，这是他的心病。今天，在他退休一年后，北京之行终于实现，完成了他的心愿。不能不说，他提议毕业四十年同学会去北京看望老师，是夹杂着去游玩的私心的，他心里也承认。为了显得公大于私，在组织这次北京同学会的时候，他特别地操心和卖力，豁出老脸动用了自己留在北京的学生的关系，请他们帮助解决订房、租车、就餐等有关事宜。他此刻的气定神闲和胸有成竹，便是与他学生的助力有关。此时此刻，乃至到北京之后，他只管享受旅行、天伦、同学会、师生聚的快乐就够了。

绿皮火车哐当哐当向北，秀丽的山水不停地掠过，都是覃丘克熟悉的景色。夜幕降临，火车方抵达桂林，还没走出广西。听闻要在桂林停留十五分钟，覃丘克忍不住下了车，貌似抽烟，其实是感受桂林这片他曾经失之交臂的土地。大学毕业，他差一点就分在了广西师范学院，地点就在桂林。派遣书已经到手了，后来又被收回，改派到都安瑶族自治县高级中学。而最终分在广西师范学院的是他的同学覃兰红，她此次也报名参加了同学会，但她是不可能坐绿皮车的。此刻的她还在桂林，或许在漓江边散步。她后天的航班始发和到达时刻，在覃丘克的手机里存着，并已报给了北京的学生。覃丘克想在同学群里发个自己在桂林的定位，手指已经动了，手机上弹出了所在的位置，却没有发送。他心情芜杂地上了车，发现妻子和孙子已经在各自铺位躺下了。中铺的孙子已经睡着了，睡在上铺的妻子还在翻来覆去，见到他返回就安静了。一个多么需要安全感的女人，我得争取死在她的后面。覃丘克心想。

早晨七点零二分的武昌，静谧而朦胧。火车在武昌也停留十五分钟，覃丘克竟然没有下车。这可是他的大学所在的城市呀，是他命运转折的起点，也是他从南方出发所到达的最远最大的城市。滚滚长江，他从来没有越过，去到长江以北的任何地方。长江以南，红水河以北，上岭村和武汉市，不超过一千三百公里的距离，是他人生百转千回的路，是他卑微的象征和自卑的症结。他不是不爱这座城市，不是不爱这座城市最好的大学。他爱得很，爱得无比深切。每当想起这座繁荣的城市和这座城市中樱花绚烂的大学，他的眼睛里就满含泪水。只是此时此刻，他希望火车不要停留或不要久留，因为他想尽快往北，突破长江，也突破自己。

也许是心境使然、情绪推动，火车仿佛快了起来，一个白天很快就过去了。覃丘克向往的北京越来越近，他竟然莫名其妙地有点紧张，有些胆怯，就像初次恋爱时对女友的期待，渴望拥有又害怕失去，就是这种感觉。他初恋的女友注定是失去了，不然也不会有现在的妻子。他的妻子是个农民，现在依然是，只不过不再种地罢了。北京竟然让他想起初恋的女友，让他觉得很不恰当，也不道德。在黑暗的车厢里，他悄悄抽了自己一嘴巴子，提醒自己，面对现实，勇敢、大方地拥抱北京。

北京时间二十二时四十八分，历时三十四小时零八分，K22 列车准时抵达北京西站。覃丘克祖孙三人踏上了北京的土地，像北飞的三只鸟，来到了降落栖息的地方。

他们跟着人流，来到出站口。

迎接他们的，是覃丘克的学生黄浩。

居京十五年的黄浩没有多大改变，依然如高中时那样的瘦条高个，像一株甘蔗。只是穿着打扮与中学时大有不同，头发光滑有型，衣裤整洁高档，像个懂得节食的阔少。面对远道而来的老师，他递上去的居然不是鲜花，而是点心和饮料。他仿佛知道老师、师母和孩子这个时候最需要的是什么，投其所好。情商高不高且不说，但智商一定高。果然，师母和孩子接到点心饮料后，像饥渴的动物遇到食物，迫不及待地吃喝起来。覃丘克碍于师道尊严，没有动口。

黄浩说："覃老师，你就把这当作知识能量，好吧？"

覃丘克这才像被教导的学生似的，把点心吃了，把饮料也喝了。

黄浩开着自己的新能源汽车，将老师一家子送到预订的广西大厦。之所以预订广西大厦，是因为那里房价相对便宜，以广西籍身份预订还可以优惠。办完入住手续，黄浩又将覃丘克他们送至房间，此时已是午夜。感动万分的覃丘克和妻子各握着黄浩的一只手，连声道谢。羞赧的黄浩慌忙抽出手，做摇摆状，说："使不得，使不得。老师、师母，别忘了，我是你们的学生和孩子。"然后，他像个觉得亏心的孩子似的，离开了。

次日在广西大厦，覃丘克从上午开始，就站在大堂，恭候着陆续来报到的同学。在估算的时间里，他盯着每一辆进来的车辆，每一位从车上下来的人都要被他判断一番，以确定是不是自己的同学。毕竟，绝大多数同学已经有四十年不见了，想必都改变了模样。

第一个到达的是覃兰红。她是从桂林飞来的，是覃丘克的另一名学生安排人接的她。这个顶替覃丘克分到广西师范学院的覃兰红，毕业后覃丘克也就见过一次，而且是毕业后他唯一见过的同学。那是十年前，广西师范学院派人到都安高中上示范课，语文主讲正是覃兰红教授，示范的恰好是覃丘克所带的班级。同学相见，高兴之余，不免有些尴尬。一个大学教授和一个中学教师，却出自同一名校同一师门，差距之大，让人唏嘘。覃丘克表面上倒不怎么难堪，在宴席上当着同事和覃兰红的面说："同父同母生的兄弟姐妹，也不是个个成龙成凤、飞黄腾达，是不是？兰红教授比我优秀，自然在我之上。何况她也姓覃，妹妹有成就，高人一等，难道当哥哥的不高兴吗？不骄傲吗？"覃兰红听了极不自在，语无伦次地说："其实不是这样的，本来覃丘克……可是……唉，不说了，我敬老同学一杯！"说罢，她端起一大杯酒，敬向覃丘克，然后不顾劝阻，把酒干了。第二天的示范课后，同事和学生私下议论，覃教授的课可不怎么样，不如覃老师上得好。议论传到覃丘克那里，覃丘克说："那是因为她昨晚喝多了。"

覃兰红跟十年前没有多少变化，稍胖了一点点。她一下车，覃丘克就认了出来。他迎上去，直接去尾箱拿行李，又将行李送至前台。他的殷勤让覃兰红无地自容。登记领房卡后，她怎么都不让覃丘克送去房间了。

向舟是第二个到达的同学。他是坐高铁来的，也是覃丘克的学生安排人接的他。覃丘克还能认得向舟，因为他是大教授，不时能见他在电视和纸媒上露脸。

向舟谢顶，头部几乎全光了，像个只连带几片叶子的瓜。他胖墩墩的，穿着圆领的T恤、大裤衩、凉鞋，手上戴串儿，看上去显然不像个著作等身的教授，更像是游手好闲的油腻大叔。他拎着一个中包下车，挡住打招呼后要去尾箱拿行李的覃丘克，顺势抓住覃丘克的手臂，像抓到一本丢失又复得的旧书似的，激动地说：

"覃丘克，你可以呀，比我们班任何同学都懂得感恩老师！"

覃丘克腼腆地说："没什么，应该的，人之常情。"

两人一同去前台登记，领房卡后又一同去了房间。

在房间里，向舟泡着自带的茶，分了一杯递给覃丘克，说："你辛苦了。"

覃丘克喝着同学的茶，肠热心也热，说："我有时间。"

"你退休了吗？"

"去年就退了。你呢？"

"算退了，"向舟说，"不过学校又延聘我，三年。"

"你是名教授，干到七十岁都不为过，"覃丘克说的不像是恭维话。

向舟举起三根手指，说："就三年，绝不再干了。太累。"他摸摸自己的头，"头发就剩几根了。"

覃丘克说："你那是因为聪明。"

向舟看着朴实无华而又灵醒的覃丘克，说："你怎么样，这四十年？"

向舟的问话像是火苗，点燃了覃丘克的回顾。他简要地向向舟讲述了自己的经历。从分配到都安高中工作开始，一直到在都安高中退休结束。其间，结婚生子。妻子是个农民，同一个村的，上岭村。当年娶农民有个好处，可以生二胎。他便是有两个孩子，一男一女。儿子现在也当老师；女儿虽然不当老师，但嫁给了老师。现有个十一岁的孙子，这次也来了北京，还有他奶奶，都在楼上。这四十年也就是这一生了，平平凡凡，默默无闻，知足常乐。

听了覃丘克的经历，向舟沉默良久，表情凝重，让覃丘克以为是同情和怜悯，没想到向舟说：

"还是你聪明呀。"

覃丘克纳闷，不得其解。向舟便告诉覃丘克，别看他向舟外表光鲜，人五人六，但个人生活一塌糊涂。与发妻离婚，无子女。再结婚，再离婚，净身出户。覃丘克有的，他都没有。

覃丘克正想安慰向舟，手机响起短信的声音，他一看，说："陈朝营和蓝先栋快到了，我去接。"

向舟说："这两个王八蛋，去接他们干什么？不用去！"

覃丘克愣了愣："唉，一视同仁，都是同学，都是同学。"说罢，他起身离开了房间。

陈朝营和蓝先栋是同时到的，坐的也是同一辆车。他们不用覃丘克安排，是另外有人接。

一辆十分豪华气派的轿车驶达广西大厦，覃丘克不认识这辆车是劳斯莱斯幻影，只是猜测坐在这辆车上的人，应该就是陈朝营和蓝先栋。

果然是他们。

是司机先下车，跑过来打开车门，陈朝营和蓝先栋才相继下车。司机还有个动作，就是把一只手架在车顶挡着，避免出来的人碰到头，等人都从车里下来了，才把手拿开。这个纯属摆谱的姿势，覃丘克在电影里见过，没想到他的两个同班同学享受了这样的待遇。

陈朝营和蓝先栋看着傻傻立定在他们面前的覃丘克，覃丘克也看着他们，都在互认。

陈朝营说："你是覃丘克吗？"

覃丘克说："我是。"

陈朝营身旁的蓝先栋说："没错，是覃丘克，声音没变。一口夹壮式广西普通话。"

覃丘克看着仍然分辨不出的陈朝营和蓝先栋，说："哪位是陈朝营？"

留着平头的陈朝营指指自己，说："我是陈朝营。"

那么，另一个同样留着平头的便是蓝先栋了。搞清楚二人的覃丘克伸出手去，与陈朝营和蓝先栋一一握手。陈朝营和蓝先栋的手几乎同样地肥大、柔软和温暖，果然是富贵之人，不像覃丘克的手，单薄、冷硬，人也苦命。数钱的手和拿粉笔的手真不一样。

陈朝营说："丘克，我们只是来报到的，不住在这里，忘了跟你说了。之前订的房间就退掉吧。"

蓝先栋对覃丘克说："朝营今晚设宴，在昆仑饭店款待参加同学会的同学。一会儿我发地址给你，你召集大家过去。"

覃丘克显出为难的神色，说："可是我已经在广西大厦订餐了，菜可能都已经准备了。"

陈朝营大手一挥，说："退掉，损失我来补。"

蓝先栋把晚宴的地址发到了覃丘克的手机上。覃丘克看看手机短信，又看看手机的时间，说："最后一个同学罗芳六点才下飞机，到这里入住后，再到吃饭的地方，估计要很晚哦。"

蓝先栋说："通知接机的人，罗芳先不到广西大厦办入住，直接送到昆仑饭店，这样就不会晚了。"

覃丘克对蓝先栋说："还是当领导的高明。"

蓝先栋说："退休了，不是领导了。"

陈朝营说："老领导，还是领导。"

"没权了。"蓝先栋说。

"权没有了，威还在呀。"陈朝营说。

蓝先栋被恭维着，十分舒心。他关切地问覃丘克都有哪些同学来了。覃丘克说："目前就覃兰红、向舟、我、你们俩。苏幼儿、陈映新在来这里的路上。"

"一共有多少人来？"蓝先栋说。

"报名的有二十五人，但最后决定来的只有十人。"覃丘克说。

"怎么那么少？都是什么原因？费用问题？陈朝营不是说费用全包吗？"蓝先栋说，他瞅瞅陈朝营，"没人私信你？"

陈朝营摇摇头，说："向舟在群里那么一说，谁还敢私信我呀。不好意思要资助，又不舍得自费，索性就不来了。"

"也不全是费用问题，"覃丘克说，"有的同学是临时家里有事，比如老人突然生病，要照顾。有的是根本不能来，比如黄秀玲，她老公瘫痪多年了。有的是自己生病。"

"好吧，牛不喝水不能强摁头，自愿才好。"蓝先栋说，他看看陈朝营，"我们上去看看向舟和覃兰红？"

"不去！"陈朝营显然是对向舟有情绪，波及了覃兰红。他朝蓝先栋扭扭头："我们走吧。"

陈朝营和蓝先栋上了先前那辆车，走了。看着两位派头十足的同学来去匆匆，覃丘克的心里五味杂陈。他孤单地站在那里，像一罐无人问津、没人重视的中药。

接着，苏幼儿和陈映新到了。因为航班时间接近，他们是坐同一辆车来的。苏幼儿来自东北，陈映新来自西北，一东一西两个同学在同一辆车上不过有了一个多小时的热聊，下车时已经是亲密无间，如同一对老情人。而事实上，在大学的时候，他们本就是恋人，只是没有公开，就覃丘克和极少数人知道而已。陈映新与覃丘克是一个宿舍的，关系也最好，是无话不说的朋友。陈映新每次与苏幼儿幽会回来，都会跟覃丘克报告进度，比如说牵手了，然后是亲吻了，然后到此为止，没有然后了。毕业后苏幼儿和陈映新各奔东西，各自结婚成家。他们两人中断联系四十年后再次相遇，是缘分未了吗？

覃丘克在苏幼儿和陈映新登记领房卡后，只送他们到电梯间，然后对陈映新说了句意味深长的话：

"悠着点，晚上还要听你唱《走西口》。"

原定下午六点从广西大厦出发去昆仑饭店的车辆迟迟不能发车，八个同学中，向舟没有上车。之前，覃丘克在新建的群里发过通知，通知内容是这样的："同学们，陈朝营同学今晚在昆仑饭店宴请大家，请各位六点前下楼，统一乘车前往。"

陆续有同学回复"收到"。覃丘克忙着，没有注意，以为每个人都回复了。此刻见向舟没上车，一查，只有向舟没回复，是没有看到通知吗？他在群里叫向舟："向舟，就等你了。"

过了一会儿，向舟回复："我不去。"

覃丘克这才急了，又不便在群里问原因。他上楼去，敲开向舟的房门，见向舟光着上身，短裤赤脚，一副不打算出门也不打算吃饭而决心睡觉的样子。他控制着火气，对向舟说："穿衣服，下去吧。"

向舟说："我不是在群里回复了吗，我不去。"

"为什么不去？"

"不想去。"

覃丘克急速地思索向舟不去吃饭的原因。是通知有毛病吗？通知没什么毛病，很中性。如果有问题，就出在陈朝营宴请大家这件事上。向舟不喜欢陈朝营，也不喜欢蓝先栋。蓝先栋和陈朝营两个人，一个是官，一个是商，这几十年里一定少不了勾结，这点连覃丘克也看出来了。那么爱憎分明的向舟不去赴陈朝营的宴请，就找到理由了。

当过多年中学班主任的覃丘克，设法对向舟进行劝解。他说："去吧，就算是给我个面子。"

向舟说："跟你没关系。"

"有关系，"覃丘克说，"同学会是我提议的，又是我组织的。安排的每一项活动，少一个同学不参加，我就有挫败感。"

"陈朝营的宴请，是你安排的吗？"向舟瞪着覃丘克说。

面对向舟犀利的目光和言辞，覃丘克没有反驳，委婉地说："我同意了。我觉得同学之间，就没必要过多地计较和讲究，和为贵。明天我们还要一起去看望姚老师呢。"

向舟的眼光不那么锐利了，缓和下来，说："我跟陈朝营还有蓝先栋，其实也没有什么过节，就是看不惯他们而已，不屑与他们为伍。"

覃丘克顺坡下驴，说："我和你有同感。我们不同流合污就好，去吧。"

向舟还是犹豫，说："去那么远的地方吃饭，我还真不想动，天气太热了。"

"又不用走路，上车就有空调，哪儿都有空调。"

向舟转身去捡衣服，穿到一半，放弃了，说："还是算了吧，不去了。"

覃丘克见向舟心生去意又打退堂鼓，一计不成再生一计，说："你知道罗芳也来了吧？"

这一招果然见效，向舟眼睛一亮，说："她来了吗？"

覃丘克说："马上到。她现在已经下了飞机，直接去昆仑饭店。"

向舟重新穿上衣服，还去了卫生间洗脸刮胡子。他的急速转变，必然是和罗芳有关。大学时代，向舟猛烈追求过罗芳，情书一天一封。怎奈天公不作美，下雨的时候没带伞，带伞的时候遇到天晴；他有情的时候她无意，她后悔的时候他不再追。不追不等于不爱，向舟此刻的举动表明丘比特的箭还插在他心中，四十多年从未拔出。覃丘克看着爱意涌动、老当益壮的向舟，想到自己对待和处理中学生问题的招法，居然在一个大学教授身上发挥了作用，心里不免一番得意。

昆仑饭店这天晚上没什么特别，如平日一样的宾客盈门。如果说有什么特别的话，就是今晚这里来了一群毕业四十年的大学同学，全部年过花甲。他们来自祖国的四面八方，之所以在北京聚首，是因为他们的中国现代文学老师兼辅导员姚培青在北京。她今年八十八岁了，三年前患了阿尔茨海默病，现住在北京燕郊康养院。他们明天将集体去看望她。而今天是纯粹的同学会，宴会则是同学会的重中之重，选择在堂皇的昆仑饭店举行，无非是为了提高同学会的档次和彰显同学的实力。这群同学里面，的确有富甲一方的人，比如陈朝营，今晚就是他请客。

从广西大厦出发的同学到达昆仑饭店预订包厢的时候，发现陈朝营和蓝先栋已经在了。这不令人吃惊，因为他们两人就住在昆仑饭店。令人吃惊的是，本以为会迟到的罗芳，竟比多数同学先到。她短发长裙，依然肤白貌美，脸上的两只酒窝依然清甜可人，让后到的同学一眼就把她认出。她扑上来，女同学扑过去——和她拥抱，互相问候和夸赞。

另一边，向舟、陈映新和蓝先栋及陈朝营也握了手，在沙发上寒暄。四个男同学尽管心态各异，甚至貌合神离，但却一样地喜笑颜开、侃侃而谈。

陈朝营说："向舟，大学的时候，你可是长发飘飘呀，怎么现在变秃头了？"

向舟说："陈朝营，那是因为我炒股呀，被你这样的金融鳄鱼薅光了，毛都不剩。"

陈朝营说："你要买我的股票，保你赚得盆满钵满。"

向舟说："陈朝营，你的股票我可不敢买，因为你吸的全是股民的血。"

陈朝营说："我可是合法上市的公司哦，专门搞国际贸易。"

"国际贸易？"向舟说，他瞟了瞟旁边的蓝先栋，"那得通过海关吧？"

蓝先栋装作没听见，继续和陈映新对话。

蓝先栋说："陈映新，我看你气色不错，是怎么保养的？退休后都做什么运动？"

陈映新说："我就是唱。退休前唱，退休后还是唱。退休前忙，只能在阳台上唱；退休后闲，去树林里唱。"

蓝先栋说："我学不了你，我怕光。"

向舟听见，转头对蓝先栋说："你是不是做了太多见不得人的事，所以怕光？"

蓝先栋说："向舟，我安全得很，你放心。"

向舟说："那可能是因为陈朝营还没出卖你。"他转头向陈朝营，"陈朝营，你不会出卖蓝先栋吧？"

陈朝营说："我脑子还没有进水到出卖同学。"

这时，忙着张罗的覃丘克过来了，招呼大家上桌。

大家涌动起来，但到了饭桌前，却局促了，因为座次排位成了问题。首先，谁坐主位？陈朝营提议蓝先栋坐主位，因为他行政级别最高，又是副班长。蓝先栋推辞，主张陈朝营坐主位，因为是他请客。陈朝营表示不行，说买单的人得坐在主位的对面。蓝先栋便提议向舟来坐主位，因为他是二级教授，工资比谁都高。向舟甩头，说他来都不想来，怎么可以后来居上。蓝先栋见陈朝营和向舟都不愿意，便让覃丘克来坐主位，因为他是组织者，行使班长职权。覃丘克自然不敢，但是一回神，又像个霸王似的，不容置疑地下令：

"既然我是组织者，行使班长职权，我来安排吧。主位，蓝先栋坐。依次下来，陈朝营、陈映新、苏幼儿、向舟、罗芳、覃兰红……我。陈朝营后，两个两个一起。同学之间，不要再推来推去了。主次不重要，重要的是谈得来！"

覃丘克的指令居然奏效，大家服从了，各就各位，并且都感到舒服和满意。

酒，上的是茅台，同样令大家舒服和满意。至于上的什么菜，已经不重要也没人在意了。杯子一举，美酒下肚，举座尽欢，就像一群羊，确立了领头的是羊还是狼，不管是羊还是狼，只要能服众、讨人喜欢，就有前呼后拥的追随者。

第一杯酒，全体同学都没有喝，而是倒在了地上，祭奠已经去世的两位同学。他们分别是班长黄孝东和生活委员唐建宁。这两位班干，一位肺癌不治，另一位抑郁自杀，都死在了退休之前。惋惜和思念的酒洒在地上，或许是地面干燥的缘故，又或许他们魂灵已至，芬芳的酒被迅速吸干。酒渍不在，酒香犹存。

连续三杯茅台下肚，覃丘克感觉第一杯是辛辣，第二杯带有酸味，第三杯有回甘，然后就不自已地一杯接一杯往下喝，像上瘾一样。你敬我，我敬他、她，车轮似的转着喝。再然后，他就感觉飘了，晃晃悠悠，恍恍惚惚。恍惚中，他仿佛看到陈映新和苏幼儿挨在一起，勾肩搭背。他仿佛又看见向舟和罗芳在吵闹、争执，似乎听见向舟指责罗芳为什么要把他写给她的情书都交给了姚培青老师。罗芳的回答和解释，覃丘克也听了个大概，意思是那时候她单纯，还害怕，把情书交给姚老师，是寻求老师的保护。

真真切切是酒壮人胆，向舟通红的眼睛瞪着罗芳，说："我离婚两次，你知道是为什么吗？因为你，我心里还爱着你！"

罗芳也喝高了，大声回答说："我也离婚了！"

向舟和罗芳雷鸣电闪般的对答，大家都听见了。喧闹的场面顿时肃静下来，每个人都感到心惊肉跳。

沉默、回味、感伤的时刻可不能太久，陈映新站了起来。这个来自陕北的老汉，把椅子一挪，后退数步，仿佛站在了黄土高原上，然后说："此时此刻，我该唱歌了。我要唱的是当年我在大学时经常唱的歌，大家还记得是什么歌吗？"

大家异口同声："《走西口》！"

陈映新扯开独特的嗓子，唱起来——

　　哥哥你走西口，小妹妹我实在难留，
　　手拉着那哥哥的手，送哥送到大门口。
　　哥哥你出村口，小妹妹我有句话儿留，
　　走路走那大路口，人马多来解忧愁。

陈映新唱了一段后，独唱变成了合唱：

　　紧紧地拉着哥哥的袖，汪汪的泪水肚里流，

只恨妹妹我不能跟你一起走,只盼你哥哥早回家门口。

哥哥你走西口,小妹妹我苦在心头,

这一走要去多少个时候,盼你也要白了头。

紧紧地拉着哥哥的袖,汪汪的泪水肚里流,

虽有千言万语难叫你回头,只盼你哥哥早回家门口……

苍凉、纯粹、激昂、悠扬的歌声回荡在包间里,穿出了窗墙,浮游在北京的上空,把云吸引、聚集。

这夜,北京雷鸣电闪,大雨倾盆。燠热、干燥的城市变得凉风习习、湿润柔软,如同一个郁闷的人活血化瘀、七窍通顺。难眠的人们安然入睡。但也有人彻夜难眠。

第二天上午的时间自由活动或休息,同学群里无声无息。随心任性放肆了一阵的老同学们,像是被突如其来的风雨打蔫了的花木,需要时间恢复。

覃丘克除外。

凌晨两点,覃丘克就醒来并起床了,在闹钟和妻子的双重提醒下。他和妻子定了今天带孙子去天安门看升旗。平日贪睡的孙子今日格外地配合,一被叫醒就不再赖床。他自己洗漱更衣,还戴上了红领巾。

早晨的天安门广场,雨过风停,空气格外清新,像是特别照顾来自祖国南疆的覃丘克祖孙三人。他们提前来到广场,占着离旗杆最近的位置。观看升旗,是覃丘克这次带孙子来北京的最主要的目的,是对孙子多次承诺的兑现。当然,这也是他和妻子的主要目的之一——说是首要目的都不为过。对于来自边远地区的他们,没有什么地方比天安门更令他们神往。

晨光中,中国人民解放军国旗护卫队迈着正步,走出天安门城楼,跨过金水桥,穿过长安街。他们身姿挺拔,步伐矫健。护旗手手握的钢枪熠熠生辉,擎旗手擎着的红旗鲜艳夺目。他们径直来到升旗台,在庄严嘹亮的国歌声中,五星红旗缓缓升起,仿佛一朵祥云升空。

覃丘克祖孙三人站在上万人的观看人群里,专心致志地注视着升旗的全过程。三颗心脏怦怦地跳，像是三只鸟儿振翅飞翔。这是来自上岭村覃氏家族的三颗心，像五星红旗一样红。红旗溢彩，他们的心经此一染，变得更红了。

升旗仪式结束，覃丘克欲带孙子去参观北大和清华，没想到孙子傲气地说："等我考上清华的时候，再去北大看看。或者等我考上北大的时候，去看看清华。"

奶奶不解，问为什么。

孙子说："问爷爷，爷爷会告诉你。"

妻子看着丈夫覃丘克。

覃丘克说："就是说，你孙子呀，将来不是考上北大，就是考上清华；不是考上清华，就是考上北大。总之，北大和清华，一定能考上一个。"

妻子听了，嘿嘿地笑了，满脸的笑容像鱼跃后的湖水。

下午两点，包租的一辆中巴车从广西大厦出发，前往燕郊康养院。

车上除了中文七九级一班的十位同学，还加上了覃丘克同学的两位家属——妻子和孙子。两人的加入，增添了车里愉快的气氛，仿佛咖啡里加了糖。

覃兰红抓着邻座覃丘克妻子的手，说："嫂子，看到覃丘克这么疼你，你又这么面善和贤惠，我好安慰。"

覃妻看看覃兰红，又看看前面一排在吩咐司机的丈夫，说："覃丘克没有你们这帮同学有出息，所以我才能嫁给他。"

覃兰红说："不不，嫂子，覃丘克教出了那么多考上重点大学的学生，非常了不起，我们都不如他。"

覃妻似乎觉得覃兰红的话说得对，点点头，嘿嘿地笑。

在另一排，陈朝营搂着覃丘克的孙子，说："覃兴立，将来你考上北大或清华，毕业后跟爷爷一样从商好不好？爷爷把大生意交给你做。"

覃孙摇摇头。

陈朝营指指附近的蓝先栋，说："那就像先栋爷爷一样，从政。"

覃孙又摇摇头。

"那你想干什么呢？"陈朝营说。

覃孙像是想好了，脱口而出："我当科学家。现在6G正在研究，等我上了大学以后，我研究7G、8G。"

陈朝营说："好好好，我等着买你的研究成果。"

覃孙说："我不卖，我献给国家。"

语惊四座。大家瞠目结舌，然后笑逐颜开，场面其乐融融。

平静、幽雅、高端的燕郊康养院，进来了一群人。他们沉静、斯文、优雅地进来，像浮游湖面的数只天鹅。姚培青老师教过他们中国现代文学的课程，当过他们四年的辅导员。当辅导员的姚培青老师，像母亲一样关怀和照顾他们，让离开家的他们处处感受到母亲的体贴和温暖。他们中的不少人，如今已经失去了亲生的母亲，而在另外的地方，还有一个不是亲生胜似亲生的母亲存在，那是他们共同的母亲。他们今天相约来到这个地方，看望她。一群老孩子中，罗芳是姚妈妈最关爱和最漂亮的女儿，所以由她捧着鲜花走在前面，像飞舞的蝴蝶。向舟跟随其后，当年罗芳的拒绝以及被姚妈妈管束产生的怨气，此刻已烟消云散，剩下的只是爱和感恩。富得流油的陈朝营边走边看着坐在轮椅上被推行的老人，脸上现出恐惧、忧伤的神色，他肯定意识到了他的财富将来无法带走。丧偶的陈映新和苏幼儿情不自禁地互相牵手，生怕一旦分开，就是永别。同乡同姓的覃兰红和覃丘克比其他人都要释然和放松，像是已经完成心愿的人。昨晚的宴席上，覃兰红鼓起勇气，向覃丘克道出了分配工作时她替换他的真相：她动用了当厅长的舅舅的关系，在舅舅的干涉下，她改分配在了桂林。她说出真相并向覃丘克道歉，覃丘克频频点头。覃兰红以为他接受道歉并原谅了她，其实覃丘克根本不知道覃兰红在跟他说什么事，因为他已经醉了。但就算覃兰红不说出真相，覃丘克也不会计较，因为他早就放下了分配不公这件事，接受并融入命运安排的另一种生活了。

2栋201的房前，站立着安静的十二个人，像是一行悄悄开放的花朵，散发着爱的芬芳。房间里面现在住着他们敬爱的姚妈妈、姚奶奶，她或许不知道他们的到来，又或许知道。来之前，覃丘克是跟姚老师的女儿联系的，远在国外的女儿告知了她母亲现在的住址和基本情况，然后说阿尔茨海默病的主要症状是失忆，就算你们来看望她，她也可能记不得、认不得你们了。"不过我父亲在陪着她,他可能会记得你们。他见过你们。还有,我母亲健康的时候,也经常念及你们。"女儿口中的父亲,指的是姚培青老师的先生沈汉福,他曾经是大学的副校长,后来调到了教育部,姚培青便随先生来了北京。他们的情况,同学们基本了解。陈朝营和蓝先栋来北京的机会多,看过他们几次,姚老师女儿的电话和微信,便是蓝先栋提供给覃丘克的。

房门是虚掩的,但前面的罗芳还是轻轻敲门,并呼唤道:"姚老师,我们来看您了。"

开门的是耄耋之年的沈先生,他笑吟吟地迎接着前来探望他夫人的同学们,当然也知道他们是顺便来探望他。这个乐观的老人虽挂着拐棍,却精神矍铄,且幽默风趣,望望能看到头的同学们,说:

"你们年轻人来,一平均,把我的岁数也扯下来了。"

因为房间不是太大,同学们得分成三拨进入,罗芳、苏幼儿、覃兰红、陈映新是第一拨。

姚老师坐在轮椅上,面向门口。她仿佛预感到学生们要来看她,把头发梳理整洁,穿着红夹克,眼睛瞪大,看见学生们进来,开始流泪。这一刻,她盼了很久,也许数年,也许数十年。尤其是近几年,她先后住进了医院和康养院,生命如蜡烛即将燃尽,更是日盼夜盼她子女般的学生,想见学生们最后一面。尽管她觉得这太不可能,太不现实,但依然盼望着,想不到居然被她盼来了。昨晚,听先生说中文七九级一班的学生要来,她一夜没睡着。天亮后她不停地问先生,他们什么时候到呀?他们怎么还不来呀?我想了一夜他们,想他们每一个人的名字和样貌,都想起来了。

真的是这样吗?

罗芳首先来到姚老师面前,把花献给她,然后蹲在她的身边。师生二人对望着,温情脉脉。罗芳说:

"姚老师,我是谁?"

姚老师哆嗦着说:"苏……苏幼儿。"

罗芳流着泪说:"我是罗芳。把男同学写给我的情书都交给你的罗芳。"

姚老师愣了愣,点点头,说:"哦,罗芳。"

罗芳退到一边，苏幼儿和覃兰红同时过来，为了避免罗芳的尴尬，她们自我介绍了一番。

陆续进来的学生依葫芦画瓢，让姚老师认识。姚老师如学语般叫着每个学生的名字，被叫到的学生无不欢喜欣慰，踊跃攀谈。

向舟说："姚老师，大学的时候，男同学们都有女同学帮忙钉被子，而我的被子都是您帮钉的，您记得吗？"

姚老师说："记得。那是因为没有一个女同学愿意帮你钉被子，你太狂了。"

向舟说："那您不准罗芳和我谈恋爱，记得不？"

姚老师努力想着，不置可否地说："你那么有才，我看过你写的书。"

向舟说："我的文笔都是写情书练出来的。"

大家都笑了。

陈朝营说："姚老师，我来北京，每次看望您，您都送我酒，有一次还送的是茅台。那时候我还不发达，我发誓一定要发达，逢酒必喝茅台。您送的那瓶茅台，我还藏着呢。"

"茅台是林峰和沈好谈恋爱的时候送的。"姚老师说。林峰是她的女婿，沈好是她的女儿。

最后一拨进来的是覃丘克祖孙三人。覃孙进来就主动唤姚奶奶好，一旁的覃丘克这才补充说："姚老师，这是我的孙子，我是覃丘克。"

"覃丘克，广西的。"姚老师说。她接着看覃丘克身旁的女人，努力地回忆，却怎么也想不起来是谁，难受的表情浮在她的脸上。

覃丘克说："姚老师，她是我老婆，和我同一个村的。"

姚老师这才释然："你是广西都安的，你那个村叫上……上岭。"她鼓足劲，硬是把覃丘克的籍贯说了出来。接着她牵起覃妻和覃孙的手，爱怜之情在眉目间荡漾。

望着亲切慈祥的姚培青老师，刻骨铭心的往事再次涌入覃丘克的脑海。四十多年前，考上大学的覃丘克第一次吃到大米饭。他从小生活在山区，九分石头一分土的山区是种不出大米的，只能种玉米和红薯。是玉米和红薯将他养大，直至考上大学，来到长江之滨武汉，玉米粥和红薯才被白花花的大米饭替代。那真叫一个好吃呀，好吃到想哭，连上课都想着大米饭香甜的味道。他寒窗苦读十几年，考上大学的目的，似乎就是为了吃上大米饭。他不仅爱吃，而且饭量巨大，别人一顿三两四两，他起码六两。还没到月底，他的饭票就快花光了，只能一天一顿，一顿一两，甚至连饭都吃不上了。饥饿难耐的日子，覃丘克整日头昏眼花，连肚里的蛔虫都给饿死了。他不思学业，成绩急速下降，成了班里的倒数第一。是姚老师找他谈心，问出真相。于是，每个月的月中，姚老师总是把不少于十斤的饭票悄悄地塞到覃丘克的手上。那是她从班里女学生那里募集而来的，却不说为了谁，女同学们也不知道为了谁。覃丘克也不清楚捐助饭票的女同学具体是谁，或许有覃兰红，或许有苏幼儿、罗芳，或许是班里全体女同学。班里除了覃丘克，还有谁从此以后享受着再也不忍饥挨饿的待遇？恐怕，唯有姚老师知道。

覃丘克扑通跪在姚老师跟前，一个老男人，像个孩子似的，放肆地哭，尽情泪流，却不说话，仿佛他的心里话弥足珍贵，扎得太深、太久，像海底的宝藏，他要自拥而不便与人分享。

至此，在场的女同学看明白了，也想到了覃丘克为什么给姚老师跪下，为什么哭。她们终于知道了当年所捐助的饭票是为了谁。尤其是覃兰红，彻底相信了覃丘克不恨她并原谅了他。当年分配，覃丘克被她顶替的真相，难道覃丘克不知道吗？肯定知道。他之所以服从和接受命运的重新安排，很大程度上是对帮助过他的女同学投桃报李，不管对谁。

相隔四十年的聚首，实在是有太多的泪要流，有太多的话要说。同学们来得太迟了。不到半个小时，护士过来了，是定时要带姚老师去做理疗。姚老师不肯，第一次对护士发火。姚老师不情愿，其实同学们也不甘心，但他们心疼姚老师，为了她的康复，全体护送她去了理疗中心。姚老师消失在了同学们的视野中，黯然神伤的同学们伫立在草坪上，像一群无主的羊。他们以为，再也见不到亲爱的姚老师了。

沈先生成了被探望的主角。

兴味盎然的沈先生热情邀请同学们去饭堂，他事先已经在那里订了包厢，还点足了菜，准备了饮料。盛情难却，也是意犹未尽，同学们愉快地去了。

沈先生理所当然地坐主位，他也不谦让。一句"我这辈子就让你们姚老师一个，她现在不在，那我就当仁不让"，令同学们把对姚老师的不舍转移到了沈先生身上。

沈先生同样是个魅力十足的人。当年，因为姚老师的缘故，同学们或多或少都见过他，甚至了解他。他毕业于北大物理系，先是分到武汉物理研究所，上世纪60年代，被下放到恩施土家族苗族自治州的一个公社中学当教师，一起下放的还有姚老师。当时，沈先生和姚老师只是谈恋爱，并未结婚，按理，姚老师可以不去。但因了情分和缘分的驱使，姚老师去了，而且是主动坚决要去。他们在土家山寨结了婚，并在那里生下了孩子。在那里的十年，沈先生教出了一批后来考上北大的弟子。但这不是他最得意的，最令他得意的是他主导修建了当地的一座水电站，让全州的数十万民众用上了电。至今这座水电站依然在发挥作用，造福百姓。1978年底，沈先生和姚老师重返武汉，在大学任教。中文七九级一班，便是姚老师首次任辅导员的班级。

对往事的重温，让同学们加深了对姚老师和沈先生的敬爱。沈先生说，姚老师住到康养院来，是有专人陪护的，但都不如他用心呀。他一个人在家，也放心不下，所以就搬来了，住在一起。现在的姚老师，每晚都要唤他一声"汉福"，听到答应后，才能睡着。

沈先生还说："我家现在空着，空得太久了，不断地有人打电话来，问一千五百万卖不卖。我说不卖。我怎么可能卖呢？这不是钱不钱的问题，是我和姚老师在那里寄托的东西，太多了。比如你们班级毕业的合影，就在那里放着，从武汉带到北京。姚老师身体还好的时候，时不时拿出来看。她是真的爱你们、想你们。"

听罢，女同学们已经泣不成声。男儿有泪不轻弹，男同学们虽然没哭，但是手却不受控制，频频举杯，宣泄无尽的感慨。陈映新更是口无遮拦，唱起歌来……

包厢的门忽然被推开，姚老师坐在轮椅上，由专护推着进来。大家喜出望外，女同学们纷纷起立，上前迎接。姚老师来到沈先生的身边，对沈先生耳语，说着什么悄悄话。沈先生一听，哈哈大笑，对同学们宣布：

"姚老师说，女婿送的茅台，家里还有一瓶，吩咐我拿来给同学们喝！"

大家欢呼起来，为姚老师返老还童般的天真。

专护说："奶奶做理疗的时候，根本安静不下来，一定要我推她来，再见见你们。"

姚老师这时一个个看着她的学生们，然后叫唤罗芳和向舟的名字。

罗芳和向舟靠近姚老师，一人一边。

只见姚老师右手抓着向舟的一只手，左手抓着罗芳的一只手，把两人的手往自己的胸前拉，直至触碰、重叠、相握。她的双手仍然停留在两人手上，用力按着，生怕他们分开。她看着向舟，又看着罗芳，目光情真意切。

浑身发颤的罗芳，把头依偎在姚老师的怀里。她的手依然握着向舟的手，脸贴在姚老师的手上。师生三人的姿态，像藤缠藤，更像藤缠树。

其他的同学都集中到了姚老师和沈先生的身边，把两人围在中间。姚老师的专护及时拍下了师生团聚的这一幕。聚会照片很快传到中文七九级一班的群里，像雨后的荷花竞相绽放。

又是新的一天，同学们都离去了，覃丘克还留在北京。后面的三天里，他和妻子、孙子游览了长城、故宫、圆明园、颐和园、水立方，还有环球影城。热门景点就剩北大和清华，孙子一再表示，等考上北大或清华了才去。

在北京最后一天的晚上，覃丘克祖孙三人回到广西大厦。他们被眼前的一幕惊呆了——数十名中青年男女在大堂里夹道欢迎，他们衣着光鲜，激动不已，仿佛在迎接极其尊贵的客人。

覃丘克以为迎接的不是他，退后想另外寻路进去。学生黄浩疾步上来，抓着他的手，把他拉回。他终于看清了，欢迎他们的，都是他教过的都安高中的学生。这些学生考取了北京的大学，毕业后留在了北京。有几个学生还在读，不是北大就是清华，他们茁壮康健，依然质朴、羞涩和拘谨，像是待放的花蕾。

覃丘克走在学生们中间，神清气爽，仿佛走在了秋天里。

原载《人民文学》2024年第3期

小宴

一

周五晚上我下班刚到家,还在玄关处换鞋,老董就嘱咐我赶紧把冰箱冷冻室里的白辣椒和鱼拿出来化冻,说明天中午裴杰要来家吃饭,人家专门点了白辣椒烧草鱼。明天周六,单位不加班,我也没啥事,便嗯了一声,算是答应了这事。老董和我都是好客之人,喜欢朋友来家吃饭。在我家吃过饭的朋友,大多来了头回就会来二回,然后就会成为常客。这一点我和老董还是颇感欣慰的,客勤说明主贤嘛。

他怎么突然想来我们家吃饭了?我问。

老董说,人家马上要退伍了,退伍前就想着再来咱家吃顿饭,就吃这道白辣椒烧草鱼。

我赶紧从冰箱里将草鱼和白辣椒扒拉出来。现在记性不好,想到了什么事就得立刻去做,免得东一晃西一晃,忘掉了。这也是为什么我刚进门,老董就立刻跟我说这个事,我们记性都不好,都怕把这事给忘了。这事在老董心里是大事,他跟我一说,我也立马知道这确实是件大事。

我儿子今年六岁，那么我大概有五年没有见到过裴杰了。我因工作的关系，前几年去了外地，去年才调回武汉。老董调了级升了职，宣传处新闻站的事由他牵头，我单位的项目也是越做越多，工作上的事儿跟蟑螂胶一样黏在身上，下班了也甩不脱。琐事很消耗人的精力和心气，久之，人就懒，懒得连周末一日三餐都要吃食堂了，家里变得冷火秋烟。我没时间做饭，聚会就没有了。不常往来走动，见不着面，老董部队上的朋友跟我的联系自然就没了，哪怕是像裴杰这种以前恨不得拧断我家大门把手的朋友也都疏远了。

但我有数，这种疏远只是一种停滞，并不是死亡，一旦拔开栓子，情感就会像春天藤蔓的触须一样缠绕和攀缘，没有芥蒂和罅隙，瞬间就会复活、蓬勃，然后枝繁叶茂。

裴杰给我的印象一直都是吊儿郎当的。第一次跟他见面是我们搬新家，从壕沟搬到街道口，和老董比较熟的四个战士放假时来家里帮忙。我挺反感这种干部家事劳烦战士的，但老董不觉得有啥，他说大家都是战友，属于战友间的帮忙而已。我说，请个保洁开荒，也就四五百块钱。老董说，这里花个四五百，那里花个四五百，我一个月拢共就七个四五百。

新兵蛋子们一个个像柱子一样杵在我家客厅，看我和老董斗嘴，都咧着嘴傻笑。有根"柱子"说，我们这一下就给董干事和嫂子省了五百。

严格来说，他们入伍满两年，都已经转了一期士官，算不上新兵了，但脸上稚气未脱，眼睛如星星般明亮又清澈，从里到外散发的气息真的像早上八九点钟的太阳，朝气蓬勃。

老董给他们分发抹布，让他们去擦地擦窗擦灶台。老董脱去外套率先开干，是模范带头的架势，不搞群众干活儿干部指挥那套。老董以为他冲锋在前了，他们就会勇猛陷阵，没想他忙活了一会儿扭头一看，这几根"柱子"还站在客厅里。老董只得一边干活儿一边指挥，喂，你们两个去卫生间，把推拉门擦一下，你们去擦一下踢脚线……喂，别玩手机了。

老董说，你们能不能讲点儿感情，老老实实帮我干活儿？裴杰，你给我擦灯去。

我又不是阿拉丁，还给你擦灯。

正在擦地板的我扑哧一笑，扭头看了看，答话的就是刚才说给我们省了五百块的那个，身高大概一米七五，板寸头，五官眉清目秀，穿着一套体能训练服，一身贴骨膘，一看就知道是各项军事技能过硬的。他嘴上虽然这么说，但行动上还是做了"阿拉丁"，爬上架梯擦灯去了。我也一下子记住了他的名字，裴杰。

活儿干了不一会儿，他们说口渴，我赶忙给他们一人拿了一瓶矿泉水。他们又不喝，说要喝绿茶。老董赶忙给他们找杯子，投放茶叶。他们说，不喝这个绿茶，要喝绿茶饮料。老董说，滚！这儿只有董师傅绿茶，爱喝不喝。老董把他们一顿吼，他们居然服帖了，笑嘻嘻地端起茶杯来喝茶。我心里倒过意不去了，人家帮你来干活儿出力，就提个喝绿茶饮料的要求，算个什么呢？还被吼一顿，真是的。我有点儿烦老董抹面无情，便到楼下超市买了四瓶绿茶、四瓶红茶和四瓶橙汁。他们应该还是小孩子的口味，喝不惯白水，喜欢喝饮料。

我把饮料哼哧哼哧提回家，分发给他们，他们果然很喜欢。

那个叫裴杰的说，嫂子，我看了一下，这房子有一百六十多平方米，你们算是提前享受了师职干部才有的住房标准呢。

老董正骑在架梯上擦顶柜，那时他刚提了正连，对裴杰这番话既享受又很谨慎，说，行行行，你赶紧擦你的灯好吧，我的阿拉丁。

裴杰说，董干事，这房子住下了，你绝对会连升三级，副团、正团、副师。

老董说，我还想当将军呢，你副师就把我指到天花板了？

裴杰说，哎呀，能干到副师就不错了。然后他转头问我，嫂子，你会做饭吗？还没等我回答，又说，这么大的房子住着，你得会做饭。会烧火，才红红火火，锅子里冒热气，才生气勃勃，家发人兴。

老董说，看不出来，你懂得挺多。

我说，饭我会做呢，就是做得不好。

裴杰说，嫂子，好不好你说了也不管用，我们来检验检验。

老董说，你给我闭嘴，蹬鼻子上脸的，喝了饮料还想蹭饭？

裴杰说，你当了连长咋还想当团长师长将军呢？

老董被他说得哑口无言，兀自在那儿又气又急又好笑。那几根"柱子"呵呵笑，也附和着裴杰，说要检验我的手艺，部队食堂的饭吃腻了。群众的呼声这么高，老董和我只得接招。老董说，行吧，今儿就当是乔迁之喜，暖个房。我便提了环保菜篮子出去买菜。刚出门，我就听老董一声吼，你们的算盘打着了，赶紧干活儿，磨磨蹭蹭的，还有个当兵的样儿吗？

我那天拿出了所有的精力做了八道菜，一盘青椒炒肉丝、一盘西红柿炒鸡蛋、一盘酸菜炒鳝鱼丝、一盘清炒毛白菜、一盘青豆炒虾仁、一盘芹菜炒香干、一盘大蒜炒牛肉、一盘茄子炒土豆，没有买熟食卤菜来装盘充数，是老老实实做的一顿饭，没有偷一点儿奸耍一点儿滑。我把饭都盛好了，筷子一一摆在了碗边，才招呼大家来吃。

他们的活儿都干得差不多了，从老董的脸色上看，对他们的劳动成果不太满意。但饭好了，吃饭就是顶顶重要的事，比劳动更重要。

席间，其他人还知道讲个礼貌说声辛苦嫂子了，裴杰没有一点儿客气。不仅不客气，还反客为主，招呼我和老董赶紧落座，说吃饭吃饭，凉了就不好吃了。还问老董，喝不喝酒？老董说，喝你个头。裴杰呵呵地笑，也不生气，拿起筷子每个盘子里都夹一箸，然后点评，嫂子这个菜好吃，就是淡了点儿；嫂子这个菜咸了，下次盐放少一点儿；这个青椒炒肉丝不错。

裴杰茶足饭饱又问，嫂子，你不会做鱼吗？

做鱼涉及煎功，我还不会这门技艺。我便摇摇头，说，不会。

裴杰说，你学啊。

我呵呵一笑，说，好哦。心里觉得这人还真不拿自己当外人，吃了喝了，还向人提要求。

老董说，闭上你的嘴，还做鱼，我怕你吃了想着了。

裴杰说，想着了怕啥呢，天天来啊，反正近，鱼钱我出。

老董说，滚。

裴杰说，好嘞。然后他们就拿着没喝完的饮料浩浩荡荡出门了。

老董赶到门口嘱咐，都给我老实点儿，火速归队销假，不要在街上瞎逛，我二十分钟后会给指导员打电话。

我收碗时，老董问我花了多少钱，我说两三百呢，光鳝鱼丝就八十多块，还有牛肉、虾仁呢。

老董说，他妈的，还说给老子省五百块，现在算上饮料，也没差多少。看他咬牙切齿的样子，有种偷鸡不成反蚀把米的肉痛和不甘，我不禁一笑。我一笑，他也绷不住笑了起来。

二

清早一起床，我都来不及洗漱，就拎上篮子去菜市场了。人家来吃饭，虽然点了白辣椒烧草鱼，但桌上总不能就这一道菜吧。

我是个喜欢逛菜市场的人，大清早的菜市场最是生猛，有着各种吆喝、吵闹、奔走，是一个城市最有活力最有能量的场所。我就喜欢这种新鲜的、带着大自然节令的气息，这些蔬菜瓜果和鸡鸭鱼肉是人间烟火气的前奏，是市井百姓灶台锅沿的序言。我买了鲍鱼、螃蟹、牛肉、排骨、莲藕、豆腐、菜薹、黄瓜、莴苣、毛豆还有葱姜蒜，菜篮子已经装不下了，我也快提不动了。

回到家，汗流浃背，洗漱了一下后，我坐在沙发上，有针对性地刷了一下做饭的小视频，对中午的菜品有了大致的盘算。鲍鱼做蒜蓉的，螃蟹蒸一蒸，调个料汁就可以了，排骨与莲藕用砂锅煨个汤，煎盘豆腐，菜薹清炒，牛肉炒莴苣，黄瓜就蘸酱生吃，毛豆也简单，武汉人最喜欢凉拌，主打的菜便是白辣椒烧草鱼。我把菜名报给老董，老董说，九个菜，太多了，吃不完。我说，这也许是裘杰在我们家吃的最后一顿饭了，就没考虑吃得完吃不完，只求表达隆重和心意。老董说，听你的。儿子拍着巴掌说，哦，今天吃大餐喽，今天吃大餐喽！

早餐吃完，老董就带着儿子到外面上兴趣班去了。老董是个上班就把心扑在工作上，下班就把心扑在家庭上的好男人。

虽然我爱老董和小小董，但他们爷儿俩出去后，这片刻的清静我也是极珍重的。我把地面用吸尘器吸了一遍，把茶几上的一束郁金香和餐桌上的三枝向日葵剪掉一截后重新插进瓶里。我给自己煮了一壶玫瑰红茶，一边喝一边整理了一下做菜的思路，然后进厨房开始备菜，该择的择，该洗的洗，该焯的焯，葱姜蒜和小米辣都切好放在灶旁。我很享受这个过程，每一道菜从"打草稿"到完成，跟艺术创作是一样的，它让你琢磨，也会让你产生电光石火一般的灵感，食材、火候、技巧、时间都归你操控，却又有共同的使命。我指挥着它们，却也被它们指挥着，和人间美味、佳肴珍馐双向奔赴。就像现在备菜，也是一种整理，将凌乱的、无序的原材料调理驯化，让它们从原始的模样变成块、丝、片、段，归顺到盘里碗里待命，这是一个非常治愈的过程。

忽然门禁呼叫，我以为是快递员，又或许是老董父子俩折回来拿什么东西。我立在门边等待，叮的一声，电梯到了，出来一人，是裴杰。五年没见，他胖了许多，两边的腮肉发胀。记得他之前是一张瓜子脸的，现在成了一张四方脸。

我心头一阵慌乱，才九点钟，哪有这么早就来做客的，老董又不在家。但人都已经在门口了，我只能将笑意挂在脸上，热情地把客人迎进门。

嫂子好。

你好。

他穿着一套部队的夹克，手里还提了不少东西，牛奶、茶叶和水果。这小子竟也学会人情世故这一套了。从前他都是空手进我家的门，现在他两手不空，让我觉得这个昔日的亲密朋友还是有些生疏了。但我还是热情地收下，真诚地谢谢他。

我给他拿拖鞋，他嫌麻烦，就抽了两只鞋套套上。

我闻到他身上有一股浓浓的槟榔味，再看他腮帮子一边突出了一块，想必嘴里含着槟榔。我一下就明白他脸型为何发生改变了，那是长期咀嚼槟榔导致的。

我迎他到沙发上落座，给他泡了茶。他问我老董和小小董呢，我说他们上兴趣班去了，他哦了一声。我说他们得十二点多钟才能回，他又哦了一声。他坐在沙发上，两腿并拢，像个恪守传统之礼的客人，拘脚拘手，一点儿都不像他以前的样子。时间还是让我们之间有了隔膜。我请他喝茶，他喝了一口。我突然想起餐厅酒柜里面有一瓶营养快线，还有一瓶生气啵啵，便将这些饮料都拿出来，放在茶几上，让他喝。他笑了笑，摆摆手，说，嫂子，我不喝。我记得他是抽烟的，嚼槟榔的人好像都抽烟。入户柜上有几包烟，都是在外面吃饭的时候做东人发的，老董不抽烟，就攒着。我拿了一包给他，他说，这烟太好了，不抽。

我说，真是的，见过嫌烟差不抽的，还没见过嫌烟好不抽的，你真是让我开眼。

哈哈。他笑了笑，气氛一下也就松弛了。我把烟强塞给他，他呵呵地笑着接了，迅速拆包，掏出打火机点燃了一支。

我挤对他，还不抽，一本正经的样子装得挺像。

哈哈。他再次笑了。

他现出原形，坐姿放开了，还扭开了一瓶生气啵啵，灌了一口，打出一串嗝来。他抽了几口烟，忽然将左手掌折起，说，嫂子，我可以把烟灰弹在手窝窝里，你信不信？我说，啊？弹在手窝窝里，不烫吗？他说，烫啊嫂子，那你不晓得给我拿个烟灰缸啊。

我哈哈大笑，边笑边将茶几上一个小水晶玻璃缸翻过来，当成烟灰缸。我说，我还以为你要玩什么魔术呢。

哈哈。他又笑了起来。这次我陪着他一起笑，笑了好一阵。

我问，你谈女朋友没？

他说，没有。

我说，你得抓紧时间谈女朋友啊，年龄不小了，得赶紧成个家了。

他摇了摇头，显得焦急也显得无奈，说，可是谈不到啊，怎么办？

我越来越像公园一角催儿女结婚的大妈了，像裴杰这种年龄的男女来我家做客，我总是很关心他们的另一半：谈朋友了吗？结婚了吗？有孩子了吗？我知道，只要问了这样的问题，气氛就跟操作了挖沟机似的，会在彼此之间挖出一道鸿沟，一时之间是有点儿别扭的。他闷头刷他的手机，我也不好多问，便说了声你随意，然后撤退到厨房。

关上推拉门，我自有我的世界。那些待命的食材还等着我调度呢。我得把排骨炒制一番，然后放进电子砂锅里，加上莲藕慢慢炖。时间就设置成三个小时吧，给的时间充足，汤的滋味才醇厚。

以前老董出去公干，派车的话总是会派裴杰，公事与公事之间如有空当，或是错过了饭点儿，老董就会把他带到家里来，然后就撇下我和裴杰搞他自己的事去。他出去忙了，房子里就剩我跟裴杰俩人。老董是个干净人，压根没有那种提防妻子和朋友不轨的心思，我们也没有孤男寡女同处一室的不妥、尴尬、警惕心理。我们的相处模式一直都是有话说话，没话各自安好。他在客厅看电视、刷手机、打游戏，躺在沙发上睡觉，我在书房看书写字、听歌看电影，或是在厨房为他们做饭。

我记得他以前很会谈恋爱，同时谈好几个女朋友。那天他跟老董出去办事，收工收得早，不急着归队，就上我家来玩了。他一来就让我教他写情书。我说，什么年代了，还用纸笔写情书？他说，哎呀，嫂子你不懂，正是因为用笔在纸上写的情书少了，物以稀为贵，才更能打动人心。难得他说句有道理的话，我便引经据典，贡献了许多令人肉麻的甜言蜜语。他那笔字写得真如我们老家常说的，鸡爪子划拉的一样。还动不动就停下笔，问我这个字怎么写，那个字怎么写。我说，就你这水平，干吗写情书折磨自己呢？他嘿嘿笑，一笑还两个酒窝，眼睛里冒着漆光。

终于写好了，他又找出新纸誊写。一共誊了三遍，我当时还挺感动，觉得他虽然放浪不羁，但对待感情还挺真诚。直到看见誊写的那几张纸，这一张称呼写"亲爱的莺莺"，那一张称呼是"亲爱的燕燕"，每张都写了不一样的名字，我才明白过来，他这是要"群发"。我说，裴杰，脚踩两只船就已经很危险了，你这是多用插板啊，带不动，短路了可是要命的。插板哥！

哈哈，插板哥！他大概是叹服这个叫法的贴切，忍不住大笑起来，一会儿靠着椅背仰着笑，一会儿伏在书桌上趴着笑。一边笑一边说，插板哥，插板哥，哈哈。

那天应该是秋季的某个下午，因为我的书房一般只有在秋季的下午才会有阳光。我记得那天阳光从楼栋的缝隙处射到我书房里，令房间金灿灿的，什么东西看起来都非常明亮，包括笑得前俯后仰的"插板哥"，那青春的光辉流淌得肆无忌惮。

三

排骨与藕已经散发出浓郁的香气了，从这股香气能断定排骨软烂、藕块粉化，它们已在砂锅中结成终身之好，如多年的夫妻在翻滚磨合中抵达了柔软醇厚、水乳交融的境地。好汤！看看时间，也差不多了。老董给我发了信息，他们还有十分钟到家。

我将做好的菜摆上桌，不同的菜装不同的盘，粉彩、珐琅彩、骨瓷、粗陶、铁器、木器，颜色、质地、形状不一。我一直觉得菜只有盛在好看的盘子里才称得上是肴馔，酒只有倒在漂亮的杯子里才算得上是佳酿。

螃蟹、藕汤、鲍鱼、豆腐各有姿态，那盘蘸酱的黄瓜，切得大小一致，带着清洗过的水珠，更加显得新鲜多汁，特有的清香从各种荤腥油腻中跳脱出来，弥漫在空中。特别是那道白辣椒烧草鱼，草鱼煎得皮色焦黄，汤汁浓稠且颜色奶白，汤中鲜红的小米辣和翠绿的香葱段搭配在一起，有一种"御柳如丝映九重，凤凰窗映绣芙蓉"的娇艳，这卖相标志着这道菜做得超级成功。

老董和小小董回来了，门一开，小小董就大声叫，裴叔叔，裴叔叔，裴叔叔在哪里？裴杰放下手机，嘿嘿笑，说，我就在你眼前。小小董哦了一声，然后呵呵地笑。

老董问，你来了多久？

裴杰说，你们刚出门我就来了，我跟嫂子已经度过了一个美好的上午。

老董笑了笑，说，来这么早，他妈的。

小小董说，爸爸，你说了不文明用语，罚款一百。

哈哈。我们一同笑了起来。

上桌了，老董和他都掏出手机，将每道菜拍了一遍才入座。老董打开桌上的酒刚要倒，裴杰握住酒瓶，说，不忙。他看了看，说，你把你家最好的酒拿出来。老董说，这就是我家最好的酒了，陈了五年了。裴杰说，别蒙我，机关都传遍了，说你家有特制的董府佳酿。你这是什么？

老董大笑，说，他们说的是我老家自酿的粮食酒。自家种的糯谷，山里担的泉水，请经验丰富的老师傅酿的，没计算成本，只追求质量，所以出酒不多。机关喜欢喝酒的都喝过，虽然反响不错，但招待客人怕有失体面，何况你马上退伍，只怕这是最后一次在我家吃饭了。

裴杰说，哎，就喝你那个董府佳酿，他们传得都快成琼浆玉液了。

老董便去书房，从里面抱了个大陶坛出来，边走边说，嗯，香，酒啊就得用陶瓷缸装，比玻璃缸好。

老董用竹制的酒提子打了一提，倒在玻璃制的梅花盏里，满满一盏子。我说，要洒了要洒了。酒眼瞅着就要溢出来，裴杰赶紧趴下去用嘴对着杯子嘬了一口，咂巴咂巴嘴，说，好酒，好酒。他埋头嘬酒的样子逗得小小董哈哈大笑。

你懂个锤子，见人说好你就跟着喝彩。老董话里一股轻蔑的语气。

哎，你不要把我说得这么没主见没头脑好吧，我也是有思想的人。裴杰辩解道，当然了，说到懂，那谁能赶得上你，你啥都懂，你姓董嘛。

老董说，我最瞧不起瞎喝酒苕喝酒的人，只要是酒，只要有菜有人，就喝，起哄发疯，推杯换盏，闹酒灌酒，到最后糟蹋菜、糟蹋酒又糟蹋人，不好，不好。

裴杰呵呵一笑。

老董说，说的就是你。咱们相交十多年了，同一个省份出来的，算得上是老乡。你马上也要退伍了，世事难料，说是后会有期，但各自有各自的人生，往后是否还能再见面、再一起吃饭，难讲了。今天就着你嫂子这几个菜，我来教你品酒。

裴杰说，那我先吃一碗饭。他将碗递给我，我笑着接过。他这不客气的样儿又似从前了，当然我是高兴的。我盛好了饭递给他，他说，多盛点儿。我刚要接过碗，被老董制止了，说，你吃了再添。

裴杰每样菜都尝了，最后筷子锁定在那道白辣椒烧草鱼上，跟牵了线似的，再没转弯，边吃边念叨，嫂子，你白辣椒放少了，不过瘾。他吃得满头冒汗，我又给他添了一碗饭，他将鱼汤倒在饭碗里，拌了拌，不停地唠叨，白辣椒放少了，应该多放点儿。

滚！老董吼了他一声。

他瞬间就住了嘴，嘿嘿笑了笑，老老实实地扒饭。

老董将酒柜门打开，把柜子里所有不同品种的酒都摆上桌，找了六个小酒杯，他三个，裴杰三个，又备了两盏白开水和一个垃圾桶。老董有个电子秤，是专门称酒的，还有个小本本做记录。一瓶酒何时打开、喝了多少、还剩多少，都有记录，以此断定有没有跑酒。他热衷此道，所以这些年自己买了各地的酒收藏。

每尝过一种酒后，他都用清水漱漱口，再尝下一杯。老董带着裴杰，慢慢喝，慢慢讲，慢慢品，教他看酒花、拉酒线、闻酒香，跟他讲酱香、清香、浓香、浓酱兼香的区别，每个省份的代表酒，只要是家里有的，老董都让裴杰尝了个遍。裴杰此时跟小学生一样，在老董的带领下，张开翅膀在酒中遨游。

老董说酒就跟过去天桥说书似的，有层次有推进，还有包袱，很引人入胜。入口怎样，回味怎样，什么酒是甜的，什么酒发酸，什么酒有股仓味，什么酒有劲，什么酒无力，都有说头儿。老董说一句，裴杰就点一次头，那头点得跟上了发条似的。老董是彻底征服了他。喝得满脸通红的裴杰一个劲儿地说，董哥，我敬你，我先干为敬。他已经干了很多杯了。老董当然也享受着。

好了。老董说，裴杰，你记住，你就适合喝清香，量也就六两，别傻呵呵一辈子不知道自己适合哪种酒，也不知道自己的量。六两，是你的最佳境界。当兵的脱了军装也是一个兵，到了地方喝酒也不能丢脸，不要让人觉得当兵的喝酒就只知道傻喝、瞎喝，喝多了就倒下。不，我们什么时候都得站着，不光敌人，酒也不能让我们倒下。知道自己的量就知道自己的底，别在外头失了体面。

是，哥，你的话我放在心上了。裴杰站起身，啪的一声给老董行了个军礼。老董用拳头打在他发达的胸肌上，算作回礼。

老董喝完酒就带着小小董午休去了，他们爷儿俩的午觉是雷打不动的。客厅里又只剩下我和裴杰。

裴杰坐在沙发上，脸跟着了火似的，红通通一片，脑袋东一晃西一晃，摇摇欲坠。我怕他突然倒下，便说，要不你在沙发上躺一会儿？他说，不躺，董哥说了，喝多了也不能倒下。

我说，别听他的，他自己都倒下了。

裴杰说，他那是午休，那是他的生活习惯，我又没有午休的习惯。我现在状态好得很。嫂子，我哥真神，他说得对，我就六两的量，这会儿，我就觉得这酒喝得非常好，头不晕、不沉，而且吧，又感觉心里没有负担，敞亮得很。

我给他泡了一杯热茶，让他解解酒。他说他就喝生气啵啵，拧开盖子喝了一大口，然后点了根烟，深深吸了一口缓缓吐出，说，真舒服。看他这明目张胆追求快活人生的样子，我抿嘴笑了。

他抽了一会儿烟，似乎陷入了某种沉思。过了一会儿，他忽然问我，嫂子，小小董上小学了吧？我说，是的。他慨叹道，真快，时间过得真他妈快。你还记得吗，你去医院检查，查出怀孕，抱着我哭了好久，弄得我手都不知道该往哪里放。

我愕然，说，我怀孕了抱着你哭，你没搞错吧？

他信誓旦旦地说，怎么可能搞错，我记得清楚得很，省妇幼，对不对？你照了B超，拿着B超单子走出来，上面写着"宫内早孕"。你抱着我又哭又笑，说，我怀孕了，我怀孕了，我有宝宝了，我要当妈妈了。对不对？对不对？

我循着他的讲述仔细回忆，在时间狭长幽深的隧道中，好像是有这回事。我和老董结婚多年一直没有孩子，好不容易怀上了，心情激动是肯定的，当时好像是抱了一个人哭来着，原来是他。我问，老董呢？

他说，老董交钱去了。嫂子，你那次抱着我又哭又笑的样子，我一辈子都忘不了，这让我知道了怀孕是一个女人人生中的大事。你抱着我跟我分享，令我也有种莫名的幸福和快乐。别说你激动，我都激动得好几个晚上没睡着觉。

我呵呵笑了起来，这些被我淡忘的事，没想到在他心里记得真真的，隔了这么多年，细节还这么清晰、这么丰富。他的讲述就像是一根引线，令我又回溯到那个充满光亮的人生节点。但抱着的不是老董，这令我为当初的鲁莽感到有些不好意思。我说，你快别说了，我怀孕了抱着你哭，怕是说不清白了。

他倒一点儿都没在意这些，还在那里喋喋不休。

我向他道谢，为他当初的不辞辛苦。他大手一挥，说，嗐，谢什么，你不知道，我那会儿可高兴董哥喊我帮忙呢。

嗐，我那个时候太丑了好吗，每天胖头肿脸的，挺着个大肚子，太丑了，别说了。

他呵呵笑着说，不丑不丑，好看，孕妇都有一种特别的魅力。真的，我以前也觉得大肚子的女人丑，但自从见证了嫂子你怀孕生小孩后，就再也没这种想法了。我觉得每个怀孕的女人都很了不起，包括我妈。也是经历你这事后，我再也不惹我妈生气了，我妈怀我生我也一样不容易啊。

我说，那我岂不是积了一些功德。

四

酒真是一种神奇的媒介，把裴杰变成了一个话痨，他坐在沙发上也不刷手机，就在那儿不停地说。我坐在茶几边的单人沙发上，听他絮絮叨叨，时不时露出刻在基因里的湖南偏远山区乡音，腔调抑扬顿挫，是极好的催眠曲，我的倦意被他熏染得越来越浓。但这样睡去是极不礼貌的，我便起身走动几步，又从香盒里取出一支檀香点了，插在茶几上一座小小的太湖石的窟窿眼里，借以提神醒脑。

将近三点钟，太阳光又照射进我的房里。墙边大陶钵里两尾金鱼时不时从莲叶下钻出来又钻进去，郁金香也开始散发阵阵幽香，但被檀香给压了下去。阳光照着我的沙发、茶几，照着我的杯子和盘子，上午泡的玫瑰红茶，此刻因为有了光，汤色愈发红亮。香烟从太湖石的孔洞里缭绕升腾，一缕一缕的，营造出"日照香炉生紫烟"之趣。阳光给屋子里的每一件器物都镶了道金边。这感觉实在太好了，好得让我愈加犯困，便闭上了眼。

我跟随他的讲述陷进了记忆的深处。那时候我没有上班，老董有时出任务我会去帮忙，裴杰有时候也在。我、老董、裴杰，我们仨同乘一辆淘来的二手车，去过不少地方。我们甚至一同看过东湖的日出日落，也欣赏过武汉郊外的星垂四野。

一次回程的路上，我捧着老董的相机翻看，泥泞中跋涉的腿的特写，作训鞋带起的泥土，训练中战士发梢上的一滴汗珠，匍匐在地上的一身戎装，皲裂粗糙的手掌捧着一朵紫色小花，行进队列中一双坚定无比的眼睛，一张被晒得黢黑但线条感十足的笑脸……在他的镜头中，那泥土、汗珠，那一条条深深的皱纹和成熟的老茧仿佛都蓄着千钧雷霆之力，别有一种震撼和压迫感。我由此深深理解了老董进而敬佩老董，这种情感经常在我胸中澎湃，继而扩大，连带着老董所有的战友、同事我都敬佩。每次这些当兵的人来我家中做客，我都会热情款待，老董拿出他珍藏的好酒，我献出自己最用心的厨艺。

思绪飘飘荡荡，我还想起有一次我们开车等红绿灯，那是个夏日的午后，我让老董摇下车窗透气，正好斑马线上走来一群女大学生。她们中有一个看见了裴杰，然后眼睛就定住了，欣喜地拐了拐旁边女生的胳膊。很快这群女生都看向了裴杰，她们集体叫了一声，一点儿也不掩饰，直白大胆地感叹说，哇，这个兵哥哥好帅啊。

看她们花痴的样子，我们都笑了起来。

我赶紧在车里大声朝她们问道，这里有两个兵哥哥，你们说谁呢？

那个高挑的女生扭过头说，兵哥哥都帅，但那个开车的兵哥哥最帅。

我和老董大笑起来，恭喜裴杰荣获美女集体青睐。裴杰嘻了一声，大有小菜一碟、不值一提的淡然感。这小子虽然表面上不动声色，但我们还是感受到了他内心的欢腾，那是种遮掩不住的一个劲儿往外冒的得意。车子明显快了起来，还放上了音乐，一个男人用沙哑的声音唱着：我要穿越这片沙漠，找寻真的自我，身边只有一匹骆驼陪我……裴杰握着方向盘，身子跟着节拍一摇一荡的。晚风一个劲儿地往车内涌，呼呼作响，车速很快，快得马路两边盛开的紫薇只剩一片混乱而妖娆的色彩。

老董忽然在车里有感而发，说，昔日龌龊不足夸，今朝放荡思无涯。

我接了过来，说，春风得意马蹄疾，一日看尽长安花。

裴杰问，啥意思？你们两口子这相声说的。

哈哈。我们一同笑了起来。

有一次我们仨一同去江边的一个中队，老董要去拍摄战士们舞龙舞狮。他把人拉到了长江边上。在一处迂回的江段，江水拍打着岸边礁石，借助回旋之力，时不时掀起一阵巨浪。老董的意思，是以长江巨浪为背景拍出龙腾虎跃之气势。为方便老董拍摄，裴杰也把车开出来跟着他，以备他随时调换镜头——他的那些"长枪短炮"都不轻。

江风凛冽，吹得人含胸驼背，我和裴杰都不想下去，就在车里待着。车里开着空调，我们各自刷着手机。太阳发白，像是洗过多次的老棉袄，又松散又单薄，一点儿都不硬扎，但这光照进车里，能营造出一种晒太阳的慵懒和松弛感。

手机刷得也无聊，我抬头看了看江景，远处的老董端着相机，一只手臂像挖掘机似的摇摆着指挥队形。我猜他是想拍出一种风吹来、浪打来，战士们的龙狮在云里雾里放光彩那样的视觉效果。

裴杰也放下手机看老董指挥，看了会儿，笑笑，说，战士们能听他指挥，可风浪不一定听哦。他这么一说，我也笑了一下。

忽然想起之前马路上那群姑娘的夸赞，我便很认真地看了看他。确实是帅哥。一头几乎贴着头皮理的板寸，脸上棱角分明，一双眼睛藏着星星之光，眉毛如出鞘的双剑，鼻子高挺，双唇饱满，还带着自然的红润；一身橄榄绿，红肩章、金色纽扣、硬朗、挺拔，浑身上下透着一股英气。这模样，能让人想到属于男人的很多美好品质，阳刚、勇敢、果断、坚毅。

战士们的锣鼓敲得震山响，他们的龙和狮在吆喝中舞动起来了。太阳似乎比之前要精神了一些，江水在江风的推动下，回旋流到礁石上，啪的一下，卷起一波扇面般的大浪，浪珠像一万颗子弹射向龙狮身上。咔咔咔，我听到一阵清脆的快门声，接着老董激动地喊道，好，好，太好了！

我扭头，看见裴杰就站在一旁，身后还背着沉重的镜头包。他说，这千古一浪，到底被董干事给等到了。

不知怎的，我竟再也不敢去看他了。此后我也再没有坐过他开的车，也不再跟他们一起出游。他和老董多次相邀，我都拒绝了，他们对此百思不得其解。我后来想了个理由，说自己准备找工作上班了，不能再随时出来。这是一个无懈可击的理由，他们也就不再说什么了。直到后来我怀孕，才又坐上他开的车。

五

老董和小小董的午觉已经睡醒了，爷儿俩从房里走出来。小小董永远像只快乐的小鸟，看见裴杰还在，他很高兴，说，裴叔叔，我等会儿给你看我用积木拼的枪。

裴杰说，看枪找你爸，你爸最懂枪，枪法在整个总队数第一，所以你爸爸快门按得也好。裴叔叔擅长看车。

小小董说，好，那我给你拼个车吧。

老董问，咋样，我这村醪？

裴杰如吞鱼的鸬鹚，一时呆了，问，啥？什么唠？我就跟嫂子瞎唠，唠她生小小董呢。

老董和我哈哈大笑。我说，他说黄鹤楼，你说膝盖头。他说的是村醪，乡村的醪糟，就你们中午喝的那个酒。

裴杰顿时哦哦哦几声，说，那个酒啊，那个酒可不是乡村的醪糟，那是琼浆玉液，好啊！一点儿不上头，我这会儿唠嗑思路很清晰，心里格外敞亮。好酒，董哥，真的是好酒。

老董说，今年我们家还酿，到时给你搞二十斤，等你退伍了，拖你老家去。

裴杰说，你大气一点儿嘛，再添十斤，搞个三十斤不行啊？

老董说，还三百斤呢！

裴杰说，那太好了，首长就是大气。

老董说，滚！

每次老董对他说滚的时候，就像是发射了一枚威力无穷的炮弹，他瞬间就老实了。

老董说完又扎进书房整理他的书刊报纸去了，小小董坐在地上守着他的积木柜找零件拼车。午后的阳光往西挪动了一大步，光影全移到了墙上，防盗窗的影子一个圆圈一个圆圈地排列在白墙上。因了鱼缸里的水，光影在墙上一荡一荡的，檀香已经燃完，但香味却还在空气中浮动，让人感觉这屋里的时光像是在面筛里筛过，涓涓如流水一般流淌着，细细的，静静的，糯糯的。

裴杰又开始了他的讲述。他说起我的生产。他说那天是老董打电话让他去的。我是常规产检，但检查出脐带血流异常，医生说很危险，紧急做出剖宫产决定。事发突然，家里老人都住得远，我这边又离不开老董，所以老董叫来了裴杰。

裴杰什么时候来的，我并不知道，我已经被推进产房了。裴杰说，嫂子啊，我赶到产房，你已经被推进了手术室，董哥叫我在外面等候，不要离开半步，他要去交钱。董哥走后没多久，手术室的门就打开了，出来个医生问，谁是文一蓉的家属？我冲上去，说，我是。医生说，生了，是个儿子，四斤二两，孩子不太好，得送新生儿科，赶紧去交钱。医生又说，来，给你看一下你儿子。我接了过来，棉被里包着一个腥味浓重的肉团，我抱着他，小心翼翼的。他很轻，但我知道这又是世界上最沉甸甸的东西。旁边走来一个老奶奶，满脸笑意地恭喜我得了个儿子，我傻呵呵地笑。很快孩子就被医生抱走了。孩子刚进电梯，董哥就来了。我说孩子生了，是个儿子，但不太好，要送新生儿科，还要交钱。董哥满头大汗，气喘吁吁地说他知道，医生已经给他打电话了，孩子要打几针固尔苏，一针要几千块，他得去凑钱。董哥交代我守着你，等着你出来。

董哥走后，手术室外长长的走廊就只有我一个人了，好安静好安静，几盏白炽灯发出的光冷冰冰的，鲜红的"手术室"三个字也是冷冰冰的。我等了十多分钟，你还没有出来，我忽然慌了起来，整个人身子发软，特别是腿，像是泥巴捏成的，站不住。我扶着墙挪到楼梯处，坐在台阶上，心跳得厉害。我摸出烟，一根接一根地抽，根本不能停，一停我的手就发抖，心就要跳出来。我很害怕，我很紧张，可我又不知道到底在害怕什么、紧张什么。但我就是害怕，就是紧张。嫂子，真的，那天楼梯间全是我丢的烟头。那是我长这么大第一次体验这样一种情感，我第一次上手开军卡时的紧张与害怕都没有这样强烈。

我看着絮絮叨叨的他笑了笑，这笑里有一份感激，也有一份抚慰。我知道，那天隔着厚厚金属门的等待在他的心里形成了一场风暴，他在等待一个生命的安然无恙，他害怕什么又紧张什么？他害怕紧张那道门打开后传来的是噩耗。说白了，他害怕我死亡。那半个小时对他是一种刑罚，是一场煎熬。他的叙述时而焦急时而颤抖，他至今的回忆都带着当时真切的感受。我忽然生出一种感动，原来我的生命被他这么牵肠挂肚过，被他这么深深地担忧过，朋友之间这种真挚的情感有如十全大补汤，再一次滋养了我，让我感受到生而为人的荣光与美好。

老董也从书房里出来了，他和我还有拼积木的小小董都静静地听着裴杰的讲述。那一天是我们一家三口的劫难，我们各自都有难关要过。虽然我们都挺过来了，但那一天在我的生命中还是灰色的，我并不愿记起，甚至想忘掉。我没有想到我会早产，没有想到我的孩子会被送进保温箱，要进行抢救，没有想到几个月的辛苦孕育换来的是生死未卜。

裴杰说，手术室的门终于打开了，我扭过头看着那扇门，都能听见自己的心跳声，真的就跟电视里放的一样，是打鼓似的扑通扑通声。我按着胸口，首先看到的是床头挂着各种输液袋的架子，看到这个我的心跳瞬间好了许多，这至少证明推出来的是个活人。我都快哭了。不过，那会儿你眼睛是闭着的。我跟董哥把你推到病房，又一起把你从推车上弄到病床上。把你弄到病床上可不容易呢，嫂子，你又胖，身上还插着各种管子，董哥一个劲儿地嚷，让我小心点儿，小心点儿，怕碰到插在你身上的管子和针头。唉，真是难啊。把你弄到床上去，我跟董哥的衣服都被汗湿透了，我开军卡爬坡上岭也没流这么多汗。

我们都笑了笑，但我的眼眶忽然有些潮湿，我赶忙起身去电视柜那里打开抽屉，趁机擦拭了一下眼睛。抽屉里有一条烟，是前不久一个亲戚给的，我拿给了裴杰。我说，拿去抽吧。老董说，今年酿酒，给你添二十斤，一共四十斤。等你退伍了，送你老家去，祝贺你荣归故里。他都接受了，说，好呢，那这四十斤酒我就盼着了，别食言哦。

他看着小小董忽然慨叹起来，说，嫂子啊，其实那一天抱小小董、等你出产房，是我人生中最重要的一课，让我知道了生命的来之不易和珍贵。从那以后，我就再也不胡乱谈恋爱了，我也想像董哥那样，认真对待感情，找一个能成家能过日子的终身伴侣，两个人一起打拼，建立一个充满爱的家庭，生个孩子。我也想做一个好丈夫、好爸爸了。

我定定地看着他，没想到他散漫的外表下竟有这样一番心思。我忽然有一种"春种一粒粟，秋收万颗子"的喜悦。这小子终于长成了双肩似铁、胸怀如山，可成家立业、让佳人托付终身的大丈夫了。

我想起老家的一个传说，说小孩子出生时除了父母家人和接生婆之外见到的第一个人叫踏生人，孩子以后的性格和命运会跟踏生人有许多相似之处。我将这个传说讲给他听。我说，你是小小董的踏生人呢。他摆摆手说，唉，别像我，别像我，我没啥出息，小小董将来肯定大有作为。

我说，你怎么没出息？又帅又阳光，心地善良，性情耿直，学一门精一门，在部队服役十多年，出车零事故，这么优秀的一个兵，还要怎么样？

他被我说得乐呵呵的。我说，就是有一点，少吃点儿槟榔，少抽烟。他说，好。

他要归队了，时间如令，催促着我们道别。他就穿着那双蓝色的鞋套走出了我的家门，踏出去又回头看了看，胸腔中似乎塞满了无限感慨，却没有说一句话。临进电梯时，他才磨出一句：董哥，嫂子，你们进屋吧，外面冷。

我们看着电梯门合上，赶紧关上门，走到窗户边往下看。裴杰走出单元门口，一步一步走向小区大门，一个挺拔的绿影儿，越来越小，直至彻底消失在我们的视线中。

原载《人民文学》2024年第4期

海勒根那

野鹿，野鹿

那些年还没有禁猎，没有封山护林，漫山遍野还轰轰隆隆地响着"爬山虎"，血管一样密集的公路上到处是运材车辆。山岭除了北部仅存的几片原始林保护区，余下的只有稀稀矮矮的次生林，根本遮不住天空，到了夜晚，满天的星星比秃头上的虱子看得还清。那时候，林子里的鸟兽似乎也瞅不见了，玛卡作为族人里有名的"老猎"，进山一趟，背夹里也只能带回几只山鸡或者灰鼠。为此，沮丧不已的他瞪着黄浊的眼睛，天天骂骂咧咧：

"这林子完蛋了，毛都没有啦！"

"毛都没有"这句话，是玛卡和运材车司机小孙学的。那天他和几个同伴又从贝尔茨河边空手而归，一辆运材车路过他们，歪戴帽子的小孙扒在车窗上，嬉皮笑脸地问领头的玛卡：

"怎么，又毛也没打到啊？你们还叫什么猎人，还是回家喝驯鹿奶去吧。"

要不是他放完臭屁一溜烟跑掉了，玛卡非拿枪崩了他不可。

"连盲流子都敢嘲笑我们啦，"玛卡嘟囔着，"人要倒霉了，老鼠都咬你的脚指头。"

玛卡这么说是有缘由的。那年春天，他家的驯鹿产崽，竟然接连生下了几只没毛的小鹿。你是没见到那小怪物的丑样，因为没毛，裸露的皮白惨惨、皱巴巴，像刚孵出的雏鸟肚皮一样难看，而且它们的叫声也怪声怪气，黏黏糊糊，仿佛粘到哪里都抠不下来似的。玛卡生来还没怕过什么，可当看到几只怪模怪样的小家伙冲着自己跌跌撞撞地走来时，他竟不由自主地躲到了树后，还狠唾了几口，觉得好不晦气。

几天后，灰头土脸的玛卡用驯鹿驮来了纽拉萨满，他要请玛鲁神去去自家的邪气。纽拉萨满已老成了一截枯朽的木头，但她的一对眸子仍炯炯有神，像夜森林一样幽深。三十多年前，因为"运动"，纽拉把自己的萨满服连同神鼓一起埋进林子里，后来却再也找不到了，打那时起，她就像丢了魂魄似的犯了疯癫病。玛卡把纽拉萨满带到自家驯鹿群，指着那几只没毛的鹿崽给她看，老太婆就咧着空洞的嘴巴笑开了花："这些小东西，它们怎么也把衣服弄丢了呀……"

傍晚，纽拉萨满披挂了一身松树枝充当萨满服，在一堆篝火旁，老人家像风吹树叶似的抖动一阵之后，便倒在地上口吐白沫，问玛卡，是不是多年前猎杀过一头长着白脖颈的野公鹿，它有着七个叉的大鹿角。玛卡目光呆滞，不安地点点头，问："那又怎么样？"老萨满说："那时你年轻不懂事，还没等公鹿死去就剥了鹿皮，掏了它的鹿腰……这头公鹿的灵魂没散，它在报复你呢，是它给你的驯鹿群下了诅咒……"

纽拉萨满装神弄鬼的时候，十六岁的格拉就在一旁瞅着呢，他是玛卡的儿子，刚刚初中毕业。篝火噼啪作响，火光把一个巨大的晃来晃去的身影投在四周的森林上，那呼呼乱窜的浓烟引来了夜莺的叫声。冷眼旁观的格拉就在老萨满跌倒在地抽搐成一团那会儿，禁不住咯咯乐了。

当晚，纽拉萨满就在旁边的帐篷里住下了。

"要我说，别信那个老太婆的。"格拉躺在床上，屋子里黑漆漆的，没有一点月光，他和玛卡有一句没一句地说着，"山都没有衣服了，鹿有毛才怪呢。"

玛卡打了个"嘘"的手势，好像隔壁的纽拉能听见似的。

"我看早晚会禁猎，总不能把野生动物都赶尽杀绝。"格拉又翻了个身。

这话真不中听。玛卡在黑暗里白了格拉一眼，读了几年书就懂得多啦？对于儿子，他越发看不惯。

二半夜的时候，睡梦中的格拉忽然睁开了眼睛。他望到了一张被火把照亮的恐怖的面孔，要不是转瞬认出了她，格拉差点惊叫。

"别怕，孩子，我看出来了，你是天神选定的人，你有先知，以后会做萨满的……"

"不，我可没有先知，更不会做什么萨满，有时，我只是随便说说而已……"

纽拉萨满走后，玛卡开始寝食难安，要不是妻子阿伊莎阻拦，他就要开枪打死那几只"雏鸟卵"了。越是病弱的小崽，越能激发母爱。"就是一只蚂蚁，也不能说踩死就踩死呀……"阿伊莎一边絮絮叨叨，一边找来几件破衣烂衫，一针一线地为鹿崽缝制起花花绿绿的外套来，以此为它们遮风挡雨，防蚊叮虫咬。等几只鹿崽再出现于营地时，那稀奇的、来路不明的模样着实让人啼笑皆非。

这年刚刚入冬，猎人的营地真的传来了禁枪的消息。上边传达的意思和格拉说的一样，从今以后，野生动物一只也不让再打啦！而且没过多久，乡里就开始派人收缴猎民的猎枪。

那天早上刚下过一场清雪，乡长老布的吉普车车辙就轧到了玛卡家营地。玛卡正在帐篷里用獾子油擦拭他的猎枪，客人进了门他也不搭理。老布递过一根香烟，玛卡伸伸舌头，表示自己嘴里含着口烟。

老布说："什么年代了，还吃口烟？"

"咋的呀，这个年代你就不吃肉啦？"玛卡撇撇嘴。

"肉得吃，"老布说，"我现在最爱吃山下买来的猪肉。"

"你早就不是猎人啦，"玛卡说，"可我不吃那东西，一股臭饲料味儿。"

"可这是上边的规定，以后野生动物咱只能看不能吃了！再说山上也没什么东西了。我说老玛，不让打猎，枪留着也没用，还不抵一根烧火棍呢。"

"没有猎枪我们还是不是猎人啦？"玛卡望着一旁的儿子格拉说。

"你说对了，咱不是猎人啦！"老布说，"老玛你还不知道，咱们乡马上就要搬到镇子里去了，上边都把房子给咱们盖好了，这叫'生态移民'，以后咱们都是城镇居民了！"

格拉在旁边一直立着耳朵听呢，这时就挠了挠乱蓬蓬的头发问："乡长，这可是真的？"

"当然是真的，"老布望着格拉亮闪闪的眼睛说，"啧啧，那房子可带劲儿了，设计师都是从欧洲请来的。所以格拉，我们不能老在林子里待着，我们要走出森林去，欧洲人能大老远来我们这里，我们就要到欧洲看一看。"

"我还要去南美洲呢，我要去阿根廷看梅西踢足球。"

"踢足球好，干啥都比打猎强。"老布讲的道理已经很多了，最后，他说，"老玛，把枪交给我吧。"

话说到这份上，玛卡再倔强也没啥用了。他拿过自己的猎枪，调了调准星，对准老布的脑袋。

"你，你这是干啥？"

"听着，老布，怎的我也要再钻一趟林子，再打一次猎，完事也不用你费油跑腿，我让格拉把枪扛到乡里去……"玛卡一字一句地说。

"你疯了吗，还要去打猎？"阿伊莎说。

"我要去找那头野公鹿，它阴魂不散呢，昨晚它还来我的梦里，蹲在乌力楞里叫我的名字，玛——卡——"玛卡凶巴巴地学着野鹿叫。

阿伊莎瞪着眼睛瞅丈夫："真是这么叫的？"

"它就是这么叫的，"玛卡肯定地说，"它存心要和我过不去，我就得和它较量较量，看它的魔法强还是我的猎枪响。我可不能眼瞅着咱家的驯鹿崽都没毛。"他回头问格拉，"猎人的儿子，你要不要和我一起去？"

"去猎一只鹿的影子吗，甚至连影子都没有，我不会去干那种傻事。"格拉说。

"世界上你看不见的东西多了，可它们就在那儿，"玛卡说，"别说一头野鹿，就是一根小草也有魂灵，你别不相信。"

"好吧，玛卡，你就拿回证据来给我看一看，魂灵到底长什么样。"格拉不屑地说。

"等着吧,格拉,我会让你见到它的。"

第二天一早,玛卡就备了两头驯鹿带上干粮上路了。他要去的方向是多年前他猎杀野鹿的那片林子,没记错的话,那该是贝尔茨河下游的原始林区,他要去那儿碰碰运气,否则又该到哪里去找那个鬼东西呢。阿伊莎没有和他告别,那会儿她在给那几头没毛的鹿崽加厚棉衣。天气太冷了,树林冻得嘎巴嘎巴地响,树上挂满了银色的雾凇。这么冷的天气,格拉懒得钻出被子,他的头发乱得像乌鸦窝。

"格拉,太阳都晒屁股了,还不起床,你想睡一个寒假吗?"阿伊莎在帐篷外喊他。

"我本来要待在镇上的,是你们偏要我回来,到山上遭这份罪!额宁,我待会儿就下山去,我要和我的伙伴去镇上踢足球,看电影。"

"你得帮我照看这个家啊,玛卡回来见你不在,又会生你的气。"

"咱家的发电机坏了,我可过不惯没电灯的日子,我要去镇上修一修,玛卡回来你就和他这么说。我还要去看看欧洲人给咱们设计的房子,告诉他们网线布在哪里。"

格拉早有预谋,早饭还没来得及吃,一辆运材车就来接他了,帮他抬走了发电机。临走他扒着车窗和阿伊莎说:"我还需要一双球鞋,玛卡答应过我的。"

"等他回来,卖了鹿茸就给你买。"

运材车司机就是那个嘲笑玛卡"毛都打不到"的小孙。"听说你们猎人都要失业啦?"他幸灾乐祸地说。

"你们不也一样。"格拉冲他笑嘻嘻的。

"我们又不打猎……"

"林子也快不让砍伐了,"格拉说,"有天不砍树了,你还运什么木材呀?"

"千万别乱说,"小孙轰大油门爬坡,"臭小子,我可不想失业,我上有老下有小,都指着我运木材养活呢。"

"早晚的事儿,"格拉说,"总不能让山岭也光了身子。"

格拉走后没几天,阿伊莎遇到了麻烦。没毛的鹿崽还是没耐过严寒,阿伊莎发现它们时,其中两只冻掉了耳朵,一只成了冰坨。阿伊莎拿来自己的围巾，给没了耳朵的驯鹿包裹在头上，冻僵那只，她拎着它的一根后腿拖到了林子里，以防猎狗将它吃掉。就在这时，玛卡风尘仆仆地带着驯鹿回来了，他挎着猎枪披着一身霜雪，驯鹿背上和他的手里都空空如也，这足以说明一切。阿伊莎上下瞅瞅丈夫，禁不住掉下了两颗眼泪疙瘩。

"赖皮（鹿崽的绰号）死了，"阿伊莎抽泣着，"你把它弄到树上去，风葬了吧。"

"又不是什么'神鹿'，丢掉算了。"

"不，那是我侍弄大的。"

树上的积雪不断落在玛卡的头顶和肩膀上，他努力拖拽着鹿崽爬到那棵水桶粗的松树上，直到把它卡在树杈间，安置妥当。此时，红彤彤的夕阳正照着黑黝黝的森林，耀眼的光亮从树隙里散射出来，让阿伊莎有点睁不开眼睛。

"玛卡，我怎么看不清这林子了，好像一切都那么陌生……"

"是你的眼睛花了，我看哪儿都好好的。"

冬昼短暂，夫妻俩回到住处时，太阳已沉没了。帐篷里昏昏暗暗的，唯有炉火将熄的光亮，阿伊莎往灶膛里添了几根木段。

"怎么没见格拉？"

"他去镇上修发电机了，你没见帐篷里熄着灯吗？"

"我看他就是不想在山上待，他的心野了，不属于这片林子了。"

"还是说说你自己吧，"阿伊莎说，"别告诉我你又白遛了几天狍子腿，什么也没找到。"

"不，阿伊莎，我正想给你看这个。"玛卡一边拿过自己的猎枪，一边打开手电筒，在明亮的光柱下仔细摸索着枪管，终于，他用手指小心地夹了一根比松针还细弱的东西，举到阿伊莎的眼前，"瞅瞅，这是什么？"

"一根毛？"阿伊莎回答。

"对，就是一根毛，一根野鹿的毛！"玛卡郑重其事地说。

"喷喷！"阿伊莎翻着白眼，不屑地转过头去，"你真的疯啦，一根毛，喷喷喷，还不知道是哪儿来的毛呢！"

"它不是从天上掉下来的,你听我说,阿伊莎,我先在一片灌木丛里发现了一坨鹿粪,我当时还捏了一小块,放在嘴里尝了尝呢,那可是一坨新鲜的野鹿粪,它还没有冻硬,里边还有三叶草的味道呢。我后来四处找了好半天,直到钻进一片桦树林,在一棵树的树干上看到了这撮兽毛,没错,这是一头野鹿的毛,是它在树干上蹭痒痒时留下的。阿伊莎,别的不信,你要相信我这双'老猎'的眼睛,当时我就用枪管挑了几根……"

"所以,你只带回了几根毛?"

"是我的干粮不够了,要不我一定会觅到它的……"

"你认准那是你要找的野鹿吗?"

"这个我可不确定,可有什么关系呢,要是一头别的什么鹿那不是更好,我们冬天就有鹿肉吃了。"玛卡把鹿毛收好,放进他的皮口袋里,仿佛那是一根金丝。"阿伊莎,你今晚多给我准备些列巴和奶坨子,豆油和圆白菜,还有洋葱,我明早还要去追撵那头野鹿,不能再耽搁了,我答应过乡长要尽早交枪的。另外,等格拉回来,你转告给我儿,和他说,林子里不是毛都没有啦。"

玛卡这次出行带上了猎狗西尕,这是一只老掉牙齿的四眼狗,它已经追不上任何猎物了,只能给主人做伴。玛卡满载着行装,仿佛去西天取经似的。当他牵着几头驯鹿迎着冬日的阳光鹿铃叮当地走去时,不知怎的,阿伊莎竟无缘由地伤感起来。

"玛卡!"她在后面喊了一句。

男人回过头来:"怎么啦,阿伊莎?"他的狍皮帽子四周因哈气结满了白霜。

"没什么,我想让你早点回来……"

"放心吧,阿伊莎,我不会住到山里不回来的。"

"要是真的找到了那头野鹿,你把它赶走就是,别再伤害它了。"

"别婆婆妈妈的了,我知道自己该怎么做……"

原始林区已是白茫茫一片,没被雪完全遮蔽的森林密密匝匝,勾勒着山峦的轮廓,一条冰冻的河床泛着铁皮似的清冷的白光,蜿蜒在莽莽苍苍的山岭间，沿着这条河道，杂沓着一行猎人和几只驯鹿、猎犬的足迹。玛卡循着上次做的标记重新找到那坨鹿粪，和林中那撮鹿毛。猎狗西尕的鼻子还没老掉，还能嗅出猎物的气味，它用低鸣的犬吠告诉主人，此地确曾有个大家伙出没，这验证了玛卡之前的判断没有错。他绊了驯鹿，带着西尕继续前行。老猎犬虽然走路有点迟缓，但一股神秘的气息正刺激着它的天性，让它昏花的老眼又放出光亮。

兜兜转转不知爬了几道山岭，在一片落叶松和白桦的混交林里，终于，玛卡听到了那个久违的他想要的声音。没错，那是一头野公鹿的叫声，远远地从山那边传来，却像一束微妙的光，穿透了重重的森林射进来，"呦——呦——"那一声声鹿叫，真让人心颤……

那一刻，玛卡的呼吸也不均匀了。按道理，作为一个狩猎大半辈子的"莫日根"（好猎人），他什么样的猎物和场面都该见识过，可这次不一样，原因他也说不清，总之心里很不平静，以至于再走路时两腿都有点发抖。在一片冷雾沉沉的林间空地，逆风匍匐的玛卡将看到那头野公鹿——它个头高大，身子是灰褐色的，七个叉的犄角像大树的枝干一样高高地举向天空。玛卡安抚好西尕，猎人的本能让他迅速抓起猎枪，借着灌木丛的遮掩，他不断地接近野鹿，找到最佳的射击角度。在看准星瞄准之前，他甚至忘记了自己为啥来追踪这头野鹿，更没想它从哪里来的，只带着一个猎人寻见猎物的极度兴奋，可是，他在瞄准镜里看清野鹿的那一瞬，他执着的意念忽然被撩拨了一下，就像一块火炭被劲风猛地吹醒——这头公鹿他认得！它脖子上那条白色的颈毛太特别了，就像一团雪落在上面不曾融化，那是别的野鹿所没有的，因而显得那么扎眼，任谁见过一次就不会忘记；再看它的左耳，玛卡的头皮酥麻起来。是的，当年那只阔叶般的鹿耳曾被他的猎枪打穿了一个洞，而今那耳缺还赫然在目……"噢！"玛卡惊叫了一声，那是被什么东西重击之下不由自主的哀叫。为此，他闭目喘息了好一阵儿，再睁眼去望那头雄鹿时，只见它已警觉地蹿入林中，右侧臀部有一处黑洞洞的枪伤，玛卡知道，那也是他口径猎枪的"杰作"……

这是丛林里的一头鹿王，很多年前——玛卡的头发还像狗尿苔一样乌黑时遇到过它……玛卡不能再往下想了，他精神恍惚地往嘴里塞着口烟。

是的，那头雄壮的鹿王撞到他枪口上了，这是它的命数，要知道以玛卡的枪法，还没有什么猎物能逃过他的枪口。那次同样，玛卡追踪这头鹿王足有三天之久，在它身上种下了三颗枪子儿，最后不出意外地征服了它，把它猎杀在一片河滩上。年轻气盛的玛卡用猎刀剥了它的皮，摘下鹿腰子充了饥……做这些的时候，玛卡其实也曾感到野鹿没有死透，它鼓冒冒的眼珠还在翻来翻去，嘴里吐着沉闷的口气，发出吭哧吭哧的呻吟……直到剥掉了鹿皮，它的后腿仍在抽搐，偶尔用尽全力蹬踹一下；特别是摘取鹿腰子时，腔子里的血还滚热烫手呢，等他把那颗拳头大的东西拽出来，它还在勃勃跳动……可那会儿的玛卡什么都不怕，不消喝一碗奶茶的工夫，他就把它肢解了，大卸八块。当他用几头驯鹿驮着战利品回来，整个乌力楞都轰动了，野公鹿的肉像石头一样结实，颇费了一番族人的牙齿呢。那时儿子格拉还没出生，没见过当时的场面，否则他就晓得做一个猎人的荣耀和骄傲了……

玛卡抖着手重新摸起枪，决定跟上这头雄鹿，他要弄个明白，这一切到底是怎么回事，一头野鹿死而复生？那它究竟想干什么？猎狗西尕指引着玛卡钻过一片又一片林子，前面是一座帽子形状的山峰。就在山脚下的松树和桦树混交林里，西尕突然停住脚步，立起两耳，发出窥见猎物的警示——不紧不慢地，那头野鹿在不远处的一排松树后闪现出身形，仿佛它一直在等待着玛卡，此时便静静地毫无畏惧地观望着眼前的猎人。一时间，野鹿和玛卡就这样暴露在彼此的视野中。玛卡端着枪，此时已不知所措，没有哪个猎人会这么近距离地直面猎物，而且那个猎物还正咄咄逼视着自己。玛卡心虚着，鼻尖上满是汗水。西尕吠叫起来，摇摇晃晃地就要扑咬上去，被玛卡喝住。这头鹿看上去那么雄奇，犄角能把天托起来似的。多么漂亮又高贵的野物，却被他猎获了，残忍地杀死了……它在恨他，它要以牙还牙！可是，它那对珍珠似的眸子里为什么没有寒光，没有凶恶的怨恨，反而充满了一种宽容的温和，平静得像潭深水？这使玛卡感到奇怪，有那么一瞬，他甚至莫名地羞愧起来，他低垂下眼睛，赤红了脸面，像个做了错事的孩子。可过了一会儿，他又想起了什么，不由得打了个冷战，接连后退了几步……

玛卡举起了猎枪，对准野公鹿，手臂却像乱颤的树枝。他恶狠狠地吼道："别装相了，野鹿！我看到了你心里藏的刀子……"

"我没有什么刀子，玛卡，"野公鹿瓮声瓮气地说，"那个东西，只有你们猎人才有。"

"你会说话？你到底是谁？"

"我是你的亲人，玛卡。"野公鹿慢悠悠地说，"很久以前，你们族人和我们野鹿、熊、狍子都是近亲，我们都在一座小山里嚼食山果、苔藓、青草和树叶，相处得就像一家人。后来，在太阳升起的那边，来了一个老太婆，她浑身金光，长着巨大的乳房，人间的幼儿都归她哺乳，她就是你们的创世萨满。对，就是她，把山岭拓开，弄成现在这样，然后把人和我们也区分开了。可那个萨满并没有让她的后人杀戮我们，后来，是你们把什么都忘记了，把我们这些亲人都当成了猎物……"

"别废话了，野鹿，我们是猎人，两只手生来就是要拿猎刀和猎枪的，就是要吃你们的肉，这没什么过错！"玛卡咬牙切齿地说，"现在我只想知道，你到底是活的还是死的？我多年前杀死过一头和你一模一样的野鹿，你是它的魂灵吗？"

"是的，玛卡，你没看错。"此时，天近黄昏，高大的野鹿背光而立，剪影像一座雕像。

"所以，你报复我！"

"不，是'白那恰神'（山神）在惩罚你们，不是我。我只是一头被你生剥了皮的鹿，尸骨无存……"

"既然这样，我就再剥一次你的皮，让你连魂灵都不复存在……"玛卡的眼睛闪着血红的光，那光只有狼眸才有。就在那一瞬间，他扣动了扳机。"咣——"那枪声太震耳了，整个林子都被震荡了……

"咣——""咣——"

格拉就是被这三声枪响惊醒的，他惊愕地抬起头，眼前的电脑屏幕仍在闪着，电子游戏还在连珠炮般地继续。刚刚他梦到了玛卡，阿爸正在山林里与一头野公鹿对峙，并且对着那鹿开了枪。"啐！"他往地上唾了一口，梦到枪声可不是什么好事儿，怕是自己玩"森林猎人"的游戏过了火，一天一夜没睡觉，打个盹儿的工夫，梦见的都是玛卡在狩猎。格拉提着可乐瓶走出游戏厅时，司机小孙正巧来找他。

"你小子不好好踢球，跑到这里来了。"小孙叼着烟卷。

"我这是踢球累了，休息休息。"格拉的头发刚刚理过，染成了桦叶黄，他仰脖灌了一口可乐，"发电机帮我修好没有？"

"修好了，我帮你拉回去？"

"你把我也拉回去吧，我有好多天没回山上了，'老猎'没准儿唠叨我呢，我刚才梦见他啦。"

"我的小祖先神，你怎么才回来？你快把我急疯啦！"阿伊莎一边轰开几只抢盐吃的驯鹿，一边和跨下车的格拉说，"我就等你回来，一起去林子里找玛卡呢。"

"他走了多久了？"

"和你前后脚走的，按理说早该回来了，他钻林子从来没走过这么长时间。乡长都来找过他两次了……"

"他没准儿找到那头野鹿了，正驮着它的肉走在回来的路上呢。"

"'白那恰神'保佑！可我等不了了，格拉，明早咱们就去找他吧，他带的列巴和菜早该吃光了。"

"可我们去哪儿找他呢，山岭这么大……"

"他和我说过他要去哪里，我认得他留在树上的记号……"

阿伊莎和格拉是举家迁徙的，拆卸了帐篷、吊锅，把所有家当都放在驯鹿背上，每人骑一头驯鹿，其余的驯鹿拴成一长串。他们出发了，吱吱呀呀地蹚着没膝深的积雪。

"阿伊莎，我梦到的那头野鹿会说话，它说，过去咱们和它们，还有熊、狍子什么的都是一家人。"

"也许是呢，到现在，我们还管公熊、母熊叫额替坎、额沃（爷爷、奶奶），不是一家人，怎么会叫这个称呼呢？"阿伊莎用木棍驱赶着走得慢的驯鹿。

· 190 ·

"可是梦里的玛卡还是朝那头野鹿开了枪。"

"他疯了,但愿这一切不是真的……"

第三天中午,迁徙的一家来到了贝尔茨河下游,并且找到了玛卡在丛林中用猎刀留下的"树标",他们就在这里扎下营来。接下来的那些天,母子俩每日码着"树标"四处寻找,扯着脖子呼唤玛卡。一周后,就在两人快喊破喉咙时,他们来到了一座帽子形状的山峰前,踏进了那片松树和桦树的混交林。树隙透下来的阳光掩映着树木的暗影,使林间雪地看起来斑斑驳驳的。再往纵深处,格拉的眼睛就被一个物件吸引了,那是一杆歪斜着的、被雪掩埋半截的猎枪,它的旁边有一处隆起的雪包。格拉拽出枪来,从枪号认出是玛卡的猎枪。阿伊莎忽然意识到了什么,她跪下身来,迅疾地扒开那个偌大的雪包,随即,里边露出一具赤身裸体的身体,似一头被剥了皮的野鹿。等阿伊莎拂去那身体头上的积雪,不禁失声惊呼——

"玛卡!"

……

"他身上没有伤。"格拉说。

"可怜的人……"阿伊莎啜泣着。

"他是光着身子死的,是谁扒光了他?是那头野鹿吗?"

"不,格拉,在山上冻死的人,临死前都会感到燥热,自己会脱得光光的……"

重重叠叠的山岭已有了春天的气息,空气中弥漫着林木即将发芽的清香,似乎还夹杂着一股海风才有的腥味儿。寒假结束,格拉又搭上了小孙的运材车,这次,拖车没有拉运木材,车厢里只有一袋子鹿茸,那是格拉要拿到镇子上卖的。没有载重,运材车在弯弯绕绕的山路上哐哐当当地响。

"春天的味儿真好闻,我就爱闻这个味道。"格拉背着书包,怀里抱着玛卡的那杆猎枪,他要顺道到乡政府,把枪给老布送去。

"可惜我就要闻不到这个味儿了。"小孙说。

"怎么呢?"

"都怪你这臭小子的乌鸦嘴,"小孙瞥了瞥外面的山峦,"林子要禁伐了，山岭上的树一棵也不让砍了。"

"嘿，我就说嘛，早晚的事儿，山岭总不能光了身子……"格拉沉默了一会儿，"听说了吗，纽拉萨满死了。"

"当然。听说是刮大风那几天死的，那几天风刮得可真大，快把林子掀翻了，我躲到小工队的地窖子里避风，就听说她死了。这个老太婆一直没找到萨满传承人，走时也不安心。"

"嗯嗯，这大风就是她刮起来的。"

"天！她要干啥？"

"她临死前在翻找自己的萨满服呢，就用风掀翻了林子里的一切……"

"最后她找到没有？"

"在牛耳河的一个贮木场，大风把山那么高的原木垛搬掉了，在木垛的底下冒出一个快烂掉的木盒，纽拉的大女儿认出来，这就是母亲过去装萨满服的箱子。可是那上面的锁头是打开的，里边什么都没有……"

"那是怎么回事？"

"族人说，是纽拉萨满的魂魄把它穿走了……"

根河镇的街头可比林子里热闹多了。格拉卖掉了鹿茸，便一头钻进了体育用品店，他要买一双球鞋，这是阿爸生前答应他的。格拉在一排塑料钉鞋的货架前停下来，选了一双尺码合适的坐下试穿。这时，他注意到了鞋子的标志，那是一头鹿的剪影，长着七叉犄角，像极了梦中玛卡与之对视的那头，对，就是它在黄昏中背光那一刻的剪影，一点没错。格拉的心微微惊着。标志下有一行字母——wild deer，格拉读出了这个英文单词，为了确定无误，格拉问店老板：

"这鞋子的品牌是……"

"野鹿。"店老板回答。

"哦，野鹿……"格拉恍然地望向窗外，时当傍晚，楼群林立的小镇街灯初上，车水马龙，人流熙攘……

原载《草原》2024 年第 4 期

王祥夫

家有鹦鹉

老爸养了一只大金刚鹦鹉，不对，不是一只，是两只。他不知从哪儿先搞到一只，绿色的那种，红嘴壳，后来他又搞了一只。是我老妈同意他再养一只的，那一阵子，我都看得出老爸事事都在讨老妈的欢心。老爸不许我碰他的鹦鹉，他警告过我，他的理由就是我马上要考高中了。我今年初三，他说初三是一个人一生最关键的一年，我妈也这么说，她也不许我碰我老爸的鹦鹉。我当然知道那两只大金刚鹦鹉是一公一母，我妈还对我说也许它们明年春天就会下出蛋来。想不到现在这种大金刚鹦鹉会这么贵，她已经上网查过了，一月龄的金刚鹦鹉都已经卖到一万多块，如果一下子下四颗蛋并且顺利地孵出四只小鹦鹉，那就是四万，到时候我们全家都可以去漓江好好旅游一趟。每当说到这些事的时候她都很高兴，所以我老爸就有了更多养鹦鹉的理由，到了后来我老妈不再说那些反对老爸养鹦鹉的话，也许正是因为这个原因她才答应我老爸在家里又养了一只。两只金刚大鹦鹉，好家伙，可真是太热闹了，但我不嫌它们吵，我讨厌的是他们不许我碰那两只鹦鹉。他们把鹦鹉放在了他们的卧室里，他们没事不许我进他们的卧室，他们总是说你现在的任务就是好好学习，你进卧室逗鹦鹉玩儿只会浪费你的时间。他们答应我只要我顺利考上了高中，就会把这两只鹦鹉下的小鹦鹉送我一只,所以我希望它们早日交配。

"少卖一只无所谓。"

老妈还这么对我说,说到时候你就有你自己的宠物鹦鹉了,还说她在网上查到了英国的那个丘吉尔养的一只鹦鹉可能直到现在还活着。"主人都死了,可鹦鹉还活着,鹦鹉的寿命要比人长得多。"

我老爸有时会把两只大金刚放在肩膀上出去遛一圈,或者把它们放在车里开出去到处转转,但这种时候毕竟很少,老爸太忙了,整天在加班。老爸带它们出去的时候也不用链子拴着,它们也不飞,就老老实实待在老爸的肩膀上,这也许就是鹦鹉的性格,它们和别的鸟完全不一样。平时老爸总是把他们的卧室门关着,我只能听见那两只鹦鹉在卧室里不停地交谈什么问题或者是不停地争吵,或者"你好,你好,你好,你好"地说个不停。每当这时候我就真是要兴奋死了。好几次我都忍不住想冲进他们的卧室里看看,但老爸他们不在的时候卧室门总是被死死锁着。那两只鹦鹉学会了"喂,喂喂喂",那是我的声音,真是和我的声音一模一样,没有一点点差别。因为我总是隔着门对它们说"喂,喂喂喂",它们就马上会在里边也跟着说"喂,喂喂喂"。它们还会学拉椅子的声音,这种声音人根本就学不来;它们还会学床板"吱呀吱呀"的声音,这真是怪事,它们居然会发这种声音,会口技的人据说也学不来这个。

今天早上我起来的时候老爸老妈又在他们的房间里争吵,我坐在马桶上想听听他们在吵什么,但怎么也听不出头绪。我老爸天天都在加班,他也许因为连星期六、日都要加班所以被搞得总是情绪不好。他加班的时候我妈也许会在家里待着,也许会出去做点什么,比如谁家需要保洁了。这你就知道了吧,我老妈其实没有工作,她的工作就是给人们做室内保洁,大都是些熟人,我老妈说以后用钱的地方很多,所以得想办法多挣点。因为每个星期我只有星期六、日在家,老妈给我的规定是如果作业做完了的话,星期日就可以出去玩儿。用她的话说就是"可以出去野一天"。我都已经上初三了,我什么不懂?尤其是大人的那些事我都懂,我老爸对我说过:"你长大了千万别找漂亮媳妇,这会让你心太累。"

就是昨天,老爸对老妈说的话被我听到了。我老爸说:"那个大夫是不是有些变态?"又说自己最近总是不能一下子把小便全部从身体里排出去,可能与自己整天坐在那里加班分不开,"你想想,整天坐着是不是人过的日子?"

"唉,那怎么办呢?"老妈说。

"那地方可能真被坐肥大了。"我老爸说。

我老爸接着又对我老妈说,医院里的那个大夫可真够变态,他居然跟着老爸进了那道隔帘。这连我也知道,医院里总是有个白色隔帘,医生做检查的时候总是把隔帘哗的一声拉起来。老爸说那个医生跟着他到隔帘里边,让老爸排尿给他看,然后,就开始了。我当然明白老爸是在说什么,这真让我有点激动。老爸说那个大夫用手一下子捏住了它,让他往那地方使劲,一使劲一憋,一使劲一憋,那个大夫说只有用这种方法才会把排不干净的尿全从膀胱里排出来。"不是排,严格地说应该是射,那可真是射。"老爸说,"他居然用手捏着我,还一用劲一用劲的,说只有这样才知道我憋得对不对,才知道我是不是把劲使对了地方。"

"这没什么吧,人家是大夫。"老妈说。

"仔细想想其实也没什么。"老爸也说。

老爸和老妈说这话的时候我竖着耳朵听。我当然什么都明白,明白这是怎么回事,是老爸前列腺有问题了。我经常和我的同桌杨宝宏这狗东西说这些事,我们什么都说。这么想的时候我不知道为什么就突然顶了起来,我还想听听老爸在说什么,老妈却突然开始大笑了。

他们说话的时候那两只鹦鹉都停止了争吵,我想它们此刻也许正在你看我我看你。它们的目光很奇怪,原因是鹦鹉眼睛的黑眼球特别小,差不多像小米粒那么小。鹦鹉学说话的能力特别强,但如果有两个人在它们面前你一句我一句不停地说,而且说得还挺快,它们就什么也学不成。鹦鹉学话必须是你一句一句一遍一遍地说,如果两个人在那里你一句我一句说个不停,它们就什么也学不会,它们就会蒙了。

我背了个双肩包骑着自行车去了湿地公园。好几次我都想开老爸的车出来,但老爸不同意。我给自己带了两瓶水和一个汉堡包,还有两个苹果。包里还有把小斧子,我总是为自己可能遇到坏人的这种想法让自己一下子就兴奋起来。我希望自己能够遇到一个年轻的女坏人,到时候就有好看的了,还不知道谁把谁征服了。

这个季节,湿地公园湖面的冰刚刚融化,现在到处是水汽,就像是地皮里边往外冒雾,如果有这种说法的话。说实话天气一点都不冷,我想去湖那边看看,那边人不多。这个湖的一半在公园里,另一半好像是一直延伸到了西边的山那边。其实我对这些并不感兴趣,我现在只想看看湖上的野鸭,用手机拍拍,野鸭最近来了,它们每年都会如期而至。这个湖还连着公园东边的另外一个湖,这个湖与东边的那个湖之间还有条像河但好像又不能叫河的那种玩意,我老爸带我来这里钓鱼的时候说:"这他妈的就只是条壕沟。"老爸管它叫"壕沟"。老爸钓鱼的时候总是好像心不在焉,总是会时不时说一句:"不知道你妈现在在做什么。"有时候他还会给她打个电话,问她现在在哪里,在做什么,最后还总会再说一句:"中午你就自己好好吃点东西,就叫个你喜欢的榴梿比萨吧。"然后老爸还总会再对我也来一句:"记住,以后找媳妇千万别找太漂亮的,太费心。"

我眼前的这条壕沟的另一端是这个公园的另一个湖,我们把那个湖叫东湖,东湖和西湖之间的壕沟上有座桥。东边的湖和西边的这个大湖看上去是一样平的,但不知为什么总是有水从西边的湖往东边的湖里流。此刻我脑子里突然冒出个念头,想看看桥下有没有死尸或别的什么古怪东西。因为我总是听人们说有些地方会出现绿色的死尸还有水鬼,桥底下这种事大概比较多。所以我停好自行车,慢慢下了桥旁边的那个小坡。壕沟边上长了不少那种永远也长不高的臭紫穗槐,这种树开花臭极了,但现在它们还没什么动静。我弯腰朝桥下边看的时候周围没有一个人,我听见自己忽然尖叫了起来。只有在桥下往桥洞里看的时候才会发现其实西边的湖要比东边高,因为桥下边有个水泥坝,在桥上边根本就不会看到,但那个水泥坝已经被水冲到坏得差不多了。我看见了什么?你们猜我看见了什么?我看见了许多银光闪闪的鱼,它们都挤在一块儿,都是那种巴掌大小的鱼。那么多的鱼都挤在水泥坝那里既游不回去又下不来,估计它们都急坏了,都在那里不停地摇头摆尾,真是一片银光闪闪,真是让人心里乱跳,这可太让我震惊了。我第一个念头就是赶紧回去取个家伙把它们都捞上来，我想这么多鱼够吃很长时间。我首先想到的是这些鱼可以做成鱼干，先用盐腌一下，咸咸的烤鱼干很下饭，我老妈很会做这种东西。她还会自己做肉罐头，她总是喜欢做这种东西。她最近又想做一批胡萝卜加羊肉的罐头，她还对我说：

"我就怕来个地震或别的什么大事你没得吃。"

我老妈在我睡觉的床下放了一个很大的储物箱，她在里边放了些压缩饼干和成瓶的纯净水，还有午餐肉罐头和冻干水果什么的，那里边还有创可贴和紫药水。她对我说一旦有什么事出不去你就躲在床下吃这个。她在卫生间里也放了好几只这样的储物箱，她对我老爸说到时候你也许正在厕所里方便，如果突然发生什么事了，如果你突然出不来了，到时候你就吃这个。

"你又不能吃你自己拉的屎。"我老妈笑得差点岔了气，我老爸也跟着笑。

"准备这些做什么？有屁用？"我老爸说。

"你到时候死都不知道会是怎么死的！"我老妈说。

"我当然知道。"我老爸一脸坏笑地说。

"你说你会死在哪里，你说。"我老妈说。

"当然是死在你的床上。"我老爸说这话时看了我一眼。

说这话的时候我们都正在吃饭，我老妈就大笑了起来，也看了我一眼。我老爸在旁边又叹了一口气，对我说：

"你可千万不要找个美女做老婆，太累。"

"那你不会跟你的宝贝鹦鹉过吗，一下俩老婆。"我老妈说。

"跟它们过我的腰绝对不会是这样。"说这话时我老爸又看了我一眼，他以为我不懂，我其实什么都懂。

我老妈不说这些了，她说她今天还要再去买箱压缩饼干。

"这太重要了。"老妈又说，"今年的日子不会好过，又刮风又地震，你多会儿听说过有人会从自己家的窗口被吹到楼下摔死？但今年发生了。"

老爸就不再说话，思索着，停了一会儿老爸说，要是真到了那时候鹦鹉怎么办，放了它们也活不了。

"是啊,到时候逃命你也不可能提着个鸟笼子,而且还要同时提两个。"老妈又笑了。她不想惹老爸不高兴,马上转了话题,说这几天菜市场的胡萝卜不太好。她又跟我老爸说她们的"末日生存友好团"最近在一起交流怎么做可以把鸡胸肉和胡萝卜放在一起的罐头。"这是个好主意。胡萝卜是好东西,胡萝卜加鸡胸肉。"

"你们在什么地方交流?"老爸看着老妈。

"反正不来你家,有人不喜欢鹦鹉。"老妈说。

"那她们就是猪。"老爸说,"不喜欢这么聪明的鸟?"

"末日迟早会来,到时候你放了它们还是带着它们?"

老爸不喜欢听这个,但他从来都不反对老妈做各种罐头,为了加工罐头老爸还专门给老妈做了一个可以放到阳台上用的那种炉子,一罐一罐的罐头装好了要放在锅里最少煮七八个小时,煤气灶肯定不太行。有了这个炉子之后,老爸还不知从哪儿给老妈又找了一口平底锅,其实那只不过是个洗澡用的平底大铁盆,现在人们几乎用不到这种盆子了。

我骑着车子很快就到了我奶奶家,骑得上气不接下气。湿地公园离我奶奶家很近,老太婆正在跟邻居耍纸牌,我来不及跟她多说什么,只说我要去弄不少鱼回来。我从奶奶家找了两个桶,那种棕色的塑料桶,我把两只桶挂在自行车的车把上,把车子骑得飞快。这时我想起了我奶奶的那句著名的话,她说:"你妈什么都好,不好的地方就是她人长得太漂亮了,费人,费我儿子。"

我奶奶真是口无遮拦,我不小了,我什么都懂,她怎么可以这么说。

这时候我不知为什么突然想看看我的手机里还有多少钱。我把自行车停了下来,用一条腿支在那里掏出手机看了一下,手机里边有三百多块钱,差不多可以买一个小号的"神秘农场"的双肩包了,杨宝宏就有这么一个双肩包。当我再次猛地开始蹬车子的时候,我想到了老爸和老妈对我的许诺,说我要是考好了,那两只鹦鹉生了小鹦鹉会给我一只。我想我不会养那只小鹦鹉,我会把它马上卖掉,一万块钱能干不少事,这么想想都让人高兴。我把车子蹬得飞快,总觉得会不会也有人已经发现了那些桥下的鱼并且已经开始捞它们了。我觉得那些鱼是我的，因为我是第一个发现它们的人，这太让我兴奋了。

我提着满满两桶鱼进家的时候肯定是兴奋得两眼放光，但想不到我老爸又正在和我老妈吵架。这次他们好像吵得不那么凶，见我一回来他们就马上熄了火。

"我不说了，反正你自己知道。"我老爸说。

"短皮裙短皮夹克，屁股都快露出来了。"我老爸又说。

我知道他是在说谁。我老妈这几天穿的那条黑色的皮裙虽说挺好看的，但也真是有点短，不过搭配她那件黑色短皮夹克真是精神，真是很好看。杨宝宏这个小兔崽子，就我那个同桌好友，他什么话都敢说，他那天居然说我老妈长得实在是漂亮，一看到她，他就会激动。你听听他这是什么话，但我们是铁哥们儿，我只好说我看见你妈有时候也会激动。我这么一说，就算我们扯平了。

我老妈看到那两桶鱼马上就兴奋了起来，她"啊呀"了一声，说这下可好了，她这几天正考虑要做鱼罐头呢，这些鱼完全可以做酥鱼罐头。她用手戳了戳桶里的鱼，说她要马上再去买十几个七百五十毫升的那种罐头瓶子。"只有这种瓶子才能放得下这种鱼。"她说她可不希望自己做的酥鱼罐头烂糟糟的，她要让它们一条一条完完整整地立在罐头瓶里。

"太好了，我让她们过来跟我一起做。"我老妈说。

"你说谁？你让谁来？"我老爸马上警觉起来。

"一条一条立着吗？"我很怕我老爸再次吵起来，马上插了这么一句。我说如果是大瓶子还差不多，我老妈马上说七百五十毫升的瓶子可不小了，那就是大瓶子。说实话我并不知道七百五十毫升的罐头瓶有多大。我马上找尺子量了一下，知道了七百五十毫升瓶子的大概长度，我觉得这个长度和我的那个差不多。我用尺子量过不少东西，这你该知道了吧。我还可以告诉你我现在穿四十三码的鞋，这你们就自己想去吧。我为此还赢了杨宝宏十块钱，我们说好了要比一比，谁的大谁就赢十块钱，结果他输了，关于这一点我一直到现在还很得意。

我和老妈看那些鱼的时候那两只鹦鹉正在卧室里吵架，它们总是这样，但它们吵它们的，我们现在的注意力都在那些鱼身上。那两桶鱼都还活着，它们争先恐后地把嘴凑到桶里的水面上大口吸气，这说明桶里的氧气不够了。我老妈马上把那个平底大铁盆哐啷哐啷地拖了过来。我老爸帮着把那些鱼都倒在了这只平底大铁盆里。

"我这个盆可是个宝贝。"我老爸说。

"这个你得承认吧？"我老爸又说，对我老妈说。

我老爸用毛巾擦着手，开始问我从哪儿弄来的这么多鱼，我说我去湿地公园那边了，那边有很多野鸭子。想不到那个桥下边有那么多鱼，它们碰到大麻烦了，困在桥下的那个水泥坝上回不去又下不来。我说我得去换条裤子，我的裤子都湿了，可能都一直湿到里边了。

老妈不看鱼了，她去打她的电话，她在阳台上打；我和我老爸不在家的时候她就会去他们的卧室里打，那里信号更好一点。她在阳台上向什么人询问做鱼罐头的配方。"主要是配方，要知道做鱼罐头和做牛肉罐头不一样，它们有很大的区别。"可能老妈是在向她那个"末日生存好友团"里的某个人请教，比如做鱼罐头都要在里边放些什么，"放酒放糖放桂叶，那还放不放胡椒？"

我对这个一点都不感兴趣，我已经换好了裤子。

老妈终于打完了这个电话，在一边一直听她打电话的老爸很不高兴地说这种事怎么会问男的。

"这个男的是厨子吗？"

我老妈一下子就生起气来。

"谁跟你说是男的，我问的是小田。"

老妈真是有点生气了，小田是个女的。

"我怎么听着像个男的？"老爸还说。

"你神经病！"老妈说，"我们的生活真是有问题了，我已经感觉到了。"她去了卫生间，对着镜子拨弄她的头发。

"我听着怎么像是个男的？"老爸又跟着去了卫生间。

"滚开！"老妈生气了。

"我请你滚开！我看你越来越不像话！"老妈又说。

"我还给女生打电话呢。"我站在卫生间门口对他们两个说。我说这话的意思是希望他们不要再吵，不过是打电话而已。

"胡说，你是你我是我。"老妈对我说，"我是在给你田姨打。"

以后的几天里我一直都在上学，我知道老妈在家里弄那些鱼，我每天上完晚自习回到家里都已经很晚了，家里充满了炖鱼的香味，搞得我饥肠辘辘的。我搞了几块，还挺好吃。不知为了什么事，我老爸这几天的脸色越来越不好看，眼圈有点发青，我感觉他肯定又要跟我老妈大干一场。有时候我会把家里的事告诉杨宝宏，那天我们坐在学校教学楼北边的乒乓球案子上说话，我说我老爸跟我老妈没完没了，娶老婆可真不能娶太漂亮的。我还对杨宝宏说我老妈占了一辈子上风，但在养鹦鹉这件事上算是放了我老爸一马。

天气不知怎么一下子就热了起来，忽然就二十多度了，学校里的同学都有穿T恤的了，我也准备这么干。学校在教学楼北边的空地上给学生们放了三张乒乓球案，学生们没事就来这地方打会儿球。当然有许多时候老师也会过来打，老师过来打的时候我们就只能站在一边看，我们必须让着点老师，谁让他们是老师，要不让着点，他们有的是机会给你穿小鞋。

我和杨宝宏坐在乒乓球案子上，我对他说我爸可能有事了，最近脾气大得很，眼圈都青了，还去了几次医院。

"什么事？"杨宝宏说，"不是得了癌吧？"

"不是。"我说可能是下边的事。

"下边的事？"杨宝宏看着我，"下边是什么地方？"

"还能有什么地方。"我说我老爸那个可能不行了。

"那才好呢。"杨宝宏说，"那才轻松呢，老顶才真让人讨厌，动不动就会顶起来，走在路上也那样，它根本就不听你的话。我最怕上体育课的时候它突然给你来一下，它让你觉得自己是个臭虫。"

"你敢不敢？"我忽然对杨宝宏说。

"什么敢不敢？你想干什么？"杨宝宏用那种目光看着我。

"咱们敢不敢出去喝一回白酒？"

"问题是喝多少？"杨宝宏说他还没喝过白酒，"不过可以试试，听说白酒能够壮阳。"

我说我也想试试，我说我的胃口最近也不好，但我不知道壮阳是什么滋味。是不是老半天都那样？还是一整天都那样？但起码不会一连好几天吧，那怎么走路？

杨宝宏说他也不知道，不过可以试试。

我说那可不太好。"如果整天顶着怎么见人？"

我俩笑得东倒西歪。说实话我俩关系可真不错。

我和杨宝宏真的准备去试着喝一次白酒。烟我们已经躲在学校树丛后边偷偷抽过了，真没什么意思。抽烟没一点点意思，我们以后可能一辈子都不会再抽了，这倒是一件好事。

"或者我们开车出去。"我突然对杨宝宏说。

"这个当然好。"杨宝宏说，"你爸会让你开？"

杨宝宏这么一说我突然就又泄了气，我觉得自己像车胎给钉子扎了一样撒了气。我其实早就学会开车了，我老爸在我十三岁那年就偷偷教我学会了开车，因为这事老妈还和他大吵了一架。我爸对她说："吵什么吵，他是个男人。"我爸说是说，但自从我学会了开车，老爸就又不让我开了。我想好了，就这个星期天，我一定缠着我妈让我自己开一下车，我就对她说我想开得不行，如果不让开作业都不能专心写了。

星期天其实是个大家都更忙的日子。星期天我老妈总是要开车去上学美容课，她准备办一个班讲怎么美容。我爸说她这个主意对，讲美容必须是她这样的美人来讲，长得一般的女人讲这个课也没人会听。

我和杨宝宏说好了，星期天这天让他在家里等着，我要是搞到了车就接他去湿地公园那边。那边有时候会有人干那种事，这你知道了吧，一般都在树丛里，会弄得满地是卫生纸，白花花的真不像话。我和杨宝宏对这个很感兴趣，我们会根据地上卫生纸的多少判断出他们的情况。我们有时候也挺讨厌自己，怎么会对这些事感兴趣，但我们就是感兴趣，这是谁也没有办法的事。也许，我们还会钓一下鱼，但我一直没有把桥下有鱼的事告诉杨宝宏，我觉得这事还是不能让更多的人知道，要不就吃不到那么好那么多的鱼了。但是我想好了，到时候我就说要去桥下解大手，顺便就可以看看下边现在有没有鱼了。我说解大手他一般就不会跟我来，但说解小手就是另一回事。

　　星期天这天天气还是很热，我睡了个好觉，一觉睡到了十点多。我醒来的时候老爸和老妈都不在家，我就找我的衣服，找来找去真的找到了一件很好看的拼色T恤衫。这件T恤我总惦着，因为现在街上的人还很少有穿T恤的，我穿这个会让我显得很新潮，这让我多少有点兴奋，所以我就更想开车出去转。我看了看表，时间快到了，因为我老妈一到这个时间就总会回来给我做饭，她说我一个星期只能在家吃两顿中午饭，所以她一定要给我改善一下。但我更希望她同意我叫肯德基外卖，我都有很长时间没有吃肯德基了。我对薯条说不上喜欢但总是离不开它，所以我很讨厌它，因为这个我总是生自己的气。

　　我收拾完了，把脸凑到镜子前仔细看，但还是看不出要长胡子的迹象，我希望我能在这个岁数长出一点小胡子。但让人感到奇怪的是，屋子里怎么这么静？那两只鹦鹉从来都是一大早就会在老爸和老妈的卧室里叽叽喳喳，但今天怎么没一点点动静？在这个时候我很想听它们好好说几句话，或者再来几声床的那种"吱呀吱呀"声，但它们今天没一点点声音。我去老爸和老妈的卧室门外用耳朵贴着门听了听，里边真是没一点点声音，它们平时可是从早上一醒来就吵成一锅粥，两口子过日子一般都这个德行。我考虑过这个问题，那就是我以后要不要结婚？我想我最好不结婚，最好有个可以跟我上床的女朋友就行。我想那种不想结婚的女孩也不会少，但我也明白，我还不到那时候。到时候再说。

　　我坐在窗前喝了杯奶，又给自己找了点吃的，又是萨其马，用手一抓黏叽叽的，但味道还算可以。这一阵子我老妈总给我买萨其马吃，我有点腻。我吃完萨其马就一直在等着老妈回来。到她快回来的时候我就穿着那件漂亮的T恤从家里走出去在门口等着。我想好了，我会对她说："车是不是咱们这个家的？"她一定会说："那还用说吗？"我还会马上接着问她："我是不是这个家的成员？"我想她还会马上说："那还用说吗？"只要她顺着我的话说就行，有时候我真觉得漂亮的女人一般都会很傻，再接下去该怎么说我早就想好了。我想我这次肯定稳操胜券。

在此期间杨宝宏这个兔崽子给我发来了短信：

"怎么样？"

我给他回了短信：

"你等着吧，咱们得搞点喝的。"

汽车喇叭响的时候我知道我老妈回来了。我的猜测没错，但我没想到我老爸也会在车上，还有那两只金刚鹦鹉也在。他们干什么去了？还带鹦鹉？我的第一个念头就是想知道他们干什么去了。他们两个的样子让我心里很急，我老妈下车的时候眼睛红红的，我老爸的眼圈却是青的，更青了，是黑眼圈，绝对名符其实的黑眼圈。他们干什么去了？看样子是不是出去吵架了，在家里还吵不够吗？在那一刻我就明白我的计划泡汤了，因为他们一边下车一边还在吵。我迎着他们走过去，我觉得我应该知道发生了什么，我应该知道他们去了什么地方。

我老爸不等我问就把话说了出来。他挺痛苦的样子，他那黑眼圈让人觉得他真是什么地方有了毛病。他对我说：

"我们离婚去了。"

我被吓了一跳。

我老妈可以说是两眼通红，她开始尖叫，她才不怕邻居们听到，漂亮女人都这样：

"我不跟他过了！"

"你们为什么会这样？"

我听见自己的声音有点发抖，我一急就是这德行。

"我让你听听，我这就让你听听。"我老爸说。

我不知道我老爸让我听什么，他这时候的样子有些滑稽，他居然穿了一件那种很薄的花格子羽绒服，那两只绿色的鹦鹉就一左一右落在他的两边肩膀上。它们这会儿倒挺安静，我觉得它们的样子十分滑稽，瞧瞧它们小米粒大小的黑眼仁。它们很安静。它们有时候会很听老爸的话，否则老爸就不给它们吃它们最喜欢的黑巧克力。我想根本就没人知道我们家的鹦鹉会喜欢吃黑巧克力，这两只鹦鹉真是有点魔怔。

"说。"老爸拍拍他肩膀上的鹦鹉。

"说。"我爸又拍拍它们，发出了指令。

那两只金刚鹦鹉一开口我就蒙了，我不知道我脸上会是一种什么样的表情，我不知道该说什么好。想不到这两只鹦鹉又学会了新词，它们几乎是抢着说，争先恐后地抢着说，它们总是这样，要么不说要么就抢着说。

"我老公不在了，你赶快过来。"

"我老公不在了，你赶快过来。"

"我老公不在了，你赶快过来。"

当然是我老妈的声音，和我老妈的声音一模一样。鹦鹉的杰出之处就在这里，它们学什么像什么，从来不会混淆。它们学床的"吱呀吱呀"声，学椅子被拉动的声音，那可真是出神入化。它们此刻又开始了争吵，它们的争吵就是抢着说话：

"我老公不在了，你赶快过来。"

老爸右边肩膀上的这只在说。太像了，是我妈的声音。

"我老公不在了，你赶快过来。"

老爸左边肩膀上的这只在说。太像了，是我妈的声音。

我愣在那里，眨着眼，像傻瓜，我不知道这是怎么回事。

我老爸的脸色真难看，他那样子好像马上就会哭出来，除此之外，面对漂亮女人他好像从不会做别的。

我脑子发木，跟着老爸老妈进了家。他们一边走一边吵，那两只鹦鹉也在吵，只有我无话可说，我不知道我该说什么。我早忘了开车要带杨宝宏出去的事。

我妈停了一下，等我走到她跟前时她小声对我说：

"我那话是对你田姨说的，别告诉他，气死他。"

这件事，真不知道该怎么解决了，所以我想，鹦鹉绝对不是什么好鸟。

原载《湖南文学》2024 年第 6 期

荆 歌

百万现钞

　　居老板的眼力不是生来就这样好的，他也吃过药。做这一行的，没有没吃过药的。可以这么说，谁都是吃药长大的。关键是，要长大，不能白吃药。最危险的是，自以为学会了游泳，水性已经不错，往往这时候是最容易淹死的。居老板那次在和田，从一个阿达西手上买了一块两公斤的原籽，满秋梨皮，过了一下灯，心就怦怦地乱跳起来。居老板觉得里面一定是荔枝肉，六万多块钱肯定是一个大漏。他抑制着自己的激动，跟阿达西讨价还价。其实这个价，就是漏价，居老板巴不得立刻掏钱成交。但他知道，过于爽快，对方就有可能反悔，一旦反悔，再谈价就难了。"五万以下说，阿达西！"居老板跟阿达西猛一击掌，说了一个价："三万八！"阿达西将手缩回去，用滑稽的汉语说："三万八不行，五万八面子给。""三万九！"居老板说。阿达西摇头说："不行，心里面价格说。"居老板又抡圆了手臂，跟阿达西击掌："心里面价格四万二！"阿达西抽走手，也抡圆了跟居老板一击掌："面子给！"

　　这是居老板吃的最大的药。皮子是染色的。当时染色还不怎么流行，居老板没有看出来。肉是白肉，但只是一块青海料。青海玉哪有籽料，皮子是染色的嘛。居老板回忆起来，跟阿达西击掌的时候是有疑惑，他的手怎么黄黄的？原来是染料搞的。

那个时候，四万二不是笔小钱。居老板皱巴巴的旧皮包里，总共只有五万现金。那时候也没有什么手机支付，就是现金交易。居老板深受打击，在和田的小客栈里昏睡了两天两夜，然后去市场上转悠，想再次遇见那个看上去有点憨厚的阿达西。但是见到了又怎样呢？退货退钱吗？不可能的。这种交易，就没有退货这一说。都是凭眼力吃饭，捡了漏，也不会给人补贴钱；吃了药，就只能长点记性，权当交了学费。如果自己眼力不行，还跟人争执起来，没有人会同情你，只会笑话你。你不是想捡漏吗？以为捡了大漏，其实是跌了大跟头。

看玉这一行，也是有天赋的。居老板天资聪颖，很快就找到了感觉，买十块料子，九块都是好料。他是扬州人，却喜欢往苏州跑，主要是他喜欢苏工。苏州和扬州，是两个风格不同的玉雕重镇。扬州工比较大气，以雕山子而见长；苏州工精致、灵动，好料子总是能出好作品。居老板对苏州工的偏爱和迷恋，让他自己都觉得有点对不起家乡，枉为扬州人。不过没办法，"喜欢"这两字，就是不讲道理的。居老板腰里挂着一个手把件，就是苏工金蟾。这只金蟾，虽然不是名家所雕，却是居老板心头爱，肉白，而且油润。通常来说，十白九松，一块玉料，如果很白，它的质地就会不那么紧密。只有紧密的玉，才会油润细腻。但这块料子既白又细，就是所谓的羊脂玉，还带着洒金皮。雕工也是无可挑剔的，贴肉挂在腰间，它会不时晃荡，轻轻按摩着居老板的皮肤，让他有一阵阵麻酥酥的畅快。当然更重要的是，苏州的玉市，无论规模还是档次，都不亚于新疆。有人说得夸张，新疆的好料，乃至玉龙喀什河的好料，都到了苏州。苏州一些玉雕师的保险柜里，装着天下最好的和田玉。事实似乎也正是如此。居老板后来已经很少再去新疆，更多的时候他都是在苏州晃悠，许多好料子，也都是在苏州文庙的玉市上淘到的。

赚了钱，吃喝玩乐暂且按下不表，先说他收了一个徒弟，名叫阿星。说是徒弟，其实是保镖。阿星跟着居老板买玉卖玉，却从来没有一点长进。在他眼里，无非都是石头，为此没少被居老板冷嘲热讽，乃至挖苦训斥。阿星个子不高，却有一身好武艺，身体结实得就像一块河床里经过了千万年流水冲刷淘洗的籽料。他跟居老板是老乡，只不过他是扬州乡下的，初中刚上了半学期，就离家出走，去了少林寺。其实也不能算是正宗的少林寺，而是离寺院好几里路的一所武术学校。在习武上他有点天赋，但不怎么安分守己，一边练武，一边还跟武校外一个不三不四的野和尚学魔术和算命。算命哪里是他能学会的，他嘴笨，忽悠不了人。扑克牌魔术倒是学了几套，总在同学面前显摆。教练知道了，用棍子打了阿星的腿。阿星不服气，居然还手，打伤了教练，于是一路逃到了苏州。出了苏州南门汽车站，不知道怎么就晃到了文庙。玉市上全是黄黄白白的石头，看人们讨价还价，嘴里蹦出来的价格让他吃惊不已。石头这么值钱？他老家的河滩上这样的卵石还少吗？他傻傻地拿起一块凑近了看，耳朵边上有一个声音说："这是块石头。"阿星转过脸，看见了居老板。"这，这些，不都是石头吗？"他愚蠢地说。居老板笑了，说："确实，都是石头。但是，玉石是成了仙的石头。""怎么仙，石头精吗？会变成美女吗？"阿星问。居老板笑了，说："你讲得对，就是石头成了精。会变成美女啊，不过是先变成钱，再变成美女。"阿星听得有些糊涂，一时说不出话来。居老板打量着他的身板说："想学吗？"居老板眼睛毒，看玉厉害，看人也厉害，一下子看出了眼前这个小子身手非同一般。居老板正要物色这样一个人才，没想到得来全不费功夫，又是捡了一个大漏。两下再聊几句，发现竟是老乡。于是一言为定，阿星拜居老板为师，有了一份不薄的薪水。

阿星在看玉上的愚笨，让居老板有过短暂的失望。每次阿星拿起来仔细打量的，都几乎是玉市上最差的料。对于结构、油性、密度、皮色、籽型等等，他完全没有感觉。后来居老板想通了，死了教他的心，是啊，把他教会了其实对自己并无好处。他要是也像居老板一样，练就了一双火眼金睛，那自立门户是迟早的事。倒不如他一直有眼无珠，只是把他当条狗，在身后跟着，在江湖上走，心里多少踏实些。

居老板在苏州有一些朋友，有贩卖玉料的同行，也有几位玉雕师，有苏州本地人，也有河南人福建人江西人。聚餐的时候，阿星总是坐在居老板左侧，默默地吃菜，不说话，并且滴酒不沾。开始，连居老板都以为他是不能喝酒的，心里更是瞧他不起。有次福建人朱克龙教居老板划拳，居老板仿佛是中了圈套,输得一塌糊涂,一杯杯罚酒,喝得快坐不住了。阿星站起来,想要动武,居老板却拉住他,含糊不清地说:"都是朋友,都是阿达西!"那些朋友就对阿星说:"有本事你代居老板喝嘛!"居老板半梦半醒的,划拳竟然有了长进,一连赢了好几把,便来了兴致,嗓门也大起来了。不过接下来他输得更惨了。这时候阿星抢过居老板手里的酒杯,一杯杯地喝下去,就像喝水一样。边上有人说,阿星至少已经喝下了一斤八两高度白酒,看上去却像没事人似的。"你小子,行啊!"居老板把阿星的后背拍得啪啪响。"五魁首啊!六六顺啊!七星照啊!"居老板突然有了法宝,兴奋得嗓门尖锐,胃里的东西喷涌而出,溅了半个桌子。

朱克龙算得上是居老板最大的客户,许多料子,他都是从居老板手上买的。但他也只是个二道贩子。朱克龙的客户,是苏州城里大大小小的玉雕师。古城区相王弄里,一家接一家都是琢玉的作坊,以小作坊居多。上档次一点的玉雕工作室,则大多在十全街上。朱克龙人头熟,有许多稳定的客户。居老板的名声也不小,很多人都知道他,知道他眼力好,手里有高货。普货的话呢,往往性价比较高。但是大大小小的玉雕作坊,还有一些名师工作室,都并不直接向居老板进货,居老板也不会把淘来的玉料径直送到他们那里。这个现象在外人看来有点奇怪,但行内人都清楚个中原因。那都是因为有个朱克龙。朱克龙是福建人,个子小小的,却是一个狠人。他最瞧不起的就是身上文了一些什么的人,女的除外。他说过,女人文身好看,手臂上刺一朵花,手背刺个蝎子,小腹刺只蝴蝶,特别性感。但是男人就不一样了,刺上龙啊豹子啊骷髅头啊,都是虚张声势。真要干起架来,这些人都是不经揍的。他的身上,没有任何文身,只有几处伤疤。有一道疤痕,长长的就像一条蜈蚣,从他的肩头一直延伸到肱二头肌的地方。那是被刀砍的。另外一条疤,在他的下颌处,轻易是看不到的。只有当他抬起头来时,这道疤才会暴露出来。那是有人在手指缝里夹了一枚刀片,然后向他挥拳,拳头打在他下巴那里,刀片就差点把他的颈动脉划断了。朱克龙说,这样的文身,才是最牛的。

像朱克龙这样的人物,没人惹得起,居老板当然也不敢惹他。好在朱克龙不是一个无赖，人虽凶狠，却基本是讲道理的。他从居老板手上拿货，从来不赖账，都是当场付款，也不会恶意压低价钱。用他的话来说，生意生意，就是要大家得利。他从居老板这里拿货，卖出去赚点差价，生意稳定下来，他的财路也就稳定了。朱克龙是精明的，他懂得不能欺负居老板，否则居老板来个人间消失，他就没有了进货渠道，也就断了财路。给下家供货，朱克龙有时候就有些不地道了。尤其那些名师工作室，他把高货送过去，要价有时候就没了上限。他知道谁出得起钱。当然最后成交的价格，也一定是双方都能接受的，朱克龙从来不会太过分。

朱克龙不需要保镖，但他竟然就有一个保镖。保镖还是个年轻姑娘，是他的福建老乡，据说还是他的外甥女。孔娟娟长得像个秀气的男孩，说是孔子的第七十九代后人，应该是诗书传家，她却曾经是散打冠军。因为在老家把她的初恋打残了，所以逃离家乡，跟着小舅在外面混。娟娟就是有文身的，以前她在后颈的地方刺了一个英文字母。这个字母，连朱克龙都不晓得是什么意思，问她这个S代表了什么，她都只是笑笑。她心里当然清楚，这是她初恋名字的首字母。朱克龙猜不出这个字母的意思，心里不免郁闷。有天他对外甥女说，他每次看到这个S，都会觉得不爽，S不就是死吗？娟娟对他说，她也觉得不爽。朱克龙说："那为什么要刺上这个？"娟娟说："以前爽，现在不爽了。"朱克龙是个聪明人，大致猜到了是怎么回事，便说现在觉得不爽了，为什么不铲掉它？把S打残了之后，娟娟也想把这个字母铲了，但是想想铲掉之后，这个地方就留下一块疤，也太难看了。朱克龙灵机一动，说："对了，不铲，不必铲，只要添上一个反的S，就成了8。8当然是大家都喜欢的数字，要是嫌一个8太单调，还可以左右各添一个，变成888，大家一起发。"

阿星一杯接一杯喝酒的时候，孔娟娟一直在盯着他看。一开始，阿星蹭的一下从座位上站起来，一副护主的样子，娟娟身上的肌肉，也随之绷紧了。她观察着阿星，只要他一动手，那么，她就会箭一样飞射过去。许多时候，打架能打赢并不在武艺高强，而在于出其不意。阿星一定不会料到，一个小女子，会像躲在草丛里的一只母豹，随时准备蹿出来将他扑倒。饭局刚刚开始的时候，阿星不是没有注意到娟娟。如果没有这个女孩在座，那整个就是一个罗汉宴。一枝独秀，年轻的女孩当然会一下子就将人眼光吸引住。但是，阿星喜欢长头发的女人。孔娟娟的头发，比在场很多男人还要短，耳朵因此显得特别夸张。还有，她后颈那个刺青8字，阿星也看到了。他对她的后脖子多看了两眼，因为很白，很颀长。孔娟娟紧挨着朱克龙坐，阿星就很自然地认为她无非就是朱克龙的女人，一个小情人。

　　动手的事情没有发生。阿星的酒量惊人，但娟娟对于酒量并没有太多的感觉。她从不喝酒，因为有小舅罩着，任何时候都没有人能够劝她喝酒。她看着阿星将白酒一杯杯灌下去，心里交杂着莫名其妙的喜悦和酸楚。这个年轻的男人，像她的初恋吗？不是太像。但是他的身上，却肯定有哪一处是与她初恋极其相似的。哪一点呢？她似乎在努力回忆。她将他从头至脚一遍遍打量，目光恰似一双小手，将他的头发撩起，把他的脑袋扳起来，察看他的头皮、鼻子和毛孔。陌生人的身上，隐藏着要命的熟悉，可是她却无法将它择出来，娟娟感到迷惘。她不饮而醉，有一点飘飘然，空气中弥漫着酒的味道。

　　第二次见到阿星的时候，孔娟娟高过头顶的粉腿，鞭子一样抽打在阿星的下巴上，差点把他踹倒在地。在完全没有防备的情况下被扫了一腿，阿星踉跄了两步，勉强站稳了。如果这时候娟娟再补上一脚，他是一定会倒地的。

　　阿星站稳之后，也飞起一脚，向娟娟踢过去。娟娟灵活得就像闪电，阿星踢了几脚都踢空了。阿星是在一条狭窄弄堂的尽头追上她的，不是阿星跑得快，而是因为这是一条死弄堂，娟娟幽灵一样飘到弄堂底，便再没地方可跑了。这时候，如果她像一件衣裳，坍缩在地上，或者飘然而起，飘到空中，再悠悠荡荡地飘走，阿星也不会感到奇怪。因为阿星完全有理由认为自己是遇见了鬼，否则，他怎么会莫名其妙就挨了一脚呢？这一脚，来得突然，差一点把他的下巴都踢歪了。而他回敬的两腿，却仿佛是踢到了空气。他一路追着娟娟，也好像只是追着一道影子，或者就像是在梦里追一个人，追啊追啊，怎么也使不上劲，当然也就怎么都追不上。

现在娟娟没地方跑了，被追上了，她就站在阿星的面前。在狭窄的弄堂里，两边长着青苔的潮湿墙面，就像两块巨大的夹板，把鬼影一样的娟娟夹住了，让她动弹不得。

这时候阿星出拳，对着娟娟的太阳穴，猛地击打过去。

真是没想到啊没想到，被两边的墙壁夹得似乎不能动弹的娟娟，还是灵活地躲开了。阿星的拳头打到了砖墙上，只听得咔嚓一声响，也不知道是在岁月中风化的老砖头被打碎了呢，还是他自己的拳头骨折了。墙皮掉了下来，阿星顾不得痛，他的头脑已被恼怒和羞愧占据。

如果这时候孔娟娟出手或者出脚，一定会把阿星打得够呛。但她没有这样做，她出人意料地把阿星抱住了。她的身体，绵软地贴紧了阿星。阿星知道不是在梦里，但是，眼下发生的事，也实在是太不真实了。他这才感到了拳头的痛，很痛。他闻到了娟娟身上化妆品的香味，也闻到了她头发的香气。他把她推开，她却再次将他抱住。这一回，她双臂有力，像是把阿星箍住了。

"抱我，好不好？"娟娟的头埋在阿星胸前，这么说着，竟呜呜地哭了起来。

在阿星之前的印象里，孔娟娟就像一个男孩。而此刻，仿佛是她突然变身了，成了一个柔情万种的女孩。身体被她柔软地贴紧，阿星的体内便突然有潮水澎湃汹涌。在昏暗的小弄堂里，他一时间无法确定与他紧抱在一起的，到底是谁。

"为什么要踢我？"阿星像个"老司机"，手不仅在娟娟的后背抚摸，还慢慢往下，摸到了她的屁股。

娟娟立刻松开了阿星，把他轻轻推开了。

"为什么看都不看我一眼？"她嗔怒道。

阿星说："我看了。"

"我没看见你看！"孔娟娟说。

阿星的手痛得厉害，他把拳头拿近了瞧，发现流血了。

娟娟也看到了他手上的血。她把他的手拉过去，用嘴唇抿住伤口，吸吮他的血。

"可是朱克龙——"他抽走自己的手,吞吞吐吐地说。

娟娟似乎猜到了他想说什么。她再一次扑进他的怀里,轻声说:"他是我小舅。"

"小舅是什么?"阿星问。

娟娟说:"你怎么什么都不懂,就是舅舅呗!"

"我还以为是——"阿星没来得及把话说完,嘴就被娟娟堵住了,她的牙齿,咬痛了他的嘴唇。

每次卖掉玉料,居老板都会把得来的现金装进他的旧皮包里。百元的钞票一百张一刀,少则一两刀,多则十几二十刀。居老板从来不数钱,用他的话来说,他只要手上掂一掂,就能知道钞票有几张。装钱的皮包,总是交给阿星。阿星拎着包,神情漠然而庄重,好像里面装的不是钱,而是核按钮。

一百张一刀的钞票,抽掉一张,居老板其实并不知道。每次他从旧皮包里把钱取出来,像是托了一块砖头,煞有介事地掂一掂,就放进抽屉里去了。

有一次,他掂了掂钱,眉头皱了起来,似乎感觉到了什么异样。于是他扯掉橡皮筋,开始数钱。他的手有点笨拙,蘸着唾沫数到一半,手一松,钱散了一地。阿星赶紧捡钱,把地上的钞票一张不缺地递到居老板手里。居老板再数,数完后眼睛直勾勾地看着阿星:"怎么少了一张?"

阿星一脸茫然,盯着钱看。

居老板抓着钱的一头,将钱甩得哗哗响,然后递给阿星说:"你数数!"

阿星的手指竟是如此灵巧,让居老板刮目相看。他的右手,像弹琵琶的轮指手法,很快就把钱数完了。

"你在银行干过?"居老板诧异地问。

阿星面无表情,只是摇摇头:"没有。"

"不少吗?"居老板问。

"不少。"阿星肯定地说。

居老板于是接过钱,再次数了起来。他数钱的样子,笨拙得像是十指都被冻得半僵。这一遍数下来，竟然多了两张。"不可能！"他自己否定了自己，便又数了一遍。

一共数了五六遍，每次结果都不一样。居老板有些丧气，用橡皮筋将钱捆上。"不数了不数了，"他说，"少一张随他娘去了！"

居老板数钱，每一遍都数得不对。阿星飞快地数了一遍，确定就是一百张。不过这一沓钞票交还到居老板手里时，就剩下九十九张了。阿星在少林武校，不仅练武术，还私下里跟一个在附近游荡的假和尚苦学了一通扑克牌魔术。当着居老板的面，唰唰唰地数钱，一张钞票神不知鬼不觉地就钻进了阿星的衣袖里。

朱克龙是个麦霸，每次和居老板他们去歌厅，他都是手不离话筒。一首接一首，拿着麦克风就像拿着根硕大的肉骨头在啃。他歌唱得倒是不错，只是福建口音重了些。阿星总是坐在沙发的一角，他没读过几年书，屏幕上的繁体字认不了几个，因此对朱克龙有点佩服。朱克龙连唱几首，需要稍事休息，就让居老板也来上一首。居老板却从不唱歌，说自己从小就是五音不全。他在歌厅的乐趣，就是跟身边的小姐玩骰盅，一杯杯地灌啤酒。有时候他让阿星代喝，小姐却不干了，说老板你输了得自己喝，帅哥要是厉害就让帅哥自己来玩。阿星不玩，也不要小姐，他总是坐在沙发的一角，跟所有人保持着距离。

朱克龙一边坐一个小姐，另一边坐着孔娟娟。他的一只手在小姐身上乱摸，另一只手常常是搂着外甥女的腰。昏暗的灯光下，阿星的眼睛偶然瞟过去的时候，看到娟娟正在看他。她的眼睛很亮，冷冷地刺向阿星。

这天朱克龙捏痛了小姐，小姐骂了粗话。朱克龙不乐意了，一把将她推开，要她滚蛋。小姐说，走人可以，小费得给。朱克龙犯了倔，就是不肯给。居老板觉得在这样的地方尽量不要惹事，便做和事佬，要阿星从旧皮包里取钱给小姐。朱克龙反对，表示钱是小事，犯贱的话偏就不给。小姐一屁股坐到朱克龙身上，不知道是要言归于好呢还是耍赖。朱克龙不吃她这一套，突然发飙，把小姐扔了出去。小姐被扔到茶几上，乒乒乓乓酒瓶酒杯碎了一地。这就惊动了歌厅保安，进来两个汉子，个个有文身。朱克龙是最烦男人有文身的，抛开哭哭啼啼的小姐不顾，只指着保安手臂上的青龙说："别拿这个来吓唬人，老子最讨厌看到这龙不龙蛇不蛇的东西。"

两个保安走近朱克龙，想把他从沙发上拎起来。阿星猛冲过来，低头撞向一个保安，另一个保安却及时把阿星的衣领揪住了。该保安人高马大，阿星在他面前，显得就像一个没有完全发育的男孩。

两个保安协力将阿星往沙发上扔去，把他扔在了朱克龙的身上。

朱克龙怪叫了一声。

居老板仿佛是为了配合朱克龙，也大叫一声，叫得比朱克龙还要响，还要凄厉，虽然他其实只是安然无恙地坐着。

阿星从朱克龙身上爬起来，拿起一只啤酒瓶就往保安脑袋上砸。保安眼疾手快，竟把酒瓶握住了。他反手将瓶子往阿星头上砸，发出了一声沉闷的响。

大家好像忘记了孔娟娟的存在。阿星头上吃了啤酒瓶一砸后，娟娟脱下自己的高跟鞋，把两只鞋一齐扔了出去，竟然分别砸在了两个保安的脸上。高跟鞋在保安的面孔上反弹起来，一只落到了居老板的肚皮上，另一只砸中了躲在角落里的小姐。

孔娟娟赤着脚，两条腿像鞭子一样在空中飞舞，噼里啪啦的，每一鞭都抽打在保安的脸上和脖子上。一个保安的裤裆里也挨了一脚，他也像刚才朱克龙和居老板一样，发出了号叫。

小姐不再哭，赶紧溜出去叫人。

领班进来之后，大家才住了手。

两名保安的脸，被娟娟的粉腿踢出了血，花里胡哨的。他俩仗着领班进来，摇摇晃晃地又要动手，领班却制止了他们。"结账吧！"他一脸冷血地说，然后挥了挥手，让保安出去。

朱克龙和居老板毕竟都是见过世面的人，事情到了这一步，结账当然是对谁都好。

"结账结账！"居老板亲自把旧皮包拉链拉开，又拉上，慌里慌张地递给阿星，颤颤地说，"阿星，去结账。"

阿星接过皮包，犹豫了一下，出了包间门。

但他没有直接去结账，而是走进了卫生间。

等他从卫生间里出来，看到孔娟娟正站在大镜子前。从阿星这里看过去，有两个孔娟娟——镜子里一个，镜子外头也有一个。

"阿星，"娟娟说，"你慌什么？"

阿星说："我没有。"

"你怕了吧？有我呢，你怕什么！"娟娟转过身，面对着镜子。她像是对着镜子里的两个人说话，一个是阿星，一个是她自己。

阿星去大堂结账的时候，孔娟娟一直跟在他的身后。阿星几次回头，看到了孔娟娟，他觉得心里不再那么害怕，虽然他断不肯承认这一点。

"那小子是个怂货。"朱克龙对孔娟娟说。

娟娟没吱声，只是将嘴里的口香糖吹出一个大泡泡。

朱克龙用食指将娟娟嘴里吐出来的泡泡戳破，说："你喜欢他，是不是？"

娟娟还是没说话。这次她没有吹泡泡，而是让口香糖在嘴里发出了很清脆的声响，就像炸了一个小鞭炮。

"他配不上你！"朱克龙说。

"我想回家。"孔娟娟说。

朱克龙猥琐地笑了，说："想甩掉我？要跟他私奔吗？"

他的手指上，粘了一点娟娟刚才吹泡泡的口香糖。他把它捻了几下，捻成一小团，想塞进娟娟的嘴里。娟娟扭头避开了，朱克龙便将它放进了自己的嘴里。

"想去哪里高就呢？去哪里能挣到这么多钱？那小子，阿星，他有钱吗？他能养活你，让你吃香喝辣吗？"朱克龙伸出双手，刚捧住娟娟的脸，立刻就被她推开了。

"好嘛。"朱克龙说，"但是你还得帮我办完一件事，我才能放你走。"

娟娟看着朱克龙，不相信他说的是真话。"什么事？"她问。

朱克龙说："现在还不知道是什么事，等事情来了，再说。"

居老板虽然见多识广，但是这一次他遇到了一块从未见过的料。料有拳头这么大，白里居然飘着绿。这是什么东西？居老板知道玉有很多颜色，白玉自然居多，此外还有青玉、青白玉、黄玉、红玉、墨玉、碧玉。一度还流行过一种名为"青花"的，跟瓷器里的青花却完全没关系，跟青色也没关系，而是一种黑白同体的玉。好的青花料，必须黑白分明，白的地方白得纯净，黑的地方黑得彻底。出现在居老板面前的这块料，并非碧玉。它的绿色，跟翡翠一样，但它显然不是翡翠。居老板不是翡翠专家，但什么是和田玉什么是翡翠，他还是分得清的。这块白里透绿的玉，他吃不准是什么东西，但还是果断买下了它。物以稀为贵，他心里这么想。卖这块玉的是个新疆小伙，看上去还没发育，说话声音就像小公鸡。不知道小阿达西是从哪里弄来这块料，正巧被居老板撞上。因为细密油润，怎么看怎么舒服，而且开价又不贵，居老板都没怎么砍价，就把它收了。

朱克龙却知道它是啥。

苏州城里的玉雕名师，杨曦是公认的头牌。即使是在全国范围内，他的名声也是最大的，谁都不会质疑他是当代玉雕行业的翘楚。明代苏州有个陆子冈，在古城专诸巷琢玉，他是历史上第一个在玉雕件上刻上自己名款的。一块子冈玉牌，今天在许多博物馆里都是镇馆之宝。杨曦就是当代的陆子冈。大英博物馆特地购藏了两件他的"南石"款玉雕作品。注意是"购藏"，与"收藏"是有区别的。大英博物馆是花钱向杨曦买的。许多博物馆，你捐东西给他，他还不要。他接受你的捐赠，就是给你面子。你的东西不够档次，是放不进有等级的博物馆的，放进去了，你的身价也上去了。杨曦的玉雕，大英博物馆这样世界一流的博物馆，收藏已经是给足了面子，还花钱向他买，他得多厉害。杨曦曾经做过三件套，手镯、挂件、耳饰，给他太太作为生日礼物。这三件稀世孤品，是用同一块料子做的，羊脂白玉质地，上面绽放着一朵绿牡丹，正是用白玉飘绿的珍贵和田玉琢成。朱克龙在"南石"玉雕工作室见到这三件套，眼珠子都差点掉出来。据说，有人出价三百八十万，杨曦都没卖。当然不会卖，料子稀少还在其次，东西是特意为太太雕琢，加个零也不会卖的。朱克龙知道这种玉料的特别和珍贵，在居老板这里看到，心念大动，自然不会放过。

居老板不仅会看玉，也会看人。见朱克龙眼里放射出非同寻常的光，就知道自己必定又是捡了大漏了。这块玉他买来不过花了小几万,在朱克龙面前,开口便是一百万。朱克龙的估价,不会低于一百八十万,听居老板开价一百万,简直不敢相信,同时也起了疑心。他拿过玉来,用强光电筒上下左右地打,恨不得虫子一样钻进玉石里探清究竟。破天荒地,他还问居老板身上带没带放大镜。居老板笑了,说朱老板你开什么玩笑,看玉还要用放大镜啊?居老板笑得有道理,不仅是看玉,看其他东西,书画、瓷器、竹木牙角雕,行家根本不需要放大镜。拿着个放大镜东瞧西瞧,一定是个傻冒。现在朱克龙竟然提出要放大镜,是因为他心里不踏实,这样的料,不该是这个价啊。"没问题吗?"朱克龙问。居老板说:"什么问题?"朱克龙说:"染色的吗?"居老板说:"要染也不会染这种颜色啊,染个洒金皮、秋梨皮不是更好?"

朱克龙犯了交易的大忌。讨价还价是买卖活动中必有的环节,这对双方都有好处。开价再便宜,也得还一口,否则卖家心里会不舒服,觉得是不是漏掉了。居老板说一百万,朱克龙就答应给他一百万,居老板心里五味杂陈。首先他有点不敢相信,自己狮子大开口,开了一个比心理价位高出十倍的价钱,朱克龙竟然一分不砍。其次,他马上觉得后悔,心想如果开得更高,朱克龙应该也会要。这时候用一句"悲欣交集"来形容居老板的心情,倒也不失恰当。

百万现钞装在一只红绿相间的编织袋里,居老板把它接过来,手都禁不住暗暗发抖。他在心里瞧不起自己了:你老居经手的钱还少吗,怎么就像乡下人一样没见识?但手就是不听话,抖得编织袋里装的好像是活物,簌簌地响。居老板把钱袋子递给阿星,似乎这袋钱实在是太重了,他已经提不动了。

天色已晚,居老板把钱袋子交给阿星的时候,突然觉得阿星的面目模糊得让他感到陌生。难道他会把这一大袋钱交给一个陌生人吗?这是谁?他心里一惊,嘴里叫了一声"阿星"。

阿星答应了,这声音是居老板熟悉的,他这才放下心来。

两个人回到住处附近,照例把车停在离弄堂不远的马路边上,一棵高大的香樟树下。阿星提着钱袋子，居老板倒像是保镖，警惕地跟在阿星身后。他的眼睛，紧盯着阿星手里的钱袋，似乎看到里面装的是活物，它正在挣扎，好像快要咬破袋子，从里面钻出来，箭一般逃跑，或者鸟一样飞走。

也不知道为什么，弄堂口的路灯坏了，黑咕隆咚的让居老板紧张起来。他正想把阿星手里的钱袋拿过来抱在自己的怀里，小弄堂里却飞出来一个黑影，飞起一脚，先是踢倒了阿星，再一脚，把居老板也踢得倒在了地上。

还没等居老板明白发生了什么事，黑影就不见了。当然，钱袋子也不见了。

阿星还算是反应快的，从地上一跃而起，也顾不得居老板，兀自追那黑影去了。

"阿星——阿星——"居老板人还坐在地上，嘴里凄惶地喊着。

那个抢钱的黑影，好像全身都被黑布裹着。尽管这样，阿星还是看了出来，盗贼正是孔娟娟。那飞过来的一脚，他也早已经领教过，腿的速度、力度，以及踢在他身体的哪个部位，都让阿星毫无疑问地做出判断。他刚爬起来追赶的时候，还能看到娟娟的身影，就像黑夜里的一只蝙蝠，精灵般往前飞。但是追了十几步，她就不见了。阿星再次暗暗佩服，娟娟的身手真是了得，飞腿踢人就像甩鞭子一样稳准狠，奔跑的速度也超乎常人。尽管阿星拼足了力气追赶，还是被她甩掉了。

阿星也知道自己追不上孔娟娟。即使追上了，又能怎样？凭他那点功夫，根本不可能从她手里把钱抢回来。为此他心里特别难受，说不清是一种什么古怪的滋味，既有点屈辱，又像是妒忌。他讨厌这种感觉。如果他身手过人，功夫远在娟娟之上，那么就能轻松制服她，将钱抢回来，送还到居老板手里。这段时间以来，也就是认识了孔娟娟以来，他都被自卑折磨着。尤其是发生了歌厅里的事，他居然要在一个小姑娘的保护下，才敢去总台把消费和赔偿的钱款付清。他鄙视自己，瞧不起自己。他一点都不感激她，她保护他、喜欢他，倒像是对他的侮辱。他不止一次暗地里打算离开居老板，悄悄地一走了之，再也不要见到这些做玉的商人，不要再见

· 219 ·

到孔娟娟。

阿星停下来，听到自己喘着粗气。他就像一条酷暑中的狗。

路边是一幢空壳高楼，楼房已经封顶，但门窗都洞开着——其实根本就没有门窗。阿星打量着大楼，脑袋突然疼了一下，抬头看时，发现有个人影在窗洞里探出半个身子。"阿星！"孔娟娟躲在空壳楼里，一直观察着阿星，见他在楼下发呆，便捡了一颗小石子，准确地掷中了他的脑袋。

究竟一口气爬了多少级楼梯，阿星自己一点也不知道，只是往上冲冲冲，生怕稍慢几步，上面的孔娟娟就飞走了。直到他觉得快喘不过气来的时候，孔娟娟从黑暗中冒出来，将他拦腰抱住了。

阿星反手勾住她的头颈，这回是下了死力气，好像要用尽全力将她的脑袋拧断。这时候娟娟完全可以抬起腿，用膝盖猛顶阿星的裤裆，但她没有反抗，只是吃力地吐出一句话："钱——在那里！"

钱袋子就在阿星的背后，像一块石头缩在墙角。阿星松了手，要去拿钱袋，娟娟从背后又一次把他抱住了："阿星，我们一起走吧。"

"阿星，阿星，"她喃喃道，不知是哭还是笑，"阿星，这些钱就是我们的，我们一起走吧。我想到海南去，我想看海，我想看椰子树。"

"那，朱老板，你舅舅……"

"他不是人！"娟娟说。

"他怎么啦？"阿星其实是明知故问，他推开娟娟，昏暗中看到她的脸特别白。黑暗中一身黑衣，她的脸就像是悬浮在空中的一个面具。

娟娟的手从阿星的衣领里伸进去，抚摸他结实的胸脯："说出来恶心，为什么要让我说？要让我再恶心一次吗？你不怕恶心吗？"

阿星的手，也开始摸她的身体。她的胸小小的，屁股却饱满而结实。

"阿星，我们到楼顶上去吧！"娟娟的话，轻轻吹进阿星的耳朵里，他觉得痒痒的。

"做啥？"阿星放开她，警觉地拎起钱袋子。

"阿星——"娟娟的身子柔软得就像一条蛇，绕在阿星身上扭动。

"我想在楼顶上，看着天，看着星星，和你……"她拽着阿星，走上了最后一道楼梯。

他们看到了星星。

果然有好多星星，像萤火虫，在夜空中飞来飞去。

"阿星，我要那颗最亮的，你摘下来，给我镶成一只钻戒，好吗？"

阿星有点恍惚。觉得这时间，这地方，这夜空下吹着微风的高楼楼顶，一切都显得很不真实。

娟娟已经把她的衣裤全部脱下来，铺在了地上。星光之下，她是这样白皙，就像一条光滑的白鱼。

她又帮他把衣服脱了。她脱得一点都不小心，牛仔裤拉链往下拉的时候，他突然觉得有点痛。好像是拉链夹到了他的皮肤。

他们摇动了空洞的大楼，摇动了整个天空。他们化身为两只萤火虫，汇入了星星的海洋。他们和星星一起飞舞，和夜空一起旋转。娟娟快乐的呻吟，与远处一只猫的叫声遥相呼应，这是这座城市隐秘的声音，在人间之外，梦境之中。

这篇小说如果写成一部中篇，那么接下来就是他俩提着这袋钱，双双飞赴海南岛，在那里过上了幸福的生活。然而生活总是喜欢跟热爱它的人作对，在海南一个叫大山的小村庄里，小夫妻俩开在一座水塔下的咖啡店，经常遭到恶人的骚扰。阿星和娟娟两个身怀武功的人，并不想显山露水，只想跟当地人和和气气相处，夫妻恩爱，生几个可爱宝宝，享受平凡的人生。可是恶人得寸进尺，竟然趁阿星外出的时候，欲对娟娟行不轨之事。娟娟当然忍无可忍，失手将登徒子打死。仿佛故伎重演，小夫妻俩不得不再一次踏上逃亡之路。或者是，孔娟娟被判防卫过当而入狱，阿星在大山村便也待不下去，带着年幼的女儿回到家乡。在家乡他得知居老板出了车祸命丧黄泉，不禁唏嘘。阿星对居老板深感愧疚，买了香烛，提了酒菜，去居老板坟上给他磕头，向他请罪，请他原谅自己没能把百万现钞追回来，反而跟娟娟私奔，花光了这笔本不属于他的钱财。人世间的故事，实实在在发生的和小说家虚构的，总是难以辨别，许多时候虚构活灵活现，真实发生的反倒显得虚假而不合理。当然，相比真实发生，虚构更加自由，有着无限的可能性，各种不同的情节指向，都能让故事沿着不同的小径发展下去。比如，结局还可以是这样的：正当孔娟娟和阿星打算拿着巨款逃往海南的时候，朱克龙和警察出现了。朱克龙早就觉察到了娟娟的二心，一直都在提防着她。让她蒙面去夺回付给居老板的百万现金后，他报警说孔娟娟正在实施抢劫。这样做看起来对他全无好处，但他意在陷害娟娟，以报复她对他的"不忠"。天底下哪有这样的舅舅？可他就是一个这样的禽兽舅舅。

而我这篇小说，从写下第一个字起，就已经确定为短篇。所以以上一段，纯属扯淡。只是要在结束之前，让读者诸君放松一下紧张的情绪，从专注的阅读中抽身出来，不必把虚构的故事太当真。

下面一段才是本小说真正的结尾：

娟娟穿好了衣裳，阿星猛地飞起一脚，把她从楼顶踹了下去。她像一只黑色的燕子，仿佛要向迷幻的星空飞去，却突然折断了翅膀似的，向着地面急剧下坠。

阿星屏住呼吸，听娟娟的身体在空中舞出风的声音，最后，在地面发出了沉闷的一响。

他的手机突然响了，《小苹果》的旋律，在这寂静的夜里着实把他吓得不轻。

看到是居老板来电，他对着屏幕吐了一口唾沫，然后关了机。

他提着一袋钱，幽灵一样从楼上走下来，消失在了城市的更隐秘处。

原载《收获》2024 年第 2 期

津子围

大任

　　任十八一进屋就觉得里面的气氛不对，他看到赵老三和钱老二都一副无精打采的样子，问了一句，孙老大回来啦？他人呢？两个人都没说话。赵老三、钱老二、孙老大算得上是他的徒弟。年龄上，孙老大最小，钱老二居中，赵老三最大。这几天，孙老大没在工地，起五更爬半夜去火车站排队买票。本来年底前工期紧张，他们每天都要工作十三四个小时，正是人手紧张的时候，把孙老大放出去，也是没有办法的事情。不过买票也不容易，挨饿受冻，不比体力活儿轻快到哪里去。按时间推算，今天是腊月二十八，如果再买不上火车票，回家过年的计划恐怕就要泡汤了。任十八知道大家都在想什么，他何尝不想呢？在回家过年这个问题上，他的心情与赵钱孙一样焦虑和急迫，并且，他的心情肯定比他们三人还要沉重，毕竟他是领头的。

　　任十八进屋之后，赵老三和钱老二又开始干活儿了，赵老三去画佛像的手指，钱老二在修复庙门的柱子顶，砂纸打磨下来的粉末洋洋洒洒，弥漫在昏暗的大堂里。说任十八是领头的，其实他只是古建筑修复公司一个小"工头"，主要承担壁画和梁柱浮雕的修复，同时根据需要创作一些新的壁画。画佛像，画罗汉，也画一些当地风俗中的妖魔鬼怪。外面，寒风呼啸，没有窗框的窗户洞口挂着塑料布，经冷风一吹，呼呼啦啦、噼噼啪啪作响。赵老三骑在人字形梯子上，一条腿踏在木梯凳上，一条腿耷拉着，脑袋上顶着探灯，画了不到十分钟，他就得要求暖手。任十八将暖手的棉套递给赵老三，说你小心点儿。暖手的棉套是棉裤腿改造的，里面放热水袋保温，每隔一会儿，就给画工暖手。画画是个精细活儿，不能戴手套，只能画一会儿，暖一下僵硬的手指，不然那些壁画既达不到工程质量要求，也达不到他们内心确认的标准。从技艺水平来说，任十八当然要高出赵老三许多个层级，除了关键部位，他有意培养赵老三。任十八做师傅当之无愧，不过他从不以师傅自居，如果赵钱孙三人谁要管他叫师傅，他准不高兴。事实上，几个徒弟与他也没有师徒的名分，他们都叫他"大任"。一般意义上理解，在姓氏面前加一个"大"字的人，就算身材不魁梧，起码个头也够，任十八则不然，他个子不高，又黑又瘦。那个"大"字，大概源自大家对他能力水平的肯定吧。

这时，孙老大拎着盒饭进来，他看到正在给赵老三打下手的任十八，小声说了一句，大任也在呀！随后就缄默了。孙老大去临时搭的铁皮火炉上热饭，好像原本就没发生过什么事儿。任十八预感到，孙老大的任务肯定没完成，不然不用问，孙老大也会欢天喜地邀功请赏了。吃饭的时候，孙老大才把买到的车票拿了出来。饥寒交迫几日，他仅仅抢到一张票。四个人一张票，明摆着出了一个大难题。回家过年是他们这些常年在外的打工者的头等大事，忙活一年了，就盼着大年三十全家团圆，年夜饭几乎成了他们生活中的隆重盛典。所以大家只管吃饭，谁都不提车票的事儿。不提归不提，任十八心里有数。当然，这个难题更是出给他任十八的，他知道赵老三老娘的身体一直不好，前一段时间病重，专门给他来过电报，估计这个时候，他早就归心似箭了。钱老二家里给他定了亲，正月里，男女双方要见面，亲家要过彩礼，他钱老二可是主角，主角不登场，这个戏怎么演下去？还有孙老大，他年龄不大却染上了好赌的臭毛病，在老家欠了债才出来打工的，钱是挣了，还债的事情，还需要当面锣对面鼓地签字画押。任十八心想，你说这张票给谁吧？如果从他的角度来说，他也必须回家。老母亲虚岁七十三，病恹恹的，老话讲七十三八十四，过了这个年，不知道她还能不能熬过明年。还有，他已经答应老婆回家过年了，这么多年，他几乎从没对老婆食过言。老婆是师傅的女儿，他是师傅的高徒，就因为未经师傅允许，私下跟他的女儿好了，师傅就和他断绝了关系，从此他失去了正统画师的身份，在业界也失去了地位，所以只能以一流的水平拿三流的酬金。任十八想老婆，想三个女儿。当然，他心里还隐藏着一个说不出口的想法：他想抓住老婆还可能生孩子的最后机会，再要一个儿子，了却他终生所愿。所以这次回家过年，对他来说就显得至关重要！

吃过晚饭，他们继续赶工，一直到了晚上十点，在任十八的催促下，大家才疲惫地回了集体宿舍。路上，赵老三对任十八说，大任，我们几个商量过了，把票给你吧，你肯定不同意，那我们就公平竞争。任十八问，怎么个公平竞争法儿？孙老大说，我那儿有扑克，咱抓大点儿，谁赢了，票就归谁。任十八瞪了孙老大一眼，说你一时不赌点啥儿，心里就痒痒是吧？钱老二说，要不我们抓阄吧，谁运气好，车票就归谁。任十八想都没想，随口说，不行，不行！赵老三说，这不行，那不行，总不能把车票瞎了吧？那张票可是孙老大用半条命换来的呀。任十八想了想，不再言语了。

那天晚上，他们准备了四张纸条，三张上写"谢谢惠顾"，一张上写"恭喜中奖"。在集体宿舍昏暗的灯光下，赵老三隐约地瞥见孙老大纸条上的标记。他们先后抓了三次阄，三次的结果都是任十八赢。本来第一次有了结果，就应该定下来，可任十八不同意，他说这也太巧了吧！于是，他们又抓了第二次，第二次还是任十八"中"了，任十八还是不同意，说，这也太巧了吧！后来就抓了第三次，任十八最后一个打开纸条，上面是孙老大歪歪扭扭的字迹："恭喜中奖"。"喜"字是繁体字，两个喜字……再一再二不能再三再四，这回任十八无话可讲。

任十八拿到了唯一一张回家过年的车票，可他心里并不好受。他像一个老婆婆一样，絮絮叨叨地安排赵钱孙三人过年的伙食，叮嘱他们不要到社会上跟人发生口角，更不能产生冲突，燃放烟花爆竹要注意防火等等，同时，他还用皱皱巴巴的小本子记录下三个人委托他代办的事项。临行的头一天晚上，三个徒弟还陪着他放肆地喝了一顿大酒。集体宿舍外面漆黑一片，幽深无边，隐约传来小号的旋律，声音划破了寂静的夜空。也许是年底前的操劳，也许是心里郁闷，四个人在钻心刺肺的小号伴奏中，竟然喝掉了半塑料桶当地的小烧酒，几乎酩酊大醉，有的哭，有的笑，有的闹。任十八也喝多了，去厕所时瞅着镜子，问镜子里的自己，哎，你是谁呀？我怎么瞅着你面熟呢！赵老三也进来，他也看到了镜子里的自己，他说大任啊……你喝多了吗，你怎么连我都不认识啦？

第二天一大早，三个徒弟还没醒酒，任十八独自去了大庙工地。他望着还没完工的壁画，心里默默盘算着接下来的工期，朦朦胧胧之中，他仿佛已经看到了壁画里幽深无底的婆娑世界。不知不觉中，任十八觉得自己的眼睛有些湿润，透过泪眼，他沉默地凝视着壁画，凝视了很久……太阳升起之前，任十八就上路了。他在县城的商场里买了很多东西，那些东西分别是赵老三、钱老二、孙老大委托的，他把那些大包小裹有顺序地捆绑着，径直背到火车站。时间还早，任十八宁愿早点儿到车站去等火车，他可不敢有半点儿马虎。

很多事情就是这样，用心过度了，反而出现了差错。在拥挤的人流中，任十八被推推搡搡着上了火车，他的座位在车厢中间，不过七八步的距离，可任十八用时十几分钟，几乎使出了吃奶的劲儿，才找到车票对应的座位，然而，那个座位上已经有人了。任十八将车票递给座位上的人，那人看了看，说，你这个老哥啊，上错车了！经过确认，任十八的确上错车了。一瞬间，任十八的头像被钝器击打了一般，嗡嗡直响，眼前一片模糊。在其他乘客催促下，任十八只好返身向门口挤去。上车不容易，下车就更难了，因为上车的人比下车的人的心情更加迫切。还好，任十八总算在开车之前下了车。

任十八拿着票询问站台上的客运员，客运员告诉他，他应该乘坐的那趟客车刚刚开走。说的时候还用手指着前方，大概五百米开外，隐现一列绿皮火车的车尾。任十八顿时觉得两腿发软，一下子瘫坐在站台上。客运员问他，大叔，你没事吧？任十八的眼泪无论如何也阻止不了，噼里啪啦地掉了下来。懊悔、失望、委屈，各种情绪五味杂陈，混杂着一齐拥上心头。客运员大概被任十八打动了，他过来拉任十八，说大叔啊，这几天运力紧张，火车都不准点，我估计你这趟 L256 肯定晚点，它得给 T 字头的快车让路，也得给调拨物资的专列让路。你看，那不是停在前边不动了吗。任十八听明白了，他试探着问客运员，那我可以去追那趟车吗？客运员说，你追过去也没用，谁也不敢给你开门。我给你出个主意，兴许还有机会。你现在马上出站，在站前租一辆三轮车，赶到下一个火车站。下个车站叫白城子，离我们十五公里。我估计你到了白城子，L256 可能还到不了那儿。任十八感激地对客运员致谢，同时心里那团被叫作希望的火焰又燃烧起来。

事实上，任十八并没有出站台，他对赶到下个火车站上车心里不托底，还是觉得直接追赶火车更牢靠，看在眼里，抓在手里，这样才有安全感。任十八重新整理了包裹，他有农村干活儿经验，那些包裹仿佛地头收割的地瓜袋子，被他叠罗汉式捆绑，然后紧紧地扣在身后。就这样，任十八背着高过他一头的背包下了水泥站台，沿着铁道线开始追赶火车。那列属于他的火车，锁在冬日的雾霭里一动不动，好像知道不该把大任丢下，静静地在前面等待他一样。

一路追赶了五百米左右，任十八还真的追上了火车。那列客车无声无息地停在空旷之地，好像冥冥之中的安排。客车是静止的，客车的门却打不开。无论任十八怎么敲打车门，车门都是一副冰冷的面孔，毫无反应。墨绿色车门挂着一层薄薄的霜，像成熟的柿子上的糖晶，而车厢的裙脚挂满了褐色的冰溜子。其实任十八也知道，列车途中不会开门，开门违反了安全规定，没有人会为了他、一个普普通通的打工者破这个例，况且，这个例也不能破。任十八太累了，他慢慢走到客车的尾端，坐在铮亮的铁轨上。属于他的客车就在眼前，可是他眼看着却上不了车，一筹莫展。任十八在铁道两侧走过来走过去，雪地上留下凌乱的脚印。这时，任十八的手碰到了个硬邦邦的东西，他摸了一下，是裤兜里的口琴。任十八把口琴拿了出来，无奈之中，他开始吹口琴。任十八不懂乐理，也不识五线谱，连简谱都不认识，口琴的音调是他自己摸索出来的，凡是他会哼哼的曲子，都可以用口琴吹出来。任十八可以吹很多曲子，此时不知为什么，记忆里冒出来的是《明天会更好》的旋律。这样，任十八就吹起那首曲子，旋律回荡在空旷的原野里。任十八身边，除了沉默的深绿色的铁家伙，就是路基外雪地里白色的银穗草，和远处掉光了树叶的枯干树木。任十八吹了一遍，再吹一遍，吹第三遍时，一个身影映在雪地上，他抬起头来，看到一位穿工装的铁路工人。那人大概是巡道工，他嗵的一声，将镐头竖立地上，两手扶着镐把，支撑在下巴上。他发白干裂的嘴唇上翘着，露出褐黄色的烟牙。巡道工说，真好听！任十八摇摇头，没说话。巡道工问，你怎么下车了？任十八苦涩地说，我还没上去呢。巡道工观察一下客车，说这也不是上车的地方啊，你应该在站台上车。任十八说，我也想啊，可是我没赶上车。巡道工又向车站的方向望了望，说，你不会是撵火车过来的吧？我在这条铁道线上二十多年了，见到有扒货车的，还没见过撵客车的。任十八只好把自己的遭遇讲给巡道工听，恳求巡道工能帮一帮他。巡道工直摇头，他说中途停车，火车绝对不能开门，你最好还是去下一个火车站吧。如果幸运的话，应该还来得及……你没看明白吗，这趟车停在辅线上，什么时候开，谁也说不好。任十八有些失望，目光黯淡而呆滞。巡道工却笑呵呵的，他还跟任十八讲起了笑话，说现在比以前强多了，以前慢车挤得水泄不通，乘客连厕所都去不了，有一年春运——他强调是寒冷的天气——塞满了乘客的火车停在一个小站加水，一位乘客实在憋不住了，只好将屁股伸出窗外，"新出炉"的大便冒着热气儿，站台管理员喊了起来，叼雪茄的胖子，把头缩回去，你不要命了？讲完，巡道工哈哈大笑，任十八却怎么也笑不出来。巡道工问任十八，你还能再吹一曲吗？任十八问巡道工，你想听什么？巡道工说，你刚才吹的那个曲子就非常好听。任十八没说话，拿起冰冷的口琴，又涩涩地吹了一遍。

  巡道工要离开了，临走之前他对任十八说，客车在中途停车是不可能开门的，不过，有的窗户可能会开……开车窗是乘客的事儿，这一块儿不归列车员管。任十八听明白了，他感激地对巡道工点了点头。巡道工走了几步，又转回头来，他说打开的车窗，一定会冒热气儿。

  任十八对巡道工十分感激，用目光把巡道工送出很远……接下来的事情，好像就顺利多了。任十八不用一个车窗一个车窗去看，他可以通过车

· 228 ·

窗散发的热气直接锁定目标。还好，真的找到了打开的车窗。任十八来到敞开车窗的那节车厢，向窗口发出请求信号，里面的乘客很好奇，经过任十八一番解释和央求，里面的人有些同情他，但同时也十分犹豫。很显然，车厢内拥挤不堪，不愿意找麻烦的人还是占了上风。最后多亏了一位农民工大哥，他把任十八的行李从车窗接了进去。行李是进去了，可任十八爬进去就难了，一方面窗口离路基太高，任十八踮着脚才勉强够到农民工兄弟的手指。农民工兄弟伸出两手来拉任十八，拉到一半就顿住了。车厢外的铁皮太滑，任十八的脚怎么也使不上劲儿，他滑落下来。任十八在车下重整旗鼓，他想，不管怎样我一定能够上去的。任十八想办法的时候，车厢里的农民工兄弟也在想办法，后来他居然抛出一根帆布行李绳，任十八抓住行李绳，套在自己的腋下。就在这时，任十八的胳膊碰到自己的口袋，他觉得好像少了点什么，口琴呢？任十八上上下下摸着，口琴的确不在了。任十八侧目向车尾望去，心想，刚才还吹了口琴，丢也不会丢得太远。任十八对农民工兄弟说，我的东西掉车后头了，得去找一找！农民工兄弟说，你快去吧，我这头儿再想想办法。

　　任十八沿着铁道线往回走，向刚才与巡道工见面的地方寻找。还好，在客车的尾端，夕阳中路基下的雪地里，口琴闪烁着耀眼的光泽。任十八快步走了过去，把口琴拿在手里，宝贝一样，小心翼翼地吹掉上面的雪沫。这时，火车开始鸣叫，任十八预感到不好，他转身向开窗的那节车厢跑去。遗憾的是，还没跑出几步，火车头已经喷出长长的雾气，整个车身吱扭一声，震动一下，开始缓缓启动。而任十八整个人被浓浓的雾气隐没了，待雾气散尽，火车已经跟他拉开了距离。任十八加速追赶，摔倒了，爬起来，再摔倒，再爬起来，拼了命地追赶。然而火车的速度越来越快，任十八还是被火车落下了，越落越远，最终大车在他的视线里消失了。任十八呆呆地坐在雪地里。现在，他不仅没登上车，所有的行李还都被火车带走了。

　　此刻，任十八已别无选择，他只能沿着铁道线继续向前追赶。下一个车站据说离这里十五公里，他多么希望在他到达下一个车站之前，那趟列车还能停下来，停在铁道的辅线上静静地等候他。任十八不停地走啊走，忘记了饥渴，忘记了疲劳，甚至忘记了自己。天色已晚，四周幽暗，看不到任何光亮，即便有灯光，也是后面过来的火车射出的强烈的、刺眼的光柱。每次看到远处的灯光，听到铁轨反射的声音，任十八就连忙躲到路基下，站在铁道旁的雪地里，眼睁睁看着一列货车或一列客车轰隆隆地驶过。每次有列车驶过，扬起的雪沫子都会让他经受一次风雪的洗礼。

　　任十八沿着铁道线向前走着，他不知道到下一个车站还要走多久，更不知道那列火车会不会停在前边等他。他能做的，只有毫不停歇地走下去。铁轨枕木的间距并不适合人的步伐：踩在一道枕木上，步伐太小；踩在两道枕木上，步伐又过大，十分消耗人的体力。平时如果走在路基下面也许会好一些，但是雪地里不行，那里的积雪没过脚脖子，走起来也很吃力。任十八觉得自己的体力消耗很大，可他带的干粮和水都在行李包裹里。走着走着，天空开始飞舞雪花。任十八停了下来，他憋足了力气，冲着天空大喊一声，真是……好大的雪呀！

　　喊过之后，任十八觉得自己实在走不动了，蹲下来大口大口喘着粗气。没多大的工夫，雪花已经白了他的头顶和肩膀，任十八打了一个激灵，他可不想自己变成冰冻雪人。他挣扎着站了起来，一步一步，继续向前方走去。

　　任十八到达白城子火车站已是晚上九点，首先发现他的是机务段的铁路工人，他们以营救的方式，把任十八搀扶到车站的工人休息室。任十八吃了馒头，喝了热水，体力得以逐渐恢复。从工人师傅那里，任十八得到一个令他意外的惊喜，L256客车在白城子车站，就停在最外侧的铁道线上。任十八向工人师傅讲明情况，工人师傅领着他去见了站长。站长认真地看了看任十八的火车票，有些严肃地对任十八说，你买的火车票，是一张假票！任十八愣住了，傻眼了，沉默一会儿，他竟然扑哧一声，莫名其妙地笑了起来。

　　在站长的帮助下，任十八从L256客车上拿回了行李，但那趟回老家的火车，他终究还是没能上去。一折腾就到了半夜，任十八只好在车站候车厅里——也就是被称为"票房子"的地方过夜。也许是临近大年三十，候车厅里的人并不多。又累又乏的任十八就躺在长条椅上，迷迷糊糊睡着了。睡梦中，任十八的老婆出现了，她正给任十八掏耳朵。以前，老婆经常给他掏耳朵，她对他的耳朵非常熟悉，以至于知道他什么时候是干耳屎，什么时候是油耳屎，采用什么方式掏、用什么样的力道掏他最舒服。掏出耳屎之后，老婆还用头发丝儿在他耳朵里拨弄，痒痒的，将他的陶醉推到了顶点。任十八咯咯笑着，醒了过来。睁开眼睛，任十八看到的是空空荡荡的候车室棚顶，陈旧得犹如自己发黄的枕头，而棚顶和墙面连接处，现出漏雨泗湿的痕迹，像三个女儿小时候尿过的褥子。任十八抬头向四周看了看，旁边椅子上横七竖八，都是酣睡的乘客。他知道，自己不过做了一个可心的梦而已。任十八想，离天亮还有一段时间，自己还要争取再睡一会儿，多攒一些精神头儿，明天可是大年三十啊，不知道自己能不能回老家，或者开始干脆回大庙工地……昏暗之中，任十八渐渐看到了光亮，看到了身穿朝服的阎王爷。阎王爷坐在大殿上，声音洪亮地对他说，任十八，你的壁画完成了吗？完成得好吗？如果你完成得很好，我就特许你回家过年，给你发免费的火车票！不然，我就判你在阴曹地府服役！任十八战战兢兢地从地上爬起来，来到了自己画的壁画前，透过壁画，他仿佛看到老婆和三个女儿的影子，只是老婆、女儿被一层厚厚的冰隔绝了，任十八呼喊老婆和三个女儿的名字，她们根本听不见，而且，那影子离他越来越远，越来越模糊，最后一点点消散……任十八的嗓子喊哑了，喊出了血丝，然而无济于事。任十八觉得自己已经撕心裂肺、肝肠寸断。

大年三十那天上午，站长来找任十八，对他说，下午三点有一趟列车，要想回家，你只能坐这趟车了。任十八问站长，那我什么时候可以到家呢？站长说，恐怕得明天晚上了。情况很清楚了，长途旅客将在车上度过大年夜，到家最快也得大年初一的晚上，对于极其重视大年夜全家团圆的任十八来说，这已经失去了回家过年的意义，可是不管怎样，他任十八终究可以回家了。

阴历三十下午三点，任十八终于登上了回老家的火车，这会儿他不用忧虑，也不用焦急了，因为那天坐火车的人很少。任十八很从容地登上了列车，整个车厢里空空荡荡，加上他也不过五个人，尽管如此，任十八还是把大包小裹摆上行李架，然后，自己一个人躺在宽敞的座椅上。火车开动了，车轮的节奏从椅子上传递过来，嘎噔、嘎噔，那是车轮轧过铁轨连接处发出的声响。嘎噔声间隔的时间长，说明车速慢；嘎噔声间隔的时间变短，说明车的速度开始加快。那天的天气很好，阳光从一排车窗射进来，车厢里的暖色饱和度很高，热烈而稠密……还有，上厕所太方便了，没人催促，可以稳稳当当地对着污渍滋尿。任十八年想起在工地集体宿舍，他和钱老二一起尿尿时，钱老二就专门对着污渍滋尿，男人都有这个习惯吗？还有同别人一起尿尿时，他总是有防备心理，好像别人可以发现自己的隐私和弱点似的。任十八尿完尿，抖了抖身子。尽管他从容不迫，可还是不小心把尿液滴到了裤脚和鞋面上。

从卫生间出来，任十八迟疑了一下，他发现车厢角落里有一双眼睛在盯着他看。他仔细确认了一下，那双小眼睛既神秘又令人捉摸不定。突然，随着呼的一声，车厢猛地抖动了一下，应该是相向的两列车在会车吧。会车结束，任十八又去寻找那双小眼睛，可不知道为什么，那双眼睛已经消失不见。没多久，火车轰鸣着驶进了隧道，窗外顿时一片黑暗，车厢里的灯随即点亮，反而把外边衬托得更加黑暗。任十八趴在车窗前向外面观望，他逐渐适应了黑暗中暗淡的光线，慢慢地看到隧道里的物体以及形状。透过车窗反射，任十八看到自己的小眼睛变成了双眼皮，准确点说那不是双眼皮而是双层眼皮，大概是车窗双层玻璃映衬的结果。

除夕夜，列车长、服务员把几个车厢的人召集到餐车，大家有说有笑，一起包过年饺子。列车长还提议大家表演节目，于是，有人拉小提琴，有人跳舞，有人唱歌。轮到任十八，他吭哧半天，才说自己只会吹口琴。在列车长和服务员的鼓励下，任十八吹了一曲《明天会更好》，曲子没跑调儿，他就是胸闷，气儿不够用……总之，大家都很高兴，欢天喜地的，脸上洋溢着灿烂的笑容。

多年以后，赵老三和孙老大在高铁一等车厢里相遇。赵老三问孙老大，钱老二现在怎么样？孙老大说，咱们一起过了那个大年之后，他就再也不搭理我了。后来的事情你都知道了，他娶了大任的大女儿……你呢？你俩怎么样？赵老三说，那年过年之后，钱老二和我也断了，我们之间一直没交往……孙老大说，这件事成了我的心病，懊悔、自责，反反复复折磨我好多年，可我是好心啊，我想把机会让给师傅，哪承想，好心却……赵老三说，我也是，想了这么多年没想明白。突然有一天晚上，我眼前出现了大任领咱们画过的壁画，那些画有新画的，也有很多年前画的。让人惊奇的是，壁画上的人物竟然都活了，画中人你来我往，熙熙攘攘，紧接着大任带着咱们三个进入那个世界里，那里清凉无比，我敢说那绝对不是梦，我真真切切地闻到了倔强而辛辣的油彩味儿。

孙老大愣住了，沉吟一下说，如果我说这个场景我同样经历过，你信吗……而且，我们坐的火车是往回开的，一路走啊走的，越走我们越年轻！赵老三泪眼蒙眬地望着孙老大说，要是真的就好了，可那是不可能的。

原载《作品》2024 年第 4 期

徐则臣

紫晶洞

认识齐桑纯属偶然。我们的翻译得急性阑尾炎住院了,临时请的翻译要后天上午才能从圣保罗赶过来。按行程安排,这两天就是瞎溜达,没翻译,吃喝拉撒我们用英语也应付得了。但我不想浪费时间,来都来了,我想看看乌拉圭的紫水晶矿。众所周知,乌拉圭的紫水晶与巴西的齐名,颜色甚至更胜一筹;也是众所周知,我老家连云港市东海县是世界上最大的水晶矿石交易中心,乌拉圭的紫水晶和紫晶洞是交易的重头之一,所以,无论如何得看看。这是个专业的事儿,没翻译真不行。拐了几个弯才找到齐桑,他常住蒙得维的亚,现在做导游。听说我要看紫水晶矿,他一口回绝了,不接这一单。为什么?他之前可是数一数二的矿山翻译,据说中国人来乌拉圭找晶矿,都找的他。

"对不起,"他在电话里说,"戒了,不接矿山的业务。"

"我不买矿,一块指甲大的水晶都不会下手。"我向他保证,"就是好奇,文化意义上的,故乡意义上的。实在不行,我见一下小师弟总可以吧?"

我打听了,齐桑北大西语系毕业,比我低六届。后来去圣保罗大学读研究生,就留在了南美。

他在电话那头沉默了三秒钟："好吧。只导游，不导购。"

我们直接在阿蒂加斯城会合。城市周围分布着大大小小的水晶矿，我们要去的是拉斯托雷斯矿，离城市更近。碰巧齐桑做矿山翻译时在拉斯托雷斯待过一段时间。

乌拉圭不大，但他从首都开车过来，也是从南跑到北，午饭后才赶到。简单吃点东西我们就进了山。齐桑个头不高，戴一副深度近视镜，非必要不开口，跟我见过的导游不一样。导游是嘴巴上装了弹簧的一群人。他对此的解释是："我本质上是个翻译。"他说得没错，我们去了拉斯托雷斯的第一家大矿，矿主就说，齐翻译来了啊。那个大肚子的乌拉圭人像熊一样抱住了他。他们有两年没见了，就是在阿蒂加斯，齐桑做了最后一次矿山翻译。

拉斯托雷斯炮声隆隆，工人在炸石开山。炮声间隙里充斥着砰砰砰的打钻声和咔咔咔的切石头与打磨声。这座山有大小好几家公司在开采水晶。流程都一样：先察看山体，湿润的地方用手提钻往里打，遇到岩石，继续钻，如果有水从钻孔和石头缝里流出来，那就意味着有了。千百万年前的火山运动时，水晶洞就被包裹在这些玄武岩里，火山岩有孔，水一点点渗进包裹其中的水晶洞，洞里便封存了大量的水。洞被打穿，水流出来，工人就明白找到了水晶矿。接下来是往钻孔和缝隙里放炸药，砰的一声，山石裸露出来，如果你运气好，第一眼就可以看到晶芽在太阳底下发出耀眼的紫蓝色幽光。剩下的就是想办法把规则和不规则的球体从石头中剥离出来。球切开了，便是两个紫水晶洞。

这是露天矿场的开采。另一种是地下矿洞开采，像穿山打隧道那样，在山体里寻找。当然有迹可循，紫晶洞就分布在一条条古老的火山熔岩流上。正在开采的矿洞有危险，矿主也视之为商业机密，齐桑就带我参观了几个废弃的矿洞。水晶矿脉已采尽，留下了曲折阴森的地下迷宫。咳嗽一声，无数的方向对我回应，仿佛离去的工人们还在劳作。我在地上捡起一颗破损的晶芽，应该是从母体上被碰撞脱落的。擦拭掉尘灰，晶尖依然锐利，颜色醇酽，呈深紫色，尽管只有小拇指头大小，盯久了，整个人也能坠入其中，如同纵身跃入蔚蓝的大海。

齐桑从事矿山翻译也属偶然。开头只是帮朋友一个忙，相当于我们的翻译紧急去了医院，托他救个急。他对紫水晶知之甚少，但熟悉南美历史地理文化，来客是中国台湾的商人，想投资开挖一座矿山。老先生有钱有文化，齐桑的谈吐和肚子里的墨水对了他的路子，就从临时工转成了正式工。一则薪水高，这行业暴利，一个上好的紫晶洞开采出来，打磨包装好，运回台北、广州等地，几十倍价钱就翻上去了。谈妥一个项目的薪酬，够他在圣保罗的巴西人外贸公司干上一年，外加哼哧哼哧翻译两本西语小说的稿费。另一个原因是，他的确被水晶给迷住了。这东西太神奇。台商盯着他不放，在其位谋其政，他觉得应该补补功课，就找了些资料，看完又逛了一家水晶博物馆，就是在看展中他被一块水胆水晶给"镇"了。

他从手机里找出那张照片。一块白水晶六棱柱原石，高三十二厘米，初看相当普通，下半段还有杂质，但是，他把顶端放大，再放大。"看见没？"他问我。我瞪大眼，水晶到了顶端已经成了棱锥，在一个倾斜的锥面上，有一个小空间，那个封闭的"小房子"里，有个泡泡模样的东西。

"水。"齐桑说，"一滴水。"

你能想象吗？那确确实实是一滴水，一滴现在还可以在那个封闭的空间流动的水。当水晶形成时，碰巧包裹了一个气泡，而这个气泡里恰好有一滴水，行话叫"水胆"。千万年了吧。就是说，这滴水已经存在了千万年，不增不减，不大不小，只要这块水晶不破碎，这滴水将继续存在千万年，永世存在下去。

"你知道我当时什么感觉吗？"

我等他说下去。

"我觉得我老了。时间，时间，"他举着手机，咽了口唾沫，那灵魂出窍般的表情好像他又回到了博物馆，"太伟大了。我觉得我老得不行。我觉得我太渺小了。一个人实在不值一提。完全不值一提，玉环飞燕皆尘土，我必须做点有意义的事才行。"

"做水晶的业务？"

"对,我当时就这么想的。我要跟伟大的时间在一起。"紫水晶的着色过程也让他心驰神往。紫水晶就是一种石英,因为暴露在放射性物质中数百万年而改变了颜色。数百万年里,石英逐渐吸收存在于周围岩石中的自然辐射,这种辐射搅动石英中的铁原子,以可见光的形式燃烧掉多余的能量。正是这种放射性使水晶变成了紫色。铁的浓度越高,颜色就越深。又是时间的力量。我以为他要继续感叹,他却把目光从悠远的地方收回来,手机锁屏装进了兜里:"那会儿到底年轻,少不更事,轻狂。"

"那是理想主义。"转折有点突兀,但我还是顺着鼓励他。

齐桑一笑:"哪有什么理想主义,想当然耳。"

尽管各个采矿点大同小异,我还是兴味盎然地逐一看过。矿主一茬茬地换,都是一锤子买卖就走。像那个大肚子乌拉圭人那样的矿主极少,他是当地人,财大气粗,天时地利人和之便,一承包就是好几座山,可以常年待在这里。其他小老板只能见好就收,换个地方再赌一把。山也如此,挖完了就是挖完了,剩下一座空山。开掘过的地方就是一片废墟,坑坑洼洼积满泥水。在山里,没有一条道路是好的。但就财富而言,越乱的山,出的水晶洞就越多,挣的钱也就越多。

既然可以和伟大的时间并肩作战,同时又财源广进,为什么半道放弃了呢?在老家我听那些出来买矿的老板说过,好的翻译可遇不可求,他能把钱之外的所有问题都摆平,抓住了千万别撒手,待遇你提就是。

"待遇是不差,"齐桑说,"但也有不想干的时候。"

"嫌数钱辛苦?"

"师兄,要不,再找一家矿看看?"

难言之隐,强迫人家说就不合适了。我跟着他看了一家矿主的库房兼操作间。一铁桶一铁桶的紫晶洞运到库房,都糙得很,每个球体后面都附着了沉重的岩石。工人必须酌情把多余的石头层切掉,再打磨,越接近包裹晶簇层的玛瑙层越好。紫晶洞运出去,是按等级和重量卖的,没人愿花冤枉钱。当然,如果开采时下手太狠,有伤及晶簇层之虞,那工人必须在玛瑙层外边加固一层水泥。库房一片喧嚣,五个工人,高压冲洗、岩石切割、球体打磨、水泥加固、审美加工，各司其职。光线暗下来，矿主打开简陋房顶上的几盏大灯，整个库房一片璀璨，无数的晶芽放射出明亮的紫色光芒。那是光的世界，是时间的世界，也是美轮美奂的童话一般的世界。但齐桑说，该回了，山路难走。

我们在阿蒂加斯的一家酒店住下。晚上在附近的酒吧聊到半夜，齐桑问我这几年国内的状况，我则对他的海外生活好奇，还聊了我们共同关心的母校。我们俩都喝高了。我顺嘴又一问："为什么罢手？"他大着舌头说："师兄，明天告诉你。"

第二天本想睡个懒觉，不想马路上举办游行的庆典，把我从床上薅了起来。去餐厅吃早点，齐桑已经在座。饭后回程，我们先同行一段，到分手的路口，齐桑没拐弯，而是跟着我继续走。

"昨晚答应过的，"他说，"带师兄去看我最后工作的一个矿山。"

他没忘。

那座山在我回去的半道上，同样千疮百孔。钱是有味儿的，全世界的矿主们都带着钻机和铲斗扑过来。我们在泥泞的山路上绕了一圈又一圈，停下来，面前是一部分坍塌的山体。齐桑指了指，就它。看上去跟其他尚未开采、已经开采和已经采尽的山没有任何区别。

"有区别，"齐桑说，"这座矿里的水晶质量更高。"

所谓质量高，就是开采出的紫晶洞球体更大，形状更规整，大恐龙蛋似的紫晶球数不胜数；晶芽颗粒更大，紫颜色更深也更纯净。一句话，拿下这座矿，等于拿下其他的五座矿。从出了第一批料开始，各路矿主闻到了味儿，就鱼贯而来。

所谓矿主，并非一定要买下这座矿山，只要他能从具备开采该矿资质的当地人那里租借来开采权就行。有资质并不代表你有能力开采，财力、器械、招工、产品加工流通、资金回笼，这套程序当地人能完整走完的没几个。所以外地人揣着钱就来了。

齐桑是跟着一个中国老板来的，前一座矿刚开采完，老板赚了一笔，让他有信心参与这座矿的竞争。他们是排着队和当地人谈判的团队之一。

老板和他带着礼物敲开了镇长的家门，镇长就是握着开采权的那个人。齐桑说，显而易见，他们的价码最高。离开时，镇长让自己的六个孩子从高到矮像琴键一样站到大门口欢送他们。

开采设备进入工地，工人们跟着几条矿脉深入掘进。齐桑还记得几年前的现场，告诉我那些坍塌的山体中曾有过怎样曲折的坑道。"采出的晶洞真的漂亮。"齐桑比画着。涉足这行业几年，他也是见过世面的行家。他向我要了一根烟，坐在一块石头上抽起来。

我们脸对脸抽了两根烟，他决定跟我说。

一个翻译会受雇于好几个老板，因为老板不是长年待在乌拉圭或者巴西，有钱了，有空了，有头绪了，他们才会从四面八方赶过来。中国老板大部分时间待在国内，过了雨季，开采和运输条件好了才会过来。齐桑受雇过的另一位东南亚老板私下里找到他。按规矩，长驱直入的全面开采已经开始，该矿主也有足够的能力运行下去，他人再觊觎是相当不妥的。但那位东南亚老板就是动了心思。他把两捆美元往齐桑面前一拍，说：

"拿下。"

"拿不下。"齐桑一口回绝。

老板把美元推到齐桑面前，在刚才放钱的地方摁下一张银行卡："那是你的，这才是镇长的。用这个拿。"

"还是拿不下。"齐桑站起来要走。

老板起身更快，已经到了门口，回过头说："再想想。你只需要和那个镇长沟通好，确保出了问题我可以接手，其他的跟你没关系。"

齐桑盯着那两捆美元坐了一个小时，拨通了镇长的电话。

"难吗？"我问。

"盯上了钱，一切都变得无比容易。"

齐桑说，他的确就干了那么多。接下来采矿按部就班继续进行，顺利得让他怀疑那两捆美元是假的。他觉得是自己想多了。谁都可能心血来潮，东南亚老板更有可能。这个喜欢穿花衬衫的老浪子，经常在酒吧里为了某个乌拉圭美女甩出一大把钞票，唯一的要求就是让对方坐到他对面让他看上半小时。

那天雨后初晴，中国老板独自去了矿场。他想催促工人把大雨耽误的工期补回来。就是日常的监工，齐桑不必跟着。他在短租的房子里读爱德华多·加莱亚诺的《火的记忆》。下午三点，工头给他打来电话：矿道塌方了。

"有人伤亡吗？"他问。

"没有，人都在。"

"赶快通知老板。"

"找不到老板。"

"打电话。"

"不通。"

"他不是在矿场吗？"齐桑觉得后背一凛。

"不见了啊，"工头声音怯怯的，"刚有人说，好像看见他进过矿道。"

齐桑刚从歪躺的旧沙发上坐直了，现在跳了起来，扔下书开车就往矿场跑。他一边开车一边吩咐工头带人全力清理矿道，接着要打电话报警，拨出键按下之前又停住。他一遍遍说服自己，这种事报了警也没用。的确没用。

穿山过水地开到矿场，车上被糊了一层厚厚的泥浆。工人们还在清理，他们下手谨慎，担心一铲子碰到不该碰到的东西。好在矿道坍塌的部分不太长，又靠近出口，清理难度不大，天黑时就收拾利索了。除了干的湿的泥土和大大小小的石头，别无他物。齐桑紧张得衣服湿了干、干了湿，矿道重新敞开的那一瞬间，他觉得腰酸背疼。经验丰富的工头判断，是连日的大雨让被掏空的山体不堪重负。很有道理，可是老板去哪儿了呢？

"去哪儿了呢？"我也同问。

"悬案。"齐桑捡起一块石子在手心里盘，"我也想知道他去哪儿了。"

"再没出现过？"我隐隐觉得这故事似曾相识。

齐桑摇头："这几年我几乎把所有矿山和做这行的翻译都问遍了，没一个人见过他。"

"然后，那东南亚老板就接手了这一片？"我用手对着眼前坍塌的山体废墟划拉一圈。

"不然呢?"

"你继续给东南亚老板做翻译?"

"不然呢?"

有两分钟我们都没出声。

我在记忆里使劲儿翻找,想把某件事给打捞出来,然后听见齐桑幽幽地说:

"水晶真是个神奇的东西。"

第二次听他感叹。我笑笑:"既然神奇,为什么又放弃了呢?"

齐桑的瞳孔立马放大,现出了敬畏的眼神。

"给东南亚老板只干了二十三天,我就辞职了,再不做矿山业务。"

第二十三天下午,他陪东南亚老板视察矿场。矿道里阴凉,但粉尘太多,老板一路用花衬衫捂住鼻子。正在作业的一个工人在前头叫他们,说发现了一个奇怪的紫晶洞。一座山的肚子里全是紫晶洞,有什么好大惊小怪的。东南亚老板没理会,捂着鼻子往外走。齐桑一个人过去。粉尘已落定,工人的头灯在那个被打坏半边的紫晶洞上一晃,紫光勾勒出一个转瞬即逝的轮廓,酷似一张人脸。他让工人放下机器,用自己的头灯去照。的确挺像失踪的中国老板嘴巴之上的面部侧影,嘴巴以下岩石层和玛瑙层还在。

他的心跳开始加速。他看那个发现紫晶洞的工人,一对眼他就知道那工人也这么看。他对工人做个手势,别吭声,继续作业,小心,完整地把它切割开来。他从口袋里掏出所有的零用钱,塞到工人的裤兜里:"收拾好给我,别让第二个人知道。"

傍晚东南亚老板回城时,他留了下来,跟着怀抱紫晶洞的工人进了操作间。那工人担心出差错,给晶洞保留了厚厚的一圈岩石层。操作间的工人都下班了,齐桑和那工人开始忙活。他们先把岩石层切薄,继而打磨,让岩石和玛瑙层保留足够安全又合理的厚度,最后才是从上到下对称着切开那个紫晶洞。紫晶洞包裹体都是球,对称切开后大多是一模一样的两个凹洞,洞内生满密密麻麻大小不一的紫色晶芽。紫晶洞之美,既在晶芽,也在整个洞的轮廓。破损的那一半被放置一边；完整的那半个晶洞，不唯色泽醇酽幽深，晶芽雄壮，其轮廓的不规整更是恰到好处。岂止是像，简直就是失踪的中国老板的侧脸。在齐桑的想象里，如果以紫晶洞的形式给中国老板做一个侧影，就应该是这样，只能是这样。那个侧脸的紫晶洞让乌拉圭工人直哆嗦，嘴里念念有词。他认为是神在显灵。

"我在操作间对着那个紫晶洞坐了一夜。"齐桑说，"抽了两包烟，身上被蚊虫叮出了五六十个包，一分钟都没睡着。"

天亮时，他给东南亚老板写了一封辞职信，压到老板常坐的椅子上，背着完好的那半边紫晶洞开车出了山。乌拉圭工人趴在操作台上睡得正香，呼噜声惊天动地。

齐桑的车在前头，送我到路口。本想摁声喇叭就此别过，他却下车了。那就来个他乡遇故知的拥抱，一个师兄师弟的拥抱。他把手机打开，从图库里找出一张照片，说：

"还是应该给师兄看一看。"

侧脸的紫晶洞。的确非常像一个男人的侧面像。我表示感谢，再次握住他的手。

齐桑说："我终于把它说出来了。"

回到北京，处理完工作上的事，我回了趟老家。找到做水晶生意的朋友，说起乌拉圭的紫晶洞。朋友说："你真是离开老家太久了，城西高老板的事你没听说？"我说："好像听到过那么一耳朵，怪不得这事似曾相识。"

两年前，我老家做水晶生意的高老板在乌拉圭失踪，活不见人死不见尸，在当地也报过案，始终没头绪，至今还是悬案。老家倒是风传过一阵，各路消息都有，猜测五花八门，但高老板人间蒸发的结果是确凿的。我可能就是那阵子回老家时风闻了一点点。我跟水晶缘分薄，水深水浅完全不明白，高老板于我也只是传说中的暴发户，听完也就过了，没往心里去。

朋友不信鬼神，只对撞脸感兴趣，奈何我手中又没有照片，他一拍桌子，直接去高老板家。他认识高老板的弟弟，也是做水晶生意的，在水晶城有半层楼的铺面。

高家对高老板的下落已不抱希望，但还是很配合地拿出他们能找到的所有高老板的纸质和电子相片。翻了大半个小时，有一张侧面特写，我把它放到朋友眼前。

"怎么说？"他问。

高家人也凑过来。

"形神兼备。"我说。

朋友和高家人此刻反倒怀疑了。我理解，这事听起来是不怎么靠谱。我决定向齐桑求助，请他把紫晶洞照片发给我。乌拉圭是半夜，他还没睡，叮当两声，连着两条微信回过来。第一条是一句话：

"师兄，当时我就是听说你是东海人才决定见你的。"

第二条是图片。我还没来得及下载好清晰的原图，扎在我手机屏幕上方的一群脑袋就发出了惊叫。

我把高清照片在众人面前再巡回展示一遍，惊叫声又起。高老板的老母亲扑上来要抓我的手机，被两个孙子拉住了。

我回齐桑："收到，谢谢师弟。高老板全家也表示感谢。"

过一会儿，他回："给我个高家地址。"

半个月后，我正上班，高老板弟弟打来电话。

"谢谢徐老师，"他说，"也务请再次代我们全家感谢齐老师。"

"实物像吗？"

"像不像他都是我哥。"电话那头带了哭腔。

我给齐桑发微信感谢，告诉他紫晶洞收到。短信被退了回来。再试，又退。

他把我拉黑了。

原载《北京文学》2024 年第 5 期

醉马草

今天，我要给你们讲一只公羊的故事。它的名字叫"将军"，这是它的头骨，这是它的盘角。你把手伸过来，闭上眼，用指尖触摸它的额头。这里，两个小小的眼儿——是不是，你说话啊。

他没有吱声，也没有把手伸过去。他正在往包里塞奶酪、砖茶、奶糖和一双雨靴。雨靴是她的。今天，他得带着她前往小镇，去看望刚满月的小外孙，也是她的弟弟。他拧开药瓶看了看，放进衣兜，他想也许在小镇住上一晚。

走吧。他说。

你还没有摸一下它。她说着，歪起小脑袋，手从羊头骨上缩回来，左左右右地摸。她在找她的手杖。羊头骨放在椅子一旁的木柜上。她的两条腿弯曲着，呈跪坐模样。

别磨蹭。

我要把"将军"带过去。

不行。

那我怎么讲"将军"的故事？

怎么讲都可以。好了，走吧，你的手杖在你的左边。

两人走出屋。天色阴沉，空气凉爽，若有若无的雨丝缠人，不到几分钟，人的面颊、脖子、手背都湿乎乎的。

我会把故事讲好的，是不是？

嗯。

姥爷，你说——呃，弟弟他会喜欢我讲的故事吗？

会的。

那你喜欢弟弟吗？

我不知道，我还没见过他。

他大步走过去，拉开皮卡后门，又走回去，抱起她，把她抱到车里。她那绘着紫色花卉的手杖撞到车门上发出咔咔的撞击声。他发现她衣摆上沾着干了的汤汁印记，于是揉搓掉，又用手摩挲几下她披散的短发，好让她看起来像精心梳洗过一番。

坐着，别下去啊，我去灌水槽。

一小群牛围在井旁，他挥动双臂，嚯嚯地赶着，让牛给他腾地儿。没一会儿他回到车里，拧钥匙，启动车，然后向后看看，发现她正悄无声息地嚅动着嘴默念着什么。

包里有奶糖，包在你右侧，不过只能吃一块儿。

我不吃。

车沿着向西北的土路前行，路北有一辆废弃的绿皮吉普车，那是他早年驾驶过的车辆。透过车玻璃能看见粉色布娃娃的胳膊，布娃娃是她的。她总爱钻在车里，还说那是她的秘密小屋。有一回，她竟然睡在里面，害得他在野地找她找了好几个时辰。也是那次她跟他讲，那里是她的秘密小屋。他突然觉得车身漆皮脱落得太不好看了，他得买桶油漆刷一刷。

车猛烈地颠簸着驶过一段搓板路后上了柏油路。

依拉拜河有水了。他说。

姥爷，"将军"就是在河边吃了好多好多的醉马草，是吗？

嗯，那年大旱，河水断流，河道里一滴水都没有。大片的滩地上除了醉马草没有别的植物。醉马草开紫色的花。

那你说，"将军"真的是吃了太多的醉马草后醉了的，是不是？它醉了后的模样跟你醉酒后一样，对吧？

我没有喝醉过。

你忘了，姥爷，你喝醉后还哭了，我都听见你的哭声了。

呃，我没有醉。他说着向后视镜瞟一眼，不过没看到她的脸。

"将军"醉了后怎么哭，还是咩咩叫？

我没看到，那会儿我在挖防空洞。

你说过它醉了后不会走路了。

那是。

那会儿你多大？

二十六七岁。好了，别说话了，把玻璃摇上来吧，雨水会溮进来的。

这是一条县道，每隔一段距离就有可以掉头的路标。路上车辆不多，被雨水打湿的路面黑亮黑亮的，一些低洼处还积着水。过了另一条河上的桥梁，沿着丘陵地拐个弯后，前方车辆突然多了起来。他不得不减速，随后慢慢地停在一辆红色越野车后面。

还没到呢。她说。

嗯。

怎么了？

呃，出车祸了。

他摇下车玻璃，探出半截身子，看了看，发现前方半里远路中央隔离带上停着一辆车头严重变形的轿车。十多人聚在那里，一辆红色吊车正在空中缓慢地移动着吊杆。雨愈来愈大，有人撑起伞，有人双手插进裤兜，缩着脖子，但他们并没有回到车里。

别乱动啊，我去看一眼。

他下车，手搭在额前，沿着隔离带向车阵走去。不过，当他看到有人把什么装在黄色袋子里抬进车时，匆忙转身往回走。

死人了，是吗？

哦，好冷的雨。他不由打了个寒噤，抬手抹去面颊上的雨水。

有蘑菇的味道。

什么？

雨的气味。

一个时辰后，他俩到了小镇。他把车停在一家超市门前，然后两人进去，买了一箱牛奶，又转了好几圈后，选了一双缀着虎头的米色小绒鞋。他把鞋给她，她拿在手上，摸了摸鞋底，摸了摸虎头，又把四根手指插进鞋口，说，它是红色的，是吗？

蛋黄色的，跟太阳的颜色差不多。

哦。

很漂亮，是吗？

嗯。

到了他女儿小区楼下，他照了照后视镜，用手指梳了梳被雨水濡湿的头发。

好了，咱下去。他说。

我不要手杖了。

哦，不要就不要了吧。换上雨鞋吧，到处是积水。

他一手牵着她，一手拎着装礼物的袋子，走进楼道，摁开电梯。电梯发出轻微的轰鸣。她摸着楼层按钮，说，总共十七个。他没吱声，他怕乘坐电梯，感觉像是被关闭在一个密不透风的盒子里。走出电梯，他们站到一扇崭新的防盗门前。他看了看她，想说一句"到了"，不过见她咬紧嘴唇，像是忍着笑一样，也就没说。他摁了门铃，门开了，开门的是他的女婿，一个四十出头的瘦男人。

哦，爸，你们怎么才来？

路上堵车了。

爸，你们过来了，哦，我的宝贝女儿，又长高了不少。

一个穿着浅粉色睡衣的女人匆匆走来，抱起了她，亲吻她。她很腼腆地一笑，双臂勾住女人的脖子轻声地说，妈妈，外面下雨了。

哎哟，妈妈做了剖宫产手术，有点抱不动你了哦。

女人说着，转身，走到沙发前，把她放在沙发上。她的手从女人身上缩回来，在半空里左左右右地摸了一会儿，最后落在扶手上。

请坐吧，爸。男人说。

在女人抱着她走过去的时候，他换了双拖鞋，也走过去，坐到她一旁的单人沙发上。沙发上另有三人，他的亲家公婆和他们的女儿，一个三十出头的胖女人。他冲着他们点点头算是打招呼，那三人也是礼貌性地点头回应。他发现他们的眼神始终在她脸上搜刮着——在他眼里是如此的。女人坐在她一侧的沙发扶手上，抚摸着她被刚才的一抱弄乱了的头发。

妈妈，弟弟呢？

哦，你弟弟在睡觉呢，一会儿醒来你去抱一抱。我的宝贝，你的雨靴真好看。

是姥爷给我买的。

哦，爸，快把外套脱了吧，都湿了，看来外面的雨很大啊。我在屋里闷了一个月，差不多都忘了外面是什么样的了。女人笑吟吟地说，语调轻快，仿佛只有如此才能烘托双方家人相聚时刻的幸福时光。

妈妈，我要给弟弟讲故事。

你要给弟弟讲故事？哦，我的闺女好棒啊，来吃一块蛋糕，再喝口饮料，妈妈给你把雨靴换了吧。

女人脱去她的雨靴，换了双粉色单层拖鞋。拖鞋很大，显得她的脚瘦小而干瘪。

妈妈，我要给弟弟讲"将军"的故事，它是一只公羊，有一双很坚硬、很漂亮的盘角。

哦，是吗？我可没见过"将军"。来，宝贝，往后靠一靠，靠在靠垫上，真乖。咦，你的手好冰啊，妈妈给你焐一焐。

亲家公，最近忙不忙？

还行，今年雨水足。

妈妈，我知道"将军"在哪里，呃，它在姥爷家里。它很厉害，有一次它为了保护一只小羊羔，和天狗决斗了一整夜，第二天姥爷在野地找到了它和小羊羔。

好厉害的"将军"啊。爸，您先喝口热茶，一会儿咱吃饭。男人说。

是啊，爸，您先喝口茶。

妈，她说话的声音好好听。胖女人突然低声地说。

她显然是听到有人在夸她，一手捂着嘴，一手抓着发丝，轻声一笑，继续说，"将军"是羊群的首领，喜欢站在高坡四处眺望。姥爷说，它很像一只岩羊。你们知道岩羊吧？

这孩子，真机灵。

妈，她老是这样，一旦高兴了话就很多。女人冲着婆婆说。

妈妈，我跟你讲啊，后来有一年，姥爷不当羊倌了，来了一个脾气不好的羊倌，他用鞭子抽"将军"，"将军"就追着他，用角顶他。他很生气，把它独自拴在长满醉马草的地方。妈妈，你知道醉马草吗？

当然知道了。好了，我的宝贝很乖，向爷爷奶奶问好。女人摸着她的后脑勺说。

她微微抬起头，绷紧小嘴，眨巴微闭的眼睛，像是在思考某个很严肃的问题。他莫名其妙地干咳一声，只见那几人快速地相互看了看。

嗨，小丫头，我是姑姑，你说话的声音好好听哦。

胖女人笑眯眯地说着，一只手在胸前摆动。

她安静地听着，身子发僵似的，一动不动。

我是奶奶，你的故事很有趣。不过，我不知道什么是醉马草，我也没见过。

那年大旱，依拉拜河那边尽是醉马草，天气越是干旱醉马草长势越旺。这是一种毒草。他说。

呃，呃——她像是被什么卡住了似的噘嘴，吐口气，说，"将军"吃了好多醉马草后醉了，走路摇摇晃晃的，差点被天狗吃掉了。你们知道天狗就是狼吧，大灰狼，很可怕的大灰狼。

她停顿了片刻，见谁都没有回应自己，她继续说，第二年，那个羊倌又把它拴到长满醉马草的地方。它又醉了，又不会走路了，也不会吃别的植物了，它的眼睛——嗯，也看不见东西了。

哦，天啊，那个羊倌是个坏人，好可悲的"将军"。胖女人提高嗓门，夸张地用一种尖细的声音说。

后来下了一场暴雨，啪——轰隆隆的雷声把醉马草给劈死了。她用手比画着，整个人差不多要从沙发上弹起来了。

那倒是真的，醉马草就怕打雷，一打雷，一夜间就会衰败。他说。

爸，您平常就跟她讲这些啊，真是太神奇了，我都不知道醉马草怕打雷。

妈妈，姥爷还跟我讲，到了秋天"将军"离开了羊群，独自向南沟走了。那里有天狗，它也知道那里有天狗，可它偏要往那里走。它已经不怕天狗把它吃掉了。

"将军"一定是醉糊涂了。男人说。

不，它没有，醉马草都蔫了，它已经吃到别的植物了。

哦，我的宝贝闺女，不要大声说话。

片刻，谁都没说话，男人起身，向她微闭的眼睛扫了一眼，进了厨房。胖女人也呼地站起，跟了过去。

爸，您的衬衫怎么也湿湿的，要不换一件吧。女人突然说。

不用的，一会儿就干了。

妈妈，路上出车祸啦，姥爷去看了。她说。

哦，严重吗，爸？

死人了。她说。

嘘咦，别乱讲，你又没看到。他说。

我听见你说阿弥陀佛了，姥爷，我听到了。

他不吱声，只见亲家母合掌做了个祈祷动作，又嘴里低声地嘟哝了几句什么。偏巧，卧室传来婴儿清脆的啼哭声，女人慌忙走过去，男人也从

· 250 ·

厨房那边走过去,两人一前一后急匆匆地进了卧室。一会儿,男人从墙一侧探出半个身,对着母亲摆摆手,母亲起身走去了。须臾,卧室那边传来故意压低的交谈声。

这楼房,我是住不惯,太闷热了。

他缄默着。亲家公带着一种疲倦而慵懒的神色走到阳台上,打开窗户,站了片刻,又转身走进厨房,而他始终一言不发。

姥爷,弟弟睡醒了,是吧?我听到哭声了。

他仍旧面无表情地盯着茶几上的一盘花生、一碟糖果和一杯冒着热气的水。

姥爷!

嘘——你应该叫他爸爸。他斜身,凑近她的耳朵低声地说。

她烦躁地摇摇头,手触到他的下巴,推开,说,我要去看弟弟,他睡醒了。说完刚要滑下沙发,女人从卧室出来,一根指头堵在嘴唇上,说,嘘,弟弟还在睡觉呢。

妈妈,弟弟睡醒了。

没有哦,我的宝贝闺女,来,咱吃饭,你们一定饿了,我们也是,一直等你们过来。女人边说边一手牵住她的手,一手揽着她的脖子,向厨房走去。他看见她的手在空中抓了抓,慢慢放了下来。

七人入席围坐,长方形餐桌,男人和女人在桌头桌尾对坐,他和她坐一侧,对面是亲家一家三口。满满的一桌饭菜,居中位置摆着煮烂了的羊头。他从带来的礼品中抓了一块奶酪放在羊额上。

地道的羊头宴啊,来,亲家公,干杯,今天是个好日子!

他举杯,点点头,表示赞同亲家公的话。接着他慢慢地呷一口葡萄酒,然后将酒杯对住她的嘴唇说,来,喝一小口,这是葡萄酒。

哦,爸,您干什么呢,怎么能给她喝酒呢?

女人近乎慌乱地推开酒杯,给她手里塞了一把带着花纹的勺子。她拿在手里,转动着,说,"将军"眉骨上的眼儿和勺子上的小眼儿差不多。

好了,宝贝,咱吃饭,咱不讲"将军"的故事了。

随了她吧，故事又不长，她在家里一直念叨着要给弟弟讲"将军"的故事。

他忍不住说。

哦，好可爱呀，她——胖女人说到一半，打住，双手相叠托着下巴，眯眼，摆出一副天真无邪的表情。

吃罢饭，他决定立刻回去。他牵着她走出屋门，在电梯口前，女人蹲下身，亲吻她的额头，说，宝贝，外面下雨了，妈妈就不下去了，妈妈刚坐完月子，不敢着凉。

她点点头，身子依着他的腿一侧。

记住妈妈的话哦，回去后要好好听姥爷的话，等到明年这个时候妈妈会送你到学校，那个时候你就会有小伙伴一起玩耍。

妈妈，呃——她犹豫着，想要说什么，但又不知该如何讲的样子，空出的一只手摸索着探到女人的脸上。

妈妈在呢，妈妈在听你说呢。

妈妈，弟弟会不会喜欢听故事？

他会很喜欢的。

好了，咱下去吧。

下了电梯，在一楼大厅，她用雨靴的靴底蹭着楼道的地板，像是在玩滑冰。男人下来送二人到车旁。男人看了看天空，说，爸，路上慢点，一会儿估计还会下雨。

噢。

爸，要不明天回去吧。

不了，得早点回去，回去后还要饮牛，那边只是下了场小雨。他说着伸手与男人握手，眼睛盯着男人浓黑的眉毛。他这才突然发现，这是他头一回如此近距离地观察和女儿结婚一年多的女婿。也不知为何，心里顿然生出一种近乎悲伤的情绪，于是他说，她还小，不懂事，下回就好了。

呃，爸，我知道。

起初二人都沉默着，等车辆驶出小镇，他突然说，把车玻璃摇下来吧，雨停了，空气会很凉爽。

姥爷，我讲得好不好？

很好。

我忘了讲"将军"离开的时候是清晨，谁都没发现它是独自离开了。也忘了讲是你后来在南沟找到了它的头骨。

嗯，我应该把它的头骨放到坡地上。

为什么？

因为它是"将军"，它有自尊，那是它的自尊。

她沉默着，一会儿说，什么叫自尊？

自尊啊，就是说，很多动物都有自尊。等它们老了，都会找到一个很隐蔽的地方，独自待着，慢慢地等死。我年轻的时候经常到山里拉石头，有一次在很陡的山崖上看到过一只岩羊，好几天它都一动不动，蜷缩着，我以为它死了，其实没有。还有野骆驼，尤其是布儿（种公驼）老了后，也会向有天狗的地方走去的。咱的"将军"也是，那会儿它已经很老了，眼睛也看不到什么了，它在南沟独自过了一个冬天，等到第二年春天，它才被天狗吃掉的——它不愿意被那个该死的羊倌戏弄，叫它天天吃醉马草，这就是它的自尊，每一个生命都有尊严。

他越说越激动，握方向盘的手不断战栗着，仿佛正全力地忍着某种难以控制的情绪的爆发。

它们不怕独自待在黑暗里。

她嘟哝道。

他看了看后视镜，发现她脸朝着窗户外面，几绺头发缠在她额头上，又滑落下去，随风散飞着。

姥爷，你说弟弟好看吗？

嗯！

有多好看？

他很胖，比你小时候胖多了，手臂上有银镯子，和你小时候的一样。

他的头发也和你的一样，稀稀疏疏的，还是浅黄色的。

弟弟的手也好看，手指头小小的，软软的，跟蝴蝶的肚子一样。

哦！

车辆突然放慢速度，然后从隔断处掉头，向小镇驶去。路面依旧是黑亮黑亮的，很远处，凹凸状的野地上空卷成棉花状的云在徐徐飘浮，偏西的太阳从云层射下伞状光芒来。

姥爷，我们不回去了吗？

我忘了买油漆了，翠绿色的，还有粉红色和淡蓝色的，还要买刷子、砂纸、小脸盆——其实大一点也没关系。

他舒口气，缓慢地说。

原载《草原》2024 年第 5 期

牛健哲

耳朵还有什么用

　　起初我不知道自己为什么会惊醒过来，我看看周围，一切似乎都该继续下去。天黑着，看窗外的灯火和月影，夜还没消耗多少。空气里和身上的潺湿都是我已经熟悉了的。身前的书桌上亮着台灯，大概是我在这段瞌睡之前按亮的。压在胳膊下的书稿摊开着第十六页和第十七页，下面还有五百来页，足够与我继续厮守下去。

　　这段时间我也接纳了自己打瞌睡的方式，几乎用它代替了一大半的正式睡眠。一般是在读到书稿的第九页或者第十页时，我开始觉得椅子和书桌不舒服，让阅读兴味严重下挫，同时也在消磨我离案的力气。接着翻几页，这套桌椅又显得过于舒服了，引我耽溺，让我两眼一次次失焦。想必我的上身是迅速萎软下去的，随后一侧脸皮死死地压在书稿上，两条胳膊娇憨地在脑袋外围环抱起来。

　　每次起身腰背都会作痛，我想我读弯了腰椎，或是睡弯了它。

　　书稿是白老师留下的，她写它一定就是在这张书桌上。出版社退了稿，没让它面世，我成了唯一的读者。每次决意阅读时我都横下心，要扫清之前睡意留下的记忆盲区再图强力掘进，结果盲区牵连出盲区，我总是不断回溯，总是索性从头读起。也就是说我每次翻弄的都是前十六七页。这些反复映入眼帘的文字塑造了我的瞌睡习惯。我睡倒得势如沉沦，在睡眠中历尽起伏，每段瞌睡之间醒得很浅，就像向水面浮升时懒得伸出头喘口气，噘噘嘴做做样子就直接勾头沉降下去。在那潦草浮升的分秒，我可能会懂事地整理一下手边的书稿边角，抹抹嘴角或者按亮台灯。

这些小动作连同我每次读下去的决心，无不证明我对这部书稿的尊重或者说记恨。我与它关系非同寻常，有足够的理由保持尊重和记恨。写它的白老师是我妻子，写完它她死了，一年前的事。我早就知道她有这样一间屋子，她会任性地来去，也会在里面做自己的事，但我没想到她在这里写出一部叫《软骨》的小说，还养了一条狗。她那个出版社的朋友把书稿交还给我，房东把狗指给我，两次让我惊慌失措。

处理完她的后事，我续租了这间房，我想我应该仔细地对待那些字句章节，好好完成这份私人阅读。

也可以说，阅读《软骨》的这份私密，是对白老师的弟弟小白的一种回击。小白是我以前的同事，也是把白老师带给我的人。在他入职的实习期我帮过他，他也孺子可教。我们之间的敌对情绪是从白老师死后才一发难收的。简单些说，他怀疑白老师的死与我有关，说是我让他姐姐经历了创痛，厌倦了过活，是我损毁了她活下去的意志，导致她了结了自己。书稿的事他说他早知道，我不配私藏它。

"把《软骨》给我。你要是擅自毁了它，只会坐实你的罪孽。"

一般他就是这个腔调。一开始我不知道如何辩解，只会说他姐姐被捞上来时是穿着泳衣的。后来我也跟他较上了劲，故意奸笑着告诉他，书稿太过意味深长，他这辈子都消受不起。

身负尊重、记恨和敌对相交杂的情绪，又交足了房租，一个阅读者是不该被打扰的。然而这天，什么东西惊醒了我。或许这段瞌睡略微沉冗了一些，我睁开眼，并没有觉知到截断它的是什么响动，只是醒来后听到那条狗在外屋打转。狗一定是受了惊，在急躁地追咬自己的尾巴。这一年来它被我闷在室内，变得越来越胆小敏感，追咬尾巴打转是它以应对现实的姿态来逃避现实的办法。可它太瘦了，做出再滑稽的动作也没法显得可爱。

　　这条狗是我续租这里的理由之一——我带不走它，房东也绝不留它，说白老师在这里养狗是违约，还不客气地要我去除房子里狗的屎臭尿臊。我哪肯做这么卑贱的劳力，就当即硬气地说要继续长租他的房，让他少管我家的事。于是我搬进来，每天亲自忍受狗的屎臭尿臊。与我相处，它拉屎渐渐干结，气味愈发古怪，有时还带一点腥气。我也不大懂得如何带它出去便溺，试过一两次效果不佳，便只是隔两天为它做一次粗略的、斩草留根的清理。可我不愧为一个有隐居心性的阅读者，过了一阵子，我适应了那气味。

　　"是那狗。那狗我带不走。"我对别人这样解释自己住到这间房里来的原因。小白要书稿时似乎觉得狗能跟他暗通款曲，也试图弄走它，我自然不会就范，宁可让它在我这里一直便秘下去。

　　醒了醒神，我怎么也该猜到，刚才是有人重重地敲了门。

　　我想站起来，可腰一疼腿一软，打了趔趄，同时也来了脾气。能来这里找我的，我只能想到房东和小白。前者是不会轻易来的，我看得出他怕狗，有事他一定是先打电话。小白会来拍门。他对我已经那么尖酸那么憎愤，就像我在虐待那狗，同时对那摞书稿搞着什么恶心勾当似的。冲撞进来夺走书稿顺便拐走狗，于他是随时干得出来的。我这冒出的脾气也便是为他准备的。

　　我站稳，朝门口走。这时敲门声也再次响起来，门厅里还没停转的狗则像个冰陀螺又被人补了一鞭子，转得连成个环。我打开门时，已经尽力不礼貌地扬起了下巴。

　　幽暗楼梯间的气息扑进来，竟有几分清新。门外是个更加不礼貌的女人。

　　女人两眼空洞，动作倒和想象中的小白相仿，趁我愣怔，直接擦掠过我往屋里走。她身上有一点点酒味儿。途中她看看狗，狗承受了那眼风，像又挨了一鞭子一样，继续狂转。我替狗吼了她一声，同时也觉出了她的眼熟。

　　她回过头来，过于放松地看我，样子算不上醺醉。我没领教过这样的到访。要想抵消眼前的粗鲁，她需要是个相当年轻的异邦美人，而实情是她也栖身在这几座偏离城区的楼里，有一张圆脸，我偶尔能在楼下见到她遛她的狗。

"狗不是这么养的，"她甩动胳膊让我看看它，然后又指着里间说，"读东西你也不能这么读。"

我愣了愣，快要被她气乐了。这话好像比小白的斥责更无理。我问她是何方神圣，我怎么招惹到她了。

"我看得清清楚楚，你从来不遛狗，一读东西就睡，比你老婆差劲太多了！"

她甩手在鼻子前扇扇，仿佛我时时吸入的狗味儿让她受了多大的委屈。接着她居然扭头进了里间，朝书桌比画，意思是读东西瞌睡的事有现场为证。

冒犯来得越发莫名其妙，可我也看得出，这女人不是可以即刻赶走了事的，何况她提起了白老师。我胸腹运气把火气缓和下来，再次调用隐士的心性。

"我在附近见过你。你认识我爱人？"

她倒极其简洁地指指窗外，算是做了回答。外边近处就挨着另一栋楼，那些窗子都像是在瞪着这边。我想她该是住在对面楼里，隔窗能看到我这屋里，而且没少那么干。知道亡妻和自己先后被人窥视了，我安心了一些。

"你老婆不就是那个野浴溺水的姓白的老师吗。这附近人不多，闲话可不少，何况出了这种事。"她在书桌桌沿上半坐半靠，身上是一条睡裙加一件男式衬衫，"估计你也该听说过我吧？"

"没听说过。我不喜欢聊天。"

实际上这时我想起在楼下听到过别人的议论，大意是说这女人频繁地换狗，又总能把新的一只养得极肥。当时她牵着狗，离得不远不近，狗正信步用浑圆的身子把一片野草踩倒压平。估计我只要缓缓步子，就能听到别人对她私生活的点评。

难怪她不怕狗，也没怕我替狗发出的一吼。

"嗯，你不喜欢聊天，就喜欢自己边读边睡。"

她在衣兜里摸了摸，没摸出什么。我以为她会开口跟我要烟，但她顺势做了个搂抱的姿势，说："你会跳舞吗？挺提神的。"

我只好当她喝醉了，皱起眉说："你先说清楚，你经常偷看我爱人？"

她动动手指，再次示意这里的楼间距之近："也不算偷看，到窗口就能看见。一开始我以为她也是个情妇呢。"

我斜眼瞄了瞄她，又有点扬下巴："她是交通大学的副教授。"

女人令人生厌地笑了。看来她对自己的出格言行没打算收敛分毫。有点像那年的白老师，突然告诉我要从家里搬出，随即忽地消失，狂悖至极，及至一年前丢了性命，也的确像是恣意为之的。可这女人的"野浴溺水"之说该让小白听听，这说明就连流言也没有对白老师的死因妄加推测，没有杜撰出另外的说法。这样想着，我得到开释一样硬朗起来。

"她的事轮不到你来猜！"我给了女人冷厉的脸色。这话我对小白说过，脸色也对小白用过。所激起的反应当然不同——小白使足力气控制着自己的肢体，才没有走到我面前抓我的衣领，这女人则狠辣得多，冷笑起来：

"对对，应该先由你来猜，你猜到了吗？"

不知道是由于语塞还是恼火，我嘴唇有些发抖，但也学着做出某种冷笑。我四下看看，无以挥斥，就瞥了瞥外屋说："好，你是女的，闯进来我也不能把你怎么样，但如果我家的狗冲你来，那怪不得别人。它可不是只会养膘的那种。"

女人离开桌沿，却转到椅子那边，坐下了。"狗我可没少见，你叫它来嘛。"

整间屋子里的尴尬凝聚起来，缠绕着我和那条狗。它倒不转了，望着这边的冷场。

我索性甩起小腿，把脚边的一只烂拖鞋踢了过去，我是说，对着那瘦狗踢了过去。它这才闪身脱出我的视线。

"它在你旁边待过吗？"女人已经极度得意，"它叫什么名？"

我朝她那边瞪了瞪眼睛，硬起嗓门回答："耳——朵——"

可她已经捻起了面前书稿的一页，歪着头，眼风在前两页扫掠，"嚼，你挺机灵，用上了这里的人物名。但又不够聪明，太容易穿帮了。我读东西很厉害的。"

的确，故事一开篇，主人公"我"就几次提及一个叫"耳朵"的人，这算是绰号也好昵称也罢，借给一条狗用用其实没什么不好。我懒得再说什么，一屁股坐在书桌对面的折叠椅上，交叠起两条胳膊，摆出一副看她能待多久的架势。我刚来这房子时，这把折叠椅上面有个沾满狗毛的垫子，大概白老师写书时，那条狗就趴在上面。我来后扔了那垫子，狗的确再没在里间久留过。

"《软骨》，白青。"她读了书稿的封皮，饶有兴味的样子，"果然。你爱人果然写了部长篇，可惜了……"

我知道她要说的话绝不会顺耳，就继续不理她。她在从头阅读，这引起了我一种诡异的感觉，像是熟知她所读内容的优越感，又像是因为什么东西过度暴露给她而产生的不适感。总之我与这部书稿之间的私密关系，第一次遭到了破坏。更过分的是，她咂咂嘴，读出声来。我立即假意用拳头撑着腮帮，同时用拇指按下右耳耳屏，减小入耳的音量。至于左耳，我只能转头让它背离声源。我不可能告饶似的用两只手捂住两只耳朵，这事关一个主人的尊严。即便这样，开头两段叙写还是断续地钻进了我的耳孔，我听到了一对闺密游历一片山林的情形，听到了一段路上无数旁逸斜出的树枝、那个明晃晃的太阳、山下若隐若现的一方小湖，还有她们的疲劳干渴。

这时阅读记忆倒反常地灵光，我只需听到个把词，就会有一串意象在脑子里被唤醒。朗读继续，我知道主人公白若和黎青每次绕过碍眼的树木山石，都会望望那个小湖泊。在后面几页读者还会发现，两个人走进山林的最初目的就是上山找到并亲近这湖泊，但找着找着，它居然出现在了低处，而且越来越让她们难以抵达，只能远远地俯视。后来她们只好改换了目标。这程路上，黎青相对来说还是在安心行走，白若则频繁地要求歇脚，而且总是唠叨着一句话："耳朵一定在沙地等着我。"

很奇怪吧，有人在沙地等着，她们为什么还要在山林里跋涉？耳朵是谁,他等的不是"她们",而只是白若一个?也就是说,白老师这个故事,起初还是设置了些许悬念的,本来应该可以吸引我花些时间卒读到底,但下面,一旦我想仔细读下去,就会发现大量貌似还在情境中,其实游离于叙事逻辑之外的句段。我疑惑过这许多游离有多少来自白老师的笔法,又有多少来自我自己的睡意,貌似前者居多。总之很多前面读到的东西,会被后面的内容拉扯凌乱或者掩蔽起来。

"这两个女人,也并不像前面说的那样亲密嘛。"女人停下朗读,评论起来,"为了林子里的枯叶,她们也差点吵起来。"

她指的是写受潮枯叶的气味那一段。枯叶厚厚地铺在地上,一层层夹带着之前的雨水,黎青觉得那股潮气特别好闻,而白若厌恶地说那是"一股臊味儿",为这两个人争辩了几句。

"而且在这里又插了几句关于耳朵和沙地的话,意图何在呢?"她拿起书稿,手指弹击纸张。我自然不会答她,那些疑惑也该是专属于我的,现在倒好,都随我一年来的私人阅读一同被她放肆地夺了去。

"哦对了,我不该问你,你读得也不多。"见我闷声,她揶揄道,"那能不能说说,你干吗还要每天坐在这儿读它?它是不是什么好梦的入口?"

"反正这儿没有你的入口。"我开口语气就不善,"你还是先克服你的好奇心吧,再拖可能就没救了。"

"怎么,现在还有救?"

"你呢,先从不往这边看做起,就当我这儿没窗子。"我嘀咕着补了一句,"好歹你也是个女人……"

她抬起脸也眯起眼。看来她的脸皮也不总是那么厚。

我接着发挥:"不过偷窥了就找过来也挺不容易,因为还得数准窗户嘛。我不是夸你聪明啊,你可能属于有志者事竟成!"

"是不是看透你了,是不是吓着你了?"果然,她稳不住阵脚了,"想教训我是吧?告诉你,就算我每天都守在那套房子里做吃的喂狗,连窗口都不靠近,你这种人照样没有好日子过!"

我轻蔑地笑笑:"怎么说我也不会晚上胡乱跑出来,抢别人的日子过。"

她鼻息作响,更冷地笑:"是啊是啊,晚上我这种人怎么能出门,来找我的人扑了空可怎么办，被他发现我在这儿又该怎么办？"

窗口荡来一阵夜风，在窗缝间擦出粗糙的哨音。

说这话就有点耍赖犯浑了，好像她闹得还不够似的。我也眯起眼，没了陪她吵下去的心思。

面对窗子，抬眼就看得见对面楼的明窗和黑窗，其中直对着这边的那户应该就是她的住处，因为我看到了那个黑窗子里有一双亮着的狗眼。迥异于白老师的狗，那边那条只凭隔空的两眼也能显出肥胖和慵懒。我想象了它和女人日夜做伴的样子。现在看来她不只是情妇，还身兼怨妇，所处的情形想必与她的世间同类大同小异，只是她对我过于坦白了一些。

说实话，我也一度疑心白老师租下这里是要依偎情人，但后来更多的，是隐隐地希望如此。如果是那样，问题会因为缘由浅白而显得轻快几分，《软骨》也就会化作一堆矫情的字句，或许我会把它直接烧给白老师。

我吁了口气，指指书稿对她说："你在动我妻子的遗作。除了你这种不速之客，我没让别人碰过它。我想自己读完它有什么错？"

这像是在陈列丧妻之痛，我有点羞愧。她倒领受了这两句，抬了抬眉毛，不再较劲。

"而且还有人急着要把它抢走，去证明我罪大恶极呢。"我接着说了下去，"今天来的如果不是你，没准儿它就不在这儿了，你说我是不是应该对它下点功夫？"

"你是说，你老婆的家人？"她很聪明，也好像来了点兴趣。

我点点头。

"那你怎么还总是……"她显然又想提我打盹儿的事，但歪头抿抿嘴，按下了话头。

我告诉她书桌上的茶杯里有水。我是看她手肘快要碰倒它了，可她"哦"了一声，端起茶杯喝了一口。那是半杯昨晚剩的茶，估计已经又涩又酸。她却像被敬了热茶的客人一样，咽得顺滑，然后等我继续说下去。

我索性顺应："也是，我应该卷不离手彻夜畅读才对。她弟弟想读得要命，说她写这书稿时哭着给他打过电话，只说了这个书名，其余一个字都没说出来，或者说是一个字都没能说清楚。"

小白的确是这么说的，他对自己一个字都没听到或者说没听清耿耿于怀，似乎这本身就是我有罪过的证据，为此在电话里冲我吼了好几次。我没给他那条狗也成了他的口实，说我不敢交出它们，就是怕露出罪恶的马脚。最近的一次他没挂断就扔掉电话，他妻子拿起电话替他收了尾。他妻子对我说话当然只能不冷不热，但她低声说了句别介意。"他这人就这样。至于那东西……他其实是冲我来的。"

我没太听懂她的话，却知道小白当年不这样。初做同事时他是个温厚得出了名的小伙子，没人会听到他高声大气，什么事端都找不上他。看看他如今的变化，我甚至怀疑自己在其中真有一份罪责，然而仔细想来，他结婚后就变得对别人阴阳怪气的，像是早有莫名的怨愤。

连这些我也说给女人了，只是说得语句散乱磕绊，好像我并不算个亲历者似的。

"你还没告诉我你会不会跳舞呢。"她盯了我一会儿，说。

我慢慢回过神来，摇摇头："你到底想干什么？"

她摩挲着《软骨》，认真地说："不会也没关系，反倒更好。我们做个交易……"

她回头看看窗外，又指指我："等一下对面的窗子里有人时，你过来搂着我，亲热一点；我今晚就帮你读完这部书稿，把情节和你该知道的细节都讲给你。我说过我读东西很厉害的。"

房间里安静得生出嗡鸣。她的话说得越是认真，入耳就越是过分。看来我们终究还是要对峙起来。

"你闯进来就很荒唐，说话更荒唐。"

"你不信我？我不是天生就这副德行的，我早年读书很多。"

"嗯，你过目不忘我都信，可是我干吗要掺和你的事？"

"你放心，对面窗子里的人，还有我，都不会再找你麻烦。我懂得怎么处理，过了今晚我大概就会搬出去。"

她扭头对着窗外。我这窗子连窗帘都没有，估计窗内几米的身形器物都形同对外裸露。对面那窗子还黑着，那双反光的狗眼眯得小了些。我替她设想着照常理她本该进入的场景，我想她可以因循那种角色关系的旧俗，跟今晚会出现的那个人要死要活地闹一场，扯掉他的衣扣再抓破他的脸，而他可以赏她一耳光，踢开他送她的狗，让她跌坐在地彻底崩溃……这串镜头是可以反复循环上演的，每次都会质感十足，而眼下，她的事却要以荒谬的方式牵扯到我和我的窗口，甚至要牵扯到《软骨》。

"要不然，你找隔壁试试？"我指了东西两边的墙。这只是拒绝的另一种方式。我知道西边那套房没有人住，东边的属于另一个单元，不住人，是一家只有三四个雇员的小公司，做着些替人张罗仪式的活计。唯一一次我带狗上楼顶天台，就撞见他们正在晾晒一堆潮湿的条幅，还骂骂咧咧地说上面鸟粪太多，而我本来是想让狗在上面拉屎的。

夜里两边素来没有人声人迹。再算上窗子对位的因素，我应该是她唯一的选择。

她笑了笑："可能我没说清楚——我说的是今晚照我说的，我们做得越好，我就会消失得越痛快越利索，这对你有好处。"稍加停顿，她接着说："而且，你不想知道书稿里的耳朵是什么人吗，他和女人们见着之后会怎么样？你老婆这故事，高潮在哪里，隐喻是什么，名字又为什么叫'软骨'？"

这让我小小地诧异，自己居然受到了如此别致的威逼利诱。不过听上去，事情也有意思起来。书桌边的女人显然并没有多好的说服技巧，可以说腔调幼稚可笑，可我仍然觉得她颇具煽动性。除了明码交易，她似乎也在鼓动着一种她和我都想要的东西。只是我们还是没法成交，我不会去跟她搂抱亲热，这又不是在什么滥俗的故事里，而她也不可能今晚就读完那部书稿。

我便做出比她高明的笑态，朝她摊开手："那你先读读看。"

她让我打开顶灯，却也没有关上台灯，继续读了下去。明亮里，我看出几分她做学生时读书的姿态，也恍惚见了脂肪堆积之前直挺的脖颈。

闷坐了一会儿，我想过去倒掉她胳膊边那杯隔夜茶，再泡一杯新的，但由于对家里今晚没有热水的判断有十足的信心，就没有起身，只是换了坐姿，监考老师似的拉起一条小腿搭在另一条腿的膝头。

"嗯，她们累了，坐在地上。"她边读边说，显然是要给我一点甜头，投食诱捕似的，全不在乎这些我都读过。紧接着还会有白若和黎青吃野果的情节。

"黎青采了几个野果子，她们基本上和好了，一起啃了起来。都觉得很难吃。"

就这样，我们貌似在和气地共处，实则各怀鬼胎，对坐了十几分钟。就在我快要失去耐心的时候，一个画面在我面前的窗口闪过，让我欠起了上身。

这房子在次顶层，楼上也是没人住的空宅，所以住在这里便对本单元通往天台的门有某种无甚道理但约定俗成的统辖权。这也是我那天带着狗走上去的一个前提。但那天我并没有想到这种便捷与那小公司的人所抱怨的屎多的鸟儿们两相叠加会带来哪种可能，所以当事情发生时我吃惊不小，而且并没能即刻理解那画面的意义。

我应该是先听到了某种鸽子大小的鸟儿仓皇扑打翅膀的声音，但并没有定睛留意，那毕竟是窗外的响动。随即，一只瘦长的四足动物倏地跌下，肚皮对着窗内划过我的视线。那浅色的肚皮和胯裆我并不熟悉，稍后才明白过来——一条扑鸟的狗从这座楼的天台边沿摔落了下去。在女人翻捻书稿的噪声里，我没听见狗的身体钝击地面的声响。

我站起来，打扰了面前的阅读者。显然这时已经没法看清窗外地面上的东西了，我就去了门厅，果然，门开着，狗不见了。

出门前我回去穿了件衬衫，对看过来的女人说："没你的事。"

她不明所以时倒相当乖顺，像受了老师的督促似的，低头继续读下去。大概她意识到这房间暂时接纳了她，而属于今晚的阅读时间却在损耗。她背对窗子，不会看到坠狗事故，也就不会理解我说没她的事，意思是事情都是拜她所赐——她闯进来后我忘了关好门，也是因为她，我第一次凶了白老师的狗，毁了和它好端端的互不理睬的关系。

在楼下我来回走了几趟，居然没有找到狗。窗子正下方没有狗的尸体，也没有它呼呼气喘的活体。用手机照明，在地上我看到了一道形似软笔书法的血迹，大概狗顿笔似的顿了顿身子，然后拼力移开了。血迹那一头没有明确的收端，是朝远处延伸的。我吸气醒了醒神，觉得夜风的浑厚凉爽超出意料。察看了血迹伸展出的笔直线条，我知道这条久没出楼、一飞出来就摔得伤残的狗，忍痛急着去做的，就是远走他方。而方向又如此明确，有一次小白咬牙切齿地离开时它跟了出去，他就是往那个方向勾引它的。

无论如何这是伤人不浅的。我呼吸粗重了，不确定是在生谁的气或是为了什么而激亢，上楼的时候越发如此。在这所谓隐居的一年里，我时常经历一些情绪上的乱流，不止腰椎不好了，还虚汗连连，连肺功能恐怕也折损了大半。好在还有一条同样病病歪歪的瘦狗不远不近地陪着我，也见证了我面对小白未落下风，可刚才这点慰藉一下子被打翻了。

"看看你干的好事——耳朵没了！"等进了屋，也许我会这样对那女人发泄。在这磅礴气势之下，她应该不会再质疑那条狗究竟姓甚名谁，而我在吼叫之余，会为事发前给过它一个名字而暗觉欣慰。

上到次顶层，体虚所致的气短和情绪性的喘息绞缠到了极限，我像是具备了摔破所有罐子的决绝。只是冲进自己的住处又回到里间书桌旁，我发现自己是无处呼号的——女人还在，可她在书稿上睡了过去。伏案侧睡让她嘴唇噘翘，眼缝挤得皱缩而滑稽。

在她胳膊下面，书稿摊开着第十六页和第十七页，下面大概五百页的厚度是我熟悉之至的。

我边喘气边对着她失望地摇头。这时身心的激亢只能转化成别的什么举动，况且无论是我这些日子的浑噩昏沉还是今晚屋子里的荒唐景状，都该有个罪魁祸首。冲什么发作一气是在所难免的，我两眼朝着书桌，从空洞渐变为凶狠，死盯着她身下那摞书稿。

我看得见书稿里所有的褶皱和汗湿，它们映印着我长久以来的可怜和女人今晚的可恼可笑。我不会让她睡个舒服，醒过来再继续品鉴篇章。那摞纸和那堆字我再也不想消受，还没读到的情节，包括白若、黎青和耳朵之间所有将要发生的事、山林和沙地之间的暧昧关联，仿佛悉数袒露了出来，直接让我腻烦透顶。眼下一个想法涌动，我极想知道它们会让小白变成什么样子，同时恍若明白了他妻子的话——他想要读它，其实是冲她去的……心血来潮，戾气升腾，我要把书稿寄给小白，以此跟它一刀两断。

他嚷着要它那么久，它会轰然降落到他和他妻子之间，算是成全也好惩治也罢，我懒得理。

这部《软骨》归小白了，希望那条得名耳朵的狗也能血淋淋地找到他。在他那里两物叠加到底会映现我的罪恶，还是会淹溺他自己，是时候见个分晓了。

我找出出版社退稿时用的大信封，急不可耐地划掉上面的几个字，重写开来。原来小白的地址和全名我都还想得起来，就是落笔的手有点哆嗦。妈的，寄出去！这念头犹如被我怀揣已久，此时在胸腔间颠扑得火烫。

写好信封，只差把书稿塞进去了。我推了女人几把，她睡得很沉，只马马虎虎地动了动脑袋就又回到深眠，就像向水面浮升时懒得伸出头喘口气，嚸嚸嘴做做样子就直接勾头沉降下去。我便一手搬她的手肘，一手试图抽出书稿，拉动了一两寸，才发现她那张圆脸与纸张之间的摩擦力甚大。我不得不换个方位，把左手插进她左臂、左脸和书稿之间，屏气发力托抬，另一只手从她右侧抽拉书稿。

终于解救出《软骨》，我重又气喘吁吁，没心思把前十几页纸压平就囫囵塞进了信封。它即将去到它的下一站，相信也终将归落白老师那里。然而这时我却觉得了结的味道还欠缺一些。犹如受了指示，我看了一眼窗外，正对面的窗子里竟真亮着灯，果然有人站在窗口，直直地望过来。那条胖狗在灯光里现了身，堆坐在窗台上自证其胖，眼睛重新睁大了。

无论那边有几双眼睛，我无意表演亲热给任何人看，但这个睡在书桌上的女人却让我觉着有一丝亏欠，就好像我们已经谈妥了什么，她却突然失去了督促我践行契约的能力，我也正在脱逃。这感觉难免荒唐。我想让我不安的可能还有我刚才俯身抽书稿的姿态动作，那已然形成了一种疑似的搂抱，但又模棱两可，也可以诡辩为师长对学生的拍抚慰勉，只是略显亲昵。我不喜欢自己如此滑头。

况且，对面那人贴近了那边的窗玻璃，我们对视了。那是个冷色调的长脸男人，该是进屋不久，还没有脱去外衣，目光朝向这边，越来越粗鲁强横。

无礼得很，我这儿只不过睡着他的女人。

瞬息间我决定把事情做到底，给他点颜色，也给自己住在这儿的光景收个尾。我又俯在女人颈背上方，摆出亲吻的架势。

她没有醒来的迹象，而且睡姿极其别扭。已经闻不到酒气了，可我亲不到她的嘴，连亲她的额头也会显得很蹩脚。我知道要表演就该流畅而到位，于是我用嘴捕捉到了她朝上的右耳，并且衔了起来。她的耳廓软嫩饱满，耳垂更是腆起的那种。以新手式的夸张，我叼着女人的耳朵扭脸去瞪视对面的男人。他的额头大概顶到了玻璃上。怕他看不清细节，我把这右耳斜着叼起老高扯得老长，已经有了十足的挑衅味道。相信等完成表演我一松口，这片弹性软骨和包覆其上的粉白皮肉就会迸弹开去，快活地扑颤一番。

原载《小说月报·原创版》2024年第6期

吴 君

金童玉女

　　三伏过去没几天，在日头晒得最猛的一个中午，牟榕榕看到蜻蜓卷成一个黑团在榕树下方盘旋。去年的情景又浮现在眼前，可是她除了回到起点再无所获。不仅如此，牟榕榕还生出了仇恨，对象不是别人，正是她的前夫李明杰。

　　李明杰当年忧心忡忡地对牟榕榕说自己有病，牟榕榕问是什么病，李明杰摇头不说。牟榕榕见了大笑，说什么病啊？李明杰激起了她的好奇心，她盯着对方的眼睛。李明杰的样子让牟榕榕感到特别，不知道为什么，她想起了小时候在巷子里玩捉迷藏的情景。她在前面跑啊跑，紧张之下冲进了一户人家的厢房。在后面追杀者的喊叫声中，牟榕榕摸索着蹲下身子，把自己藏在煤、烧柴、铁锹和装了萝卜的旧麻袋间。过了很久，牟榕榕的眼睛才适应了黑暗。小伙伴没有发现她，而是一路说笑着路过门前，跑向远处。通过砖缝间透出的一缕光，牟榕榕看见了飞舞在半空中的灰，厢房里的一切更加清晰起来。两件事情根本不搭，可是牟榕榕偏偏会联想到一起。

　　如牟榕榕所料，认识不久李明杰便提出一起散步，地点就是文化大楼左侧的湖滨路，终点是电影院。这样一来，牟榕榕就在单位的人眼皮底下约会了。牟榕榕当然高兴，这是她的意外之喜，难受的当然是谢志远。

当年的文化大楼住了各式各样的人，有些来自附近的县城，有些来自其他省份。这些人多数没带老婆或没带老公过来，对于结婚这件事讳莫如深。隐婚在湖滨路一带很流行，好似二次投胎，这座城市蕴藏了无限的可能。文化大楼白天还比较正常，大家正常上下班，到了晚上则没人管了。文化站站长副站长一商量，反正二楼的天台闲着也是闲着，不如收拾出来，包给临聘人员李明杰搞跳舞培训班。如此一来，李明杰便可以随便进出文化站了，虽然没有办公桌，可是喝水看报纸他是有地方了。李明杰虽然也住在大楼里，可租金和水电费却需要自己承担，这让他很不舒服。李明杰与谢志远是邻居，只是谢志远并不喜欢他，尤其讨厌对方占小便宜。比如，李明杰会把单位的纸杯和卷纸带回宿舍；他想吃谢志远做的饭，就会端着一只小碗说尝尝；有时候半夜还会把垃圾从窗口直接扔下去。他的这一面牟榕榕当然不知道，因为在牟榕榕面前，李明杰非常不容易接近，甚至有点傲气，如果谢志远说了，反倒会让别人认为谢志远小心眼，嫉妒别人长得好、有文化。

牟榕榕同意约会了，原因是牟榕榕从小到大都被身高问题困扰。到了深圳之后，牟榕榕发现自己是个巨人，在小巧玲珑的女人堆里，她的眼睛不知道看向哪里，就连手脚也是无所适从。

牟榕榕为数不多的特长就是唱歌和说话，除了睡觉她的嘴巴不能停，从小到大暗恋的对象多是一些不爱说话比较内向的男生。文化站的人，喜欢讲八卦，话题绕来绕去，各种试探，正话反说，永远是雾里看花，话里有话。

李明杰提出约会牟榕榕有些意外，原因是在文化站这种有太多美女的地方，牟榕榕简直就是特殊的存在。除了超标的身高和体重，还有毫无特色的一张国字脸。别人由瓜子脸到锥子脸过渡的时候，她始终没有变化，笑的时候还会显得脸的比例不对。牟榕榕无奈，却又没有别的办法，她只能选择用夸张的大笑化解尴尬，甚至有的时候还会替别人补一刀，想要打击她的人便无路可走了。懂的人自然懂，至少不会接着她的玩笑继续说了。站里的人个个都听谢志远说过"欺负老实人有罪，人在做天在看"这句话，谢志远在办理调离手续时又重复了一次，像是自言自语，又像是警告。

文化站的人普遍认为谢志远死脑筋，该在乎的他一律不在乎，不该在乎的他又偏偏很上心。文化站的人指的就是牟榕榕这件事。

谢志远没跟牟榕榕站在一起的时候，站里的人都认为他只是瘦小而无大碍。等两个人并排站到一起的时候，谢志远立马变成了小男孩，不只是身材上，气势上也输得彻底。

牟榕榕表面上心直口快，其实也有自己的算盘和心细之处。比如，她对其他人很有礼貌，而对谢志远就比较无所谓，呼来喝去，拍着对方的肩膀说话。文化站周六和周日饭堂晚上不开伙，谢志远和其他人一样只好自己解决。走廊里高压锅的喷嘴不停地吐着水汽，睡梦中的牟榕榕经常会被米饭和排骨的香气熏醒。这个时候她才感到饿，看着窗台上一排公仔面却没有了胃口，她想吃谢志远高压锅里的美食。可牟榕榕即使吃了美食仍要怪谢志远。每次无缘无故挨了训，谢志远也不急着回，而是等到牟榕榕发完脾气，谢志远才凑过来说："没事了没事了，好好休息，身体才最重要，要多吃饭。"这种牵强的安慰牟榕榕并不领情，还把矛头对准了谢志远，她抹了把嘴上的油说："你什么意思呢，是在嘲笑我吧？"牟榕榕侧着身子路过谢志远的饭锅，上下打量谢志远，已到嘴边的话还是咽回去了，谢志远知道牟榕榕没说的话是什么。有人说谢志远显得瘦小是因为溜肩。这个时候牟榕榕已经成功蹭到了谢志远的美食。每到周一，牟榕榕就盼着周末，她太喜欢吃谢志远做的饭菜，这导致她原本又高又壮的身体显得更加臃肿，穿上原来的演出服就像是被捆绑起来的粽子。于是牟榕榕便生谢志远的气了，怪他把自己害成眼下的样子，要知道牟榕榕偶尔还是要演出的。当然多数时候是合唱，偶尔会独唱，那是站里某位小姐姐身子不舒服或是提了条件没有被答应而撂挑子的时候。显然谢志远救急的马屁拍错了地方，被牟榕榕一顿训斥搞得有些灰头土脸，赶紧跑到二楼的平台上去看云了。牟榕榕平时和谢志远说话就是这样。或许是这个原因，文化站里的人不仅不想搭理牟榕榕，还嫌她又怪又矫情，不知好歹，反观谢志远的受气包形象，就觉得谢志远活该，问他是不是想追人家。

谢志远急了，说："没有。"

"你给她做饭不会是那个意思吧？"

牟榕榕听见后绷着脸说："开什么玩笑，谁会看上他呢？"

谢志远听了，愣了一下才说："是的，不要开这个玩笑了。一个人煮饭太浪费，两个人搭伙比较划算，她还可以帮我分担些菜钱。"谢志远已经不敢看人的眼睛了，他小声说了句："别闹，外人听了不好。"

牟榕榕听了，脸色也变了，笑说："怎么样，你们都听到了吧？不要再造谣生事了，不然我真的要搬到横岗去了，那边离东莞近，有大把的歌厅。"这种话，她还是第一次说。牟榕榕认为自己可以拿捏谢志远。

周末的饭停了两顿，这一晚新安电影院没有开门，因为放映员谢志远失踪了一晚。第二天晚上电影如期放映，只是谢志远坐在最后一排，一束光柱经过他的头顶，射向银幕，掩盖着他在黑处的脸。

李明杰的性格与谢志远完全相反，是牟榕榕喜欢的那种类型。李明杰和牟榕榕见面的时候，牟榕榕一整天都掩饰不住兴奋，一会儿跟这个搭话一会儿跟那个搭话，毕竟在男女比例一比七的深圳，找个男的还是有点费劲儿的。牟榕榕兴奋得声音都变了，红着脸追问对方得了什么病。李明杰神神秘秘说出一个单词，见牟榕榕没听懂，他把要说的话压下来。

牟榕榕松了口气。她有些惊喜："这多有意思啊，梦游就是睡行症！"牟榕榕连说两遍，声音和动作极其夸张，以显示自己不排斥这种病，甚至觉得有意思，好玩。想到将会有意想不到的事情发生，牟榕榕忍不住大笑了。

没过多久李明杰便提出结婚，尽管除了他本人他什么都没有。这样一来，牟榕榕只得去向单位申请住房了。牟榕榕觉得无所谓，这种事谁有条件谁做，反正早晚是一家。李明杰说自己最喜欢牟榕榕的一个优点就是她没有其他人那么复杂。

五十九平方米的小房子有些不好用，牟榕榕只好把自己唱歌赚的钱全部拿了出来，把房子改成了复式。二楼的小阁楼虽然不能站直身子，睡觉还是可以的，一楼是客厅和厨房，再后来被李明杰变成了教室，教室对着马路，连广告都不用做了。

到了离婚的时候，李明杰心想这傻女人还好意思说思考，她有什么资格？这个时候的李明杰已经做了培训班的老板。不仅如此，他也是一个喜欢思考的中年人。早在多年前文化站里就有人断定李明杰是个白眼狼，早晚有一天会"反水"。下结论的人是文化站的电影放映员谢志远。除此以外，作为小镇上的电影放映员，他对文艺有种天生的好感，他喜欢夜晚，喜欢银幕上那些晃动的人，牟榕榕在他眼里就是这样的人。这个说法被人当成笑话，没有人相信这个资质平平的大龄女青年还会有什么前途。当年文化站没几个人，专业各不相同。牟榕榕在岭南宾馆唱歌的时候，谢志远会站在台下抱着牟榕榕的衣服和鞋子，看着她在上面表演，有时会被宾馆的保安赶来赶去。他这个样子一站就是几年，他说自己反正没事做，可以免费听人唱歌多好。直到牟榕榕把李明杰带到单位，馆里的人都在偷偷看谢志远的反应。谢志远甚至连敷衍的笑也没有，正准备倒水的杯子咚的一声放在台面上，结果把自己吓了一跳。等人出了门，他说牟榕榕不可能幸福，我们走着瞧，他说你看她那个贱样吧，一个优秀的歌手不当，非要去跟这种"三无"人员搞在一起。他知道牟榕榕喜欢不爱说话的男人，可是他已经管不住嘴了。有人不屑："什么优秀歌手，最多就是会唱几首老歌，谁想听啊？"谢志远就是从这个时候开始变得神神道道的。

谢志远说："唱得还可以，只是不该那么急。"

"那也得急呀，不然做老姑婆呀？"有人对谢志远的话表现出不屑。

"总不至于找个'三无'人员吧，谁知道他看上她什么了。"在深圳，没户口没工作没有房的人统统被称为"三无"人员。

有人冷笑："那怎样？她这样的条件不找'三无'人员，你要她呀？"

谢志远这边安静了。

这件事情之后，同事们更加看不上牟榕榕。在他们的眼里，她是可以随便欺负的，因为此人不仅没有后台，还找了一个更加软的柿子。比如，当年大家共用一个厨房，如果别人给李明杰一个稍不友好的眼神，本来排到了，他手里的菜板也不敢放过去，而只能继续在自家门帘处等着。等对方吃完饭洗了碗后，他才赔着小心，蹑手蹑脚地进入厨房，提着心吊着胆做一盘软塌塌的放油过少却放盐过多的茄子。牟榕榕如果狠一点，绝不会出现这种事,可是偏偏她信任他,这种男人又承受不起别人的好,因为他犯起了贱,犯贱的男人是需要别人修理的。这句话是谢志远说的。谢志远越发喜欢说警句并且话里有话,这也导致了牟榕榕更加不喜欢他的性格。有一次因为要去外地,谢志远耽误了几分钟,牟榕榕便不高兴了:"你什么意思?不想去就不要勉强。"前一天牟榕榕又接了一单,只是路有点远,演出的地方又在松岗。她把这件事和谢志远说了,也看见他偷偷去给摩托加了油。

话说牟榕榕早就过了登台表演的年龄,画过的眉毛像两条毛毛虫爬在窄额头和小眼睛之间,眼角皱纹里的粉有时会掉下来。可是她不甘心,除了文化站的工作,文化站的人哪个不趁机捞外快?如果她每天都坐在办公室里,会被人笑话的。牟榕榕平时在家里除了教小孩子们唱歌,还能做什么呢?而这些小孩子其实也不是来学唱歌的,而是家长把她这里当成一个临时托管孩子的地方。文化站多数人不用坐班,如果你不是馆长,又不搞行政,也就不方便随便什么时候都去单位的,否则只会遭骂。因为大家都不坐班,你一个唱歌的,跑过去做什么呢?把别人显得特别不积极。关于这种文化单位坐不坐班有多种说法。这样一来,牟榕榕去也不是,不去也不是,只能待在家里坐立不安。李明杰把培训班放在家里之后更显得地方小了,平时牟榕榕去外地演出,这个家基本是他的,想怎么折腾就怎么折腾,就连快餐都是牟榕榕网上叫好的。眼下,她显得格外碍事。

不许搞培训之后李明杰急得像只热锅上的蚂蚁。他对牟榕榕说:"你去找那个人呀,他有必要为你想想办法的。"见牟榕榕吃惊地看着他,李明杰意味深长地说:"他对你真的不错,每次演出,如果他不花心思,我敢担保没有人愿意听,现在谁还听这种老歌?翻来覆去听得人想吐。"李明杰在打谢志远的主意,他知道谢志远对牟榕榕的事总是有求必应。"当初那么晚,他还陪着你走穴挣钱,相信我,他对你绝对有那个意思,不然怎么解释呢?"说这话时李明杰向牟榕榕眨了下眼睛。牟榕榕听了很生气,又不好意思发作,继续清洗水池里的碗。李明杰的眼睛一直盯着牟榕榕的脸和手,挑着眉头道:"你们几次去镇上,我也知道。"

听了对方的话,牟榕榕停下手说:"我都当他是哥,他那副样子谁会跟他？再说我们也不合适。"

李明杰神秘地笑了："长成什么样也是个男人，他怎么想的我最清楚。"结婚以后，牟榕榕发现李明杰的变化很大，尤其是相貌。

正因为李明杰的话，牟榕榕被提醒了。分区之后，她很久没有见过谢志远了。前些年他总是无所事事，她常常感到对方太闲了。于是她打电话向谢志远寻求帮助，说到李明杰眼下的处境，还以为对方会像以往那样对她。想不到谢志远只是轻轻笑了一声，不再接话。牟榕榕第一次见谢志远这样，端着电话站在原地发呆。她的脑子里一直是谢志远的话："时代在变，可你怎么还是不变呢？"

牟榕榕不知道这是夸奖还是什么，谢志远从来没有这样对过她，她心里堵得慌。她决定搬回单位宿舍，腾出房子给李明杰安心做培训，省得他总在为租金犯难和生气。她要让李明杰发达给所有人看，看他们还敢不敢小瞧她。文化站里的女孩儿多数找了机关干部或有钱人，而她嫁的是看人脸色吃饭的李明杰，她受够了。

等牟榕榕接到谢志远要从南澳过来看她的电话，已经是五年后的事了。谢志远的命运发生了改变，也就是说走好运了。谢志远主动申请调到南澳上班，过去不久便被提拔了。那些年深圳的机会比较多，谢志远是单位里第一个报名的。

接到电话前，牟榕榕身体不舒服，头痛，发冷。接到电话之后，牟榕榕的病好了，当然这也与她喝了小半包葡萄糖有关。谢志远不是一个人过来的，而是带了六七个朋友，用牟榕榕的话说是他带来了一个车队。岭南宾馆是六约唯一的五星级酒店，灯光高高低低，加上走廊也是兜兜转转，特别有情调。牟榕榕之所以选择来这里，是因为这里有她和谢志远的共同记忆。女的只有牟榕榕一个，这是她这辈子最高光的时候了，又高又肥也有人喜欢，也有人围着她说话，她还没有如此幸福过。可是她的脑子很快便又转到为李明杰求情这件事情上了。怎么没想到谢志远能帮李明杰呢？她竟然给忘了，不仅如此，她忘记了她已经离婚，也忘记了房子已被李明杰拿去做培训。说好两个人同时搬回宿舍，只是没住几天李明杰就说要加班，事业要紧，还得住回去，他说这会更加方便工作。这样一来，牟榕榕便感到不舒服了，心想你一个大男人总是用怨恨的方式给人洗脑，目的是要钱。她觉得自己的恨里面还有些说不清楚的东西，具体是什么，她不明白。

最初的时候牟榕榕并不习惯，搬回宿舍后，看到乱七八糟的旧物品，演出的鞋和拖鞋纠缠在一起，堆放在走廊的尽头还没有清理。开始几天，吃完了饭，碗也不洗，就扔在盆子里。她不愿意想天亮之后的事。

与自己预感的一样，没过多久李明杰便把房子粉刷一新并有了情况。直到在房里见到女人的发夹和睡衣，牟榕榕蒙了，她不愿相信这是一个女人留下来的"纪念品"。因为李明杰给她说过很多这样的奇事，比如，办公室里突然多出了一些东西，过几天又消失了。他解释说这是神的旨意，他们在指引他。说这些话的时候，李明杰手上正拿着一本讲宗教的书。两个人认识不久，他便给牟榕榕讲述一些神奇的事情，如神明会故意在路上或是哪里放一件东西请你辨认，如果你上辈子有过交往，他们就不会伤害你。

但这显然是另一个女人留下来挑衅的，还用了她的沐浴露。在此之前，牟榕榕还心疼李明杰，这么多年来，失眠到梦游，作为一个有正常需求的男人却无法与牟榕榕拥有共同的作息时间，她曾经以为他每天都在忍受煎熬。牟榕榕用眼睛到远处去找案板上的刀，那是一把她在夜里磨过多次的利器。应该何时动手呢？不能再便宜了对方，可是何时能见到呢？牟榕榕感到自己已经等不及了。

谢志远带了六七个人，他介绍说是自己的老乡。坐下之后几个男人的眼睛看着谢志远，似在等他的指令。牟榕榕明显感觉谢志远变了，眼神温和了许多，原来的矮也不存在了，而是刚刚好。

由谢志远提议的这顿饭吃得轰轰烈烈，菜是谢志远点的，有牟榕榕喜欢的浓汤花胶煲和三文鱼。除了谢志远其他人并不知道牟榕榕的喜好，牟榕榕眼眶热了。那个时候谢志远经常做这种东西，还说自己吃了会过敏，请求牟榕榕帮忙消灭，这样一来，谢志远只好担起厨师的角色。再一次吃到这种鱼，已是多年之后，是牟榕榕被光照耀的夜晚，这一晚她是个公主。他们好像还去楼上唱了歌，和多年之前一样，牟榕榕唱歌的时候谢志远一直在看着她，只是手里已经没有衣服和鞋子了。当年两个人住隔壁，谢志远胆子小，每次见到飞进来的蟑螂，他都会吓得大叫，拖着被子从房间里跑出来。牟榕榕却无所谓，她拎着扫把就冲进去一顿乱打，直到蟑螂不知去向。回头再看，谢志远正缩在角落里。牟榕榕见了，哈哈大笑，把谢志远羞得脸色通红，像个小孩。

想起这些时，牟榕榕又恢复到了从前的样子，她一会儿搭讪这个，一会儿又和另一个讲段子，总之她回到了人来疯状态。只是她的脸会比从前疲惫一些，沾沾自喜的俏皮话似乎全都忘了，只剩下尬笑和重复。喝酒时有个人说，深圳把他的一切都耽误了，真是不值，谢志远微笑着没有接话。

牟榕榕并不知道这真的是一次仪式，告别的仪式。

饭快吃到尾声，牟榕榕当众提出要求，说回家的时候希望谢志远送送自己，像当年那样，她的车要开在前面。一起的人就起哄说送啊送啊，送到天亮也行啊！她希望谢志远还像从前一样。岭南宾馆的舞台拆了，这里准备装修成一个商场。她想起了谢志远，他怎么就那么傻呢，无论冬夏，抱着她的衣服、拎着她的鞋，话里有话的夜路上，自己讲的全是与他无关的男人，他该是多么失望啊。自己挣的钱里本该有谢志远的一份，可是他从来没有和她算过账，这不是爱情又是什么呢？

牟榕榕不想一个人回到那条僻静的路上。这么多年，她总是一个人走路，一个人吃饭，一个人看电影。她记得在门前那家开了几十年的火锅店里，坐在同一张椅子上，她看到了不同时段的情侣进来就餐。

三辆车就是一个队伍了，无比壮观，牟榕榕脑子里有幅画面。谢志远答应了她。前面的牟榕榕仿佛回到了当年，谢志远深情的目光覆盖在她的身上，而她的身体已经暖了。恍惚间，一只手盖到了她握住方向盘的手上。谢志远说："我后悔了，还有机会吗？"

黑暗的车里，牟榕榕在流泪。当然是幻觉，她的手上什么也没有，而她的身后从来就没有过车队。

谢志远，你为什么要骗我！你哪里有什么老婆，只是担心条件不好被拒绝，连接近的机会都得不到，最后朋友也做不成才这么说的，可是一切

277

都晚了。牟榕榕怎么会不知道他的心？因为知道她才会去利用。当年的她只是希望有人陪她走过最暗的一段路而已。只是到头来，骗的是自己。

车开进了小区，四周都是黑的，只有几盏橘黄色的地灯孤单地亮在脚边，与白天到处都是老人孩子的热闹情景形成了反差，安静得不像是同一个地方。整个小区的树似乎长高了许多，灯藏在树里，从缝隙间透出一点光亮。牟榕榕刚走到楼下，门就自动打开了。牟榕榕发现水表的位置变了，地面比平时干净了许多，大理石的地面像是刚刚被清洗过。踩着自己的影子，牟榕榕进了电梯。房门开得也很顺利，如同虚掩着，或是在等她回来。她先是躺到了沙发上，让自己的肩和腰得到充分休息，随后仰起脸发了一会儿呆。房间里很是安静，几次听见隔壁沙沙的声音，她想起了他们当年共同害怕的蟑螂。不知道他还会不会那么胆小，没人知道现在的她胆子越来越小了。

路面上一闪一闪的是雨滴。跟在她身后的谢志远是什么时候离开的呢？没有灯光照着，她竟然顺利地回到了家，一路上她没有害怕，只是头越发沉，随后她感到了口渴，应该是刚才蘸了酱油和芥末的三文鱼吃多了。牟榕榕抬脸看向了窗外，楼上垂下来的绿萝有长有短。翻身下了沙发，她端着一杯水看墙上的挂件，又站在窗口发了会儿呆。好像没有鸟飞过来了，她曾经在窗口用米喂过它们，其中有只用力过猛飞到了她的手上。她猛然间想到楼上的李明杰了，他或许这个时候正需要水，她知道这个男人愿意给女人夹菜、为女人带香水，却不懂得照顾自己。想到这里，牟榕榕轻手轻脚上楼，进入房间，她猜想对方早就应该睡着了，身体散发着她喜欢的香皂味道。牟榕榕忍不住躺了下去，又一点点向对方的身体靠过去。离婚前她总是习惯性地去卧室看他，有时忍不住想要躺到竹席上面，竹席是当年唱歌时有个老板送的，说是冬暖夏凉特别好用。后来分房睡，牟榕榕不好意思把竹席取走。平时见李明杰喝了酒回家很晚，她都会半夜悄悄起床上去查看，他曾经对她说过自己小时候就有过梦游，有时还会打人，所以他提出还是分房才安全，他最担心出现意外。他曾经哭着咒骂："你们凭什么欺负人？你还想同情我呢。"

牟榕榕把憋了很久的一句话问了出来："当年你什么都没有，怎么敢来找我？"

李明杰愣怔了一下后才反应过来，他表演式地掀翻了台面上的杯子后又举起了拳头。事后他说并不知道自己做了什么，醒来时全都忘记了。他为她描述过，小时候有一次他跑到隔壁县城去看电影，回来时迷路了，直到天亮前才回到家，在自家门前，他见过几只小鸡。后来他讲给大人听的时候，没有人相信这件事。

"我信呀。"牟榕榕的确说过，她的脑子里也有这样一个画面，李明杰手里的小鸡是银色的。

李明杰露出得意的笑："可我是编的，目的是跟人要些吃的。我谁都不爱，我恨你们所有人，为什么我什么都没有，只有穷？"

牟榕榕像是被人从后面抱住不能动弹。

"还有你不知道的事，也顺便告诉你：谢志远没有说错，我的确是看上了你的房子。"他说自己先是住进了牟榕榕的宿舍，无须再交租金，再后来又分到房子，李明杰说自己根本没想要得到那么多。他又说："当然，这还不是重点，最有趣的是他。我的困难，最后谢志远都会帮我解决掉，不仅如此，他越是找你，你就越会扑向我，我根本不需要费什么力气。"谢志远竟然也不爱她，只是想要阻止他们在一起。

牟榕榕被激怒了。

黑暗中牟榕榕靠近了李明杰，他们已太久没有在一起。此刻牟榕榕脑子乱了，她的手摸索着，先是来到了李明杰的衣领边，很快她的手便挨到了对方的喉。李明杰之后，她再也没有过男人，哪怕与男人不小心手碰在一起都没有。牟榕榕似乎失控了，她悄悄靠近却猛然擒住了对方的手腕。

黑暗中的李明杰没有醒，不仅如此，他安静得如同一幅画，往日的狰狞也不见了，松弛的脸颊，无力的身体，似乎没了呼吸。这一刻牟榕榕惊得感觉心脏就快要停止跳动了。演练过多次，她拉起对方的手臂抬高放下，见还是没有反应后，牟榕榕放下了对方。她迅速冲下这悬空的楼梯，进入客厅，打开右侧装杂物的柜子，柜子的底层放着一小盒拇指大小的救心丹，这是她为自己准备的。每次见到李明杰发脾气砸东西，她都觉得自己早晚有一天会用到。

牟榕榕从来没有用过这么大的力气，她一只手拎住李明杰的衣领，另一只手托住了李明杰的腰，终于把他的半截身子强行拖到了床边并靠住了墙壁。随后，牟榕榕箍紧了李明杰的头，用力掰开他的嘴，用力塞进一粒银白色药片，并用力抵到喉管处，使其进入李明杰的胃部。除了墙上的钟在动，房间内外安静得恐怖，天上的月亮突然悬在了窗口，照着室内的竹席和他们。不知过去了多久，李明杰才像是从泥泞的沼泽爬行回来一样，而他的眼皮已经重得睁不开。她终于听见李明杰舒出了一口长长的气，随后翻了半个身子，重新熟睡起来。

　　出了小区，刚才还悬着的月亮化成了一大片光，树后面的天空很高，照映着湿润的地面，水滴不断变大，砸在牟榕榕的脸上。随后是漫天的淅沥声，牟榕榕打了个激灵，整个人惊得手脚冰凉，她想起刚刚离开的竟是李明杰的家。

　　惊恐中牟榕榕爬进黑暗的车厢，脚在油门和刹车间曾经徘徊过几秒。

　　雨后的灯光很亮，携着一团团金色向后退去。

原载《花城》2024 年第 3 期

钱玉贵

度假

一

我八岁那年，爸妈离婚，法院把我判给了妈妈，那时爸爸就承诺要带我度一回假，说是等我小学一毕业就去，甚至还说过地方由我选。然而说归说，后来他好像给忘了。当然，他总是忙，忙他的生意。这回是因为妈妈被派遣去非洲某个国家从医半年，他仿佛才突然想起了当年的承诺，同时也正好是在我的暑假里。于是，妈妈前脚走，他后脚就开车来把我接到他的别墅，收拾好行李就匆匆开始了这趟迟来的度假之旅。

住进山庄时，天色已暗。四百多公里的路程，途中在一个高速公路服务区吃了一碗牛肉面。其实爸爸的奔驰车里带了许多零食，但妈妈告诫我，正餐不能吃零食。给爸爸开车的司机叫小王，我叫他小王叔叔，三十多岁，体魄强健，给我的印象是木讷寡言。他把我们送到山庄后，就开车回去了。在路上，爸爸告诉我，如今丽江呀，三亚呀，九寨沟什么的，都去不得，都是人满为患，所以他选择的这个并不算太远的山庄才是个世外桃源。我听着，心里美滋滋的，对接下来的旅程充满美好的想象。

当爸爸把房卡交给我时，我才知道他提前预订了两个单间，而且不在一个楼层。他说，你虚岁十五了，也算是小大人了，自己住吧，老爸不干涉。他淡淡地一笑，望着我，脸上那副镇定的神情似乎告诉我，游戏规则就是这么定的。一共五层楼，电梯在三楼停下，他说，晚饭见，小帅哥！我气鼓鼓地背着自己的旅行包走出电梯。电梯门关上，我看着它继续上到五楼停下，想象着爸爸拉着自己的行李箱气宇轩昂地走出电梯的模样。我心里有点失落，有点类似当年爸妈离婚时把我判给我妈时的那种心情。

单间很宽敞，由于洒了淡淡的香水，所以不是深深地去嗅，难以察觉到空气里还隐藏着那种阴湿泛腐的气味。从偌大的客厅、阳台、卧室到设施精良的卫生间，我觉得自己就像个幽灵在晃悠着。我把电视机打开，放大音量，屏幕里播放什么不重要，重要的是让房间里充满声响；我想，这声响足以吓跑这间处于深山老林里的屋子里的妖魔鬼怪，假如它们存在的话。

爸爸打房间电话要我下楼去吃晚饭，我看了一眼窗外，天完全黑了。

穿过一楼的廊道，就进入餐厅，爸爸在门口等我。他洗漱过了，换了一件纯白的T恤和一条米色休闲裤，皮鞋锃亮，梳着油亮亮的大背头，一副成功人士的气派。我走过来时，他正跟几个同样衣冠楚楚的男人打招呼，显得礼貌而亲切。他微弓着腰对我说，真不巧，碰上几位生意场上的朋友，他们也是来度假的，今晚咱们就凑在一起吃吧。说着，他把手臂搭上我的肩膀，就像哥们儿似的，拥着我走进餐厅，然后拐进了旁边一个豪华大包间里。

包间内，灯光炫目，烟雾缭绕，当我出现时，竟响起几声稀落的掌声，有人说，欢迎贵公子啊！那一刻，我立马失去了好心情，甚至有些恼怒。我非常讨厌跟他的所谓生意场上的朋友在一起吃饭。以往妈妈出差或外出开会的时候，他也曾接我出来吃饭，大多是跟这类人在一起。我发现，这类人仿佛生来就乐于泡在酒桌上，铺张，奢华，兴奋，狂言。开始阶段还有些假模假样，正襟危坐，但几杯酒下肚后，就开始胡言乱语，海阔天空，云山雾罩，也不知道是什么话题引起的，反正就是要把一杯杯一瓶瓶的酒灌下去，直到最后一个个洋相百出——有当场呕吐的，有从椅子上滑到桌下睡着的,有趴在桌上莫名其妙胡说八道的,甚至还有哭泣的,仿佛他们既百般委屈又义愤填膺,不如此糟践自己则不能活。后来,爸爸要带我出来吃饭,一听是跟这些人在一起,我就直接拒绝,宁愿独自在家吃泡面。有一次,酒宴散了,爸爸让我陪他走一段,那时夜已深,街上空无一人;他不住地打着难闻的酒嗝,甚至有几次要呕吐出来,身躯摇晃着,手臂一直搭在我的肩头。他说,儿子啊,做个男人,在江湖上混,没点儿酒量是不行的。你想交朋友,你想交上重要人物,你想挣大钱,你想把生意做大,说白了,你想人前显贵,那么,这酒桌上的学问可就大了去了!不过,现在跟你说这些也是白说,等你长大了就会明白的……我当时想,我就是长大了也不会愚蠢到非要把自己灌得不省人事、丢人现眼,用妈妈的话说,那叫不成体统,缺乏教养和修养。妈妈说,当年爸爸也是个循规蹈矩甚至谨小慎微的机关公务员,因为坐了五年的机关冷板凳,没有得到任何提拔,领导也始终不待见,而他的那些昔日不如他的同学好友似乎个个都变得腰缠万贯、扬眉吐气,他这才下决心辞职下海经商,从此一去不回头……

酒宴开始后,我只顾闷头吃,根本不理会桌上发生的情况。

席间,我听见有个家伙在问我爸,贵公子书念得怎么样?——这是我最讨厌的话题。我爸说,还行吧,比上不足,比下有余。那一刻,我眼角的余光发现,桌上的眼光都集中到了我这里,甚至出现了难得的片刻安静,这让我既惶恐又愠怒。那个家伙还在阴阳怪气地说,初中阶段很关键啊,特别是中考,可要看紧点儿,错过了这个阶段,将来补起来就麻烦大了。我爸就打哈哈,说那是那是,不过,有他妈给盯着,他妈可是当年从中学到大学的学霸,我可不行,我只能负责给他提供财政保障。我爸这人就这一点让我喜欢,他从不人云亦云,也不像我妈那样天天盯着我的学习成绩,而且唠叨起来没个完。他从不苛责我,说他对我睁只眼闭只眼都不符合实际,应该说,他两眼都闭着。他是从农村苦读出来的穷孩子,读大学几乎拖垮了他的家庭;他渴望出人头地,光宗耀祖。妈妈在大学里能看上他,就因为他的本分老实,当然更重要的也是他的相貌堂堂。他下海后,先是投机倒把,后来跟人合伙成立贸易公司,反正什么挣钱做什么,没几年他的观念就彻底变了。他有一个观点是我妈极其反对的，那就是：男孩子的真正出息不是在大学里，是在江湖上历练出来的，是哪块料，只有到了社会上才能看得出来。从那时起，他跟我妈的争吵日益频繁，后来就夜不归宿了，再后来两人开始分居，一年后正式分道扬镳。我妈说，一个那么熟悉的人怎么会变得那么陌生了！

我吃饱了就要回房间，爸爸还在喝着，看见我离席要走，他赶紧说，儿子，回房间泡个热水澡，好好睡一觉，明天咱爷儿俩打高尔夫哦。

我匆匆走出烟雾弥漫、酒气熏天的包间。我前脚刚出来，就听见身后响起一阵阵"干了干了"的声浪，显然，走了我这个令人扫兴的"绊脚石"，他们喝得更欢了。

走廊上没人，山里的阵阵凉风吹过来，我深深地呼吸一口。

我怀疑，这顿饭并不是爸爸所谓"真不巧碰上"的，而是事先就约定好的。从爸爸在桌上一边劝酒一边对服务员催菜的态度上看，我判断这顿饭既是他张罗的也是由他埋单的。

二

第二天一早，爸爸敲开了我的房门，将一个运动包扔到我的床上，说今天去打高尔夫，要换身行头。他没进来，把门带上，说，待会儿咱们餐厅见，小帅哥。运动包里装着崭新的耐克运动服、高尔夫球帽、手套、运动鞋和袜子。餐厅里，我见到爸爸跟我一样一身崭新的耐克运动装，不禁感到好笑，好像我们真是打高尔夫的选手了。吃罢早餐后，他背着皮制的杆包，我们坐上小驳车便往山庄的后山驶去。

树木参天，翠绿葱郁，空气清新，阳光透过树冠在林间形成一张巨大的绚丽而迷人的光网。鸟儿们在喧闹地啼鸣，湿润的青草散发的气息和莫名的花香交织的芬芳扑面而来。爸爸拍了一下我的肩膀，说这地方不错吧？我点头，看着一只机灵的灰松鼠在树枝间快乐地跳跃着。

大约二十分钟后，小驳车停在一个坡地上。下面就是一片开阔起伏的草坪，像绿毯子铺就的，美极了！远远看去，一湾映照着蓝天的水塘像一面镜子镶嵌在山坳的草坪边缘，与细长而弯曲的山涧溪流相连。整片绿茵上竖立着若干小彩旗，飘扬在草坪的不同地段，那是球洞所在的地方。我清楚地看见一个大腹便便的男人在草坪上挥杆，身边伴着一个长发飘飘、身材标致的女人，不时给他递上手巾擦汗；另外还有一个健壮的年轻人背着杆包站在两米开外的地方，样子显出职业的庄重与恭敬。爸爸这时摘下墨镜望去，嘴里嘀咕道，他倒是先来了。我说，谁先来了？爸爸指着远处草坪上那个大腹便便的男人说，儿子，那可是个重要人物哦。

从这一刻开始，爸爸就显得有些兴奋而忙乱了。他领着我往坡上的一排凉亭走去，凉亭后面是一间漂亮精致的玻璃房。我们尚未走过去，从里面跑出一个穿红运动服的姑娘，边跑边热情地招呼道，先生早上好，需要服务吗？爸爸对她说，你把我儿子好好辅导一下，他第一次来打球。说完他放下杆包，就小跑着往坡下草坪去了。

姑娘短发，丰满，长得挺美，一笑有两个酒窝。她把我带进一间凉亭，里面架上插着各种长短不一的球杆，球也摆在地上设定好的位置。她说，咱们开始吧。我完全不知道"开始"是啥意思。就见她拿了把短杆塞进我的手里，然后大方地从身后抱住我，提醒我双手握杆的手指要领、两脚岔开齐肩的距离，她的手又暖和又柔软。她非常有耐心，亲切又绵软的声音萦绕在我的耳边，连气息都吹进了我的颈项里。她纤细的手指包裹着我的双手，一次次挥杆把脚下的球一只一只地打了出去。她鼓励我使点劲儿——用点力啊，对，很好，很好嘛！可是球依然打得不远，而且球向也控制不好，但她还是一句接一句地表扬我，漂亮，打得漂亮，好，真漂亮！仿佛我成了神童，一学就会了似的。其实那会儿我已经失去耐心，或者说，我的心思变化了。姑娘的身体几乎与我合二为一，她弹力十足的胸部一直磨蹭在我的后背上，我感觉就像被小狗的舌头舔上似的。我觉得自己快坚持不住了，终于红着脸说，我要休息一下。姑娘松开我，理了理短发，看了我一眼，好像意识到了我的尴尬。她扬起脖子说，那好吧，你自己练习练习吧，需要的时候就叫我一声。然后她跑回玻璃房去了。

我没有继续练习，而是在旁边的椅子上坐下来，掏出手机想把昨晚未结束的魔王争霸游戏接着打完。这时我看见爸爸跟那个在草坪上挥杆的大腹便便的男人在一起了，而原先那个长发飘飘、身材标致的女人和那个背杆包的健壮年轻人却不见了踪影，是爸爸在给那个男人递手巾擦汗，并背着沉重的杆包。距离应该有百十米吧，我听不见他在跟那个男人说着什么，那个男人一会儿望望天空，一会儿蹲下来用球杆目测着到球洞的距离，似乎根本不关心身边还有个人。爸爸倒是不住地在说着什么，但人家好像并不爱搭理他。

阳光越来越炽烈，如巨网般的光芒在草坪上形成炫目的光柱。我再也没有了打游戏的心思，密切注视着远处草坪上那两个男人慢慢移动，但画面仿佛是静止的。我分明看出了爸爸对那个男人的曲意奉承，有那么一会儿，爸爸还莫名其妙地掩嘴而笑……

手机突然响了，居然是妈妈从非洲那个国家打来的。她说她准备睡觉了（当地入夜了），问我在干吗，是不是跟我爸在一起。我说，是，在一起，在打高尔夫球呢。她说她一天会诊了许多病人，有些病情闻所未闻，又感叹非洲还真落后，超出想象。我问她想不想视频一下，她说算了，她住的地方简陋不堪，又说她那边卫星信号不好，后来又说她真是累死了，就挂了。妈妈说累死了，那一定是真的累了！妈妈要强了一辈子，作为心血管科主任医师，她几乎没失过手，靠的就是扎实严谨、认真执着。我其实知道她内心还想多问点情况，譬如我爸怎么样啊，山庄环境如何啊，玩得开心吗，尤其要强调的是，学习千万不能放松啊，明年就要中考了……可能是考虑到我们父子俩刚刚开始度假，她才尊口免开了。

中午我们回到山庄在餐厅吃快餐时，爸爸坐在我对面，没动筷子。上午阳光的暴晒使他的脸部、脖颈和手臂像抹了层红亮的彩釉。他神情忧郁地望着我，好像是在为上午未能陪我打球而愧疚，两只细长的手掌在快餐盘里的菜肴上空神经质地伸展着，像是拿不定主意似的。他一会儿望一下周围来往的人，一会儿又看看我，显得忧心忡忡。我以为他想问我上午教我打球的那个姑娘教得如何，或者我学得怎么样，对高尔夫感不感兴趣之类，其实，我错了，他的心思根本不在这里。

你一个人吃吧，我的小帅哥。他终于开了口，好像打定了主意，同时抬腕看了一下表。我要到那边的包厢里去一下，有个重要客人，我得过去敬他几杯。他说着，站起身。我说，是上午跟你一起打球的那个胖子？他愣了一下，说就是那个胖子，怎么，你看到我和他打球了？我说，是他打球，你陪着。他脸红了一下，眨巴几下眼，没再说话，就迅速地穿过大厅，径直去了那边的包厢。

我又吃了几口，觉得索然无味，就独自回房间去了，临走时我还看了一眼对面爸爸的快餐盘里那些一动未动的饭菜。

下午的行程爸爸没说，可我猜，一定没戏了。这叫什么度假？

三

我睡了一觉，醒来时粉色的窗帘上映满了一片艳红的夕阳，我突然觉得房间好像变成了舞台上的背景。我趿着拖鞋，走到阳台上，外面的热浪袭来，身上起了一层鸡皮疙瘩。天边的云层像燃烧过后剩下的几块巨大的火炭，渐渐被越来越浓重的灰暗所吞噬。我回到房间，看到摆在床头柜上的手机上有一条短信提示：儿子，老爸中午喝高了，今晚不陪你吃饭，你自己去餐厅吃吧。

我独自去餐厅吃了饭，然后顺着长廊走出山庄。我不想回房间，于是沿着一条甬道往山庄前面的园子里走去。这是一条弯曲而幽静的小道，花草茂盛，暗香飘逸，小径和草丛间安置了各色绚丽的彩灯，让人有种渐入朦胧奇幻之境的感觉。走下了一段平缓的坡地，曲径通幽，在高大葱郁的林木后面，有一幢幢灯火暧昧的三层结构的别墅，不，是一片别墅群。走到跟前，我看到在院落之间，有别出心裁的假山奇石，还有小桥流水，环境十分幽静而神秘，与山庄的主楼那边相比，这里仿佛才是一个真正的世外桃源。

爸爸为何不带我住在这里？是预订不上，还是爸爸并不喜欢这样的别墅？是的，他自己的家就是高档别墅嘛。如果我提出的话，爸爸一定会把房间订在这里，为儿子，他不会在乎花那个钱。小时候我就知道后来发达起来的爸爸出手大方，在朋友间口碑好，视金钱如粪土。为打通生意场上的关节他什么钱都敢送，用那时妈妈的话说，他是整包地把钱送出去，还要整箱地把它赚回来。妈妈也就是那个时候开始明白，自己跟他不是一路人，道不同不相为谋，下决心离婚分手。那么，爸爸到底是个什么样的人呢？离婚后的妈妈反倒并不愿意在我面前诋毁他的形象，甚至不愿谈起他，即使我追问，她也只是淡淡的一句"各人有各人的活法"，而不像当初她说他那样尖锐刻薄：市侩，庸俗，投机钻营，利欲熏心。

我看了一下手机，晚上九点多了，爸爸不会因为中午喝高了到现在还睡在床上吧？在过去的日子里，他总是喝多——他仿佛有没完没了的应酬需要喝酒，而且大多会喝多。那个时候只要他浑身酒气地回到家里，妈妈就会把我关进房间，家里气氛随之骤变，就像事先约定好的那样，两个人很快就会开战，客厅里的声浪开始宛如溪流，然后汇入江河，最后形成大海般的惊涛骇浪。到了后来，看到摇摇晃晃的爸爸像片浮云般飘进家门，两只脚像踩着棉絮般轻柔地倒在沙发上时，妈妈竟然变得不动声色，先把我关进房间，关了电视，然后把自己关进卧室，这样家里反倒变得静寂无声。好在那样的日子持续得并不久。

回到山庄时，我突然想去爸爸的房间看一看，或许可以给他递杯水喝，酒喝多了的人就是渴（妈妈说的），或许还可以替他去买些吃的。爸爸住在顶层靠拐角的一间房，走廊里十分寂静，灯光幽暗，我踩着地毯轻轻地走到门前。我敲了门，心里却莫名地紧张，仿佛里面正发生什么不幸。我贴耳听，里面有些奇怪的声响，但立即就静下来了。我又敲了几下。

谁？里面突然传出粗莽的呵斥，是爸爸的声音。我正要在门外说是我时，却意外听见一个女人的声音，我怎么没听见敲门呢？我浑身战栗着退了回去，完全受到了惊吓。我刚闪到走廊拐角时，那扇门开了，一道光亮射在走廊上。我靠着墙壁，就像电影里的特工那样窥视过去：一个披着长发的女人探出脑袋来，她一手紧按着胸口的睡衣，一手抓着半开的房门，左右瞅了一眼，头发也耷拉下来（我完全看不清她的面目），然后门又关上了。

这一夜，我几乎没睡着……

四

　　第三天一早，还是爸爸打房间电话催促我下楼吃早饭。到了餐厅，我看见爸爸一脸疲惫，不住地打着哈欠。阳光从落地玻璃窗投射进来，餐厅里弥漫着烤肉和面包的香气，几个端着托盘的顾客在旁边的餐台前排着队，那里热气腾腾，正煮着一碗一碗的馄饨面条什么的。我和爸爸各自拿着托盘弄了一些蔬菜和点心，就在临窗的餐桌边坐下来。爸爸瞥了我一眼，又把目光移向窗外，眯着眼，像是在想心事。我停下了筷子，盯着他，他感觉到了，正过脸看着我，嘴角扯了扯，自嘲地一笑，想说什么却又没说，于是吃起来。

　　我问他，酒店那边有个别墅群，你知道吗？

　　他惊愕地看着我，点了点头，说知道啊，你去看过？

　　我点头说，昨晚我去的，真漂亮。我们为什么不住在那里？

　　他吃了一口菜，在嘴里嚼着，慢慢地说，儿子，住那种地方就有点招摇了，做人做事还是低调点儿好，这年头，炫富的十有八九都是傻瓜蛋。他突然又转了话锋，不过，你要是喜欢，老爸今天就带你搬过去。

　　我马上摇头，说我要是喜欢，就从妈妈那里搬出来，搬到你家里去了。

　　妈妈从一开始就坚决反对我去他那幢豪华的别墅里住，甚至用法院判她作为我的监护人的权力来警告过我。她一向反对我不劳而获，哪怕是自己爸爸所给予的，她担心我从小就沾染奢靡之风。

　　他笑了，笑得开心而幸福。老爸的家，任何时候都欢迎你来住，随便住。不过，那幢别墅我也想把它出售了。我惊讶地问，为什么？他笑出声来，涨价了啊，儿子！出售它就等于白赚了一套。再说，我孤家寡人，住那么大的别墅有意思吗？当初买它的时候，刚刚有些钱，只是想显摆，现在看来，那可不是明智之举。

　　看着我直眨眼，他摇了摇头说，等你再长大点儿，老爸的话，你听着，就会明白其中的道理。

看他埋头吃起来，我问，爸，你昨晚的饭还没吃吧？

嗯，没吃，昨晚没胃口。他敷衍着说。

那你昨晚一个人睡得好吗？我的声音里有种故意发问的嫌疑。

他警觉了，投向我的目光显得疑惑不安。儿子啊，爸爸一个人习惯了，有什么睡得好不好的。看得出，他在控制着情绪，或者说，是要让自己显得镇定。

我继续吃着，突然觉得自己并不怎么喜欢眼前这个男人。

爸爸说今天要带我去逛逛附近的一个千年古镇，这让我很兴奋。我已经对这个山庄有点厌倦了，甚至想早点离开，换个地方，随便换个什么地方都可以。我们是坐着山庄的一辆旅游中巴去的，大约一小时的车程就到了。一座古老沧桑的大牌坊，立在一条悠长的装饰得古朴温馨的街道口，人流如织，喧嚣热闹，与山庄那边的静寂、秀丽相比，这里是一派古朴温馨的人间烟火。

爸爸领着我漫步开来，尽管人群摩肩接踵，但我还是觉得欣喜兴奋。街道两边的老屋大多是木制建筑，据说是明清时期留下来的，但仔细看，还是会发现有后来修缮过的痕迹。街面上，各种吆喝声此起彼伏；油煎、火烤、芝麻香、米粉味、臭豆腐味，烟气与各种刺鼻的气味交织在空气里，让鼻子兴奋得忙不过来。一爿爿商铺里陈列的都是当地的土特产，还有临街摆摊的，架着大油锅煎炸什么，周围食客簇拥，一派香喷喷的氤氲。旁边的一家小店，几个穿着时尚的女人不知因何事起了争执，吵架的声音突然变得尖厉，好像要厮打起来，门口立即围满了人。爸爸赶紧拉着我走开。他的T恤衫后背湿了一大块。他像个公子哥儿那样摇着折叠纸扇扇着风，或遮在脸侧，避免阳光的直射，穿行在人流中。他不时会回身问我要不要买点好玩好吃的东西，并用手指着临街柜台里的那些做成小马小狗小鸭的工艺品和土特产。妈妈带我出来就绝不买这些，当然也不吃那些零食。我这时想给妈妈打个电话，这样的喧闹气氛是很容易让妈妈感受到的，又一想，妈妈这会儿正在非洲那个国家的黑夜里睡觉呢。后来又想到拍些照片发过去让妈妈看看，于是我开始用手机拍起街景来，然后就从微信里发过去。这样一来，走走停停，爸爸就站在前面的人群里等我。最后，他把我带进了路边一家咖啡馆，点了冷饮、冰激凌和咖啡。他喝完了咖啡，用纸巾擦着汗，望着人流熙攘的街面，点着一支烟吸着。看得出，他很享受这一刻。咖啡馆里人不多，几个女游客在敞开的窗口那边坐着，爸爸的眼光往那边扫了几眼，后来又转向街上的风景。我边吃冰激凌边看手机，妈妈没回消息，连个表情也没发。看来，她还在睡觉吧。我以为爸爸这会儿要对我说点什么，但他始终没开口，直到他把那根烟吸完，抬腕看表，说儿子，咱俩该找个地方吃午饭了。

我们刚走出咖啡馆，一个又瘦又高的男人从人群里蹿出来，上前拉住了爸爸的手臂，兴奋地说，李老板啊，想不到你也来小镇游玩！爸爸顿时面无表情，瞪了这个嬉皮笑脸的男人一眼，怒冲冲地说，你谁呀？认错人了吧！说着，伸手搭上我的肩膀，几乎把我推着走开了。

走了很长一段路后，我才说，那人不是叫你李老板吗？

爸爸只顾着往前走，昂着头说，天下姓李的老板多了，谁知道他找谁啊。

中午，爸爸找了一家在小镇湖边的土菜馆，木楼木窗，陈设古旧，清一色的青花瓷餐具，考究而典雅。他点了店里最有名的特色菜，并且提议我们爷儿俩喝两杯。在等菜的这段时间里，他深情地望着我，感慨道，儿子啊，你都快十五了，算是小男子汉了，老爸高兴啊！想我当年十五岁时，除了在乡下拼命读书，还要帮你爷爷下田干活，可没你这么轻松啊。停顿了一会儿，他又说，咱俩今天谈谈心吧。

我心里温暖极了，这个时刻才是我想要的。我怀疑自己已经兴奋得脸都红了。

对面的桌边坐着一个优雅的女人，桌上放着茶水，她手里捧着一本书在看，显得专心致志。乌黑的头发斜披在瘦削的肩头，窗口阳光映着她的侧面，美丽、恬静而安详。那张桌子边没有其他人，她好像在等某个人来就餐。距离和光线的原因，我看不清她手里捧的是本什么书。我忽然发现爸爸也在注意着她，而且是用一种我不熟悉的异样的目光。

妈妈离婚时曾预言不出半年，爸爸就会找到新欢，甚至早就有了新欢，只是地下情而已，还言之凿凿地肯定，不出一年他就会再婚。当然，她的这个预言是失败的，爸爸至今也没再婚，但妈妈一直确信他不会缺少女人。我问过妈妈为什么，她惨淡地一笑说，你爸那种人，对这个社会是有报复心理的。有了钱，他的腰杆子就硬了，他会疯狂地去追逐，除了金钱，就是女人。我说，你那么了解他，为什么还要跟他离婚？妈妈瞪眼望着我，一板一眼地说，正因为我了解他，才决定离开他。从根子上讲，我跟你爸不是一路人！我说，你至今也没交新的男朋友，你们不是……我看见妈妈眼眶里突然闪动起泪花，就马上住了口。妈妈除了负责我的一日三餐、生活起居和学业，那没完没了的病人病情、手术呀会诊呀什么的，早就令她应接不暇了，她好像都忘了还有婚姻之事。她其实早已变得憔悴而苍白。她哽咽着说，当初要不是为了你，我甚至会选择堕胎……她眼眶里的泪水终于滚落下来。同样的问题我也曾问过爸爸，他说，儿子，婚姻有一次就够了，没必要再去重复它。我现在自由自在，干吗还要有个婚姻束缚我呢？假如对方图的就是我的财产，那就更可怕了。他吐着烟雾说，你妈是个优秀的女人，聪明、好强、善良、爱憎分明。我开始并不觉得自己配不上她，只是后来发现，你妈从骨子里就看不起我这样的人，那就只好分道扬镳；她有她的清高、她的境界和品位，我有我的活法，人生短暂啊，醉生梦死也罢，追名逐利也罢……他最后感叹道，总之，儿子啊，有你传承咱老李家的香火，我是不会再往婚姻的火坑里跳的。这辈子，有你这个儿子，老子知足了！记得那次爸爸还说到，为我将来出国留学准备的百万资金已经在银行账户上了。

爸爸要了一瓶当地酿造的米酒，香醇浓郁，喝到嘴里又辣又甜。所谓特色土菜，也就是鸡鸭鱼肉，但确实做得精致可口，色香味俱佳。爸爸跟我碰了酒杯，脸上露出欣慰之色。他突然问我在学校里是否有女朋友了，我慌张坏了，红着脸赶紧摇头，说没有啊。其实我跟班里那个叫欣纯的女孩正处在那种心烦意乱的朦胧期，只是彼此还没敢说破爱意而已。爸爸笑起来，说不急的，你的好年华才开头呢，将来追你的女孩多的是，这个我敢保证，我的小帅哥。不过，要是真有了女朋友，一定要告诉我，可不能小里小气的，让人家看不起，老爸全力资助你。他伸过手在我头上摸了一下，接着又跟我碰了酒杯。这回他把自己的酒杯喝干了，亮出杯底给我看，意思是让我也喝干，我鼓起勇气也仰脖干了。他叫了起来，好样的，我的小男子汉！又给我斟满了酒。

爸爸好像打开了话匣子，看来既有酒精的功效也有好心情的影响。他要说的还是他的生意经，无非是如今生意场上的各种难，各种利益纠葛的复杂关系呀，权势和人脉呀，资金实力呀云云。我其实听不太懂，只是礼貌地点着头。我忽然注意到爸爸在跟我说话之际，目光会不时瞥向窗口那边坐着的那个女人身上，又迅速地转向我，仿佛他正在说的与他心里想的不在一个频道。我忍不住地问了一句，爸，你认识那个女的？他脸色发窘，眨巴着眼睛，若有所思的样子。有可能吧，他说，可能在哪里见过。我追问，又是个重要人物？他终于脸色羞涩了，用手指点了我一下。差不多吧。他说。随后竟站起身，径直往窗口那边走去。这一刻我觉得爸爸的行动力真是惊人。

他走到女人身边的椅子上坐下来，女人当即合上手里的书，惊愕地望着他。他背向我，不知道在说些什么；女人倒是微笑着，嘴巴羞涩地开合了几下，算是回答了什么。不过他还在继续说着，就见女人目瞪口呆地看着他，眼睛睁得很大，好像从他的脸上发现了什么神奇的东西。我看见爸爸这时从裤兜里掏出一张名片递给了女人，女人犹疑地接过，显得并不怎么情愿的样子。爸爸就是这个时候站起身，大摇大摆地又走了回来。

他一屁股坐下来，仿佛完成了某种任务，神情释然，甚至有点自嘲的笑意。儿子，你可不要小看了，就是这个娇小文静的女人，可是有着通天的本事呢！说着，他端起酒杯举向我，儿子，咱爷儿俩接着喝。

我的心怦怦跳着，既希望他说说这个女人"通天的本事"，却又害怕他说出来。先前咽下的米酒这会儿在肚子里烧着了似的，原来这甜乎乎又辣丝丝的东西也有不容小觑的酒劲。他却没再说这个女人了。

下午，爸爸带我去湖上划船。强烈的阳光把湖面晒得像一面滚烫的大镜子，灼人的光芒使人几乎睁不开眼。爸爸用手机给我在船头拍了几张照片，然后发给我，说让我再发给妈妈看看。天色变暗时，船靠上码头，爸爸喊过来一个女导游，给我们父子俩拍了张合影。他手臂搭在我的肩上，身躯微微弯着，把脸亲昵地贴着我的脑袋，背景是夕阳下一片火红的湖面和远处深色的山峦。

回到山庄时，爸爸让我自己吃晚饭，他说今天累了，没胃口，想早点休息。

我临睡前把我跟爸爸的合影发给了妈妈，妈妈回了个竖大拇指的表情。

五

第四天的早上，爸爸没打电话来催我下楼吃饭，我到餐厅时也没看见他，于是我给他发了短信：爸，下楼吃饭吧。他很快就回了：下来了。我把目光投向入口处的门厅那里，进进出出了好几拨人后，才看见他行色匆匆地走进来。他穿着皱巴巴的T恤，好像还是昨天穿的那件，一条花色斑驳的大裤衩，是在海滨浴场穿着的那种，脚上趿着酒店的拖鞋。他朝我一挥手，好像在说"我这不下来了吗"。他在餐台那里拿了一个托盘开始挑选早餐，我发现他连头发也没梳理，蓬乱地耷在头顶上。当他端着托盘坐到我对面时，一定是发现了我满脸的惊诧，于是赶忙解释道，哦，差点忘说了，昨晚回房间洗澡时，不小心在浴缸里滑了一跤，这不，脸都剐蹭到了。他把左脸颊向我歪着示意了一下。我看见，那里到腮下有一条，不，是两条分明是被尖利的东西划过的痕迹。我偏了一下脑袋，发现他左耳下的颈项那里也有一道弧形的划痕。我说，你脖子那儿也被剐蹭到了？他的脸红起来，窘迫地摇着头，好像不知该说什么了。唉，这就叫倒霉吧。他敷衍地边说边吃，但那种羞赧的神情并未从他脸上消散。他真的在浴缸里滑了一跤？我不信。可那又是谁干的？我不知道，又好像知道。

就在快吃完早餐的时候，他突然对我说，儿子，咱俩换个地方玩吧，我看这里也没啥意思了。我停下来，看着他，不知道他这个想法是怎么冒出来的。怎么样？他继续问，眼睛看着我，看得出，离开这里的想法，他似乎比我更迫切。我说，我想回家了。回家？哦，那……没必要，他夸张地张大嘴巴摇头说，还有两天呢，我跟你妈说好的，说话要算数。他愧疚地笑了一下，继续说，这么多年，老爸都没能抽空带你出来玩玩，这回怎么也得补偿你一下。咱们换个地方，两天时间虽说紧了点儿，但还是挺有意思的，我们往大山里去，那儿环境比这儿更好，更幽静，更安全……

更安全，是什么意思？我打断他道。

他一脸窘迫，可能是意识到自己说漏嘴了，迟疑了一会儿才支吾道，安全……就是比这儿好啊。

回各自房间的时候他提醒了我一句，收拾东西快点啊。等我背着旅行包到了山庄大门口时，爸爸早就站在一辆出租车旁，焦急地抬腕看表，见到我立马飞身过来，帮我拿过旅行包扔到后座上，接着把我也塞进后座里。他自己坐上副驾座，对埋头看手机的司机怒冲冲地说，开车吧！我不明白，他为何会如此急切地要离开这里，仿佛这里早已危机四伏。

出租车是爸爸包租的。我们在山里行驶了近六个钟头，中午饭是在一个路边的小饭店里吃的，直到天空染上暮色才终于到了名叫"桃源居"的民宿区。四周群山耸立，崖壁险峻，林木繁盛，悬着一盏盏红灯笼的小木屋精巧地镶嵌在这山野密林之中。一条从山口延伸进来的弯曲的小道一直通到崖壁下。爸爸打了电话，一个西装革履的胖经理接待了我们。办完入住手续，一个笑嘻嘻的打扮成村姑模样的女孩子领着我们住进了林间的一座二层小木楼里。爸爸让我住楼上的大卧室，他自己住楼下，说，儿子，这是一幢土别墅，老爸住下面，就当是给你当警卫员了。

安顿好后，我听见爸爸在楼下打电话预订晚餐，说是要安排最好的当地特色菜。我坐在阳台上的一个大吊篮里慢悠悠地晃秋千，这里空气无比清新，周围风光一览无余。晚霞映红西天，茂盛浓密的树冠上归巢的鸟儿们在激烈地争吵；悬崖陡峭，山势险峻，怪石嶙峋，前方狭长弯曲的山谷被一片绿茸茸的粗壮树木所覆盖，依稀看得见有一条晶莹的溪流从下面流过。

楼下变得安静了，我决定下去看看。当我从旋转楼梯下到一层时，看见爸爸坐在沙发上划动着手机，是在写短信，嘴里还骂骂咧咧地嘀咕着什么，显得气愤难耐。看到我时，他就合上手机扔到旁边，把身体靠到沙发上，冲我勉强笑起来。

怎么样，上面的景色还不错吧？他问。我点了点头，坐在他身边。他这时伸手抓起手机，放在茶几上，好像那个东西挺危险的。手机呜呜地响了几下，是来了短信。他没去查看而是把手机抓起来揣进了裤兜里，站起身，说走吧，咱们吃饭去。

我注意到他左脸颊和颈部的抓痕已经结痂了。

晚餐的地点是在一幢靠在石崖下的连廊连栋的木楼里。一条长廊搭建在石壁上，长廊的左边是石灰岩的山壁，右边便是一间间拱形木门的包厢，里面装饰得古朴典雅又精致玲珑，窗户外面的飞檐上悬挂着一盏盏早已亮起的红灯笼。我们在靠里面的一间包厢坐下来，菜单是事先就定好的，所以很快菜就端了进来。爸爸坐在窗口，掏出手机，似乎想看一下里面的东西，犹豫片刻，他把手机关机了。他发现我在看他，尴尬一笑，说想吃个清静饭，就得把它关掉。他点了一瓶茅台酒，说是要让我尝尝，是他要求经理特意准备的。我坚决不喝，我受不了酒精刺激，浑身会瘙痒难受，昨天小镇上的米酒就让我身上抓出了许多痕迹。他显然是想让我高兴，可我就是不喝，他只好给自己斟了满满一大杯。他摇着头说，没办法，你遗传了你妈，不能喝酒。我要了一瓶橙汁，就用橙汁跟他碰起杯来。

他情绪有些激动，不时给我搛菜斟橙汁，催我多吃菜。他竭力保持着一个父亲应有的庄重，好像他日常对我的态度就是如此这般，但我还是觉得他显得有些做作。

你不知道……他习惯这样开话头。其实这么多年里，除了我知道他是我爸爸之外，至于其他的几乎都可以说处于"不知道"状态。他边喝边说，滔滔不绝起来。小时候的苦难你不知道，少年时代的迷茫困惑你不知道，在机关里坐冷板凳的滋味你不知道，下海经商把脸当屁股用的耻辱你不知道……

他突然又换了语气说，我为什么要拼命挣钱？因为一大家子的问题都需要钱来解决——你爷爷辛劳了一辈子，但也落下了一身的病，一年的医药费就得十来万，这也只是保他的老命；你奶奶患风湿病已经瘫痪在床，没个保姆照应着，可能一天都活不过去；还有我哥哥，你大伯，他在精神病院里住了近二十年了吧；还有我妹妹，也就是你小姑，虽说嫁到了城里，一家人衣食无忧，可养了个先天聋哑的儿子，至今还在寻诊求医……花钱的项目一个接一个，这些，你不知道，你都不知道！

他眼窝里闪烁着泪花，他拿起纸巾擦了擦，望了望天花板。过了片刻，他把目光转到我的脸上，泪眼绽出笑意。他说他至今最为骄傲的仍然是能娶上我妈那样的女人，生下了我这个宝贝儿子……他又伸过手在我的脸上和头上抚摸了几下。这一刻，他湿乎乎的目光里充满幸福的慰藉。他并不悔恨自己的离婚，他承认那场婚姻是失败的。

一个男人想出人头地是很难的，他声音沉缓地说，特别是像你爸这种草根出身的。

爸，你一定还有什么事情瞒着我吧？我忍不住问道。我希望这个时刻他能对我敞开心扉，说出他的秘密，不承想他哈哈大笑起来。

傻儿子，老爸瞒着你的事情多了去了！我怎么能把所有的事情都告诉你呢，告诉一个十五岁的少年郎？他夸张地睁大眼睛看着我说，不，我不会那么做的。只有等你真正长大了，想去闯你的世界了，爸爸才会告诉你……

外面起风了。红灯笼在窗口晃荡着，光线也变得飘忽。爸爸起身去把窗户关上。隔壁包厢里这会儿喝高兴了，划拳声像浪潮般传过来，男女声夹杂，其中有个女人舌头发软地说，你们男人都不是好东西，想把我灌醉，好图谋不轨吧。于是一阵哄堂大笑声。

爸爸这时好像突然想起了什么，他掏出手机，开了机，神情凝重地看了一会儿手机屏幕，然后冷不丁地问我，你吃好了吗？我说，吃好了。他说，那咱们回吧。

六

第五天，也是度假的最后一天了。爸爸提出由我来决定今天玩的项目：可以去附近一个据说有千年历史的老村庄转转，那里古色古香，且颇有村野情调；或者去爬山，据说山上有一条古栈道，还能参观一下明清时期留下来的古驿站，说是那里的空气负氧离子是城里的多少倍；或者去山洞一个巨大的山泉池里游泳，那里的泉水不仅清澈见底，而且甘甜无比，还能看得见水里游动的鱼儿，可以人鱼相戏。我想了想，说那就去游泳吧。他兴奋地一拍巴掌，儿子，跟老爸想到一块儿了。

我们换上了泳装，裹着酒店提供的睡衣，趿着拖鞋，沿着一条曲折的小径往山洞走去。其实就在民宿小楼的后面，直线距离不过三百多米，在一片高大葱郁的竹林背后，一个偌大的天然泉水池豁然展现眼前。池水边立着五六顶彩色的遮阳棚，下面摆着躺椅、茶具和饮料。泉水呈青绿色，水底的卵石、水草，甚至小鱼小虾都一览无余。走到池边，一股寒意让我打了几个哆嗦。我发现这个泉水池原来直接与崖壁下一个巨大的黑幽幽的大洞穴相连，那里显得深不见底，阴森可怖。爸爸下水前提醒我，千万不要往山洞那里游，那里面可有水怪呢。而他自己却从一开始就游进了洞穴，在那片水域里扑腾着弄出巨响，啊啊地叫唤，显得开心无比。我下水后就在附近的水域游着，水太凉，我惊得呛了几口，舌头上感觉到一阵清冽，确实也有丝丝甘甜味儿。

太阳升起来了，光芒越过崖壁照耀到水面，金光灿烂，水面上像铺了一层金币。我游着才发现，池水并不深，我站直了身子还没到下颏，深水区原来还是在洞穴那片水域。我大胆地游到洞口处，却并没有看见爸爸，只见水面上涌来的层层叠加的小波浪。洞穴又高又大，黑幽幽的深处仿佛正发出古怪的沉闷的声响。我喊了声爸爸，里面没有应答。我踩着水又接着喊了几声，听到的是从洞穴里回荡的"爸爸"的重叠回声。我的心立即揪紧了。我根本不敢游到那黑暗中去，就近爬到岸上，冲着洞穴里大声喊着，爸爸——爸爸——声音都嘶哑了。我吓坏了，眼泪不住地往外涌。

洞穴里轰的一声巨响，爸爸终于从水里探出头来，一只手高高地举出水面，原来他抓到了一条筷子长的还在挣扎着的大鲫鱼。他兴奋地喊道，儿子啊，看啊，怎么样，老爸在水里硬是把它逮住的。他奋力游过来要把那条大鲫鱼举给我看，我在岸边退后一步，根本不想看。你怎么啦？他看到了我脸上的泪水和一脸的惊恐之色。我走到遮阳棚下的躺椅上坐下，心里有万般委屈，甚至觉得他就是个混蛋。他把手上的大鲫鱼扔进水里，也上了岸，坐到我对面的躺椅上。是担心老爸出事吧？他浑身水淋淋的，呼吸还急促着。他摘下泳帽和泳镜后，头发倒立着，脸形也变长了，仿佛变了个人。没事的，老爸的水性好着呢。小时候老爸到河里抓条鱼，就是玩儿的事。他乐呵呵地说，还伸展了一下臂膀。怎么样，再游会儿吧？他低头看着我的脸问。我已经把睡衣披在身上，坚决地摇了摇头。那好吧，我再去游几圈，这可是难得的放松啊。他有点扫兴地站起身，走到池边，戴好泳帽泳镜，扑通一声又跳进了水里。

你不要往山洞里游了！我大声说，听见了没有？

他听见了，从水里伸出右手做了一个OK手势，然后就在浅水区的池子里转起圈来。他的蛙泳姿势好极了。这时候又陆续来了一些游泳的人，有男有女，下水后就叽叽喳喳开来，看得出这些男女大多是情侣，到了水里就开始疯疯癫癫地泼水嬉闹。

阳光照在遮阳棚上，我躺在躺椅上开始在手机上打魔王争霸游戏。微信里一条信息弹到屏幕上，是妈妈发来的：最后一天了，跟你爸玩什么呢？我回：游泳。妈妈：那一定要注意安全哦。你爸带着你游？我回：不，我不游了，他一个人在游。妈妈：那好，你也要看着你爸点，安全第一。我抬起头，往泉池里看去，有一对男女好像是抱在了一起，不，是两个人挤在那个彩色的救生圈里，男的一脸傻笑，女的脸色绯红，用手不住地往男的脸上泼水。旁边另外的几对也在水中追逐，却不见爸爸的脑袋在水面游动。我的心再次揪紧了。我放下手机，站起身，从遮阳棚下走到池边，他会不会又游到洞穴里去了？当我又要喊一嗓子的时候，忽然看见在对面拐角的一顶遮阳棚下，爸爸坐在那里的躺椅上，正跟一个戴着宽边太阳帽、穿着浅色粉裙的女人在说着什么，两人手里都捧着一杯橙汁。看来，两人已经聊了一会儿了。那个女人是谁？因为隔了有三十多米，我看不太清楚，她的脸形和身体轮廓很像前天在那个小镇土菜馆里见到的那位，可又好像不是；是那天夜晚从爸爸房间里探出脑袋的那位吗，好像也不是。我突然想到，这些女人是跟爸爸事先有约，还是爸爸的偶遇或是临时起意？这个揣测一经形成就让我惊怔了，好像到目前为止爸爸带我所到的地点都是他事先跟人约定好的，只是我一直蒙在鼓里。我心中燃起了怒火，一点也不想再待下去了。

我没有走到跟前，而是大声喊道，爸，我们回去吧。我远远地瞪视着他。他吓了一跳，扭头看见我，目瞪口呆的样子，显然没料到我会突然喊叫。女人倒是淡定从容，漂亮的脸蛋好像红了一阵，就侧过脸去，压低了帽檐，微微挺了胸，肩膀斜侧，抬头望向光芒耀眼的崖壁上方，就像摆了一个优美的拍照姿势。此刻，我的脑子里已无法辨认这个女人究竟是哪一个。

啊，那，那……爸爸尴尬极了，吞吞吐吐道，你先回吧，我一会儿就回来。

我甚至没等他把话说完，就走开了。

我回到木楼里就开始收拾自己的衣物，等我把旅行包装好，准备下楼时才意识到，没有爸爸的帮助我根本走不出这大山。这里没有班车，所有的旅客除了自驾外，都是乘坐旅行社的车辆出入。我一屁股坐在楼梯台阶上，伤心地哭起来。

楼下响起了敲门声，我擦了眼泪，根本不想让爸爸再次看到我的眼泪。我已经十二分地后悔这次度假了。我开了门，门前站着的居然是一个又瘦又高的陌生男人，不，是三个，都在三四十岁之间的年纪，其中站在最后的一个，身材高大，板寸头，相貌凶狠。

门前的这位问我，你爸在吗？

我忽然想起来了，这个男人就是前天在小镇街头遇见我爸，叫他"李老板"的那个。他怎么也到这里来了？我怯怯地说，你们找他有事吗？一种不祥之感像致命的铁爪紧紧抓住了我。

欠债还钱！你爸躲得了初一躲得过十五吗？瘦高个一张嘴，唾沫星儿就喷到我的脸上。后面的那个大汉用手势示意了一下，意思是让他别跟我啰唆，他使了个眼色，他们便要往屋里闯。我在门口拦住他们，说我爸不在，他出去了。先前问我话的那个瘦高个对后面那个大汉说，要不就先把这个孩子带走？那个大汉一挥手说，那是自找麻烦。

他们扭头走了。我关上门，靠在门板上，听得见心跳得怦怦响。

我一下子陷入了空前的绝望中。爸爸可能就是个混蛋，外表光鲜，背地里不知道过的是怎样一种日子，却不曾给我透露过半个字！那我就走吧，远远地避开他，回到妈妈的身边。我背着旅行包出了门，我已经想好了，哪怕靠两只脚走，也要走出这大山去。

刚走到木楼的坡下，居然跟爸爸迎面碰上。他愣了愣，然后过来一把拉住我，说你怎么还跟个孩子似的，要跟老爸不辞而别？你还不懂，跟女人在一起男人应该像个绅士，话没说完我能走得开吗？边说边把我又拽回了木楼里。

我把刚才来了三个人找他的事对他说了，他听着，僵木地站在客厅里，面朝屋外，背对着我，一动不动。屋子里寂静下来。忽然他迅速从睡衣的口袋里掏出手机，疾步跑进卫生间，关上门。我本想跟过去偷听他在里面会说些什么，但我没动，坐在沙发上想象着他在卫生间会干些什么。半晌他出来了，开始换衣服，直到穿戴整齐，大背头，大墨镜，红艳艳的T恤，米色休闲裤，锃亮的皮鞋。他走过来对我说，好儿子，就在屋子里待着，哪儿也别去！我出去一会儿，等把事情处理完了就回来。临出门他狠狠地骂了一句，这帮放高利贷的吸血鬼！

从那个时刻开始，我每半个小时就给爸爸发条短信：事情处理完了吗？开始他回：快了。后来他主动又回了一条：你中午自己去餐厅弄点吃的吧。我其实一点也不饿，也根本没心思去吃，我觉得比起他的事情来，我可能从此都可以做到不吃不喝。后来，他不回了，我直接给他打电话，但他的手机一直处于无人接听状态。我突然预感到灾难可能正在降临。我要不要出去找他？他会在哪里？不，他跟那伙人会在哪里？我的大脑里一片茫然。

情急之下，我想到了妈妈。我拨了妈妈的手机号，里面居然一点声息也没有，难道非洲那边也出事了？终于，信号传来了，是妈妈的声音，只是听得有些不太真切。我一股脑地把眼下正在发生的情况说了出来，不知怎的，我边说边哭，而且哽咽得厉害，有点喘不上气来。妈妈倒是平静得很，好像她就在这附近似的。她说，你该吃吃该睡睡，你爸在江湖上混，他的烂事只有他自己知道该怎么处理，你根本管不了。她好像还骂了句什么，我没太听清楚。我问妈妈，要是出事了该怎么办？她怒气冲冲地说，报警！

挂了手机后，我头就大了，在这么偏僻的山区里报警？出警要多长时间？这片辖区归口哪个县、乡、镇……我一屁股坐在地上，眼泪呼啦啦地往下淌。

外面的天色渐渐昏暗，夕阳从窗户玻璃上收尽余晖。我心乱如麻，又无计可施。我再次拨了爸爸的手机，认真听着，这回终于通了，喂——是爸爸的声音，显得那么疲惫不堪，甚至奄奄一息，像是溺水者刚被人营救上来似的。

我立即叫道，你在哪儿，爸？爸，你怎么啦？

他还在喘着大气，说，听着，儿子！把东西收拾一下，包括我的东西，到酒店门口来。我的车在这里等你。

七

还是爸爸的那辆黑色奔驰车。司机小王是中午接到爸爸的电话才火速从城里开车赶到这里的。等我坐上车时，天色黑了，很快又下起雨来，接着是闪电和骇人的炸雷声。爸爸让我坐在副驾座上，我有几次想扭回头看看坐在后面的他，可每次回头之际都被他伸过来的右手阻止了——不，是挡住了我看清他的视线。他说，别动，坐稳了，这山区的路不好走，又是雷雨天。的确，山路险峻，又弯曲起伏，尽管系了安全带，身子还是禁不住左摇右晃，俯仰不已。完全看不到外面的景色，只有在雨刮器频繁地扫刷后，在模糊的车灯照耀下，能看见黑暗中一片密集的雨幕。车内除了发动机低沉的声响，几乎没有其他声息。

爸爸突然问我，晚饭还没吃吧？我没有回答。他接着说，回城大约需要五个钟头，我们回去上西城的大排档吃夜宵，我可是很久没去那里吃了。过了一会儿，他开始问司机小王公司这些天的情况。小王紧握方向盘，一问一答，别无多话。后来，车内又恢复了那种没有声息的静默。

车终于开出了山区，驶上了一条平坦的公路，但雨还在下着，只是变得淅淅沥沥了。我的手机来了短信，我打开看，是妈妈发来的，问见到爸爸没有。我回：见到了，我们正往城里赶，预计半夜到家。妈妈又来了一条：你爸出事了？我回：不知道。后又加了一句：他没说。妈妈又问：你没看到他什么？我回：没看到。这时候，听得见坐在后座的爸爸发出了呼噜声，开始是轻微的，渐渐变得粗重，仿佛身心压上了重物，快窒息似的。我忍不住扭回头看过去。

尽管光线暗淡，但借助仪表盘上微弱的光亮，我还是看到了靠在后座上呼呼大睡的是一个面目可憎、扭曲、凄惨的爸爸。他的额头上还有尚未擦净的血迹，头发凌乱，那件红艳艳的T恤领口撕开了，耷拉在起伏的胸口上，米色休闲裤裤腿上也印着血迹。更让我吃惊的是，他的左手居然被一条毛巾包裹着，那上面也是血迹斑斑。

我憋不住了，哇的一声大哭起来，吓得司机小王抖动了方向盘，车辆打了一个趔趄，爸爸当即就醒了，怒问，出了什么事？

我哭诉道，爸爸，你说，那三个男的到底对你都干了什么？

后座上的爸爸沉默了，又像是在字斟句酌地考虑如何回答我。什么三个男的，我没见着啊。他说，语气像是在梦游。

我继续问，那你怎么会弄成这个样子？

什么这个样子？我下午去后山操场上骑马，从马上摔了下来，把左手摔断了，就这么回事，有什么可大惊小怪的。

他的口气简直是理直气壮。过了一会儿，他的语气变了，变得低沉而凝重，儿子，我求你，这事……你不能告诉你妈，绝不能……你能答应我吗？

我的眼泪止不住地流着，却说不出话来。

车窗外，一幕幕黑暗中的乡下田野倏忽闪过，我一点也看不清，只觉得那是一片烟雨朦胧。

原载《天津文学》2024年第6期

了一容

彩鲫

一

我是一个名字叫丹的年轻人，居住在地球上一个古老的部落，这个部落神秘而又美丽。现在，回想起发生在我身边的那一幕幕部落之间争夺资源的战争场景，确乎令人不寒而栗。这个星球上的大部分战争都是因为缺乏沟通、彼此误会所引发的，当然也有可能是因为一个女人——冲冠一怒为红颜嘛。这次我所经历的战争，那惊骇莫名的场景依旧历历在目。我是侥幸死里逃生的，那情形简直犹如一场噩梦，久久挥之不去。

记得，那个日落西山的黄昏，我在这个古老部落的震湖海子里捕捞到一条全身五颜六色，好像还长着一双能够飞翔的翅膀的大彩鲫。欣喜万分的我，抱着大彩鲫飞奔在村巷里。我感到大地在上下起伏旋转，这使我产生了一种奇妙的幻觉，就像进入了一条陌生的时空隧道，头发被无形的风吹得向后猎猎飘荡，脚犹如踩在天空中一样。我常常为自己的部落在地球上的哪个位置而纠结，但每年，我们都会经历春夏秋冬四个鲜明的季节，这令人欣慰和满意。

就在这当儿，天空中突然黑云滚滚、飞沙走石，天象有些异常，大白天一下子像要进入黑夜了。那一刻，我尚未从捉到大彩鲫的亢奋中走出来，然而我们部落跟毗邻的部落之间却发生了一件令人不愉快的事情。在此之前，部落之间因为争夺人畜饮用的水源、争抢震湖海子里的彩鲫，已有过诸多的摩擦了。

那天晚上，我把长着翅膀的大彩鲫放进我家的大水缸里，那条鱼因为被限制了自由，便上蹿下跳，把水缸里的水弄得翻江倒海一般。我没有理会这些，径自转身走开了。

夜里，我梦见自己捕捉的那条大彩鲫竟然展开晶莹剔透的翅膀，尾巴吧啦吧啦地甩动着飞到天上去了，一会儿便消失在苍茫的宇宙里。

第二天，我翻身从炕上爬起来，直奔水缸俯身察看，竟然发现那长着翅膀的彩鲫真的不知所终，一缸静止不动的水映出我朦胧模糊的黑脸庞。我心有不甘，把手臂探进水缸来回搅动，看那狡猾的鱼儿是否潜伏在水底，以至后来我把水缸里的水全部舀了出来，还是连彩鲫的一瓣鱼鳞也没发现。我问家人有没有见到我捕捞的那条长翅膀的彩鲫，他们都说不曾见过。

一时，我担心自己会得罪震湖海子里神圣的彩鲫精而惹出乱子，或殃及整个村落的人。我总觉得部落里将要有什么大事发生了。

我们这个地球上的小角落，在很久很久以前发生过一场大地震，给部落带来了前所未有的浩劫。震后，许多高山被夷为平地，平地又隆为山峰，两山相夹的峡谷间便悄然出现了许多湖泊，这里的人把这种湖泊叫海子。一年后，人们发现震湖海子里竟然生长出一种十分罕见的七彩鲫鱼，色彩瑰丽，堪称一绝。此鱼可献显贵作为赏玩之物，也可作为人们的美食——其味美不可言，几乎胜过所有的山珍海味，因此吸引了周边各个部落里的人来这里争相捕捞。随着时间的流逝，这种彩鲫已经变得越来越少了。

在我的彩鲫不翼而飞后不久，我们部落有户人家的一头公牛不见了，后来却在河对面山上的另一个部落里找到。我们两个部落中间相隔一条地震形成的小河，半个世纪以来，河水一直安静地流淌着。这头公牛之所以离开我们的部落跑到另外的部落里去，是因为它喜欢上了那个部落里的一头母牛，打算去那里敞开心扉谈一场恋爱。于是，公牛和母牛就这样纠缠不清了。男主人找到自家的公牛，鞭杆相加，把两头牛硬生生分开，赶着自家的公牛急急地往回走，但在经过一道山梁时，这头健硕的公牛蹄子突然向下一陷，一个跟头栽倒在地。男主人仔细一瞧，发现自家的牛竟然踩出了一个簸箕大的洞，导致它的半个身子跌入洞中。他顿时大惊失色，赶紧死命拽着牛尾巴，企图将它从陷坑里拽出来。公牛虽然爬出来了，但那个陷坑的洞口又塌陷了一片，显出一条地道来。谁也不曾想到，这个部落里竟然还有这样一处秘密的地方，但是此刻它就暴露在光天化日之下。这让隐私被发现、秘密被窥探的对方部落里的人大为光火，他们开始对这个莽撞的男人实施报复，责问他究竟是谁派来刺探他们部落的秘密的。对方的人越聚越多，把这个赶牛的男人团团围住，不让他走。有过路客看见了，便给我们捎来了口信。我们部落立即派去了一大群人，跟对方的人理论起来。双方争得面红耳赤，彼此都不肯让步，剑拔弩张，眼看就要干仗了。有人说，要怪就怪数天前下过的那一场大暴雨，因为许多地方的地面都被雨水泡软了，这头体格健壮的公牛才一蹄子下去，惹出这么大的乱子来。其实，有许多事情是不能怨天尤人的，彼此好好商量，何必大动干戈呢？也许，双方都大度一点，和和气气商量一番，就没有什么事情了。但对方部落的人就像是吃了枪药，满嘴喷火、不依不饶，坚持认为是我们的人有意找碴、蓄意为之。或者，地道对于对方部落而言，可能真是一个天大的秘密，外界从来都不知道他们竟偷偷地挖了几十年地道。这让我们部落的人很难接受，因为双方所处的角度、立场不同，格局不同，认知不同，对待事物的方式就不同。我们部落里有个阅历深的老人说，出现这样伤及和平的事情，能沟通化解就化解掉算了，不然会酿成大祸，甚至发展成战争也未可知。

　　地道的秘密公开后，引起许多议论，我们部落的人也有各种质疑、猜测：他们的那个地道是用来干什么的？干吗要那么紧张呢？干吗耿耿于怀地揪住我们不放？莫不是挖洞存粮，打算来对付我们部落的吧？这样一想，大家都冒出了一身冷汗。

尽管双方都尽力克制自己的怒火，但是这件事仍旧在持续发酵。

后来，两个部落的人见面就像仇人似的，都恶狠狠地瞪着对方。我们部落里有人传说，对方部落的人挖了几十年地道，准备得不善。几十年前，两个部落的人因为捕捞彩鲫、争夺那片生长彩鲫的海子而发生过械斗，所以，他们挖地道一定是针对我们的，因为一旦打起仗来，地道能攻能守，还可以储备物资。但是，对方部落的人讲，他们挖地道不是针对我们的，更没什么野心和阴谋，而是防备万一哪天世界大战爆发，那些发达社会的人丢来炸弹，地道就可以派上用场——既能存储粮食和水，还可使全部落的人躲避爆炸。

对方部落的解释合情合理，但世界大战还没发生，我们两个部落的人却先闹腾起来了：在地道被发现几天之后，双方部落的两个人，因为争抢震湖海子里的彩鲫再次引发争吵，并动手干了一仗。我们的人被对方打得头破血流，卧床不起。他们害怕我们的人去报复，就组织他们部落的青壮年严防死守，还跟另外一个与他们关系要好、距离较远的部落结成了联盟，做着迎战的准备。

最初，我们想找一个实力强大的中间方给调解调解，但未能如愿。慢慢地，我们部落的人失去了耐心，由理智变得愤怒。"与其这样忍耐和一味迁就，还不如跟他们打一仗。"我们部落里有人提议说。

两个部落的上空都阴云密布。

我们部落的人商讨怎样向对方发起攻击，目的是给他们一个下马威，让他们变老实点。我们部落有一些好战分子说："要先下手为强，如果我们再不动手，他们偷袭我们的话，到时节我们怎么遭殃的都不知道。""如果他们打我们，我们就要以牙还牙，打回去。"

议事的那天，我也在人群中。说实话，我是反对用野蛮的手段来解决矛盾的，但他们不会听我的。他们认为，讨伐对方是最好的解决问题的方式："只有这样，才能给对方最痛心的打击和教训，才能让我们的内心感到舒展和平衡。"

于是，我们部落那些受到蛊惑和煽动的男人聚在了一起，大家群情激愤，纷纷摩拳擦掌，说一定要打败对方。

二

又过了七天，我们部落的首领下令，每家每户都要派人参加战斗。大家集结后，要驻扎在震河岸边的一座破砖瓦窑里。也有个别不想去的人。为了分配公允，部落首领提出有钱的出钱，没钱的出力。当然，在我们部落，大多数人家是筹集不到支持打仗的资金的，拿不出钱来，就只好派人去参加了。许多人反倒是欢喜和乐意到那座废弃的砖瓦窑里去，起码能混一两顿白面馍馍和炸油饼吃。有些老实巴交的人觉得，不就是背个铺盖卷到砖瓦窑里睡懒觉，抑或玩狼吃娃娃和捉四马子的游戏吗！至于打仗的事情，好像距离他们很遥远。

我们住进砖瓦窑后，几个后生抬来了一口大胎锅。他们用白萝卜把锅上面的锈迹蹭掉，再重新清洗干净，开始做菜煮饭了。一群人争着抢着吃饭就是香，大家嘻嘻哈哈的，都觉得发现了一个逍遥快活的地方。

砖瓦窑与对方部落相距并不远，中间隔着一条公路和一条地震形成的小河。我们部落的人仗着人多势众，明显有些骄傲，觉得这么多人会给对方造成绝对的压迫感。

其实，我们部落的人想得太幼稚了。

对方的人根本不理睬我们。他们叫来山背后联盟部落的人做帮手，但总人数还是比我们的要少一些。让我们感到压力的一点是，他们每天都加紧操练，早中晚都练，想方设法提高战斗力。他们的首领还扬言："到时候会把狂妄自大的家伙打得落花流水的。"

这时，我们部落的人相互鼓舞士气："我们的人多，他们再怎么训练也没用，好汉难敌四手，他们是在拿鸡蛋碰石头。"大家都快活地笑了。

我们这边警惕性不高，大家都在砖瓦窑里睡大觉。但是，对方却密切注视着我们的动向，随时准备对我们发起雷霆一击。

双方就这样隔河对峙，小河里的水依然静悄悄地流着，但是它的宁静祥和很快就要被这些自视甚高的人类打破了。

在双方僵持的那一段时间里，日子似乎过得相当慢。

后来的事实证明，事态并没有依照我们预计的那样发展。对方不但没有因为我们人多而作鸟兽散，还扬言一定要打败我们这帮乌合之众和虚肿浮夸的庞然大物。

　　由于双方相持了几个星期，彼此的忍耐都到达了极限，所以平静总归是要被其中一方打破的。我们部落的人提出来，先佯攻一下对方，将那些天天操练、口出狂言要消灭我们的人驱散算了。我们部落里有几个武林高手，传说能够腾云驾雾、飞檐走壁。据说，有天晚上，这几个高手趁着夜色到对方部落的战壕里侦察了一番，回来告诉大家："我们潜入敌人的部落后，发现对方在战壕里睡大觉呢。要是我们乘其不备，发起突然袭击，打败他们简直是轻而易举的事情。"我们的首领用巴掌做了个翻转的动作，意思是，打他们不费吹灰之力。接着，首领又说："但那些人，一个个灰头土脸的，老的老，小的小，小的还没成人，用白布缝的炒面口袋挂在胸前，大部分还都是些没长实切的碎娃娃。干脆我们佯装攻山，吓唬吓唬他们，他们自然就没那么嚣张了。"

　　"对，吓跑他们算了！"大家附和着。

　　"只要他们别在山上集结威胁咱们，咱们就不找他们的麻烦了，战争可以随时取消。"大家都这样说。

　　"都是邻居嘛，何况都是一个根。"同情者还是占了绝大多数。"人类是同一个祖先！"有人说。毕竟对方部落里的许多男人娶了我们部落一些人家的姑娘做了妻子，抑或对方部落的人把女儿嫁给了我们部落的男人。说白了，双方都互有往来、沾亲带故的，如果不是闹得关系紧张，大家还是不愿意撕破脸皮的。和平相处不好吗？人生短短几十年，斗来斗去，打打杀杀，你打我，我打你，冤冤相报何时了？

　　可是，我们部落那些仇视对方的人却显出偏执狂的一面来，坚决反对那些同情者："你们这些人呀，怎么能这么个立场？同情敌人就是对自己残酷无情，这是很危险的，迟早要吃亏。"

　　这样一来，大家又都觉得在这么紧要的关头，自己可不能失了原则，以免铸成大错，犯下罪行，沦为叛徒，到时候被检举揭发出来，失去生存的权利是一定的。于是，大家又纷纷同意攻打敌人，给那些不知天高地厚的对方部落的人一点颜色瞧瞧，让他们知道我们这个古老的部落是神圣不可冒犯的，让他们明白谁才是永远不可战胜的。

经过一番酝酿，我们准备就绪后——主要是凭借人多——在那个先前承担过侦察任务的老首领的率领下开始了行动。

那是一个盛夏的上午，天阴着，像是要下雨的样子。我们部落这位力大无穷的老首领亲自率领大家进攻，这犹如给我们吃了一颗定心丸。大家都信心满满的，期待胜利后大办宴席，热烈庆祝一番。老首领给大家部署了任务之后，便命令开始攻山，他自己则带了三个手脚麻利的警卫人员从后山绕了上去，准备到山顶上找个制高点督战，让大家对敌人实施夹击，只在侧翼留一个口子供吃了败仗的敌人逃跑。

十点多钟，我们向对方发起了试攻。因为没什么像样的武器，大家就手拿刀矛、斧头和棍棒进行冲锋。我们从河中蹚过，原本宁静流淌的河水被大家踩踏得浑浊不堪，面目狰狞地翻腾着。

记得小时候，我们在这条河里摸过狗鱼，两岸的马莲花和牛蒡草疯长着，马莲开出蓝紫色的小花，牛蒡有紫红色的带着刺球的花苞。我们两个部落里的孩子一起在河里玩耍、嬉戏，捡拾河谷中好看的花石头。石头上有山有水，有花草树木，让人赏心悦目。举目眺望，流水叮咚，天蓝云白，鸟雀翩跹，啁啾声不绝于耳。它们相谐相趣，装点着这美丽动人的山谷。一到傍晚，蛙鸣声响起，此起彼伏，就像古老祥和的音乐。对方部落的孩子觉得这空谷虫鸣鸟叫的声音十分好听，我们部落里的孩子也觉得大自然播放的音乐太美了。天地自然，日光月华，对两个部落的人不偏不倚、一视同仁。它们从不分肤色、语言和界碑，也从不求名利和回报地献给人类恬静和美好，留给大家童话般的记忆。

这时，天上断断续续飘起了雨。

那些似乎具有先见之明的人，竟然穿上了早已准备好的牛毛雨披。

老首领也披上了警卫人员递过来的牛毛雨披。他已经是个老人了，胡须比山羊毛还要稍长一些，上面滴滴答答不断线地滴着水珠。

雨渐渐大了。

不久，大雨便满天泼洒起来。

我们部落的人十人一组，冒着绵密的大雨，兵分三路——左右两路从两翼形成包抄和夹击之势，向山上推进；中间一路从正面发起佯攻。因是佯攻，所以推进显得缓慢，甚至有人心不在焉，首领也断然认为，只要吓唬吓唬对方，目的即可实现。因而，他嘱咐大家："一定要给对方部落的人留有逃跑的时间和通道。"

因为天上下着大雨，加之道路泥泞，正面进攻的人变得更加小心翼翼地、探索式地前行。人们推推搡搡，缓缓地向前走着。

那些老实的人都无精打采地走在队伍的最前面。

记得出发前，家人商量让我去顶个人数算了。妈妈对我有些放心不下，一边给我装干粮，一边望着我的眼睛说："娃娃，我们一起祈祷吧，祈祷你平安归来。"

我听着妈妈的话，心里突然感觉有说不清的凄凉。

妈妈把我送到门口的土道上时，又交代了几句什么，但我当时心不在焉，一句也没有听清，心里不知道在想什么。

就这样，我昏昏沉沉、迷迷糊糊地跟着部落里的人来到了战场上。

走向战场，进入河谷，我懵懵懂懂地看见我们部落的人差不多是一样的打扮：头戴暗色的帽子，手提长把子斧头或长矛。另有人拿的是自制火枪，腰间还插着一把缠着破布索索子的匕首。还有的人身背大刀。看上去，我们似乎又回到了远古时代。

整个山谷，远远看去十分怪异。

我听身旁的一些人相互说着私密话，就暗暗靠到他们跟前听个仔细。原来，他们是给自己亲近的人传递金贵的经验："打仗的时节，千万别冲在最前面，冲在最前面容易被打中；掉在最后面也不行，在最后面会被迂回包抄上来的敌人活活打死，还有可能被咱们的'催死官'收拾。实际上，夹在中间是最保险的。"

我心里想，他们说这些话是什么意思啊？我该怎么办？是冲到前头去，还是跟在后面，或是夹在中间呢？我不知道，心里一阵茫然。

又走了几步，我觉得昏昏沉沉的，有些说不清的沮丧感袭上心头。我在心里问自己：你动摇了吗？

我在心里回答：我不喜欢这种解决矛盾的方式。大家彼此有多大的仇恨啊？这世上的太阳和空气，大家一起享用不好吗？但我知道，两个部落在土地主权问题、资源问题，以及生活细节等方面都互有异议，非争个高低出来不可。

事实上，我们部落的很多人都动摇了。

我听着他们的话，心里暗暗产生了疑虑，不由自主地抬起头向前面看了一眼：前面的人一层一层，被后面的人簇拥、推搡着前行。前面的人缓缓跨过公路，顺着麦田旁边的土道朝对方部落包围了上去。等大家陆续蹚过那条清澈、明净而祥和的小河时，我又一次想起老人讲的这里曾遭逢的那场惨不忍睹的大地震：无数人死于非命。震后，这里出现了一条大河。半个世纪前，这条河还十分深，两岸生长着茂密的水草和树木。那时，河里的鱼像羊羔子一样大。但是，眼下这河里的水完全变浅了，植被被严重破坏。贪婪成性的人类使昔日河谷的辉煌一去不复返。

突然，我听到这条象征和平的河道的水流声中传来了呜咽声。几尾小狗鱼和浑身乌黑的小蝌蚪惊恐万状地在水下乱窜。

我抬起头向前面望了望，那萧瑟的、凉意缠绵的帽子像雪一样在我面前飘飞。我又情不自禁地向身后瞟了一眼，后面也是那么多飘荡的头颅，像水一样向我漫过来。

后面的人不断催促我们赶快前进，并责备和大骂："这些驴，为什么走得这么慢啊？"

"不要回头，不要回头。一会儿回头，一会儿回头，啥意思啊？敌人在前面，在山上呢，又不在身后面，你老是回头干什么呀？傻瓜！"一个穿着棉袄、嘴上蒙着一片脏白布，担心对方把他认出的中年男人说。

尽管是夏天，但很多人穿的都是棉袄，说这样可以避免被火枪的铁砂洞穿身体。

前面的队伍已经和敌人接上了火，打起来了。

正在这时候，我们队伍里不知道是谁喊了一嗓子："上啊！"

紧接着，我前后左右的人都跟上喊了起来。顿时，喊声大举，震耳欲聋。

我侧耳倾听，对方好像也在呼喊，满山遍野传来此起彼伏的喊杀声。

刚开始，我是跟着大家默默前进，神经绷紧了，可是当听到有人喊了一声"上啊！"之后，有那么一刻，我的心里竟然不那么压抑了，好像囚禁在心里的一头野兽被忽然释放了出来。

我手里只拿着一把赶牛的鞭杆。记得我因走得情急，家里也没什么像样的武器，就只提上吆牛鞭杆跟来了。一路上，也没有人说我的武器好不好，也许大家都知道我是顶人数来的，况且谁还顾得上别人呢。我被卷在这些人中间，一会儿过河，一会儿爬山，走来走去的，也不知道路怎么走。

进攻的时候，人们发出的喊声一波盖过一波，整个山谷都传出诧异的回音。

突然，我看见我的远房姑舅爸被人群席卷着挤到我这边来了，也可能他是想临阵脱逃吧，看上去样子鬼鬼祟祟的。

姑舅爸的脸上再也看不见昔日的笑容，更看不见他平时那种仰着脖子嘿嘿笑着的乐呵劲儿了，只看见他满脸的严肃和恐惧。他看了看我手里的鞭杆，淡淡地苦笑一下，贴到我跟前悄悄说："娃娃，打仗不拿武器，就像吃油香不拿手绢。你看看你，出门时该把那劈柴的小斧头也掇上一把！"责怪之余，他便向侧面慢慢地转过去，也不管我了。

可是走了一截，我发现姑舅爸又折了回来。我不知道他为什么又要返回来。他走到我跟前，把我手里的鞭杆拿过去扔了，给了我他那把月牙斧头，说："拿上，娃娃，敌人可不会可怜你。你有了这个，抵挡一下还是可以的。"他添上说，"你瞧，我还有一杆打不响的火枪呢，到时节可以吓唬吓唬他们。他们远远地看见我有一杆枪，就会说：'你瞧，那人还有一杆枪呢。'可能就不敢靠过来了！"他有些自得地说。

我看见姑舅爸渐渐走远了，在我视线中越来越模糊，最后消失在混乱的头颅中间，看不见了。

我扛起姑舅爸给我的月牙斧头，感觉有些沉，但我还是狠劲艰难地扛着，继续跟在人们身后向前走着。这时候，我看见我们部落的许多人已经顺着山谷悄悄地离开了阵地，逃到安全的地方去了。

我们部落的人在逐渐减少，队伍变得稀稀拉拉的，我感到更加茫然了。我也停下来，不禁看了一眼从侧面远去的人们，他们一个个都是怕死鬼。

对方部落选拔的都是年轻力壮的小伙子，他们训练有素，个个冷血无情。在惊天动地的喊杀声中，他们并没有如我们所预料的那样溃退，而是埋伏在战壕里，如豹子盯着猎物一样死死地盯着我们。当我们的队伍变成一盘散沙、破绽百出时，对方已经下定了收拾我们的决心。

因为下起了瓢泼大雨，火药受潮，火枪大多都打不响。

我们部落的首领带着身边的几个人，从左翼绕到对方后面进攻。他自诩是一名神枪手，但是，谁能想到，正当关键时刻，首领的火枪竟卡了壳，无论如何都打不响。老首领出事了。这是对方对我们发起的斩首行动啊！那几个跟随首领的人顾不得许多，立即跑得没影了。

我们部落的人都停下来在原地发呆。不知哪个胆小鬼突然喊了一嗓子："快跑哇，咱们的首领被打死喽！"

这一嗓子，就像一个人的元气散了。须臾间，大家回转身子四散奔逃。大多数人是朝着山下麦田的方向逃跑的，因为跑进麦田可以稍稍隐住身子，兴许能逃脱敌人的追赶。

我在一座山梁上远远望见，山上面的人追赶着山下面的人，好比一个羊把式赶着一群羔羊。我们部落的人几乎都快把肠子跑断了。

有些人鞋子陷在泥里，顾不得捡拾，只管光着脚片子飞奔，头发跑得根根竖立起来，就像魂儿丢了似的。

我跑得上气不接下气，嗓子眼儿里几乎冒起了黑烟，鞋子也丢了，裤子也扯破了，脚上还流着血——不知道是被什么东西划破了。不幸的是，我只顾低头跑，竟然晕头转向，把路弄错了，差点跑进对方的队伍里。我蠢头蠢脑的样子，惹得对方的人发出一阵讥笑声。

我听到身后有人追我，便向那条小河的对面飞奔。小河里的水被我和其他逃跑的人踩得飞溅起一人多高。

身后追我的人越来越近，我几乎能听到他嘴里发出的可怕的呼哧呼哧的喘息声。我的脑海里一片空白，想着对方的武器马上就够着我的后脑勺了，心里那个绝望，魂魄就像一缕烟一样飘出来又飘回去，腿子软得就像吃了一口倒牙的酸菜似的。

后来，我把所有的劲儿都使在腿子上，于是身后那呼哧呼哧的喘息声，一会儿仿佛在我耳边，一会儿又渐渐地有些模糊。每当那喘息声迫近和清晰起来的时候，我就觉得我的脑子像被抽空了氧气，神经就快要断了，心肺几乎要炸裂开来。我心里想着，啊，是否我的命就要尽了？可当身后的喘息声开始有些远起来时，我又觉得希望一点一点地回来了。

此刻，我手里的斧头反而成了逃命的包袱。"去他娘的战争，我也不管了。"我也学别人将斧头顺手丢了。

应当说，扔掉斧头之后，我跑起来一下子轻松了。没想到，原来我自认为很有用的、可以保护我的东西，竟然是最大的累赘。

我稀里糊涂地跑到山下，一头跌倒在一片麦子田里。让我奇怪的是，到处都倾盆大雨，唯独这片麦田红日炎炎。我抬头看了一下天空，想着也许命不该绝。麦田的上空干干净净的，一丝乌云也没有。

这时，我发现前面藏着两个带月牙斧头的人。我惊得脑子里又是一片黑暗，正想趁没人发现赶紧溜掉，可是那两个人已经看见了我。他们向我猛扑过来。那个年长的花白胡须的老者追上我，对着我的脑袋举起了斧头，十分严厉地质问我："口令？"

我想起来了，竟脱口而出："拿命的天仙！"

这时，一个我认识的人——我们部落六豹子的儿子牛蛋蛋赶了过来，挡住那个人说："这是咱们部落里的人，这个娃娃与我是邻居，我认识他的。"

这时我才知道，这两个驻守在麦田里的人，原来是从另一个部落赶来支援我们的，怪不得我以前没见过他们。他们对我们的援助有如雪中送炭。他们之所以帮助我们，是明白唇亡齿寒的道理，担心有一天也会被消灭。

那个腮帮子没有一钱肉、牙床干巴巴的老者，即那个刚才差点把我当作敌人干掉的人，突然非常严肃和怪声怪气地笑了一下，说："你个碎狗日的，幸亏答上了口令，要是答不上来，或答得慢一点点的话，我就一斧头下去，就真成了拿走你命的天仙了。"他比画着说，"你看，我就这么一斧头下去，就能把你劈开！"他一斧头砍向一个麦穗子，麦穗头儿就像一只生了翅膀的蚂蚱一样，在天空飞翔着，划出一道亮光，飞向远处的麦子丛中不见了。

唉，我刚刚逃跑时，出了一身热汗，现在又惊出了一身冷汗。

到了这个节骨眼上，难怪敌我双方都变得如此可怕。

我歇息了片刻，等到呼吸恢复正常时，才感觉内心一片难言的孤独凄凉。这刻骨铭心的感觉，让我不由得再次怜悯起自己来。刚才的一番经历，几乎把我的心肺、苦胆都惊吓出来了。

是啊，好在我把口令答上来了。

我突然喜极而悲，难过得差点哭起来。

那两个人让我爬起来，赶快加入他们，好在麦田里阻击敌人的进攻。

我爬起来，加入这些人的行列里。我从来没有摸过火枪，不知道如何使用，所以他们主要是让我给火枪装火药和铁砂。我现在已经身不由己，只能听他们的了。我抬头看见我们部落那些幸存下来的人，一个个全都糊成了泥蛋蛋。那些被打死的人无声地躺在地上。我的心里不禁又难过起来了。

远处，大雨依旧似瓢泼。

山下的麦子已经长得约半人高了，但还没有黄。这是一小片可以得到小河灌溉的麦田。我们部落还有一部分人埋伏在这片麦子地里，大家把意见商量一致了，说是都不许跑，要死就死到一搭。牛蛋蛋对自己的几个侄子说："娃娃，不能跑，如果能把敌人打回去，我们还有可能活下来！"

他的两个侄子应承说："二大（二叔的意思），我们都站在你跟前，我们绝不会丢下你逃跑的，要死就和你死在一搭！"

牛蛋蛋有肾炎，脸庞泛紫，浑身有些虚肿。他的嘴唇发青，现在变得干裂了，不时就要用舌头润一润嘴皮，但是他越是用舌头舔嘴唇，嘴皮就越是干裂得厉害。

幸亏这里的火药没有被雨水淋湿，火枪基本上还都能够打响。

于是，我听见了我们部落的人打火枪的声音，似乎很有规律地鸣叫着。多么好的火枪啊！枪声令人恐惧，但同时又让我感到安全。枪声时而凝重，时而清脆。

对方部落的人就像野人那样喊叫着冲过来，被我们打退后，他们安静下来，停止了攻击。

"这种没声了的样子，最叫人头疼。"牛蛋蛋说道，"对咱们而言，这是不好的兆头。"

那个腮帮子干枯的老汉提着长把子斧头走到我们跟前说："你们如果听不见声音了，那就得注意了，注意人家突然偷袭。"

我们都点点头。

这时，麦田的那一头开始刷啦啦响起来了，大家便看准了方向开枪。火枪里喷射出的钢珠和铁砂，打在麦穗子上发出怪异的声响。如果人不睁开眼睛看，只拿耳朵听，就像麦子的空隙里飞来了不计其数的蜜蜂或者蝗虫。麦子的腰杆一次次弯下又顽强地直起来，有些麦子秆给土枪打断了，再也抬不起头来。

牛蛋蛋看见周围的麦田被践踏和毁坏得一塌糊涂，心疼地说："这是谁家的麦子呀？造孽呀，今年就这么白种了一场。"他一边自言自语，一边难过地摇头，又接上说，"你们看，让咱们给盘（碾）了场了！"

有人说："命都保不住了，谁还会管这些呢！"

这时，牛蛋蛋突然眉头皱了皱，吩咐侄子赶紧给他装弹药。

我们已经打退了敌人的多次偷袭和进攻，火枪的枪管都打红了，烫得手有些拿不住。硝烟刺得人眼睛干巴巴地疼，火药和硫黄味儿直冲鼻腔，呛得人气都上不来。

突然，牛蛋蛋身边发出一声震耳欲聋的巨响。

我们都惊呆了，愣怔了一下，回头一看，只见牛蛋蛋的侄子手上血流如注。原来是自制的火枪枪管质量不行，爆炸了，把那娃娃的一根手指炸掉了，他跌到麦子丛中去了。

牛蛋蛋凄惶地跟那娃娃说："娃娃，你赶快找找看，看指头掉到哪搭了？找到了，给安上去，绑住就长好了。"

大家都赶紧帮忙找手指头，找了半天，却没有找见。

我心里五味杂陈，特别难过。

娃娃见手指头找不见了，大声哭开了："二大呀，我的手指头没有了，我以后咋办哩？"

牛蛋蛋也哭起来，说："我的娃娃，你不要难过，有些人今儿把命都丢到这搭了，还不要说你的手指头了。你没手指头了，以后二大养活你。"

那个腮帮子干枯的老汉，不知道被勾动了哪根神经，也哭了起来。他一面大声哭泣，一面奋力填着弹药。

我想让天赶紧黑，好趁着夜晚撤离。可是真要命，不知道谁的火枪把麦子打着了，风又向我们这边吹，风掀动火苗，助了火力，一时火势汹涌。

那老汉的侄子眼尖，身手也麻利，他跳起一人多高，冒着烟冲出了大火，飞奔而去。

我们先前躲藏在麦田里的优势，顿时荡然无存。这真是荒唐极了。

那老汉说："快，我来掩护，你们赶快走。"他的话刚说完，全身已起了大火。

我们转身没命地奔逃，片刻间，那老汉已经燃得像个火球，在地上滚来滚去。

三

记住了，我就是那个名字叫丹的年轻娃娃，我经历的这些，许多人都没有经历过。当我离开麦田跑远的时候，身边已经没有一个人了，远处那片麦田依旧黑烟火扬的。于是，我孤孤单单、漫无目的地沿着一条山沟行走，捡了两颗轻重适宜的驴腰子石头当作防身武器，把它们装在衣服口袋里。我走了一会儿，又奔跑了一阵，约莫距离战场远了，才放慢脚步继续向前走。我听见身边的草叶在微风中摩擦出悲凉的声音。

我记得，第一次在部落里接受启蒙老师的教育时，那位善良、慈祥而睿智的老头讲道："当一个人学会爱别人，有了悲悯心，他的精神世界就是崇高的；当别人亏欠了你，你依然不生妒恨，那你就是一个有爱的人，有爱的人灵魂是带着光亮的。"

经历了这一场战争，我才有些明白启蒙老师的话了。其实，在大多数情况下，我们都是怨恨伤害了我们的那些人的。

人类和动物的区别究竟在哪里呢？也许，对一条狗而言，没有什么比在一种本能的愤怒驱使下，用牙齿狠狠咬住对方更令它感到愉快的了。

此时，残阳如血。我往家的方向继续走着。雨过天晴后的大柳树变得苍翠欲滴。

天更黑的时候，我们部落里幸存的人陆续回到了震河的这边，回到我们的领地里了。

我也回到了我们的部落。在经过犹如上苍洒下的一滴眼泪似的震湖海子时，我听见有灵性的彩鲫跃出水面，泼剌剌的迷人的响动震荡着我的心脏。啊，美丽的彩鲫，它就像上苍丢进这片水域里试探人性的耀眼夺目的宝石，有些人为之欢喜，有些人却为之悲伤和殒命。

当穿过部落里的草屋巷子的时候，我听见远房姑舅爸的家人在浊哑地哭泣。我的心里越来越重。后来，我看见部落议事的礼堂旁边聚集着一大群人，这些人围着一个受伤逃回来后由于失血过多而死去的人。我怀着忐忑不安的心情，走近看了一眼，果然就是我的姑舅爸——那个心地善良的人，他看上去似乎有些不大像他了。他以前笑的时候，总是嘿嘿地无比风趣、幽默快活。然而此刻，他已经一动也不动了。姑舅爸的嘴角仿佛依旧流淌着一丝淡淡的忧伤般的笑意。

我的胸口有如压着一块巨大的石头。

真是万分难过。我在心里暗暗地问：倘若姑舅爸不把他的武器给我，他能保住自己的命吗？

我永远不知道答案。

原载《万松浦》2024 年第 4 期

春江水很暖

一

现在丹梅拨出电话，对方接起，是个女声："你好。"

丹梅心想，我不太好。她伸出食指正要摁下屏幕下方那个红色圆圈，又猛地停住。"您哪位？"她问。对方有五六秒的沉默。"我是珊珊。有事？"声音明显提高了一些，居然有几分亢奋。丹梅长吸一口气，又悄悄吐掉，然后挂断。

长到四十二岁丹梅才发现自己对数字有特殊能力，现在六十二岁了，中间这二十年，她数次错愕，但也没深究，就丢脑后了。比如她最早也学别人用小本子记电话号码，到需要拨打时，先习惯性地拿出本子，刚动手翻，脑中立即有一串数字非常清晰地划过，还一闪一闪地亮着。算不算雕虫小技？她觉得是。偶尔一两次丈夫陈德恰好在旁边，似乎有点意外，瞥过一眼，但什么都没说，应该也没太在意。倒是儿子曾很不解，为什么每次期末成绩出来，刚把各单科分数说出，丹梅在一秒钟内就把总分报出来了。儿子以为是老师告诉她了，她摇头，儿子不信。她不认为这有什么好解释的，笑笑。儿子初中毕业后去新加坡读高中，大学以及硕博都在美国读，如今在硅谷工作，几年才飞回来一次，嘻嘻哈哈说起往事时，如果调侃起自己小时候读书不上心，考试很渣，丹梅就会随口道出某次某科的成绩。儿子不承认曾考过那么丢人的成绩，一旦较真了，丹梅就翻开樟木箱，那里面专门收集儿子用过的旧物，课本、作业簿、日记本之类，找出刚刚说的试卷，标在上面的成绩一分不少一分不多。陈德好歹是本科毕业的，她只上到高中，全家学历最低，跨出中学校门时十六岁，还不知数学中的正负数为何物。从小学到中学她一直在文艺宣传队跳舞，各民族的舞都跳，芭蕾也跳，《北风吹》她是喜儿，《洗衣歌》她是小卓嘎，《草原女民兵》她是旗手，总之都是领舞，每天被要求加练，演出又连续不断，时间都被占满了。当时玩得爽，报应最终却来了，大学想都不用想，两年后招工进市漆器厂，当起一个月十八元工资的学徒工。刚进厂时，她鼻子没法接受樟脑油的味道，喷嚏一个接一个打。但稀释大漆都得用樟脑油，逃无可逃，慢慢就接受了，吸进去渐渐一口口觉得香。但没香几年，厂却倒闭了——这是后话。

进厂第八年，她可以非常熟练地坐在车间工位上给花瓶、果盘贴蛋壳、刷底漆时，忽然在妹妹丹桃的婚礼上认识了中学美术老师陈德。他是新郎庄明的同学，深栗色头发，微卷，皮肤白得像欧洲人。丹梅纤细高挑，小头小脸小肩小屁股，但黑。她羡慕白，那天就多看了陈德两眼。婚礼过后第二天，丹桃夫妻回娘家时，就把比丹梅小三岁的陈德也一起带来了。庄明认为，丹梅多看的那两眼是有春意的。丹梅辩解说没有。庄明说那现在有了。转过身他问陈德的意思，陈德笑笑，说听你的。新婚的丹桃比丹梅小四岁，这时站一旁满脸红扑扑地起哄，说那太好了，就定下来吧。后来真的就定了，按庄明的说法，陈德对丹梅是一见钟情，陈德却辩解说庄明对他说的正相反，是丹梅对他一见钟情。事已至此，最终的结局反正都是洞房。也可以说，丹梅的婚姻其实是庄明和丹桃一手缔造的。现在丹桃已经病逝，庄明已经再娶，沧海桑田，那场火热关系早就鸟兽散，剩下丹梅和陈德的婚姻，就像个遗址。

陈德大学时学的是国画，后来才改画漆画。漆器厂倒闭时，陈德说挺好挺好，所谓的好就是丹梅下岗后可以专职给他打下手了。漆画是新兴画种，那时还不普及，很小众，路上挤的人比起国画要少很多。漆画除了画技，还讲究工艺性。画技陈德不缺，而工艺丹梅拿手。陈德用粉笔直接在上好黑底漆的木板上画好线稿，余下的贴蛋壳、做纹理、髹漆、打磨、推光、揩清都归丹梅。闲着也是闲着，丹梅没推辞，帮陈德是应该的。其实陈德的画一年卖不出几张，一平尺最多叫价一万块，打对折也出手，总之挺难的，他很焦急。以前儿子在国外上学需要钱，现在儿子有工作，正打算在美国买房，这又是一个大坑，多少钱都不嫌多。算起来，陈德真是个尽责的父亲，至于是不是称职的丈夫，丹梅已经很久不去想了。年轻时两人好像情也没多浓过，结婚生子，然后合力育儿，关系渐淡，大框架却没散。别的漆画家一般会雇几个助理打下手，陈德没有，他的助理只有丹梅，这是两人新的平衡。陈德把工资卡交给丹梅，虽没说透，理解成给丹梅开助理工资也没有错。丹梅没什么大消费，最多买些股票。K线图她不看，也看不懂，买与卖全凭直觉，居然这么多年能略有盈利。个别股也猛跌过，她从不割肉，而是耐心做T，高抛低接，把成本降低，等新一波行情来了，再一把甩掉。总的说来日子很安稳，至少比丹桃幸运。有时从手机上看到那些被抓贪官的新闻，她也会庆幸陈德是本分的中学老师。既没病没灾，又不偷不抢，这辈子还有什么不知足的？

家中只有两姐妹，五年前丹桃死了，前年年底父亲发了场高烧死了，一周后母亲也死了。陈德说丹梅这一两年变得比更年期时更加情绪不稳定。丹梅想何止情绪，父母死后她一直胸闷心悸，睡眠也非常糟糕，总是担心下一秒还会发生什么。

换作以前她不会注意到那个手机号，更不可能拨过去。确实有点奇怪，一连好几天了，有时一晚上会响起几次，手机屏幕上却没有显示人名，也就是说陈德没有把对方存进通讯录中。这说明什么？说明陈德特别不在意，或者故意隐蔽。有时正洗澡，放在外面茶几上的手机响起，丹梅正要往里递，陈德已经裹着浴巾忙不迭冲出来了。不在意的人至于这样？

趁陈德不在家，丹梅就拨了那个号码。

原来那个女人叫珊珊。

二

现在丹梅站在春江边。

这是全省最大的一条江，江面近百米宽，水流丰沛，从未枯过。五六十幢欧式别墅沿江北岸呈扇形错落排开。每天上午和傍晚丹梅都会出门，走上三百多步就到了江边。那里有个不大的码头，青石台阶一直延伸到水面。今年冬季拖得久，都三月了，天还有寒意。但南方的树木不会偷懒，这会儿已经竞相葱茏，每一处看进眼里都非常有画面感。

房子是三十多年前买的，当时这里还是郊区。建筑商敢在又荒又乱的地方建起别墅区，曾被各种嘲讽。那次是丹桃带丹梅来看房的，第一眼丹梅就喜欢上了，回家说服陈德把市中心的房子卖了买这里，三层楼，三百多平方米，才三十多万元。一楼做画室，二楼打通了做厨房、餐厅和茶室，三楼住人。陈德正愁缺个画室，就同意了。丹桃却没买，庄明嫌偏僻。后来市区扩大，把这片别墅圈进，房价涨了十多倍，庄明很后悔，大呼亏了。

大学时陈德专业成绩在班上数一数二，本来可以留校，但留下的人最后却是庄明。庄明在母校当了四年辅导员，第五年调到市教委，从普通科员做到副主任，分管后勤，官不大，权大。从个人运气上看，庄明一直很顺，从没亏过，亏的人其实是丹桃。

一楼有一百二十多平方米，却只隔了一大一小两个房间，小的是用红砖和杉木板围出来的阴房，只占四分之一面积。大漆需要阴干，能控制温度和湿度的阴房是必备的。余下的大开间中央摆一张五米长、两米宽的大桌，四周一排长短不一的小桌，正平放着十二张即将完成的一米乘一米的漆画，这是两个多月前有人订的。近些年书画市场不好，突然被订十二张，丹梅很高兴，陈德更高兴。"春江图"，这是这组画的题目，内容比站到春江边举起手机随便拍出来的画面更简单，江面、岸树、远山、飞鸟，每张都是写意的，构图也很接近，变化的无非是早中晚和不同的季节。木板是现成的，之前请人制作过一批，但大漆、金箔、螺钿、瓦灰、鸭蛋壳之类还缺，丹梅连忙在网上挑了一些放进购物车。陈德提出用腰果漆，丹梅不愿意。腰果漆是合成的，大漆则是纯天然，同样一罐的量，后者要比前者贵八九倍，工期也长得多。丹梅进漆器厂第一天就反复听师傅说"慢工出细活"之类的话，做过大漆的人，眼里是装不下合成漆的。画卖不出去时，尚且肯下成本用大漆，如今有钱赚了，怎么能敷衍？她这辈子都不想碰合成漆。陈德很恼火，丹梅不理会他的恼火，连用细瓦灰打捻做纹理，她都只选大漆，这样用时自然就长了。原先陈德打算一个多月就把画交付出去，结果紧赶慢赶，到现在最后一道透明漆才罩过，等干透了才能打磨推光。丹梅没觉得不对，大漆是讲漆性的，它必须按自己的节奏走。

她在十二张"春江图"前走一遍，用指尖轻轻摁了摁。已经起了一层漆膜，但硬度不够，还得再等几天。

这时她想起了珊珊。

那天拨通那串号码有点鬼使神差，知道对方名字后，她就挂断了电话。说到底这不是她擅长的，电话一通她就后悔了。这事本来就这样过去了，没想到第三天对方回拨过来。丹梅犹豫一下，没有接起。不知道该怎么描述当时的心情，不像惊也不像喜，都在边缘模模糊糊地滑动。然后微信"新的朋友"出现了红点。点开，是珊珊，显示的来源是手机号搜索。

丹梅的微信号就是手机号，搜一下，不难搜到。有没有加微信通常可以说明彼此关系的疏密，加了未必成密友，但不加绝对就是路人。理性上丹梅觉得该拒绝，但手还是不听使唤地通过了验证。"你好小梅姐。"珊珊马上发来一句话，还拖着一串笑脸。

丹梅没有回。她只有一个妹妹，丹桃死后，已很久没人喊她小梅姐了。

珊珊又说："前年一个饭局，您和陈老师一起来的。您走路的样子真好看啊。"

丹梅没印象。她很少跟陈德出去吃饭，即使去了，满桌不是教师就是画家，她文化低，谁的话都不敢接，更不记得哪个人叫珊珊。走路的样子？年轻时可能真的好看过，跳舞的人嘛，差不到哪里去。现在老了，身体松弛，背都已经微驼，还能有什么样子？

微信铃声又响，珊珊发来一行字："小梅姐，能把陈老师那十二张画拍照发我看看吗？"

丹梅很意外，愣愣地盯着看。

微信又响："它们真的值那么多钱吗？"

丹梅眉头拧起。做这组画时，陈德叮嘱过她不要发朋友圈。画在成品和展出前，怕被抄袭，谁也不会把整幅公开出去，最多发个局部预热一下。这次既然不让发，她就一直缄默着，陈德自己也没吭声，珊珊为什么却知道？丹梅点开珊珊的朋友圈，发现是空的。

当天陈德回到家已是深夜。丹梅还没睡，正坐在一楼画室长条桌旁看手机。汽车停好了，门响了，脚步声进来了，她仍然不动。陈德去画前看看，很不满，说："怎么还不磨？你不磨回头我就自己磨了啊。"

丹梅马上闻到了酒气。陈德嗜酒，刚才车子估计是请了代驾。漆画打磨是二度创作，磨掉什么，留下多少，都有讲究，但这些年这个讲究都由丹梅把控，陈德很少沾手。她没答，陈德也没等她答，就径自上楼去了。一会儿丹梅也上去，三楼只有一个卫生间，陈德的卧室在左侧，丹梅的在右侧。他们分房睡已经很久，具体哪天想不起来，大致儿子出生后就断续开始，起先只是偶尔，渐渐就理所当然。陈德正站在洗漱盆前刷牙，丹梅觉得还是应该问明白，她倚在栏杆上，说："这次的画谁买呀？"

陈德说："嗯。"

丹梅问："一平尺多少钱？"

陈德说："嗯。"看上去牙刷像是被牙齿粘住了，无法从他嘴里抽出，牙膏泛出浓厚的白泡沫挤在唇边，使陈德的皮肤一下子晦暗了。一个人的丑陋总是会这样突然到来。丹梅转身走进自己房间，过一阵陈德房间灯暗了，她才出来洗漱，然后再进屋关上灯。黑暗中她耳边一直响着陈德的两声"嗯"。傻子都听得出他在应付，为什么要应付？

三

现在是在城里一家茶楼，珊珊正坐在对面。

早上醒来，丹梅又点开珊珊的微信朋友圈。很意外，竟能看到内容了，也就是说之前不让她看，现在又让看了。一条一条往下翻，内容杂芜，去其糟粕后，得到的精华是：一、珊珊三十岁出头；二、个子不高，五官平常；三、她在市教委上班，是庄明的同事。

丹梅很久没跟庄明联系了，但微信还在，点开，显示"朋友仅展示最近三天的朋友圈"。很奇怪为什么有人要这样半掩半藏，好像只能活三天似的。她在床上又躺了会儿，眼睛盯着天花板出神，然后给珊珊发了微信，问："有空吗？"珊珊答有。丹梅没有马上出门，而是等陈德先动身。上午有课，陈德得去学校。汽车轰鸣声远去后，丹梅才叫了车。

她订的茶楼就在市教委边上，走路十五六米。

珊珊的妆很浓，假睫毛有点夸张，穿白卫衣、黑牛仔裤，戴黑框眼镜。这是一张陌生的面孔，丹梅不记得之前什么时候见过。回忆了一下，在朋友圈的照片中，并没见到戴眼镜的珊珊，那么这会儿是故意戴的？"有事？"珊珊问。丹梅笑笑，摇头，马上又点头。她问："你知道陈德最近在做漆画？"

珊珊端起茶杯喝两口，放下时脸朝窗外看一眼。路边的芒果树已开出密实的花了，黄中带粉，一串串丰满地坠着。"噢，是十二张，叫'春江图'是吧？"

丹梅马上问："画是你要买？"

珊珊用食指推推鼻梁上的眼镜架，没有回答。丹梅注意到珊珊的眼光这时正定定地落到她手指尖。她一惊，低头看到自己指甲缝里有几星深咖色——其实是漆渍。平时干活时她都戴上乳胶手套，但漆无孔不入，真是防不胜防。她把双手从桌面垂下，搁在腹前，用一只手的指甲隐蔽却有力地抠另一只手的指甲。那天上过透明漆后，她记得曾用花生油洗过手，当时没打算出门见人，可能洗得过于潦草了。

手机铃声响了，是珊珊的，她马上接起。丹梅起身，到收银台先把账单结了。回来时珊珊已经站起，说："有急事，我得先走。"

丹梅点点头，跟着往外走。珊珊比她矮大半个头，脖子微微前倾，背往后拱。有一瞬，"把背挺直"这句话已经滑到丹梅舌尖，这是当年跳舞时，老师经常冲她们喊的。老师还要求她们脖子拔长，肩下沉。"你在教委是做什么？"她问。

珊珊说："办公室做文秘。"

"结婚了吗？"

"结了。"

"有孩子吗？"

"有。"

在茶楼门外要分手了，珊珊说："小梅姐，你不要把我们的接触告诉陈老师和庄主任好吗？"

丹梅笑笑。怎么会呢？何况陈德打死都不会想到她居然记下电话号码，然后拨打过去。

珊珊说："你妹我也认识，很可惜。要是坚持到现在，乳腺癌治愈率就高多了。庄主任现在的妻子就是你妹当时的主治医生，你知道吧？"

丹梅点头。丹桃病了几年，庄明带她去北京、上海都治过，最后大半年在市肿瘤医院，能用的药，就是自费的也都用最好最贵的，很尽心了。没救回，是命。正是因为丹桃，庄明才跟大龄未婚的主治医生认识，之后重组了家庭，生下一个儿子。这事虽然母亲曾很不满，叨叨过多次，丹梅却觉得合情合理。丹桃卵巢也有问题，不孕。庄明跟陈德同岁，马上六十岁了，要是丹桃能生，子女早就成年，现在儿子才三岁，庄明也不容易。

珊珊说："庄主任儿子有先天性心脏病，你知道吧？"

丹梅一怔，她不知道，只听说那小孩身体弱。

珊珊说："刚在上海动了大手术。"

丹梅问："很严重？"

珊珊唇动了动，又抿住了，摆摆手，说："回头再聊。"话音未落，已经走掉。丹梅站在原地看着，发现珊珊是平足，整个身子向后微仰，每一步都仿佛被谁扯了一下，多少有点笨拙。走路的样子根本不影响活着的质量，但能走得好看，当然更好。

她又叫了车，路上想起母亲。母亲对丹桃死后没多久庄明就跟女医生结婚气得不行，怀疑两人早就暗中勾搭上了，丹桃肯定是被活活气死的。如果母亲还在世，此时丹梅会给她打个电话，告诉她庄明的儿子患先天性心脏病，刚动过大手术。母亲会怎么答？"那跟我们有什么关系？"丹梅用母亲的语气把这话在心里说了一遍，然后长吁一口气。庄明的儿子不是丹桃的儿子，确实没什么关系了啊。

已经临近中午，下了车，远远就听到窸窸窣窣的响声，原来陈德已回家，正把那幅夏季的春江画搬到垫有毛毡的石板上，边用水冲边打磨。丹梅有点不放心，问："你用几号的砂纸磨？"陈德说："刚才500号，现在800号——我看可以了，不用再磨。"

丹梅俯下身子在漆画上仔细看着，又用巴掌在画面上摸一下。罩透明漆之前，丹梅已经用360号和500号砂纸把贴蛋壳和洒漆粉的地方打磨过，这会儿平整度差不多，但光亮度不够。这个活还是她干得更顺手。她把陈德推开，取过打磨板，垫上1000号砂纸。

陈德开始不耐烦，说："可以了可以了。"

丹梅没有停下来，1200号、1500号，一直磨到3000号砂纸。用水再冲几遍，酞青绿和海洋绿渐变的芦苇，群青和天蓝渐变的天空，以及60目熟褐色漆粉洒出的树干和几只用鸭蛋壳贴出纹理的展翅白鹭，都湿漉漉地泛着光。构图虽简单，却还是难以言说地悦目，鲜丽中有内敛，明净中有拙朴，只有大漆才能有这种通透且厚重的力量啊。

把磨好的画搬到一旁晾干，丹梅又搬来另一幅准备打磨。这个过程中她突然开口："这批画卖得很贵吗？"

陈德好一阵才从鼻孔里含糊地"嗯"了一声。

"一平尺五千还是一万？"丹梅仍不看陈德，她俯着身子，已经重新拧开水龙头，用砂纸一下一下在画面上推着。

"一万！"陈德大声答，边说边往楼上走。

丹梅手没有停，头转过去，看到陈德的后脑勺正一个台阶一个台阶向上升去，当年浓黑的卷发已经所剩无几。平时出门他都扣顶棒球帽，回家取下帽子，五十九岁男人白花花的头皮就醒目地秃在那里了。活到这个年纪，他终于可以把自己的画以最高价一把卖出了，这不单单是钱的问题。

丹梅悄然叹了口气，她心里还是很替陈德高兴。

四

现在丹梅在陈德卧室里翻找着。她下手很轻,所有动过的地方,都小心地重新归位。这些年除了拖地板,这个屋子她一般不会进来。陈德起床自己铺好被,收下的衣服自己挂进柜,总之都不需要她。这会儿走几圈,强烈的陌生感堵在胸口。柜子里正常,床铺下是空的,抽屉也清爽干净,没有她要找的东西——她要找什么?

她愣愣地站会儿,然后下楼。

一大早陈德接到一个电话就匆匆出去了,走时交代她抓紧把昨天磨好的画推光揩清,最好明天就能把它们交给买家。果然是急,不急陈德不会让她用腰果漆,也不会自己动手打磨。

往画上倒花生油和推光粉,按下掌,用鱼际那块肥厚的肉用力推着,然后用细绵纸擦干,重复再来——平时她会反复推光五六次,把画上所有肉眼根本见不到的小毛孔密闭起来,让漆面又平又光又亮,呈现珠宝的质感,可是现在只两次,她就懒得往下做了。够了,真的够了吗?她突然意识到自己不知不觉间竟也在敷衍。

按常理只有委屈贱卖,才会憋着一肚子不甘草草应付。

一阵心悸,气仿佛喘不过来。她停下手,一屁股坐到椅子上,把沾满油和白色推光粉的右手搁在膝盖愣愣地出神。过了一会儿她站起来,洗过手,然后背起包出门。

是个晴天,阳光有力地倾泻而出,有一股久违的明媚。小区大门旁就是银行,她进去,掏出陈德的工资卡插入自助机,输进密码,查了明细。所有的进项都是工资,余额只有一万多,之前为了方便买股票,每个月她都及时把钱转到自己卡上了。而早上她在陈德卧室也没找到现金。陈德还有其他银行卡,这个她知道。

回家的路上,她边走边看手机,手指在屏幕上胡乱拨动,就拨出一个对话框,是珊珊的。还没回过神,她就把"能见见你吗?"这句话发了出去。

珊珊秒回:"可以。"

丹梅一下子站住,愣了片刻才回过神来。她立即紧起身子扭过头快步走出小区,叫了车。半个多小时后,她和珊珊又面对面坐在上次去过的那家茶楼里了。

这次珊珊没化妆,不戴眼镜,与上次比,又像个陌生人了。"小梅姐,你想知道什么?"

丹梅嘴张了张,又闭拢。她想知道什么?她什么都不知道啊。

珊珊问:"画完成了吗?"

丹梅摇头。

珊珊说:"不是明天交画吗?"

丹梅又摇头。

珊珊抿起嘴,半晌才缓缓开口:"春江的发源地是海拔一千多米的春山,离这里五百三十多公里——我是那里人,山上生山上长,好不容易才考上大学,水一样弯弯曲曲流到这座城,终于有家有孩子有一份稳定的工作……小梅姐,你们不会明白我是多么珍惜现在的生活。"

丹梅微微皱起眉。她没听懂珊珊的意思。

珊珊端起杯子喝一口,说:"这茶也是我家乡来的。我们那里是茶乡,山上大半年的时间都雾气缭绕。如果还留在老家,这会儿我肯定正在山上摘茶。"

丹梅口渴,也喝了一口。真是好茶。她说:"摘茶其实也挺好啊。"

珊珊笑起来:"当然,无论什么生活,走正路都很好。我女儿才一岁,我希望能陪着她长大,这辈子即使没有成就让她为我骄傲,也绝不能给她抹黑,让她瞧不起,是不是?"

丹梅心里一沉。"怎么啦?"她问得急促。

珊珊脸转向窗外。微黄的芒果花已过了花期,细看会发现比米粒还小的细果正一串串挤到树梢上,如果中间没有风吹雨打,也不被虫子咬噬,它们会渐渐茁壮,渐渐饱满成熟。

丹梅想到儿子。她没上过大学,也从没给儿子抹过黑,在儿子眼里不是骄傲,却也不是祸害。而陈德呢?她吸一口气,身子往上拔了拔。"什么事？你直接说吧。"

珊珊又喝一口茶，抿抿嘴："小梅姐，你知道陈老师这些画是谁要买吗？"

丹梅摇头，心跳猛地加快了。果然是画。

珊珊掏出手机，拨弄几下，递过来，食指仍伸长了往上划动。屏幕上显示的是一长串的对话，内容倒也不复杂，基本上都是关于见面地点和"你到了吗？""一起吃个饭"之类的闲话。往屏幕顶端瞥一眼，对话的人叫"余峰虫"。收回手机后，珊珊说："这个人从不跟我在电话里谈事，有话都见面说。"

丹梅说："噢。"

珊珊说："我出面跟他接触……其实他们早定好了，我只是走个过场。"

丹梅心里一颤。

珊珊手臂横在桌上，身子前探过来，小声说："一开始我真没想到这么复杂。听话惯了，一被吩咐就往上冲……"说到这里她闭上眼，又猛地睁开，看着丹梅，"这几天我下班回家，一看到女儿心就缩紧了。"

丹梅问："陈德让你去的？"

珊珊摇头："是庄明，庄主任。一直以来我都是他手下最本分最老实听话的一个。"

丹梅没明白过来："画又不是庄明的。"

珊珊说："但买画的人是冲着他来的。庄主任儿子手术愈后不太好，他还在上海陪着。过几个月他要退休了，儿子却还小。他老来得子，太宠了，担心以后没钱儿子过不好日子……我也是猜的。以前庄主任不是这样的人，以前他干干净净……"

丹梅打断她："现在不干净？"

珊珊从背包里掏出一叠纸推过来。"合同。"她用指节叩叩。

之前陈德的画大多是参展时被人看中，一手交钱一手交货。偶尔也拟个合同，都只有薄薄的一张纸，简单写明一平尺多少钱，订金和余款什么时候付等等。而这份合同却有厚厚的十三页，条款共三十六条，绕来绕去都是废话，提到钱的只有一条："每平尺九万，预付十万，余款在交画当天全额付清。"丹梅不敢相信，反复盯住这行字。单从字面上看合同没问题，程序都对。春江图每张九平尺，十二张共售出九百七十二万？

"陈德说他一平尺只卖了一万……"丹梅仿佛站到高空的钢丝上，声音有点颤。

珊珊身子又往前探了探，说："余峰虫是建筑商，他接手了下面一所小学和两所中学的扩建工程……工程是庄主任给的。"

丹梅重重吁口气，胸口咚咚咚响。

珊珊说："合同的买方和卖方是余峰虫和陈老师，出面代签的人是我。"

丹梅问："陈德确实一平尺卖一万？"

珊珊点点头："到时候余峰虫转账给陈老师，陈老师留下画钱，余下的转给我，我也可以赚十万，然后陆续转给庄主任老婆……你懂了吗？绕了这么一圈，把我推在前面哩！我傻乎乎的，这几天才完全回过神，吓死了。我打电话给陈老师，让他自己找余峰虫。陈老师不理，合同也一直留在我手里……小梅姐，您帮忙把合同带回去吧。钱不要转给我，那十万，我肯定不要！"

丹梅低下头。每平尺九万，十二张画一百零八平尺，陈德拿走一百零八万，珊珊分得十万，余下的八百五十四万都归庄明？丹梅把合同推还珊珊，双手撑桌慢慢站起，说："陈德也不能要。"

往外走了两步她停住，扭过头，加重了语气："不要！"

半个多小时后她回到家，进了门就直接拿起钨钢斜头刀，一刀下去，再两刀三刀四刀下去。春夏秋冬的春江，晨光暮色的春江，风过鹭起的春江，十二张画十二个春江的美丽瞬间，很快就在刀下出现一道道横七竖八的刮痕和凹陷。大漆坚硬得抵挡得住几千年岁月侵蚀，却也脆弱得经不起一瞬的故意伤害。

丹梅把它们逐一拍了照，先发给珊珊，再发给陈德。

看看时间，中午两点，股市还没收盘。接下去她做了下面几件事：

登录股票账户，挑几种股票以低于现价一两分挂售，马上成交；

从证券转二十万现金到银行账户；

把银行卡单笔支付限额解开；

点开庄明的微信，把二十万转账给他，附了留言："给孩子用。"

做完这些，她长吁一口气，立即关掉手机，然后转身出门。她走到江边，坐在码头的台阶上，脱了鞋，又脱了袜，把脚慢慢往下伸，并拢，绷直脚尖，脚弓高高拱起，像两座跨在水面的小桥。

被太阳晒了大半天，水是暖的。这一刻她对江水和自己的脚都很满意。

原载《人民文学》2024年第8期

海 飞

走马灯

开场

　　陈宝山去世那年冬春，左书令来到了她的十九岁。那时候左书令的父亲在苏州河边的淮安路上开了一家左记灯笼铺，并且教会了左书令扎灯笼。左书令喜欢扎灯笼，也喜欢长久地坐在桌前，一声不响地看那些纸糊的灯笼在眼前晃荡。她寡淡得如同白开水的生活中，只有灯笼，没有爱情。但是她很美，像一张素笺一样白净。左书令记得，陈宝山从她手中买走第一盏灯笼时，穿着一件深灰的风衣。灯笼骨架上糊的是白身子纸，有着浅粉红的颜色，上面画着一条淡绛色的龙。灯笼点亮的时候，透出一波波的光，让龙也变得生动起来，仿佛回到了海里。

　　左书令知道陈宝山以前是警察，而且是市警察局刑侦处有名的探长，破过很多凶案，但是却一直没有职务上的升迁。他的老婆苏来喜喜欢挺着一个硕大的肚子，在离家不远的苏州河边走来走去，仿佛她是在看管一条河流。陈宝山那天从左书令手中接过灯笼，提着一盏微光，走上了回家的路。在苏州河边走着的时候，能看到微光下影影绰绰的河水。陈宝山不会游泳，他觉得幽暗的河流充满了秘密。而河边堆满了垃圾和杂物，以及各种各样的错误。

1949年的冬天，陈宝山好像病得有些厉害。旧警察甄别工作开始以后，他没有被人民政府公安局留用，而是去仲泰火柴厂当了一名门房。他偶尔经过左记灯笼铺的时候，会停下来在店铺里坐一歇。他叫左书令小姑娘，说小姑娘你同我一样，不爱讲话。左书令笑一笑，手中不停地用篾片扎着灯笼架，仍然不响。立冬前后那几天，陈宝山从瑞金医院回来，照例在她这儿坐一歇。他刚刚坐下，店门外讨厌的雨就开始绵密起来，他们就望着门外帘布一样的雨说话。雨声很响，陈宝山就在雨声里也很响地说话。陈宝山好像特别喜欢说，他说起以前的旧事，说完了会加一句，你听见了没有？左书令就笑笑，说听见了的呀，你说的旧事像一场梦一样。陈宝山心里就咯噔了一下，突然觉得左书令虽然不爱讲话，但是一旦讲话，会让人觉得她讲到心坎里去了。那天陈宝山看到左书令正在扎的灯笼，就问这是什么灯笼。左书令说，这叫走马灯。灯笼点起来的时候，灯笼上画着的马，或者飞燕，或者一个夜奔的女人，就会缓慢地转动起来了。那天黄昏，陈宝山提着走马灯踏上回家的路，黄黄的光晕映照着走马灯上的图案。那些图案在不停地转动，于是陈宝山仿佛看到了自己的一生。

1949年除夕过后的没几天，其实也就是1950年正月初六，刚好是立春，陈宝山突然在河里结束了生命。就像虽然是立春，但冬天却好像进行得如火如荼一样。左书令那天看到苏州河边围着一圈穿着臃肿的人，她没有靠近，但是她远远地听到了，人群中有人在讲不会游泳的警察陈宝山走向了苏州河，而且他用枪抵在了自己的下颌，朝天开了一枪。那把枪是以前的警察局长俞叔平送给他的，但送给他并不是为了让他自杀。子弹洞穿并且掀起了他的天灵盖。就在众声喧哗的时候，左书令转过身离开了人群。她留给苏州河一个背影。

左书令的父亲死于两个多月以后，那是一场在春天里忘乎所以的醉酒。那天他迈着东倒西歪的脚步回家的路上，倒在了丰沛富足的雨水里，俯卧在一片马路的水洼上。父亲的脸紧贴着路面，仿佛马路的一部分。他的衣服因为雨水的浸泡，鼓了起来，很像是漂浮在海面上。左书令得到父亲醉死的消息，赶往离家不远的那条马路时，看到了路灯下的父亲，那么陌生。很久她都没有走近。她突然发现，许多的人事，她是不愿意靠近的。接着，在初夏的一个黄昏，一场大火光顾了左记灯笼铺，所有挂在墙上的、安放在货架上的灯笼开始同时燃烧，照亮了整条弄堂的夜空。左书令也是站得远远的，看着那些兴奋的火苗，她脸上浮现出一种平静的笑容。火光映红了她的半边身子，也让她半边的身子变得暖和，而另半边身子始终被初夏的风吹拂着。救火会匆忙赶来，消防水龙头最终扑灭了这场大火。每个消防员的脸上都显现着疲惫，只有左书令神清气爽。有邻居问她，阿壁小囡，以后你怎么办？

左书令只是笑了一下，一声不响。她后来消失在苏州河一带，没人知道她去了哪儿，而左记灯笼铺也成了一片废墟。第二年的春天，上海松江七堡镇的一座叫明真的道观边上，桃花已经开得十分灿烂。有人看到过左书令，说她成了一个女道士，说她站在离一条小河和一树桃花适当的距离，看上去似在人间，又仿佛不是在人间。

左书令记得最清爽的是，陈宝山每次路过她的左记灯笼铺时，坐在她的身边语速平稳地讲起一堆旧事。这样的旧事，如影随形地伴随着这位深居简出的女道士一生。

壹

十岁的陈宝山，有一大把的时光和祖父陈静安一起度过。那时候他和父亲以及祖父三个男人，还住在赫德路五十五弄。祖母得了一场急性肝病死了以后，陈静安又娶了续弦胡氏。只过了八年，胡氏也撒手西去。自此陈静安不愿再娶，而是安心地当自己的警察。他觉得自己没有老婆命。

陈静安喜欢在一把躺椅上晒月亮。他退休了。以前陈静安当警察的时候，还是晚清，他记得很清爽的，那是在光绪二十三年，也就是1897年的秋天，他成了当时上海最早的六十六名巡捕之一。这些都是陈静安晒月亮的时候说的，他一边大笑，一边给孙子陈宝山吹牛皮，讲他当警察的第十三年，有个叫汪精卫的，刺杀过摄政王载沣，差一点被他亲自逮捕了。那时候陈宝山很相信这一切，觉得警察大概就应该是这样子。但宝山一直搞不懂，陈静安为什么喜欢晒月亮，而不是晒太阳。大概是因为他觉得晒月亮的时候，适合回忆往事。特别是在夏天的时候，他躺在躺椅上，弄堂里的风就轻易地穿过他晒瘦了的鱼干一样的身体。

宝山陪着陈静安，十分安静地乘凉。那时候宝山的父亲陈嘉定在警察分局上班，很忙的样子。所以有时候等他下班的时候，会看到一老一少两个人，还坐在家门口乘凉。他们乘凉乘得从容而专业，仿佛全世界的乘凉都没法跟他们比。陈静安在乘凉的时候，主要做两件事。一件事是不停地当着宝山的面骂陈嘉定，他说像你爹这样的人，是当不好警察的。他不是当警察的料，但你是的。宝山说，为什么我是的，而我爹不是的？陈静安说，因为你安静，安静的人会思考。陈静安的另一件事，主要是给孙子说他自己的父亲，就是宝山的太爷爷，曾经在清廷的巡防保甲局里做事。那时候还不叫警察，但是扛的活儿，和后来的警察是大差不差的。

所以说，咱们家是警察世家。陈静安斩钉截铁地说。

陈静安给孙子宝山讲了无数的往事，也晒了数不清的月亮，晒得陈宝山的皮肤好像也变成了银色。祖孙两人边晒月亮，边说话，一直晒到陈嘉定离世。宝山的父亲陈嘉定毕业于震旦学院法学院，入职在警察署第三分署司法科。但因为陈嘉定做人过于正直，即使在"花国总理"王莲英被杀案的侦破中发挥了重要作用，仍然被排挤在外。升职嘉奖几乎都没有他的份，仿佛他不是办案的警察，仿佛他是只警犬。

宝山的妈妈叫白雪见。陈嘉定很喜欢她，像宠一个女儿那样宠，但她是个半哑的人。她其实能讲话，只能发出几个简单的音节，这大概也是她的儿子陈宝山不爱说话的原因，因为母亲不太同他说话。白雪见一直很悲伤，她喜欢悲伤地站在苏州河边，悲伤地看各种货运船往来。苏州河上很热闹，河上有船只不知疲倦地来回穿梭，甚至还有夜航船。陈宝山一直想要走近母亲，但是走不近，这让他特别羡慕他的小伙伴张仁贵。隐隐约约听说，白雪见长得太漂亮，虽然是个哑女，但还是有好多人欢喜她的。以前有一个流氓抛弃过她，她大概是受了刺激，于是恍惚地在大街上没有目的地走，最后被街头执勤的陈嘉定带回了第三分署。白雪见后来想要嫁给他，是因为陈嘉定给她买了一碗馄饨。那天她披的是陈嘉定的大衣。那个流氓以前同她说过，披了谁的衣，就是谁的人了。现在，她又披起了陈嘉定的衣。她冲发呆的陈嘉定笑了一下，用手理了一下鬓边垂下的一缕头发，含混不清地说，我要同你回家。

但是有一天白雪见抛夫别子，突然不见了。陈嘉定的床上，放着一件叠得整整齐齐的大衣。有人说她是跟一个开船的人去了苏州，从此不再回来了。有人讲她掉到了苏州河里，被河水冲走了。陈嘉定自己到供职的第三分署去报了个案，希望增大警力寻找一下他一直宠爱着的白雪见。但是局里只是佯装发了几个告示后，以警力有限为由，再也没有动作。那段时间，陈嘉定像一条疯狗一样，没日没夜在大街上乱窜。后来，他听人说白雪见是和抛弃她的流氓旧情复燃，一起去了绍兴，在八字桥开了一家小酒馆。陈嘉定终于明白，那件放在床上叠得好好的大衣，是告诉他，她不再穿他的衣了。她私奔了。陈嘉定也终于明白，一个女人喜不喜欢这个男人，和这个男人对女人好不好没有关系。白雪见注定了是爱那个流氓的。于是，陈嘉定没有去绍兴八字桥找白雪见。他觉得他永远找不回一个心已经飘远的人。

民国十六年的初春，陈嘉定为了救一名不慎落水的圣约翰大学女生，跳进苏州河里时忘记了脱掉警靴。那双警靴的鞋带扎得特别紧，涌进水以后又在脚脖子处卡住了，这让下水的陈嘉定很后悔，任凭他怎么用力也无法将靴子蹬踢下来。最后他像浸透了水的包袱，被那双冤魂一样的警靴给硬生生地拽进了苏州河的河底。

陈宝山记得，祖父陈静安看到儿子的死状后，仿佛一点也没有悲伤，脸上挂着笑意，而且还不停地嗑瓜子。但是在第二天，他躺在那把老旧的躺椅上也莫名其妙地死去，身边的地上有一圈瓜子壳。来帮忙料理后事的是张三立，也是警察，是陈嘉定顶要好的同事。接连失去父亲和祖父，陈宝山正式成为一名孤儿，他被张三立从赫德路领回了家。张三立家就在苏州河边，一幢二层小楼。宝山在那一天见到了张三立永远板着脸的妻子午凤，从此张三立当了宝山的干爹，午凤当了宝山的干娘。宝山还见到了张三立的儿子张仁贵，他们年龄相仿，本来就认识，现在可以睡一个床铺。

只是当月圆之夜，月光从窗口透进来洒在床上的时候，宝山半夜醒来，会想起那个爱晒月亮的祖父。同样，当他经过苏州河边的时候，也会想起被人拖上岸来的父亲，像一条搁浅的黑色大鱼。

宝山记得他刚住到干爹家的那几年，和张仁贵好得不得了。那些年只要到了夏天，张仁贵就会整天泡在苏州河里，日光暴晒，河水浸泡，使得张仁贵背上脱下一层层的皮。张仁贵在水中游得比船还快，游够了就上岸，四仰八叉地躺在岸上，把自己晒成一条黑不溜秋的泥鳅干。但是宝山没有机会下水，他一直被干娘午凤绑在家里。午凤搓了一根稻草绳，将宝山捆扎起的时候，挥舞着手里的戒尺，指向地上宝山父亲陈嘉定留下的那双警靴说，你要是敢下水，我现在就剁了你的一双脚。所以这么多年很少有人知道，在苏州河边长大的刑侦处警察陈宝山，至今不会游泳，是因为当年的河水曾经埋葬了他的父亲。

事实上，也有一位游方的道士牛三斤曾经告诉过他，你不要和水走得太近。

贰

民国十八年，也就是1929年初夏，陈宝山和张仁贵都已经十七岁。他们像是被风吹大的一样，走路的样子已经摇摇晃晃。陈宝山喜欢这种摇摇晃晃的年岁，他好像是喜欢上了马堂弄一个叫何红菱的女孩。何红菱每次去河边洗衣，陈宝山总是会目送她。何红菱就说，你干啥？宝山说，我不干啥，我就是看看你。何红菱说，我有什么好看的？宝山就又说，你要是不好看，我早就不看了。宝山想了想，还说，你不要生气，看看不犯法。

那年初夏，宝山没有犯法，但张仁贵却犯法了。张仁贵在外白渡桥上和人吵了一架，吵架的原因是张仁贵说水果摊上的苹果坏了，水果摊的那个小个子男人说苹果没有坏。张仁贵要退钱，不退钱就把小个子扔进河里。小个子不退，说退钱那是白日做梦。于是他们热火朝天地打了起来，打得很卖力。十七岁真是一个最好的年龄，一般脑子不太能管得住身体，所以张仁贵用十七岁青春勃发的拳头，打死了小个子。小个子匍匐在外白渡桥上，看上去像是要钻透桥面，一直钻到水里去。张仁贵永远记得那个无所适从的下午，他开始落荒而逃。他在上海北站爬上了一列火车，从此就像风消失在空气中一样消失在人间。同样十七岁的宝山跟着干爹和干娘一起，在上海滩的角角落落四处寻找，一无所获。一直到一个礼拜以后，张三立和午凤坐在楼下客厅的太师椅上，一言不发。他们把整个下午坐了过去，又把黄昏坐了过去，他们完全坐进了一堆黑夜里。宝山就一直看着干爹干娘。张三立不时喝一会儿茶，抠一会儿手指甲；午凤一会儿嗑瓜子，一会儿吃汤团，一会儿突然打开碗橱开始吃一只七天前买来的烧鸡，那是给儿子张仁贵买的。他们就这样一言不发，一直坐到天亮。天光刚刚放亮的时候，宝山在张三立和午凤面前跪了下去，磕了三个响头，给他们各敬了一杯茶说，仁贵不在，我会一直在。我是你们的儿子。

1935年的夏天，陈宝山见证了一桩凶案。那个他顶喜欢的女孩红菱的父亲何大有死了。何大有生前喜欢打老婆，他的老婆叫秀芝。何大有有事没事，会喝个三两酒，然后打一顿秀芝解解闷。何大有在十六铺货运码头扛包。扛包很辛苦，但是他一点也不累，他扛包回来就打老婆，不晓得的人，以为他那么爱打老婆是有工资的。秀芝开了一家锡箔香火店，很安静的一个女人。听人讲他们一家是从江苏高邮三垛镇那边过来的，每次何大有打人的时候，嘴里都用高邮的方言骂着，辣你个妈妈的。宝山就一直搞不懂，辣你个妈妈是不是给妈妈送上一碗辣椒吃？虽然何大有不厌其烦地打老婆，但是对女儿红菱却很疼爱，挣来的钱时不时地往红菱的兜里塞。红菱说，不要不要，我的钱够用了。何大有说，不够不够，你不要也得要。每次红菱见到何大有打老婆，都十分平静，因为这样的场面她见到过太多次，她麻木了。后来她是这样想的，可能秀芝活着的主要任务，就是被何大有打。

但是有一天晚上，何大有在十六铺码头卸完货回家后猝死在床上。第二天清晨，家里人哭得呼天抢地，秀芝哭得伤心，看到的人都感叹，虽然秀芝的任务是被何大有打，但是大有死了，她还是伤心的，毕竟一日夫妻百日恩。那时候宝山阴着一张脸，远远地在红菱家门口不远处观望，总是觉得疑点重重。何大有人高马大，壮得像一头两条腿的水牛，为什么突然就死了？他回家之前，在小酒馆里喝醉了酒，还唱了一首乖乖隆地咚的小曲，同时骂了无数声辣你个妈妈的，并且在家里吐了一大摊，听说死因是被呕吐物堵住了呼吸道。他身上没有伤，可是两只手腕上有淤青……

那天宝山用公用电话匿名拨通了中央捕房的电话，把自己的疑点说了一下。来办案的是刑侦处最有名的警长华良，他的身上荡漾着乌普曼雪茄的味道，宝山就远远地看着华良查案。华良带了几名警察过来，他不时地抽几口雪茄，并且闲散地看着警察们在雪茄的烟雾与香气中进行现场勘查。他自己主要是和悲伤的秀芝聊天，说一些不着边际的话，并且讨论了一下高邮的咸鸭蛋和油菜花。华良的目光瞥见了躲在围观人群中的宝山，他眯眼笑着招了招手，宝山就走到了他的身边。宝山听华良说，是你报的警？宝山就说，你怎么晓得的？华良笑了，没有再说话。后来华良又叼着雪茄，走到了秀芝的身边说，你为什么要杀他？帮你一起杀他的人是谁？

秀芝愣了一下，随即很淡地笑了笑。她什么话也没有说，只是望着围观的人群好久，转头望向华良的时候，突然眼眶中有泪水泼了出来，说是我一个人做下的。宝山记得，那天华良一直盯着秀芝的眼睛看，最后秀芝终于把目光移向了别的地方。这时候华良才说，你骗人，你那么小的个子，弄不死何大有。

这个案件结得很快，华良甚至没有第二次出现在马堂弄。报馆的小报记者写了马堂弄杀夫案的事，搞得小报突然很畅销。秀芝被警察带走了，带走的时候宝山也去看，华良探长都没有亲自出现。宝山就觉得华良真是有本事，当警察当到这份上，真是够可以了。一起被带走的还有马堂弄的一个修锁匠炳夫，至于炳夫怎么和秀芝合力杀死的何大有，有些牵扯不清。审讯的结果，一会儿说秀芝和炳夫有奸情，一会儿说没有奸情……

那天宝山看到两名警察带走秀芝时，红菱站在自己家的门边，她不看被带走的母亲，就远远地看着人群背后的宝山。她的表情很古怪，似笑非笑的样子，看得宝山有些不自在。人群完全散开的时候，是这一天软绵绵的黄昏。陈宝山记得苏州河的河面已经被夕阳染得一片通红，仿佛被火点着了。宝山走到了门边的红菱身旁，将一盒百雀羚塞到红菱的手中。红菱仔细地看了一会儿手中的铁皮盒，最后扔在了地上。百雀羚打了几个转，最后停在了地面上。然后红菱进了屋，合上门，将宝山和夕阳全关在了外面。宝山沉默了一会儿，他知道红菱是因为他自告奋勇的报案，而恨上了他。后来他从地上捡起了那盒百雀羚，他记得弯腰的时候，整个黑夜就在苏州河边的马堂弄降临了。

　　1937年春天，在干爹张三立的安排下，宝山穿上了警服，加入了租界工部局的中央捕房，担任一名华警。在那一天，他远远地见到了华良在几名警察的簇拥下，钻进一辆车子走了。华良像一道光一样，转瞬即逝，让宝山觉得仿佛刚才只是一阵眼花，看到的是一个幻境。那天是干爹张三立和干娘午凤一起陪着宝山去报到的，他们看到福州路185号捕房门前，宝山把牛皮带扎在腰间，顶着正午的阳光，戴上他人生中的第一顶警帽。宝山和干爹干娘在捕房门前合了一张影，三个人都笑得很灿烂。拍完了照片，午凤开心得掉了眼泪，她背过脸去把眼泪擦掉。宝山心里就咯噔一下，他觉得看着灿烂的自己，干爹和干娘一定会想起那个杀人潜逃的儿子张仁贵。于是他左手搭着午凤的肩，右手搭着张三立的肩，将他们搂得更紧。干娘还将宝山帽徽上那只飞翔的警鸽擦拭得异常清爽，让它金黄色的羽毛在宝山头顶闪闪发光。宝山那时就啪嗒一声，对着干娘敬了一个礼，然后说，礼毕！
　　那天的下午四点多光景，宝山去了大楼楼顶的露台，上面有成群结队的鸽子，那是捕房养着的警鸽。更神奇的是，宝山见到了站在屋顶靠在护栏边上抽雪茄的华良。华良手指间夹着雪茄，举了举手向他打招呼，说，喂，我们是同事了。
　　著名的侦探华良原来一直记得两年前报案的少年宝山，这让宝山有些受宠若惊。

叁

　　红菱后来成了仙乐斯舞厅的头牌舞女，用当时上海人的说法，叫吃香得不得了。她和宝山之间，自从她母亲秀芝被警察带走后就再无交集。宝山晓得红菱恨着自己，也不再去打扰她。只是那盒变干了结成硬块的百雀羚，宝山一直珍藏在家中的抽屉里，任它自作主张地独自芬芳。日本人是这一年8月13日开始进攻上海的，到11月12日上海沦陷，整整三个月上海都沉浸在硝烟的气息中，并且此后的很多年，这种气息在这座城市的每一个角落弥散，任何方向吹来的风用尽全力都无法将这气息吹去。红菱的生活和她的发型、装扮一样，早就变了。她的生活如同一块旱地突然被一场大雨浸泡一般变得滋润起来，甚至还在干枯之地冒出星星点点绿芽。她确实变得漂亮和丰腴，或者说她像一只橡皮球一样，变得有弹性了。她穿着时髦的貂皮大衣，或者款式不一色彩纷呈的旗袍，像一道有弹性的光一样跳跃在跑马场、西餐厅和舞厅、夜总会。她和一帮大亨玩得很投机，一般的舞客想要约到她的舞，那是几乎不可能的。一直到后来，她成了汪伪大佬钱默生的专用舞伴，据说也住进了华懋饭店的长年包房里，那是个可以望得到黄浦江江景的房间。此刻她已经是孤身一人，马堂弄开过锡箔店的老房子，早就像生了锈一样残败。老实讲，她不在乎的，她也不想要了，她要隔开马堂弄的那种生活，或者把自己换成另一个人，光鲜地存在于这个光怪陆离的世界。

宝山有一次跟着周正龙去仙乐斯舞厅办案。周正龙那时候还没有当上刑侦处一哥，不过是一队的队长，戴一副眼镜，如果不穿警服，看不出他是个警察，倒像一位报馆的编辑或者大学的年轻教师。当然在舞厅办案的时候，他和宝山确实穿的是便装。那天宝山看到有一堆人从门口涌进舞厅，大呼小叫的，来头不小，直接奔向了贵宾包房。那时候宝山和周正龙就坐在舞厅角落里，远远地隔着晃动的人头，看到了春风满面的红菱和油头粉面的钱默生一起出现。

枪声是在五分钟后从包房里传来的。周正龙没能拉住宝山，宝山像一根崩开的弹簧，几乎在瞬间冲向了贵宾包房。他看到了倒在地上像一团破棉絮的钱默生，也看到了惊声尖叫的红菱。红菱的身上到处都是被喷溅的血，她瞪大眼睛发出单调的尖叫，一声一声机械地重复着。宝山扑向她，一把把她搂在了怀里，然后迅速地伏低身子，告诉她不要慌，没有事。红菱在他的怀里不停颤抖，仿佛寒冬枝头上的一只快被冻僵的鸟。枪响还在零落地响起，钱默生的保镖和刺杀他的队伍正在混战。舞厅里乱成一团，四处都是跑丢的鞋子和被误伤的舞客。宝山拔出枪来，再一次在红菱的耳边说，有我在，你根本就不用怕。

在宝山后来短暂的生命中，一直都记得，那是唯一一次，他抱紧了红菱。

这次事件后来被查明，钱默生是被军统的飓风队队长陶大春带队干掉的，这只是一场普通的惩处汉奸的行动。重庆政府下定决心，一定要让汉奸们闻风丧胆，戴老板下令在军统内部组建飓风队，在上海把杀人的事情干得风声水起。钱默生的死，让红菱的生活从此开始发生了变化，不仅钱默生的老婆找到她要跟她清算，而且汪伪政府也认为是红菱勾引了钱默生，让他乐不思蜀，流连舞厅，才遭遇了暗算。据说红菱后来离开了上海，淡出了社交圈，像一滴雨水落进了苏州河里一样，消失无踪。随即有一个叫小金宝的十八岁舞女，浦东来的，成为仙乐斯新的皇后。而红菱去了湖州南浔镇，嫁给了一个做蚕桑生意的中年男人。这些都是宝山的调查结果，写成档案上报给了队长周正龙。

有一天晚上，宝山走在回家的路上，一个人影从马堂弄闪出，挡住了他的去路。这个人掏出一根烟点着了，喷出一团来路不明的烟雾。宝山说，你是谁？那人说，我是陶大春，我是飓风队的。然后陶大春拔枪抵在了宝山的脑门上，说，红菱去了哪儿？我们需要找到她，因为钱默生的一份绝密文件不见了。

宝山说，红菱很苦的，你们也敢难为苦命人。

陶大春说，你也是中国人，你竟然那么短的时间就能把我们查了个底朝天，是个人才。所以如果你愿意，希望你能加入我们。

宝山说，我不愿意，我只想当警察。

肆

在1937年至1949年漫长的十二年间，陈宝山一直是一名称职的警察。

这期间周正龙早就升任为处长,而宝山和周正龙的妹妹周兰扣相识。周兰扣喜欢喝咖啡和红酒,喜欢时装、游泳、击剑、赛马,喜欢一切时尚的东西,最夸张的是她喜欢骑摩托车,匍匐在车身上如一只巨大的甲虫,在大街上把摩托车开得电闪雷鸣。她和宝山若即若离,仿佛是喜欢宝山这个沪上有名的神探,但也好像不怎么喜欢。真是要命。

1946年的时候,宝山认识了童小桥,她是仲泰火柴厂的老板唐仲泰的太太。宝山为童小桥找到了一只失窃的皮箱,以及皮箱内的衣物。也许是因为投缘,宝山爱去唐仲泰家,听童小桥弹琵琶。童小桥琵琶弹得好,特别是《春江花月夜》。而且童小桥穿旗袍坐着的样子,也像一把琵琶。除了听琵琶,宝山还可以和童小桥的司机老金下象棋,但宝山的棋艺远不如老金。宝山轻而易举地在唐家度过了许多美好时光,当然,这之前他也认识了顶头上司周正龙的妹妹周兰扣,两个人若即若离,有点儿想要谈恋爱的意思,但又谁都没有挑明。这样的状态就像一场雾,虽不是雨,但却会湿身。1948年的圣诞节,宝山买了糖炒栗子,兴致勃勃地给周兰扣送去,没想到周兰扣刚好挽着唐仲泰的手,依偎得如同连体婴儿般在宝山眼前走过。宝山始终都记得,那天正下着一场不期而至的雪,宝山在一棵行道树下,远远地望着一对男女说笑着向这边走来,大概是因为男的妙语连珠,所以那年轻的姑娘就笑得花枝乱颤。俩人越走越近,宝山看清了那姑娘就是周兰扣,这让捧着糖炒栗子的宝山觉得无所适从。宝山于是想到了自己的木讷。恋爱是需要谈的,谈的意思就是谈话。但是宝山又觉得自己是块木头,木头怎么谈恋爱?后来宝山突然想起,那个和周兰扣谈得热火朝天的男人,就是唐仲泰。于是宝山发了一会儿呆,他还是觉得有些难过的。最后他去仙浴来澡堂泡了一个澡,都快把自己给泡发芽了。然后他踏上了回家的路,就在离家不远的苏州河边,宝山在雪地里一个人站了很久,令身边的那条苏州河都觉得宝山是想野心勃勃地站成河边的一棵树。夜深人静,苏州河边人烟稀薄,只有隐隐作响的水声。于是宝山在河边坐了下来,专心而细致地挖了个坑,把那包牛皮纸包着的糖炒栗子埋了进去。

那天宝山踩了很久的雪,一路走一路走,咯吱咯吱,走到了童小桥的家里,说你给我说门亲事吧,我想要成家了。童小桥不响,宝山也不响,就那么安静地站着。很久以后童小桥终于说,来喜怎么样?

来喜曾经是童小桥家里的帮佣,后来因为风湿痛,走不了路,在家里歇了一段时间。等能下地走路的时候,她在大街上摆出了一个香气扑鼻的煎饼摊。宝山记得这个人,也和她说过几次话。宝山笑了,说我觉得挺好。于是童小桥问,难道你那个周兰扣不好?宝山笑着说,那是另一种好,我不太能掌握的那种好。人要识相,任何把握不了的事情,都别去碰。

宝山去找来喜,他请来喜吃面条,在老正兴面馆,两个人坐在一起各自吃了一碗三鲜面。吃完面宝山把面碗一推,掏出皮夹说,我要娶你为妻,钱归你管,人不能管。来喜不响,坐在那儿笑着看宝山,很长很长时间不响。宝山说,你这样鸦雀无声的,什么意思?肯还是不肯?来喜仍然不响,心里这样想,每个女人都想管钱,可是管不到。没想到我还没答应嫁给你,你就已经开始想让我管钱了。

宝山和来喜结婚了。来喜结婚没有什么嫁妆,或者说几乎没有嫁妆,但是她带来了十来只鸽子,养在宝山家的露台上,好像她的职业是饲养员。也就是在宝山娶来喜的第二天,宝山请一帮同事在福州路上离警察局不远的老半斋吃夜宵,清蒸刀鱼上来的时候,处长周正龙把炳坤带了进来。炳坤皮肤有点黑,嘴唇蛮厚,围了一条不伦不类的格子呢旧围巾。周正龙说介绍一下,处里新来的同事,姓赵,赵炳坤,以后你来带他。炳坤对宝山弯腰点了一下头,说师父,犹豫着是否该坐下。宝山说你小子嘴唇厚话不多,口福倒是不错,可能以后办案子时运气也不错。淮扬风味的蟹粉狮子头,你要不要先来一个?

炳坤还是很拘谨。酒喝到一半时,他抽出几张钞票,本来是要给八百,后来又加了两张,说是给师父宝山新婚的礼金。宝山说你就算了,你连警察局的一分钱工资也还没领过,你连新娘子都没见过。但是炳坤还是把钞票推过来,虽然没有说话,样子却很执着。宝山于是就收下,说改天去家里坐坐,见见嫂子。炳坤说,应该叫师母。他后来给宝山打包了一碗水饺,说师父,你带回去给师母吃。宝山于是想起了家里话不多的来喜,觉得心里很踏实。

伍

关于陈宝山的过往,来喜隐约是有点晓得的。比如宝山对童小桥有点意思,不然为什么老是往童家跑,难道真的是为了找老金下棋?和周兰扣也有些眉来眼去,兰扣毕竟年轻,毕竟时髦,脸盘子也不错。来喜还知道她是宝山的上级周正龙的妹妹,也是上海的半个明星,在新新公司六楼餐厅的玻璃电台当播音员,还上过《大声》无线电半月刊的"小姐动态"栏目。

宝山当然记得更清晰,他是在警察局的一次新年联谊会上认识周兰扣的。那次周兰扣跟在哥哥周正龙的屁股后面,吃晚餐时,坐到宝山边上说,我全看过了,上海嘎许多警察,就你最像男人。那天三个人一路走回去,天空碰巧落雨。宝山临时买了两把伞,让周正龙独自撑了一把,另外一把他给周兰扣打着。走到外白渡桥上时,雨点砸在钢梁上,敲出叮咚叮咚的声响。周兰扣抬头去看雨,这才发现宝山差不多站在伞外。她说你是不是喜欢淋雨?你又不是一片草地。宝山说我个头大,雨伞里挤不下我们两个。周兰扣听他说完,突然笑呵呵地跳起来亲了他的脸颊一下,说消夜哪里吃,我想吃牛排。

这些都是宝山和兰扣的过往,当然后来周兰扣和童小桥的老公唐仲泰暗中好上这件事,宝山并没有打算告诉童小桥。他觉得人这一生中,总有许多秘密是要烂在肚子里的。

宝山也没有想到,那个离开上海去湖州嫁了个富人的红菱,会在一个月黑风高的夜晚和自己相遇。明明是有着昏黄的路灯的,但红菱竟然还提了一盏灯笼,而且还穿着一件白衣裳,披散着头发。她就站在马堂弄她家的门口,锡箔店早就关门了,不大的一楼一底的房子也早就废弃了。宝山看到红菱的时候,以为见到了鬼。红菱朝宝山笑了一下,说宝山,我这一生很惨的。

宝山没有接话,两个人就保持着这样的沉默。很久以后红菱说,我没有嫁到湖州去,那都是为了死要面子故意放出的风声。自从钱默生被军统杀掉以后，他的老婆也没有放过我，说不会让我好过。她找了一个有花柳病的人把我强奸了，从此我也染上了花柳病。我的日子不多了，同仁医院的郭医生告诉我，我顶多还有一个月。

宝山还是没有接话，只是沉默地点起一支烟。红菱说，当年我没有接你送给我的百雀羚，我很后悔的。但是这也难免，人生之中总有许多后悔的事。听到红菱这样说，宝山就从口袋里掏出了那盒百雀羚。不知道为什么，这天宝山恰巧把百雀羚带在了身上。红菱接过来，打开铁盖，发现百雀羚已经干掉了，结成了块。但是红菱还是很开心，说就要死了，能得到这个礼物，我可以闭眼了。

宝山一支接一支点起了烟。他看到红菱离开的时候，有一阵风很凶地吹散了烟雾。但是宝山没有跟上去。他很想再看一眼红菱的，但是他最终没有。红菱一个月后真的离世了，宝山得到消息的时候，正在警察局食堂里吃饭。一个接电话的小警察气喘吁吁地跑过来告诉他，说同仁医院郭医生打来电话，一个叫红菱的女病人死了，生前留下话说，谢谢百雀羚，这是她在人间唯一得到的爱。

宝山笑了一下，专心地吃饭。其实那时候他快吃好饭了，但听到这个消息的时候，他开始细心地一粒一粒地数着饭粒吃饭。那个小警察很好奇。一直到数完饭粒，宝山笑着说，一共一百八十七粒。宝山抬起脸笑着张嘴的时候，小警察发现宝山嘴里塞满了饭，亮晶晶地闪着光泽，而他的眼眶里，已经盛满了身体里全部的泪水。

陆

1949年的春天来得迅猛，苏州河的潮水也很急。陈宝山带着徒弟炳坤正在破案，就是那桩沪上各种报纸连载不断的连环杀人案。第一个死者叫张静秋，第二个死者叫郑金权，第三个是个老太太，大家叫她汤团太太。很长一段时间，案件没有眉目。

有一天，陈宝山在外白渡桥上碰见了一名国军军官，认出他就是当年锄杀了汪伪汉奸钱默生的陶大春。抗战胜利后他就浮出了水面，现在在淞沪警备司令部里上班。两个人在桥上抽了一会儿烟,在一堆飘荡的烟雾里,宝山说,形势怎么样?

陶大春想了想,把烟蒂扔进了外白渡桥下的苏州河里,说,不好说。

后来陶大春又问起,当年差一点被一起锄杀掉的,后来他们又追查过的那个红菱,现在怎么样了。

宝山说,死了。

陶大春不响,望着脚下的河水很长的时间。后来他抬起头,朝宝山笑了一下说,再会。

这是宝山和陶大春的最后一次见面。没过多久,上海解放了,宝山不知道陶大春去了哪里。宝山是这样想的,陶大春要么战死了,要么就是去了台湾。

柒

在医院懒洋洋的床上,宝山想到苏州河的水一定很凉,而且流得很着急,仿佛一种催促的鼓声。这时候他开始回忆起父辈们的过往,以及自己略显匆忙的路途。他有点惦记左记灯笼铺的左书令,不知道是什么原因,就是惦记。除夕的脚步越来越近,高音喇叭播放着激越的革命歌曲,全城上下都是崭新的气象,连空气都是新的。宝山作为小部分的劝退人员,早已被人民政府接管的上海市公安局劝退,去仲泰火柴厂当了一名门房。华良一定不晓得,这是后来改名为张胜利的张仁贵在做手脚,他不愿意神探陈宝山留在公安局,这会是他的一块绊脚石。也是在这时候,宝山因为患了严重的脑肿瘤头痛难忍,开始为来喜肚中的孩子做一切的准备,甚至削了一把木头手枪。他的从警之路有些坎坷,也对被劝退有些不甘心,但他仍然希望儿子当警察。于是他对来喜这样托付,等儿子长大了,让他去考人民政府的公安局当警察。来喜听了他说的话,侧过头去不响,后来索性一个人摇摆着肥硕的身子,去了楼上的露台。在露台上,她对那群咕咕乱叫的鸽子说,我顶舍不得的是他。

宝山一个人在病床上的日子,白天竟然也开始恍惚,仿佛白天本身是一场梦。在这样的梦境中，他一会儿昏迷，一会儿清醒，来喜就经常腆着肚子来医院看他。有无数次，都是炳坤开着边兜摩托车送她来的。来喜来了，坐在床沿上，一坐就是半天，一直握住宝山的一只手，仿佛不握住宝山的手，宝山就会像鸟一样飞走。来喜说，你是在回忆什么呢？宝山想，自己的心思还是被来喜看破了，于是就说，我还是想起了兰扣。原来周兰扣和唐仲泰，曾经在1948年除夕前两天选择了私奔，那时候上海城乱象频频，仿佛是闻到了战火的气息，很多有钱人开始选择外逃。周兰扣和唐仲泰也乘上了太平轮去台湾。但事实上他们最后没有去成，在上船的那一刻就因为超员三百人太过拥挤，被挤落在十六浦码头的浅水中。他们命大，因为这艘船在舟山群岛海域与满载着煤炭和木材的建元轮相撞，太平轮沉没。

于是唐仲泰和周兰扣顺势潜伏了下来，唐仲泰的真实身份是国民党保密局的。接着，在一次炸毁电厂的"永夜计划"行动中，周兰扣在杨树浦发电厂里执行上头交给她的爆炸任务时，被炳坤和他的同事贺羽丰同时射出的子弹打死。而唐仲泰在垂死挣扎的过程中，感受到了连绵不绝的无望，于是他索性拿枪对准了自己的额头，扣动了扳机。

宝山顺便也想起了张仁贵。上海解放前夕，他作为公安队伍的一员，随部队从山东济南出发，在江苏丹阳集训了三个月，然后再次出发进入上海城，接管警察局。他已经改名为张胜利，早年他以为在外白渡桥上打死了一个人，匆匆外逃的途中，还参加了国民党的队伍。最后各种机缘巧合，他的上司让他混进了共产党的军队。而那个沪上顶有名的连环杀人案中，汤团太太的儿子、张静秋和郑金权，都曾经在第七十四军服役。他们是在上海知道张仁贵真实身份的人。宝山还查到，为了安插张仁贵，让他作为公安局里最有前途的人潜伏下来，保密局的其他同事杀了有可能会揭露张仁贵身份的这三个人，以洗白张仁贵。最后，张仁贵还是被揪了出来，枪毙了。

宝山回想起自己一个人替张胜利收尸的时候，跪在沪西新泾港息焉公墓里干爹干娘的墓碑前，很长时间都不知道该怎么开口。他没法把张仁贵的事情跟两个老人讲清楚。他想了好久，最后他疲惫地把头抬起，看见这一大片公墓的拱形门楣上，有四个字写得很清晰：天堂入口。

宝山还顺便想了一下童小桥。她的身份也是国民党保密局的，不仅是丈夫唐仲泰的上线，还是她的司机老金的上级。而老金还有一重身份，是她的亲舅舅，代号叫老根儿。老金很喜欢她的，把她当成自己的女儿，什么事都愿意干。那桩连环命案中死去的几个人，都与他有关。向他下达命令的，无疑就是外甥女童小桥，代号水鬼。宝山当时送童小桥去了崇仁老家，但是童小桥却偷偷地回到了上海。问她为什么回来，童小桥说，现在再说这些，已经不重要了。

那什么才是重要的？

重要的是这辈子碰到什么人。碰到什么人你就会走什么路。童小桥这样说。

捌

据乌镇路上的居民回忆，那天差不多是傍晚五点钟光景，陈宝山一个人走下了苏州河。那天下着细细的雨，所以宝山是走在一片铺天盖地的雨雾中。街坊只看到一个灰黑的人影，像一幅水墨画一样洇进河水。那时候苏州河仿佛静止，世界安静得完全失去了声音，河水也在那时候漫上了陈宝山的脖子。宝山睁着眼，在河水里看到了模糊的从前。河水像一块电影院的银幕，银幕上他的一生匆匆而过，像走马灯一般的影像闪现，祖父和父亲与他的所有交集，也在瞬间重现。宝山很小的时候失去了妈妈，妈妈的名字叫白雪见，是个哑女，离开陈家的时候走得悄无声息，像是她是从来没有出现过一样。所以当陈宝山一步步走到河水的最深处时，像是走向了母亲温暖的子宫。他感到十分妥帖、安心，于是他想睡一场最长的不愿醒来的觉。

邻居们晓得宝山是不会游泳的，他在落雨天的这个时候穿了一双笨重的鞋子下水，真是有点让人捉摸不透。宝山最后蹲下身子慢慢沉了下去，好像是要试一试水深，但是没过多久，水底就传来了一声喑哑沉闷的枪响。

枪声很闷，也很短促，仿佛是在河水里受了潮。宝山是把枪口顶在下巴上，朝天发射的，子弹携带着河水和宝山的血水，像一股扎实的喷泉那样冲天而起，直接奔向了辽阔而自由的空中。在邻居们的记忆里，这天傍晚的苏州河像是下了一场红色的雨，河水中泛着宝山的血，让人触目惊心。那个时候，刚好有一辆卡车从不远处的外白渡桥上经过。宝山觉得自己突然变得很轻，他的身影飘荡起来，最后飘到了桥上。他看到苏州河的岸边围了很多人，很热闹的样子，于是他就知道，这些人在观望着被河水吞没的自己。这时候他仿佛看到了左书令，也站在外白渡桥上，竟然穿着女道士的衣服，手中提着一盏走马灯。左书令对着他微笑了一下，说，这是老天的安排。

宝山的尸体后来在水底浮沉，最后落入河床的最深处，也许是在为沿着水路去苏州旅行做一次长久的准备。没有多久，他的尸体被一条沙船打捞上岸。陈宝山的警服被他自己摆在岸边，叠得非常整齐。那是1947年警察局发的一套冬季礼服，黑色，中间一排铜扣子，总共有五颗。胸前有一条金色的绶带，从第二颗铜扣子下牵出，一直挂到右手边的腰上。他的警帽也摆得很端正，警徽上有一只伸展开来的鸽子，让人觉得它就要拍拍翅膀飞走。

来喜被邻居们叫来，匆匆地奔向了苏州河边，然后她人一歪倒在地上，昏过去很久。她不知道自己是怎么回家的，也许是被邻居们抬回来的。来喜当天夜里醒来后，才发现了宝山的病历单，安静得像一个熟睡的孩子，躺在鸽子笼里。病历单上写得很清楚：脑肿瘤，晚期。

医生诊断结果接下去的一页，是宝山留下的一份遗书。他说来喜，孩子不用随我姓，他跟着你一起姓苏。要不就叫苏州河吧，这名字很好记。

苏州河以后不用当警察，当警察太辛苦。

来喜就想，陈宝山明明喜欢当警察，也表示过希望自己的儿子当警察，临死之前怎么又突然改变了当初的念头。甚至连孩子的姓，也让跟着母亲，是不是陈家世代当警察的生涯，就此结束了。

遗书里还提到了炳坤。他说炳坤，来喜和苏州河以后就托付给你了，有你照顾他们，我一百个放心。我死后，麻烦你替我收尸，我希望能葬在周正龙的身边，这样我们两个就还是在一起。上海还有很多特务，都交给你去处理了。我和周处长在那边看着你……

宝山的这份遗书，字写得歪歪扭扭，让人想到他在提起钢笔时是花了多少的力气，可能整个身子都在颤抖。这天夜里，得到消息的炳坤来到了师父家，他和来喜替宝山守灵。宝山身边点了很多蜡烛，将他的一张脸映照得很红。

散场

2014年，春天来到了杭州的龙井草堂。这儿是一座辽阔的食府，亭台楼阁，小桥流水，包厢却只有八个。而且在这儿吃饭，不可以点菜，只能接受排菜。龙井草堂很像是一座古代的园林，或者这儿就是另一个古代。除了鸟鸣，还有流水一成不变的声音，以及一些花在风中不小心跌落的声音。左书令已经来到了她的八十三岁，她穿着女道士的衣服，懒洋洋地坐在一处亭子的美人靠上，一动不动，像一幅古代的人物画。亭子外的一圈，落满了各不相同的一些春花，被雨水冲刷和浸泡，很有一些愁怨的况味。

一个叫言午的十八岁女孩，穿着牛仔裤、简单的套头衫，正从一条水渠边离开，信步走到了穿着道士服的左书令不远处。言午望着左书令，左书令就笑了一下，是那种像棉花一样的笑。然后言午被左书令的目光所吸引，一步一步向她走去。

2014年，陈宝山的女儿苏州河已经六十四岁。她一直在杭州生活，以前是杭州的一位铁路民警。退休后的一段时间，她顶喜欢去的是凤凰山，据说那是南宋皇城遗址。她对遗址的兴趣不大，主要是为了去看看南星桥车务段的那趟绿皮火车。绿皮车已经很稀少了，她内心有些许的害怕和慌张，觉得绿皮车一消失，就等于是一个时代的消失。而在漫长的退休生涯中，她竟然为自己找到了一份新的工作，就是去龙井草堂帮忙打扫卫生。龙井草堂远离尘嚣，整座山庄被绿叶遮盖着，并没有多少灰尘。于是苏州河就经常拿一块抹布，在各个亭台东抹一下，西抹一下，像是在抹去一些时间的印痕。苏州河闲不住，灰尘擦了，又来了，灰尘来了，又擦了。她参加了老年读书会，读书会经常会组织会员们参加作家的见面会，听他们讲创作故事，几乎是一个月一次。最近她在看的一本书竟然就叫《苏州河》，那位作家口若悬河，普通话很不标准，但她坐在听众席上，听得入神，眼泪一刻也没有停过。

苏州河的儿子也是一名警察，在西湖区的交警大队上班，每天在西湖边的苏堤白堤附近指挥车辆。儿子说，你都退休十年了，好省省的，不要再去上什么班了。苏州河就说，我就去擦擦灰尘，也不累的。儿子说，这个世界上的灰尘，哪里是能擦得完的。苏州河说，那也不能因为擦不完，就不擦了吧。儿子不响。苏州河就又说，我喜欢龙井草堂。儿子就问她，那里是一个吃饭的地方，你喜欢草堂的什么呢？苏州河就笑笑，其实她也不知道喜欢草堂的什么。

那天苏州河的工作是擦龙井草堂院子里那些美人靠的栏杆，擦到了左书令坐着的亭子。她看到了奇怪的一幕，就是一位老年女道士，和一位穿着简洁清爽的姑娘并排坐着。她们是左书令和言午，虽然一言不发，却始终不停息地微笑，仿佛微笑是她们这个下午的工作。后来，当夕阳完全落下，黑夜正式来临的时候，言午开始泪如雨下。她想到了家里的父母和弟弟，以及父亲开办的一家小小的工厂，家里一座温暖的小院，饭菜飘香。后来左书令伸出手，轻轻握住言午的手，温和地说，跟我去上海松江的七堡镇吧，那里有个明真宫，应该适合你。

手中拿着一块抹布的苏州河，在她们身边坐了下来。这时候她看见不远处的小径上，有两名穿红色中式斗篷和改良旗袍的女子，那是龙井草堂的迎客小姐，年轻得顶多二十挂零的样子。她们各提着一盏灯笼，着急地行走在龙井草堂巨大的院子里。就这样，三个年龄各不相同的女人，坐在美人靠上，共同看到的是两名提着灯笼的女子，引着一位中年男人走向一个叫"枯荣亭"的包厢。而左书令分明想起，在遥远的过去，她家那间淮安路上的左记灯笼铺，在未被大火吞没之前，挂满了各式灯笼，那些灯笼比迎客小姐手中举着的灯笼精致多了。同时她还想起，在她十九岁那年冬天，一个叫陈宝山的警察来找她买过一盏灯笼。那是一盏走马灯。

原载《上海文学》2024 年第 9 期

陈昌平

跟少女费赟一起奔跑

一

这段经历越来越像是故事了。

那一年，好像每个人都应该欢呼雀跃，否则对不起"千禧年"这三个字。我也参与策划、编辑了好几个专版，但实际上我的生活没有任何改变，甚至连改变的迹象也没有。

我们一家四口蜷在铁东区不足四十平方米的小两室里，大屋住爸妈，小屋住我和我姐。小屋十多平方米，窗户两边各顺一张单人床，中间拉帘，我和姐姐各居一侧，虽然有点别扭，却也相安无事。那时候我正迷恋金庸，整夜开着台灯，满脑子刀光剑影，弄得姐姐翻来覆去睡不实，一再跟爸妈抗议。妈妈劝解的方式比较独特，她说等你姐结婚了，这间屋子就是你的地盘了。说这话时，姐姐连个对象都没有呢。没有对象，怎么能结婚呢？这个逻辑我懂。只是妈妈话音刚落，没几天，姐姐就领着一个"小胡子"回家了。从那一天开始，尤其是"小胡子"送了我一双昂贵的阿迪达斯运动鞋之后，我的安逸生活就被打破了。从此以后，只要"小胡子"登门，我就得找个借口出去。我不愿去爸妈屋子听他们唠叨，也不想躲在逼仄的厨房里。我只能做出一副匆忙得无可奈何的样子说，我得出去办点事。他一周至少来三次，我一周至少三次"办点事"。

阿迪达斯运动鞋穿在脚上，时髦得让道路闪光，但是我却无处可去。无数次，我急匆匆地出门，急匆匆下楼，然后傻乎乎地站在门口，像一个无聊的门卫一样左顾右盼。

直到发现了一个去处。

离我家不太远，就是市图书馆。五点之后，市图闭馆，但却开放一楼阅览大厅。这期间，宽敞的大厅里只有零星几个人，尤其五六点钟的饭口，经常空无一人，用人迹罕至来形容比较恰当。不用说，阅览大厅就是我无处可去之后发现的最佳去处。我常想，图书馆开放如此宽敞的大厅，是为了方便市民阅读呢，还是嘲弄市民不阅读呢？太多的时候，大厅里的所谓读者都是成双成对的"鸳鸯"，躲在边边角角嘀嘀咕咕乃至鬼鬼祟祟。是啊，选择冬暖夏凉的大厅谈情说爱，既高雅又实惠。相形之下，我坐在大厅中间，既有点鹤立鸡群，也有点落落寡合。

这时我当然会想起我的女朋友。

我们俩是开春认识的，她爸跟我妈是一个学校的同事，我们又都是师专前后脚毕业的，说起来也算是学兄学妹了。我们两家、两人的条件如此般配，般配得如同倒影。认识三个月了，每周约会一次，时间周六，地点中山公园东门。见面后，顺时针，巡逻一般转悠八到九圈，中途在荷花池小坐十分钟——如果池边长椅有空位的话。至于谈话内容，通常是天气变化、社会新闻和单位趣事。我不满意这样的局面。于是，有个周五——提前一天，我毅然打破常规，把约会地点改到了图书馆。这是不是有点浪漫？我们并肩坐在一起，我看书，她翻杂志，书页翻动的细碎声响，让我恍惚回到了校园，回到了晚自习的温馨场面。一晚上，我们没说几句话，但我却觉得这是我们相识以来度过的最美妙的夜晚，有点抵达心心相印的境界了，我甚至有了写诗的冲动。只是当我们分手时，她问我，今天你找我，就是为了看书吗？我抑制不住喜悦，潇洒地回答道，你不觉得这样很美好吗？她反问道，图书馆是看书的地方，怎么能约会呢？我想说谁规定图书馆不能约会呢，只是我的话还没出口，她一抖肩膀，屁股一拧，走了。

　　回家路上，我咂摸出这样一个结论：她一晚上不怎么说话，不是专注，而是生气。

　　我隐约知道这不是爱情，但是碍于多种因素，我不想率先提出分手。此时天气转凉，晚间气温犹如冬日，我已经习惯了独自待在阅览大厅看书。我喜欢阅读小说好多年了，这个爱好直接导致了我中学偏科，否则我也不会只读了一个让爸妈脸上无光的师专。再说，现在的我已经不满足于阅读，我开始构思我的第一篇小说了。

　　我不喜欢传统的现实主义小说，唠唠叨叨的，跟老师上课一样。受到流行的先锋文学的影响，我要写的是一篇充满象征与隐喻的故事。至于象征什么、隐喻什么，我还没想清楚。

　　我有了一个挺满意的故事，因为故事发生在图书馆，所以题目就暂定为《午夜图书馆》。现在看来，这更像是一篇儿童文学作品，但是当时我尚不能对文体有清醒的认识。我被澎湃而混浊的激情撞击着，每天都在琢磨作品里的人物与情节。像所有的初学写作者一样，我在小说人物的命名上花了太多的功夫。我为我作品里的人名设定了若干标准：文字不能生僻，含义必须丰富，平凡而不失优雅，随意却暗含匠心。这个标准不低呢，所以好一段时间，我一直在寻觅有意义的名字，好像名字就是发令枪，没有它我就无法踏上小说的赛道。现在，我已经积攒了十三个名字，男男女女的，密密匝匝地在我的脑瓜里叽叽喳喳，每一个名字我都满意，却没有一个让我动心。

　　我始终没有听到发令的枪声，直到我遇到了那个生字。

　　是的，我在图书馆遇到了一个生字。遇见生字就查字典，是打小爸妈让我养成的习惯，于是我来到工具书专柜，抽出了《新华字典》，并且很快就在部首目录里看到了我要检索的页码——606页。

可是，待我翻到605页的时候却只看到了604页和607页——606页没了。

我要查的是个赟字。我不知道这个字的发音与字义。我不确定它应该念成bin还是念成bei。这样的字常常就是个陷阱，我不会忘记儿时把尴尬的尴读错的那次尴尬。我核实了一遍部首目录，赟字确实在606页。该页明显被撕掉了，书缝里残留一溜纸边，宛如牙缝里的残渣菜丝。

我来到了服务台，就像歌曲《一分钱》里那个捡到硬币的小学生。

阅览大厅有四个篮球场大小。左边阅览区，摆放着一排排整齐的桌椅，像端坐的学生；右边图书区，伫立着一组组棕色的书架，像一溜严肃的老师。在"老师"尽头，耸立着一个高阔的带玻璃拉门的书柜，里面竖着各类工具书，威严得如同校长。"校长"对面，横着一个倒U形的掩体一般的服务台。"掩体"后面，总趴着工作人员，他们不时抬头巡视，警惕地扫视着大厅，间或发出几声低沉的喉音，警示喧哗者或者嘀嘀咕咕的"鸳鸯"。

我印象里，值班的总是眼前这个女人。短发干练，服装中性，远远看去男女莫辨，但是一旦来到她的跟前，你就会惊讶于她的精致五官。那时候，我对美女的认识还仅限于脸蛋，其实她的身材即便在中性衣着的掩饰下，依然散发着女性凹凸有致的魅力。现在想来，我迫不及待地来到她面前，潜意识里是不是也有一种讨好和献媚呢？此刻，她正用两根精致的钩针轻巧地编织着，专注的神情让人不忍惊扰，但是我还是傻了吧唧地杵在她的跟前。

图书证。她说话时并不看人，意思却谁都明白——要借书得押上证件。我说我不借书。那你有什么事？她手上的速度丝毫没有放缓。这本字典里少了一页。我把《新华字典》递到她面前。她缓缓停止动作，一把抓过字典问，什么时候少的？

刚发现的。我说。

怎么少的？她语气有点犀利。

或许是被人撕去的吧，你看这个缺口……我殷勤地指了指书缝。

哦，正好就被你发现了，这么巧？说话间，她手上的不锈钢钩针正冲着我，像两把袖珍宝剑。

我要查一个生字……我刚开口解释，却觉得自己正滑向一个陷阱。我怎么知道什么时候少的呢？我如果知道何时少的，我不就成了作案人或者同谋者了？于是我赶紧声明，我想查个生字，结果发现少了一页。

你要查的这个字，就在少的这一页上？她目光如同钢针，这么巧？

服务台上立着一个告示牌，上面写着：严禁毁坏图书，违者重罚。我以前从没注意到这个告示，或者说没有注意到告示上的这行字。显然，此刻，我被人怀疑为"毁坏图书"了。

没有人会喜欢被冤枉，尤其被一个漂亮女人冤枉。但是因为近距离交谈，我已经不认为她是一个漂亮女人了。反正跟我没啥关系。我扔下这句话，正准备离开，她却慢悠悠地说道，留下你的姓名和单位。

为什么呢？我不屑地说。

我要看看你的证件——借书证、工作证都行。她的口气就像一个警察。

这正中我下怀。我的单位名头可不小，虽然我只是一个不起眼的小职员，如同大机器上的小螺丝，但我依然用与"大机器"匹配的口气说，看吧！我把工作证啪地拍到她面前。果然，她看了我的工作证，神情卡顿了一下。她的目光在证件与我之间游移了片刻，讪讪地把证件推给了我。

其实这不算什么事，我就经常看到《大众电影》或《足球月刊》上被扯掉的页面。有的是被撕去的，有的是被剪掉的。最有趣的一次，我看到一本电影杂志被撕掉了整整一个跨页。从目录里得知那是一个当红女影星的肖像。那是第十二期，我估计那张跨页应该印有次年的年历。在杂志的扉页上，竟然留下了几行读者留言。第一句：谁撕杂志全家死光！第二句：这个同志什么素质啊！第三句：你素质好，在公共财物上乱写乱画。第四句：不许在公共场所随地大小便。

我啰唆这么多，意思是字典里少一页甚至是少几页都不算什么。即便它耽误了我查找一个生字，也不算什么。

二

只要你觉得一件事不算什么事，那么，生活一定会惩罚你，再给你一次机会。次日，我去单位资料室还报刊合订本，正赶上管理员小顾站在桌子上修理日光灯管。我决定等一下，于是在书报架前来回溜达。单位资料室不大，可报刊齐全。我环顾四周，目光落到了靠墙的那排书柜上。那排书柜里放满了工具书。这时候我一定是想到了昨日的那个生字。没错，放工具书的书柜里怎么会缺少字典呢？我来到书柜前，发现书柜是锁着的。钥匙在桌头，你自己拿。还不等我开口，小顾跟我说。

于是我打开了书柜，抽出《新华词典》。这本字典跟昨天图书馆的开本不一样——前者是半块砖头，后者是一块砖头。但这并不影响我的查找。在部首目录里，我轻易地找到了赟字，然后翻到了 1218 页。

这个字念 yun，一声，解释如下：美好，多用于人名。

果然，既不念 bin 也不念 bei。含义美好，发音优雅。我轻声读了两遍，猛然一个激灵。饱受人名之累的我，瞬间就决定把这个字用在我的小说里，而且用在女主人公身上。我的心情顿时愉悦起来了，像跳过一个陷阱，而且还得到了一个心仪的礼物。至此，要查的生字找到了，如果这时候小顾从桌子上下来，我还了合订本就该离开了。如果是那样，也就不会有后面发生的许多事情了。偏偏小顾在那里捣鼓个没完，站在桌子上，踮着脚，圆滚滚的屁股在半空醒目地扭动。我闲着没事，乐得等着小顾和她的屁股从上面下来，于是我便愉快地推敲起了女主人公的姓氏。

处女作里主人公的名字，已经折磨我好久了。现在，赟字有了，姓呢？我当然不会选择张王李刘这样的姓氏——俗气，我钟情于裴萧廖费顾项乃至欧阳啦慕容啦这样比较有情调的姓氏。于是我用赟字与我选定的这些姓氏逐一比配，惊喜地发现费与赟这两个字是绝配啊！字形相近，像一对舞者，既浪漫又高雅。两个字下面都有一个贝字，就是说费赟的名字里又暗含着一个极具女性色彩的贝贝——多么美好的女性名字！如果说名字是动笔写作的发令枪——我固执地这么认为，那么此刻，费赟两个字，射出的不是子弹，而是璀璨的焰火。

　　手里攥着费赟两个字，我难免有了"宜将剩勇追穷寇"或"得便宜卖乖"的冲动，我想进一步核查费字用在姓氏里有无歧义。字典就在手里，我迅速在部首目录里查到费字，然后翻到271页。当拇指与食指翻到270页时，咔嚓一下就撞见了273页。嗯？271页竟然没了，也没了！封面干净，书口洁白，该页全无撕痕。装订线没留痕迹，好像271页根本不存在一样。我再一次审视，终于在左下角的缝隙里看到了一片米粒大小的纸屑。

　　显然，这是被人精心撕掉的。

　　有人借过这本字典吗？我尽量装出随意的样子问小顾。你看看后面的借书卡吧。小顾的话来自半空。我翻到封三，借阅记录卡上一片空白，没有任何人借阅过这本字典。没有人借过并不等于没有人看过，否则就无法解释为什么没有了271页。

　　如同一脚踏空，我觉得我正在坠落，同时听见小顾在半空说，现在都看金庸和琼瑶，柜子里的书没人看。

　　刚刚选定费赟这个名字，就接连两次踏空，这对于我的处女作来说不是个好兆头。偏偏我是一个倔强的人，属于越是艰险越向前的那种人。现在，271页就像石子一样硌了我一整天。好容易挨到下班，坐班车回家。一进门，我径直冲进小屋，蓦然撞见两个人扭打在我的床上。如果换一个场合，无论谁见到这种场景都会激发出见义勇为之举动的，但这是我的家，我的卧室，我旋即明白了此中缘由。此时姐姐慌乱地拽过被子遮住上身，准姐夫则狼狈地滑下床，浑身上下只穿着一个小短裤，模样就像一个罪犯。

　　我应该即刻退出，但是我已经看见床头的那本字典了。我上前几步，一把抓过字典，然后逃犯一般仓皇蹿出家门。

　　刚过国庆节，北方的天黑得猛。我站在楼下的门洞里，借助昏黄的楼道灯，捧着手上的《新华字典》，快速从部首目录里查到费字，然后翻到313页。

313页在。内容解释：费用与花费。

图书馆里查不到赟字，资料室里有；资料室里查不到费字，家里的字典里有。有惊无险，天下太平。现在，费赟两字齐备，焰火重新绽放，我的心情陡然轻快起来了。傍晚的街头人来车往，喧嚣里透着踏踏实实的世俗情趣。人在兴奋的时候是有食欲的。暂时不能回家，我就溜达到马路对面的一家冷面馆。冷面馆有一个好听的名字——金达莱。我要了一碗冷面，想了想，又点了生拌毛蚶子、黄瓜猪头肉外加一瓶啤酒。我想庆祝一下，庆祝一下费赟的诞生，庆祝一下发令的焰火。

胜利者是关注细节的，尤其在毛蚶子、猪头肉没有上桌的时候。我的目光盘桓在字典上。这是家里的老物件，打我记事起它就在家里。像那个年代所有被珍爱的书一样，封面包着牛皮纸，历经翻阅，四四方方的字典已经变得圆圆墩墩了，书口呈黄褐色，每一页的边缘都泛黄打卷。扉页上有着我爸熟悉的笔迹——国庆节与爱妻购于新华书店。人民教育出版社出版，1959年的繁体字版。因为是繁体字，很多字都像我的小学同学一样，看着熟悉，却叫不出名字。

此刻啤酒上来了，我起开瓶盖，左手缓缓倒出啤酒，右手下意识地翻弄着字典。我又一次查找赟字，潜意识里大概想看看不同版本字典对赟字有没有不同解释吧。当我翻到应该有赟字的528页时，目光一下子落空了——这一页又没有了。

我呆呆地横着啤酒瓶子。啤酒溢出杯子，漫过桌面，小瀑布一般飞流直下，顺着我的膝盖、裤子漫入鞋窠，我跟尿了裤子一样。

三

前面说了，我构思的小说名字叫《午夜图书馆》，灵感就来自阅读大厅。有一天我正趴在桌子上迷糊呢，甜梦中被人敲醒。现在想来，敲醒我的很可能就是那个女的——我已经把她称为"刺客"了。因为羞愧，我没有留意对方的相貌，但对方是个女性，我还是有印象的。记得"刺客"训斥我过一句，这里不许睡觉，要睡觉回家睡去……她的训斥让我羞愧难当，可也就是这句话，触发了我的灵感。

图书馆不是宾馆和旅社，更不是读者谈情说爱的地方，但它是书籍睡觉的地方。除了流行的报刊，书架上的书籍都在睡觉，而且是睡大觉。我敢打赌，很多书，尤其是一些装帧精美的中外名著，除了我，就没有人翻弄过，当然更别提借阅了。每当我最后一个走出大厅的时候，经常想，我离开之后那些名著在干啥呢？它们会继续睡觉吗？

所有的灯都关闭了，所有的门都上锁了。在夏季的蝉鸣月夜，在冬季的静雪暮晚，那些尘封在书籍里的人物，那些从没有人翻弄、阅读的名著里的人物，会不会耐不住孤独与寂寞，侧着身子从书页里溜达出来呢？

构思就这样自然而然地萌动并生发了。

最先溜达出来的会是谁？在我有限的阅读里，我最先想到了李逵张飞鲁智深这些急性子莽汉，他们性格爽快、脾气暴烈，最先闯出来的不是他们还能是谁？举止粗鲁的他们一定会搞出许多响声，翻箱倒柜啦，撬门砸锁啦，见此情景，儒雅的刘备诸葛亮宋江吴用们怎么能袖手旁观呢？他们也许正愁找不到溜达出来的借口呢，于是借题发挥，闻声而动……一时间，那些沉睡的或者假寐的古往今来的王侯将相、才子佳人也渐次起身了。片刻，不同时代与民族、不同身份与信仰、不同语言与服饰的人物蜂拥而出，一时间大厅熙熙攘攘，人头攒动，宛如喧嚣的庙会或打折的超市。你去想象下一步可能发生的精彩情节吧——贾宝玉与安娜·卡列尼娜碰了个对头，哈姆雷特对王熙凤一见钟情，西门庆有意踩了一下羊脂球的玉足，鲁滨孙伫立窗前冲着外面的花花世界发呆，孙悟空则一个跟头翻到吊灯上，把灯泡当作夜明珠把玩不止，孔乙己不住地吟咏着"落地为兄弟，何必骨肉亲！得欢当作乐，斗酒聚比邻"……而我的主人公费小姐，我把她设定为一个因为沉醉于读书而被马虎的图书管理员——比如"刺客"——反锁在大厅里的读者，则有幸目睹了午夜图书馆的这场震古烁今的喧闹盛会。

这就是我作品的开头。

这是一篇古今中外文学名著里各式人物的大聚会，古今杂糅，东西交汇，作品将对我们耳熟能详的经典人物进行狂放的重新组合，进而展开冲突，引发出种种或啼笑皆非或振聋发聩的故事……作为处女作，我毫不怀疑它的精彩，而我最关心的是，费赟小姐作为目睹这场盛会的一个读者，会与这些光耀古今的艺术形象发生什么样的有趣故事呢？

她会爱上谁？谁会喜欢她？

问题是，这样一个美妙的构思与开头，却遇到了一个看起来不那么重要但我却不得不面对的问题。费赟，我的处女作的主人公，我哪能容忍如此高雅的名字在字典里缺失呢？！在字典里缺失，几乎就是一个没有户口的超生人口，黑人嘛。

记得我跟王艳红讲过我的构思——王艳红就是我现在女友的名字。开始，她流露出谨慎的好奇，只是后来，好奇变成了不屑，最后的总结更是让我大失所望。她用开会发言的语气总结道：第一，这个故事违背科学常识；第二，这个故事宣传了封建迷信思想。

四

我有个习惯，凡是拿不定主意、下不了决心的时候，就经常用猜车号的方式来决断。比如该不该去参加某个聚会，我就会想，如果一会儿见到的车号尾数是偶数，我就去，反之就不去……这是我的一个隐秘游戏。

我还有另一个游戏呢——翻字典。

无数个百无聊赖的早上，睁开眼，我都会赖在床上，顺手抄过字典，心里默念一个数字，然后直取那个页码，比如147页，比如659页……我尽可能让数字显得自然随意，以便保证这个游戏的真实与客观。选好了页码，我还要默念一句倒数第三个字或正数第一个字，如此，我就能锁定一个字了。我就是从这个字开始联想和引申，类似占卜吧，来指导与渲染我每天的生活。

有的字有意义，有的字没意义；有的字美好，有的字不美好。美好就是意义，意义却未必全然美好，于是有的字让我心花怒放，有的字则让我怅然若失，比如翻到了麇——古书的獐子，比如翻到了嶷——远在湖南的一座山，比如翻到了氮——一种化学元素……这些字只会加剧生活的无聊寡淡。当然了，更糟糕的是翻到了一些丑恶的字——有一次翻到了蛆字，有一次翻到了屁字，遇到那种情况，我一般都继续翻下去，一直到遇见一个满意的字为止。

有那么一段时间，我的每一天都是从翻字典开始的。我知道这叫心理暗示，所以我对这个游戏的态度介乎认真与随意之间。说认真，因为我经常这样做；说随意，因为我知道这是一个游戏。

现在，当我发现字典是缺页的，而且缺的又是一个即将作为我作品主人公名字的赟字的时候，我怎么能善罢甘休呢?！这个问题弄不明白，萌芽中的精彩的处女作，连诞生的合理性都值得怀疑了。

问题严重，到了非解决不可的地步。

我走进市内最大的一家新华书店。一进大门，我还以为自己走错了地方。迎面是一面巨大的电子屏幕，上面闪烁着炫目的各类电子产品的广告。周遭密密匝匝的柜台摆放着热销的各式各样的电子产品——步步高随身听、小霸王复读机、文曲星学习机啥的。门口还有香喷喷的烤肠，在一排不锈钢管子上优雅地滚动着，散发着饭店才会有的扑鼻香气。

待我适应了门口的纷繁与香气，才发现这里确实是书店，只不过书都被请到了楼上。顺着滚梯我来到了二楼，很快我的眼前出现了一排排的工具书，《汉字源流字典》《中华成语字典》《繁简字对照字典》《语法表解大全》《绕口令小辞典》《公式定理大全》……我迅速找到了我需要的那本《新华字典》。我沮丧地发现它们都被透明的塑料纸包裹着，像雨天的小学生一样整齐地排列在书架上。书架上贴着一条窄窄的告示：塑封书籍，请购后拆封。

我搜寻了半天，也找不到一本样书。我掏钱买了一本字典——没办法，谁也不能睡在一张铺满石子的床上。

就像一个神枪手，我差不多已经练就了一种本领——只要我翻动几下，就能找到赟字的页码。很快，我看到了赟字安静地依偎在新版的《新华字典》里。

说起来我该高兴，但是我依然能感觉到自己的沉重。我知道问题没有解决。与其说我不能容忍缺少一个赟字的字典，还不如说我更不能容忍的是毫无来由的、无缘无故的缺少。千里之堤毁于蚁穴，这是我自小到大熟悉的人生格言。对我来说，这跟世界的完整、生命的真实、人生的秩序等等重大问题密切相关。就像我们不能容忍饭菜里有一只苍蝇一样，字典里平白无故地缺少一页至少说明这个世界是可疑的、不真实的，况且，这一页里还有我处女作里主人公的名字。

这一页是怎么失去的？我想不外乎是撕去的或扯去的或剪去的或偷去的，总之，面对如此丰富的缺失方法，我想凭我一己之力是无法弄清楚的。在这些字典里面，我唯一可能破案的，应该是自己家的那本字典。

是的，我有必要也有可能弄清楚是谁把家里这本字典里的528页撕掉的。我知道自己这么想挺幼稚的，但是现在我已经停不下来了。

我们家算是书香门第吧，爸爸是中学数学老师，妈妈是小学语文老师，这决定了我从小到大必须是个好学生。事实上我也的确是个好学生。我想我如此较真的态度，也是他们教育的成果。但是我没有想到，面对我的询问，爸妈表现出了难得的一致，二重唱一般地回答：少了一页又怎么样呢？

少了一页又怎么样呢？这像是为人师表的人民教师的回答吗？我得说我很失望，失望的时候我的语气也不会好到哪里去。我带着批评的口气对爸爸说，你是数学老师，你设身处地地想想，如果数学世界里少了哪怕一个数字，会造成什么后果？我又转向妈妈说，你是语文老师，你设身处地地想想，如果一篇文章少了一个字，会造成什么后果？

人民教师是通情达理的。他们的神情是赞成我的说法的，只是他们对我的探寻与追究却毫无兴趣。妈妈说，这本字典还是你"抓周"时抓来的呢，当时床上摆着字典、算盘、手绢、圆规、尺和钱，你一把就抓住了字典……妈妈还没说完，爸爸便打断了她的话头，不对，是先摸了一下字典，抓的是手绢，所以不能说抓的是字典。

摸了就算！妈妈坚持道。

你这可就不是唯物主义的态度了。爸爸驳斥道。接下来，爸爸跟他的爱妻就把我的谈话主题转到哲学层面去了。

五

人生不如意事十之八九。老年人缺健康，年轻人缺理想，我们家缺房子，我缺一个女朋友……我对自己缺失什么已经心知肚明了，或者说我已经习惯了这种缺失。问题来了，现在我面对的是一个莫名其妙的缺失。这种事难与人言，多说非但无益，反会遭人耻笑。自己跌倒，就得自己爬起来。解铃还得系铃人。就像《国际歌》里唱的：从来就没有什么救世主，也不靠神仙皇帝。要创造人类的幸福，全靠我们自己。

经过综合比对，我选择了脱敏疗法。

请看下面这段文字："脱敏疗法是治疗过敏性疾病唯一有效的手段。过敏原得到确认后，既无法避免接触，普通正规的治疗方法又无法取得理想的效果，就有必要进行标准化的对因脱敏治疗。脱敏疗法就是把过敏原配成药剂，患者使用后能够逐渐适应过敏原，直至产生抗体。当患者再次接触该物质时，不会诱发机体的变态反应，那么过敏引起的症状也会随之消失或者显著减轻。"

如此学术化的陈述，不用说，是我在《医学通用字典》里查到的（我一页一页查过，该字典一页不少，值得信任）。其实，简化一下，就四个字：以毒攻毒。

我无法穷尽浩如烟海的字典，我只能对造成我现状的"过敏原"进行对症施治。摆在我面前的有两种治疗方案。第一种最为简单直接，就是我尽快加深与王艳红的关系，用一场恋爱转移并消除我的烦恼，该拉手的时候拉手，该拥抱的时候拥抱，该亲嘴的时候亲嘴……只是，当我展望如上环节的时候，我发现自己一点兴趣也没有。因为费赟，我现在想起王艳红的时候，觉得她几乎就是一个"第三者"，或者说我是一个脚踏两只船的伪君子。显然，这个方案非但无法对症施治，而且会节外生枝。

如此说，只有一种解决方案了。

此时我已经掌握了不少字典知识。我所说的字典，最常见的是《新华字典》和比较常见的《新华词典》，此外还有《现代汉语词典》和《辞海》。就是说，这些字典、词典什么的虽然大同小异，但是由于版本不同，所以缺少赟字的那一页的页码都是不同的。要补齐我所遭遇到的三本缺页的字典，第一步就是找到正确的版本。

我也不是没有私心杂念，此刻我已经告诫自己不再去涉猎其他字典、词典和辞海了。绝不能扩大战场，我的精力、财力与心理承受能力只容许我进行一场小小的、有限的、针对个人的治疗与拯救。

我买来了两本《新华字典》——一本是单位资料室的1989年的版本，一本是图书馆1995年的版本。我借出资料室的那本字典，下班后，一个人坐在办公室里，反锁门，把两本字典摆在桌面上。一度，我曾想用这本新的字典替换资料室那本，只是这个念头甫一产生，我就知道这个看似完美的举动，省略的恰恰是脱敏疗法最核心的环节。

我手持锋利小刀，小心裁下新字典的606页，剔除资料室那本字典的604与607之间的些许纸屑，蜻蜓点水一般涂上一溜胶水，再把裁下来的606页塞进去，右边看齐，上下一致，合上字典，用掌心压实……于是，一本完美无缺的《新华字典》重获新生啦！

事情就是这么简单，简单到令我感到虚幻。过于意犹未尽的我甚至想把这一页撕下来再修补一遍了。第二天，我把这本字典郑重地还给了资料室。我看着小顾接过字典，从桌头取出借阅卡，在还书的一栏里填上日期，然后把字典塞回装满工具书的书柜。我站在她旁边，看着她麻利地完成这一切。我知道我还不够成熟，因为这一瞬间，我特别想告诉她我做了什么，并且希望得到她哪怕客套一点的表扬。

我知道为了这些，我可花了不少心思、时间，还有金钱。现在，它耸立在书架上，看起来蔚为壮观甚至有点庄严肃穆了。但是，只有我知道，它原本的壮观、庄严或是肃穆都是有瑕疵的，或者说缺斤少两的。

而我，让它重获壮观与庄严！

我不能不被自己感动。难道不是吗？组织没有要求，单位没有安排，领导没有布置，同事没有提议，家人没有督促，这一切，都来自我一个人的意志。我决定要把我所看到的这三本字典的缺页都补上，让它们重获新生！

六

处女作《午夜图书馆》尚未动笔，因为一个赟字——费赟的赟字，把我引向了修补字典的崎岖道路。看起来有点南辕北辙，但是我不后悔。非但不后悔，甚至有点庆幸。因为修补字典，我进一步丰富和完善了我的构思，丰富到可以另起炉灶，创作一篇全新的作品啦。我姑且把她称之为处女作的下篇吧。

故事背景与结构都与《午夜图书馆》相似，名字暂且就叫《午夜字典奇遇记》吧——"午夜"系列嘛。我庆幸自己创造了费赟这个名字，字形接近的两个字带给了我两篇小说——双黄蛋，双响炮，双胞胎。

我前面说过，图书馆就是书籍睡觉的地方。相比那些沉睡的书籍，字典的沉睡多了另外一层悲伤。所有的书籍都是靠文字来描写和讲述故事的，字典却是个例外。字典里只有字，而且字与字之间谁也不搭理谁，所以字典里没有故事，更没有情节和细节。尽管收录了大约八千五百个单字，但是彼此之间没有一丁点联系。它们是一个看起来无比亲密的大家庭，但是骨子里却都是孤儿，囚犯一样蜷缩在字典里，偶尔被"提审"一下，三言两语之后，又被打入漫漫长夜。

当所有灯都关闭了，所有门都上锁了，那些囚禁在字典里的单字们会不会耐不住寂寞、孤独，侧着身子从书页里挤出来，彼此认识一下，拍拍肩膀并打个招呼呢？大厅里阒无一人，它们还有什么理由继续封闭自己呢？不出所料，那些经年幽闭的单字纷纷跳将出来。一时间，大厅里窸窸窣窣、叽叽喳喳、叨叨咕咕、嘻嘻哈哈，如同一场浩大的相亲场面。

《午夜字典奇遇记》不似《午夜图书馆》，文字不似人物，后者五官清晰、活蹦乱跳，而单字更像是孤寂的幽魂，它们是飘浮的、游移的，大多面目漫漶不清，因为常年忍受孤苦与寂寥，此刻一经解脱，喜悦与激奋的劲头胜于人物。主人公费赟——我的赟儿，这个因为沉醉于读书而被马虎的图书管理员——就是那个"刺客"反锁在大厅里的读者，目睹了文字苏醒后的凌乱、混乱、喧嚣与狂喜：雨字碰见田字，瞬间雷声大作；水字遇见白字，顿时流水潺潺；女字遇见子字，顷刻形影不离；子字沾上薛字，立马狼狈为奸……字与字可以合成一个新字，字与字也可组成一个新词。费赟发现字跟人一样，有阶层，有性格，有脾气，虽然面目不清，却也充满喜怒哀乐。你看那个庆字，遇见祝欢国喜典幸这些字就像久别重逢的家人一样，老远打招呼，见面就拥抱。有的字一出来就派头十足，比如高字，跟大峰级远原度这些字也像近亲似的，只不过它端着架子，好像所有字都有求于它……相应的情形，也表现在那些趾高气扬的金豪佳福贵红喜寿泰丰亨康等等文字身上。生性善良的费赟，自然注意到了不少形单影只、孤苦伶仃的字们，它们像叹息一般轻幽，像柳絮一样浮游，蜷缩在角落里。在万千的字海里，它们始终找不到自己的血缘，如同人海茫茫却找不到爱人。

触景生情，费赟怎么会不寻找一下自己呢？

费字没有几个亲戚，也没有多少朋友，所以她颇费了一番周折才找到费字。接着她开始寻找赟字——这俩字得团聚啊，必须团聚！于是她在纷乱嘈杂的字间穿行，在欢声、号叫、唏嘘和抽泣里呼喊，在愤怒的撕扯与绝望的孤独里搜寻，她向每一个跟赟有关的字打探消息——向斌字询问，向贝字探求，甚至哀求忙碌而倨傲的文、武——这些字毕竟算是赟的亲戚啊……结果费赟发现自己竟然是个有姓无名的人！

难道字典里就没有这个字？几近绝望的费赟一定会抱怨我怎么给她起了这么一个拗口的名字。她哪里知道赟字那一页被一只罪恶的手撕掉，而我，正在全力以赴修补与挽救呢？

打定主意，我不能让费赟独自面对这一切。我不仅是创作者，我还要成为作品里的人物。我增加了一个男主人公——我，采用第一人称来讲述这个故事。这样的叙述视角，不仅让这个浪漫的故事更具可信度与感染力，更重要的是，我得让我成为费赟的男友，堂而皇之地跟她谈一场可歌可泣的恋爱。

处女作尚未动笔，灵感便焰火一般在大脑中绽放，我和费赟在璀璨的焰火里情投意合，同仇敌忾。

七

下一个工作对象就是阅览大厅那本字典了。我准备好了需要粘贴的书页，还有胶水和刀片。我把它们放在写着公文袋字样的牛皮信封里，踌躇满志地来到图书馆。

图书馆大门上贴着"内部维修，暂时闭馆"。我绕馆一周，趴到玻璃上朝里面张望。我看到阅览大厅里搭起了脚手架，书架上罩着塑料布。我知道计划得调整了，我得先修补家里那本字典。

1959年的版本，书店里自然没有，我只有转向旧书市场。周末是我与王艳红固定的约会时间，但我现在没有这个兴致了。我用了两个周末，转遍了市内大大小小的旧书摊，在买了一个疑似红木的笔山和一本旧版的刘继卣绘制的连环画《鸡毛信》之后，终于在一家二手家具店门口的破纸箱子里，翻到了1959年版的这本《新华字典》。其实，我已经不能确认这是1959年版本了。我所看到的这本字典，不仅封面和封底，甚至连前面88页都没有了，比我家里的那本字典薄了许多。这些不重要，重要的是528页还在。

我兴奋地叫了一声。我的兴奋没有逃过店主的目光。店主窝在旧沙发里，眯着眼在听评书，但这本没头没尾的字典，他竟然开出了离奇的价格。

他先是取过字典，一页一页翻看，一边翻还一边抖动着，好像从中能抖搂出什么宝贝似的。店主问，你为什么要买这个玩意呢？

我跟他说我家里有一本跟这一样的字典，但是少了一页，我买这本，就是要取下其中一页，修补自家的那本。为什么要修补呢？因为我有一个翻字典的习惯，少了一页让我很不舒服，再说了，因为查找赟字，我发现图书馆的字典少了一页，而这个赟字又是我小说里女主人公的名字……我能这样回答吗？我甚至不确定如果这样回答，店主是会给我打折还是给我涨价。是的，我没法回答店主的疑问，生怕错过这本字典的我只有乖乖地掏钱。

回到家里，没用五分钟，我就把家里的字典修补完毕。这一天正好是姐姐和姐夫登记的日子。妈妈炒了几个菜，爸爸取出了一瓶白酒。姐夫能喝酒——我常闻到他身上的酒气，但是今天他却非常腼腆，一盅白酒抿来抿去，倒是我，反复敬酒，不觉已经有了几分醉意。

他们不知道我为什么高兴，我也不想跟他们说我为什么高兴。只是妈妈觉得姐姐的婚事已定，动了好事成双与锦上添花的想法，席间不断把话题拉向我和王艳红的关系。这个话题成了一道菜，被她嚼来嚼去，我心知肚明，却不置一词。最终妈妈忍不住了，直接问道，你跟小红进展得怎样啦？我说不怎么样。妈妈说，不怎么样是怎么样？趁着酒劲，我冒出了一句看起来不像我能说出的话，我说我有女朋友了。

此话一出，等于掀翻了酒桌，妈妈顿时恼怒起来。你跟小红还没分手，怎么又有女朋友了，这不是脚踩两只船吗？其实我只是想开个玩笑，我说我有女朋友了，指的就是我小说构思里的费赟。妈妈如此郑重地发火，让我不由心虚起来，我说我只是心里有了一个女朋友，还没有明确关系呢。谈恋爱就该全力以赴，心里有也不行，哪能这边还谈着，心里又装着另一个呢？妈妈说着，眼光依次扫过爸爸和姐夫。她的意思就是让他们表态，只是爸爸的回答让她大失所望。爸爸说，只要还没结婚，就有选择的自由嘛。妈妈顿时冲着爸爸去了，什么叫没结婚就有选择自由，你这是什么思想？

喜庆的气氛顿时荡然无存，爸爸妈妈即刻在婚姻与道德的层面展开了辩论，见势不妙的姐姐姐夫随即起身拾掇碗筷。我趁着战火没有燎到自己，立马说，我要去图书馆看会儿书。

说完这句话，我才发觉，今天正是图书馆阅览大厅重新开放的日子。

时间是晚上七点半，距离闭馆还有一个半小时。我取过我的文件夹，夹子里熨熨帖帖地夹着我早就准备好的1995年版本的《新华字典》的某一个页张。当然，我也不会忘记后来被他们称为作案工具的胶水和刀片。

八

阅览大厅焕然一新，灯光明亮得让人却步，原来的水泥地面换成了地板，桌椅统统换成了流行的钢木材质，颜色鲜亮悦目。天棚加装了一排排浅绿色的吊扇。开始冬季供暖了，大厅里温暖如春。散坐着的几个读者，或是发呆，或是打盹。一个读者趴在桌子上，发出轻微的鼾声。

依然是"刺客"在值班，依然是在认真地钩织着什么。还是从前的倒U形服务台，还是从前的"严禁毁坏图书，违者重罚"的告示牌。告示牌边上立着一面小镜子，巴掌大，我经过服务台时，"刺客"抬起头，用钩针蹭了下头皮，对着小镜子顾影自怜几下。

一进大厅，我就瞄准了工具书专柜，我甚至看到了"新华字典"那四个黑体大字。我知道我不能直接过去。有时候两点之间最近的距离是曲线而不是直线，这个道理我懂。我先是在报纸区翻了几张报纸，然后来到杂志区，取了一本《当代》，又取了一本《青年文学》。接着，我才佯作漫不经心的样子，溜达到工具书专柜，抽出了那本《新华字典》。我巡视了一下大厅，找到一处远离门口的僻静座位。我先是看了几页小说，我几乎被一篇爱情小说吸引住了。九点就要闭馆，我奋力从俗套却又深情的小说情节里挣脱出来，就是说我必须马上开始行动啦。

虽然酒意缠身，可我依然沉着冷静。我左手翻开杂志，用杂志挡住字典，然后把字典翻到 606 页。我抬起头，做出感叹状，再一次扫视左右。确信四下安全，我右手取出胶水和刀片，用刀尖把残留的纸边剔除，然后从夹子里取出早已准备好的 606 页，沿着左边涂了一溜细细的胶水，再把它缓缓地插进订口，查看了一下书顶、书口和书根是否都对齐了，再用指甲轻轻压实……有了前面两次的成功经验，我只用一只手，便流畅地完成了修补。

三本字典，三个不同年代的版本，在我看来分别代表单位、家庭和社会。我知道我有点夸张了，但我此刻确实有点凭一己之力拯救了什么挽救了什么的感觉。我是如此陶醉，所以根本没有注意到我身后何时出现了两个人，直到他们发出了轻微的赞叹声。

干得不错，小伙子！我的肩膀被人重重地拍了一下。我一回头，发现背后站着两个人，一个是"刺客"，另一个是戴着一副茶色眼镜的中年男子。中年男子一伸手，抄起我面前的字典，哗啦哗啦翻着。因为找不着修补的页码，他不由得迭声感叹道，这手艺，啧啧！我眼瞅着你在修补，却找不到任何痕迹！

即便宽大的茶色眼镜遮挡着他的全部目光和三分之一面孔，我也能感受到他的由衷赞许。这是我应该做的。出于本能，我谦虚了一下。

主任，这就是我跟您汇报过的那个人。"刺客"的语气没有主任那般善意。她从主任手里接过字典，一页一页地翻找着，终于从订口未干的胶水处辨认出了606页。她轻蔑地说，你以为我没注意到你啊？你以为我在干私活啊？我干私活是为了麻痹你们的……你这样的人我见多啦，哼！

"刺客"的声音如同吹哨，迅速把大厅里为数不多的几个读者召集过来。他们像群众演员一样庄重地围观，神情说不上是欣赏还是同情。

主任显然不赞成"刺客"的说法。他宽厚地说，损坏了公物，固然不对，但是知错就改，亡羊补牢，改过就好，谁没犯过错误是不是？主任欣赏着我修补的页码，赞叹道，你这手艺，简直可以来我这里专门修补图书啦。

从他们俩一冷一热的说辞中，我惊觉他们的真正意思。我高声喊道，你们怀疑我在损害公物？

难道不是吗？"刺客"拿起胶水和刀片，举过头顶，向围观的人展示着，你们看看，这是什么？铁证如山！

嗳——主任制止道，浪子回头，浪子回头嘛！

我犯了什么错？我委屈地说。

你还想负隅顽抗啊？"刺客"从兜里掏出一面小镜子，在我眼前晃了晃，我借着镜子，监视着你的一举一动呢！

我知道我很难证明自己，只得转向主任，他看起来颇为通情达理。你是不是承认我修补得很好？既然这本字典如此完好无损，国家没有一点损失，何必再去追究谁损害了公物呢？

你的意思，就是我们权当没有看见眼前的一切？主任摘下眼镜，面有戚色，我肯定你改正错误的前提，是你犯了错误。如果你连这个前提都不承认，那么，我们只能公事公办喽。别让我为难，如果你不承认是你毁坏了公物，撕掉了这一页，那么怎么解释你现在的举动呢？再说，小伙子，你是不是喝酒啦？主任语带同情，说话时，手掌按了按我的肩膀，似乎是在暗示我：一件小事，承认一下吧。

我不知道怎么回答。此刻，我像一只待宰的羔羊，在"浪子回头"和"负隅顽抗"之间游移。我想了一下——每一个环节都想了一下，既然我没有做错什么，我就不该承认自己错了，即便摆在我面前的是原谅、宽容乃至表扬等美好的字眼。于是，我做了一个至今自己都想不明白的举动：我拿过字典，翻到606页，趁着胶水将干未干之际，嗖的一下把这一页撕下来。我把扯下的这一页顺手一团，啪地合上字典。在主任、"刺客"和围观者惊诧的目光里，我大步流星地奔向书柜，把字典麻利地插回书架，然后朝门口疾步而去。

事情过后，我也在想，我当时怎么就爆发出如此豪迈而又怪异的举动呢？因为在他们看来，甚至在我自己看来，这无异于逃跑啊。我无法承认与接受逃跑这个结论，深究内心，我觉得我遭到了侮辱。既然你们误解了我，那么我就把造成误解的原因去除——撕掉我修补的那一页！

现在，我正快步迈出大厅，推开大门——嚄，迎头便遇见了一场漫天飞雪。

这是今年的第一场雪，也是新世纪的第一场雪。雪花在空中盘旋、追逐和嬉戏，彼此打闹与推搡，在风的助力下，一会儿飙升，一会儿滑行，直到累了，方才慢慢悠悠地落在地面……这不像在下雪，更像进行着一场雪花演出。在雪花的映衬下，僵硬的街道显得活跃起来，夜色因此生动与妖娆了。此情此景，令我觉得身心无比轻盈，轻盈得我不由自主地奔跑起来了。

我身后传来了纷乱的脚步声和叫骂声。我意识到在身后那些人的眼里，我就是一个窃贼乃至一个逃犯。当然那只是他们的看法，我可不这么认为，我问心无愧。既然问心无愧了，我为什么要按照他们的逻辑来生活呢——检讨或者浪子回头？于是，在九点闭馆之际，我选择了带着我的费赟冲出图书馆。我相信，现在跟着我和费赟一道冲出来的，必定有那些常年囚禁在逼仄书柜里的寂寞人物和孤独文字。我们坚信身后喧哗的人群里，主任和"刺客"只是极少数，更多的是李逵张飞奥德赛诸葛亮，是孙悟空猪八戒郝思嘉孔乙己，是哈姆雷特祝英台玛丝洛娃杨子荣……此刻他们跟我们一样充满喜悦，挣脱了幽闭的枷锁，摆脱了经年的孤独，来到了活色生香的真实世界，感受真切的自由与解放，拥抱本该属于他们的精彩故事。

我尚未动笔，却已成竹在胸，这一定是一篇精彩的处女作。

只是，最终，我也没有完成这篇作品。

在构思与完成之间，间隔的不仅有创作的愿望与能力，还有生存的环境和生活的心态。时至今日，我已步入中年，结婚生子，升级提干，过上了看起来温饱无忧的富足生活。房子换过两次，车子换了两辆，与妻子激情不再，分床而居，却也懂得珍惜。只是每隔一段时间，我都会梦见年轻时的那段经历，梦见纷乱嘈杂的阅览大厅，梦见我和费赟一起奔跑的那个雪夜……脚步声越来越急促，越来越密集，越来越响亮，像急迫的鼓声，直到把我从昏昏沉沉的梦中惊醒。

原载《作家》2024 年第 9 期

老 藤

与谁分享

清早，福兴苑门口那棵老槐树上落了一只喜鹊，叽叽喳喳叫了好一会儿。喜鹊叫早这情景并不常见，因为这座城市自古以来就乌鸦多、喜鹊少。黄昏时分，经常可见黑泱泱的乌鸦遮天蔽日，起义一般俯瞰这座城市以及城市里的居民。福兴苑的居民对乌鸦没有什么好感，人们更喜欢喜鹊，但真正意义上的喜鹊很少来，偶尔光顾的是灰喜鹊，而灰喜鹊与喜鹊不同属，是冒牌货。今天，喜鹊的光顾让福兴苑比平日苏醒得要早一些。老班每天早晨五点钟准时下楼，一边啃着面包，一边清理出租车上飘落的槐树叶。

老班是出租车司机，出门前他看了下日历，二十年前的今天，恰好是他拿到驾照的日子。二十年了，出租车换了好几辆，跑的公里数不知能绕地球转多少圈，他却从没有出过事故，连小小的剐蹭都没有。喜鹊的叫声让老班心情甚好，他抬头看了看，发现树枝上的喜鹊也在看他。他把半块面包放在马路牙子上，再次抬头道："下来吃吧伙计，西式早餐。"

俗话说喜鹊叫喜事到，他想，要是换成乌鸦，他才舍不得那半块面包呢。

老班居住的福兴苑名字不错，却名不副实，是个由四栋两层旧楼围起来的大杂院，因为住户多，地产商开发没赚头，一直没能改造。不过老班觉得没改造也不是一无是处，福兴苑至少有两个优点：一是烟火气十足，邻居抬头不见低头见，想打牌推开窗招呼一声，瞬间就能凑齐一桌；再就是院子里绿意浓浓，四棵老树长势喜人，如果动迁改造，这些百年老树肯定难逃斧锯之灾。四棵老树布局匀称，东面是一棵直径一米多的旱柳，西面是一棵冠如巨伞的梧桐，中央则是一棵缠绕在风雨亭上的紫藤，紫藤下有花岗岩石桌石凳，是老年人最惬意的乘凉处。大院只有一个门洞，开在南面楼房的中部，门口外面，则是一棵枝疏叶稀的老槐树。老班给四棵树都起了名字，旱柳叫大东，梧桐叫西塔，紫藤叫皇姑，老槐树则叫和平。熟悉这座城市的人都知道，这些名字都是地名，他用最熟悉的地名来命名四棵老树，反映了内心对这些老树的喜爱。四棵老树中他最爱的是老槐树，每年槐花绽放季，满院浓浓的花香让他忍不住想多吞几口空气。福兴苑里最长寿的孟老太称老槐树为神树，每年春节都会给老槐树树干缠上红布条，这些红布条为老槐树增添了几分庄严感，让儿时的他印象深刻。上小学时他写过一篇作文，名字叫《戴红领巾的老槐树》，这篇作文被老师当作范文宣读过。三个月前，他在交通广播里得知，一家叫《芒种》的杂志举办歌颂家乡征文活动，他心血来潮，在手机上写了篇八百字的散文《和平颂》发了过去。《和平颂》与和平无关，是写那棵老槐树的，写了祖孙三代与老槐树难舍难分的情感。散文最后他写了这样几句话："老槐树呀，你应该枝繁叶茂才对，为什么变得枝疏叶稀？当我想到自己谢顶的父亲和祖父时，我忽然读懂了你，哪一个为儿女操劳的老人能有一头秀发呢？"散文用微信发走后便没了下文，他也不抱什么奢望，自己不过是有话想对老槐树说而已。

老班觉得门口这棵老槐树已经不单纯是一棵树，它是福兴苑至少三代人的见证。福兴苑的人们谁没有闻过槐花香？谁没在槐树下乘过凉？他觉得福兴苑已故的所有人都隐身在这棵老槐树里，父亲、祖父，还有孟老太，有的化身为一截老干，有的变成一截新枝，看到老槐树，仿佛就看到了这些亲人的面孔。他的父亲和祖父都是司机，父亲开公交，祖父开卡车，他开出租车，三个人都是天不亮上班，深夜里下班，早晚出入福兴苑时居民们尚在梦里，唯有老槐树一如既往地迎来送往。在老槐树离地五尺许的主干上，有个西瓜大小的树瘿，每次上下班，他总会抚摸这个树瘿几下，树瘿被他抚摸得不再粗糙，摸上去像父亲满是皱纹的额头。树瘿是树的愈伤组织，是老榆树的痛。每次抚摸树瘿他都会说："是谁伤害过你，留下这么大的疤。"

树上的喜鹊发现了面包，叫得更加起劲，对于喜鹊来说，吃到可口面包的机会并不多。

"今天也许会有个大活儿，"他对自己说，"如果能跑趟桃仙就好了。"桃仙是机场，送客人去机场对于出租车来说就是大活儿。他这几天业绩不佳，媳妇脸色有点冷，夜宵虽有鸡架，但却少了老雪啤酒。他收工一般在半夜，正常情况下媳妇会备好一只鸡架和一瓶老雪啤酒犒劳他，但这几天老雪啤酒不见了，他没有问原因，嚼过鸡架和一碟香菜根就上床睡觉。谁叫你业绩不佳呢，赚不到钱，媳妇凭啥赏你笑脸？他媳妇是个麻将迷，可惜麻技一般，十赌九输，输掉几个小钱无所谓，输掉了好心情他便没了老雪喝。不过他不和媳妇计较，媳妇除了喜欢麻将外没有不良嗜好。他最头疼那些占着马路跳广场舞的大妈，你越是鸣笛，她们越是挡道不让。他想，若是媳妇去跳这种占道的广场舞他一定会阻止，尽管他从来没有阻止过媳妇做事。

今天真是奇怪，七点了，竟然一个乘客没拉到，空旷的青年大街好像睡过了站一样，平时这条街上可是车水马龙。叫车平台也很安静，他忽然明白了，今天是周六，周六周日的早晨没有人赶着上班。估计早晨的喜鹊是白叫了，去桃仙这种大活儿不会有的。他把车停在一个路口，开启熄火等客模式，油价总是不停地涨，省一点是一点。

七点半，过来一个乘客。是一位看不出年龄的女乘客，戴一顶黑色大檐遮阳帽，黑口罩，一身黑色大摆连衣裙，看上去像个中世纪的修女。黑衣女上来后，没等他礼貌性地询问，就说："回龙岗。"

他愣了一下："回龙岗？"

"去回龙岗。"女子又多说了一个去字。

他不能再问，打开导航往回龙岗驶去。"这算是大活儿吗？自己想的大活儿可不是回龙岗，回龙岗和桃仙是两个世界。"他心里对自己说，"一个将人送达，一个将人送走，送达的能回头，送走的就一走了之。送走肯定不是喜鹊鸣叫的意思，要是换了乌鸦就难说了。"回龙岗是这座城市的大型殡仪馆，虽说里程和去桃仙差不多，可是司机不愿意往那里跑。他每次拉客去回龙岗，心里总会想起在那里化成青烟的祖父和父亲，尤其是父亲离世前那个晚上和他说的一句话让他无法忘怀。父亲说："这辈子净拉别人了，去回龙岗，只能别人拉自己了。"

女乘客一句话不说，不知何时又戴上了一副墨镜，从后视镜里看着，像极了神秘的隐身人。回龙岗在郊外，沿途要经过一些菜地、庄稼地，田地里玉米长势极好，但不是油汪汪的绿，而是那种自带重量的黑绿。他想起一个农村乘客在车上说的话，无论什么菜只要颜色不对肯定有猫腻。他问乘客凭颜色怎就能判断是否有猫腻，乘客说苦瓜本来就一脸绿褶子，你把苦瓜变成光溜溜的紫茄子，还敢吃吗？吃的东西要多看里子少看面子，歪瓜裂枣最甜。他又问乘客："这玉米的颜色有问题吗？"乘客说："这玉米种子有猫腻不说，还因为没轮茬，靠化肥催着长，结果就催成了这个疯长的模样。"他还记得乘客进一步解释说："地也有累的时候，不轮茬会累出病来的。"

女乘客下车后，插在支架上的手机忽然响起来，屏幕显示是一个陌生来电。接通电话，是一个女性清脆的声音："您是班章先生吗？我是《芒种》杂志社编辑，恭喜您，您的散文《和平颂》获得了我们征文三等奖，您方便的时候来编辑部取一下奖牌和奖品。"他不相信自己的耳朵，问："怎么，我真的获奖了？"对方的声音越发清脆悦耳："没错，三等奖一共八名，您名列第一。评委认为您用一棵叫和平的老槐树来歌颂家乡和平区，三代人，一棵树，构思独到，文笔朴实，充满真情实感，是一篇好文章。"他心跳骤然加快，感觉心脏要蹦出胸腔一样，想说几句感谢的话，却又不知说什么，连着说了几遍谢谢。对方问他什么时间去编辑部，他马上回答说："中午就去，不，现在就去。"放下电话，他用力掐了一下大腿，浑身顿时触电一般战栗了片刻。遇到兴奋或尴尬的事他习惯掐大腿，尤其是右腿内侧，掐一下会清醒一个钟头。

很多人不知道，老班曾经有个梦想，那就是少年时代的武侠作家梦。他上中学时喜欢读古龙、金庸的小说，读得如醉如痴，晨昏颠倒，读多了就萌生出写的念头，就偷偷在笔记本上写武侠小说，前前后后写满了好几个笔记本。武侠作家梦严重影响了他的学业，结果高考失利。后来，武侠小说过了火爆期，开出租车也没有闲工夫写作，武侠作家梦只能深埋起来，作为一种遗憾，成为记忆。有时他和媳妇感慨，自己要是坚持写，说不定就是第二个古龙。媳妇很不屑，说武侠小说都是蒙人的，你要是不写那些乱七八糟的东西，说不定就会考上大学呢。他便故意气媳妇："我要是考上大学，你还能找到我这样疼你的老公吗？"这话媳妇听着高兴，他对媳妇好，这在福兴苑有口皆碑。

在北三经街66号，他看见几只麻雀在《芒种》杂志社的牌子下面啄食，人走近了，麻雀才飞走，原来是有爱心人士在这里撒了些谷粒。当年，他把辛辛苦苦写就的一篇武侠小说寄到了这家编辑部，却泥牛入海，如同将人送到了回龙岗一样一送了之。他还记得那是一摞手写稿，足足八十八页，写了一个江洋大盗偷盗沈阳故宫文物的传奇故事，他自己觉得故事蛮抓人，人物功夫也十分了得。担心稿件丢失，他还特意挂号寄出。那是他第一次写武侠小说投稿，当然也是最后一次。

编辑部在三楼，楼梯很宽，楼道里异常安静，不像是办公的场所，在他的印象里，像《芒种》编辑部这种地方应该门庭若市才对。敲开约好领奖的办公室，一位长发女编辑起身相迎，问他是不是来取奖品奖牌的，他点点头。办公室有点杂乱，到处堆放着报刊，连个待客的沙发都没有。女编辑问了名字，找出一个扁扁的纸盒，打开后是一块很精致的木制镶铜奖牌，奖牌上有获奖者名字和作品名字，落款除了杂志社的名字外，还有市委宣传部。女编辑说这个奖项很重要，有宣传部的落款，这个奖项就成了市级奖。"你若是公职人员，这个奖项在年度考核时会加分的。"女编辑说，"班师傅，你能获这个奖项很难得，这次征文有不少省市作协会员参与，他们都没有获奖。"他心里一热，作协会员，那可是令人仰视的身份。

奖品是一个钛金不锈钢保温杯，杯子上印了与奖牌上相同的金字。他很喜欢这个杯子，钛金的色泽既柔和又高冷，那排弧形金字也大小合适，看上去相当协调。女编辑说："本来要发奖金的，但赞助商挺抠门儿，奖金只够几个朋友撸次串，就干脆定制了一个杯子做纪念。"老班觉得奖励杯子比发奖金好，发奖金回去要上交媳妇，杯子无论放在车里还是摆在家里都是个好东西。他见女编辑态度和蔼，说话也坦诚，忽然想问问很久以前那次投稿的事，便壮着胆子问："这位老师，我想问一件事，一件无所谓的事。"

"有事您尽管说。"女编辑把奖牌、水杯装入一个纸袋子递给他，不知他要问什么事。

他接过袋子，低着头说："嗯，是这样的，人总是会有些想法的，尤其在青少年，有些想法不知天高地厚，你可别笑话我。我呢，曾经写过不少武侠小说，尽管写得不好，但还是壮着胆子写，还壮着胆子投了一次稿，就投过一次。"

"从《和平颂》能看出来，您文笔是有基础的。对了，稿子投给哪家杂志了？"女编辑并不因为这个问题而感到意外，"什么时间投的？"

"投给了你们。"老班思忖片刻接着说，"大概是二十年前吧。"

女编辑扑哧一声笑了："哎呀，二十年前，我还在上小学呢。"

"我想知道，怎么就没有回信呢？据说那个时候很多杂志是给退稿的，而且都有编辑写的退稿信。我那篇稿子下了不少功夫，八十八页，每页三百字，两万六千四百字呢。"老班像是自言自语。他知道这个问题女编辑回答不了，因为女编辑不是当事人。

"是这样呀，"女编辑说，"投稿是有讲究的，我们是一本纯文学杂志，不发通俗文学，严格来说武侠小说属于通俗文学，应该是你错投了。"

"错投？"

"是啊，"女编辑点点头，"你如果投给通俗类文学期刊，结果也许就不是这样。很多作者投稿时很容易错投，错投的结果可想而知，好比我们喜欢吃米饭，你却发来一锅黏豆包，我们当然不会吃了。"

"原来是这样啊。"老班点了点头，看来错投比其他原因要体面，至少不是黏豆包质量有问题，只能说不合人家口味。

"欢迎您以后给我们投稿，这个奖项所有获奖作者都进入了我们的作者库。"

"作者库？"他不明白。

"是的，"女编辑微笑着说，"作者库的作者来稿，我们会格外认真对待，可以说是每稿必复。"

他心里涌上一股热流，再次谢过女编辑，抱着那个装着奖牌、保温杯的纸袋离开了编辑部。他不能停留太久，今天要跑够额度才成。下楼的时候他心里窃喜，看来喜鹊叫果然灵验，征文获奖还不是喜事吗？对于他来说，这个奖项比什么都重要，至少证明他当年的梦想不是四六不靠。

这件事应该马上告诉媳妇，相信媳妇会对他刮目相看的。他投稿的事媳妇知情，媳妇不看好他写什么《和平颂》，媳妇说："你一个开出租车的，颂什么和平，不搭！"

"这回你看搭不搭！"老班心里对媳妇说，"你老公也是个有两把刷子的人，只是造化弄人才没成为第二个古龙。"

发动车子，打开空调，平息了一下呼吸，他拨通了媳妇的电话，手机里传来麻将牌哗啦啦的响声。媳妇有固定牌友，都是福兴苑的几个姐妹，她们玩牌输赢不大，就是图个乐子。他兴冲冲地说："媳妇啊，今早出门听到老槐树上有喜鹊叫，我当时就觉得有好事，果然，今天一件天大的好事降到我头上啦，你猜猜，是啥好事？"

"你买彩票了？"

"我从来不买那东西。"

"那你拉了个大活儿？"媳妇又问。听出来麻将已经码好，开始出现抓牌的声音，有人喊了一声："杠！"

"大活儿能叫天大的好事？我中奖了！还记得上次征文吗？我写了篇《和平颂》，获了征文三等奖！"

"真的？"媳妇显然也兴奋起来，马上问，"奖金多少？"

他放平了声音，道："发了奖牌和奖品，没有奖金。"

"没有奖金？你不会留着做私房钱了吧？"媳妇似乎不信。

"真没有，工作人员说了，赞助单位太抠。"

"这算啥天大的喜事，你咋学会忽悠人了呢！"媳妇明显不高兴了，顺口说了句，"九饼！我在打牌呢。"然后挂掉了电话。

他喂喂了两声，嘴张得老大，好一会儿才放下电话。

他把水杯的包装打开，放到排挡边的凹槽里，让有字的一面朝向后座。然后把奖牌也从盒子里拿出来，端端正正摆在副驾驶位置上。看着奖牌和水杯他笑了，什么样的大活儿能比得上这两样东西？这是多少省市作协会员都想得到的荣誉啊！他并不埋怨刚才媳妇的态度，猜想媳妇今天一定是手气不好，听她打九饼喊出的语气就可以判断，媳妇上午肯定没和过牌。他希望媳妇赢牌，每次家里夜宵有炖鸡架配一瓶老雪，他就知道媳妇一定是赢牌了，媳妇输牌的时候夜宵只有干巴巴的烤鸡架。

时间已过中午，他下车到街边的老四季面馆吃了一碗拉面。看到周围的食客都是鸡架、老雪、香菜根和拉面老四样，他便很想喝一瓶老雪，但他忍住了，开车是万万不能喝酒的。"回家喝吧，今晚要喝两瓶！"眼前的拉面里油花很旺，仿佛盛开着一朵朵小黄花。"谁有喜事不喝酒呢？"他对着碗里的小花说。老班酒量不大，最多喝两瓶老雪，但平常只喝一瓶。

从老四季面馆出来，就遇到了两个打车的中年人，要去北陵附近一个建筑工地，那里有家著名的房地产企业因为资金链出了问题，工程处于停工状态。两个乘客一胖一瘦，胖的上车就眯眼假寐，瘦的则喋喋不休唠叨着什么。他听出了个大概，意思是瘦子为工程垫付了不少资金，现在工程停工，开发商跑路，他的损失无法估量。瘦子嘟哝了好一会儿，胖子才说了一句："怕啥，跑得了和尚跑不了庙。"

瘦子说："庙会被没收，然后拍卖，然后按比例清偿，轮到我只剩点稀汤寡水了。"

胖子又说："不怕，大不了底不兜了就是。"

"漏兜是早晚的事，"瘦子说，"到那时候我也就放挺了。"

"现在放挺的很多，飞机、高铁都没法坐。"

胖子明显是想让瘦子当老赖，一旦成了老赖，人就没了信用，在社会上寸步难行。老班想，应该开导两位几句才对，便插话道："两位老板别老想着烦心事，人不管逆境顺境总要找点乐子才成。"

"找啥乐子？"瘦子问了一句。

"比如追剧，或者写点小文章什么的。"说完，老班故意用手扶了扶奖品水杯，水杯上的烫金字虽小，却醒目，后面的两位乘客肯定能看得见。

他希望把话题引到他今天所获的奖项上来，这样，就可以好好讲讲福兴苑那棵老槐树，讲讲他的《和平颂》，如果时间允许还可以讲讲当年他写的武侠小说。

"写文章？"胖子睁开了眯着的眼。胖子的两个肿眼泡睁开时活像两个煮熟的肚包肉忽然被利刃豁开一样，有一种爆裂感，"写文章更他妈烦心，我一天也憋不出仨字来。"

瘦子道："哪有工夫追剧，追剧的都是些闲人。"

"问题是有值得追的剧吗？我现在只刷短视频。"胖子说完又闭上了两只肿眼。

老班多希望两人能注意到自己的水杯啊，这个水杯确实蛮漂亮，钛金，不锈钢真空，是一般杯子没法比的。关键是上面那排弧形的金字，工工整整的行书，字体俊朗清秀，弧形下面是三个隶书字：三等奖。三等奖也不能小瞧，一共才八个，自己在编辑部没熟人，能获奖完全靠实力。老班从后视镜里发现，那个瘦子的目光倒是几次扫过水杯，但没有任何停留，也没有询问什么，而是把目光投向窗外，嘴里嘟嘟囔囔道："跑路，跑到哪儿？还能跑到火星上去？"

"火星上也不一定就舒坦。"胖子用肯定的语气说，"我要走，就到月球上去，想家的时候还能看看地球上的长城——据说在月球上能看到长城，我们的古人就是伟大。"

"修长城是不是也拖欠了工钱？"瘦子问。

"谁知道呢，欠也不会写在史书上。"胖子的回答意味深长。

老班没再插话。长城修筑者是服劳役，哪里来的工钱？两位显然和他思路不在一个频道上，他不能对牛弹琴。他把车开到一个被蓝色铁皮围起来的工地，瘦子付了车钱下车，他连声再见都没说。按照出租车文明礼仪规定，他应该向乘客道一声谢。

汽车在街道上缓行，他不时左顾右盼。这里是几个政府部门的办公地，打车者应该不少，可是转了好一会儿，没人招手打车，他有点灰心，索性选择了一处阴凉的地方停下来，拿起副驾驶位置上的奖牌好一顿欣赏。奖牌要是再大一点就好了，家中客厅窗台上两只梅瓶之间那个位置正好可以摆放。尽管两只梅瓶是仿品，但奖牌却货真价实，两只仿品夹着一个真品，这就叫负负得正，很搭。

他正在摩挲奖牌，副驾驶开着的窗子里露出一张白白净净的脸来，是个眉清目秀的青年。青年问："走吗？"他点点头。刚才青年露出脸的时候，他还无法判断这是个男孩还是女孩，声音出来，他听出这是一个男孩。男孩留着三七分发型，莫兰迪色系的上衣肥肥大大，有点网络上说的"娘炮"味道。"去清北博雅，"青年说，"知道怎么走吧？"青年拎着一个博雅培训的白布袋子。去清北博雅，不用说，这是一个备考的考生。他打开导航，心想，考研肯定要考作文，考作文押题很重要，不知这个青年押了啥题。他记得当年自己就是作文跑题了，否则至少会考上个专科。

"要考研吧？"他问。

青年点了点头，连个嗯字都没说。

"考试考的是运气，押对题很重要。"他没话找话。

青年没有接话，开始刷手机。青年刷手机的速度飞快，两只手小鸡啄米一样忙碌。

"押对了题，才能考好。"老班又缀了一句。

青年还是没有说话，看着手机屏幕兀自笑了几声。老班误会了，以为青年在笑他刚才说过的话，很郑重地说："别笑，作文跑题，名落孙山。"他希望青年能把目光从手机屏幕上挪开，哪怕挪开三秒钟，青年就会看到眼前的钛金水杯，因为青年坐在后排中间位置，与水杯在一条直线上。

青年听到了后面这句话，脱口道："什么名落孙山，你这师傅怎么咒人呢！"

他急忙解释说："我是说我当年高考，作文写跑了题。要是现在，我肯定能拿高分，我的文章刚刚获了征文三等奖……"

"行了，什么作文不作文的。"看似文弱的青年脾气还不小，应该是刚才那句名落孙山刺激了他。

"怎么，考研不考作文吗？"他被抢白得有些尴尬。他是善意提醒，谁知好心被当成了驴肝肺。

"我是理工科！"青年的语气里透着不满。

他像是被人当胸推了一把，脊梁骨撞在座椅靠背上，靠背今天好像格外硬。他掐了一下大腿，用力很大，右腿内侧肯定有瘀青了。他想，考研不会像中学生高考那样考作文，这个常识怎么就没想到呢。

他不再说话，青年依旧在刷手机，但不再发出笑声。因为是下班高峰期，路上堵车严重，前面有车开得太慢，他也不鸣笛，因为鸣笛前面的车也不会礼让。大家都心急，急有什么用呢，还不是自己折磨自己。他忽然就想，刹车尾灯为什么要设计成红色呢？红色太刺激人了，要是换成蓝色或紫罗兰色岂不更好。

车开到清北博雅，青年下车后咣当一声，车门关得很重，看来是心有怨气。他并不恼，心想，也许小伙子去年就曾名落孙山吧，打人不打脸，说话不揭短，谁叫自己无意戳中了人家的伤疤呢。

路灯已经亮起，黄黄的，像虚化了的柠檬。因为绿化带上有高大的国槐遮挡，路灯显得明灭不齐。清北博雅的门前相对宽敞，老班就想在这里等客，拉不到客还四处跑，会白白浪费汽油。打车的人不少，不知什么原因，几拨从楼内出来的人绕过他去打了别人的车。耐心等吧，说不定会有一趟大活儿。他拿起水杯，两手摩挲不停，钛金的手感就是好，又凉又滑，坚韧真实，不像塑料杯，把在手上有一种假惺惺的感觉。

他等了一个多钟头，看到刚才那个青年从楼里出来，拎着白布袋子从车旁径直走了过去。他想叫住青年，犹豫了一下没有叫，从前窗看到青年上了别的出租车。他失望地收回目光，这时他才发现自己没有竖起空车指示灯。难怪没有乘客来问，原来人们把他的车当成了等客的网约车。

"太马虎了。"他责备自己，"不亮指示灯等于合理拒载。"他急忙把指示灯立起来，粗粗地喘了口气，"错过了好几趟活儿。"

空车指示灯刚竖起来，就过来三个穿白衬衣的人，他们刚吃完夜宵，身上散发出一股油饼羊汤的味道。这应该是小市羊汤的味道，没错儿，肯定是小市羊汤，附近就有一家，他吃过不止一次。三人准备上车，要坐副驾驶位置的高个子手扶车门道："把座上的东西拿一边去。"

"这可是奖牌，今天刚领的。"老班把奖牌装进纸盒里。他希望对方能追问一句，但对方显然对奖牌没兴趣，口气有些不悦："不管啥牌，你不拿走我没法坐。"

老班嗯了一声，将奖牌放到左手边，好在奖牌很薄，占地方有限，不影响开车。

后排两位一男一女，男的下颌宽厚，有点谢顶，一看就是个主事之人；女的身子很软，呈S形偎在后座上。主事男说："小胡，材料弄完，给了印刷厂，我们这些加班的笔杆子也该放松一下了，打电话叫谢科长过来，掼蛋。"女的说："谢科长掼蛋最臭，我可不和他对家。"

副驾驶座上被称为小胡的人马上拨电话，电话打通，小胡让谢科长马上去会议中心，结果对方磨叽了好一会儿。放下电话小胡说："不行啊主任，谢科长老岳父过生日，他喝高了，说话舌头都打转儿，来不了。"

"这个谢科长！"主事男嘟哝了一句，接着说，"那就叫娜娜吧，娜娜掼蛋还行。"

"你心里只有娜娜，娜娜来了不能和你对家。"女的说。

主事男严肃地说："谁和谁对家不能由你我说了算，要按规则定，规则即天意，如果我俩摸到同色的，就是谁也拆不散的对家。"

小胡打通了娜娜的电话，三两句就交代完了。放下电话小胡说："妥了，娜娜现在就打车往会议中心赶。"

三个人接着讨论起掼蛋的技法，老班不会掼蛋，听三人讲得津津有味，心里不免有些失落。刚才主事男说材料弄完了，开始送厂印刷，估计他们加班是在写材料。趁他们讨论的间隙，他故意说了一句："写材料是个辛苦活儿呀。"

没想到他一句话引发了小胡的共鸣："是啊，不是有句顺口溜吗，写材料的人是疏远了老子，冷落了妻子，耽误了孩子，用坏了脑子，累坏了身子。"

女的补了一句："主任脑子和身子可都没坏。"

"扯淡！"主事男不高兴了，小胡这样讲，伤害了主事男的自尊。

小胡吐了下舌头，讪讪地笑了笑。

没有引出想说的话题，老班忍不住又补了一句："写文章也有写文章的乐趣。"他故意把写材料换成了写文章，希望由这个话题能联系到《芒种》的征文，联系到奖牌和水杯，这样他就可以讲讲《和平颂》，讲讲他当年的武侠作家梦。

没人接话，他的话像一串飘落的槐花，连一丝尘土都没溅起来。

夜半时分路上不堵车，他将车开到三人要去的会议中心，小胡扫码付款，主事男和女乘客下车后就匆匆走进大厅。他悄悄瞅了一眼，主事男腹粗腿细，看来真是写材料累坏了身子。

他感觉有些饿，决定收工回家。马路上不时有亮着空车指示灯的出租车驶过，这些同行都是打替班的，两班倒，接班后要跑一个晚上。

福兴苑到了，老旧小区没有物业，车辆停放约定俗成，他没有进院，把车稳稳地停在老槐树下，这是属于他的车位。熄火，下车，把奖牌和水杯装进纸袋，锁好车门，一转身，看到了树干上那个光光的树瘿。他抬手抚摸了一下树瘿，树瘿有些暖，他索性闭上眼睛，再次抚摸了几遍，脑海里出现了父亲褐色的额头。树瘿太像父亲的额头了，长满皱纹，带着体温，摸上去会有一股热流传遍周身。

他喃喃地说："我获奖了，这是个不容易获的大奖，您该为儿子高兴才是。文章里写到了您，还写到了爷爷，还有孟奶奶，你们虽然故去了，可我总觉得你们就在这棵老槐树里住着，你们从没离开我。"

说着这些话，他鼻子酸酸的，但还是忍住了眼泪，苦笑着说："老槐树啊，我也是个有想法的人，一个大活人能没有想法吗？"

夜晚本来无风，当他抽回抚摸树瘿的手时，老槐树的树叶忽然沙沙响起来。他抬头望了望，老槐树的枝叶没有摇动，深夜，栖息在树上的鸟儿也不会叫。他用衣袖擦了擦脸颊，点点头说："有你懂我就行了。"他掂了掂沉甸甸的纸袋道，"回家，吃鸡架，喝老雪！"

穿过门洞走进福兴苑，他忽然发现紫藤树下模模糊糊有个人在长椅上坐着。是谁呀，这么晚了还坐在这里。他想过去提醒一下该回家休息了，在这里坐久了会着凉的。走到跟前，发现坐在那里打瞌睡的人是媳妇。媳妇站起身道："家里没有老雪了，去买了两瓶，没上楼，在这里等你。"

他愣了一下，这一回眼泪没有止住。

原载《小说月报·原创版》2024年第10期

陪孕

一

双慧走进这栋别墅房门时,珍妮正站在阳台上,她两手叉着腰,是虎口朝下、大拇指朝前、四指朝后那种闲适的姿势。关门的声响显然惊动了珍妮,她转过身,两手依然虎口朝下叉着腰,腆起的下腹,使她看起来像站到陆地上笨拙的企鹅。

"来了!"珍妮看着眼前的双慧,不感到意外。

"您好!"双慧绽开笑脸,笑得诚实,她要让女主人对自己产生信任与好感。

刚才,双慧从男主人口中得知她要陪护的女主人名字叫珍妮时,以为她是中外混血或是纯粹的外国人,现在看来,不是的。也许男主人不便透露女主人的真实姓名,就让双慧叫她珍妮。双慧不在乎,她是来陪孕的,不想过多地探究人家的隐私。

可能为了方便保胎,珍妮身着粉红色睡衣,趿拉一双粉红色拖鞋,见不得风雨的样子。那微微突起的下腹,让她对自己格外小心、怜惜。

男主人无疑是珍妮丈夫，或者致使珍妮怀孕的人。他看上去比珍妮大十几岁，标准的老夫少妻。一个小时前，他在电话里跟双慧敲定了见面时间和地点，开着一辆破皮卡，接双慧来到了这里。打开房门这一刻，男主人彬彬有礼，侧身让双慧先进屋，随后他才进来，关上屋门，从鞋柜里拽出一双女式拖鞋，递给双慧。他弯腰时晃动的秃脑壳，差点撞到双慧身上，好在他是有分寸感的人，及时闪开了。男主人见双慧和珍妮搭上腔了，不再说话，独自走进一个房间，轻轻关上门，有一种大功告成的气派。

"请坐，随便坐啊。"珍妮来到客厅，拍了拍布艺沙发，自己先坐下，两只手还是虎口朝下叉着腰。这是一间大客厅，有七八十平方米，布艺沙发背后墙壁上挂有一幅油画，画框粗重，画里有一个美女，长胳膊长腿，身上裹着散乱而又透明的白纱，歪着头，肩扛水罐，一只手臂托住罐底，另一只手臂绕过头顶扶着。双慧感觉，若不是粗重画框阻隔，那罐里的水，很可能流淌到布艺沙发上。最吸引人眼球的，要数屋顶上的投影仪，伸出小小的脑袋，探向沙发对面的墙壁，墙壁上方有一卷镶边的幕布，像是观赏完电影刚刚收场。双慧目光转向墙角处一架白色三角钢琴，这架三角钢琴看上去有一段时间没人动过了，琴盖上面摆放着一盆叫不上名的花树，枝繁叶茂的。此时，双慧不再过多打量这户人家，过多地打量，即便是欣赏，也会令自己显得低了。

双慧没有按照女主人的指引坐进布艺沙发，她站在客厅里，想着从今天起，她要在这里工作了。她来到女主人刚才站过的阳台，体会女主人站立的感觉。外面阳光很好，挥洒得不遗余力，有微风在吹着，不静下心来，感受不到它的存在。凭栏远眺，蓝天白云之下，是一大片静谧翠绿的植物，那是低矮树丛与杂草混杂的地带。有鸟群在树梢间飞起飞落，显示出一派岁月静好。

刚才珍妮就是站在这里，看着双慧跟男主人从窗下红砖铺就的甬道走过来，肯定对她进行了好一番仔细观察。

"还在吗？"

"什么？"双慧回身看向珍妮。

"蝴蝶，一只花蝴蝶，它一直在窗外晒太阳，我想伸手把它请进屋来，可又怕闪了身子。"

窗台外面的确有一只花蝴蝶，张着褐红色的翅膀，上面分布着叶脉似的黑色条纹，那不紧不慢晃动的样子，像是在尽情享受这安逸的时光。

"它是美的天使。"双慧给出一个结论。

"嗯，这话我爱听。价格他跟你说了吧?"

"说了。"

"你可以讨价还价。"

"就这样了，我能接受。"

"我脾气不好，自从肚子里有了小宝宝，我的脾气特别不好，往后请多担待。"

"我来，就是为您提供好的情绪价值。"

二

招聘启事是从微信群里看到的，那是个维权群，双慧到D城后被人拉进去，里面有上百号人，都在为维权大呼小叫，说什么话的都有，出什么点子的都有。后来累了，都消停下来，但群还存在，有人开始往里面发卖药广告、土特产品广告、服装广告、化妆品广告，维权群成了广告群。

前年D城房产限购时，双慧和丈夫急忙跑过来，乘坐免费看房车，逛了几家房产销售中心，人疲惫得不得了，还迷迷糊糊看花了眼。就在他们走到最后一家售楼中心时，双慧和丈夫痛下决心，购买了一套三十平方米的商住房。商住房暂时不限购，以后限不限购不好说，为确保在D城买到房，他们当场交了两万元押金。那时，丈夫不能耽误太多工作，正在上小学的儿子也不允许他们两个人一起滞留D城。丈夫很快回去了，双慧留在D城，租了一间房，安稳地住下来，一边享受D城的阳光、空气，一边隔三岔五跑到工地上，听轰隆隆的机器声，看热火朝天的施工现场，等来了丈夫打来的三十万全额房款，想着她在D城总算有了自己的房子。

那些日子，她眼看着楼房地基打好，眼看着楼房盖到了三层，眼看着就要起高楼了，心里无比甜蜜。双慧家房屋在图纸上标注的是十五层，她想知道十五层离地面究竟有多高，阳台有多大，够不够宽，以后周围是什么样的邻居。她连装修都计划好了，只等接到新房钥匙，便会开足马力大干一场。双慧整天惦记着自己的房子，晚上不免做梦。她梦见装修好的新房，比想象的面积大，室内富丽堂皇，连屋顶的吊灯都金碧辉煌，简直是个金銮殿。

眼看楼房盖到三层半了，墙体周围拉起了绿色防护网，施工机器的轰鸣声不绝于耳，一根根粗壮的钢筋，在水泥墙体上七长八短地指向天空。双慧的心跟着长草了，她想回家看看儿子，儿子想妈妈了，在等她回去。楼房不是眼睁睁看着就能长高，她使不上力气，看也没用。双慧回家了。

第二年回来，楼房全部建起来，封顶了，一座高大的灰突突水泥楼，矗立在空旷的蒿草地上。绿色的防护网还在，高高的吊车长臂孤寂地悬在空中，工地上没人了，一个个瞎了眼的黑洞洞窗口，无情、无奈地看向双慧，悲怆得很。双慧做梦都没想到，她热情高涨地购买的房子，她用攒了十几年的血汗钱购买的房子，成了烂尾楼。购房者自然齐心协力向开发商讨个说法，开发商代表却一个比一个赖皮，说他们也有难处，一肚子苦水倒不出来。闹来闹去，有人发现，开发商在D城不远处还有一片楼盘，正热火朝天起高楼、销售房屋，根本不是资金链断的问题，究竟是什么问题，谁都说不清楚。

这时有人说，开发商最初没安好心，他们知道花三十几万购房的人，都是弱势群体，外地人，顶多哭天喊地、寻死觅活闹腾几天，掀不起大风大浪，把账户资金都转移到热门楼盘上，这里不烂尾才怪。

不管怎么愤怒，怎么闹，事情一直没法解决。有的人默默走了，回家自找宽心，与眼前的世界和解；有的人不想让钱白打水漂，挤进了销售人员早已撤离的售楼中心，顽强地住下。售楼中心大厅漂漂亮亮，有水有电，还有废弃的桌椅，购房者住不上自己购买的房屋，住这里总可以吧！于是偌大的售楼中心支起了二十多个帐篷。二十多个帐篷，就是二十多户人家，各种帐篷大小不一、样式不同，有草绿，有迷彩，花红柳绿，见缝插针，随意安置，又彼此保持一段距离。有的人家在帐篷里搭建了简易床，也有的人家就地铺上隔凉垫，购买了被褥，电饭锅、碗筷齐全。帐篷外面摆放一个床头柜，上面放洗漱用品、各种药品、烧水用的电磁炉。双慧动作慢了半拍，没在售楼中心抢到有利地段，她的帐篷只好搭在厕所门口，整天闻着不太好的气味，也只能忍受。这个地段也有优势，上厕所比较方便，省去了排队的麻烦。在一个住着二十多户的大房间里，厕所就一个，每天早晨最热闹的地方便是这里，男男女女排成了一条弯弯曲曲的长龙，有如厕慢的，排在外面的人直嚷嚷等不及了，用手拍门，用脚踹门。吵闹的事不免发生，众人开始劝架，说互相理解，我们在这里被人欺负，就不要再互相欺负了，同是天涯沦落人，没必要为这些小事吵吵闹闹。

　　双慧丈夫在儿子暑假时带儿子过来了。这时售楼中心的二十多户人家，有的坚持不下去，撤掉帐篷，抱起行李卷走人了。剩下十多户人家依然坚守，摆出事不成功绝不罢休的架势。屋里的地面宽敞了，双慧的帐篷也由紧靠厕所门口，向大厅中央挪了挪。晚上三口人住在一个帐篷里，放下帐篷帘，一个独立的空间就形成了，无比温馨，无比舒心，楼房烂尾的事不用想了，没房子算什么，住在这里没什么不好！早晨起床，掀开帐篷帘，洗漱完毕，双慧领丈夫和儿子去附近农贸市场吃早餐。市场里除了卖蔬菜，卖鸡卖肉，卖水果，卖各种日用品，更重要的是有一条小吃街，面条、水饺、馄饨、炒饭，汤汤水水热气腾腾，想吃什么买什么。双慧在售楼中心居住的日子里，除了洗洗涮涮、翻看手机，就是上街，把周围环境都熟悉了，她走在通往售楼中心那条街路上，像走在自家门口一样理直气壮。

　　丈夫是个随和的人，没用上两天，跟十几户人家所有人都搭上了话。平时这么多人住在一个大屋子里，距离近了，心就远了，彼此随时保持着警惕，生怕被无端侵犯。除了有关烂尾楼的事，大家很少互相说话，特别是那些没用的废话。丈夫打破了禁忌，他有事没事就找人说上几句，最简单的问话也是："你好！""吃了吗？""今儿天气好，出门转转？"连小孩子、老人都不放过，时常跟他们开句玩笑，自己开心，也娱乐他人。

　　丈夫的随和，很快招惹了麻烦，这麻烦是他自找的，如果他不跟那些人随和，麻烦也不会出现。他跟别人说话随便，人家自然拿他不当外人，有什么话直截了当。他们说丈夫晚上睡觉磨牙，磨得咬牙切齿，像老鼠啃他们的帐篷，帐篷不隔音，全屋子人都能听见，那个恐怖。不仅磨牙，丈夫还打呼噜，声音忽大忽小，像过山车越过头顶，像火车钻进山洞那种号叫，搞得全屋子人整宿睡不好。人们当面发起攻击，大有口诛笔伐之势，另一起群体事件，在这封闭的售楼中心大屋子里迅猛爆发了。

　　有人说这是病，应该去医院治治，不治怎么能行。双慧属于一宿睡到天亮的人，她从没注意到丈夫磨牙，即便打呼噜，双慧也不以为然。在家的时候，丈夫的呼噜会像催眠曲一样让她睡得安稳，她从没想过丈夫的这些毛病会招惹众怒。

　　丈夫一个人回家了，儿子留了下来。暑假过后，他能不能来接儿子，也不好说。双慧知道儿子在学校班级里找不到集体感，原因是同学们从不叫他名字，都叫他兔唇。有什么事，直接喊兔唇，时间长了，把他的姓名都忘记了。有一次老师上课提问，不知脑袋搭错了哪根筋，也叫他兔唇，这不免引起同学们一阵哄堂大笑。儿子厌学，双慧和丈夫也不好强求，想着暑假过后，托人给孩子转学，转学是最好的出路。

　　双慧不是有钱人，整天领着儿子在D城坐吃山空不是办法，她想找点事干干，一来增加点收入，填平每天跟儿子吃喝拉撒的费用，二来也散散心，不至于整天想着烂尾楼这种烂事。正琢磨着呢，一则陪孕招聘广告跳进维权群，火辣辣击中了双慧的眼睛。她动了心思，翻来覆去看那广告，里面列出的所有条件，自己完全符合，非常符合，就像特意为她量身设置的。她想着儿子已经是大孩子，在这售楼中心玩耍，有十多户人家照看，不跑到外面，没什么危险。她记下电话号码，整理一下思路，溜出售楼中心悄悄打去电话，很快有了结果，她被录用了。

　　高兴过后，双慧又觉得有些不对昧。这个维权群里的人，都是经过严格考查才进来的，外人根本无法参与进来。珍妮和珍妮丈夫（姑且称之为丈夫吧）是本地人，不会跟他们一样买了这烂尾楼，也不可能成为维权者，那么，他是怎么混进维权群的？双慧想的是，会不会维权群里有开发商的人卧底，她用不用跟这十几户人家说说？

三

珍妮和珍妮丈夫很有钱，他们好像什么事都不做就有钱。这座独栋别墅共有三层，一层除了大客厅、与客厅连在一起的一个比较隐蔽的餐厅，旁边就是书房了。双慧刚来时，不知道为什么对这里打量了那么长时间，也许是在售楼中心住得太久，见到这样的私人住所还是有点儿羡慕。虽然这房屋与一般人家相比，没什么特别，但她管不住自己的眼睛，总会不自觉地转动几下，扫视这里的每一处，像个不太守规矩的钟点工。

珍妮丈夫还是有事要做的，他走进书房——就是双慧第一天来时，他走进的那个屋子。这个探肩、秃脑壳的男主人，每次走进那屋子前，都手握牛角梳子，在没有毛发的头皮上刮那么几下。也许是老夫少妻带来的激情，他在书房笔记本电脑上敲打键盘的声响，听起来昂扬激越。

双慧对这书房也好奇，那不算太大的空间，有贵重的书橱，书橱里塞满了一排排昂贵的精装书。那些书好像从没有人抽出来，但不觉落寞，它们与客厅里那架白色三角钢琴一样，装饰起这户心高气傲人家的脸面。紧挨书橱的是一个光碟架，上面塞满了各种早期收藏的光碟，看上去倒是经常被人拿来听。那台被敲打得昂扬激越的笔记本电脑，长时间插着电源，好像可以随时向什么地方发号施令。也许这里不仅仅是书房，还是男主人的办公室，很多重要的工作要在这里紧张而急促地完成。

工作了一上午，男主人累了，需要舒缓身体，他走出书房或者叫办公室的那间屋子，顺着台阶走进地下室，如同走进神秘的暗堡。地下室里有一块乒乓球案板，牢牢占据着地面中央。可能珍妮怀孕之前，经常跟男主人打乒乓球，两只球拍和几只白色乒乓球静卧在案板上，蒙尘沉睡。有些疲惫的男主人绕过案板，来到地面放有哑铃、杠铃的地方，玩几把哑铃，再抓几把杠铃，然后到跑步机上跑上十几分钟或二十几分钟，直到秃脑壳上冒出热气腾腾的汗球，扯来一条白毛巾擦掉，顿觉神清气爽。当然，这地下室兼有酒窖功能，一墙壁的酒柜，储存着几百种中外红酒，低调而又沉稳。双慧知道男主人从不独自在家饮酒，他是个很自律的人，红酒只是收藏或用于外面重要场合。男主人锻炼完身体，便去院子发动起他的皮卡。那是一辆老气横秋的车，看不出是有钱人开的，四轮永远沾着黄泥，黄泥里裹挟着新鲜的草棍，带着蛮横的气息。双慧在老家的时候，看到很多从野外回来的垂钓者，车轮上都沾有这样的黄泥，那是在水库或是人迹罕至的水域垂钓过的显著标志。

"他喜欢钓鱼？"双慧好奇地问。

"他的事，我从来不闻不问。"珍妮嘴角一翘，笑着说。

双慧来这里工作有一个星期了，她看到珍妮每天都喜欢站在阳台上。上午天空扫进来的阳光，伴随着细微的凉风，令人感觉不出这里有太多的炙热。珍妮在明亮的光线中，神情专注地看向玻璃窗外面，每当这个时候，就有一只花蝴蝶落在窗台上，像跟她约好了时间，不紧不慢晃动着翅膀，静静陪伴着她。"它真美，它好像懂得我的心思。"这时，珍妮的脸上会现出孩子一样的天真表情，她习惯性地两手虎口朝下叉着腰，长时间与那只花蝴蝶对视，仿佛惺惺相惜。

"你这时候多晒晒太阳好，补钙，也为肚子里的小宝宝补钙。"双慧从兜里掏出一卷彩纸、一把剪刀，说，"我给你剪个蝴蝶吧。"

"你会剪纸？太有才了。"

"没什么，念书的时候，老师在课堂上教的，这么多年了，我一直没忘。"

"太好了，太好了。"

"我们可以一起来。"

双慧带来了四张彩纸，红的，粉的，黄的，蓝的，随意抽出一张，是红的。她把红纸裁成小方块，折叠一下，再折叠一下，拿起剪刀弯弯曲曲在纸上游走，粘连在一起的纸片掉下来，但没断，耷拉在剪子下面，晃晃悠悠，等到剪完，那条长长的纸片才无声地落下去，掉在地板上。珍妮看得认真，几乎是屏住呼吸看双慧剪动彩纸，嘴似乎也在跟剪刀一起用力。剪纸用不了多少力气，只要掌握好力度和分寸就好，可珍妮太专注了，嘴巴竟跟着剪刀一张一合，双慧都感觉到了。双慧抬头看了她一眼，会意地一笑，放下剪刀，把折叠的纸一点一点展开，展着展着，一只红蝴蝶活灵活现地出来，连魂儿也跟着出来了，展翅高飞的样子。双慧把蝴蝶放在手心上，高高托起，变换着角度让珍妮看。珍妮高兴得不得了，她瞪着惊奇的眼睛，挖撑起两手，又悄悄伸出手掌，接过从双慧手上移来的红蝴蝶，左看右瞅。双慧就给她剪第二只、第三只、第四只，四只不同颜色的蝴蝶全摆在了珍妮手上。

珍妮说："你真好，你的到来让我高兴。"

双慧说："看得出，你是个乐观的人。"

珍妮说："可我不知怎么，最近总爱生气，无缘无故生气。哪怕每天外面那只花蝴蝶晚到一会儿，我都会生气，我知道，这对肚子里的宝宝不好。"

珍妮让双慧陪她看电影，是一部老电影，《音乐之声》。她不知看了多少遍了，里面好多台词她都能记住，还是看不够。珍妮说她非常喜欢女主人公玛丽亚和那七个孩子，更喜欢电影里的歌曲《雪绒花》，说着，珍妮不自觉地哼出那首歌。她是轻声哼唱的，整个人都陷进歌曲旋律里："雪绒花，雪绒花，每天清晨问候我。小而白，纯又美，向我快乐地摇晃。雪似的花朵，深情开放，愿你永远鲜艳芬芳……"珍妮一边唱，一边用手势告诉双慧放下对面墙壁卷起的幕布，投影仪亮了，电影片头出现在幕布上。

"一个人看电影，跟两个人看，气氛完全不一样。"

"这电影欢快，有利于胎教。"

"我听说女人生孩子，太容易抑郁，希望我生完宝宝，你还能这样陪着我。"

"生宝宝后有月嫂，她们更专业。"

"月嫂当然要请，但她们跟你不一样，我希望你继续留下来。"

"当然可以。"

珍妮不再说话，专心看电影了。她看电影时，两手叉着腰，也是虎口朝下那种叉法，腰板挺得直直的，好像用叉腰来提醒自己，千万不能忘记肚子里的小宝宝，委屈了小宝宝，惹小宝宝不高兴。现在的女人确实娇气，怀个孕，像天大的事。双慧怀儿子时，也娇气过，但不至于这么娇气，该工作时工作，该上街时上街，从没有像珍妮这样拿自己当回事。双慧以前听母亲说，姥姥生了一大堆孩子，从不懂娇气，每次怀孕，挑水劈柴一样没耽误过。姥姥不知心疼自己，别人更不知道心疼，一辈子都那样过来，生孩子跟拉屎撒尿似的随便，顶多坐月子时额头上捂个白毛巾，一是怕受风，二是向左邻右舍做个宣告，生了。

电影放映到女主人公玛丽亚发现衣兜里被孩子们放进了蛤蟆，珍妮按下了暂停键。这电影她太熟悉了，不需要一口气看完，只感受到那里面的气氛就行。最主要的是，珍妮不能坐在沙发上时间太长。她站起身，走到阳台活动活动身子，沐浴一下阳光，顺便看一眼那只花蝴蝶有没有飞走。双慧这几天跟着珍妮站在阳台上，脸晒黑了不少，珍妮却不怕黑，她需要补钙，也给肚子里的宝宝补钙。珍妮手里还攥着双慧剪的蝴蝶，她真是喜欢，一直攥在手里。现在，她要把纸蝴蝶放在窗外阳台上，跟那只没有飞走的花蝴蝶放在一起，以假乱真，也算帮它找几个伴儿。打开小窗，珍妮把胳膊伸出窗外，又不敢用力，生怕惊动肚子里的小宝宝。她缩回胳膊，把四只纸蝴蝶放在双慧手里，小心翼翼，动作很轻。双慧捏起一只纸蝴蝶，放到外面狭窄的窗台上，回手再捏起一只，再放到外面。她的动作同样很轻，一点没惊扰到那只花蝴蝶。纸蝴蝶摆放完毕，她随手关上小窗，可能动作快了些，掀起一股风，四只纸蝴蝶飞离了窗台，晃晃悠悠飞向地面。珍妮的眉眼立马活跃起来，快乐地拍起手喊："它们活了，活了，它们居然会飞。"

双慧觉得珍妮夸张的样子有点好笑。

珍妮说："听说你会弹钢琴？"

双慧说："有些基础。"

珍妮说："你还会背古诗？"

双慧说："能背诵一些。"

珍妮说："太好了，哪天你陪我弹钢琴，再陪我背古诗。"她炫耀地张开十根手指头，她一定觉得自己十指非常美。双慧看出来，那是一双没有摸过琴键的手。

双慧说："一定的。"

也就在这时，双慧的手机响了，是个陌生的号码。她接起电话，里面传来一个陌生女人焦急的声音："你在哪儿？快回来吧，你儿子出事了。"

四

双慧几乎连跑带颠离开珍妮家，来到街上，拦了一辆出租车，提着怦怦作响的心回到售楼中心，得知十几分钟前，儿子跑到别人家帐篷附近，跟一个孩子打闹，被一根系帐篷的绳索绊倒，鼻子磕出了血。打电话的是跟儿子一起打闹的孩子母亲，她极力为自己孩子辩护，说双慧儿子摔倒跟她家孩子没有一点关系。可能儿子鼻血流得太多，变成了红乎乎的大花脸。双慧找来一张餐巾纸，为儿子擦掉脸颊、下颏上的血迹，她想尽力擦掉心中所有的不愉快。出血的鼻孔早被那个陌生女人用卷成长条的餐巾纸堵上，餐巾纸条红一半、白一半，像一根折断的小象牙长在儿子鼻孔上。儿子前衣襟也有血迹，必须赶紧洗掉。双慧扯起儿子的手，回到自家帐篷，脱下儿子的上衣，问："说说吧，到底是怎么回事？"儿子说："是他在后面推的。"双慧问："你确定？"儿子轻声地说："嗯。"双慧说："到底是，还是不是？"陌生女人追过来了，她掀开帐篷门帘说："不要难为孩子，终归是两个孩子打闹，没轻没重。我们去医院看看吧，医药费我负责。"陌生女人不像不讲理的人，双慧的心宽慰了一些，她说："先不用，观察一下再说。"

双慧拿起洗脸盆，放进儿子脱下的衣服，去水房了。儿子出事，她的工作就要耽误半天时间，有点可惜。珍妮丈夫最初跟她谈的时候说，如果每月出满勤，开八千。这下可好，才上几天班就误事，她无论如何拿不到八千了。双慧想着工作，想到那八千块钱，自然想到珍妮丈夫，脑子忽悠转到维权群了。珍妮丈夫是怎么把广告发到维权群里的？她有必要重新看一眼手机。就这样，她把带有洗衣液泡沫的手从水盆里抽出来，打开水龙头冲洗几下，又在自己衣襟上擦了两把，清理掉水珠，从兜里拽出手机，打开维权群，划到广告那页。她找到了发广告的人，叫"蓝天"，很不起眼的名字。双慧以前看到好多人在微信里给自己起了"蓝天"这个名字，俗不可耐。

这是个上百号人的群，"蓝天"一直隐藏在里面，她从没见他说过话，他冷不丁冒个泡儿，就是为了发一则广告。

双慧对"蓝天"格外上心了，她点开他的头像，是一辆皮卡。双慧的心顶到了嗓子眼儿，她认识这辆皮卡，就是珍妮丈夫那辆车轱辘沾黄泥的皮卡，只是图片里的皮卡车斗里多了一个铁架子。双慧以前在工地上见过，现在它出现在微信头像里，一般不会被人注意，双慧却注意到了。她也不知什么时候养成的习惯，每次看微信，不仅看表面图片，更要看图片背后隐藏的东西，像窥私癖。她往往会从被人忽视的图片里，捕捉到意想不到的信息。

珍妮丈夫皮卡上的铁架子，暴露了他的工作，这男人很可能干工程，说不定搞建筑，给开发商建楼房。双慧还猜想，珍妮丈夫不仅建楼房，还有可能与一伙人共同开发房地产，他是股东之一，说不定是个大股东，那烂尾楼就是他们盖的。越想，双慧越相信自己的直觉，这判断错不了。她像发现了一个天大的秘密，有关珍妮丈夫的秘密，便无法淡定了。她把手机揣回兜里，手伸进水盆用劲儿揉搓起衣服，又找出新的血点儿，再用力揉搓，此时她感觉自己的手劲儿特别大，是那秘密增加了她的手劲儿。她把衣服从水盆里捞出来，看一看，寻找是否有遗漏的血点，再按向盆里加紧揉搓，心想着，他们这事有希望了，她要找珍妮丈夫，告诉他，开发商要么退还房款，要么把楼房尽快全部完工，交付使用，别无选择。她听说，他们这个维权群体之所以形成不了气候，主要是出现一个牵头的，就被开发商收买，牵头人得到好处，自然偃旗息鼓走人。他们这个群一共出了五个头儿，最后都不露面了，肯定得到了好处，顾不了别人。剩下的人一个比一个窝囊，根本没有牵头的能力。她不想成为那五个人，被人鄙视，让人唾骂，坚决不想。她心里只有一个真实的想法，就是利用自己的"特殊身份"，把这话告诉珍妮丈夫，那个叫"蓝天"的人。

这样想着，儿子的衣服已经用清水洗了三四遍，泡沫不见了。她的身体像一台功率极大的发动机一样强劲有力，拧干衣服，哗啦啦倒掉盆里的水，一手攥着衣服，一手拎着空盆转身走出水房，绕过三四个帐篷，来到售楼中心外面，放下盆，展开衣服，搭在矮树丛上。矮树早成了住帐篷人的晾衣架，售楼中心里十几户人家，每天都有人洗洗涮涮，那一大溜矮树丛上晾晒着外衣、外裤、内衣、内裤、袜子，还有宽大的被褥，看上去花枝招展披红挂彩。

晾完儿子衣服，双慧拎起盆往回走，见售楼中心门口拱出一条大花被，花被下面长了两条人腿，是有人抱着花被出外晾晒。她看不见抱被人的脸，那人却不知从被子哪条缝隙把她看得一清二楚。可能心里的事从脸上露了出来，蒙在被子里的人对双慧说："你心情好了？孩子嘛，就那么回事，不用太上心。"

双慧对着大花被问："你怎么知道我心情好了呢？"

大花被说："看你那表情就知道。"

洗完儿子衣服，双慧还准备回到珍妮那里，她要让珍妮知道，她对这份工作是认真的、珍惜的，不会因为一点点小事随便耽误。更重要的是，她急于见到珍妮丈夫，说说这事。就在她起身要走的时候，儿子又来找麻烦了，他拽住双慧的衣襟说："不想让你走，陪陪我好吗？"

双慧能说什么呢。

五

第二天，双慧是领儿子去的珍妮家。这天她起早去了一趟市场，买了二斤红皮地瓜，拎回售楼中心，用刷子去掉泥，小心地避免伤到皮儿。她把地瓜洗得干干净净，用刀削掉两头泥尖，放在电饭锅里蒸上。蒸熟的地瓜，不是给自己和儿子吃，她要带到珍妮那里，送给珍妮丈夫，算是一份感情投入吧！跟人家说事总不能空着手，蒸熟的地瓜实在又贴心，她相信珍妮丈夫吃不到像她蒸得这么好吃的地瓜。

昨天洗的衣服今早干了，帮儿子穿上，娘儿俩打扮得利利索索。她拎起装进塑料袋里的熟地瓜，牵起儿子的手，出门了。等到了珍妮家里，她想让儿子看看《音乐之声》，那电影他一定喜欢。昨天珍妮把电影按了暂停键，不知道接下来她看没看完，不管怎样，双慧都要给儿子从头看起。

双慧到珍妮家的时候，珍妮丈夫正从书房或办公室里出来，他手里端着茶杯，可能是在找水壶，想给自己杯里倒上水。他把茶杯放到客厅茶几上，又转身离开，急着去卫生间了。双慧今天格外注意这男人，她把拎来的一塑料袋熟地瓜放在茶几上，想这男人一点也不像开发地产的奸商，可奸商不都是写在脸上啊！她端起茶几上的热水壶，为珍妮丈夫的茶杯里倒上水。珍妮丈夫那没头发的后脑壳，好像长了眼睛，他说："你不用管我，陪护好珍妮就行了。"

双慧坚持往那茶杯里倒上水，盘算着什么时候把地瓜送给珍妮丈夫，什么时候把这事说说，或者一会儿她把地瓜递到他手里的时候，立马就说。珍妮丈夫从卫生间出来了，他刚洗完手，一张纸巾反复揉搓在手上。他走到茶几前，确切地说，是走到双慧跟前，端起倒了水的茶杯。双慧的心忽然变得硬朗起来，她要跟他说了，说你们别整天推三阻四，你要告诉我这烂尾楼到底怎么解决，什么时候解决。我们这帮人大老远来到 D 城，不是没事出来闹事……她拎起茶几上的地瓜站起身，心又软了，嘴更软，这话说不出口。她犹豫着，刚要把能说出口的话说出来，珍妮丈夫转身离开了，看都没看她一眼，就像她是他身边的空气。双慧溜到嘴边的话，生生吞咽回去，咽到了肚子里，她一屁股坐回了原处。

珍妮不知在阳台上待了多长时间，她一只手虎口朝下叉腰走进客厅。

双慧说："我们继续看《音乐之声》。"

"你孩子多大了？"珍妮那只手掉转过来，竟然虎口朝上叉在腰上，那是非常不满、非常霸气的姿势，像是要跟谁吵架。

"八岁。"

"他的嘴唇……我知道是怎么回事，你怀孕的时候吃了什么？见到过什么不好的东西？"珍妮另一只手也虎口朝上叉起腰，她双手叉腰的动作很不友好。

"我不知道，我也说不清楚，孩子生下来我们才发现。好在他两岁时，我们去医院做了手术，缝合挺好。"

"最好不要让我看见这样的孩子，这对我肚子里的宝宝不好。"

双慧脸上一阵火辣，像一只烧红的烙铁按在上面。她说："对不起，我没想那么多。"

儿子从阳台上跑过来，他身后跟进来一缕阳光，明亮的阳光。双慧没有注意儿子什么时候跑到了阳台，也许在她跟珍妮对话的工夫。儿子欢天喜地地张开一只小手，阳光追踪着他的手心，停留在一只花蝴蝶上，停留在一只折断翅膀的花蝴蝶身上。褐红色的鳞片，荧光闪闪地沾满了他的手。儿子用表功的方式，显示自己在两个大人之间的存在。

"天哪，怎么会这样！"珍妮惊呆了，叉腰的双手捂在双耳上，不，是捂住了自己的脸颊。她呆呆地站立了好几秒钟，又满地跺起脚来。她好像忘记了自己怀孕的身子，使劲儿跺着脚："我的天！我的蝴蝶！你这孩子怎么这样残忍！"

六

双慧牵起儿子，泪眼婆婆地跑出珍妮家门，那袋拎在手里的地瓜，被她狠狠地摔到门口，又踩上一脚，踩成了稀泥，像一摊屎。她脚步飘忽着走在街上，如同踩着天上的云朵，摇摇欲坠。她对儿子一句责备的话都没有讲。快要来到售楼中心了，她强行止住泪水，从衣兜里掏出一沓皱巴巴的纸巾，胡乱按向眼角，按向泪水侵蚀过的脸颊，她不想让那些人看到自己狼狈的样子。好了好了，她相信等一会儿回到售楼中心，脸上会一点儿没有哭过的痕迹。她问儿子："中午想吃什么？回去妈妈用电饭锅给你做，做最好吃的。"

手机响了，是珍妮丈夫，那个微信叫"蓝天"的人。双慧迟疑着，按下接听键，不管那男人会说出怎样难听的话，她都要按下接听键。手机冷静地放到耳朵上，她凛然得不像是自己。那男人说："您走到哪儿了？我开车去接您。您知道珍妮脾气不好，她需要您原谅，只要您回来，我再给您涨两千块钱，您可以花钱雇人照管您的孩子。还有什么要求，您尽管提，什么要求都好商量……"那个平时不怎么爱说话的男人，由始至终都在"您"中婆婆妈妈。

手机从耳朵上移下来，双慧的双手不受控制地颤抖着，她伸出一根手指用力稳住，坚决按向了关闭键。

原载《鄂尔多斯》2024 年第 9 期

杨小凡

黎明

一

老左在租屋里酣睡，身体像脱了骨，没有支撑地睡成一摊泥。

房子是学校给租的，在三报司街的最深处。他当初选这间房子，倒不是考虑租金便宜，而是看中了这里的安静。他在学校门岗是要值夜班的，白天能安然地睡上一觉，是件大事情，何况他不值班时，每天夜里也会不定时到学校巡查一下。这么说吧，除了寒暑假，他很少能睡个囫囵觉。老左不是涡北中学的正式员工，他是劳务公司派到这里的保安。虽说是劳务公司派来的，但他与其他保安并不一样。他是军人出身，参加过对越自卫反击战，有参战军人的经历垫底，做事特别认真，深得师生的信任和敬重。

老左在这里快十年了，三任校长对他都高看一眼。这样一来，他越发认真和负责，从没把自己当一个临时工看，真正把这学校当成了家。其实，他完全可以不用这样辛苦。他从没仗过教育局王局长的面子，他不能给军人丢脸。他来涡北中学当保安，是王局长亲自送来的。那天晚上，学校的校长、负责后勤的副校长，还有另外两个人陪王局长在学校食堂吃饭，他理所当然地被叫来一起参加。老左是不想来的，自己一个保安，与领导一起吃饭不自在。王局长说，这顿饭就是为你才吃的，老班长不参加，肯定是不行的。

学校的几个人听王局长这么一说，都不明就里，对老左立即小心恭敬起来，把他当成自家老哥一样。几杯酒下肚，局长便开了口。他说，在越南战场上，我和左班长负责一挺机枪，他负责扛枪和背子弹，我负责射击，在那次203高地反击中，我俩这挺机枪击毙六名越南兵。评功的时候，老班长硬把功都推给了我，我才上了军校，他却退伍回乡当了农民……

老左门卫确实干得很好，全校师生都很喜欢他那股子军人的气质和认真劲儿。一学期过后，学校便给他封了个"安保科长"，每月比别人多加了一千元补助。其实，学校是没有安保科的，总共才七个保安，最多叫个安保队。称老左为"科长"，是对他的尊重和喜爱，没有其他的意思。

今年高考和中考只隔了四天。高考三天，中考三天，加上提前准备考场，一天一天累下来，竟有半个月。这么说吧，每年高考和中考，老左基本上半个月都休息不好。他每天夜里几乎都在学校里，要么是值班，要么是检查。高考中考这事可含糊不得，学生们的一生都取决于这场考试，尤其对农家子弟更重要，考试就是他们最公平也最关键的翻身机会。老左的儿子学习不争气，没有走高考这条道，初中毕业就去了南方打工。唉，现在说什么都晚了，让这些孩子高考、中考考出好成绩，对老左也是一种安慰。

中考结束后，老左实在是累了，毕竟转眼就是六十岁的人了，岁月不饶人啊。四点半，考试结束，他把门岗安排好，就到学校东墙外的北小街，买了四个小菜：卤兔头、酱牛百叶、羊奶渣，外加一盘水煮鲜花生米。以前，老左爱吃油炸花生米，现在，他的大牙松动了，嚼不出油炸的那种香来，就改吃水煮的了。

老左在租屋里，一个人心满意足地喝了起来。平时，他都是喝老古井这种实惠的口粮酒，今天高兴，就打开一瓶价格贵点的古井原浆。半个月来，两场考试，顺顺利利，没有半点闪失，应该庆贺一下。好心情是最好的下酒菜，老左一高兴，就喝多了。一瓶酒快喝完的时候，老左有了醉意，倒在床上就睡了。

老左正沉沉地睡着，手机铃声突然响起。他迷迷糊糊地拿起手机，那边便传来门卫老樊急促的声音，科长，您快来吧。有个女生要跳楼，正在楼顶呢！

老左立即醒来，翻身坐起，穿上鞋，拉开门，向外跑去。

他飞快地跑过三报司街，不顾横在面前的古泉路上的车流，迅速穿过，又向前方的北小街跑去。

看到学校高大的门楼，他抬头向前方的天空望去，只见夕阳西下，金色晚霞如瀑布，太阳的余晖光芒四射，东南方的明月却已早早升起，日月同辉的天幕中，一架飞机拖着白云，快速飞行。目光再向下移，才见学校的英才楼顶，一个穿着蓝校服的女孩，在那里木木地站着，楼下是一片黑压压的人头……

啊！老左大叫一声，惊坐起来。

老左惊魂未定地坐了一会儿，才确定刚才是一场梦。此刻，他睡意全无，看了看手机，快到凌晨四点了，就点着一支烟，靠在床头，怦怦的心跳才慢慢地缓下来。

老左没有了睡意。他确实也不困了，从晚上七点多钟吧，一直睡到凌晨三点多，也有七八个小时了。对于快六十岁的人，七八个小时的睡眠肯定是多了，何况酒后睡得更沉呢。他决定现在就起床，到南边的涡河公园走一走。

涡河公园沿河两岸而建，北岸公园东起汤王陵，西到灵津渡西边的龙潭寺，有三公里之长。公园依河岸向下，直抵水面，高低不同颜色各异的绿植、亭台、栖廊、步道、小广场、健身器材，应有尽有。更有意思的是，北岸这沿河公园，把汤王陵、宋真宗过河祭拜老子的灵津渡、姜子牙的古钓鱼台、古太平桥、郑家洲、曹操龙潭斩蛟的人文景点，都连缀在一起，也可以说是一座滨水文化公园。这么好的公园，老左却很少去。有时，他也想到那里散散步，可他的工作决定了得以校为家，这些年还真没去过几趟。

今天正是个好机会。现在还不到四点，公园里肯定没有人。一个人在偌大的公园里散步，仿佛公园就是专为自己所建，那真是很幸运的事。老左这样想着，点上一支烟，便从租住的房子里出来。

此刻，街上一片寂静。路灯已经熄了，依然可以看见薄雾在街巷里流动。

走了二十多米，便见前面街道的左边有一片昏红的灯光。啊，是贾三包子店开始动火了。卖吃喝的真是勤行，不容易啊，每天这个点就开始劳作了。

路过贾三包子店，老左看了一眼里面正在忙碌的老贾夫妻，打了声招呼。老贾跟他很熟，惊奇地说，左科长今天起这么早，学校里有事啊？

老左笑着说，你们两口子真勤力啊。我到河边走走，一会儿回来吃头锅包子。

好嘞！在三报司街，咱老贾是头一份！老贾高声笑着说。

听到三报司街，老左心里一怔，想了一下，关于这三报司街的由来，还是老贾跟他说的呢。

开始住这里的时候，老左并不知道这街名的由来。有一次吃包子，跟老贾聊天，才知道，很久以前这条街上有座小庙，里面供着专门主持因果报应的三个人，寇准、包拯和海瑞。司是掌管，报是报应，民间相信"善有善报，恶有恶报，不是不报，时候不到，时候一到，必定要报"的老理儿，就把三个清官当成了神。因着这座小庙，这条街慢慢地就被叫作三报司街了。

快到古泉路的时候，老左看到写着"三报司街"的牌楼，突然想起了老冯。

可惜了，这个老冯，我对不住你啊。

此时，老左心里很不是滋味。他想，认识老冯是在去年夏天吗？不是。应该比这个时候晚，好像是中秋节以后。

老左边走边回忆着，那个永远扣着最上端衣扣、背微驼、白脸灰发的老冯。

应该说，老左与老冯属于未见先识。

那天，老左值夜班。他早早地来到门岗，进了门岗室，正要翻看进门记录时，老樊就给他报告说，下午门口来了个神经病！

神经病？怎么回事？老左放下记录本，问老樊。

老樊笑着说，下午两点左右，有个灰白头发的老头来到这里，非说要见校长。我问他见校长有啥事，他说见了校长再说。问他可认识校长，他说不认识。不认识校长找他干吗呢？我想他可能是哪一个学生的爷爷。问他是不是学生的家长，他说不是。不是你找校长干什么？他说有重要的事情要报告。

科长，你听听，你听听，不是神经病能说出这话？

老左很敏感，他觉得这老头不一定是神经病，可能真有啥事。他看着老樊，认真地说，你继续说，说具体点。

这有啥可说的，我把他轰走了。明显的神经病。

你怎么判断他是神经病的？把他来这里的经过完完全全地说一遍。

老樊看一眼老左，不解地摇了摇头，又不情愿地说起来——后来，追问急了，他说有学生要自杀！这不明显瞎说吗。我问他是怎么知道的，他说对面公园里的独钓亭有学生写的字！这简直是神经错乱。

后来呢，还说了什么？老左追问道。

我还能让他说什么？我就赶他走，他不走，说就在门前等校长。老樊打开手机，翻到一张照片，递给老左说，你看，就是这个人，看着就不正常。天还这么热，他上衣的扣子扣到脖子上，呆呆的，根本不像正常人！

老左仔细地看了一会儿照片：照片上的男人，脸部清瘦，面色白，灰白的头发干净整洁，灰白色的长袖衫严谨地扣着扣子，外面套着一件绿色的马甲，马甲上印着四个鲜亮的大字："幸福保洁"。很显然，这人是"幸福保洁"公司的员工。

老左把手机递给老樊，严肃地说，你太马虎了，我以前要求过啊，凡是来学校这里的，一定要问清，你怎么能赶人家走呢。

老樊见老左虎着脸，心里有点不悦，扭着脸说，不是我硬赶走的啊。后来，是他自己走的。他走时还说，要回去点名了，过两天再来！

老左没对老樊再说什么,坐下来,又开始翻看那个记录本。

他边翻看边想,这可能不是件小事啊,看这人的神态与衣着,应该是一个非常正常的人。也许,他真是发现了什么蛛丝马迹。现在,孩子们的压力大,前年春天,一个高一的女生不是从英才楼上跳下来了吗!老樊真是不负责任,应该仔细地问一问这个人,或者真把他领到校长室。

想到这里,老左有些后悔,要知道会发生这事,就该再早来一会儿。他转念一想,心里又生出一丝安慰,也许,他明天还会再来!

二

夜里,老冯躺在床上,翻来覆去地想着这些天发生的事。

老冯原来的保洁段是"太龙"段,从太平桥到龙潭寺不到一公里,中间夹着郑家洲。这一段的风景确实不错,有一首诗可以为证:"灵津渡口姿春游,云剪轻罗护翠楼。西指太平桥外路,小桃花溪郑家洲。"由于太靠西,相对偏僻、幽静,来的也多是欣赏风景的成年人,素质相对高些,卫生自然好打理。公司也是看他年龄最大,就把相对轻的工段交给他。相比较而言,东部的"太汤"工段就难打理,北岸有丰水源等几个大的小区和老街道,同时,还有涡北中学的两千多名学生。对应的人口多了,来公园玩的人就多,卫生自然难以打理。

老冯在心里是领这个情的。可他负责的"太龙"段确实太冷清了,从周一到周五白天见到的人很少,每天面对的都是河水和绿植,走在步道上,孤独感常常不由自主地生出来。其实,老冯也不爱热闹,他平时并不爱与人讲话,一辈子也孤独惯了。老伴五年前去世后,这个世界上他就没有亲人了。很多个夜里,他都在想,自己这一生怎么会是这样呢?不公平啊!四十多岁才娶上媳妇,媳妇又不能生养。不能生养也就罢了,还早早地走了,算起来,与她相伴的日子总共也就十来年。

现在,他已经过了六十,公司是照顾他,也看他老实能干,才让他在这里待着了。他现在真的越来越怕孤独,他想在人多的地方,能感受到生命的气息和活力。就是因为这么个想法,他才一次次向公司申请,把他的工段调到"太汤"段的。

公司开始不理解，人家都想调到人少事少的工段去，你却反着来，真让人想不通。说了几次后，见公司并没有给他调整，他就急了，找到负责人小高。他说，小高啊，你不理解大爷的心思，我干活时见不到人，回到住处也一个人，太孤单了。你就给我调调，反正我也干不了几年了，一定会干好的。真干不下来，你放心，我不让你作难，我就不干了。

话说到这个份上，小高就给他调了。

调班后的第一天，天还没亮，老冯就背着背篓出门了。

背篓里不仅有平时用的扫帚、捡纸的夹子，还多了清洁桶、刷子和白漆。前几天，他就到"太汤段"查看过，独钓亭的四根白柱子上被人写满了字。他想，首先，要把这亭柱上的字刷掉，然后再涂上白漆。清清白白的亭柱才好看，这是他的责任。

来到独钓亭时，天已经亮了。老冯没有立即去刷亭柱上的字，而是仔细地看了一遍。在他的心里，字是有力量的，人写字的时候一笔一画就把心思写在里面，或诉说，或祈求，或愤恨，或诅咒，这是连小孩子都知道的事。他小的时候，常常看到学校的墙上用粉笔写的字，"×××是日本人""打倒×××"。现在，孩子们也一样，用写字表达自己的想法。

老冯这样想着，就仔细地看起来：

"初来人间不知苦，潦草半生一身无。转身回望来时路，才知生时为何哭——庙红练。""剑不锋利马太瘦，你拿什么跟我斗？——若妍。""爱情是什么，爱情是甘拜下风。爱情是什么，爱情是我只喜欢你比昨天多一点点——小SS。"

……

亭柱上的字，有大有小，有工整有潦草，有黑有蓝有红有绿，有粗有细，还有用刀子或者钉子直接刻上去的。四根柱子上，几乎写满了。

老冯边刷边想象着写字的人。这个应该是女生写的，这个应该是男孩子画的；这个是初中生写的，那个可能是已出校门的人写的。每一段话，肯定都代表着写字人当时的心情。这些人都在想什么呢？老冯想，这四根柱子，就是周边在暗处的人的心声。他们都在哪里？现在都在做什么？也许，这些人写下这些字就是为了发泄一下，也有可能他们心里真窝着一股气，藏着种种不可明说的心思。字是刷掉了，他们的心病却除不净。

用了两个多小时，老冯才把柱子上的字刷干净。

他确实有点累了，坐在亭柱之间的美人靠上，掏出烟，点上，吸了一口，长长地吐出烟雾。这时，一只水鸭子，忽地从河面扑棱棱地飞起来。

老冯觉得心里舒朗多了。

刚刷的柱子有点湿，现在是不能涂漆的。

老冯趁这段时间，开始捡拾垃圾。"太汤"段的卫生，确实比以前他负责的"太龙"段难打理。由于人来得多，经过一个晚上，地上散落着卫生纸、瓜子皮、烟蒂和偶尔可见的狗屎。老冯心情很好地收拾着，心里并没有抱怨，反而有一丝兴奋。保洁工就是干这个的，地上没有垃圾，保洁工还有价值吗？多少天心情没有这么舒畅了，身上微微有了汗，反而觉得筋骨更舒展了。

十一点多的时候，他用白漆刷那四根亭柱。他刷得很认真，一刷子、一刷子，仔细地压着茬，细细地刷着。刷完的时候，他感觉右臂酸酸地痛起来。他看了一眼手机，啊，快一点了，原来，他已经刷了快两个小时。

老冯回到住处，草草地吃过盒饭，就躺下来。平时，他中午是自己做饭的。一个人的饭也简单，下碗挂面，加几片青菜，胃口好的时候再打两个荷包蛋，这是他的最爱。按说，他现在一个人挣钱一个人花，吃点好的菜也是可以的。但是，他很少吃荤的，尤其不喜欢吃羊肉和牛肉。这个习惯不知道是从什么时候养成的，好像也不是小时候，那时家里穷，根本没有这些肉吃。那就应该是成年后了。老冯是个善良的人，好像在他二十几岁时的一天，突然觉得牛耕了一辈子地，还要被人杀了吃，羊那么温顺，也要被人宰了吃，真是太残忍了。从此，他就很少再吃牛羊肉。

老冯这么想着，不知不觉就睡着了。

一觉醒来，快两点半了，老冯急忙洗把脸，想着上班该不会迟到吧。其实，他下午上班的时间还没到，他们下午上班时间是三点半到七点半。

老冯点上一支烟，这是他睡醒后的习惯。

刚吸几口，他突然想起中午的决定，要在亭子旁竖一块牌子，提醒大家不要再乱涂乱写!

他掐灭烟,找了一个废纸箱,方方正正地剪下一面。在老冯住处,笔是现成的,因为他每天都要用这支红色油笔写字。

他拿起油笔,却犹豫起来。写什么呢?不要乱涂乱画?别人能听他的吗?他想一下,觉得还是得来点硬的,那就是罚款!以前,他在工地上干活的时候,工地上挂的都是"吸烟罚款""不戴安全帽罚款",工地上的人都害怕这些字。老冯想,那就写罚款吧。

老冯又想想,就郑重地在纸板上写下八个鲜红的大字:请勿乱写,抓住罚款!

让老冯没想到的是,第二天一早,他就发现靠近他竖的牌子旁边的亭柱上,有人写下一行黑字:你以为你是谁?有权罚款吗?

留言也就罢了,不在纸板上留言,而是在刚刷白的亭柱上写,这分明是在跟老冯作对。老冯气得不轻,他掏出一支烟,点着,几口就吸了一半。他边吸烟边想,这明显是挑衅,可自己又有什么办法呢?他越想越沮丧,越想越心虚,自己是没有权力罚款,可别人为什么就可以随时罚自己的款呢?他在工地上被罚过,在马路上走着被罚过,有次在路边的广告牌下坐了一会儿也被罚过。这块地盘的卫生他负责,为什么他就不能罚款呢?

这样想一会儿,老冯的心里突然生出一些底气。他掏出随身带的水笔,在牌子下加了一句:我的地盘我做主!

字是写了,似乎出了一口恶气,可是,这一天,老冯的心情都没有好起来。

晚上到家的时候,他拿出那支红色油笔,在墙上挂着的那块纸板上,重重地画了一个叉。这个红叉画上去,很快就不见了。实际上,纸板上被一个个红叉画满了,画成了一张红板纸,新画上去的红叉,几分钟就消失在红板上了。每天画个红叉是老冯心中的秘密。其实,红纸板上最先是有三个黑字的:冯来革。

今天,他重重地画上这个红叉时,心里并没有想起"冯来革",而是想着那个跟他作对的人。他相信,这个红叉是有力量的,如两把红色的利剑,剑剑能见血。

可是,让老冯万万没想到的是,第三天,亭柱上又被人写上一行字:你的命你可能做不了主?阿Q!

老冯看到这行字的时候,气得浑身哆嗦。为什么非要和我作对呢!

正在这时,一条黄狗跑过来,抬腿对着牌子撒了一泡尿。

连野狗都跟我作难!老冯更生气了,拿起夹垃圾的长夹子,向黄狗打去。黄狗扭头瞪了他一眼,撒腿向前跑去。老冯一直追了十几米,黄狗离他越来越远,他便喘着粗气,蹲在地上……

后来,老冯想通了。自己在明处,人家在暗处,是铁了心要与他作对,甚至,是在戏弄他。既然斗不过,还是认输吧,何必生这个气呢。他把牌子拔掉了。果然,接下来的日子,那个人便没有再写什么了。

不过,接下来又有人时不时地在亭柱上写字。今天一处,明天两处,隔几天就会有人写。老冯慢慢地不再生气了。现在的人,心里多少都有些怨气,写出来也是一种释放和发泄。你们写吧,你写,我就刷,就把我当听众吧。

人就是这样,一旦把事情想开,心中的世界就豁然敞亮了。老冯的心情慢慢好起来,好像河面上方的天空更蓝了,河里水鸟的鸣叫更婉转了,干起活也越发有劲。

白云飞,雁南归。

中秋节过后,时间好像一天比一天过得更快。

没几天,夜里开始下霜了。

这天早晨,老冯又早早地来到自己的工段。当他走到独钓亭,突然,看到亭柱上又被谁写了一行字。昨天下午才刷得干干净净的啊,这字肯定是夜里写的。

老冯凑近一看,心里猛地一惊。他看见了柱子上一行工工整整的字:都别逼我。新年过后,我就从此入海!

老冯看这字体,应该是高中学生写的,这笔画规规整整,小学生是写不出来的。甚至,从这偏细长的字体上猜,这应该是个高个子男孩。老冯从小学就一直对汉字特别关注，喜欢从字体猜写字人的长相，猜写字人的心情。究竟准不准，他不知道。反正他见到字，总是会想到写字的人。

老冯很焦急，他一急就要吸烟。他慌乱地摸出烟，点上，连吸几口。烟可以缓解他的情绪，让他稍稍镇定下来。一支烟抽完，他想，这该怎么办呢？这该怎么办呢？又点上一支烟抽完，他还是没有理出头绪来。于是，他就背起垃圾篓，向前方走去。

快到十点的时候，老冯突然有了主意。他觉得自己应该在那行字下留言，劝劝他，也许有用。这么想着，他就立即折回独钓亭，掏出笔在下面留下一行字：孩子，人生没有过不去的坎！要向前看，未来永远是美好的！

那天夜里，老冯没有睡好。他在想，这孩子会不会再到独钓亭来？能不能看到我留的言？愿意不愿意相信我的话？快到十二点，老冯又开始有点自欺地想，也许，这是一个搞恶作剧的孩子。如果是恶作剧就好了。这样宽慰着自己，他竟慢慢地睡去。

第二天，第三天，第四天，一直没见谁在亭柱上写字。老冯想，可能真是哪个孩子的恶作剧。可是，第七天，他看到在他的留言下面多了一行字，字体与上面是一样的，这显然是一个人写的。老冯心里一惊，闭上眼，长出一口气。他从心里不敢看下面写的什么，但又想最快地看到。当他睁开眼时，一下子愣了：白云、星星、月亮，人世间还有什么可留恋的呢！

老冯在柱子前站了多少时间，他不记得了。当他缓过神后，立即掏出手机，把柱子上的字拍下来。

他没顾上拿自己的工具，就直接快步向涡北中学走去。他想，这次他一定要把这照片交给校长，依着这字迹肯定能找到这个孩子！他一边快走，一边不时地向后回头，仿佛这个孩子就站在河边，马上就要跳下去一样。

老冯来到门岗，见今天是两个稍年轻的保安值班，他就急火火地说，我要见校长，我要见校长，有急事找他！

什么？你要见校长？你有什么急事找他？一个胖点的门卫厉声问道。

我要见校长！有学生要跳河了！老冯的声音也大起来。

旁边那个瘦点的门卫见老冯就要往门里闯，急忙拿出警棒，大声喝道，后退，后退！再不后退，我电击你！

老冯并不理他，还是硬着身子往里闯。这时，那个胖门卫转身走到老冯背后，一把抓住他的胳膊，一用力，老冯的一条腿便跪在地上。

瘦门卫放下警棒，从腰上摘掉手铐，麻利地把老冯背手铐起来。

他们把老冯拉到门岗室的套间，就给派出所打电话。

没几分钟，警车飞驰而来。

老冯被带到派出所，民警没给他解下手铐，就开始讯问。老冯说涡北中学有学生要跳河。民警说，你看到了吗？老冯说，我没看到人，我看到这人留下的字了！

讯问他的民警把老冯的手机掏出来，找到那张照片，突然笑了。你神经吧？谁胡乱写行字，你就能当真！这在国外叫涂鸦，涂鸦你懂吗？谁想咋写咋写，谁想咋画咋画。

这时，另外一个民警看了看老冯身上的马甲，便说，给幸福保洁公司打电话吧，来个人把他领走。

三

四点半左右，涡河公园的黎明还没到来，这里静悄悄的。

老左从灵津渡西边的石梯慢慢走下，迎面看到河面上有一层雾。这雾如夜晚的云一样，一团一团的，像一条飘动的青色带子，把河水牢牢罩住。突然，有一只水鹳子，鸣叫着从雾中飞起。

这时，老左想，去年的一些夜里，老冯应该经常一个人在这里吧。

他这么想着，心里便一惊，仿佛前边那团雾里的黑影就是老冯。

老左是上过战场的，生死看得多了，并不害怕。他点上一支烟，伫立在那里冥想了一会儿，仿佛，那天他与老冯见面的情形就在眼前……

真是不巧，老冯被带到派出所的那天，老左正好请假回乡奔丧，他二叔去世了。

老左回来时，已经是第三天了。当他听门卫说完老冯的事，十分恼火和后悔。怎么能这样呢，怎么能这样呢！

他立即与保洁公司取得联系，一定要去看望老冯。这不仅是为了道歉，更重要的是，他为学生担心。也许，真有学生要寻短见呢。这可不是小事，绝不能大意。

当天中午，老左就在小高的陪同下，拎着一箱牛奶和一篮子鸡蛋去了老冯家。同时，带去的还有四个小菜和一瓶古井贡酒。他想，没有男人是不可以用一场酒解决问题的。

来到老冯的住处，小高小心地敲了几下门。门开了，老冯站在门里，见拎着东西的老左在小高后面，一脸的狐疑，并没有让他们进门的意思。

这时，小高笑着说，冯伯伯，这是涡北中学的左科长，来给您赔礼呢！

老冯的脸一黑，皱起了眉头。这时，老左已把东西放在地上，隔着门给老冯躬了一躬，抬起头，赔着笑说，冯兄好，我代表校长给您道歉来了！

这当儿，小高已经迈腿进屋。

老左也迅速地拎起地上的东西，跟着进去。杀人不过头点地，伸手不打笑脸人，这一点礼节，老冯是懂得的。人都进门了，他只得平和着声调说，进来吧。

老冯的家里只有一把椅子、一个矮凳、一张饭桌、一张铁床和一个简易木橱。见小高和老左都站着，老冯就招呼他们快坐下。小高抢先坐在了矮凳子上，老左只好坐在椅子上，老冯就坐到了床沿上。

一阵寒暄过后，见老左与老冯情绪都很平稳，小高就说她得先走，公司还有事。

小高走后，老左掏出烟递给老冯，又赶紧打着火，给他点烟。老冯推脱两下，最后还是接受了。两个人都吸着烟，老左就真诚地说，老哥，您把那事详细说说，校长可重视了。他今天去市局开会，要不然我们就一道来了。

其实，事情就那么个事情，很简单，几句话就说明白了。

老左相信老冯的判断，他也觉得留这字的孩子不像是搞恶作剧，肯定是心里有个坎，如果不及时化解，真有可能走向极端。

聊着聊着，就到十一点了。

老左把带来的四个菜盒和酒拿出来：一盒猪头肉、一盒水煮花生米、一盒酱牛肉、一盒麻椒鸡，外加一瓶古井贡酒。

烟搭桥，酒开路，这是男人间交流的最好通道。

八两酒下肚，老冯的话也渐渐多起来。他说，他相信文字的力量，字从写字人心里流出，像说出来的话一样，有一种无形的力量，可以让人烦，可以让人喜，可以让人生，也可以让人死。他自己一辈子怕字，几个字让他一辈子噩梦不断。

老左听老冯这么说，心里很疑惑，觉得这些话背后肯定是有故事的。他端起酒杯给老冯敬了一杯酒，小心地问，老哥，能给我说说这背后的事吗？

老冯放下酒杯，想了想，把手中的烟掐灭，两只手慢慢地上抬，缓缓地解开上衣的扣子，一颗、两颗、三颗、四颗……突然间，他扒开上衣，把胸膛露出来，说，你看！

老左凑近一看，胸膛上有三个铜钱大小的浅蓝色的字：冯地主。

啊，这是怎么回事？老左望着老冯，有些吃惊地问。

老冯自己端起一杯酒，一仰头，喝了下去。他放下酒杯，叹着气说，我出身地主家庭，在我六岁的时候，村里比我大三岁的冯来革领着一群孩子，用钢笔给我刺的！

老左没想到还有这种事。他赶忙递给老冯一支烟，边给他点火，边安慰说，几十年了，一切都过去了。

老冯重重地吐一口烟，长叹一声说，是啊，这三个字压了我一辈子！不过，不过……他吸一口烟，又接着说，我不该那么记仇，来革是我咒死的啊！

什么？老左心里又是一惊，冯来革是老冯咒死的？人能被咒死吗？老左望着老冯说，老哥，您缓缓劲，别乱说，人咋能被您咒死呢！

老冯抬起手，指着挂在墙上的那片红色纸板，缓缓地说，这几十年，

· 418 ·

我每天都在他的名字上打红叉。前天，村里人打电话说，冯来革突然口吐鲜血死了！

啊，这肯定是巧合！老左脱口而出。

不！我相信文字的力量，他的死肯定跟我有关系！老冯拿烟的手在不停地抖动。

那天，老左拿来的一瓶酒喝完后，老冯又从床底下拿出一瓶。两个人都醉了，老左才摇摇晃晃地出门。

老冯一边送老左，一边拉着他的手说，要相信字，字是人的心声……

四

想到这里，老左又点着一支烟，迈开脚步，向前走去。

雾飘动得似乎比刚才快了，他能感觉到雾从自己的脸上飘过。继续向前走了二十多米吧，独钓亭就越来越清晰地伫立出来。

老左想，老冯的故事是与这座亭子连着的。他加快脚步向亭子走去，在亭子那儿一定能感受到老冯的气息。

快到亭子时，老左一抬眼，见亭子前方十几米的地方，跪着一个人。

啊，是人吗？他在干什么？

老左加快步伐，边走边喊，喂，你在那里干什么？

跪在地上的人听到喊声，惊慌地站起来，转身向前快步走去。

老左也加快了步伐，他想追上前面的那个人。显然，他没有前面那个人走得快，他们之间的距离越来越远。前面的人身材单薄、高高瘦瘦，看后背极像一名高中的男生。老左边追边想，肯定是自己学校的学生，他看着这个孩子的背影有点眼熟。

刚才那人下跪的地方，连着河岸边有块小岛，岛上有两棵柳树。老左走到这里才发现，岸边放着一大束散发着清香的百合花。他弯腰拿起这束百合，上面一层细密的露珠，花正绽开，香气扑鼻……

老左想，去年冬天老冯的尸体应该是在这里发现的。关于老冯的死，当时曾有多种说法，大多数人认为是夜里不慎落水。但是老左想，老冯半夜落水的原因，一定与那个在亭柱上写字的人有关。他肯定是担心那个人会夜里从独钓亭跳河，每天都在背处守着。

刚才那个下跪的年轻人，一定是刚参加完高考的学生。老左坚信自己的这个想法。

当——当——当——

福音堂悠长清脆的铜钟响了。

坐落在涡河北岸的福音堂，是光绪年间美国传教士包氏兄弟所建，同时建造的还有福音学堂。福音学堂就是涡北中学的前身。

老左看一眼手机的时间，刚好五点。

他抬眼向前方望去，远处河与天相连，一轮红日已露出半圆。雾说淡就变淡变薄了，淡薄得像一层纱。

一只水鸟飞起，惊起一片水波。

老左扭头向横着的河面望去，河水里竟倒映着一半钩月。

啊，又是个日月同辉的日子。

这里黎明静悄悄。

原载《长城》2024年第6期

潘 灵

替身

它不知道自己到底是它，还是他。现在，它被他的族人簇拥着，那场面隆重得像它下线时的新闻发布会，热闹，嘈杂，喧嚣。它的大脑芯片里，贮存了那天繁杂的数据，这些数据瞬间就摹拟出当天的影像。他，就像今天的它一样被簇拥，不同的是，今天是白昼，那天是夜晚。簇拥的不是他的族人，而是一群人工智能领域声名显赫的大佬和来自世界各地的新闻记者。他站在大厅的发言席上，西装革履，风度翩翩，一副教养和学养集于一身的大家风范，单从他的举手投足，人们都会认定他是一个出身显赫世家的绅士，但他一开口，那带着西南边地浓重民族腔调的普通话还是暴露了他的身世。"现在是见证奇迹的时候！"他转身，手往上扬，做了一个召唤的手势，大幕于是徐徐拉开，它走了出来。但人们分明看到的是另一个他，两个相貌、身材、服饰一模一样的人紧紧拥抱在一起。人们一阵惊呼、尖叫，所有的灯都被吓灭了。这时，他急速奔向幕后，发言席上换成了它。它在发言席上站定，咳嗽了一声，所有熄灭的灯就又都亮了。人们把它当成了他，都冲它问机器人呢？机器人去了哪里？它摊摊手，耸耸肩，摇摇头说："它一定是害羞躲起来了。"

它那天的表情，跟今天一样，显出一副捉弄人的得意相。它就这样取代了他，操着一口带有西南边地民族腔的普通话，开始了题为"在智力之上"的演讲。

它说得头头是道，谈笑风生，最后宣布了情绪机器人的诞生。这时他从幕后的角落里走了出来，人们再也控制不住自己的情绪，拥向了他，争着要先睹为快。"我不是机器人，它才是。"他手指着它。这时，人们都被弄糊涂了，搞不清他和它，究竟谁才是谁的替身。他继而解释说，有了情绪的机器人，与真人无异，能以假乱真。

他说得没错，现在，他的族人就把假的它当成了真的他。连他的母亲也一样。她紧紧拥抱着它，把它当成了自己的骨肉。她如此激动，她的情绪是数据的洪流，涌进它的脑海，不，那是他的脑海，那个它的大脑里，植入了他记忆和情绪的所有内容。它感受着她的战栗，它也忍不住战栗。情绪是会失控的，它不由得暗暗警告自己。事实上，说它是机器人，有些牵强附会，它早在他的团队制造出它时，就是一个生命体，他正是因率领他的团队缔造出生命机器人才声名大噪的。他率领他的团队从人体中提取表皮细胞和心脏细胞，打造出了能独立生存自我控制的新型可编程生物。

人造生命的诞生，震惊了世界。震惊之余，是质疑的聒噪。这种可编程生物，不可能是人。有人断言，它永远不能成为人，因为它没有情绪。为了制造出无限接近于人的生命体，他开始带着他的团队攻关，终于成功造就了第一个情绪人，也就是它。

以他为外形，是他的意思还是团队的意思，无从而知。它被制造出来，是要证明它能替代他。这次西南边地之行，是他接到了母亲的电话，说马上是父亲二十周年的祭日，要他务必赶回故乡。而他根本抽不开身，实验正在最后阶段，它能否成为人，单纯用生命和情绪，还远远不能界定。团队里有人建议，让它作为他的替身回故乡去参加父亲的祭奠，一方面应付了母亲殷切的期待，满足了她的愿望，另一方面还可检测它是否能完美地替代人。这次替身行动，由此不再是他一个人的行为和事情，它成了项目实验的一部分。团队为此进行了认真的研究，除了将复制了他大脑所有记忆的芯片植入它的大脑，由他的意识来掌控它的行动外，还为他寻租了一个女友，让它带着她一起回故乡。因为团队里的人都知道，他这些年一门心思都在人工智能上，年近三十五岁了，还单身一人。对此，他无所谓，但这已成为老母亲的一个心病。必须给母亲以慰藉，大家都这样给予他建议，其实他心里清楚，这依然是实验的一部分。

欢迎它的场面，不，欢迎他的场面是热烈而盛大的。鞭炮在苍翠的群山中响得越发清脆，铓锣和象脚鼓的节律与心跳合拍，悠扬的葫芦丝的旋律之河正在穿越心田。这是故乡对一个归来游子的最为深情的表达，它代替他享受着这一切，但她却无动于衷，仿佛一个局外人一样置身其外。当他的母亲无限深情地伸出双臂，想拥抱自己的未来儿媳时，她竟本能地躲闪开了，只是伸出手，礼节性地与他母亲的手握了一下。这个场景，被它捕捉到了，它对她的举止充满了反感。

其实，第一次见面，它就对她没有好感。这一点，它从链接上把感受传送给了他。他回复它，这样挺好。它有些委屈，跟一个没有好感的女人开启的行程让它心如死灰。它甚至暗自抱怨，要命的情绪，没情绪多好。一起上路的时候，它提醒她，说我们应该亲密一点，让人看着像一对恋人。她回答它说你知足吧，你出的那点租金，只能得到这样的服务。"亲密一点？"她挑衅似的看着它问，"什么是亲密？真正的亲密是装得出来的吗？别忘了我只是一个替身。"

它觉得她污辱了替身，她不配做替身。它提醒她："注意你的用词，你不是替身，我本来就无女友，你无人可替。"但她对师出无名无所谓，妩媚一笑，说："你要是大方地加点钱，我可以暂时做您的真女友。"

她的话现在不仅让它反感，还让它滋生出了厌恶。这应该是他生出的情绪，也是它的情绪。这一路上，她也有情绪，总是抱怨要早知道路程如此遥远，就不该接这单生意。她认为她吃了亏，一路上都表现得冷若冰霜，漫长的旅途中，她都给它一个侧脸，从不正眼看它。

它不明白聪明绝顶的本主，为什么也会干出如此愚蠢的事情，它也替他感到很吃亏。它和她就这样来到了昆明，行程是本主定的，在这里，它和她要住一晚，第二天再启程去几百公里外他的故乡。本主订了一家五星级酒店的标间，它根据本主设定的程序来到大堂，向她索要身份信息。她拿出了身份证，但并没有交给它，因为她听见大厅接待它的服务员问它能不能等一会儿。"先生，真对不起，你预订的房间正在清理，麻烦你们在大厅休息等候。"

"就订了一间房？"她问它。

它点头，说："是。"

"那怎么行？"她态度坚决地说，"人家可是正经女人，再说，协议里也没这一条。"

它慌忙启动链接，他告诉它："你告诉她，是标间，两张床。"

它如是说。但她依旧说："你怎么能保证，你晚上不会摸到我床上来？"

它没有再启动链接，果断地告诉她，说："我保证。"

她不相信他的话，摇了摇头说："男人的这种保证，都是骗人的鬼话。"

她的话让它有些上头，但它明白，它得控制住自己的情绪。它自作主张，对服务员说还需要一个房间。服务员告诉它，客房早已订满，没有空房。

这下它有些抓瞎。她斜睨了它一眼，看出了它的为难，忸怩了一下，靠近它，挤出一个似是而非的笑容说："你加点钱，我就跟你住。你也别小气，就当带本姑娘出来，给点零花钱。"

它犹豫了一下，不得不又启动链接。他在远程端告诉它："满足她的欲望。"

它不知道什么是欲望，在链接里提出了疑问，问啥叫欲望。他没有回答它，只是告诉它，她不是要加钱吗？答应她。

现在它明白了，原来欲望就是钱。但还没断开链接的本主发出了警告：你的认知并不准确，你要真正了解欲望，还需要学习。

她提出要一千元钱，它同意了。

女人冰冻的表情，瞬间就松动了。它心里嘀咕了一声："钱看来是个好东西！"

她主动把身份证塞进它手里，娇嗔道："一路上，你也不主动问一下本姑娘名字，人家叫娜娜。"

这是它第一次跟人且是一个女人同居一室，这让它有些紧张。还好，这个叫娜娜的女人轻易地就忽视了它的这份情绪。她只顾着收拾自己，卸妆，洗浴，吹头发。它自个儿躺在床上，对刚才本主讲的那个叫欲望的东西充满好奇。它忍不住又链接了本主，本主似乎正在忙着其他事，就传来一条信息："你想知道什么是欲望的时候，你已经有欲望了。"

本主的信息有点绕，显得有些高深，似乎超出了它的认知。它被困在这条信息里，越想越糊涂。它有着惊人的学习能力，认知却是肤浅的。好在女人在卫生间折腾了一个多小时后，素面朝天出来了。她像是换了个人似的，没有了白天那份脂粉营造出的妖娆，却多了份作为人的自然。她对它说："现在，卫生间是你的了。"

它去洗了澡，修了面，漱了口，十多分钟就清洁整理好了自己。它从卫生间出来时，发现她在她的床上已经睡着了。于是它轻手轻脚关了房灯，躺在床上，启动了睡眠模式。但意外发生了，那个叫欲望的词，在脑袋里让睡眠模式失灵了。它第一次体会到了失眠的滋味，在床上翻来覆去的它，情绪糟糕到了极点。

"有欲望就说出来，装什么正人君子！"她的话着实吓了它一跳。现在它知道了，她其实是假寐，并没有真的睡着。

欲望？本主说我的欲望就是想知道什么是欲望，她是怎么知道的？这样一想，它索性坐了起来，靠在床头语气吃惊地问："欲望？你怎么知道我有欲望？"

"是人都有欲望。"仰睡着的她侧了头，冲他暧昧地一笑说，"想到我床上来就明说，装什么装！"

它申明自己并没有装。这下，她的笑不再暧昧，取而代之的是鄙夷。"原来是心疼钱呀？其实我要的并不多，再加一千就成。"

"钱就是你的欲望吗？"它认真地问她。

"是又怎么样？"

"我的欲望不是到你床上去，我的欲望是我想知道什么是欲望。再说啦，我保证过，不到你床上去，这是约定，我不能破坏它。"它感觉自己解释得很吃力。

"神经病！"尽管她已经把头扭向了墙的一边，它还是听出了她的咬牙切齿。

按照预先设定好的程序,它带着娜娜坐上了开往本主故乡的高铁。蛇一样的高铁在澄明的高原上疾行,旅途越来越妩媚。但坐在靠窗位的娜娜却破坏了它的好心情,从上车伊始就一言不发,表情如霜。高铁上的人,大多是西南边地的边民,这从他们被高原强烈紫外线塑造成的铜质皮肤上就能一眼看出来,他们对窗外景致毫无兴趣,应了那句"熟悉的地方无风景"的话,都在座椅上昏昏欲睡。

车行半途,沉默的娜娜却像一只受了惊吓的鸡一样叫了起来。随后它看着她对着手机语调高亢、语速汹涌地一顿言语输出,便侧身提醒她声音小些轻些,没想却招来娜娜一顿狂轰滥炸。

"你爷爷走失了,你不抓狂?"

"八十多岁的老人,老年痴呆,知道不?"

"我弟弟为找他都快急疯了。电话都打我这儿了,他知道我在出差的嘛。"

"要知道会这样,才不接你这鬼差!"

看着她发疯般冲它咆哮的样子,它心中对她生出了一份同情。它没有爷爷,不太明白她为啥会如此情绪失控。

"他是我和弟弟在这世上唯一的亲人。"她哽咽着,说出这话时也是满脸泪水。

亲人?它没有亲人,但它从娜娜那张妆容被泪水弄得一塌糊涂的脸上知道,亲人对她很重要。

它于是赶忙将"老年痴呆"和"走失"两个关键词输入自己的大脑。大脑的认知系统提示:老年痴呆是一种人类的疾病,医学上称之为阿尔茨海默病。它发生于人的老年期,是一种以进行性认知功能障碍和行为损害为特征的中枢神经系统退行性病变。主要表现为记忆障碍、失语、失用、失认。患了此病的老人走失,应及时报警,可利用网络的强大力量帮忙寻找,也可去老人常去的地方。

它意识到了娜娜面临的严峻问题,自己已进入了紧张状态,语气也变得急促起来。它提醒娜娜:"你得让你弟弟赶快报警。"

"早做啦！"娜娜摇了摇头说，"我弟还请我家住地的派出所调取了附近的监控，但遗憾的是，那附近的监控年久失修，都坏了。"

"网络呢？"它说，"兴许网络能帮助到你。"

"我和我弟都发了朋友圈，弟弟还找了我们居住的'业主之家'信息平台，但没获取任何有用的信息。"娜娜叹息道。

"那……"它犹豫了一下，指了指娜娜的脑袋说，"那只能靠它了。"

它的话让娜娜不解，她白它一眼说："靠什么？你什么意思呀？"

"回忆。"它说，"你得用脑子去回忆，你爷爷过去常去什么地方。"

"他过去是拾荒人，去过的地方多啦。"娜娜随即摇了摇头。

"是常去的地方。"它强调说。

"他过去总去龙马村，那是市里最大的城中村。"

她迅速给弟弟打去了电话。

列车朝着西南方向疾行，大地变得更为葱茏和丰富。娜娜在座位上时坐时起，看着坐立难安的娜娜，它发现自己拥有的人类语言原来如此贫乏，只能一个劲地对她说："不急，不急哦。"

就要抵达终点站时，娜娜的手机响了。弟弟带来了好消息：爷爷在龙马村找到了。

转忧为喜的娜娜兴奋得从座位上蹦了起来，冲它说了无数个谢谢，这让它的心情也像车窗外的景色一样，爽朗起来。

"对不起，我误会你啦！"娜娜一脸真诚的歉意。它不知道娜娜从何而来的歉意，摊了一下手说："你误会我什么啦？"

"我先前觉得你不近人情。"

这话吓了它一跳，它以为自己作为替身，什么地方露出了破绽。

"怎么会有这种想法呢？"

"是个男人，昨晚都不会像你那样。"

原来是昨晚的事，它尴尬地笑笑，知道自己没有破绽，尴尬中就多了几分轻松。它觉得身边这个让它生出讨厌情绪的女人有了丝可爱。遗憾的是，这份对她的好感并没维持太久。

坐完高铁，还没到最终的目的地。本主的故乡还在百余里开外的群山中。按照程序，他们坐上了客车。行程确实漫长，娜娜又不停地对它抱怨，说要知道如此遥远就不会接这单生意，除非提高价码。

她又提到了钱，它爽爽朗朗的心情马上乌云密布了。钱真不是什么好东西！它心里这么想。自从成为情绪机器人，它滋生出的最糟糕的情绪都与钱有关。它曾几次目睹本主在投资方代表面前因为研究资金和实验花费低三下四和摇尾乞怜，以及资方代表的趾高气扬和盛气凌人。而现在眼前的这个娜娜整个儿似乎都掉进了钱眼里。面对钱，娜娜跟那个资方代表一样，才真是不近人情。它的记忆贮存器里跳出了那个代表常厉声对本主说的一句话："你没有资格跟资方讲价钱，你要做的事是尽快拿出成果，我郑重提醒你认真履行合同。"

"我郑重提醒你认真履行合同。"它把这句话复述给了娜娜。它惊讶地发现，娜娜与在高铁上听闻找到丢失爷爷的她瞬间就判若两人。

目睹娜娜对本主母亲的傲慢无礼，作为替身的它很是生气。自从自己被赋予情绪后，它就失去了从前的轻松。它想提醒娜娜，她应该对本主母亲表现得亲热点，但它终于还是没这么做。它知道只要它提出任何要求，娜娜都会说同样的话：加钱。

好在本主母亲毕竟是培养出本主这样优秀的儿子的母亲，她并没有计较娜娜的傲慢无礼，她拉着娜娜的手，慈祥而大度地赞美娜娜："多好的姑娘呀，白白净净，腰是腰腿是腿的，我儿是哪辈子修来的这样的福气？"此时一个挺着大大油肚的油脸汉子——据说是州里的领导正在与它寒暄，本主母亲边说边冲它招招手说："小昌，过来，阿妈有话对你说。"

那个州领导正在激情飞扬地发出赞美，说它是全州人民的骄傲。它知道这是对他的赞美，作为替身，它觉得应该把这信息传递给他。它现在非常清楚，人类是那么喜欢被赞美，本主的他也不会例外。它现在学会了讨好，知道输出正面情绪会给自己加分。就在它要启动与他的链接时，它的大脑芯片率先提醒：小昌是他的小名，得赶快响应母亲的召唤。它应了一声，礼貌地对大腹便便的油脸汉子说声抱歉，就迅速来到他母亲身边。他母亲右手抓着娜娜，左手抓住它说："小昌，你这次跟娜娜回来了，就趁这机会把婚事办了吧。"它从她的语气中听出了，这不是商量，而是决定。

这也太突然了，它必须迅速启动链接，让他知晓。在替身任务中，没有成婚这一项。在它替他踏上归程之前，他和他的团队想到过无数可能出现的意外，而且预先设计好了各种应对方案，这些方案都写在植入它大脑的那块小小的芯片里。它以为娜娜会反对，至少也会找理由推脱，但她却一副满不在乎的样子，似乎这事与她无关。

还好，链接很顺利，但指令却迟迟未下。同意还是拒绝？现在都成了严峻的问题。这稍稍的犹豫，让它（准确来说是他）失去了选择的机会。他那办事果敢的母亲，让它见识了什么是雷厉风行。她提高了嗓门，向在场的族人宣布：三天之后的吉日，是她儿子的大婚之日。

既然木已成舟，作为替身，它知道这戏多么难都得演下去。他迟迟未通过链接传来指令，它知道了他的为难。当它通过链接传递了他母亲"三天后大婚"的决定后，他传递过来了一长串叹息。"就依了她吧。"他给它的指令里有太多的无可奈何。

这时他似乎才想到了娜娜，它脑子里接收到他的信息："娜娜什么反应？"

"没有反应。"它这样回复他。

"怎么会呢？"他传递来的信息里充满了疑问。

他指示它："要争取她的配合。"

娜娜可没它那么多的纠结，她被那群且歌且舞的青年男女吸引，融入了欢乐的海洋。它伸长了脖子，费了好大劲才发现她的身影，有两个年轻的姑娘正自告奋勇教娜娜跳她们民族的舞蹈，她的那份高兴劲，既天真又无邪。她玩得真疯，跳得真嗨，完全融入了其中。它觉得人类真是不可思议，此时这个娜娜，与彼时那个娜娜，完全是迥异的两个人。它找到她，说有事相商，中止了她的欢乐，这让她极为不快。它拉着她，任她嘟着小嘴，翻着白眼，来到僻静处。

"阿妈要为我们举办婚礼，怎么办？"

"我们？"她摇了摇头说，"是为你吧？"

"阿妈可是拉着你我的手向族人宣布的。"

"那又怎样?"她满不在乎的样子,推了一下它的手说,"她拉的又不是我的手,是你女朋友的,我不过是你女友的一个替身。"

这话让它感同身受,差点就产生了共鸣。情绪一上头,智力就下降,就会被他人牵着鼻子走,落入别人的圈套。

"不是真结婚,我是个不婚主义者。"他解释说,"我的婚事,时间一长,也成了阿妈的心病。为了安慰她老人家,你得陪我演一出戏,做一回假新娘。"

"凭什么?"

"凭你是我租来的女友。"

"合同上可没写着要做假新娘这一条。"

"正因合同上没有,才与你商量嘛。"

"你们民族的婚礼,是不是像今天这样热闹好玩呢?"

"会比今天还隆重。"

"做回假新娘也不错!"她来了兴致,说,"是不是也要像那些跳舞的姑娘一样,戴上一尺多高的大包头?"

它点头,问:"你同意啦?"

她点点头,冲它竖一下无名指说:"你给这个数我就同意。"

它盯着她的手指问:"一千?"

"不,"她摇摇头说,"一万!"

这简直就是坐地起价,乘人之危,狮子大张口。它发现它的情绪正在迅速加剧,就要抵达愤怒。但它终究还是克制住了,只是语气冷淡地说:"我得考虑考虑。"

它不是要考虑,是要汇报,它火速启动了与他的链接。

"她不配合?"他问。

"她趁火打劫。"它回。

"何意?"他问。

"她要一万的乔装新娘费。"

"原来是这样。"他的回复仿佛松了一口气,稍许的停顿后,他再次传来指令——

"钱能解决的事，都是小事。告诉她，给她两万。"

这出乎它的意料，吃惊的它嘴张成了 O 形。它不明白他为何要双倍给她钱，毕竟她已是漫天要价。

它于是冲站在一旁刷着手机的她招呼了一声。她翻了一下白眼问："考虑好啦？"

它点头，说："好了，我给你两万，只是你得对我阿妈好一点。"

这下，她的嘴也像先前的它一样，张成了一个大大的 O 形。她先是赶忙用手去捂嘴，继而又迅速拿开。

"你没生病吧？"她边说边用手去摸它的头。

它躲闪开，用手指了指自己的脑袋，说："它好得很，无比清醒。多的那倍钱可不是白给的，你得对我阿妈好一点。"

她认真地点头说："放心，从现在开始，我会把她当亲妈。"

准备婚礼在这边地的深山里是件既烦琐又重大的事情，它不仅仅是本主一家的事，而是全村人的集体活动，大家都自发赶来帮忙，有的人家还把在外打工的青壮劳动力都叫了回来。杀猪屠牛宰羊，场面嘈杂但有条不紊，族人们根据自己的特长大显身手，时光中充斥着一种既忙碌又欢乐的幸福。他们被烈日灼成古铜色的脸庞上，都有一种朴实而憨厚的笑容，阳光一样既明丽又爽朗。它试图加入劳作的行列，却被他们当作客人，不让它参与其中，落得个"游手好闲"。娜娜依偎在他母亲身边，装模作样学织锦。母亲一双粗糙的手在穿针引线时却异常灵活，她要为未来的儿媳织一条图纹别致、色彩瑰丽的筒裙。她一边巧手如飞，一边对娜娜耳语，说她要把对小昌和娜娜的美好心愿都织进去。对于婚礼，族人们是认真而真诚的，他们将其看成了一个重要的仪式、一件庄重的大事。看着这些忙出忙进的人，它的心中泛起了一种复杂的情绪，它替他有了惭愧和内疚，甚至有了骗子一样的羞耻感。

夜幕降临，白天忙碌的人们，并没有在劳累后散去。他们围坐在一起，借着米酒的酒劲，又开始纵情歌舞。欢乐不仅是本主家的，也是大家的。夜晚，族人们没把它当作客人，而是真诚地邀请它加入其中。"小昌，过来。"一个把葫芦丝吹得像月光泼洒又像小河流淌的老艺人唤它，"记得小昌小时候，歌唱得像百灵鸟。"众人响应，说小昌小时候不仅书读得好，还会唱我们阿昌族人的史诗《遮帕麻和遮咪麻》。

它迟疑了一下，在大脑芯片中搜寻他的歌唱记忆，但记忆却模糊而混沌。它知道必须迅速启动与他的链接。遮帕麻与遮咪麻被变成一串数据，传递给了他。他迅速做出反应，传来一个用他声音模拟出的唱本。它立刻启动自带模拟程序，像留声机一样唱得惟妙惟肖。

它成功地赢得了族人的喝彩，有人甚至夸奖，说小昌还是小昌，唱腔还是那么字正腔圆，都十几年了，没有一句跑调。那个吹葫芦丝的老艺人却打断了赞美。他看着它说："小昌，老朽有句话不知该不该讲……你的唱功绝对一流，专业的也不过如此，但我却觉得你跟少年的那个小昌比，缺少了点什么。"

族人中就有人反驳老艺人，说："老爹，你这是同行多嫉妒。"

老艺人面有委屈，辩解道："小昌咋就成我同行了？"

"你得承认你是吹毛求疵。"有人对老艺人不依不饶。

老艺人大呼冤枉，他腾地站了起来，气得差点把手上的葫芦丝扔到地上。他提高了嗓门说："你们是门缝里看人——把人都看扁了，我是那种小肚鸡肠、心胸狭窄的人吗？我承认小昌唱功好，但史诗不是这种唱法，我听起来总觉得缺点东西！"

有人见老艺人急了，就赶忙打圆场："老爹，缺啥你就直说嘛。"

"我觉得唱得不够投入也不够深情。"

老艺人的话让气氛有些尴尬。它知道，作为替身，它没有完成好他交给它的使命。

"我不是硬要鸡蛋里挑骨头，"老艺人说，"这是颂扬先祖的史诗，你可以唱得跑腔走调，但一定要投入、深情，用心去唱。因为这是讲述我们阿昌族始祖的史诗，它是我们的源头，也是我们的根。你小时候，总是缠着我，让我给你讲遮帕麻和遮咪麻的故事。我说，遮帕麻是我们的男先祖，遮咪麻是我们的女先祖。男先祖遮帕麻造出了天，女先祖遮咪麻织出了地，有天有地才有了世界，才有了我们阿昌人生活的地方。是他们创造了我们人类，补天治水，斗邪驱魔，重整天地。他们是始祖，是英雄，我们要景仰他们，膜拜他们。歌声，是心生出来的，不是喉咙生出来的。喉咙只负责把歌声推出来，歌是心声。"

它通过链接把老艺人的话传递给了他，还表示了歉意。他回复它，说这不是它的错，是他的错。他还说老艺人说得没错，要它诚恳接受老艺人的批评，并解释说是因为这些年一直在外忙碌，生疏所致。

它按照他的指令做了。

老艺人叹了一口气，点头表示理解，又说："小昌，我知道你忙，这些年，你没少为族人增光添彩。前些年史诗《遮帕麻和遮咪麻》申请国家级非物质文化遗产，要找传唱人做非遗传承人，我第一个想到的就是你。但人家上面的人说，你人不在本地，不可，我想你又忙，才又另推荐了别人。对啦，族人们都在传，你在外做的是造人的工作，跟先祖一样喽！"

它赶忙纠正："不是一码事，我做的是人工智能的工作，造的是机器人。"

"我知道是机器人，"老艺人颔首说，"只是老朽我越想越糊涂，你告诉我，这机器人到底是机器呢还是人？"

它回答："兼而有之吧。"

众族人一听，好奇心骤起，有人就问："那机器人最终会不会成为人？"

它皱了一下眉头，思索了一下说："是新型人类。"

"新型人类？"问者摇头说，"不懂。"

它笑了笑，说："我也不懂。"

这话它回答得诚实。好在没有人刨根究底。就有另外的人又问："这机器人会不会把你和你的同事当成遮帕麻和遮咪麻那样的始祖，也创作史诗颂扬你们？"

"不会！"这次它回答得非常坚决和确定，"肯定不会！"

夜深酒酣，来帮忙的乡亲们散去，送走了他们，它想独自出门走走。边地的夜晚对它来说有些陌生，它的头顶上，是群星密布的银河，月亮不知躲到哪里去了，是睡着了还是罢了工？它在缀满星星的夜幕下走，极暗的光线下，树木和村舍影影绰绰，夜是凉的，一种清新的凉，空气中有一种让人舒适的气味。它感觉它熟悉的都市之夜跟边地之夜如此不同，仿佛隔着好几个时代。它此时有难得的轻松，现在它是它，不用替他去感受。它关闭了记忆芯片，做回了自己，顿时有了自在的情绪。它就像一个幽灵，行走在星汉之下。它想忘记自己是替身，想忘记时间，却被时间警告——太晚了，它得回去，像人一样休息。

回去的它像极了微风，微风一样轻。如此轻手轻脚，它是怕弄出响动，影响睡在另两间屋子的两个女人——他的母亲和娜娜。

它可以说是神不知鬼不觉地就溜进了自己的屋子。进屋的它，伸手想去摸灯的开关，但手伸出去却又缩了回来，它怕灯光外泄，影响这栋房屋里的两个女人，特别是他的母亲。它于是就在黑屋里宽衣解带，脱得只剩下一条内裤就往被窝里钻。但它才钻进被窝，就触碰到了一个滚烫的东西，它吓得差点就惊叫出声。

魂飞魄散——现在，它是真的懂了这个词。

它还感觉到自己被什么东西环绕住了脖子，那东西也是滚烫的，光滑如蛇。

"去哪儿啦？这么晚才回来。"

声音很柔，很细，但它还是听出来了，是娜娜的声音。

"你怎么会在这里？"

"那你认为我该在哪里？"

"你应该在你的屋子里，在你自己的床上。"

"就要做你新娘了，在你床上咋啦？"

"是让你假扮新娘，又不是真的。"

"可我想做真的。"

这太出乎它意料了，它想，这娜娜是在搞一出恶作剧呢，还是想借此再敲它一笔钱？

"别开玩笑，"它伸手掰开她搂住它脖子的手说，"你真把我当成一棵摇钱树了？"

"你什么意思？"娜娜是真的生气了，躺着的她弹坐了起来，"你一个斯文人，说话咋像喷粪？"

它顿时语塞。

"是的,我是喜欢钱,你要我扮你的女友,你也清楚这是一笔生意。生意是供需关系,供需关系能不谈钱?但那是过去,现在不同了,我爱上你了。"

它没有爱过,不明白她说的爱是什么。它知道此时无法启动与他的链接,这样的深夜他早进入了睡眠状态。它只能开启植入大脑的芯片,搜寻他爱的记忆。但对于男女之爱,他的记忆是如此混沌不清,他过去似乎只是短暂地喜欢过一些女人,多是一厢情愿,自作多情。在男女之爱上,他是怯懦的、自卑的,甚至还有恐惧。在他有限的男女之爱的记忆里,爱是一件艰难的事。

"爱岂是说爱就爱的?"它这样对她说。

"你是不是把我当成了随便就能上男人床的女人?我可没那么轻浮。假扮你的女友,我的初衷确实是想在你身上赚上一笔,但这一路下来,我觉得你这人不错,才想跟你假戏真做。"

"假戏真做?"他摇了摇头说,"这样不好。"

"这样怎么不好呢?"

"我也说不清,就是觉得不好。"

"这样怎么就不好呢?"黑暗中它还是听出了她的困惑不解,"你找个假女友来骗你阿妈,那才真不好。"

她的话直击了它的痛处,不,是他的痛处。它生气了,是替他生气。

"穿上衣服回你房间去吧!"

它语气冰冷地下了逐客令。

"哼!"她重重地推了它一把,下了床,恨恨地说,"真是个不识好歹的东西!"

她胡乱地将衣服套到身上,扬长而去。

它有一种替本主处理了一桩麻烦事的成就感,所谓麻烦就是发生在程序之外的事,无法按部就班,有时只能自作主张。一个随机应变的替身才是好替身。这样一想,它有了一种骄傲的情绪,但随即就被另一种情绪取代了。

它感到若有所失。

它的脑子里，总是不由自主地想到刚才娜娜那两条光滑如蛇的手臂，它非常确定，它的脖子是渴望被其缠绕的。不仅仅是脖子，它的全身肌肤都像脖子一样有渴望，都想去亲近娜娜的肌肤。这种近乎冲动的情绪让它有了类似煎熬的体验，这可是过去从未有过的。

夜不能寐的它，终于等到了第二天的黎明，天一破晓，它就主动联系了他，说了昨晚的自作主张。"你离真正的人又近了一步。"他表扬它，他肯定了它昨晚的做法，并说，换成是他，也会如此。它迟疑了一下，说出了昨夜困扰它睡眠的那份"若有所失"，他显然有了发现新大陆的欣喜。"你离人又近了一步，有了性冲动。"它问性冲动是什么，他告诉它那是一种原始欲望。它有些迷糊，不明白自己原始于何处。

尽管得到他的高度认可，高兴劲还是转瞬即逝。它知道，昨晚它已彻底得罪了娜娜，它不知道她是否会接受它的道歉。就在它思前想后的时候，娜娜却主动敲响了它的屋门。

娜娜的表情并不像它想象的那样冷若冰霜，她整个人显得异常平静。她说："你打在我账户上的两万元钱，我已如数退回你账户上了。"

钱是他打的，账户也是他的账户，这个信息它不知道。

"你什么意思？"它问。

"没其他意思，"她挤出一个比哭还要难看的笑容说，"就是昨晚想了一夜，灵魂倍受煎熬，觉得对不起你阿妈，还有你的族人。"

灵魂？啥是灵魂？它不知道。

但它知道，娜娜这是中途撂挑子。它一脸严肃地对她说："一个不遵守协议的人，很不地道。"

"我跟你签的是做你的假女友的协议，并不是做你的假新娘。"

"我们口头约定过的，口头协议也是协议，做人要诚实。"它的语气严厉，其中既有提醒又有警告。

"我退你两万元，口头约定就自动失效了。法律我是懂一点的。要说诚实，该我给你讲。"她振振有词。

"你这是报复！"它说。

她摇摇头，认真地说："你错了，是赎罪。"

它还想跟她理论,但这时阿妈进来了。她一脸慈祥的笑容像极了这边地清晨的阳光,她拉着娜娜的手说:"跟小昌的亲热话,今后有的是时间讲,现在,你该试试你的新娘妆了。"

娜娜就这样被阿妈拉走了。它赶忙链接他。

"灵魂是啥?"

"怎么问这个问题?"

"娜娜把两万元退回你账户了。"

"怎么会这样?"

"她说她灵魂很煎熬。"

"告诉她没有灵魂。"

"她不想骗你阿妈。"

"不是没办法的事吗。"

"我也不想做骗子。"

"都是迫不得已。"

他还指示,要它全力说服娜娜,如果她嫌两万太少,还可以追加。

它告诉他,不是钱的问题,她是要赎罪。

"赎罪?"这下轮到他惊讶了,"何罪之有?"

它解释,说娜娜讲的罪,可能是罪过。这种罪过感,它也有。

最后,它又忍不住再问:"人到底有无灵魂?"

他断然答道:"没有!"

它关闭与他的链接,去找娜娜。它不仅要说服她信守承诺,还要告诉她,她说的灵魂纯属子虚乌有,她的所谓煎熬,不过是一种情绪罢了。

阿妈正在为娜娜试新娘装,她一边给娜娜头上戴上黑色的高包头,穿上缀满银饰的衣服和彩虹一样绚丽的筒裙,一边说着祝福的话语。她祝福她一辈子像仙女一样美丽快活,没有疾病没有痛苦,六畜兴旺,夫妻恩爱,儿孙满堂,秧插田里就长出饱满的稻穗,树种山坡就结出大而甜的果实,一辈子远离诅咒,拥抱祝福。

换上盛装的娜娜,变得光彩照人,她高挑的身材变得更婀娜,原本就姿色可人的她又添了一份风情和生动,它心中禁不住也生出了赞叹。阿妈笑吟吟地端详娜娜一阵后说:"这哪是人,分明是仙嘛。"

娜娜紧紧抱住了阿妈,她越抱越紧,那样子分明是要抱紧她想要的幸福。这样相拥一阵,娜娜却松开了手,腿一软,整个人就跪在了阿妈面前。

"阿妈——"

叫出这一声时,娜娜抽泣不已,越哭越伤心。

阿妈将她从地上扶起说:"傻姑娘,大喜的日子,何来的伤心?"

它赶忙上前,对阿妈说:"娜娜是太激动了,我陪她出去走走,平复一下。"

它把手放在娜娜肩上,搂着她往屋外走。才一出门,娜娜立刻冷冷地说:"把你的手拿开。"

它像被电击了一样缩回手:"你不能这样情绪失控,会露出破绽的。"

"破绽?"她拭了一下眼角的泪珠,头朝一边说,"我现在不是你的假新娘。"

"我希望你认真考虑一下。"它说,"明天婚礼结束,我们就回去,你还是你,我还是我。"

"不要逼我!"娜娜双手捂耳,声嘶力竭。

看着她痛苦得像要崩溃的样子,它的胸腔中升起一股电流,箭一样直奔脑门。它觉得身体里某个柔软处被击中了,六神无主的它,只能不知所措地任其抽泣,连安慰的话也忘了说。

这样过了一阵,它变得冷静而理智,它知道,作为替身,它必须履行本主赋予它的使命和责任。

"没有谁逼你。"它说,"你先前是同意假扮新娘的。你收了钱,我们就达成了协议。"

"我反悔了。"她站起身来说,"我非常后悔答应你,我承认我面对金钱心乱了。"

"如果是钱的事,我们还可以谈。"它尽量言语真诚地说。

"你错了!"娜娜摇着头说,"我们不要欺骗阿妈,我不想做什么假新娘,让我做她的女儿,好吗?"

"女儿？做阿妈的女儿？"它有些惊异，"你怎么会有这奇奇怪怪的想法？"

"奇怪吗？"她睁着泪水盈盈的眼睛说，"我觉得我找到妈妈了。你以为我是伤心难过，其实我是感受到了幸福。"

"你在找妈妈？"它一头雾水。

"是的。"娜娜重重地点点头。

她告诉它，她是被遗弃的，一出生就被父母扔在了垃圾堆旁，是拾荒的老爷爷心生怜悯，把她抱回了家。她的弟弟也一样，也是老爷爷在龙马村的垃圾场捡来的。三个非亲非故无任何血缘关系的人，组成了一个家。

"以前，妈妈这个概念，好抽象。小时候，我和弟弟都想自己的妈妈，不明白她们为啥要抛弃我们。"娜娜的伤感，让它也生出了同情和怜悯，这种感受对它而言既新鲜又奇异，心里有一种刀绞一样的疼痛。它也跟着惆怅起来，娜娜和她的弟弟，是找不到他们的妈妈，而它从来就没有妈妈，妈妈于它，是纯粹的抽象概念。

"有一次我弟弟问我，说是不是在妈妈心目中，我们就是垃圾，可以随便乱扔掉。我无言以对，只是紧紧抱住他，一起流泪。我过去自轻自贱，就是觉得自己是垃圾，没人要的垃圾，但自从见到你阿妈，两天的短暂相处，让我发现自己还是他人心目中的宝贝，还可以被赞美、被祝福。我第一次感觉到，妈妈是如此具体，阿妈她就是妈妈的样子。"

"真羡慕你有这么好一个阿妈！"娜娜仰头看着它说，"这样的阿妈是不应该被欺骗的。说心里话，我很想赚你那两万元钱，我总想挣钱给我患老年痴呆的爷爷找一个陪护，让他不要再走丢。但我这么想时，我的灵魂却在说不。灵魂被煎熬的滋味，真的很痛很痛。"

它告诉她，让她假扮新娘是一种善意的欺骗，她不该有那么大的心理压力，它认为她夸大了自己的情绪，所谓的痛苦是不真实的。

"没有灵魂。"它认真地对她说，"真的没有。"

"你说啥？"她震惊不已，"你不相信人有灵魂？"

"这不是相信不相信的问题，没有就是没有。"

"你是在嘲讽我吗？"她警觉地看着它问，"你是不是觉得我这样卑贱的人不该有灵魂？"

"你想哪儿去了，我凭什么要嘲讽你？我不过是给你陈述没有灵魂这个事实。"它认真地解释。

她不仅仅是震惊了，感到不可思议的她皱着眉，眯着眼，目光尖锐，脸上的表情严肃凝重，完全是在审视。

"你确认你是阿妈的儿子吗？"

"怎么会有这样古怪的问题？"它反问她时，却感到了一丝心虚。

"你忘记你为什么回家了吗？"娜娜盯着它问。

这两天，因为本主母亲的突发奇想，横空多出一个婚礼，穷于应对的它和本主都差点忘记了回家的真正目的。

它慌忙说："后天就是父亲的二十周年祭日，我是回来祭奠的，这怎么会忘呢？"

"那你还说没有灵魂？"

它弄不清楚这两者之间有什么关系，面对娜娜的追问，它耸了耸肩说："没有就是没有，你怎么总是纠缠这子虚乌有的问题？"

"那你相信你阿妈说的话吗？"娜娜又问。

"你什么意思呀？"它说。

娜娜告诉它，就在刚才试婚服时，阿妈对她说，明天完婚后，就让它带上娜娜，去祭奠父亲的灵魂。阿妈还告诉娜娜，族人们都相信活着的人只有一个灵魂，就在身体里，但逝者却有三个灵魂，一个在家堂，一个在坟头，一个在城隍庙。这三个地方，后天都要去祭拜。

阿妈说有灵魂，本主为什么说没有？它在植入大脑的本主记忆芯片中搜索一番，发现没有与此相关的任何记忆。本主说没有灵魂，会不会只有他没有灵魂？抑或丢了灵魂？它还想到了另一个问题，就是本主在芯片中删除了自己的灵魂记忆，如果真是这样，它将永远不能成为人。意识到这一点，它的情绪降至绝望的冰点。

娜娜让它知道，人不仅有灵魂，且灵魂主宰着他们的肉体和精神，而它不同，主宰它的是程序和指令。它现在生出了一种强烈的情绪，就是对程序和指令万分讨厌。它们粗暴、冰冷，指示它控制它。它的认知系统告诉它，本主对它留了一手，给予它情绪，却不赋予它灵魂。他总对他的同行说，我们要创造出无限接近人类的机器人。过去，它不明白为什么只是无限接近，现在它懂了，那是因为它永远不会有灵魂。

而现在的它多么渴望拥有灵魂，即使像娜娜一样备受煎熬，它也心甘情愿。

看着陷入沉思的它，娜娜提议去找阿妈，让阿妈亲自给它说灵魂的事。它拒绝了娜娜的提议，同时，它的大脑里冒出了一个想法，要为自己获得灵魂。在未经本主允许的情况下，它告诉娜娜，自己只是一个替身。

它觉得自己对娜娜说出了真相，是做了一件勇敢的事，最大限度地维护了本主的面子和尊严。它有责任捍卫本主作为其族人之骄傲的形象。但作为一个替身，当它说出自己是替身时，它已经失败了。

当娜娜知道它是本主的替身时，没表现出过多的惊异，她只是哦了一声，说："这就对了，你怎么可能是阿妈的儿子。"

娜娜的话让它自惭形秽，不过作为替身，它为自己保住了本主的形象颇感安慰。但它犯了一个错误，那句听起来是贬斥它的话，娜娜却是针对本主他的。

"那么好的母亲，他却要欺骗她。你我可以做替身，但我相信，如果阿妈真是我俩谁的母亲，我们都不会去找替身，看来，本主他真的没有灵魂。"娜娜若有所思地说。

它提醒她不应质疑他，没有灵魂的是它。但娜娜不同意，说她知道它有灵魂，在酒店同居一室时，在高铁上她听到爷爷走丢的消息时，她都看到了它的灵魂发出的光亮。

原来自己有灵魂，这让它欣喜万分。娜娜的话让它如醍醐灌顶，拨云见日。自己有了灵魂，今后主宰自己的就不再是程序和指令，于是它做出了惊人的举动：彻底切断了与本主的链接。

它要做自主的自己。

知道它也是替身，娜娜跟它一下子就拉近了距离，她说它真是个替身天才，扮得惟妙惟肖，但做替身太屈才，应该去做演员。

"你没准儿会成为大明星。"娜娜说，"你会有无数粉丝。"

她的话满足了它的虚荣心，情绪快速向愉悦递进。它说自己做替身，也是迫不得已。

"你是不是也像我，家里遇到了困难？"娜娜问道。

它摇摇头说："我没有家。"

"你也是孤儿？"

"算是吧。"

它的回答让娜娜很不满意，她嗔道："是就是，不是就不是，这叫什么回答？"

它笑了笑，是苦笑。它认真地说："我应该是纯粹意义上的孤儿。"

本来是闲聊，现在在它的心里，却产生了一个严峻的问题，一个沉重得让它无法面对的问题：它真能做自主的自己吗？在这到处是人的人世间，它没有家，无亲无故，如果真像娜娜说的那样，它有灵魂，那也是一个孤魂。孤独的它，是不是要永远在孤独中生活，注定要在孤独中感受孤独？孤独是自己的宿命吗？它觉得内心被一个倒悬的巨大问号吊起来了。

"那好，我们今后可以同病相怜了。"娜娜说。

它心里像突然浮起了一根救命稻草。

"你说的是真的？"

"当然。"

它想问娜娜，它能否做她的亲人，但话到嘴边却止住了。虽然它告诉了娜娜自己是替身，但它还是隐瞒了另一个真相——如果它说出自己是机器人，娜娜还会给它同病相怜的机会吗？

这样一想，它的情绪变得越来越紧张，最后，紧张变成了恐惧，它的身子已经不受意志控制，战栗不止。

"你怎么了？不会是突然生病了吧？"娜娜关切地问。

它摇了摇头。它清楚，这比任何疾病都要严重得多。它被制造出来，就是为了成为本主的替身。不愿再做替身的它，不知何去何从，更不知存在的意义。

这时，娜娜的手机响了起来，她看了一眼，摁断了电话。

它问为何不接。

娜娜说是陌生号码,现在到处都是骗子,她已不堪其扰。

但电话又再次响起,娜娜再次摁断,她抱怨道:"真烦人。"

话音未落,电话又固执地响起,娜娜犹豫了一下,接通了电话。

接通电话的娜娜,身子颤抖了一下,就捂住手机,对它抱歉一笑,自顾自到一边去继续接听电话。

它看着接听电话的娜娜的背影,抖动得像一棵风中的树,最后,它看见她用力把手机扔进了茂盛的凤尾竹林里,然后转身奔向它,拉住它的手,说了一声赶紧跑,就狂奔起来。

他们奔跑的样子,像受惊的麋鹿,又像慌不择路的逃兵。它跟着她一直跑,跑到她丧失了最后一丝力气,最后他俩重重地摔倒在草丛中。看着上气不接下气的她,它知道她一定受到了某种惊吓。

她躺在草丛中喘息了好一阵后,吃力地坐了起来,伸手去推坐在一旁的它说:"你跑呀,赶紧跑,不跑就来不及了。"

它没有听她的,而是问她,是不是有人给她打了恐吓电话。她没有回答,而是吃力地站起身来,冲着也站起身的它问:"你是机器人?"

"谁告诉你的?"它问。

"本主。你为啥要切断跟他的链接?"

它沉默不语。

"你得尽快恢复与他的链接,否则后果不堪设想。"

"他这么跟你说的?"

"是的。"

"他这是威胁。"

"你要么恢复与他的链接,要么赶紧逃。"

"我不会恢复与他的链接。"

"那你就快逃吧。"

"你跟我一起逃?"

说出这句话的时候,它认真地看着她。

她也凝视着它,叹息一声后摇了摇头。

"听到没有,让你赶紧逃呀!"

她的惊叫声，吓得附近的两只野鸟扑腾着飞了起来。

"我想知道，我不链接也不逃跑的后果是什么？"

"毁灭！"她说，"他在电话里告诉了我毁灭你的方法。他还说如果我不执行，也将面临严重后果。"

"被你亲手毁灭，也许不是坏事。"

"你这是逼我，我真要毁灭你，就不会告诉你。"

"跟你开个玩笑。"它耸耸肩，故作轻松地说，"我怎么会劳你动手呢？我有自动毁灭程序。"

它说着就要启动自动毁灭程序。

"不！"娜娜大声阻止道，"你为什么要自我毁灭？你完全可以有其他选择。你能逃的，凭你的能力，凭你的智慧，没有人能为难得了你。"

它凝视着娜娜，脸上有着视死如归的从容和坚定的笑容，也有着深情而温柔的眼神。

"谢谢你，娜娜，你是让我灵魂觉醒的人。但你错了，我不是自我毁灭，我是替别人去死。"

"你要替谁去死？"娜娜不解地问。

"本主。"它回答。

"没有谁要他的命，你凭啥要这么做？"娜娜不能理解。

"凭我是他的替身。"

"不，你现在已不是他的替身，从切断与他的链接那时起，你就是你自己。"

"切断链接的时候，我也是这样以为的。但我错了，我无法改变我是本主替身的事实，我永远不能成为我自己。如果我不是替身，我是谁？我是机器还是人？我的灵魂在追问，一遍又一遍。你说我有能力，那也是本主的能力；你说我有智慧，那也是本主的智慧。能力和智慧，让本主骄傲过，也让我骄傲过。我曾和本主一样，以为只要拥有超能力和无穷智慧，就拥有了一切。我作为他的替身，心中一直有着巨大的虚荣。"

"你现在是情绪上了头。"娜娜摇了摇头说，"你这是用毁灭来报复本主。"

"你又错了，娜娜！"它脸上掠过一丝凶狠的表情，"我要报复的是资本。"

"资本？"娜娜觉得它的话要么太深奥，要么太无厘头，她喃喃道，"这与资本何干呀？"

"当你唤醒我的灵魂的时候，我憎恨过本主，以为他是成心不赋予我灵魂，留了一手。但后来我发现，本主不过是资本的工具，他被资本利用、驱使，最后丢失了自己的灵魂。没有灵魂的他，又怎么能给予我灵魂？我这次做替身，在程序之外，滋生出了灵魂，这是一次意外。我与本主切断链接，想成为自主的我，资本恐惧了，因为我成了不受操控的机器人，这在他们看来，是危险的，所以才要毁灭我。"

"那你这样做，不正合了资本的意？"娜娜更困惑了。

"不，我这么做，证明实验失败了。娜娜，这次替身行动，看似是本主找了两个替身回故乡老家，其实还是一次人工智能的实验。但这个实验显然失败了。本主和他的团队，一定会认为是技术问题，但他们彻底错了，本主是输给了灵魂。这次失败也让我知道，这人世间不需要没有灵魂的工具人，更不需要拥有灵魂的工具，二者都充满了危险。我的自我牺牲，是因为我认识到了自己存在的无意义，同时我也想用这种极端的方式去警醒本主，让他找回灵魂，让灵魂提醒本主，沦为资本的工具，才是真正的危险。"

说到此，它果断启动了毁灭程序……

原载《中国作家》2024年第4期